「十二五」国家重点图书出版规划项目

明代卷

郭英德 张德建 著

郭预衡 郭英德 总主编

中國散文通史

时代出版传媒股份有限公司
安徽教育出版社

图书在版编目（CIP）数据

中国散文通史. 明代卷 / 郭英德, 张德建著. —合肥：安徽教育出版社, 2012.12
　ISBN 978 - 7 - 5336 - 7191 - 4

　Ⅰ. ①中… Ⅱ. ①郭…②张… Ⅲ. ①古典散文—文学史—中国—明代　Ⅳ. ①I207.6

　中国版本图书馆 CIP 数据核字（2012）第 283861 号

书名:中国散文通史·明代卷		作者:郭英德　张德建	
出 版 人:朱智润	策划统筹:张丹飞　张 利	责任编辑:夏业梅	
版式设计:朱　锦	装帧设计:张鑫坤	技术编辑:王　琳	

出版发行:时代出版传媒股份有限公司　http://www.press-mart.com
　　　　　安徽教育出版社　http://www.ahep.com.cn
　　　　　（合肥市繁华大道西路 398 号,邮编:230601）
　　　　　营销部电话:（0551）63683010,63683011,63683015

排　　版:安徽创艺彩色制版有限责任公司
印　　刷:安徽新华印刷股份有限公司　电话:（0551）65859480
（如发现印装质量问题,影响阅读,请与印刷厂商联系调换）

开本:720×1010　1/16　　　印张:28.25　　　字数:410 千字
版次:2013 年 1 月第 1 版　　　2013 年 1 月第 1 次印刷

ISBN 978 - 7 - 5336 - 7191 - 4　　本卷定价:128.00 元（全套定价:1490.00 元）

版权所有,侵权必究

目 录

绪 论 …………………………………………………………… 001

第一章 明代论辨文 ………………………………………… 009
 第一节 元明之际论辨文 ………………………………… 010
 第二节 明前期论辨文 …………………………………… 019
 第三节 明中期论辨文 …………………………………… 025
 第四节 明后期论辨文 …………………………………… 038

第二章 明代奏议文 ………………………………………… 047
 第一节 元明之际奏议文 ………………………………… 049
 第二节 明前期奏议文 …………………………………… 052
 第三节 明中期奏议文 …………………………………… 058
 第四节 明后期奏议文 …………………………………… 064

第三章 明代书序文 ………………………………………… 069
 第一节 元明之际书序文 ………………………………… 071
 第二节 明前期书序文 …………………………………… 076
 第三节 明中期书序文 …………………………………… 081
 第四节 明后期书序文 …………………………………… 091

第四章 明代八股文 ………………………………………… 104
 第一节 明前期八股文 …………………………………… 107
 第二节 明中期八股文 …………………………………… 113

第三节　明后期八股文 …… 119

第五章　明代书信文 …… 128
　　第一节　元明之际书信文 …… 130
　　第二节　明前期书信文 …… 134
　　第三节　明中期书信文 …… 139
　　第四节　明后期书信文 …… 154

第六章　明代杂论文 …… 170
　　第一节　元明之际杂论文 …… 172
　　第二节　明前期杂论文 …… 178
　　第三节　明中期杂论文 …… 186
　　第四节　明后期杂论文 …… 200
　　第五节　明代诗话与艺论 …… 212

第七章　明代传状文 …… 218
　　第一节　元明之际传状文 …… 220
　　第二节　明前期传状文 …… 227
　　第三节　明中期传状文 …… 231
　　第四节　明后期传状文 …… 242
　　第五节　明代自传文 …… 251

第八章　明代碑志文 …… 266
　　第一节　元明之际碑志文 …… 268
　　第二节　明前期碑志文 …… 273
　　第三节　明中期碑志文 …… 280
　　第四节　明后期碑志文 …… 290

第九章　明代杂记文 … 294
　第一节　元明之际杂记文 … 296
　第二节　明前期杂记文 … 302
　第三节　明中期杂记文 … 310
　第四节　明后期杂记文 … 325

第十章　明代游记文 … 332
　第一节　元明之际游记文 … 334
　第二节　明前期游记文 … 338
　第三节　明中期游记文 … 342
　第四节　明后期游记文 … 353

第十一章　明代赠序文 … 379
　第一节　元明之际赠序文 … 383
　第二节　明前期赠序文 … 388
　第三节　明中期赠序文 … 394
　第四节　明后期赠序文 … 402
　第五节　明代寿序文 … 405

第十二章　明代哀祭文 … 409
　第一节　元明之际哀祭文 … 411
　第二节　明前期哀祭文 … 415
　第三节　明中期哀祭文 … 418
　第四节　明后期哀祭文 … 427

主要参考文献 … 435

绪　论

明代散文的演变大致可分为四个时期,即元明之际、明前期、明中期与明后期。以下分述之。

(一)元明之际(元至正十九年至明建文四年,1359—1402),共44年。

元明之际的散文,既有山林之文,又有台阁之文,二者交相辉映,佳作迭出。这时期的散文承袭宋、金、元传统,创作的基调是恢复汉唐,崇儒复雅。《四库全书总目》卷一百六十九明殷奎《强斋集》提要称:"元明之间,承先儒笃实之余风,乘开国浑朴之初运,宋末江湖积习,门户流波,澌除已尽,故发为文章,虽不以华美为工,而训词尔雅,亦颇有经籍之光。"

元明之际这种质朴醇雅的文风,一方面得之于元末儒学的濡染,一方面也得之于明初帝王的提倡。前者如《明史》卷二百八十三《文苑一》云:"明初,文学之士,承元季虞、柳、黄、吴之后,师友讲贯,学有本原。"尤其是在江浙一带,文人多有儒者醇雅气象,为文亦一遵故辙,总体上如贝琼《志古斋记》所云:"大抵立言不在于斩绝刻峭而平衍为可观,不在于荒唐险怪而丰腴为可乐。"(《清江文集》卷二十六)后者如宋濂《洪武圣政记》"新旧俗第七"记载,洪武二年,明太祖朱元璋对翰林侍读学士詹同等说:"古人为文章,或以明道德,或以通当世之务。如典、谟之言,皆明白易知,无深怪险僻之语。至如诸葛孔明《出师表》,亦何尝雕刻为文?而诚意溢出,至今使人诵之,自然忠义感激。近世文士,不究道德之本,不达当世之务,故词虽艰深,而意实浅近,即使过扬雄、相如,何裨实用?自今翰林为文,但取通道理、明世务者,无事浮藻。"(《明太祖宝训》卷六"务实"、余继登《皇明典故纪闻》卷二等亦记载,文字稍异)在最高统治者的倡导之下,"通道理、明世务"成为明初散文最基本的审美旨趣。

这一时期以江南文章为盛,承元末吴莱、柳贯、黄溍之余绪,前有宋濂、刘基、王祎,后有方孝孺,堪称一代制作。《四库全书总目》卷一百六十九宋濂《宋学士全集》提要云:"元末文章,以为一朝之后劲。濂初从莱学,既又学于贯与溍,其授受具有源流。……濂文雍容浑穆,如天闲良骥,鱼鱼雅雅,自中节度;基文神锋四出,如千金骏足,飞腾飘瞥,蓦涧注坡;虽皆极天下之选,而以德以力,则略有间矣。方孝孺受业于濂,努力继之,然较其品格,亦终如苏之与欧。盖基讲经世之略,所学不及濂之醇;方孝孺自命太高,意气太盛,所养不及濂之粹也。"同卷刘基《诚意伯文集》提要云:"其文闳深肃括,亦宋濂、王祎之亚。"同卷王祎《王忠文公集》提要云:"祎师黄溍,友宋濂,学有渊源,故其文醇朴宏肆,有宋人轨范。"同卷方孝孺《逊志斋集》提要云:"孝孺学术醇正,而文章乃纵横豪放,颇出入于东坡、龙川之间。盖其志在于驾轶汉唐,锐复三代,故其毅然自命之气,发扬蹈厉,时露于笔墨之间。故郑瑗《井观琐言》称其:'志高气锐,而词锋浩然,足以发之。'"四家之文风,大率如此。

此外,胡翰、苏伯衡、贝琼诸家,亦各出手笔,时有佳作。

(二)明前期(永乐元年至成化二十三年,1403—1487),共85年。

从永乐至天顺六十余年间,文坛上台阁体诗文独尊,代表人物有杨士奇、杨荣、杨溥,时号"三杨"(钱谦益《列朝诗集小传》乙集《杨少师士奇》)。三杨先后仕永乐、洪熙、宣德、正统四朝,官皆至大学士,权重位尊,"无宰相之名,而有宰相之实"(何良俊《四友斋丛说》卷七)。三杨主持天下文柄,倡导古文辞的写作,台阁体散文盛行于世。

台阁体散文的基本特征,大抵如解缙《廖自勤文集序》所说:"多养气以直,故充塞两间,而奔放浑灏;知言有要,故明辨切实,而引喻曲当。不矜谈天雕龙之巧,绝无怪奇隐僻之说。即其事之体而措之用,语其理之常而尽其变。未尝或昧于仁义道德,外经史而别为之辞也。"(《文毅集》卷七)台阁重臣大都讲求养气,以仁义道德为要旨,多为用世之文,故明辨切实,不矜巧饰之词,不为奇怪之说。台阁重臣主张"以其和平易直之心,发而为治世之音"(杨士奇《东里文集》卷五《玉雪斋诗集序》),正如黄淮《少师东里杨公文集序》所说的:"肆其余力,旁及应世之文,率皆关乎世教。吐辞赋咏,冲淡和平,沨沨乎大雅之章。"(《东里文集》卷首)这种散文创作趋向的形成与对北宋欧阳修、曾巩散文的推重密切相关,故一时文章多以欧阳修所谓"雍容醇厚气象"为准的(杨士奇《东里文集》卷一《滁州重建醉翁亭记》),平正纡徐,淡泊简易。在此基础上,台阁体散文形成了冲淡平和、雍容大雅的文风。《四库全书总目》评道:"虽无深湛幽渺之思,纵横驰骋之才,足以振耀一世,而迤逦有度,醇实无疵,台阁之文所由与枯槁者异也。"(卷一百七十杨荣《杨文敏集》提要)

三杨"柄国既久,晚进者递相摹拟,城中高髻,四方一尺。余波所衍,渐流为肤廓冗长,千篇一律"(《四库全书总目》卷一百七十杨荣《杨文敏集》提要)。台阁体散文的羽翼者,有胡俨、金幼孜、黄淮、胡广、李时勉、王英、王直、倪谦等。

到了成化年间,文风发生了一些变化。一方面,李东阳"雍容台阁,执化权,操文柄,弘奖风流,长养善类,昭代之人文,为之再盛"(钱谦益《列朝诗集小传》丙集王守仁传后评语)。李东阳力图扭转台阁体末流的弊端,着力复兴典雅正大、雍容和平的文风,提高儒雅文学的品位,他倡导:"馆阁之文,铺典章,裨道化,其体盖典则正大,明而不晦,达而不滞,而惟适于用。"(《怀麓堂集》卷二十九《倪文僖公集序》)另一方面,成化年间也出现"为文以典雅为肤浅,怪异为古健"(《明史》卷一百八十《张宁传》)的趋向。如徐有贞的论辨文,"奇气坌涌,而学问复足以济其辨"(《四库全书总目》卷一百七十《武功集》提要);罗玘虽为李东阳门生,但为人"尤尚节义",为文"务为奇奥"(《明史》卷二百八十六本传)。

(三)明中期(弘治元年至隆庆六年,1488—1572),共85年。

《四库全书总目》论明永乐以降的文章云:"明洪、永以后,文以平正典雅为宗,其究渐流于庸肤,庸肤之极,不得不变而求新。正、嘉以后,文以沉博伟丽为宗,其究渐流于虚憍,虚憍之极,不得不变而务实。"(卷一百七十李东阳《怀麓堂集》提要)这一评价在总体上是准确的。

邹观光《答邹尔瞻》曾评道:"本朝至弘、正而后有三大文章:以理学为文章则王文成,破洪荒而超块圠;以气节为文章则李献吉,凛秋霜而劲烈日,而何仲默为之翼;以文章为文章则王司寇,而毗陵为之翼……"(黄宗羲《明文海》卷一百五十六)在明中期,王守仁以理学家身份而为文章,别立一格。而对转移文风为功最巨的,则是李梦阳、康海等弘德七子和王慎中、唐顺之等唐宋派作家。

弘治七年(1494),李梦阳中进士。其后十来年间,王九思、边贡、王廷相、康海、何景明、徐祯卿等先后中进士①。大约在弘治十五年(1502)前后,这些新进进士在京城相聚讲论,不满于台阁体貌似浑雅正大而实则萎弱庸沓的文风,"卓然以复古自命","倡言文必秦汉,诗必盛唐,非是者弗道"(《明史》卷二百八十六《李梦阳传》)。康海称:"我明文章之盛,莫极于弘治时,所以反古昔而变流靡者,惟时有六人焉:北郡李献吉,信阳何仲默,鄠杜王敬夫,仪封王子衡,吴兴徐昌谷,济南边廷实。金辉玉映,光照宇内,而予亦幸窃附于诸公之间。乃于所谓孰是孰非者,不溺于剖劂,不怵于异同,有灼见焉。于是后之君子言文与诗者,先秦两汉魏晋盛唐,彬彬然盈乎域中矣。"(康海《对山集》卷三《渼陂先生集序》)

弘德七子在散文创作方面突破了台阁体的樊篱,何良俊指出:"国初之文,无不失于鄙浅,故康、李二公出,极力欲振之。二公天才既高,加以发西北雄峻之气,当时文体为之一变。"(《四友斋丛说》卷二十三)。李梦阳之文,"尚多己意,纪事述情,往往逼真"(袁宗道《白苏斋类集》卷二十《论文上》),成就高于其诗。而康海的散文,"逸气往来,翛然自异"(《四库全书总目》卷一百七十一《对山集》提要),更为世人称道。胡缵宗说:"国朝文袭宋,方孝孺其杰然者。自康德涵出,而人人拟司马子长矣。"(《愿学编》卷下)张治道《翰林修撰对山康先生状》也说:"是时孝宗皇帝拔奇抡才,右文兴治,厌一时为文之陋,思得真才雅士。见先生策,谓辅臣曰:'我明百五十年无此文体,是可以变今追古矣。'遂列置第一。而天下传颂则效,文体为之一变,朝野景慕,若麟凤龟龙,间世而一睹焉。"(《明文海》卷四百三十三)

---

① 据《明史》列传,弘治九年(1496),王九思、边贡中进士;十年(1497),王廷相中进士;十五年(1502),康海、何景明中进士;十八年(1505),徐祯卿中进士。

与复古派大致同时,祝允明、唐寅、文征明等吴中派作家崛起,缘情尚趣,追求自适与狂放,呈现出相对独立的文学风貌,以更为鲜明的非正统文化色彩,开启了明后期师心尚俗文学的新潮。此外,杨慎在文坛上也别张壁垒,独树一帜。

嘉靖五年(1526),王慎中进士及第;嘉靖八年(1529),李开先、唐顺之等人中进士。他们互相标榜,追随复古派,时有"嘉靖八才子"之称(《明史》卷二百八十七《陈束传》)。到嘉靖十四年(1535),王慎中召为南京(今属江苏)户部主事,迁礼部员外郎,由"文必秦汉"转向崇尚唐宋,并与唐顺之、李开先等人相互鼓吹,掀起唐宋派古文创作的新潮。唐宋派作家由学欧、曾而上溯至学马、班,王慎中《寄道原弟书十六》云:"方洲尝述交游中语云:'总是学人,与其学欧、曾,不若学马迁、班固。'不知学马迁莫如欧,学班固莫如曾。今我此文,正是学马、班,岂谓学欧、曾哉?"(《遵岩集》卷二十)他们既肯定秦汉文章,更推崇唐宋古文的继承与发展;既主张学习唐宋文"开阖首尾经纬错综之法",又力求神似,"法出乎自然"(唐顺之《唐荆川文集》卷十《董中峰侍郎文集序》)。因此,他们的创作在拟古中显示出鲜明的新变趋向。

其后,归有光以其创作实绩,茅坤编选《唐宋八大家文钞》,张大了唐宋派古文的声势。归有光的散文"风韵疏淡"(吴德旋《初月楼古文绪论》),"不事雕饰,而自有风味",人称"千载有公,继韩、欧阳"(王世贞《弇州山人续稿》卷一百五十《归太仆赞有序》)。黄宗羲甚至称归有光"为明文第一"(《南雷文定》前集卷一《明文案序》)。

嘉靖二十七年(1548)至三十二年(1553)间,李攀龙、王世贞、谢榛、宗臣、梁有誉、徐中行、吴国伦等在北京结为七子社,再度宣扬文学复古,时称"后七子"。他们"相切磋为西京、建安、开元语"(王世贞《弇州山人续稿》卷五十一《吴峻伯先生集序》),"其持论谓文自西京,诗自天宝而下,俱无足观,于本朝独推李梦阳"(《明史》卷二百八十七《李攀龙传》),甚至鼓吹"视古修辞,宁失诸理"(李攀龙《沧溟先生集》卷十六《送王元美序》)。后七子挟弘德七子之余威,风头强劲,在文坛上形成了其势汹涌的复古思潮,其末流沦为"剽窃成风,万口一响"(袁宏道著,钱伯诚笺校《袁宏道集笺校》卷十八《叙姜陆二公同适稿》)。

在后七子声势正大之际,徐渭提出"师心横纵,不傍门户"的主张(《徐渭集·徐文长逸稿》卷十六《书田生诗文后》),李贽提出"天下之至文,未有不出于童心焉者也"的理论(《焚书》卷三《童心说》)。他们的散文创作独立于复古思潮之外,袁中道评李贽:"其为文不阡不陌,抒其胸中之独见,精光凛凛,不可迫视。"(袁中道著,钱伯诚点校《珂雪斋集》卷十七《李温陵传》)

(四)明后期(万历元年至崇祯十七年,1573—1644),共72年。

从万历年间开始,散文创作表现出背离复古拟古文风的趋向。如七子派的后劲屠隆,论诗文提倡陶写"性情"(《鸿苞》卷十九《诗文》)。七子派外的汤显祖,更是批评拟古文风,认为汉、唐以后,"神情声色,已尽于昔人"(《汤显祖诗文集》卷四十四《答王澹生》)。

万历二十年(1592),袁宏道中进士,与其兄袁宗道、其弟袁中道等人形成"公安派"。万历二十四年(1596),袁宏道提出:"大都独抒性灵,不拘格套,非从自己胸臆流出,不肯下笔。"(《袁宏道集笺校》卷四《叙小修诗》)万历二十七年(1599),他提出:"独谬谓古人诗文,各出己见,决不肯从人脚跟转,以故宁今宁俗,不肯拾人一字。"(《袁宏道集笺校》卷二十二《冯琢庵师又》)公安派倡导"能为心师,不师于心;能转古人,不为古转。发为语言,一一从胸襟流出,盖天盖地,如象截急流,雷开蛰户,浸浸乎其未有涯也"(袁中道《珂雪斋集》卷十八《吏部验封司郎中中郎先生行状》)。公安派作家的散文作品,以眼前之景、身边之事来抒写性灵,张扬个性,风格清新秀丽,生气勃勃。尤其是他们的小品文,在文体创新上取得显著的成就。清初王夫之慨叹道:"以信笔扫抹为文字,而稍含吐精微、锻炼高卓者为咬姜呷醋。故万历壬辰(1592)之后,文之俗陋,亘古未有。"(《薑斋诗话》)

到万历四十二、四十三年间,钟惺与谭元春合作,评选唐人之诗为《唐诗归》36卷,随后又评选唐以前诗为《古诗归》15卷。他们对公安派的文学主张加以补救,提倡"求古人真诗",抒写"幽情单绪"(钟惺《隐秀轩集》卷十六《诗归序》)。以钟、谭为代表的文学流派世称"竟陵派"。钟、谭主张文学表现"幽情单绪"、"孤怀、孤诣",并追求"幽深孤峭"的艺术境界,又面对着公安派"近平近俚近俳"的弊端,故其散文追求独造,虽不免有艰涩雕琢之弊,但貌似艰涩而实则奇崛,在晚明散文中独具一格。

稍后,以艾南英为代表的江西诸文社,主张为文应由唐宋入秦汉,继承了唐宋派的观点。以张溥、张采等为代表的复社文人,"期与四方多士共兴复古学,将使异日务为有用之学"(陆士仪《复社纪略·复社宗旨》)。他们以通经学古为宗,重视人品学问的修养,在文学创作上大致承袭七子派的主张。陈子龙等几社文人更以古文辞为尚,主张"文当规摹两汉,诗必宗趣开元,吾辈所怀,以兹为正"(陈子龙《陈忠裕公全集》卷十二《壬申文选凡例》)。但他们注重文学经世致用的功能,尤其强调以"忧时托志"为"诗之本"(《陈忠裕公全集》卷七《六子诗序》)。陈子龙有见于"士无实学"(《陈忠裕公全集》卷八《经世文编序》),与好友一起辑录《皇明经世文编》,"志在征实"(宋徵璧《经世文编凡例》,《明经世文编》卷首),便体现出这种经世致用的文化趋向。

而张岱少学徐渭和袁宏道,后来又学竟陵派,最后认识到:"用学问者多失之板实,用俚语者多失之轻佻"(《张岱诗文集·琅嬛文集》卷一《桂铭抄自序》),于是"自出手眼"(张岱《琅嬛文集》卷三《又与毅儒八弟》),独树一帜。在明季,张岱和王思任、刘侗等作家,承公安派"性灵"之说,又融合陈子龙"忧时托志"的文学思想,创作了一批空灵之美与充实之美相结合的小品文。这种"以坚实为空灵"的创作追求(张岱《琅嬛文集》卷五《跋可上人大米画》),一直延贯到张岱入清后的《陶庵梦忆》、《西湖梦寻》等小品文写作。徐弘祖的《游记》更以科学与艺术的兼容,成为"千古奇书"(钱谦益《嘱毛子晋刻游记书》,徐弘祖著,褚昭唐、吴应寿整理《徐霞客游记》卷十下附录)。

此外,张煌言的文章多作于抗清期间,大都慷慨悲壮之辞,全祖望评其文曰:"尚书之集,河岳所钟,三百年元气所萃也。……呜呼,古来亡国之大夫,其言必凄楚郁结,以肖其身之所涉历,盖亦不自知其所以然者也。"(《张苍水集序》)

就文体分类而言,明代散文的各种文体大致可归为三大类型,即议论文、叙事文和抒情文。王世贞说:"持论之文辨而不激,叙事之文峭而能洁,发意之文畅而归典。"(《弇州山人续稿》卷四十)这大抵概括了明代三大类型散文的基本特征。在议论文、叙事文、抒情文三大类型中,本卷依次选择论辨文、奏议文、书序文、八股文、书信文、杂论文、传状文、碑志文、杂记文、游记文、赠序文、哀祭文等文体,分章加以考察,描述在上述四个时期中一些代表作家的散文创作特色,以展现明代各种文体的历史演进轨迹。

第一章　明代论辨文

论辨文,包括论(含史论、设论)、说、辨(辩)、原、解、释、驳、考、评、问、对等文体。刘勰《文心雕龙·论说》认为:"述经叙理曰论",论其大体,则有四品:"陈政则与议说合契,释经则与传注参体,辨史则与赞评齐行,铨文则与序引共纪"。所谓陈政、释经、辨史、铨文,也可以大致概括明代论辨文的内容。徐师曾《文体明辨序说》将论分为八品:"一曰理论,二曰政论,三曰经论,四曰史论,五曰文论,六曰讽论,七曰寓论,八曰设论",则兼内容与笔法而论之。大体而言,明代论辨文,尤其是明中期以后的论辨文,精神所注,更集中于经世致用之事。

从总体上看,明代论辨文表现出鲜明的时代特征,即主体性、思辨性和感染性。明代论辨文在内容指向上,强调自创新意,翻新出奇,表达与众不同的见解,表现出主体性特征;在论证方式上,偏重执一而论,明辨是非,发挥势如破竹的气势,表现出思辨性特征;在表达方法上,喜好引古证今,"横说竖说,以抑扬详赡为上"(吴讷《文章辨体序说》),表现出感染性特征。在这三方面时代特征中,研精一理而师心独见的主体性最能体现明代论辨文作家对自我价值的肯定、崇尚和张扬。明代论辨文作家往往极力在畅所欲言的议论之中,表达自身独特的思想,从而使论辨文发挥独特的文化功能,这也赋予明代论辨文以深刻的思想价值和丰厚的文化价值。

第一节　元明之际论辨文

元明之际论辨文的代表作家,有宋濂、胡翰、贝琼、苏伯衡、方孝孺等。

宋濂(1310—1381)是元明之际的一代文宗。《明史》卷一百二十八《宋濂传》称其"自少至老,未尝一日去书卷,于学无所不通。为文醇深演迤,与古作者并。在朝,郊社宗庙、山川百神之典,朝会宴享、律历衣冠之制,四裔贡赋赏劳之仪,旁及元勋巨卿碑记刻石之辞,咸以委濂,屡推为开国文臣之首。士大夫造门乞文者,后先相踵。外国贡使亦知其名,数问宋先生起居无恙否。高丽、安南、日本至出兼金购文集。四方学者悉称为'太史公',不以姓氏。虽白首侍从,其勋业爵位不逮基,而一代礼乐制作,濂所裁定者居多"。

宋濂的论辨文,大多以道德为基,以六经为本,以圣贤之说为据,所以侃侃而论,多为堂堂正正之词。清邵长蘅评道:"余尝谓明代名能文章亡虑数十家,文之工者不乏,正苦根柢浅薄,求其贯穿四库之书而粹然一本于《六经》,不得不推潜溪。"(《邵青门全集·青门簏稿》卷十一《书宋学士集后》)

如《文说赠王生黼》,开篇即提出"文"不是一般文学之"文",而是"圣贤之道"。

> 明道之谓文,立教之谓文,可以辅俗化民之谓文。斯文也,果谁之文也?圣贤之文也。非圣贤之文也,圣贤之道充乎中,着乎外,形乎言,不求其成文而文生焉者也。不求其成文而文生焉者,文之至也。故文犹水与木然。导川者不忧流之不延,而恐其源之不深;植木者不忧其枝之不蕃,而虑其本之不培。培其本,深其源,其延其蕃也孰御?圣贤未尝学为文也,沛然而发,卒然而书之,而天下之学为文者莫能过焉,以其为本昌,为源博也。(《宋学士文集》卷六十六)

因此,欲求为文,必须"参之于气而致其平,推之为道而验其恒,蓄之为德而俟其成",这才是培本深源之法,而不必"攻乎虚辞,以自附乎古"。这是因为文者"发乎心也",心者"主乎身也",圣贤"道德仁义积,而气因以充;气充,欲其文之不昌,不可遏也"。而今之人"不浚其源而扬其澜,不培其本而抽其枝",为文只能枯槁。宋濂以"圣贤之文"作为立论根据,首先论证圣贤之文的来源,反证以今之人的舍本求末;继而说明文发乎心而主乎身,立身是为文的根本;最后说明欲知圣贤之为人,必读圣贤之遗书。全文主旨鲜明,层层递进,颇富说服力。

又如《六经论》,本乎理学正宗,论述"六经皆心学"的道理,颇有雄辩之气。文章起首说:

> 六经皆心学也,心中之理无不具,故六经之言无不该。六经,所以笔吾心之理者也。是故说天莫辨乎《易》,由吾心即太极也;说事莫辨乎《书》,由吾心政之府也;说志莫辨乎《诗》,由吾心统性情也;说理莫辨乎《春秋》,由吾心分善恶也;说体莫辨乎《礼》,由吾心有天叙也;导民莫过乎《乐》,由吾心备人和也。人无二心,六经无二理,因心有是理,故经有是言。心譬则形,而经譬则影也,无是形则无是影,无是心则无是经,其道不亦较然矣乎?(《宋濂全集》卷二十八)

因此,圣人之所以要传六经之学,"唯在乎治心,心一正则众事无不正"。而后学之士,或沉迷传注,不知治心之理,或"割裂文义,以资进取之计",这实在是违背圣人传经之本意。全文慨乎其言,抑扬顿挫。

胡翰(1307—1381)的论辨文,一般议论平正,文风朴实,晓畅可读。《四库全书总目》云:"史又称翰少从吴师道及吴莱学为古文,复登同邑许谦之门。今观其文章,多得二吴遗法,而持论多切世用,与谦之坐谈诚敬小殊。然尝与修《元史·五行志》,序论即其所撰,今见集中,于天人和同之际,剖析颇微。《牺尊辨》、《宗法论》诸篇,亦湛深经术,则又未尝不精究儒理也。"(卷一百六十九《胡仲子集》提要)"湛深经术"、"精究儒理",同样表现出元明之际文章家的主流风貌。

如《井牧论》,从便民、利民、悦民着眼,极力赞许古代的井田之制:

> 天地养万物,圣人养万民。故天下之利,圣人不私诸己,亦不以私于人,井田之制是也。井田者,仁政之首也。井田不复,仁政不行,天下之民始敝敝矣。(《胡仲子集》卷一)

胡翰察觉到历代豪强贵族兼并土地对政权所带来的严重危害,所以肯定汉初的名田之议"犹古之遗意",元魏的均田之法"犹古之遗制",并谓后者虽优于前者,但也不如古代的井田之制。文中批评汉中期土地集中之弊,然后论述历代所采取的抑兼并、均土地的各种措施,而强调实行井田制的优越性,罗列"十便",集中描述了限田抑富、均田授农的社会理想。元代土地高度集中,蒙古贵族、僧侣、官僚地主,竞占民田,豪富之家,几于千顷,农民迫于饥寒,纷纷起义反抗。胡翰的均田方案,就是在这样的历史条件下提出来的。文章列举史实,详明而扼要,颇富说服力,风格平易质实,是文人论政的典型方式。

贝琼(1315—1379)的文章,"冲融和雅,有一唱三叹之音。史称宋濂为司业,建议立四学,并祀舜、禹、汤、文为先圣。琼作《释奠解》驳之,识者多是琼议。则其考证古礼,尤有依据,不但词采之工矣"(《四库全书总目》卷一百六十九《清江诗集文集》提要)。《释奠解》一文,首以问答开篇,行文之气颇盛:

> 或问余:"三皇何人也?"曰:"古圣人也。"曰:"其为圣人也奈何?"曰:"庖牺氏阐天下之文,神农氏兴天下之利,黄帝制器尚象,以通天下之变,此为治者莫过于三皇也。"曰:"孔子之于三皇何如?"曰:"孔子不得如三皇。修君师之职,于是删《诗》、《书》,正《礼》、《乐》,赞《周易》,修《春秋》,以明纲常于万世。德虽同而事则殊矣。""然则祀三皇于学,以孔子配之,可乎?"曰:"不可。""以三皇为先圣,以孔子为先师,奚为不可也?"曰:"义各有所当也。"(《清江贝先生文集》卷十三)

以下则举经典之说,详加辨析,原原本本,有理有据。

贝琼曾撰《学校论》,倡言学校的重要作用不是在于传播知识,而是在于陶冶性情:

> 学校合子弟而教之,折其气而约于礼,收其心而进于道。刚者矫而巽,邪者正而中,钝者攻而锐,昏者发而明,戆者变而通。入焉有孝之行,出焉有忠信之言,岂非由于教而然邪?(《清江贝先生文集》卷二十三)

而教子弟之法,其要在"因其性而为教","辟之于水,导之则行,不患其塞而为害,疏之则下,不忧其激而反流"。贝琼于洪武六年(1373)任国子助教,九年(1376)改官中都国子监(《明史》卷一百三十七《贝琼传》),多年行教,深知学校教育之旨,故所言多切于实际。

苏伯衡(1360年前后在世)有《苏平仲集》,宋濂《序》称其文"精博而不粗涩,敷腴而不苛缛,不求其似古人而未始不似也"(《苏平仲集》卷首)。《明史·文苑传》称,洪武十年(1377),宋濂以翰林学士承旨致仕,荐伯衡自代,称其"文词蔚赡有法"。他的论辨之文最可称道,如《默存斋释》、《寓轩解》、《桔亭对》、《听竹轩对》、《舣航辩》、《名亭辩》、《太素原》等(并见卷一)。如《默存斋释》本为斋堂之记,却用答难、释疑之体,颇具驳论的气势。文章写道:

> 余君可立读《易》,至"尚口乃穷",惕然有警,于是以"默存"名其斋。而或者非之曰:"语默何常之有哉?惟其时而已矣。时不可默,夫安得而默?时不可不默,夫安得而不默?不可默而默,则蹈仲尼之所谓隐;不可不默而不默,则蹈仲尼之所谓躁。隐,君子不为也;躁,君子亦不为也。今可立以'默存'名斋,盖有取'默默者存'之语也,是将胥为缄默苟存之徒矣,焉往而不为隐哉?事亲也,其能柔声以谏乎?事君也,其能犯颜以诤乎?交朋友也,其能忠告而善道之乎?何哉可立之名斋也!"

> 余曰:"可立之名斋,未必过也。而子之求之,未必不过也。可立之意,亦将以默而存其不默云尔。不默而以默存,古之人亦有之矣。……夫不默以默存者,天之道也。天之有雷,不犹人之有言乎? 雷收声于秋冬,寂若无者,此非以默存不默乎? 当春夏之际,轰然而鸣,天地之间,品物之众,有知无知之属,无不鼓舞动荡,甲者拆而勾者申,凝者散而蘗者遂,其功至于若是,则固存于秋冬之默也。使雷日夜隐隐吱吱,又安能神其用乎? 故夫人患不能默耳,不患不能不默也。苟能默矣,于不默乎何有? 平居默默,似不能言者,及临大事,决大议,一言而定国是,功存社稷,泽存子孙,名存宇宙,此善默者也,而非明乎天道者,乌乎能之哉? 不然,自古以敢言而受上赏者既多,以不言而遭显戮者不少,然则不默果不足以存身乎? 默果足以存身乎?"
>
> 客愧而默默,遂书以为《默存斋释》。

全文以如何"存身"为本旨,论述"默"与"不默"二者的不同取向及其关系,而以"不默以默存"为"天之道",理到而气昌,意精而辞达。

方孝孺(1357—1402)是宋濂的学生,同样秉持理学正统观念,恒以明王道、致太平为己任,文章"大旨一归于明道,韩、欧、程、朱,要非二人"(俞化鹏《重辑方正学先生文集序》)。清朱彝尊称:"宣德以还,文字之禁渐弛,公文始显于世。其闳深博大,骎骎乎驰逐昌黎、眉山之间;至其谈理之文,渊懿醇正,虽淳熙诸儒不足过。"(《曝书亭集·逊志斋文钞序》)但与宋濂不同,方孝孺的论辨文纵横豪放,议论恢宏,大有纵横家气势。明郑瑷称:"方希直志高气锐,而辞锋浩然,足以发之,故其文奇峻有光焰,真近世豪杰之士。"(《井观琐言》卷一)

由于信守理学观念,方孝孺时发迂阔之论,不免纸上论道。他撰有《深虑论》十篇,其一云:

> 虑天下者,常图其所难而忽其所易,备其所可畏而遗其所不疑。然而祸常发于所忽之中,而乱常起于不足疑之事。岂其虑之未周与? 盖虑之所能及者,人事之宜然,而出于智力所不及者,天道也。(《逊

志斋集》卷二)

这无疑是从正确的前提下引申出错误的论点。但是他却引证大量史实,申论这一错误的论点,如秦之变封建为郡县,汉之大建庶孽为诸侯,以及"光武之惩哀、平,魏之惩汉,晋之惩魏,各惩其所由亡而为之备,而其亡也,盖出于所备之外"。又引证唐太宗与宋太祖开国初的一些措施,往往是"虑切于此而祸兴于彼,终至于乱亡"。总结这些历史教训,他得出的结论是:"盖智可以谋人而不可以谋天。"他提出的方略是:"惟积至诚,用大德,以结乎天心,使天眷其德,如慈母之保赤子而不忍释,故其子孙虽有至愚不肖者足以亡国,而天不忍遽亡之。"他认为,这就是"虑之远者"。其实这是相当迂阔的腐儒之见。方孝孺辅佐建文帝,无功而迅遭失败,便证明了这套理论的破产。

方孝孺指陈治道的政论,其目的都是为维护政权的长治久安。如《民政》的题旨是探求"使天下之民知道而易使"的途径,提出治民与教民的统一,认为:

> 故斯民至于秦而后兴乱,后世亡人之国者,大率皆民也,其祸实自秦始。秦之民,即三代之民也。在三代之时,则尊君而附上;当秦之时,则鸷狠凶戾,视其君如仇雠。岂民之过哉?无法以维之,无教以淑之,而不知道故也。

从这种认识出发,他说:

> 治天下者,未尝愿天下之不治,而不修致治之法,犹愿无死而不食也。致乱之由非一端,莫甚于治民无法。治民之法既定,世有叛将亡卒,挟奸而肇衅,絷而杀之,易易耳。乱亡所以相踵者,无赖者为之倡,好乱之民皆起而从之也。使斯民皆知君臣之义,或有狂夫怪民出乎其间,众缚而告于司寇,何乱之能成?(《逊志斋集》卷三)

他所提出的治民之法,也纯属书生之见。他所建言的教民之法,相当迂执。如:"春秋合之以祭祀,和之以饮酒,导其忠顺之道,罚其不律令者。遇征发,以趋事为先者上,而厚赏以劝之,以讪评败类者为下,而屏黜以愧之。"认为通过这类方法,以求化民成俗,这显然是不切实际的。

当然,方孝孺的论辨文并非都持迂阔之见,有时也有通达之言。如《民政论》的姊妹篇《明教论》,就有些可取的见解。如:"圣人之取人,德不求其全,而取其不违乎道;艺不求其备,而贵乎能致其精。"因为"求人大全,则天下无全才,不若因德命官之为无失也。"这是从实际出发的用才之道。又主张因材施教:"人有刚毅而重厚者,有慈良而顺爱者,有疏远而明断者,有强识而通敏者,有沉勇而有威者,有多力而任武者,此六人者,使曲徇众人所能,必不能堪,苟因其所有而教之,于成才也奚难!"议论相当平允切实。

方孝孺撰有数十篇史论之作,即今而论古,时有奇警之论,或启人深思,或发人深省。如《晋论一》从史籍对司马师行为的不同记载中,得出这样的认识:

> 书不可尽信也,而纪载之词为尤甚。同时而仕,同堂而语,十人书之,则其事各异。盖闻有详略,辞有工拙,而意之所向,好恶不同。以好恶之私,持不审之论,而其词又不足以发之,能不失其真者鲜矣。况于世之相远,或数百年,耳不闻其言,目不睹其事,身不预当时之得失,意揣心构,以补其所不足,而增其所未备;或有所畏而不敢直书,或有旧恩故怨而过为毁誉,或务奇炫博而信传闻之辞,或欲骇人之视听而驾为浮辨。自左氏、司马迁、班固不能免乎此弊,况世之庸史,其能传信而不诬哉?苟不因人君之贤否以考其政之治乱,因行事之忠诈以定其人之功罪,而欲尽信史之言,则奸邪或幸免而无所惩,豪杰之士咸有遗恨矣。(《逊志斋集》卷五)

历史叙述不等于历史事实,既有记载者主观之褒贬,也有记载者客观之详略工拙,方孝孺能有如此通达的见解,实为难得。

借助于对历史和现实的深刻认识,细心地辨析具体史实,进而总结出具有普遍意义的道理,这是方孝孺史论文章的基本写作路数。虽然篇篇如此,结构不免板滞,但是其中佳作,气盛而辞达,行文颇为跳脱。如《严光》云:

> 君子之处世,必乎仕则忘其身,必乎不仕则忘其民。忘身不智也,忘民不仁也,皆非君子之事也。譬之水之在川,通则流,障则止,随其所遇,而水不与力焉。故隐不求名,仕不规利,各当其宜而已。
>
> 严子陵之不仕光武,或以不事王侯为子陵之高,子陵岂为名高而隐者哉! 使有意于隐,而偃蹇不屈,以邀人主之尊礼,则樊、英之流,钓禄位之术耳,吾知子陵不为是也。贤者非事君之为难,而行道之足贵。故量其主而后入,察其几而后动,不使吾君有得贤不任之讥,吾身有窃位负国之愧。子陵与光武,布衣研席之旧,知其志趣德量之浅深,审矣。苟光武推诚善任,子陵宁不少贬相辅以济斯民乎?以其事观之,不任三公而政归台阁,大臣以切直死者有之,群臣以非谶而见罢黜者有之。子陵刚介人也,不默默以固位,必谔谔与之争,光武岂能堪之? 与其用而使人主有疏薄故旧之嫌,则孰若不仕以全君臣之义哉? 此子陵所以为君子,而后世莫能窥其本心者也。
>
> 王良友人诮良曰:"不有忠言奇谋而取大位,何往来屑屑,不惮烦也?"呜呼! 为此言者,其知子陵之志也乎!《易》曰:"君子见几而作。"子陵近之。(《逊志斋集》卷五)

全文以"各当其宜"论仕隐之选择,以为严子陵决非"为名高而隐者",其所以不仕而隐,是因为他对光武的"志趣德量之浅深审矣",深知光武非"推诚善任"之君,所以才"不仕以全君臣之义"。全文四百六十多字,剖析入微,简洁明快。朱元璋曾作《严光论》,指责严光为"罪人大者",其意盖在于威慑蒙元遗民。方孝孺当读过朱文,此文恰可作为驳论[①]。

---

① 参见郭预衡:《中国散文史》下册,上海古籍出版社,1999年版,第55页。

知徒莫如师,宋濂曾称道方孝孺的文章:"精敏绝伦,每粗发其端,即能逆推而抵于极,本末兼举,细大弗遗。见于论著,文义森蔚,千变万态,不主故常,而辞意濯然常新,滚滚滔滔,未始有竭也。"(《宋学士文集》卷七十《送方生还宁海并序》)方孝孺史论之文,最能见出这一特点。

第二节　明前期论辨文

明前期的论辨文作家，值得称道的，有李时勉、刘球、王直、程敏政、徐有贞等。

李时勉(1374—1450)著有《古廉文集》。他的论辨文，如《文说》、《易说》、《琴书说》、《化导说》、《怀德说》、《成性说》、《习静说》、《冠礼说》、《未斋说》等，大抵"浑厚醇正，博洽赡丽，淡然菽粟之味，锵然韶钧之鸣"(萧尚彝《古廉文集后序》，《古廉文集》卷末)。又如《师友说》，以韩愈《师说》所谓"师者，所以传道授业解惑者也"为基本论点，从正反两方面扼要地论述"师弟子之所以为教与学，有成与否"：

> 夫所以为教者，必由于是而后其教行；其所以为学者，必由于是而后其学进。是故为师者，道既充矣，而必为人传之；业既广矣，而必为人授之；惑既释矣，而必为人解之。彼不吾求也，不吾受也，不吾问也，是自弃自暴者也，绝之可也。为弟子者，道不足于己，必于师而求之；业未成于己，必于师而就之；惑未释于己，必于师而辨之。彼不吾传也，不吾授也，不吾解也，是为己而非为人者也，去之可也。夫如是，则为教者诚，而为学者笃，其能相与以有成也必矣。
>
> 若夫为师者靳怪闭固，非有重资厚币足以动人者，未肯一轻示之，而辄绝之。为弟子者，怠惰玩愒，非有诵习可以速成者，未肯一轻从之，而辄去之。是则为师者不知所以为教，为弟子者不知所以为学，其能相与以有成者鲜矣。(《古廉文集》卷七)

如此行文，隐然有八股气息，但却出自情衷，确乎"平易通达，不露圭角，多蔼然仁义之言"(《四库全书总目》卷一硬七十《古廉文集》提要)。

李时勉论辨文有八股气息，他自己也不讳言。在《文说》中，他说：

> 今之所谓时文者,特掇科求仕者假是以进焉,虽其文体轻浮疏浅,而于道则未尝戾也。道在是而不戾,则由是而进于古也,不难矣。……夫六经之所载者,皆圣人之言,未尝有心于为文,而文从之者,其道在焉耳。读其书,则思所以穷其理;诵其言,则思所以行其道。由乎仁义之途,而不汩于利诱之私,使其气充而理得,则其发于文者,自优然而及于古,岂有异术哉?(《古廉文集》卷七)

以八股之道、八股之格,贯穿于文章之中,而以浅显平实的语言加以表达,这是李时勉论辨文的风格,也是永乐、宣德、正统年间占主导地位的论辨文风格。

例如王直(1379—1462)尝作《夷齐十辨》(《抑庵文集·后集》卷三十五),辨说"夷齐无不食周粟、饿死首阳之事",其目如下:

> 一辨夷齐不死于首阳山
> 二辨首阳所以有夷齐之迹
> 三辨山中乏食之故
> 四辨夫子用齐景公对说之由
> 五辨武王之世恐无夷齐
> 六辨《史记》本传不当削海滨辟纣之事
> 七辨道遇武王与《周纪》书来归之年不合
> 八辨父死不葬与《周纪》书祭文王墓而后行者不同
> 九辨太史之误原于轻信逸诗
> 十辨《左氏春秋传》所载武王迁鼎义士非之说亦误

全文以事实为据,不发空言,体现出王直"文章不务胜人,惟求当理"、"温厚和平"的文风(《四库全书总目》卷一百七十《抑庵集》提要)。

又如刘球(1392—1443)为官刚毅切直,为文却"和平温雅,殊不类其为人"(《四库全书总目》卷一百七十《两溪文集》提要),却颇合于时代文风。他的论辨文有《说囿》、《说水》、《内省说》、《文会说》、《南岐瘿者说》、

《养树说》《听其自然说》《说舟》《马喻送王善广赴春闱》《论志送周蒙南归》等,大抵皆为借喻说理之文,"有典有则,粹然一出乎正"(彭时《两溪文集原序》,《两溪文集》卷首)。如《说圃》一文,借治圃以说学,循循以诱之,颇有儒者风度:

> 尝圃于秽谷之中,以食诸从游者。其地硗也,粪之以倍,而后饶;其苗芜也,薙之旦旦,而后治;其亢而易燥也,沃之以荷水,而后洳。其致力也甚劬,其为事也未易,然倍得美茹,以分之家,以惠其邻之馑者,未尝病其不足也。已而得易圃于居之西偏,不待粪之而饶,不必日薙之而治,不假荷水之沃而自洳,于力无费,于事无难,然一岁至馑者数,常仰给之邻家,犹未见其有余。何不得地而有其利,得地而不有其利欤?诚以人为有勤惰,功施有疏密,以致其然也。
>
> 人之为其学,亦犹是乎?居吾之下,而其学也突然出吾上;居吾之上,而其学也坠然在吾下,其何由而上下于吾哉?功用之上下于吾也。故学不以其年之长少,不必其质之美恶,不以其进之先后,劳加于人则加于人,力后于人则后于人,能自进焉则日进,欲自退焉则日退。苟无忌其难,无易其易,加之以勤,持之以久,则愚不肖,未有不可为智与贤;若其难则置之,易则慢之,勤则怠施,久则生厌,虽智且贤,未必不为愚不肖之归。故有志立于未遂之前,亦有功隳于垂成之日。书曰:"圣罔念作狂,狂克念作圣。"其是之谓乎?(《两溪文集》卷十七)

文章所说的道理虽然浅显明白,但以治圃为喻,便深意自见,不仅有助于励学,也有益于励志。另有《水说》一文(《两溪文集》卷十七),也有异曲同工之妙。

天顺、成化年间,文章家时以奇气与博学相济,文风有所变化。如徐有贞(1407—1472)的论辨文,"奇气坌涌,而学问复足以济其辩"(《四库全书总目》卷一百七十《武功集》提要)。《武功集》中《君师论》《文武论(前)》《文武论(后)》《宽猛辨》《言行说》《玉山说》《制纵论》《谏说》、

《汉元功与唐凌烟功臣优劣论》《周礼在鲁论》等,"多杂纵横之说。学术之不醇,于是可见;才气之不可及,亦于是可见"(《四库全书总目》卷一百七十《武功集》提要)。如《文武论(前)》(《武功集》卷一)开篇即云:

> 世常以文武为二事,予甚病之;非予之病之,为天下病之也。为天下病之者何?文武为二事,则天下无全才;天下无全才,则吾道之用阙;吾道之用阙,而天下之事不治。夫文武皆吾道之用,固儒者之事也。为儒而不备文武者,不足以为儒。

以下首论"古之圣贤皆儒也",继论"古之所谓文,非今之所谓文也;古之所谓武,非今之所谓武也",复论"儒者之事失"而天下之治不可得,倘若"儒者而知事其事,文武之才萃于厥躬",则天下可治。这些论点并不新鲜,但在明代政治萎弱之时,呼唤文武兼备的"真儒",这显然是有为而发的。

稍后,程敏政(1445—1499)的论辨文尤以史论见长,见解独特,往往足以"成一家言"(李东阳《篁墩文集原序》,《篁墩文集》卷首)。如《篁墩文集》卷十一,《陈平论》申言"西汉之士,其策事率以利而不以义";《伍员论》倡言"父子之亲,君臣之义,一也,不幸而处其变,则如之何?曰:君臣之合以人,父子之合以天,以人者可绝,而以天者不可绝";《狄仁杰论》揭示"凡事之成,虽出于人,然其所以成者天也"。凡此,大都戛戛独造,不同凡响。

李东阳(1447—1516)"为文典雅流丽"(《明史》卷一百八十一本传),是明前期扭转一代文风的著名文章家。钱谦益评道:"西涯之文,有伦有脊,不失台阁之体。"(《初学集》卷八十三《书李文正公手书东祀略卷后》)李东阳的论辨文,如《合从连横论》《韩信论》《曹参论》《弈说》《原寿》《政难赠杨质夫》《移树说》《原礼赠乔希大宗伯》《邃庵解》等,风格皆平正典雅,从容不迫。如《弈说》云:

> 吾尝观于弈矣。弈之初本无情也,卒然而合之,疆分类别,击取攘劫,若有得失乎其间者。及其地交意偪,主于必胜,其势莫肯先却焉。故或役心命志,如蛛游蜩化,而不自知。其胜者施施然,若辟土

地而朝秦楚；不胜则赧面戟指，无所不至。

今之言弈者必以适，以适而反自劳，则不若缩手而旁观者之为适也。劳与适相遭，非智者不能卒辨。至于覆图敛奁，则其所谓胜负者，始茫乎其不可揽，然后劳亡而逸见，其甚者犹或以夸之乎人，或怅怏郁结，愈不可释。呜呼！此又何哉？

古之不善弈者曰苏子瞻，其言曰："胜固欣然，败亦可喜。"则是知不工于弈者，乃得弈之乐为深。人之达于是者，可与言弈也。世之善喻世者，必以弈。以弈观世，鲜有不合者也。（《怀麓堂集》卷三十六）

文章由博弈者之心态发论，倡导以"胜固欣然，败亦可喜"的超然态度处世，可谓善喻世者。

李东阳门下以论辨文著称者，有罗玘和邵宝。罗玘（1447—1519）虽为李东阳门生，但为人"尤尚节义"，为文"务为奇奥"（《明史》卷二百八十六本传），人品与风格，均与李东阳迥异。如《西溪渔乐说》：

渔与樵牧耕，均以业为食者也。其食之隆杀，惟视其身之勤惰，亦无以异也。然天下有佣樵、有佣牧、有佣耕，而独无佣渔。惟其无佣于人，则可以自有其身。作吾作也，息吾息也，饮吾饮而食吾食也，不亦乐乎！盖乐生于自有其身故也。若夫佣，则身非其身矣。吾休矣，人曰"作之！"吾作矣，人曰："休之！"不敢不听命焉。虽有甘食美饮，又焉足乐乎？岂惟佣哉！食人之禄，犹佣也。

故夫择业，莫若渔，渔诚足乐也。而前世淡薄之士托而逃焉者，亦往往于渔。舜于雷泽，尚父于渭滨，然皆为世而起，从其大也，而乐不终。至于终其身乐之不厌，且以殉者，古今一人而已，严陵是也。

义兴吴心远先生渔于西溪，亦乐之老已矣，无它心也。宁庵编修请曰："仲父得无踵严之为乎？"先生曰："吾何敢望古人哉！顾吾乡邻之渔于利者乐方酣，吾愚不能效也，聊以是相配然耳。"有闻而善之、为之说其事以传者，罗玘也，南城人。（《圭峰集》卷二十二）

文章识见高卓,以为渔者因"无佣于人,则可以自有其身",故"诚足乐也";而一旦"佣于人",则"身非其身矣","又焉足乐乎"?这表现出一种追求自由的鲜明意识。全文以"渔乐"为眼,反衬以佣樵、佣牧、佣耕乃至食人之禄;又以严子陵为极致,反衬以"舜于雷泽,尚父于渭滨"。行文简洁明快,议论鞭辟入里。罗玘另有《严子陵祠堂碑》(《圭峰集》卷十三),文中称严子陵"有水滨之寂寞而无大内之深严,区区之荣利,鸥耶鹭耶而已矣",可与这篇文章同看①。

邵宝(1460—1527)"为诗文,典重和雅,以东阳为宗。至于原本经术,粹然一出于正,则其所自得也"(《明史》卷二百八十二)。他的论辨文,以短论与杂说最可称道,大抵"师韩而不必似韩","体裁简重,兴寄闲远"(王鏊《容春堂集序》),多有可读者。如《治水论》上、下二篇(《容春堂集·前集》卷九),以为今之治水者不必同于禹之治水,因"所空之地狭于禹","所处之势难于禹","所求之效大于禹",而倡言"以不治治之"。上篇条分缕析,下篇以医为喻,转折有法,简洁明白。又如《对问性者》:

> 性犹水也。水,未出山为云,出山而成形,始命曰水。论水者,其于是,斯得水之实矣。前乎是者,是以云论水也;后乎是者,是以涧溪江河海论水也。涧溪江河海独非水乎?杂于泥沙而非水之本也。以云论水则迂,以涧溪江河海论水则陋。由君子观之,宁迂无陋。知此,可以论性矣。(《容春堂集·续集》卷八)

此文虽为谈性之文,却既无嚼蜡之辞,亦无拘执之见,言简而意赅。清人称邵宝文章"边幅少狭,而高简有法,要无愧于醇正之目"(《四库全书总目》卷一百七十一《容春堂集》提要),于此可见一斑。

李东阳茶陵一派的论辨文,已开弘治、正德之后论辨小品的先声,从上举诸例可以见之。

---

① 参见郭预衡:《中国散文史》下册,上海古籍出版社,1999年版,第98页。

第三节　明中期论辨文

弘治、正德年间,拟古之风渐盛,文坛风气丕变。李梦阳(1473—1530)等弘德七子,皆不以论辨之文见长,而略有可取者,多为论辨小品之流。如李梦阳《空同集》卷五十八至卷六十一"杂文"中,《训敦》、《原火》、《原寿》、《贾论》、《作志通论》、《蛤雀论》、《说农赠薇山子》、《月坞痴人对》、《虚里子对》等篇章,大多短小精悍。如《贾论》:

> 语人曰:"贾之术恶。"人必以为谬。然不知贾深刻取嬴羡,深刻则心易残,取嬴羡则戕物,故非大奸巧不能逾等夷。然贾亦不尽尔,若尔常十七八,亦其术使然也。夫心神,舍也。深刻则耗神,耗则昏眊而形不和,形不和则不能修于身,行此,非术之罪哉!
> 今天下机利莫大于盐,若货盐,若货散而之四方剧,故盐若货贾尤富实,易尽力,而其人则率能目语额瞬,谈智于尺寸之间,而窥窬于分毫之际。泰者则辄揳妓女、弹鸣瑟,即肥甘绮丽、车马珍玩诸属,与诸大贵人等矣。夫贾,编户之民也,而一旦音乐妓女之奉,肥甘绮丽、车马珍玩诸属与诸大贵人等,则淫侈而易为邪。夫入深谷翳林而能得材者,择木者也;处奢靡逾躐而能制心者,择行者也。是以陶朱公居置千金,而显名天下,传于后世。故不务仁义之行,而徒以机利相高者,非卫欲喜生之道也。

这篇文章所言者浅易,而用语则艰深,正是"故作聱牙,以艰深文其浅易"之类(《四库全书总目》卷一百七十一《空同集》提要)。

相比较而言,何景明(1484—1521)的《说琴》一文,则饶有情致,在七子文章中属于别调。这篇文章用制琴的取材,比喻对人才的培养和使用,行文略显堆垛,用语时或晦涩,但条分缕析,朗朗可读:

> 凡攻琴者,首选材,审制器。其器有四:弦、轸、徽、越。弦以被音,轸以机弦,徽以比度,越以亮节。被音则清浊见,机弦则高下张,比度则细大弗逾,亮节则声应不伏。故弦取其韧密也,轸取其栝园也,徽取其数次也,越取其中疏也。今是琴,弦之韧疏,轸之栝滞,徽之数失钧,越之中浅以隘。疏,故清浊弗能具;滞,故高下弗能通;失钧,故细大相逾;浅以隘,故声应沉伏。是以宫商不识职(识,一本作诚),而律吕叛度。虽使伶伦钧弦而柱指,伯牙按节而临操,亦未知其所谐也。……
>
> 吾观天下之不罪材者寡矣。如常以求固执,缚柱以求张弛,自混而欲别物,自褊而欲求多。直木轮,屈木辐,巨木节,细木欀,几何不为材之病也?是故君子慎焉,操之以劲,动之以时,明之以序,藏之以虚。劲则能弗挠也,时则能应变也,序则能辨方也,虚则能受益也。劲者,信也;时者,知也;序者,义也;虚者,谦也。信以居之,知以行之,义以制之,谦以保之。朴其中,文其外,见则用世,不见则用身。故曰:虽愚必明,虽柔必强,材何罪焉?(《何大复集》卷三十三)

这两段文字,皆用辗转递进之法,句法、语气实得《左传》行文之神,可谓善学古者。此外,何景明《何子》12篇(《何大复集》卷三十至三十一),切中时弊,主张依法治国,勇于立论,也是难得的好文章。

黄省曾(1490—1540)曾学诗于李梦阳,文章亦染拟古之习。王世贞以为,黄省曾的论难之文,风格似东汉王充(《五岳山人集》卷首《五岳山人集序》)。其实,黄省曾固然与王充一样善于辨伪,但王充的论辨文"始若诡异,终有实理"(《后汉书·王充传》),而黄省曾的论辨文则更多堂堂正正之气。不过,他的文章跟王充一样,也有"反复诘难,颇伤辞费"的缺点(《四库全书总目》卷一百二十《论衡》提要)。如《难柳宗元封建论》开篇立论:

> 王天下者,计乎生民而已,非可仅曰子孙利也。计在子孙,未有能利其生民者也。不能生民利,而能终庇其子孙者,鲜矣。

以此为据,他认为:"宗元《封建论》,大抵为子孙也,卑乎浅矣!"以下即列举大量历史事实,逐一驳斥《封建论》中的观点(《五岳山人集》卷二十八)。《仕意篇》(上、下),针对科举制度盛行时,仕意与古有异,"徒以富贵为心",发为议论说:"古之仕也以民,今之仕也以身;古之仕也以国、以天下,今之仕也以其家。仕与古均而意与古缪。"(《五岳山人集》卷三十四)《难墓有吉凶论》、《难术家以八字射决论》二文(《五岳山人集》卷二十九),以自然现象和社会常识为据,批斥"堪舆风水之说"和"珞琭三命之说",破除世俗之见,鞭辟入里。后文设与术士沈生辩难,层层递进,洋洋洒洒,若江河决口,势如破竹,最能体现黄省曾论辨文的风格。

弘治、正德年间,以论辨之文称,而能不蹈复古,挺出时流者,有祝允明、王守仁和杨慎等。

祝允明(1461—1527)《怀星堂集》卷十、卷十一为"论议",收其论辨文27篇。黄宗羲《明文海》选录其中《古今论》、《国年论》、《后国年论》、《烧书论》、《戏论》、《心气体交养论》、《性论》、《学坏于宋论》、《治乱论》、《贡举私议》、《孔子庙堂续议》等11篇,其数量在论辨文类作家中名列前茅。

清王士禛云:"明文士如桑悦、祝允明,皆横口横议,略无忌惮。"(《香祖笔记》卷一)这种"横口横议,略无忌惮"的特点,鲜明地体现在祝允明的论辨文中。如《怀星堂集》卷十中,《治乱论》提出"治不可绝也,乱亦不可绝也";《古今论》称"谈者类判古今为歧途,吾恒患之。大校君子多是古而非今,细人多狃今而病古,吾以为悉缪也";《学坏于宋论》指责宋儒"谋深而力悍,能令学者尽弃祖宗,随其步趋,迄数百年不寤不疑而愈固"。皆敢于直言己见,无所忌惮。《烧书论》一文,承"答客问"的传统,以设问的修辞手法,指出秦政烧书,实"不善燔"。那么,可烧的书有哪些呢?文章写道:

> 所谓相地风水术者;所谓阴阳涓择芜鄙者;所谓花木水石、园榭禽虫、器皿饮食诸谱录题咏,不急之物者;所谓寓言、志传、人物,以文为戏之效尤鬼琐者;所谓古今人之诗话者;所谓杜甫诗评注过誉者;所谓细人鄙夫铭志别号之文,富子室庐名扁记咏为册者;所谓诗法、

文法、评诗、论文,识见卑下,僻缪党同自是者;所谓坊市妄人纂集古今文字,识猥目暗,略无权度可笑者;所谓滥恶诗文,妄肆编刻者;所谓浙东戏文,乱道不堪汙视者;所谓假托神仙修养诸门,下劣行怪者;所谓谈经订史之肤碎,所证不过唐宋之人,所由不过举业之书者;所谓山经地志之荒诞,尘游宦历之夸张者;所谓相形、禄命、课卜、诸伎之荒乱者;所谓前人小说,资力已微,更为剽窃润饰,苟成一编,以猎一时浮声者;所谓纂言之凡琐者;所谓类书之複陋者;所谓僧语道术之茫昧者;所谓扬人善而过实,专市己私,毁人短而非真,公拂人性者。

洋洋洒洒,随手列举,漫无伦次,句式亦长短不拘,于此可见祝允明愤世之嫉与持论之烈。从中我们也可以看出弘、正时期书籍刊刻的盛况,以及文化市场之繁荣。

王守仁(1472—1528)认为:为文作论,"譬之植焉,心其根也。学也者,其培壅之者也,灌溉之者也,扶植而删锄之者也,无非有事于根而已。"(《王阳明全集》卷七《紫阳书院集序》)这是王守仁论辨文的依归。他的论辨文,尤擅长于运用生动具体的比喻,以一组或几组排列对比的偶句,形象地阐明他的观点,深入浅出,因小见大。如《示弟立志说》:

夫立志亦不易矣。孔子,圣人也,犹曰:"吾十有五而志于学,三十而立。"立者,志立也。虽至于"不逾矩",亦志之不逾矩也。志岂可易而视哉!夫志,气之帅也,人之命也,木之根也,水之源也。源不浚则流息,根不植则木枯,命不续则人死,志不立则气昏。是以君子之学,无时无处而不以立志为事。正目而视之,无他见也;倾耳而听之,无他闻也。如猫捕鼠,如鸡覆卵,精神心思凝聚融结,而不复知有其他,然后此志常立,神气清明,义理昭著。一有私欲,即便知觉,自然容住不得矣。

故凡一毫私欲之萌,只责此志不立,即私欲便退;听一毫客气之动,只责此志不立,即客气便消除。或怠心生,责此志,即不怠;忽心生,责此志,即不忽;躁心生,责此志,即不躁;妒心生,责此志,即不妒;忿心生,责此志,即不忿;贪心生,责此志,即不贪;傲心生,责此志,即不傲;吝心生,责此志,即不吝。盖无一息而非立志责志之时,无一事而非立志责志之地。故责志之功,其于去人欲,有如烈火之燎毛,太阳一出,而魍魉潜消也。(《王阳明全集》卷七)

这篇文章所说的"志",无非是"此心之纯乎天理而无人欲"。但剥去这层内核,仅作抽象的"立志"之说,我们不难看出,王守仁谈论立志之法,还是确乎可行的。

杨慎(1488—1559)的文章,大率既含博综之学,又挟凌厉之气,尊古而不忽近,模拟而能变化,格高气盛,"明白俊伟,能道其意之所欲言"(陈邦瞻《杨用修太史集序》,《升庵集》卷首)。他的论辨文,篇章极富,个性倔强,风格鲜明。如《性情说》:

《尚书》而下,孟、荀、扬、韩至宋世诸子,言性而不及情。言性情俱者,《易》而已。《易》曰:"利贞者,性情也。"《庄子》云:"性情不离,安用礼乐?"甚矣,《庄子》之言性情,有合于《易》也。

许慎曰:"性者,人之阳气,性善者";"情者,人之阴气,有欲者"。李善曰:"性者,本质也;情者,外染也。"班固曰:"性者,阳之施;情者,阴之化也。"《钩命决》曰:"情生于阴,欲以系念;性生于阳,欲以理执。阳气者仁,阴气者贪。故情有利欲,性有仁也。"《礼运记》曰:"六情所以扶成五性也。"王弼曰:"不性其情,何以久行?"其正是《易》之所谓"利贞"也,《庄子》所谓"不离"也。

故曰:君子性其情,小人情其性。性犹水也,情波也。波兴则水垫,情炽则性乱。波生于水,而害水者波也;情生于性,而害性者情也。观于浊水,迷于清渊,小人也;肫肫其仁,渊渊其渊,浩浩其天者,君子也。合之则双美,离之则两伤。举性而遗情何如?曰"死灰"。触情而忘性何如?曰"禽兽"。古今之言性情者,《易》尽之矣。《庄子》之言,有合于《易》者也。述《性情说》。(《升庵集》卷五)

这篇文章显然是针对宋儒主张割裂性、情进而存性灭情的观点有为而发的。文章不仅广征博引,理据充分。以水、波喻性、情,贬斥"举性而遗情"与"触情而忘性",主张"合之则双美,离之则两伤",虽新意不显,却言简而气盛。

杨慎《封建》一文,申论唐柳宗元、宋苏轼"封建"之说,博引史实,文气强盛:

> 封建始于黄帝,不得其利,已受其害矣。……至周,则其事又可睹矣。大封同姓以及异姓,谓之万国。其初建之意,亦曰藩屏京师也,夹辅王室也,使民亲于诸侯而诸侯自相亲也。成、康继世,未百年间,昭王南巡而胶舟溺死矣,穆王西巡而徐偃煽乱矣,藩屏焉在乎?夹辅焉在乎?至于春秋战国,干戈日寻,迄无宁岁,肝脑涂地,民如草菅,乌在其为亲也?
>
> 其立之政典,防其僭窃,为述职之制曰:一不朝则贬其爵,再不朝则削其地。为建国之典曰:负固不服则伐之,内外乱、鸟兽行则灭之。其法似严矣。周之世,诸侯之不朝多矣,贬谁之爵乎?削谁之地乎?矧敢曰六师移之乎?负固不服,先莫如秦楚,后莫如吴越,天王方且迁避之不暇,敢言伐之一字乎?内外乱,鸟兽行,莫如晋之齐姜,卫之宣姜,鲁之文姜、哀姜,二嬖之子,非类之孽,方为太子而世其君,天王册命之不暇,敢言灭之一字乎?三朝之制殆为虚设,九伐之典亦是弥文,则封建非圣人意明矣。(《升庵集》卷四十八)

下文又以"川广云贵之土字"不可复为据,以孔孟之言为本,详加申说。全文议论,以博辨称雄,却不以识见称擅①。

清阎若璩批评杨慎文章"务博而不明理,好胜而不平心"(《潜邱札记》),但这恰恰揭示了杨慎文章的深度和价值。当然,杨慎的论辨文,"论说考证,往往恃其强识,不及检核原书,致多疏舛"(《四库全书总目》卷一

---

① 参见郭预衡:《中国散文史》下册,上海古籍出版社,1999年版,第127页。

百七十二《升庵集》提要),是其一短,也体现出明中期的普遍学风。

嘉靖、隆庆年间,以论辨之文称胜者,有归有光、张居正、周思兼、徐渭、王世贞等。

归有光(1506—1571)虽然科场困厄,仕途坎坷,但他对关系国计民生的实际问题,多精心钻研,实地考察,并写出一系列颇有分量的著作。在他任闲职马政通判期间,参证典籍,旁征博引,纂成《马政志》,具有较高的文献价值。他又上《马政议》(《震川先生集》卷三),揭举弊端,剖析陈规,并提出扰不及民而马得蕃息的具体建议。

归有光《水利论》,以为民除患为本旨。文章开宗明义说:"吴地卑下,水之所都,为民利害尤剧。"接着从地势和历代治水得失作考察,认为解决入海道松江湮塞是关键问题。他主张继承禹治水的疏导方针,首先解决松江的湮塞问题:"松江既治,则太湖之水东下,而余水不劳余力矣。"他又撰《水利后论》,申论他的治松江以导吴水入海的方针(并见《震川先生集》卷三)。这些正确主张,在当时未被重视,直至他死前两年,即穆宗隆庆三年(1569),应天巡抚海瑞加以实施,立见功效。据丁元正《修复震川先生墓记》称:"其所著《三江》、《水利》等篇,南海海公用其言,全活江省生灵数十万。"可见他的主张是切实可行,有利民生的。

归有光一生颇重理学,大力倡导纲常伦理。但他对纲常伦理的理解,则时有越出宋元腐儒之处。如《贞女论》的总论点是:"女未嫁人,而或为其夫死又有终身不改适者,非礼也。"以下展开两个分论点:第一,"夫女子未有以身许人之道也,未嫁而为其夫死且不改适者,是以身许人也","女未嫁而为其夫死且不改适,是六礼不具,婿不亲迎,无父母之命而奔者也,非礼也";第二,"天下未有生而无偶者,终身不适,是乖阴阳之气,而伤天地之和也"。因此归有光认为:"以此言之,女未嫁而不改适,为其夫死者之无谓也。或曰:以励世可也。夫先王之礼不足以励世,必是而后可以励世也乎?"(《震川先生集》卷三)以先王之常礼,驳斥后儒之苛论,可谓百发百中。全文或据理申论,或引经据典,无一费词,简捷明快。归有光又有《贞妇辨》(《震川先生集》卷四),亦以善辨见称。

沈鲤称张居正(1525—1582):"公生平不屑为文人,然其制作,实亦非文人所能为,濡毫伸腕,悉经世大猷。"(《新刻张太岳先生诗文集》卷首《张太岳集序》)张居正的论辨文,与他的为人相近,言辞相当激切,风格颇为凌厉。如《葬地论》指出:"世言葬地能作人祸福,谓葬得吉壤,家必兴隆,得恶地,家必衰替,若影响桴鼓之符应者,悉妄也。"《义命说》批驳先儒"义命有正合"之说,认为事在人为,不在命定(并见《新刻张太岳先生诗文集》卷十五)。又如《辛未会试程策》之二(《新刻张太岳先生诗文集》卷十六)提出:

> 法不可以轻变也,亦不可以苟因也。苟因则承敝袭舛,有颓靡不振之虞,此不事事之过也;轻变则厌故喜新,有更张无序之患,此太多事之过也。二者法之所禁也,而且犯之,又何暇责其能行法哉!去二者之过,而一求诸法,斯行矣。

对于孟轲主法先王,荀卿主法后王,张居正赞成后者。他认为:"法制无常,近民为要;古今异势,便俗为宜。"因此,衡量法之得当与否,应以"时之所宜与民之所安"为准则。他以明初建立法制为例,说:

> 即如算商贾,置盐官,则桑孔之遗意也;论停解,制年格,则崔亮之选除也;两税三限,则杨炎之田赋也;保甲户马,经义取士,则安石之新法也。诸如此类,未可悉数,固前代所谓陋习敝政也,而今皆用之,反以收富强之效,而建升平之业。故善用之,则庸众之法,可使与圣哲同功,而况出于圣哲者乎?故善法后王者,莫如高皇帝矣。

议者认为,明初所定的法制,已历二百余年,"科条虽具而美意渐荒,申令虽勤而实效罔获",故必有所更张,以新天下之耳目。张居正则不以为然。他说:

> 车之不前也,马不力也;不策马而策车,何益?法之不行也,人不力也;不议人而议法,何益?下流壅则上溢,上源窒则下枯。决其壅,疏其窒,而法行矣。

因此,他主张整饬吏治,信赏必罚,综核名实,严肃法纪。此篇虽属应制之文,而议论恢宏,笔锋犀利,大有贾谊、晁错、董仲舒辈所为策论的遗意,显示出张居正有志改革朝政的怀抱与识见。史称张居正"勇敢任事,豪杰自许","慨然以天下为己任"(《明史》卷二百一十三《张居正传》),诵读其文章,可见其风采。

周思兼(1519—1565)的论辨文,多为早年所作,"出入眉山父子,气溢而材横,飚驰电击"(王世贞《周叔夜先生集序》,《周叔夜先生集》卷首)。如《治术》、《治功》、《治道》、《取》、《守》、《中兴》、《任相》、《风俗》等政论,《高帝》、《武帝》、《奇章公》、《李卫公》、《八司马》等史论,大都意气飞扬,行文畅达。周思兼的《嗤道学》、《愤横议》两篇论辨小品,最为有味。《嗤道学》云:

> 世之庸医,挟其术而不售于天下也,曰:"天下无知己。"有痹疾者,庸医谓之曰:"而必无饮酒,而必无食肉。"听其言,则病者速死,死而犹咎其不尽从。呜呼!庸医之误人危矣哉!知其为庸医而不试其术,而庸医之名幸以闻于后世,而世之君子犹以不试为庸医悲,是亦大惑而已矣。(《周叔夜先生集》卷十)

文章指出,宋之道学,就像庸医一样,欺世盗名。但一旦盗天下之名,人们反而以嗤道学者为非,真令人大惑不解。《愤横议》(《周叔夜先生集》卷十)一文指出:"天下之事,最可患者,莫大于国是之横起,而莫知其所定;而其最不可为者,则在于人主之无断。"古时"谏无定官","所以大天下之公";后世"谏官之专其责","亦足以遏天下之横议,而不至于乱"。而宋之亡国,"其患起于谏官之职不专,而小臣皆得以议国家之政,以攻大臣之不便于己者,而其君莫之罪"。这无疑是有感于现实而发的。

徐渭(1521—1593)在诸生岁考时,已以论体文为学政薛应旂赏识,以为"句句鬼语,李长吉之流也"(陶望龄《徐文长传》,《徐渭集·附录》)。他的论辨文大多收入《徐渭集·徐文长三集》卷十七"论"及卷二十九"杂著"、"杂记",前者包括《论中》7篇与《会稽县志诸论》20篇,后者有《友琴

生说》《一吾说》《井田解》《府隍神有二辨》等。其中尤以《论中》最能代表其文风,兹举《论中一》为例:

> 语中之至者,必圣人而始无遗,此则难也。然习为中者,与不习为中者,甚且悖其中者,皆不能外中而他之也,似易也。何者？之中也者,人之情也,故曰易也。语不为中,必二氏之圣而始尽。然习不为中者,未有果能不为中者也,此则非直不易也,难而难者也。何者？不为中、不之中者,非人之情也。
>
> 鱼处水而饮水,清浊不同,悉饮也,鱼之情也,故曰为中似犹易也。而不饮水者,非鱼之情也,故曰不为中,难而难者也。二氏之所以自为异者,其于不饮水不异也,求为鱼与不求为鱼者异也。不求为鱼者,求无失其所以为鱼者而已矣,不求为鱼也。
>
> 重曰为中者,布而衣、衣而量者也,自童而老,自侏儒而长人,量悉视其人也。夫人未有不衣者,衣未有不布,布未有不量者。衣童以老,为过中,衣长人以侏儒,是为不及于中,圣人不如此其量也。若夫释也者,则不衣矣,不衣不布矣,不布而量何施？故曰不为中。
>
> 黄之异缁也,则首譬曰"尚欲为鱼也",尽之矣。虽然,鱼有跃者、化者,时离水而彻饮者有矣,似难而易也。鱼不化、不跃而不离水也,而饮必无不清者,有之乎？似易而难也。故曰"中庸不可能也"。
>
> （《徐渭集·徐文长三集》卷十七）

此文析理甚精,譬喻恰当,真有"语不惊人死不休"的特点。黄汝亨称其"文崛发无媚骨"（《徐文长集序》,《徐渭集·附录》）,王思任称其"文似厌薄王侯之鲭,独存蔬笋之味;又如著短后衣,缒险一路,杀讫而罢"（《徐文长先生佚稿序》,《徐渭集·附录》）,于此可见一斑。

后七子中,王世贞(1526—1590)的论辨之文较有特色。王世贞的论史之文,往往于细微处着眼,发人所未发。如《弇州山人四部稿》卷一百一十"史论"一卷中,《太公》篇言"为管仲难,为太公易",又说:"凡太公之所为,多阴谋秘术见于《金匮》、《六韬》诸篇者"。《季札》篇论:"季札,智人也,得老氏之精而用得也。"《蔺相如》篇认为:"蔺相如之完璧,人人皆称之,余未敢以为信也。"《关公》篇论道:"关公之失荆州,以为公之失,余以为非公之失,而昭烈之失也。"《高宗》篇认为:"凡帝之所以信秦桧而必欲和者有三,而兹不与焉:一曰志足,二曰气夺,三曰中疑。"凡此,皆洞微知著,别出心裁,有理有据。

王世贞议政,也有痛心疾首之辞。如《正士风议》一文(《凤洲笔记》卷三),以"唐虞之世"为典范,总结历史经验道:"人孰不为其贵,而顾为其贱者,则是有以使之贱也。其所以使之贱者,则是在上而不在下也。探本计委,殆未可责之士也。"这的确道出了士风不正的根源。以此为据,他深刻地揭露当时士风之弊:

> 苞苴请托,依凭神社,倖道犹辟,礼门微芜。柄在貂珰,则士趋貂珰;柄在枢幄,则士趋枢幄;柄在外教,则士趋外教。其前之所以风后者,既不以为非;而后之所以风于前者,又加甚焉。

最后痛而陈辞:"古之时,化天下之氓使为士;而后之时,驱天下之士使为市氓。呜呼,可惜哉!"古今对比,一"化"一"驱",雄辩地说明:士风欲正,"在上而不在下也"。

李贽(1527—1602)"为文不阡不陌,抒其胸中之独见,精光凛凛,不可迫视"(袁中道《珂雪斋集》卷十七《李温陵传》)。他的论辨文尤能见出这种风貌。如《童心说》云:

> 夫童心者,绝假纯真,最初一念之本心也。若失却童心,便失却真心;失却真心,便失却真人。……天下之至文,未有不出于童心焉者也。苟童心常存,则道理不行,闻见不立,无时不文,无人不文,无一样创制体格文字而非文者。诗何必古《选》,文何必先秦?降而为六朝,变而为近体,又变而为传奇,变而为院本,为杂剧,为《西厢》曲,为《水浒传》,为今之举子业,皆古今至文,不可得而时势先后论也。故吾因是而有感于童心者之自文也,更说甚么《六经》,更说甚么

《语》、《孟》乎？（《焚书》卷三）

李贽倡言"童心"，崇尚"自然之性"（《焚书》卷三《读律肤说》），旨在提倡"真情"，反对假道学，所以他说："《六经》、《语》、《孟》，乃道学之口实，假人之渊薮也，断断乎其不可以语于童心之言明矣。"（《童心说》）这样的论断，真有摧枯拉朽之势。李贽的《杂说》，更提倡为文一本胸臆，为不平之语：

> 且夫世之真能文者，比其初皆非有意于为文也。其胸中有如许无状可怪之事，其喉间有如许欲吐而不敢吐之物，其口头又时时有许多欲语而莫可所以告语之处，蓄极积久，势不能遏。一旦见景生情，触目兴叹；夺他人之酒杯，浇自己之垒块；诉心中之不平，感数奇于千载。既以喷云唾珠，昭回云汉，为章于天矣，遂亦自负，发狂大叫，流涕恸哭，不能自止。宁使见者闻者切齿咬牙，欲杀欲割，而终不忍藏于名山，投之水火。（《焚书》卷三）

李贽要求作家在创作时要真实地表达没有受到外界干扰而自然流露的感情，决不加以掩饰，更不矫揉做作，而作家心中那种不吐不快的满腔激情，假借戏曲作品中的人物形象，奔腾汹涌，流泻而出，便成为天下之至文。

李贽《与友人论文》说："凡人作文，皆从外边攻进里去；我为文章，只就里面攻打出来，就他城池，食他粮草，统率他兵马，直冲横撞，搅得他粉碎，故不费一毫气力而自然有余也。"（《续焚书》卷一）收录在《焚书》中的论辨文大都具有这一特征，而以《何心隐论》气势最盛。万历四年（1576）九月，湖广巡抚王之垣秉承张居正的意旨，以"妖逆"的罪名，在湖北武昌杀害了著名学者何心隐。李贽对这位素不相识的学者推崇备至，称他为"英雄汉子，慧业文人"，并写了《何心隐论》这篇著名的人物论。文章以"世之论心隐者，高之者有三，不满之者亦有三"发端，先详引他人之论，畅言何心隐之高为"不畏死"、"任之而已"、"为道而死"，是为正论；而对不满何心隐"偏枯不可以为训"、"明哲不可以保身"、"亡固自取"三端，仅以简短的文字轻轻拨去，是为反论。最后，文章"就里面攻打出来"，下一转语曰：

> 独所谓高心隐者，似亦近之，而尚不能无过焉。然余未尝亲睹其仪容，面听其绪论，而窥所学之详，而遽以为过，抑亦未可。吾且以意论之，以俟世之万一有如公者，可乎？吾谓公以见龙自居者也，终日见而不知潜，则其势心至于亢矣。其及也，宜也。然亢亦龙也，非他物比也。龙而不亢，则上九为虚位；位不可虚，则龙不容于不亢。公宜独当此一爻者，则谓公为上九之大人可也。是又余之所以论心隐也。（《焚书》卷三）

李贽以"高心隐者"之论为据，再进一层，称道何心隐为"亢龙"，为"上九之大人"，虽为"以意论之"，实可谓知己之言。非李贽，孰以论心隐！

第四节　明后期论辨文

同为明中后期转折时期的文章家,沈一贯、袁黄和沈懋孝的论辨文,则主要体现出传统的儒家思想和儒家风格,沿袭台阁体以来明代正统文章的风貌。

沈一贯(1531—1615)的论辨文,有政论,有史论,还有学术论文,大抵"辩而大"(张邦纪《沈文恭公集序》,《喙鸣文集》卷首),多圆通达明之见,不温不火,执正以御奇。如《卜论》申发柳宗元《非国语》之论,详引诸家之说,以张文定之说为反论,以陈君举之说为正论,复申以己说:"凡卜者,必大疑而作止者也。吾明知其可,而百姓不与知,故卜也。"因此卜虽不可尽信,但又不得不行。《乐论一》称:"君子以谦退为礼,以减损为乐,然则乐之贵减损也久矣","乐虽所以和天下,实所以节天下"。《乐论二》则列举唐太宗、魏征、司马光之言,申论"凡治之降不由乐,而治之替未尝不由乐"。《正统论》认为刘备非正统,因其"正则正矣,而不统者也"。(均见《喙鸣文集》卷七)

清朱鹤龄称袁黄(1535—1606)"博学尚奇,凡河洛、象纬、律吕、水利、戎政,旁及句股、堪舆、星命之学,莫不究涉"(《愚庵小集》卷十五《赠尚宝少卿袁公传》)。袁黄的论辨文以考辨见长,大都是学术性论文,颇能体现其学博杂而务实的特点。如《明文海》卷一百一十五所收"辨"体义6篇,依次为:《古书真伪辨》、《八蜡辨》、《扬雄不仕王莽辨》、《丧服辨》、《诗》《亡》《辨》、《肉刑辨》;卷一百二十至卷一百二十一所收"考"体文17篇,依次为:《运河考》、《泉政考》、《水柜考》、《高家堰考》、《分黄导淮考》、《古人治河考》、《今日治河考》、《沟洫考》、《疏浚考》、《立泛考》、《筑堤考》、《禹贡三江考》、《白河考》、《三吴水利考》(上、下)、《历法考》、《日食考》、《马政考》。凡此,皆以资料详博,考辨精细取胜。兹举其《〈诗〉亡辨》一篇为例:

《孟子》曰:"王者之迹熄而《诗》亡,《诗》亡然后《春秋》作。"此论世道升降之会,乃王政盛衰之大节也。解者乃谓《黍离》降为《国风》而《雅》亡,然则所谓"《诗》亡"者,岂独指《雅》,而《风》与《颂》不在内耶?予怀此疑,久未能决。

　　近见金华王柏所论,而其疑始释。柏之言曰:"若夫子止因《雅》亡而作《春秋》,则《雅》者自为朝会之乐,《春秋》自为鲁国之史,事情阔远,而脉络不贯。且《孟子》言'《诗》亡',非王者之《诗》亡也,凡《风》、《雅》、《颂》皆在其中。其'迹熄'二字,包含有味;'然后'二字,承接有序。若以为浮辞而略之,则情间而理迂,非孟氏之旨也。河汾王氏窥见此意,直以《春秋》、《诗》、《书》同曰'三史',其义深矣。《王命》曰:'天子五年一巡狩,命太史陈诗,以观民风。'自昭王胶楚王之舟,穆王回徐方之驭,而巡狩绝迹,诸侯岂复有陈诗之事哉?民风之善恶既不得知,其见于'三百篇'者,又多东迁以后之诗,不过得之乐工之所传颂而已。至夫子时,传颂者又不可得益,无以见诸国民风之善恶,然后因鲁史以备载诸国之行事,不待褒贬而善恶自明。故《诗》与《春秋》,体异而用则同也。"

　　王公之言如此,可见《孟子》所谓"迹熄"者,乃平王东迁,不复巡狩,王者之辙迹不行于天下也,非泛指政教号令也。巡狩绝迹,则列国无复陈诗之事,故曰"《诗》亡",非独言《雅》也。若谓平王之时,《雅》降为《风》,则《正月》之篇云"赫赫宗周,褒姒灭之",固幽王以后诗也,反列于《雅》,何哉?关系至大,不可不辨。

文章引王柏之辨,加以申发,坐实"迹熄"二字,举证有据,行文严密。

沈懋孝(约1536—1610后)有《长水先生文钞》,其中论辨之文甚夥,或长篇大论,或要言不烦,大都具有相当浓厚的学术气息。理学论文如《格物穷理辨》、《为物不贰解》、《人能弘道说》、《王道本人情》、《道脉论》、《九德论》、《五德说》等,经学论文如《易解》、《汲冢周书考》、《前史载籍考》、《周礼传述考》、《岁差考》、《论王仲淹续经之指》、《汉儒专经名家源派考》、《复古乐议》等,史学论文如《丙魏同心论》及读史汉人物论数篇,一般持论平达,博举详论,细致入微。政论文如《京营考论》、《论天下大势》、《论行藏之义示诸生》、《论达才之义示诸生》、《论士学》,大都针对时弊,有感而言。如《论士学》指出:"天下之治忽,其枢纽在人心风尚间。而人心风尚者,彼愚民则何知乎?在我士大夫表倡者何如。表之以正,莫不正矣;表之以邪,几无正矣。"因此主张屏去"时尚偏驳之书",庶几使士风一归于正。

沈懋孝多有论文之作,如《论文之义味》、《论文指大略》、《论文之奇正》、《论文有五品》、《论文有五综七纬》等。他既强调学有本原,也主张"情到则神自来,笔超则采自飞,意想墨流,难以言喻,乃在骊黄之外矣"(《与塾中士论四六骈体》)。兹举收入《贲园草》中的《论文有五品》为例:

> 相如工为形似之言,此从骚之博喻来,其体在刻画摹肖,其工精可以飞舞吞吐,弄万象于毫端,足云画史传神者已。二班、两刘,长于情理,从史氏之揣情论事,入经儒之据古综今,寻枝振叶,言宛宛以弥精,令人快诵拊手,论之不可忘其化,辨口而雍容高议虖,亦其裁也。子建、仲宣,以气质为体,不屑屑工词课学,先以吾气当之,高华清英,自宇内神物辟之,皓月一空,山川草木,皆所涵射映发,一物可以贯天壤,气之谓虖得其窍矣。至夫缛采繁声,惊挺骇目,华中魏紫,机上团龙,斯又鲍照之余烈。倘亦天下尤物也,具是四美,文不在兹,乃当淡雅真醇,一论乎文字外,所称最上菩提者耳。当其操染之初,必先有一片太朴在胸怀,乃始综述百家,各尽能事。及夫才充学洽,光芒浑发,久之遂入自然,与太初为徒,文俞韬,精俞沉,斯登作者之域。其初工力次第,入门入域,必有所自来,未有舍前四家而可遽言白贲者也。

文章持论不走偏锋,中规中矩。沈懋孝以"综述百家"而致"淡雅真醇",作为文之极境,虽其文未必当之,但其论颇为公允。所以李维桢称:"子云深沉于玄,长沙通达于治,孟坚谨严于体裁,眉山条畅于论议,公其兼之乎!"(《沈司成先生集后叙》,《长水先生文钞·淇林馆杂钞》卷末)

清人常批评明人不读书,其实不尽然。明后期以博学能文见长的论辨文作家,即有屠隆、黄凤翔、李维桢等。

屠隆(1542—1605)的论辨文,部分收入《鸿苞》。此书属于子部笔记类,其所论列,包括天地、理道、舆图、政治、风俗、士习、人物、诗文、博物、佛理、玄法、鬼神等等,内容极为庞杂,鲜明地表现出他杂学旁搜的特点。其中卷十七和卷十八相当于诗话、文话,可与《由拳集》卷二十三《论文》、《与友人论诗文》等文章参看。

屠隆为文庞杂,褒之者称:"自六经周秦楚骚两京六朝以还,无不总览,而以时出之,不拘拘守一物。"(沈明臣《由拳集序》,《由拳集》卷首)贬之者称:"文尤语多藻绘,而漫无持择,盖沿王、李之涂饰,而又兼涉三袁之纤佻也。"(《四库全书总目》卷一百七十九《白榆集》提要)但屠隆文章也有雅洁可取者,如《图事论》:

> 古今人图事不成者,大都由几露于不密,事败于轻举,祸成于少断,变激于太苛,智缓于先着,患生于所忽。
>
> 几事不密,未成先露,人得为之备,我计未行,彼谋先发,一也。天下之事,必量彼我,审才力,相事机,然后谋不轻发,发而必中,若力不敌时,未可轻于一逞,取败之道,二也。乘机遘会,反掌祸福,呼吸存亡,当如迅雷激矢,使人不及堤防,一举事济,乃狐疑犹豫,当断不断,我未及逞,彼反制我,三也。诛讨罪人,法止加于有罪,刑宜正于渠魁,威行鉏奸,恩罩解网,斯事体安而人心安,若株连蔓引,草薙禽搜,必尽灭而后朝食,计无复之,兽穷则斗,天下之变往往以此激成,四也。或权有可借,或人有可使,我不能先据其处,反为敌人得而用之,而我乃束手待毙,五也。功成事定之日,尚当虑后防患,永作良图,乃云大事已定,无能为也,而高枕肆志,气盈意得,不复设备,或意外之变,猝起肘腋,尽丧前功,一跌不救,六也。
>
> 历观古今人图事不成,或成而旋败者,未有不由此数端者也。当事者其慎之哉!(贺复征《文章辨体汇选》卷四百一十九)

文章所言图事不成之六端,简洁明白,概括精当。

黄凤翔(1545—?)受到良好的科举文训练,"少以明经取上第,历词垣,辨古法真,似不爽锱铢"(甘雨《田亭草序》,《田亭草》卷首)。如《救时名实论》(《田亭草》卷二十)指出:"乃今郡邑政治,有浮慕其名而实不副者,则重积储,饬乡约是也;有其名可喜,其实可行,而未及措意者,则嬉遨当禁,僭侈当惩是也。"以下详加分疏,是典型的科举文作法。

这种"辨古法真,似不爽锱铢"的特点,构成黄凤翔论辨文的独特风格,即以驳论见长,善于列举大量史实,有理有据,步步紧逼地辨驳传闻之讹误与旧说之非当。如《洛神赋序辨》以确凿的历史事实,力辨《洛神赋》"意在感甄"之说,为"好事者之诬罔,而后世之讹传也"(《田亭草》卷二十)。《裁欧阳子本论》辨驳欧阳修《本论》之说,认为:

> 世儒之尧言禹趋,颂法周孔,而耽嗜势利,肆行不顾,以乱天下国家者,其人何可胜数?顾谓持礼义可以胜佛教,只见为迂阔,而远于事情也。(《田亭草》卷二十)

文章主张采取釜底抽薪之法,使遁入佛门者无利可图,斯可为治本之论。论世隐含愤慨,行文颇有气势。同以驳论见长的,尚有《田亭草》卷九至卷十《读大学古本说》、《读道德经说》,卷二十《王仲淹中说论》、《郑歆后论》、《非相冡论》、《宗法论》、《皇太后丧服考》等。这些论辨文,无不体现出黄凤翔腹笥之丰。李光缙称:"其穷玑之劳,有经生所不能堪;而其总揽之富,乃宿贤所不殚。故发之于文章,浑厚博大,亦穷工极变,模物肖形,挥洒纵横。"(《田亭集序》,《田亭草》卷首)

李维桢(1547—1626)"博闻强记",文章"弘肆有才气"(《明史》卷二百八十八本传)。他的论辨文篇数并不多,除应举时文之外,长篇论辨文可称道者,有《三先生祠义解》(《大泌山房集》卷一百二十二)。所谓"三先生祠",乃新安汪惟一为其师徐子与、李于鳞、王元美所立祠,文章解释以师为祠,甚合乎古礼,举证极为繁复详博。刘士鏻评道:"万族之态,五伦之理,二气之情状,俱罗列而为文章,非惠施五车,茂先三十,成熟胸中,何能贯串纵横若是。"(《明文霱》卷十八)他的"说"体文《丘壑神情说》、《改亭说》、《刘伯项六贞说》、《山房清秘图说》、《艮斋说》等(均见《大泌山房集》卷一百二十三),同样以博辨见长。

明后期在科举风气影响下着力撰写论辨文的文章家,有张鼐和钟惺。张鼐(生卒不详)的论辨文,大抵从科举文出,带有较强的时文气。《宝日堂初集》卷五"说"与卷八"论"收录其十余篇会程馆课之文,是为显例。卷八另有《机论》(为辽事作)、《治势论》、《强兵论》、《好生论》等篇,也多为科举之文,议论时事,见解迂腐。如《机论》认为以"天子之诏令"为机,便可"制天下之势";《治势论》主张"天下之大势,静则治,动则乱";《强兵论》肯定"兵民合而兵强,兵民分而兵弱"。当天启、崇祯之际,天下乱势已萌,张鼐居然作此不关痛痒的空泛之论。时人称其"学求明道,文期适用"(许维新《宝日堂初集叙》,《宝日堂初集》卷首),大抵可从《明文海》卷九十九所收《格物论》三篇、《规矩篇》三篇见之(此六篇文章不见于《宝日堂初集》)。

钟惺(1574—1624)以诗见称于当时与后世,但其文章极有特色,而且自负甚高。钟惺的论史之文有《史怀》一书,自谓"于古人经世之旨颇有所窥"(《隐秀轩集》卷二十八《与林止岩座主》)。陆云龙评道:"发左氏、班、马之未竟,钩其隐深而出之","冷眼颖心,直具史之才识"(《钟伯敬先生合集序》,《隐秀轩集》附录一)。邹之麟也说:"标一字于纷杂之中,弥见精详;竖一义于语言之外,弥见渊洽。比人缀事,各具端委,真足益人志意。作是观者,可第曰文人之书乎哉?"(《史怀序》,《史怀》卷首)如《史怀》卷五《平准》篇旗帜鲜明地提出论点:

> 平准之法,是武帝理财尽头之想,最后之着,所以代一切兴利之事,而救告缗之祸,所谓穷而变、变而通,其道不得不出于此者也。

以下就此展开论述,并深刻地指出,司马迁之写《平准书》,"盖有深悲焉,非悲平准也,悲其所以不得不出于平准之故也",隐然批评武帝"喜功生事"以致与民争利。钟惺认为,司马迁之写《货殖列传》,是"借以写胸中实用,又以补《平准书》之所未备耳",大要言之:"《平准》言利,渐向剥削;《货殖》言利,渐向条理。"(《史怀》卷九《货殖列传》)此论的确颇有独见。钟惺《隐秀轩集》卷二十三另有史论三十八篇,亦多精思卓见,而且要言不烦,大都擅长抉发史家所未竟,"钩其隐深而出之"。

钟惺的论辨小品,也往往能立破陈言,抉发新意。如《画龙说赠王生南游》提出"画之用或不减于真,甚且过之"的观点,申论说:

今夫一草一木,一花一石,一竹一禽,一鱼一虫,以至竹篱茅舍,断桥堍垣,草衣芒蹻,人见其真者,如未之或见也,一入名手点染,好事者即成佳观。以此知真者细,入画则重;真者恒,入画则奇;真者近,入画则远。子第工其画者,何必真?

即如今人作诗文,自托名家,其远神远体,时似恒似,宁渠能起古人而肉朽骨,使之言笑步趋?余以为人巧之极,错以天工,不过如顾、陆写生耳。由此观之,世固鲜有真者,皆画之类也。子第工其画者,何必真也!(《隐秀轩集》卷三十六)

见解颇为透辟,行文简洁犀利。另有《夏梅说》(《隐秀轩集》卷三十六),借题发挥,讽刺趋炎附势的政治社会风气,文笔峭拔而晦涩,流露出愤世嫉俗的情绪。

晚明以学者之身分而作论辨之文章的作家,有黄道周和宋应星。黄道周(1585—1646)秉持程朱之学,"为文章源本六经,取裁《左》、《国》、秦汉,不乞灵唐宋,奥博渊通,奇峭高古,自为一家"(郑玫《序》,《黄石斋先生文集》卷首)。黄道周论辨文的代表作是《本治论》三章(《黄石斋先生文集》卷六),作于天启初年。上章论:"夫妇、兄弟、朋友,此三者之伦,自天子博,不自天子薄也。"中章论:"为天下有序,则条而贯之;有数,言之则以为常言,不言则购天下无言之者。"尤侧重于言兵,"举近而御远,详内而靖外"。下章论:"为天下者,慎无讳而已。讳在内,则贼在于内;讳在外,则贼在于外。"所论虽为老生常谈,但在明季乱世,却自有治本之效。行文步骤井然,论述层层深入,不疾不徐,有论有据,犹见儒者本色。《原法论》(三章)、《时政论》、《治天下必先立志论》、《经纶天地之谓才论》、《裴度论》

等文,风格也大致如此。

宋应星(1587—1661)在崇祯九年(1636)著《野议》,广泛涉及明末政治、经济、军事、思想、文化等方面,表现出对国家前途的深切忧虑。《自序》满怀激愤地说:"夫朝议已无欲纳之人,而野复有议,如世道何! 虽然,从野而议者无恶,于朝议何妨也。人生胆力颜面,赋定洪钧。尝思欲伏阙前,上痛哭之论,而无其胆;欲参当道,陈忧天之说,而无其颜。则斯议也,亦以灯窗始之,闾巷终之而已。"

《野议》中提出不少有关济世安民的精辟见解。如《乱萌议》提出:"治乱,天道所为,然必从人事召致,萌有所自起,势有所由成,谁能数若列眉者?"他对乱萌作如下分析:

> 大凡使民不为盗,道存守令之心;而降盗化为民,权在元戎之令。守令轻视功名,则势要不能逼细民,从此畎亩有生存之乐,而寇盗何自生? 元戎不惜身命,则士卒不敢避锋镝,指日旌麾有招降之捷,而寇盗何由广? 乱萌之起也,则守令畏显绅如厉鬼,而宁以草菅视子民。乱势之成也,则将军畏狂寇如天神,逗留宽卒伍。野议及此,涕泣继之,不知所云矣!

《练兵议》提出化寇为兵,以抵御北方外敌的看法,说:

> 兵与寇,其名盖以时起也。一将立,而众卒从之,是名为兵;一魁竖,而众胁从之,是名为寇。遇宗泽、岳飞,则昨日之寇,今日即兵;逢朱泚、姚令言,则辰刻之兵,已刻即寇。

《民财议》指出"民穷财尽"的道理,认为:

> 财之为言,乃通指百货,非专言阿堵也。今天下何尝少白金哉! 所少者,田之五谷,山林之木,墙下之桑,洿池之鱼耳。有饶数物者于此,白镪黄金可以疾呼而至,腰缠箧盛而来贸者,必相踵也。

因此,财富的取得,则是"天生地宜,而人工运旋而出者也",亦即自然条件与生产劳动相结合的结果。

《野议》的文风,明白晓畅,朴实无华。《自序》称:"东汉仲(长统)、崔(骃)两君所为《昌言》、《政论》,亦野议也。然诵读之余,法脉宛见毫端。今时事孔棘,岂暇计文章工拙之候哉!故有议而无文。罪我者其原之。"他并非著意为文,而顺理成章,自成一格,读来亲切可喜。

张溥(1602—1641)的文章在明末名高一时,陈子龙称:"天如之文章,天下莫不知其能。"(《七录斋集序》,《七录斋集》卷首)邹漪《启祯野乘》说:"天如为文,融洽经史。"(转引自陈田《明诗纪事》辛签卷二十二)。他的论政之文,见《七录斋集·文集》卷一《论略》,如《治夷狄论》、《备边论》、《女直论》、《备倭论》、《灾异论》、《治河论》、《马政论》、《赋役论》、《征贷论》、《盐法论》等,大都有所为而发,不为无矢之的。而他的论史诸作,辑为《历代史论》两编,一编四卷,历论两汉、三国、六朝、隋、唐、五代、宋、元诸帝;二编十卷,据宋袁枢《通鉴纪事本末》所列诸条目,倡论自"三家分晋"至"世宗征淮南"等历代之事,颇能展现张溥独特的学问和文风。

第二章　明代奏议文

奏议文,包括表、奏、疏、议、状、上书、封事等,大抵为臣进君之辞。此外,由臣子代帝王所拟的诏、制、檄等文章,也在本章中附论。

明朝翰林词臣主管上表谢事。从太祖朱元璋、成祖朱棣开始,就对臣下所上表笺的写作定下一定之规。黄佐说:"国初文体承元末之陋,皆务奇博,其弊遂浸丛秽。圣祖思有以变之,凡擢用词臣,务令以浑厚醇正为宗。"(《翰林记》卷十一)洪武六年(1373),太祖命翰林儒臣选择唐宋名家表笺,以为取法对象,结果选中韩愈的《贺雨表》和柳宗元的《代柳公绰谢表》。遂命中书省录二表,颁为天下样式,并谕群臣曰:"唐虞三代典谟训诰之辞,质实不华,诚可为千万世法。汉魏之间,尤为近古。晋宋以降,文体日衰,骈俪绮靡,而古法荡然矣。唐宋名儒辈出,虽欲变之而卒未能尽。近时若诏诰章表之类,仍蹈旧习,朕尝厌其雕琢,殊异古体,且使事实为浮文所蔽。其自今凡诰谕臣下之辞,务使简古,以革弊习尔。中书省宜播告中外臣民,凡表笺奏疏,毋用四六对偶,悉从典雅。"(《翰林记》卷十一)洪武二十九年(1396),太祖见天下诸司所进表笺务多奇巧,词体骈俪,心甚厌之,又命学士刘三吾等撰写庆贺、谢恩表笺,以为样式,颁于天下诸司。此后,翰林词臣草拟公文,多用散文。

而明代奏议文最可注意之处,则在于其充分体现了百官诸臣的议政之风。赵翼指出:"明制,凡百官布衣皆得上书言事。……而科道之以言为职者,其责尤专,其权尤重。"明代言路习气先后不同,大略而言,"自洪武以至成化、弘治间,朝廷风气淳实,建言者多出好恶之公,辨是非之正,不尽以矫激相尚也"。"正德、嘉靖之间,渐多以意气用事。"至万历、天启间,"务为危言激论,以自标异",言官或者与阁臣水火不容,或者与权珰党同伐异,"各立门户,互攻争胜之习,则已牢不可破,是非蜂起,叫呶蹲沓,以至于亡"(《廿二史札记》卷三十五)。正因为人人争相问政,人人争相言事,因此明代奏议文往往体现出士人特有的干预政治的精神风貌。《明史》卷一百七十九《罗伦等传》赞曰:"词臣以文学侍从为职,非有言责也。激于名义,侃侃廷诤,抵罪谪而不悔,岂非皎然志节之士欤?夺情之典不始李贤,然自罗伦疏传诵天下,而朝臣不敢以起复为故事,于伦理所裨,岂浅鲜哉。章懋等引宣宗箴,明国家设官意,不为彰君之过。邹智指列贤奸,矫拂谕末。舒芬危言耸切,有袁盎揽辔之风。况夫清修峻节,行无瑕尤,若诸子者,洵足以矫文士浮夸之习矣。"

徐师曾《文体明辨序说》云:议之大要"在于据经析理,审时度势。文以辩洁为能,不以繁缛为巧;事以明核为美,不以深隐为奇,乃为深达议体者尔"。这大致可以概括明代奏议文的基本特征。

第一节　元明之际奏议文

明初奏议文作家,以宋濂、王祎首屈一指。他们的学问文章都深得最高统治者的称誉,朱元璋曾评王祎道:"江南有二儒,卿与宋濂耳。学问之博,卿不如濂;才思之雄,濂不如卿。"(《明史》卷二百八十九《王祎传》)

宋濂(1310—1381)最早替朱元璋起草的文件是《谕中原檄》。文章首论华夷之分:"自古帝王临御天下,中国居内以制夷狄,夷狄居外以奉中国,乃治天下也。"从君臣大义与纲常名教立论,作为其政治上的支点,以增强对中原人民的号召力。文章还宣布抚顺政策:"如蒙古、色目,虽非华夏族类,然同生天地之间,有能知礼义,愿为臣民者,与中国之人抚养无异。"(《宋濂全集》)历来的檄文,大都骈俪排比,雕章琢句,往往耀武扬威,虚张声势,此文则平易亲切,朴实无华,一矫浮夸恫吓之病,另有一种堂堂正正的气派。

明初敕修《元史》,宋濂担任总裁,历时六个多月,史稿初成,洪武二年(1369)宋濂撰《进元史表》。全文用骈体,虽稍余元末纤靡习气,但对仗精巧,用意明白晓畅。全文立意于"盖因已往之废兴,堪作将来之法戒",简要地回顾蒙元帝国盛衰兴亡的过程,用笔极其洗炼:

> 惟元氏之有国,本朔漠以造家。用兵戈以争强,并部落者十世;逐水草而为食,擅雄长于一隅。逮至成吉思之时,大会斡难河之上,始尊位号,渐定教条。既近取于乃蛮,复远攻于回纥。渡黄河以蹙西夏,逾居庸以瞰中原。太宗继之,而金源为墟;世祖承之,而宋箓遂讫。立经陈纪,用夏变夷。肆宏远之规模,成混一之基业。爰及成仁之主,见称愿治之君。唯祖训之式遵,思孙谋之是遗。自兹已降,聿号隆平。丰亨豫大之言,鼓倡于天历之世;离析涣奔之祸,驯致于至正之朝。嬖幸蛊惑于中,权奸蒙蔽于外。汉网祇因于疏阔,周纲遽至

于陵迟。风宪皆为不捕之猫,将士尽成反噬之犬。由是群雄角逐,九域瓜分。风波徒沸于重溟,海岳竟归于真主。(《宋学士文集》卷一)

全文融政论于叙述,仅用不足三百字,就历数百余年的元史大纲,并寓有总结得失、褒贬成败之意,笔端略带感情,且能含而不露。

洪武七年(1374),《大明律》修成,宋濂撰《进大明律表》,开篇即论刑律的起因与性质,说:

> 臣闻天生蒸民,不能无欲,欲动情胜,诡伪日滋。强暴纵其侵陵,柔懦无以自立。故圣人者出,因时制治,设刑宪以为之防,欲使恶者知惧而善者获宁,《传》所谓"狱者,万民之命,所以禁暴止邪,养育群生者也"。譬诸禾黍,必刈稂莠而后苗始茂;方于白粲,必去沙砾而后食可飱。苟梗化败俗之徒,不有以诛之,虽尧舜不能以为治矣。(《宋学士文集》卷二十)

言简而意赅,相当精警地表述了刑律的作用。紧接着历数自古以来制律的传统,以及洪武皇帝更番定律的目的。全文以议论见长,言不繁冗,而意颇显豁。

钱谦益称:"国初之文,以金华、义乌为宗。"(《初学集》卷八十三《书李文正公手书东祀录略卷后》)"金华"即宋濂,"义乌"即王祎(1322—1373)。王祎曾师事元儒柳贯、黄溍,他的文章深得黄溍之传,"醇朴闳肆,有宋人轨范"(《四库全书总目》卷一百六十九《王忠文公集》提要)。王祎擅长史事,曾与宋濂同任《元史》总裁,故文章也以叙事见长,但生动活泼远不如宋濂。李慈铭曾批评他的"《许浑传》至数十页,从来史体,亦无繁冗若此者"(《越缦堂读书记》卷八)。王祎曾掌翰墨,一时重要诰制,多出其手,如洪武三年(1370)的《开科举诏》、《免租税诏》等。《招谕扩廓帖木儿诏》云:

> 自昔帝王之得天下,当大业垂成之际,尤必广示恩信,虽素相仇敌者,亦皆兼收而并用之,所以法天地之量,而成混一之业也。朕自

起兵淮右,收揽群雄,平定华夏,惟西北边备未修。盖以扩廓帖木儿犹守孤忠,保其余众,居于沙漠,以为边患,朕甚念之。(《王忠文集》卷十二)

姿态显得颇高,语势亦复宏豁,雍容大度,威而不怒,足以表现开国君主的气派。又如《方国珍除广西行省右丞诰》云:"自元政既微,乃有智勇之士,乘时而兴,思建功业,及天下兵起,遂角立一隅,以为民人之保障,其后果得所归,以全富贵,是亦可谓豪杰矣。"以议论发引,导入本题:"以尔方国珍,材器雄毅,识虑深远,知世将不可为,乃奋于东海之滨,二十年间与其兄弟子侄,分守三郡,而威行于海上,得非一时之豪乎?"(《王忠文集》卷十二)方国珍以海盗起事,屡败元兵,数降数叛。王祎代朱元璋拟此诰,措置委婉,曲示慰抚之意,以利招降纳叛,颇具策略性。

王祎所撰《中书平章政事常遇春追封开平王制》,起句华而不俗,颇具气势:"天开鸿业,笃生英杰之臣;星陨将营,载举哀荣之典。"(《王忠文集》卷十二)全文历述开国名将常遇春的战功,文笔尤为丰茂,文华而雄,不失其浑厚。焦竑《玉堂丛语》卷一评王祎"文章宏丽沉雄,自成一家",略为近之。而郑瑗《井观琐言》卷一称王文"精密而气弱",并非平允之论。

第二节　明前期奏议文

明前期可称道的奏议文作家,有解缙、邹缉、刘定之、于谦、倪岳、李东阳等。

解缙(1369—1415)少以才名著称,"年十九,举进士,倚待辄数万言,未尝起草","才名烜赫,倾动海内"(钱谦益《列朝诗集小传》)。但他并非狂士,仁宗曾对杨士奇说:"人言缙狂,观所论列,皆有定见,不狂也。"(《明史》卷一百四十七《解缙传》)解缙于文讲"六经之旨",于学称"关、闽、濂、洛"(《文毅集》卷八《送刘孝章归庐陵序》),于读书谓"方外异端之书不必读,妄诞迂怪之书不必读,驳杂之书不必读,淫佚之书不可读,刻薄之书不可读"(《文毅集》卷九《西山读书处记》),可见他主要继承元明之际的儒学正统思想,尤其是程朱理学思想。

解缙的奏议,"如《大庖西封事》、白李善长冤诸篇,俱明白剀切"(《四库全书总目》卷一百七十《文毅集》提要)。洪武二十一年(1388)解缙中进士,授中书庶吉士,甚为朱元璋爱重,常在左右。一日,朱元璋在大庖西室,谕曰:"朕与尔义则君臣,恩犹父子,当知无不言。"解缙即日上封事,洋洋万言,即著名的《大庖西封事》(《文毅集》卷一),为世所称道。其中颇有切中时弊者。如谓:

> 陛下进人不择于贤否,授职不量于重轻。建不为君用之法,所谓取之尽锱铢;置朋奸倚法之条,所谓用之如泥沙。……出于吏部者无贤否之分,入于刑部者无枉直之判。黜陟无章,举错乖方,八议之条虚设,五刑之律无常。天下皆谓陛下任意喜怒为生杀,而不知皆臣下之乏忠良也。

鞭辟入里,一针见血。封事中还涉及许多要害问题,如谓:"地有盛衰,物有盈虚……役重而民困"等,都是重要的政治、经济问题。时年解缙仅十九岁,观察如此深刻,放言如此无忌,可谓初生牛犊不畏虎。文章举例征实,情衷恳挚,堪称奏议文的佳品。其后解缙又上《太平十策》(见《明史》卷一百四十七本传),亦皆言人所不敢言者。

所谓"白李善长冤",即《代王国用论韩国公冤状》,更能体现解缙年少气豪、才高气盛的特点。文章一一列举事实,竭力为李善长申辩,行文颇为酣畅爽直。最后写道:

> 且臣至疏贱,非不知言出而祸必随之,然耻立于圣明之朝而无谏诤之士。始者侧听私室,引耳朝端,意谓群臣岂无忠智,左右近侍必有为陛下言者,公卿大臣必有为陛下言者,台谏御史必有为陛下言者。而事冤未已,群臣杜口,究无一人为陛下言者。臣所以忘其疏贱,冀陛下感悟,臣甘就鼎镬,无所复恨矣。

群臣杜口,皆不敢言,而解缙独言之,可见其与众不同的性格。李贽《续藏书》卷十引述杨士奇之言,称解缙"其文雄劲奇古",这正根因于他"不畏强御"、无所顾忌的性格。

当然,像解缙这样的大臣,这样的文风,在封建专制政治下是行不通的。三杨执政时,"天下清平,朝无失政",杨荣尝语人曰:"事君有体,进谏有方,以悻直取祸,吾不为也。"(《明史》卷一百四十八《杨荣传》)所以,这时的奏议文大都雍容典雅,纡徐不迫,乏善可陈。独立特出、迥异时流者,有邹缉和于谦。

邹缉,永乐时为翰林侍讲,屡署国子监事。永乐十九年(1421),迁都北京,三殿初成,忽罹火灾,诏求直言。邹缉上疏谓:

> 陛下肇建北京,焦劳圣虑,几二十年。工大费繁,调度甚广,冗官蚕食,耗费国储。工作之夫,动以百万,终岁供役,不得躬亲田亩,以事力作。犹且征求无艺,至伐桑枣以供薪,剥桑皮以为楮。加之官吏横征,日甚一日。如前岁买办颜料,本非土产,动科千百。民相率敛

钞,购之他所。大青一斤,价至万六千贯。及进纳,又多留难,往复展转,当须二万贯钞,而不足供一柱之用。其后既遣官采之产所,而买办犹未止。盖缘工匠多派牟利,而不顾民艰至此。

而各级官吏,借此横征暴敛,残民以逞,尤为严酷。疏中说:

夫京师天下根本。人民安则京师安,京师安则国本固而天下安。自营建以来,工匠小人,假托威势,驱迫移徙,号令方施,庐舍已坏。孤儿寡妇,哭泣叫号,仓皇暴露,莫知所适。迁移甫定,又复驱令他徙,至有三四徙不得息者。及其既去,而所空之地,经月逾时,工犹未及。此陛下所不知,而人民疾怨者也。贪官污吏,遍布内外,剥削及于骨髓。朝廷每遣一人,即是其人养活之计。虐取苛求,初无限量,有司承奉,惟恐不及。间有廉强自守、不事干媚者,辄肆谗毁,动得罪谴,无以自明。是以使者所至,有司公行货赂,剥下媚上,有同交易。夫小民所积几何,而内外上下诛求如此。(《明史》卷一百六十四《邹缉传》)

叙写建都施工所造成的人民流离之苦,真切生动。

于谦(1398—1457)"文如云行水涌"(钱谦益《列朝诗集小传》丙集),李贽《续藏书》称他"独其于奏疏尤明切"。于谦《忠肃集》卷一至卷十为《奏议》,包括北伐类、南征类、杂行类,论事论兵,大都明白透辟。正统十四年(1449),占据漠南北的瓦剌部首领也先入侵,英宗朱祁镇出兵征伐,兵溃,被虏北去。次年(1450),其弟朱祁钰即位,是为景泰帝。是年五月十四日于谦上奏疏(《忠肃集》卷一),有鉴于鞑靼骚扰大同宣府,望景泰帝敕诸将"各陈己见",或战或守,"不须会同计议,文饰虚记事,务在各出己长,直言无隐","不许面为承顺,退有后言,敌至互有异同,以悞国家大计"。文章特别指出:"耕当问农,织当问婢",战守之事,自当责成将帅。此文建议洞达切实,行文朴诚直白,体现出于谦奏议文的鲜明风格。

《忠肃集》卷七有数篇《兵部掌部事太子少保兼本部尚书臣于谦题为

乞恩事》,系恳辞恩命之疏,也写得明白剀切。如云:

> 臣闻赏罚以示公论,爵禄以待有功,此古今之通义也。比者强敌入侵,逼我京畿,钦命臣总督军务,同武清侯石亨破敌。赖宗社有灵,皇上洪福,军士奋勇,杀退外敌。臣本书生,素不知兵,既无骑射之能,又乏运筹之略,因人成事,岂曰有功。叨蒙圣恩,升臣少保。臣自揆浅薄,上章恳辞。恩命下临,未俞所请。臣以此时兵事未曾宁息,臣身犹在营垒,勉受职命,未敢再辞。今外敌远遁,人心向安,虽有余众流劫为非,见行发兵追剿,指日攻克,臣既乏功能,难居重任。况师保之职,上以辅佐天子,下以表仪庶官,必才德兼优、声望素著者,然后足以当之,岂臣后生晚辈、肤陋鄙薄之人所能负荷?臣冒昧荣宠,不自揣度,其如士大夫清议何?其如天下后世公论何?

像这样的文字,不自居功,谦抑有度,娓娓道来,通情达理。

正统元年(1436)状元刘定之(1409—1469),以文学名一时。景泰元年(1450),刘定之上书言十事,极为切直,说:

> 自古如晋怀、愍,宋徽、钦,皆因边塞外破,藩镇内溃,救援不集,驯致播迁;未有若今日,以天下之大,数十万之师,奉上皇于漠北,委以与寇者也。晋、宋遭祸乱,弃故土,偏安一隅,尚能奋于既衰,以御方张之敌;未有若今日,也先乘胜直抵都城,以师武臣之众,既不能奋武以破贼,又不能约和以迎驾,听其自来而自去者也。国势之弱,虽非旦夕所能强,岂可不思自强之术而力行之?

该文的基本精神是"本圣学以见于政事",即用理学思想以治理国家。但全文从军事、政治、经济各方面指陈时弊,其中不乏精辟的见解。如:"守令朘兵,犹将帅之剥兵也。宜严纠考,慎黜陟。犯赃者举主与其罚,然后贪墨者寡,荐举者慎,民安而邦本固。""既与不忍夺者,姑息之政;既进不肯阻退者,患失之心。上不行姑息之政,下不怀患失之心,则治平可计日

而望。"(《明史》卷一百七十六《刘定之传》)

倪岳(1444—1501)任职礼部尚书时,"以四方所报灾异,礼部于岁终类奏,率为具文,乃详次其月日,博引经史征应,劝帝勤讲学,开言路,宽赋役,慎刑罚,黜奸贪,进忠直,汰冗员,停斋醮,省营造,止滥赏。帝颇采纳焉"。任南京吏部尚书时,"前后陈请百余事,军国弊政剔抉无遗。疏出,人多传录之"(《明史》卷一百八十三本传)。《清谿漫稿》收录疏议共59篇,其中"如《正祀典》、《陈灾异》及《论西北用兵》诸奏,皆建白之最大者……所言简切明达,得告君之体,颇有北宋诸贤奏议遗风"(《四库全书总目》卷一百七十《清谿漫稿》提要)。

李东阳(1447—1516)从弘治八年(1495)起,"历官馆阁,十年不出国门"(钱谦益《列朝诗集小传》丙集),"阁中疏草多属之,疏出,天下传诵"(《明史》卷一百八十一《李东阳传》)。这些奏议文,风格一般平正浑厚,典雅流丽。李东阳著《求退录》(《怀麓堂集》卷九十九至卷一百),备载辞职之疏,其自序云:"旋值权奸窃柄,国是动摇,既不获退,则曲为匡救。十不能一二,累疏累辞。"他作为宰臣,与宦官刘瑾共事,因循隐忍,屡有退意,这也是实情。

弘治十七年(1504),重建阙里庙成,李东阳奉命往祭,还朝时上《通达下情题本》,备述民间疾苦,描绘出动乱不安的社会面貌:

> 臣尝访之道路,询之官吏,皆言粮草税课,岁有常额,而冗食太众,国用无经,差役频繁,科派重迭。木植颜料,百凡之物,岁无虚月;内帑钱粮,交纳使用,更无纪极。京城修造,前后相仍,做工军士,累力陪钱,每遇班操,宁死不赴。势家巨室,田连州县,征科过度,请乞无厌。亲王之国,供亿之费,每至二三十万。修斋挂袍,开山取矿,作无益以害有益者,间复有之。加以贪官酷吏,肆虐为奸,民力困穷,嗟怨交作,天灾迭降,固有由然。他如游手之徒,号称至亲名,因附搭盐船,声言各处马头,起盖店房,网罗商税。国家建都于北,仰给南方,商贾惊疑,大非细故。织造内官,纵使群小,采打闸河官吏,赶捉买卖民居,骚扰动地,又臣所目击者。在途如此,在彼可知。若此之类,未

易枚举。臣闻天下之患,常在于上下之情不通。今间阎之情,郡县不得而知也;郡县之情,庙堂不得而知也;庙堂之情,九重不得而尽知也。是皆起于容隐,成于蒙蔽。容隐之端,其祸甚小;而蒙蔽之祸甚深,大坏极弊,皆由于此。臣既尽知而不尽言,恐陛下终不得而知也。(《怀麓堂集》卷九十六)

这真是切中时弊之语,披肝沥胆之辞,表达了李东阳忧国忧民之情。文章洗炼晓畅,朴实无华。

第三节　明中期奏议文

弘治、正德年间,因为朝事日非,众多阁臣、词臣、谏官起草的奏议文,往往直言君王之非,怒斥阉竖恶行,理直气壮,有棱有角。

正德元年(1506),御史杨守随(1434—1518)疏劾刘瑾等"八虎",说:"夫太阿之柄不可授人。今陛下于兵刑财赋之区,机务根本之地,悉以委之。或掌团营,或主两厂,或典司礼,或督仓场,大权在手,彼复何惮。于是大行杀戮,广肆诛求。府藏竭于上,财力匮于下,武勇疲于边。上下胥逸,神人共愤。陛下犹不觉悟,方且谓委任得人,何其舛也。伏望大奋乾纲,立置此曹重典,远鉴延熹之失,毋使臣蹈蕃、武已覆之辙。"(《明史》卷一百八十六《杨守随传》)

正德六年(1511),李东阳门生罗玘(1447—1519)上著名的"乞定宗社大计二疏"(《圭峰集》卷二十三),从自己升迁之骤、恩宠之隆说起,感恩思报:"苟有一得之见,自畏一身之死,怀而不为明主吐之,及至老衰病笃,而毕竟以死,是畏死而不免于死,徒感恩而不知报其恩,其果得为忠乎?又果得为智乎?使死而有知也,宁不愧于地下乎?"故而知无不言,无所忌惮,情真意挚,言辞激切。

正德皇帝朱厚照耽乐嬉游,朝政废弛,正德十四年(1519),又欲南巡。刑部主事黄巩(1480—1522)上疏云:

陛下始时游戏,不出大庭,驰逐止于南内,论者犹谓不可。既而幸宣府矣,幸大同矣,幸太原、榆林矣,所至费财动众,郡县骚然,至使民间夫妇不相保。陛下为民父母,何忍使至此极也。近复有南巡之命,南方之民争先挈妻子避去,流离奔踣,怨讟烦兴。今江、淮大饥,父子兄弟相食。天时人事如此,陛下又重蹙之,几何不流为盗贼也。奸雄窥伺,待时而发。变生在内,则欲归无路;变生在外,则望救无及。陛下斯时,悔之晚矣。彼居位大臣,用事中官,亲暱群小,夫岂有毫发爱陛下之心哉?皆欲陛下远出,而后得以擅权自恣,乘机为利也。其不然,则亦袖手旁观,如秦、越人不相休戚也。

揭露朱厚照奸淫民妇,荒淫无道,已处于上下内外离心离德的孤立地位。当时朱厚照重用佞臣,日事嬉游,黄巩揭露说:

> 今之小人簸弄威权、贪溺富贵者,实繁有徒。至于首开边事,以兵为戏,使陛下劳天下之力,竭四海之财,伤百姓之心者,则江彬之为也。彬,行伍庸流,凶狠傲诞,无人臣礼。臣但见其有可诛之罪,不闻其有可赏之功。今乃赐以国姓,封以伯爵,托以心腹,付以京营重寄,使其外持兵柄,内蓄逆谋,以成骑虎之势,此必乱之道也。天下切齿怒骂,皆欲食彬之肉。陛下亦何惜一彬,不以谢天下哉!(《明史》卷一百八十九《黄巩传》)

据《明史·佞幸传》称,江彬数导朱厚照冶游,微服至宣府,夜入民家,索妇女,大乐忘归。又至密云,掠良家女数十车,归载以随。后由大同渡黄河,至绥德,又从西安抵太原,沿途纳边将妻妾,大征女乐。东西游幸,历数千里。复由江彬扈从至江南,所至之处,奸淫民间寡妇处女,无所不为。而对黄巩等谏者,则罚跪午门外,脚镣手铐,各施棒杖,并下诏狱,或处死,或贬谪,以至士民咸愤,朝野离心。

在弘德七子中,李梦阳、康海的奏议文,多挟凌厉之气,放言无忌,简捷明快。

李梦阳(1473—1530)为人正直不屈,自视甚高,处身于官场之中,主张"非勇何行,非同何助,非断何成"(《空同集》卷一《河中书院赋序》)。他一生敢于直言极谏,不避贵戚权阉,多次应诏上疏,极论得失,屡陷刑狱。如弘治十八年(1505),李梦阳应诏上疏,敢于逆龙麟,捋虎须,言人所不敢言,陈说当时的"二病"、"三害"、"六渐",并指出:"传曰:治未病,不治已病。今固已病也,而尤不治,是可惑也。"(《空同集》卷三十九《上孝宗皇帝书》)。武宗继位,李梦阳又向户部尚书韩文建议,疏劾刘瑾等"八虎"。其正德元年(1506)九月所撰《代劾宦官状疏》(《空同集》卷四十),称"人主以辨奸为明,人臣以犯颜为忠","与其退而泣叹,不若昧死进言;即使进言以死,不犹愈于缄默苟容乎?"所以列举"八虎"罪行,云:

> 臣等伏睹近岁以来,朝政日非,号令欠当。自如秋来,视朝渐晚,仰窥圣容,日渐清癯。皆言太监马永成、谷大用、张永、罗详、魏彬、刘瑾、邱聚等,置造巧伪,淫荡上心。或击球走马,或放鹰逐犬。或俳优杂剧,错陈于前;或导万乘之尊,与外人交易,狎昵媟亵,无复礼体。日游不足,夜以继之。劳耗精神,亏损志德。

他希望皇帝"奋刚断,割私爱",将诸宦官"明正典刑",以"潜削祸乱之阶,永保灵长之业"。袁宗道称许李梦阳文章"尚多己意,论事述情,往往逼真"(《白苏斋类集》卷二十《论文上》)。此文继承汉唐以来直谏之风,措辞明白,用语通俗,推心置腹,鞭辟入里。

在七子中,康海(1475—1540)文名最盛,"当时语曰:李(梦阳)倡其诗,康振其文,文章赖以司命,学士尊为标的"(张治道《对山先生集序》,《康对山先生集》卷首)。康海性格豪迈不羁,在官之日,"论事无所回护,有不如意,则怒骂不置"(李开先《闲居集》文卷十《对山康修撰传》)。其论事之奏议文,以正德三年(1508)所撰《拟论近臣太重状》最著名,其中云:

> 臣惟天下无二大,有二大,是二天子也。故圣王慎之,毋使有专臣焉。今朝廷政刑之事,一切委之近臣,以为之轨,而近臣者又播弄威德,更坏纲纪,天下之民无复知有陛下也,此不大可慎哉?祖宗缔造王业,若此难也,民望陛下仁恩覆育,若此勤也。陛下以狗马艺伎之事欲自适意,而以祖宗天下之柄付之匪人,至使天下之人不复知有天子,是岂陛下善为暇逸计哉?陛下误矣!伏愿亟收其政而早图之,否则不但二天子而已也。忧国之言,勿复自忌,伏惟陛下图之。臣冒死谨奏。(《康对山先生集》卷二十一)

这并非危言耸听,而是切中时弊。此时宦官刘瑾等权势正盛,威压百官,康海以区区翰林修撰之职,敢于如此抨击,表现出过人的胆略和勇气。文章用语明白浅易,而气势磅礴奔放。人称康海之文有"质直之气"(王世懋《对山先生文集序》,《康对山先生集》卷首),此可为证。

王守仁(1472—1528)主"心学",上承孟子道统,他的文章也有孟子的好辩之风,尤其是对昏君的批评,相当大胆。如《谏迎佛疏》云:

> 臣自七月以来,切见道路流传之言,以为陛下遣使外夷,远迎佛教,群臣纷纷进谏,皆斥而不纳。臣始闻不信,既知其实,然独窃喜幸,以为此乃陛下圣智之开明,善端之萌蘖。群臣之谏,虽亦出于忠爱至情,然而未能推原陛下此念之所从起,是乃为善之端,作圣之本,正当将顺扩充,溯流求原,而乃狃于世儒崇正之说,徒尔纷争力沮,宜乎陛下之有所拂而不受、忽而不省矣。愚臣之见独异于是,乃惟恐陛下好佛之心有所未至耳。诚使陛下好佛之心果已真切恳至,不徒好其名而必务得其实,不但好其末而必务求其本,则尧舜之圣可至,三代之盛可复矣。岂非天下之幸、宗社之福哉!臣请为陛下言其好佛之实。(《王阳明全集》卷九)

不直接指斥"陛下好佛",而是委婉地投其所好,"为陛下言其好佛之实",这正与孟子之说"太王好色"相媲美,具有独特的针砭功效。而以此立说,为文自然婉曲有致。

明中期一些并非以文章著称于世的士夫,奏议文更为质实。这可以戚继光、海瑞、杨继盛为代表。

隆庆二年(1568),戚继光(1528—1587)受命总理蓟州、昌平、保定三镇练兵事,上疏言边备,纠察积弊,熟谙兵事。疏谓:

> 蓟门之兵,虽多亦少。其原有七。营军不习戎事,而好末技,壮者役将门,老弱仅充伍,一也。边塞逶迤,绝鲜邮置,使客络绎,日事将迎,参游为驿使,营垒皆传舍,二也。寇至,则调遣无法,远道赴期,

> 卒毙马僵,三也。守塞之卒约束不明,行伍不整,四也。临阵,马军不用马,而反用步,五也。家丁盛而军心离,六也。乘障,卒不择冲缓,备多力分,七也。七害不除,边备曷修?(《明史》卷二百一十二《戚继光传》)

疏中又陈士兵不练之失与虽练无益之弊,都是依据实地考察而论。

嘉靖四十五年(1566),海瑞(1514—1587)擢为户部主事,上疏言时政,直言无忌,历数嘉靖帝的失误。文中首先指责道:

> 陛下则锐精未久,妄念牵之而去,反刚明之质而误用之。至谓遐举可得,一意修真,竭民脂膏,滥兴土木,二十余年不视朝,法纪弛矣。数年推广事例,名器滥矣。二王不相见,人以为薄于父子。以猜疑诽谤戮辱臣下,人以为薄于君臣。乐西苑而不返,人以为薄于夫妇。吏贪官横,民不聊生,水旱无时,盗贼滋炽。陛下试思今日天下,为何如乎?

文辞大胆而尖锐,切中要害。又批评嘉靖帝用人不当,说:"用人而必欲其唯言莫违,此陛下之计左也。既观严嵩,有一不顺陛下者乎?昔为同心,今为戮首矣。"(《明史》卷二百二十六《海瑞传》)海瑞此疏,为一时名作,虽非雄文,胆识颇堪称许。

嘉靖间影响最大的奏议文,是杨继盛(1516—1555)弹劾严嵩的万言疏。嘉靖三十年(1551),杨继盛曾因边臣仇鸾请开马市向瓦剌俺答屈辱求和,以十不可、五大谬上疏谏阻,下锦衣狱。嘉靖三十二年(1553),杨继盛又草万言疏,弹劾大学士严嵩,请"早诛奸险巧佞专权贼臣,以清朝政,以绝外患"。疏中首陈其舍身讨贼以报国之意:

> 臣官居兵曹,以讨贼为职。然贼不专于西虏,凡有害于社稷人民者,均谓之贼。臣观大学士严嵩,盗权窃柄,误国殃民,其天下之第一大贼乎!方今在外之贼,惟西虏为急;在内之贼,惟严嵩为最。西虏

者,水草之众,疮疥之疾也;贼嵩者,门廷之寇,心腹之害也。贼有内外,攻宜有先后,未有内贼不去,而可以除外贼者。故臣请诛贼嵩,当在剿绝西虏之先。

疏中罗列严嵩十罪五奸,大要说严嵩上窃皇帝之威权,下结营私之奸党,肆行无忌,为所欲为,言辞极其尖锐。如揭露严嵩父子贪污受贿之状,说:

嵩既专权,则府部之权,皆挠于嵩,而吏、兵二部,大利所在,尤其所专主者。于文武官之迁升,不论人之贤否,惟论银之多寡。各官之任,亦通不以报效皇上为心,惟日以纳贿贼嵩为事。将官既纳贿于嵩,不得不剥削乎军士,所以军士多至失所,而边方为甚。有司既纳贿于嵩,不得不滥取于百姓,所以百姓多至流离,而北方之民为甚。一人专权,天下受害,怨恨满道,含冤无伸,人人思乱。

杨继盛以为,正是严嵩结党营私,严重地败坏了社会风气:

一人贪戾,天下成风。守法度者以为固滞,巧弥缝者以为有才,厉廉介者以为矫激,善奔走者以为练事,卑污成套,牢不可破,虽英雄豪杰,亦入套中。从古风俗之坏,未有甚于此时者。究其本源,嵩先好利,此天下所以皆尚乎贪,嵩先好谀,此天下所以皆尚乎谄。源之不洁,流何以清?风俗不正,而欲望天下之治得乎?(《杨忠愍集》卷一)

因此杨继盛警示道:"皇上何不忍割爱一贼臣,顾忍百姓苍生之涂炭乎!"杨继盛终因此疏下狱论死,但他的奏议文却因饱含浩气丹心而流传千古,他的刚毅耿直的人格更为后人所称道。

第四节　明后期奏议文

随着明代历史步入后期,社会动荡,党争频仍,官场败坏,危机四伏,朝野上下人心涣散,有识者无不痛心疾首。于是,原本就以议政为主旨的奏议文,此时更以指斥时弊、批评皇帝为主旋律,奏起强烈的"变徵之音"。

万历十七年(1589),大理寺左评事雒于仁冒天下之大不韪,上疏谴责皇帝道:"皇上之恙,病在酒色财气者也。夫纵酒则溃胃,好色则耗精,贪财则乱神,尚气则损肝。"并说:"皇上诚嗜酒矣,何以禁臣下之宴会?皇上诚恋色矣,何以禁臣下之淫荡?皇上诚贪财矣,何以惩臣下之饕餮?皇上诚尚气矣,何以劝臣下之和衷?四者之病,缠绕于心,系累其身,圣恙何时而可也!"于是进"四勿之箴",希望皇帝"酿醁勿祟"、"内嬖勿厚"、"贷贿勿侵"、"旧怨勿藏"(钱一本辑《万历邸钞》万历十七年己丑卷)。此疏有理有据,直言不讳,切中万历皇帝的病症,开其后奏议文直言批评皇帝之失的先河。

万历十八年(1590),万历帝因星变而"严责言官欺蔽",汤显祖(1550—1616)遂上《论辅臣科臣疏》,认为罪责不在言官,而在辅臣。此疏一一列举辅臣科臣罪状,结论说:

> 失此不治,臣谓皇上可惜者有四:爵禄者,皇上之雨露也,今乃为私门蔓桃李耳,其实公家之荆棘也。皇上之爵禄可惜,一也。若群臣风靡,皆知受辅臣恩,不知受皇上恩,岂复有人品在其中乎?皇上之人才可惜,二也。辅臣不破法与人富贵,不见为恩。皇上之法度可惜,三也。陛下经营天下二十年于兹矣,前十年之政,张居正刚而有欲,以群私人嚣然坏之,后十年之政,时行柔而有欲,又以群私人靡然坏之。皇上大有为之时可惜,四也。臣为四可惜,钦承圣谕,少效愚忧。(《汤显祖全集》卷四十三)

此疏历述辅臣科臣欺蔽"圣聪",使"陛下威福之柄潜为辅臣所窃",盖全为皇上威权着想,一片"愚忧",出于赤诚,这正是奏议文之行文本体所在。汤显祖指斥辅臣科臣,不遗余力,发奸摘覆,则体现出谏臣的风范。因而此疏颇为世人所重,也博得后人称扬。

万历中期以后,官府征税极其苛细,税目大小达四百余,地方官又私派横征,重重压榨,社会动荡不安。吕坤(1536—1618)形容当时"民心如实炮,捻一点而烈焰震天;国势如溃瓜,手一动而流液满地矣"(《去伪斋集》卷五《答孙玉峰》)。万历二十五年(1597),吕坤任左佥都御史时,上疏谓:

> 今天下之苍生贫困可知矣。自万历十年以来,无岁不灾,催科如故。臣久为外吏,见陛下赤子冻骨无兼衣,饥肠不再食,垣舍弗蔽,苦藁未完;流移日众,弃地猥多;留者输去者之粮,生者承死者之役。君门万里,孰能仰诉?今国家之财用耗竭可知矣。数年以来寿宫之费几百万,织造之费几百万,宁夏之变几百万,黄河之溃几百万,今大工、采木费又各几百万矣。土不加广,民不加多,非有雨菽涌金,安能为计?今国家之防御疏略可知矣。三大营之兵以卫京师也,乃马半羸敝,人半老弱。九边之兵以御外寇也,皆勇于挟上,怯于临戎。外卫之兵以备征调资守御也,伍缺于役占,家累于需求,皮骨仅存,折冲奚赖。设有千骑横行,兵不足用,必选民丁。以怨民斗怨民,谁与合战?(《明史》卷二百二十六《吕坤传》)

在这样民穷财尽、四海沸腾的处境下,万历帝却倒行逆施,竭天下之人力财力,经营他的陵墓。吕坤揭露道:

> 以采木言之。丈八之围,非百年之物。深山穷谷,蛇虎杂居,毒雾常多,人烟绝少,寒暑饥渴瘴疠死者无论矣。乃一木初卧,千夫难移,倘遇阻艰,必成伤殒。蜀民语曰:"入山一千,出山五百。"哀可知也。至若海木,官价虽一株千两,比来都下,为费何止万金。臣见楚、

蜀之人,谈及采木,莫不哽咽。(《明史》卷二百二十六《吕坤传》)

万历二十四年(1596),为了营建两宫,皇帝决定开矿搜敛钱财,同时派出矿使到各地察矿,其后又在通都大邑增设税监,于是"矿、税两监遍天下。两淮又有盐监,广东又有珠监。或专或兼,大珰小监,纵横络骚,吸髓饮血,天下咸被害矣"(赵翼《廿二史札记》卷三十五)。这一暴虐的举动,激起许多正直的士大夫的义愤,他们纷纷上疏谏诤,义正词严。如万历二十八年(1600),淮抚李三才(?—1623)连上二疏,论矿税为害之烈,说:

> 征榷之使,急如星火,搜括之令,密如牛毛。今日某矿得银若干,明日又加增银若干;今日某处可税银若干,明日又加税银若干。今日某官阻挠矿税,差人拿解矣;明日某官怠玩矿税,罢职为民矣。上下相争,惟利是图,远迩震骇,怨讟载道。……千里之区,中使四布,棋置星列,如捕叛亡。加以无赖亡命,附翼于虎狼,不逞奸徒,托名于城社。……或假雕印信,而公行吓诈;或冒充名色,而明肆抢夺。(吴亮辑《万历疏钞》卷二十九)

他不仅对皇帝一再疏陈矿税之害,甚至批判皇帝:"陛下爱珠玉,民亦慕温饱;陛下爱子孙,民亦恋妻孥。奈何崇聚财贿,而使小民无朝夕之安?"(陈鼎《东林列传》卷十六)性格耿直,言辞激烈。万历三十年(1602),南京工科给事中金士衡有见于"中使四出,以采矿监税为名,所在恣暴,民不堪命",也上疏论事,曰:

> 曩者采于山,榷于市,今则不山而采,不市而榷矣。此曹刑余小丑,市井无籍,不知宗社远谋,一旦假以利权,贪饕无餍。如杨荣倡衅于丽江,高淮肆毒于辽左,孙朝造患于石岭,此其尤著者也。陛下深居内廷,目不睹闾阎饥莩之色,耳不闻士女赍咨之声,朘削殆尽,而犹耽耽逐逐,不知顾恤。夫今天下亦多事矣,水旱之虞,盗贼兵燹之警,所在有之。萧、砀、丰、沛之间,河流泛溢,破城决堤,平陆汇为巨浸,

居民化为鱼鳖,颠沛流离之众,易为生乱,忍复横征巧取以蹙之哉?(《东林列传》卷二十《金士衡传》)

士风颓废,道德沦丧,也是万历年间的社会风气。冯琦(1558—1603)多次上疏,要求"肃官常、清吏治、端士习"(《冯用韫先生北海集》卷三十六)。在《为重经术祛异说以正人心以励人材疏》中,他说:

> 自人文向盛,士习浸漓。始而汰薄平常,稍趋纤靡;纤靡不已,渐骛新奇;新奇不已,渐趋诡僻。始犹附诸子以立帜,今且尊二氏以操戈。背弃孔孟,非毁程朱,惟南华西竺之语是宗是竞。以实为空,以空为实。以名教为桎梏,以纪纲为赘疣,以放言恣论为神奇,以荡弃行俭、扫灭是非廉耻为广大。(《冯用韫先生北海集》卷三十八)

天启年间,朝政日非,太监魏忠贤结党擅权。天启二年(1622),左副都御史杨涟(1571—1625)上疏,劾魏忠贤二十四大罪,其一为利用罪拟之权以弄权行私。明制,阁臣处理奏章后,将所拟批答书于小票,再由皇帝朱笔批之,名为"票拟",亦称"条旨"或"调旨"。朱批实为司礼太监代笔,这是明朝多年的弊政。疏中揭露:

> 自忠贤专擅,旨意多出传奉。传奉而真,一字抑扬之间,判若天渊;传奉而伪,谁为辨之?近乃公然三五成群,勒逼讲嚷,政事之堂,几成闹市。甚至有径自内批,不相照会者。假令夜半出片纸杀人,皇上不得知,阁臣不及问。

正因为如此,魏忠贤等飞扬跋扈,肆无忌惮,残害直臣贤吏,屡兴大狱,擅作威福,权倾一时,滥用刑赏。各地党羽,竞相谄媚,为之广建生祠,遍于全国,镂凤雕龙,耗资巨万。魏忠贤又利用东厂特务,明缉暗访,罗织罪名,快恩仇,行倾陷,形成顺之者昌、逆之者亡的局面。杨涟揭露说:

> 惧内廷之发其奸,杀者杀,换者换,左右皆畏而不敢言;惧外廷之发其奸,逐者逐,锢者锢,外廷又皆观望而不敢言。更有一种无识无骨苟图富贵之徒,或扳附枝叶,或依托门墙,或密结居停,或投诚门客,逢其所喜,挑其所怒,无所不至。内有授而外发之,外有呼而内应之,向背忽移,祸福立见。(《明经世文编》卷四百九十六《纠参逆珰疏》)

此段述写阉党内外勾结、官僚奔走门下之状,真实而生动。杨涟疏中引朱元璋之令:"内官不许干预外事,只供掖廷洒扫,违者法无赦。"(《明史》卷二百四十四)这确是有远见之言。明末宦官之祸,昏君之外,又加士大夫的无耻党附,其害遂愈演愈烈,终于导致朱明政权的加速灭亡。杨涟此劾状未能送到朱由基手里,就被阉党所诬陷。天启五年(1625),他与左光斗等人同时被杀。

李应昇(1593—1626)"目击民困,忧心民困",上《缕诉民隐仰动天心乞实行宽恤以固邦本疏》,云:

> 今日安天下之大机括,莫如恤内地之民生。民生之憔悴极矣,言兴利而利未必可兴,不如且与之除害。徭役繁重,奸胥欺隐,一害也;长吏贪残,酷罚重耗,二害也;通家窝访,株连诬陷,三害也;马户河夫,破家荡产,四害也;盗贼充斥,邪教勾连,五害也;抛荒虚粮,赔丁图欠,六害也;里甲修理,粮长铺办,七害也;俗吏妨农,非时勾比,八害也;白役下乡,乘船骑马,九害也;势力投占,私债侵夺,十害也。(《落落斋遗集》卷一)

他企图以此"仰动天心,实行宽恤",实不可行。他的《抚时直发狂愚触事略商补救以备圣明采择疏》,尖锐地指出:"盖天下有三患:一曰夷狄,吭背之患;二曰盗贼,肘腋之患;三曰小人,心腹之患。"(《落落斋遗集》卷一)这正是切中时弊之论。

第三章　明代书序文

序分三体：书序、赠序、寿序，统称为序。吴讷《文章辨体序说》引吕祖谦之言曰："凡序文籍，当序作者之意；如赠送燕集等作，又当随事以序其实也。"即将书序与赠序合论。三体渐加区分，这是明中期以后的事。明中期以前各家文集中三种序文多统收在一起，且以赠序文为多。而中期以来，虽亦统称为序，但集中常常分卷收录书序、赠序、寿序，且以书序文为多。因此，本卷分论书序文与赠序文，而以寿序文附于赠序文之末。

明代中后期书序文盛行，唐顺之《答王遵岩书》曾讥刺世人多求人作集序云："其达官贵人与中科第人稍有名目在世间者，其死后则必一部诗文刻集，如生而饮食、死而棺椁之不可缺。"（《重刊荆川先生文集》卷六）其实不仅死后，明代人生前刻集亦是一时风气，甚至每一阶段必刻一集，以至每年刻集。明代中后期书序文盛行与文集刊刻之风有着密切关系，往往一集多序，且多求名人作序，以取声名。魏禧《叙引》曰："书之有叙，以道其所由作，或从而赞叹之，或推其意所未尽。古者美疵并见，后世有美而无疵。滥觞而下，数十年间，叙人之诗若文者，既已驾韩、欧，涤李、杜，又必旁及其官禄之荣、平生之行谊经济，上本其祖父所以垂统，下道子孙之美。盖一叙，而其人之传志、家谱无俟他考已具，而又虚文饰词以附益其所未始有。如是则主人色喜，而叙之者意满。夫欲人之叙之者，使其传己也，叙之者欲传其人也。当其手墨未干，人之视之，固已如大夏毒热、腐鱼败肉之不可近，而一二真美亦卒为所揜抑而不传。呜呼，是何其计之左也！"（《魏叔子文集》外篇卷八）溢美之词在明人书序文中可谓比比皆是，一时风气如此。

书序文内容繁多,何乔远《皇明文征》就繁,分书序为典则、古集、诗篇、文编、政学、史乘、纪录、书学、音律、藏书、试录、奏疏、称号、图绘、志书、边备等十类;而黄宗羲《明文海》从简,分书序为著述、文集、诗集三大类。总体上看,明代书序文中学术性序文不多,诗文集序及八股文序为多,且更有特色。吴讷《文章辨体序说》认为:"大抵序事之文,以次第其语,善序事理为上。"徐师曾《文体明辨序说》也概括序文的基本文体特征:"善叙事理,次第有序,若丝之绪也。"书序文的体式不外叙事与议论二端,李开先《赵浚谷诗文集序》云:"古之序者,多先序其人,而后及其集。"(李开先《闲居集》文卷六)但明代书序文则多以议论为主,往往饰词为说,洋洋洒洒,叙事体反倒少见。从语体上看,明代书序文有的纯以散体行文,有的偏重骈丽,有的骈散并重;有的主张学习六经,有的主张秦汉,有的主张六朝,有的主张唐宋,各有偏重,各有造诣。总的看,前中期以古文为主,后期骈体文章呈增多之势。就时代风格变化而论,明初书序文沉重严谨,台阁派则醇雅演迤,复古派兴复古风以雄深激昂为主,唐宋派法度精严,公安派轻灵韵趣,竟陵派孤诣幽忧,以及明后期整体上飘逸放恣,经历了由厚博、醇雅、雍容、古雅、雄深到轻逸的发展轨迹。

第一节　元明之际书序文

元明之际作家受理学思想影响很深,往往以明道立教自命,胸怀博大。这个时期的书序文创作便是在这一思想背景下进行的,但其间亦有较大差异:一者温厚淳雅,如宋濂、宋讷;一者气奇而昌,如刘基、张以宁、方孝孺。二者皆以正统儒学思想为出发点,但前者行文温雅淳厚,能够达成思想与文字的平衡;后者则有较强的现实感,以气行文,个体的情感得到较充分表露,其文字往往逸出正统之外。

宋濂(1310—1381)反对"专溺于辞章之间"(《宋濂全集·翰苑续集》卷八《师古斋箴并序》),主张"明道之谓文,立教之谓文"(《宋濂全集·芝园续集》卷六《文说赠王生黼》),反对"俳谐以为体,偶丽以为奇"的文风,但也反对"穿凿经义"和"剽掠前修语录"的专务明道的主张(《宋濂全集·銮坡前集》卷六《刻源集序》)。但正如郭绍虞所说:"他虽与仅仅以文为事的文人不同,但终究只成为文人而不是思想家。"①他的书序文就具有这样的特色,文学色彩浓厚。代表作如《桃花涧修禊诗序》,其中即有大量的文学性描写,如写桃花涧景色:

> 又三里所,夹岸皆桃花,山寒花开迟,及是始繁。傍多髯松,入天如青云。忽见鲜葩点湿翠间,焰焰欲爇,可玩。又三十步,诡石人立,高可十尺余,面正平,可坐而箫,曰凤箫台。下有小泓,泓上石坛广寻丈,可钓。(《宋濂全集·潜溪前集》卷五)

文词清丽自然,句式富于变化。但文末否认"招魂续魄,执兰草以祓除不祥"的修禊活动,主张"为吾党者,当追浴沂之风徽,法《舞雩》之咏叹,庶几

---

① 郭绍虞:《中国文学批评史》,百花文艺出版社,1999年版,第359页。

情与境适,乐与道俱,而无愧于孔氏之徒"。曲终奏雅,仍是"明道"本色。又如《汪右丞诗集序》(《宋濂全集·銮坡前集》卷七),论山林之文与台阁之文,文字雍容典雅,气宇轩昂,是典型的台阁之文。全文虽排比严整,但铺排之处,不乏文字之美,深得文字三昧。另外,宋濂嗜佛,自称:"自幼至壮,饱阅三藏诸文,粗识世雄氏所以见性明心之旨。"(《宋濂全集·銮坡后集》卷九《佛性圆辩禅师净慈顺公瘗塔铭》)这也体现在书序中,如《水云亭小稿序》、《楚石禅师六会语序》(《宋濂全集·銮坡前集》卷八),这样的文字不同于明后期诸家谈禅缘心使性之作,可谓深于佛法,得其三昧,并形成一种特殊的文字趣味。

宋讷(1311—1390)之文与宋濂风格相近,清人评为"浑厚典雅"(《四库全书总目》卷一百六十九《西隐集》提要)。代表作如《平远堂诗序》,中云:

> 岂彦升以水明石秀,游乐殆无尽时,乘舟载酒,岸芷汀兰,浮香吐秀,徜徉纵意,以取平远之乐乎?以山川风物,登临题品,随地而盛,随盛而赏,左右前后,景物环集,必倚杖迟留以乐平远乎?此则骚人逸士傲睨物外之乐,非彦升之所当乐也。若夫下平远堂,历平远地,云淡风轻,傍花随柳,以求明道之乐为乐可也;庭草交翠,嘲风弄月,以求濂溪之乐为乐可也。又有时以罗湖为沂水,以树木为舞雩,揖冠者将童子咏春风而归,以求曾晳之乐,然后平远之乐为真乐哉!(《西隐集》卷六)

文气舒缓,文字清美自然,将明道之乐、濂溪之乐、曾晳之乐融为一体,最终归结到"平远之乐"上,深得悟道气象,文字亦足以称之。

王祎(1322—1373)之文亦为同一类型,理明而气充,但又不徒驱驾以气,驰骋文辞,正是这类具儒者气象的温雅淳厚之文的普遍特征,他们力图在性命与文辞之间达至一种平衡,反对"为学谈性命者,穷高极深而不切于用,工辞章者,矜奇衒巧而不复反诸本,要之皆足为学术之累"(《王忠文集》卷五《敏求录序》)。

刘基(1311—1375)之文则是另一种类型,他主张:"文以理为主,而气以摅之。理不明,为虚文;气不足,则理无所驾。"(《刘基集》卷二《苏平仲文集序》)故其文多是理气充足之文。如《唱和集序》:

> 夫人之有心,不能如土瓦木石之块然也。禹思天下有溺者,由己溺之;稷思天下有饥者,由己饥之;伊尹思天下有一夫之不获,则心愧耻若挞于市。是皆以天下为己忧,而卒遂其志,故见诸行事而不形于言。若其发而为歌诗,流而为咏叹,则必其所有沉埋抑挫,郁不得展。故假是以摅其怀,岂得已哉!是故文王有《拘幽》之操,孔子有"将归"之引,圣人不能免也。(《刘基集》卷二)

正是有了"文之盛衰,实关时之泰否"的认识,故能因"明于理而昌于气",文章气昌势盛,文句严整之中寓于变化,层层递进,一气贯注。当然,从刘基的书序文来看,更多的还是"气昌而奇"之作(《明史》卷一百二十八《刘基传》)。如《郭子明诗集序》:

> 郭君文德字子明,广平人也。读书好为诗,有交于前,无不形之于诗。其忧愁抑郁,放旷愤发,欢愉游佚,凡气有所不平,皆于诗乎平之。是故饮食非诗不甘,坐卧非诗不安,应人接物非诗不能摅其中怀,至颠沛造次,梦寐想像,莫不有诗。思天下有一事一物不入吾诗,若己有所歉焉。于是北眺燕代,西逾岷峨,南浮江湘,东览齐岱,困穷迫厄,寒暑枯湿,举不足以摇其中,而惟得乎诗,可以解忧。其为诗也,不尚险涩,不求奇巧,惟心所适,因言成章,而其自得之妙,则有人不能知而己独知之者。盖孔子所谓"好而乐之"者欤!(《刘基集》卷二)

与宋濂之文讲求抑扬顿挫之美,文气相对舒缓相比,刘基之文则节奏紧迫,不事铺排。全文之末,以世人汲汲于禄利与郭子明独好为诗相比较,高度肯定了郭君"非俗子所能识也"的精神。《章秀才观海集序》(《刘基集》卷二)也有异曲同工之妙。此外,《槐阴读书图序》(《刘基集》卷二)精于句式安排和文字提炼,文中用了几个设问句,既使得文气顺畅饱满,又起到勾联全文的作用,也是一篇很好的书序文。这样的文字虽源于"理明",但"气昌"之中则包含个体的情感,非纯正的儒家思想所能范围,故形成了"气昌而奇"的风格特征。

张以宁(1301—1370)的书序文,虽"正气浑涵"与元明之际诸家之严谨庄整略同,但却能够"丰腴而不流于丛冗,雄峭而不失于粗厉,清圆而不涉于浮巧,委蛇而不病于细碎"(宋濂《翠屏集序》,《翠屏集》卷首)。如《赵希直诗集序》:

> 夫波澜者难窥,窘边幅者易裁。征之杜甫氏论,子非兰苕之翡翠也,抑可进于碧海之鲸鲵乎?然而风不培则不能抟扶摇而直上也,庄周氏之言岂偶然哉!丽而抗之使其壮雄,而沉之使其浑光,而葆之使其幽远,而使之勿离深,而使之勿僻也。培之至,诗之昌也。(《翠屏集》卷三)

刘三吾称张以宁之文:"节制以柳,宏放以韩与苏,醵经沃史,吞吐百氏。"(《翠屏集序》,《翠屏集》卷首)其文既不过分严整而失之于板滞,也不过分轻灵而失之于浮巧。可见即使在正统文学思想占主导的时代,由于个体气质的差异和现实感的强弱也会形成不同的文学风格。

清人朱彝尊评方孝孺(1357—1402)之文:"闳深博大,骎骎乎驰逐昌黎、眉山之间;至其谈理之文,渊懿醇正,虽淳熙诸儒不是过。"(《曝书亭集》卷三十六《逊志斋文钞序》)方孝孺的书序文正体现了"闳深博大"与"渊懿醇正"相结合的特点,即个体气质、性情与正统的儒学思想修养相结合的产物。其文多以议论开篇,凭空起议,笔势健拔,如《逊志斋集》卷十二《基命录序》:"智力或可以取天下,而不足以守天下;法术或可以縻当世,而不足以传无穷。有以取之,而不知守成之具;虑止乎旦夕,而不为久远之图。为己则难以言智,为民则难以言仁,夫岂善为天下计者哉?"《乐观生诗序》:"无穷者,天下之理也;不易者,造化之运也。乘乎运,备乎理,不以古今而殊者,人之才也。"这一方面体现了他胸怀博大,立意高远,另一方面也表现了他识见醇正。《苏太史文集序》是为苏伯衡文集所作,先论文章写作中"工"与"神"两种境界之异,起笔甚高:

> 天下之事,出于智巧之所及者,皆其浅者也。寂然无为,沛然无穷,发于智之所不及知,成于巧之所不能为,非几乎神者,其孰能与于斯乎?故工可学而致也,神非学所能致也,惟心通乎神者能之。神诚会于心,犹龙之于雨,所取者涓滴之微,而可以被八荒,泽万物。无所得者,辟之抱瓮而灌,机械而注,为之不胜其劳,而所及仅至乎寻丈之间。(《逊志斋集》卷十二)

再以庄周之书、李白之诗歌"放荡纵恣,惟其所欲"为例,说明"心默会乎神,故无所用其智巧,而举天下之智巧,莫能加焉"。再论"庄周殁殆二千年,得其意以为文者,宋之苏子而已",接以苏太史"为苏子诸孙"的说明。结尾处再申论智巧与会神之异,以批判"今之为文者"。文章唯意所之,大开大阖,深得庄周之纵恣、李白之豪放、苏轼之旷逸,而统之以默会心神,泂为大家之文。又如《刘樗园先生文集序》(《逊志斋集》卷十二),论学术、教化、文章三者之关系,以为"学术视教化为盛衰,文章与学术相表里",但"天下之人,不能皆生而有闻",故须"明吾教于天下"。自周以来,能够教化详明的唯有宋,有元以来不能及。再论宁海犹存教化之风,风俗不坏,以及刘樗园先生学识渊博崇高,文章纡余衍肆,风骨凛然,足以教化天下,故表而出之。这样的书序文,以儒学修养为底蕴,以个体性情为导引,既厚且深。

第二节　明前期书序文

明前期书序文多为盛世之文,和平温厚,雍容典雅,是典型的台阁之文,代表作家是杨士奇、李东阳。至于解缙的雄劲奇古,梁潜的豪壮跌宕,陈献章的率意自得,吴宽的纡余老成,代表了台阁文学的不同风格以及对台阁文风的突破。

杨士奇(1365—1444)之文承欧阳修,平正纡余,得其仿佛。郑瑗《井观琐言》论其文"典则无浮泛之病,杂录叙事,极平稳不费力"(《四库全书总目》卷一百七十《东里全集》提要引)。他的书序文最能体现这一特点。如《梅花图诗序》先论:"夫梅,植物之致清者也,恒产于山谿林谷之间,而逸人韵士栖迹乎荒寒旷漠之滨者,资以适其幽独闲静之趣也。"然后文章一转:"今公为国大臣,职务之重且殷,夙夜孳孳,图惟之不暇,而暇适其意于此乎?"再一转:"然古之名贤君子,居高位任重寄者,虽日惮智毕虑于天下国家之务,而其心未尝不存夫幽闲淡迫之适,盖不以其身之富贵而或移也。"再以比德之说论君子之心契于梅之贞洁。结处又一转,以"余意公之所为爱之者,又未必止于此",引出"天地之生物始于春,而物承春之气以生者,莫先于斯植,盖造化发育肇见于斯也。故知道君子恒于此以究观夫天地之仁,而况公为春官大宗伯,上赞圣明以对时育物者乎"(《东里文集》卷七)。文章纡余委曲,妥帖平和,确实"平稳不费力"。类似的文章如《龙潭十景序》(《东里文集》卷八),曲终奏雅,歌咏升平,深得台阁大臣典重平和气象。又如《对雨诗序》写永乐癸卯正月陪祀事,群臣以杜甫"随风潜入夜,润物细无声"之句为韵,各赋五言诗一首。接着论道:

> 士君子之适,夫岂以为己哉?忧乐以民,仁者之所存也。自去岁春夏少雨,冬屡大雪,皆数尺,盖比岁之所未有,民喜以为来年之望也。今岁正月之初,辄屡雨。常岁三月乃雨,亦未有若今之豫者,而

泽冻解泮,土膏润发,区萌茁露,盖时物之滋肇于此,生民岁计之所仰者可冀也。夫造化一元之气发于春,而契乎仁者之心则形诸声,诗固有所不能已矣。(《东里文集》卷五)

细品文中之论,台阁大臣之"爱亲忠君之念、咎己自悼之怀,蔼然溢于言表,真和而平,温而厚,怨而不伤,而得夫性情之正者"如在目前(杨荣《省愆集序》,《文敏集》卷十一)。

李东阳(1447—1516)为文深得台阁典重之风。如《琼台吟稿序》,先从行万里道、读万卷书乃能读杜诗说起,直接引到对杜甫诗歌的评价,复由此引申至对丘濬诗歌的评价:

> 公自岭海逾江淮以入京师,其远则万里也;自稗官野录以至金縢玉局,缥囊汚简之书未始不读,其多殆不下万卷也。故出其所得为剧谈,高论如缲丝炙毂,竟日不竭,议古今成败,天下之地里风俗,平险美恶,如画图指掌,历历可概见。著而为文,如鳌负山,鹏运海,气势轩揭,莫之与抗,而不独诗也。然公之学亦于诗焉见之。(《怀麓堂集》卷二十七)

行文典重平稳,语意平正,颇合台阁大臣之风范。又如《篁墩文集序》(程敏政《篁墩文集》卷首),从理学出发,谈经史别异问题,对明前期史学发展的滞后问题提出了自己的见解。即使是这样探讨学理问题的文章也写得平正典雅,很能代表明前期台阁文风影响下学术文章的特点。

明前期台阁派的创作风貌总体一致,但也存在着不同的风格。如解缙(1369—1415)的书序文总体上循谨正大,但时有狂易之情的流露。如《北斋诗序》虚拟玄氏与赤氏的对话,文曰:

> 玄氏与赤氏为友,周流南北。赤氏之居南郊也,诧之曰:"天光赫曦,万物洁齐,向景而夷,明烛无弊,不慄斯以拘寒;每熙夷而傲睨,振衣千仞,濯足沧涯。其人不为奥密,疏通易知,渴饮不厌清,饥食不畏

凝,饮冰茹药,无所僵抑,子之居殆不如是矣。"玄氏瞿然而笑,戚然而悲曰:"吾与子行日中,子曰暍而清泠之求也,求之于外,不若居于内。吾虽与子身南交,而心予所居也,玄冥寂净,冰坚雪凝,不以日热,不以火盛,不随焰以奔驰,守吾玄而自怡。不觉暑之切肌,而庄生所谓入水不濡,入火不热者,非其几欤? 然吾未尝专其固而居之怀也。吾可以南而子不可以北,子且之我北斋而观焉。"于是赤氏奋目举颐,赧吻庚眉,勃然曰:"我且适之。"玄氏不之拒也。乃未至乎朔漠之境,而已愁于燕易之方,盱衡于凌层,堕指而慄胫,曰:"我不能为此行也。"心服玄氏,独与道俱,不慄不热,不磷淄也。(《文毅集》卷七)

想象奇异,文辞瑰丽,又极尽铺排夸饰之能,在明初序文中很少见。至于《舒啸轩序》(《文毅集》卷七)一文,先提出假于器以出声之论,声有万不齐,感有万不齐,一出于自然。进而写毛仲鼎兄弟"即山林之静逸,无朝事之纷拏,主于静也,以舒啸名其轩",复申论其隐逸吟啸自然之乐,思绪之流丽,文字之清润,于雍容之中增添一丝清雅之气,固非台阁之板滞可比。

王直称梁潜(1366—1418):"凡经史百氏之书无不究,而于《左氏传》、司马《史记》、班固《汉书》每注意焉,性命道德之奥,文章著述之妙,多其所自得,而充之以奇气,发之以逸才,沛然莫之能御。"也就是说既于性命道德之说颇有自得之妙,又注重文学中的史学统绪,故其文章"温厚和平,而豪壮跌宕之势寓焉,如江河之流,汪洋衍迤,一与风遇,则波澜勃兴,鱼龙百怪,出没隐见,可喜可谔,真当代之杰作也"(《泊庵集序》,梁潜《泊庵集》卷首)。他的书序代表作有《西清余玩序》、《竹间堂诗后序》、《秋江送别图序》等。如《秋江送别图序》云:

余睹夫漳江水冷,下见沙石,渔歌中流,鸿飞数点,当此之时,能不怆焉于怀者几希。而添元方油然驾扁舟,攘臂江风,帆如奔马,欣欣然曾何别离之想。盖由其平昔往来之熟,胸次轩豁,襟怀倜傥,以四海为乡邑,舟楫为室庐,虽千里犹庭除也。向使添元拘拘于一邑之内,一丘壑之间,固有不堪其絷缚者,而何能如是? 古人有以不读书

万卷,不行地千里为慊,若添元之见闻识趣,岂特千里而已哉!(《泊庵集》卷五)

明初诸人皆谨守理学,不敢稍逾,故其文多谨严有余而生动不足。梁潜之学已与诸人不同,其思想于正统之外,隐然有一股寻找新意义的冲动。这篇文章意气豪迈,运文以气,避免了台阁文章的平衍无奇之弊。

吴宽(1435—1504)的书序文也有所变化,不同于雍容典雅的正统台阁文风。《公余韵语序》就很能体现这一点,文章谈及明初士大夫的生活状态云:

> 士大夫以政事为职者,率早作入朝,奏对毕,或特有事,则聚议于庭。退即诸署,率其属以治公务,胥吏左右持章疏,抱簿书以次进,虽寒暑风雨不爽。当其纷冗,往往不知佳辰令节之已过也。盖勤于政事如此,又何暇于文词之习哉!予自翰林承乏吏部,以旧习未忘,欲复事此,而兴致索然,执笔辄废,或终日不能成章,每以自笑。他日同官郓城似公示予一巨帙,题曰《公余韵语》,则皆士大夫投赠之作,而以政事为职者居多。岂诸公之优于其职能,肆其余力以及于此耶?抑亦公之雅嗜吟咏,尤笃于交游而能致此也?览之复以自愧。夫诗以言志,志之所之,必形于言,古人于此未有弃之者。故虽衰周之人,从役于外,而诗犹可诵,况生于今之盛世者乎?盖退食自公,宣其抑郁,写其勤苦,达其志之所至,亦人情之所必然者。至于纪朝廷宴赐之盛仪,志国家祀戎之大事,灿然卷中,亦无不备。后有读之者,信其为治世之音也。公俾序其首,敢为其骞陋,为强书之。(《家藏集》卷四十二)

纡余老成,舒缓自然而不动声色,平正典雅。《石田稿序》以"穷而后工"为"特工于悲耳",提出"隐而工"的观点,转换自然,行文工稳,深得纡余老成之精髓。但后面一段描写沈周的隐逸生活,却出之以清雅疏放之美:

  且其宅居江湖间,不减甫里之盛,宾客满坐,樽俎常设。谈笑之际,落笔成篇,随物赋形,缘情叙事,古今诸体,各臻其妙。溪风渚月,谷霭岫云,形迹若空,姿态倏变,玩之而愈佳,揽之而无尽,所谓清婉和平、高吭超绝者兼有之,故其名大播,不特江南而已。(《家藏集》卷四十三)

  这样的文字在明初书序文中不可多得,显示出某种变化的端倪。《家藏集》卷四十六《乾乾斋稿引》、《游吴中西山诗引》等,也都写得很好,文多不引。

  陈献章(1428—1500)之学主静,其人生境界如《李文溪文集序》所云:"士从事于学,功深力到,华落实存,乃浩然自得,则不知天地之为大,死生之为变,而况于富贵贫贱,功利得丧,屈信予夺之间哉!"(《陈白沙集》卷一)故其为文皆以率意自得为工,不以能文为尚。书序文见《陈白沙集》卷一。如《杂诗序》通篇写来,有如小品,绝无文字修饰烟火气,自然随意;《东圃诗序》也体现了道学与文学之相通,绝非水火不容。《东晓序》也是一篇佳作:

  旸谷始旦,万物毕见,而居于蔀屋之下,亭午不知也。忽然夜半起,振衣于四千丈罗浮之冈,引盻于扶木之区,赤光在海底,皎如昼日,仰见群星,不知其为夜半。此无它,有弊则闇,无弊则明,所处之地不同,所遇随以变。况人易于弊者乎?耳之弊声,目之弊色,弊口鼻以臭味,弊四肢以安佚,一掬之力不胜群蔽,则其去禽兽不远矣。

中国传统哲学思想中既强调理的唯一性,又强调不离物而谈理,万物一理,理寓于物,而且并不否定个体的情感,悟境即理境,既是人生境界,又是审美境界。陈献章的序文便体现了物、理、情交融一体的境界,有着特殊的审美趣味。

第三节　明中期书序文

　　明中期书序文的代表作家有王鏊、林俊、文征明、李梦阳、杨慎、唐顺之、归有光、王世贞、汪道昆、徐渭等。

　　王鏊(1450—1524)之文"典雅遒洁,有唐宋遗风"(《四库全书总目》卷一百七十一《震泽集》提要)。《匏庵家藏集序》可称名作,文章开篇提出:"文章不难于奇丽,难于醇,难于典则。虽然,醇与则可至也,醇而不俚,则而能畅,殆有非力所至而至者焉,其必有养乎,是难能也。"以此为据,论吴宽之文:

　　　　予尝窃评公之文矣,摆脱尖新,力追古作,丰之千言,不见其有余,约之数语,不见其不足。为诗兴寄闲远,不为浮艳之语;用事精切,不见斧凿之痕。自谓得公之深也,兹复何言乎?独念公生颇好苏学,其于长公,每若数数然者。及其自著乃独异焉,纡余有欧之态,老成有韩之格。信其学力之至自得者,深乎其所养可知已。(《震泽集》卷十三)

其文章之典雅遒洁,可见一斑。正如文章所论,醇而则,则而能畅,文章至于畅达,已非台阁雍容之风所能涵括。但是,王鏊的书序文总体上还是保持着台阁文风。如《壮节录后序》铺叙故崇安侯谭渊靖难之功,气象宏大,严谨有法,中云:

　　　　公之从克祁县也,与壮士伏水中,伺敌师过,即起据桥,遂擒其将杨某、潘某。又与长兴侯耿炳文战于真定,败之。又败曹国公李景隆之师于郑村坝,连破其营。又战于白沟河,败都指挥平安之师。又累与景隆战,屡败之。(《震泽集》卷十二)

将其战功概括写来,不写细节,简而有法。在明代文学史中,重视《左传》的传统自王鏊始,《重刊左传详节序》(《震泽集》卷十三)中解释了学习《左传》的理由,已有逸出正统之外的意味,在普遍学欧、曾的风尚中,学韩、学苏、学《左传》,显现出王鏊独特的审美取向,即对"文辞"的重视。

林俊(1452—1527)为文,"体裁不一,大都奇崛博奥,刻意自为"(《四库全书总目》卷一百七十一《见素集》提要),在成化、弘治间较为独特。如《瑞竹诗序》:

> 丁未,盗起赣州、介闽之间,蚁聚而蜂屯,郡用大扰。今上嗣大历服,若曰:"今惟民弗靖,其抚之来,与之维新,人用去罪死齿,平民有以自效。兹惟渠党,犹干天罚。"乃拜王公述之为都御史,其往循之,声威所披,胁从解散,渠首俘而还,郡告康乂。(《见素集》卷一)

林俊论文主张:"夫文不难于华,难于质;不难于繁,难于简;不难于奇曲,难于拙直。"(《见素集》卷一《两汉书疏序》)仍沿台阁以来风尚,最为推崇欧阳修。但其为文,不再仅取法欧公,而有较明显的求变之意,所以主张作古文字须削去"近格"。当然,林俊也只能是有志而未能。其书序文体裁不一,多学唐宋之文,尤长于叙事,代表作如《二忠录序》(《见素集》卷五)。

在明中期文坛上,吴中诸子亦倡为古学,在复古派之外别树一帜。文征明(1470—1559)一生"肆力为古文词","为文醇雅典则,其谨严处一字不苟,故一时文章多以属公,而独持文柄者垂六十年"(文嘉《先君行略》,《甫田集》卷三十六附录)。其书序文以温雅著称,隐然与正统对抗,自有一番见识。《何氏语林叙》称自《世说新语》以来,"稗官小说,无虑百数,而此书特为隽永,精深奇丽,莫或继之"。他认为,轶事小文的特征是"原情执要,实惟语言为宗,单词只句,往往令人意消,思致简远,足深唱叹,诚亦至理攸寓,文学行义之渊也"。据此批判"或者以为撼裂委琐,无所取裁,骫骳偏驳,独能发藻饰词,于道德性命无所发明"的主

张,认为:

> 事理无穷,学奚底极?理或不明,固不足以穷性命之蕴,而辞有不达,道何从见?是故博学详说,圣训攸先,修辞立诚,畜德之源也。宋之末季,学者习于性命之说,深中厚貌,端居无为,谓足以涵养性真,变化气质,而究厥所存,多可议者。是虽师授渊源,惑于所见,亦惟简便,日趋偷薄自画,假美言以护所不足,甘于面墙,而不自知其堕于庸劣焉尔。(《甫田集》卷十七)

文章从容写来,貌似温和,却能直指理学之不足及其虚伪化之弊,识见不凡。《晦庵诗话叙》(《甫田集》卷十七)与此文有异曲同工之妙。《重刊旧唐书叙》(《甫田集》卷十七)论新旧《唐书》之差异,行文谨严而自然疏荡,论学而不枯涩,颇有见识,也是一篇名文,亦可见吴中诸人并非皆以言情闻于世,也深于学术。文征明虽不以能文称,然其文格与诗格接近,往往"自写其天趣","位置都雅",如《玄墓山唱和诗序》就是一篇文字清雅、如诗如画的佳作。

李梦阳(1473—1530)的书序文也有鲜明的特色,如《梅月先生诗序》云:

> 情者,动乎遇者也。幽岩寂滨,深野旷林,百卉既瘫,乃有缟焉之英,媚柘缀疏,横斜嵌崎,清浅之区,则何遇之不动矣。是故雪益之色动,色则雪;风阐之香动,香则风;日助之颜动,颜则日;云增之韵动,韵则云;月与之神动,神则月。故遇者物也,动者情也。情动则会心,会心则契神,契则音所谓随寓而发者也。梅月者,遇乎月者也,遇乎月则见之目怡,聆之耳悦,嗅之鼻安,口之为吟,手之为诗。诗不言月,月为之色,诗不言梅,梅为之馨,何也?契者,会乎心者也,会由乎动,动由乎遇,然未有不情者也,故曰情动乎遇者也。(《空同集》卷五十一)

这段文字饱含着一股激情,令人感动,兼之对创作的体验与描述出之以铺叙手法,绝非以艰深文浅易者比。《鸣春集序》(《空同集》卷五十一)围绕着"鸣"字展开,文之佳处,有似于韩愈《送孟东野序》。《刻朱子实纪序》有感于朱子出处之事,结云:"水平则鉴物,故贤者沮抑于生时,而论每定于身后者,以平也。然于宋则何补矣!人曰仲尼之不遇,春秋之不幸,万世之幸。是则公之遇不遇,吾又奚悲?"(《空同集》卷五十)其壮怀豪情逗露于字里行间,非虚饰成文。《刻战国策序》论《战国策》足传于世有四个原因:"录往者迹其事,考世者证其变,攻文者模其辞,好谋者袭其智。"论述严密,整而不乱。后面的引申更有气魄:

  读《战国策》而知经之难明也。经不明则道不行,何则?巧以贼拙,谲以妨直,时变世悲,伤往忧来。夫俗成于尚,士坏于缘。尚者乐其同,缘者惮其改,传者安于习,述者纽于袭,虽知其非,骎骎入之矣。(《空同集》卷五十)

虽是论《战国策》,但却能站在道德理性的高度透视世态人情,充分体现了弘、正之际士大夫积极参与现实,奋发向上的精神。正是有了这种信念,李梦阳几次下狱,直声劲节为世人所敬服。此外,《方山子集序》(《空同集》卷五十)描写郑作弃文从商,其豪情逸兴不减狂士,行文亦劲健不凡。

  在七子流行之际,杨慎(1488—1559)博览多学,善将六朝骈丽与古文清雅相结合,为文独成一家。《三楚壮游诗序》云:

  南国寄梅,暍来小雪;东桥折柳,行指孟春。溪山之征迈纡怀,岐路之睽离轸念。爱鸠同调,乃燕将归。杨子伯臣者,连然韵士也,多才多艺,不忮不求,咏诗《考槃》,敩易飞遁。山梁饮啄,远樊笼而无心;江鱼浮游,捐钟鼓以不享。楚泽非淹于桂树,周原实瞻于棣华。莱服承欢,潘舆送喜;江渔入馔,檐燕留人。(《升庵集》卷三)

以骈句写出,少了六朝之文的堆叠,多了一层诗意化的明白俊伟。

  唐顺之(1507—1560)的书序文不多,《答王遵岩书》(《重刊荆川先生文集》卷六)曾讥刺世人多求人作墓志及集序,故知其书序文皆不苟作。《董中峰侍郎文集序》从"凡为乐者莫不能然也"说起,复递进一步,论最善为乐者,并辨析其间的差异,更以此理论文:

> 汉以前之文,未尝无法,而未尝有法,法寓于无法之中,故其为法也,密而不可窥。唐与近代之文不能无法,而能毫厘不失乎法,以有法为法,故其为法也,严而不可犯。密则疑于无所谓法,严则疑于有法而可窥,然而文之必有法,出乎自然而不可易者,则不容异也。且夫不能有法而何以议于无法?有人焉,见夫汉以前之文,疑于无法而以为果无法也,于是率然而出之,决裂以为体,餖飣以为词,尽去自古以来开阖首尾经纬错综之法,而别为一种臃肿侰涩浮荡之文,其气离而不属,其声离而不节,其意卑,其语涩,以为秦与汉之文如是也,岂不犹腐木湿鼓之音,而且诧曰:"吾之乐合乎神。"呜呼!今之言秦与汉者,纷纷是矣,知其果秦乎汉乎?否也。(《重刊荆川先生文集》卷十)

文章逻辑细密,结构谨严,于文章确有一番异于常人的见识,诚如他在《与茅鹿门主事书》中所论:"虽其绳墨布置、奇正转折自有专门师法,至于中一段精神命脉骨髓,则非洗涤心源,独立物表,具今古只眼者,不足以与此。"(《重刊荆川先生文集》卷七)《前后入蜀稿序》也很注重绳墨布置、奇正转折之法,可称名作。文章先论山泽好奇之士不能遍游之苦,再论宦游羁旅之士情志与耳目相违之苦,然后引出蜀之山川,转入正题,极写蜀之别为乾坤者,而好奇之士与羁宦之士对此虽截然不同,但其不能发蜀中山川之美则一:

> 自古好奇之士,慕其胜而以其险远不能至,于是有梦而游,寤而叹焉者。自非游宦与羁旅,终其身无因而一至焉。其至者怵于险而忘其为胜,于是羁臣迁客之思深,而轻举冥搜之好移,变衰摇落之感生,而雄浑窈丽之观改。盖昔人所赋"侧身西望阻岷峨"者,既足以著

山泽好奇缱绻顾慕不能自遂之情,而其所记峡州至喜堂者,亦足以尽宦游羁旅憔悴无聊不能自遣之状。夫虽幸为耳目之所接,而夺于情志之所不快,与虽幸为情志之所快,而限于耳目之所不接。其耳目所不接者,既不能使景就乎情,而工为凿空揣悬之言;其情志之所不快者,又不能使情就乎景,而泄其和平要眇之音。于是大夫缺于登高能赋之义,而骚人奇士纵欲原本山川,极命草木,亦无所凭焉以聚其精而发其辨博。(《重刊荆川先生文集》卷十)

其识见之深厚,悟于理而达于情,没有精神之养成是不可能的。而表达之严谨,自具不容辩驳之理势。

归有光(1506—1571)《玉岩先生文集序》一文描写周广仕途遭际一段云:

征试浙江道监察御史,仅两月,上疏谏武宗皇帝。佞幸疾之,欲置之死,而上不之罪也。故得无下诏狱,贬怀远驿丞。而佞幸者怒未已,使人遮道刺公。公伪为头陀,持波喔啰以行乞四百余里,乃免。武定侯郭勋镇岭南,望风承旨,以白金试公,公拒不受。一日,摄公,闭府门,棰击之几死。行省官惕息莫敢救,御史有言而解。(《归先生文集》卷八)

虽为书序,而颇得叙事简要之当,盖其深有得于《史记》也。

王世贞(1526—1590)是明中期书序文的大家。如《宗子相集序》,起笔极高:

昔在建安,二曹龙奋,公干角立。爰至潘、陆衍藻,太冲修质。沈、宋丽尔,必简岳岳。李、杜并驱,龙标脱衔。古之豪杰于辞者,往往志有所相合而不相下,气有所不相入而相为用,则岂尽人力哉!盖亦有造物微旨矣。(《弇州山人四部稿》卷六十四)

下文以生动笔墨记述宗臣的创作境况,词意俊伟不凡,固属自信于文者之文也。《检斋遗稿序》(《弇州山人四部稿》卷六十八)写得慷慨激昂,先写麻城李君固上疏两遭贬谪的经历,而正当天下向慕之际,以为可以旦夕秉用之时,李君竟溺死于商河。整段文字充满悲愤激昂之情,对现实政治的失望以及对天意的怀疑喷涌而出,加之有意运用长句式,造成文势拗折,更能充分展示这种复杂的情绪。《皇甫百泉三州集序》对唐诗之盛与明诗之不振提出了独到见解:

> 在昔唐宋时,朝士大夫称得罪去者,往往屈为荒远郡佐、员外署置,其禄虽有之,仅自给妻子耳。为之上者不以责其吏能,为之下者亦不谓其能吏我。以故鲜钱谷法比、簿书期会之烦,其余日足以为之地,而竭其工于诗。虽其诗之工,然不过以之发其羁旅无聊、磊落不平之思而已。其山川之奇丽,则辱之而为险恶;风日之骀荡,则辱之而为惨凄;以致物候之稍偏,而民俗之稍异,则辱之而为瘴为疠为魑魅魍魉,若不可一朝居者。如沈、宋、元、白、刘、柳诸君子之言固具在,其探幽造微,穷变尽态,固不可以余说以废其工,然要之有出于叹老嗟穷、忧谗畏讥之外者乎? 有能如风人之所谓可以兴可以群且怨者乎? (《弇州山人四部稿》卷六十五)

王世贞此论既是汉人"士不遇"主题的一个延伸,也是对贬谪诗歌产生的一个独到解释,更是基于古代政治文化的真切阐释。《古今诗删序》首论雅颂、风诗之异,故有夫子删诗,立意极高。论李攀龙之删诗曰:

> 乃于鳞之于删则异于是。彼其所远取者虽号称数千年,其所近者仅风而已;其所近而云雅颂者,百固不能一二也。而于鳞之所取则亦以能工于辞,不悖其体而已,非必尽合于古所谓"发乎情,止乎礼义","兴观群怨"之用备而后谓之诗也。是故存诗而曰删,删者,删之余也,为若不得已而存也。(《弇州山人四部稿》卷六十七)

很巧妙地谈到《古今诗删》作为一个诗歌选本的理论价值和历史定位。

王世贞倡导雄深博大之文,因而其书序文气象宏大,既继承前七子慷慨激昂、沉雄浑厚之风,又拓展为宏博广大的境界,并且法度严谨,气脉流贯,意蕴深厚,如《五岳山房文稿序》所云:"吾来自意,而往之法,意至而法偕至,法就而意融乎其间矣。夫意无方而法有体也,意来甚难而出之若易,法往甚易而窥之若难,此所谓相为用也。"(《弇州山人四部稿》卷六十七)但王世贞的书序文时有刻意模拟痕迹,如《张肖甫集序》所说:"境有所未至,则务申吾意以合境,调有所未安,则宁屈吾才以就调。"(《弇州山人四部稿》卷六十八)有的文章读来有语句生涩之感。

汪道昆(1525—1593)也写了大量书序文,试图在法与才之间达到融合的境界,如《吹剑集序》所云:"昔在舍中,相与持论,希稷尚才,不佞尚法,合之则以才用法,抑或以法用才,善之善者也。"(《太函集》卷二十五)但他虽讲通变,但斤斤于安排,缺乏王世贞的宏博广大,往往流于平衍而乏波澜。而且,他的书序文形成一个固定的模式,即高自标置,常由历史变迁作为文章表述的起始点,将复古文学置于历史的长河中加以评述,如《弇州山人四部稿序》:

> 我太祖再造中国,咸与维新。孝宗虚己下人,与孝文之治同道,士兴勃勃,而李献吉以修古特闻,策事摛辞,成籍具在,方诸贾生近之矣。世宗以礼乐治天下,寿考作人,何可胜原,于时济南则李于鳞,江左则王元美,画地而衡,南北递为桓文,浸假与两司马相周旋,骎骎足当驷牡。夫得天者乘其运,逢世者挟其资。(《太函集》卷二十二)

初读之下,颇觉其激昂慷慨,浑厚尔雅,但这种表达方式在复古文学作品中普遍存在,实在没有多少创意。自前七子以来,不论有多少理论,复古文学无法在性灵上深度发掘,始终无法走出社会关怀和历史情怀的双重限制,这在某种程度上限制了他们的文学成就,汪道昆就是一个例子。

徐渭(1521—1593)一生的牢骚不平之气,往往化为理趣,化为见识,出之以深刻沉着,才情内蕴,清词丽句随地涌出,这鲜明地表现在其书序文中。《叶子肃诗序》便是一篇激懑嘲谑之文,开篇即笑骂妙绝:"人有学为鸟言者,其音则鸟也,其性则人也;鸟有学为人言者,其音则人也,而性则鸟也。此可以定人与鸟之衡哉!"直指复古之弊。而叶子肃之诗则不然:

> 其情坦以直,故语无晦;其情散以博,故语无拘;其情多喜而少忧,故语虽苦而能遣其情;好高而耻下,故语虽俭而实丰。盖所谓出于己之所自得,而不窃于人之所尝言者也。就其所自得,以论其所自鸣,规其微疵而约于至纯,此则谓之所献于子肃者也。(《徐渭集·徐文长三集》卷十九)

文章既写出叶子肃诗文的特色,又绝不作无限制的赞美之词,可谓法度谨严。全文结构看似平常,实则精严,奇气贯注,层次井然。

陶望龄《刻徐文长三集序》称徐渭诗文"往往深于法而略于貌",又谓"其文实有矩尺"(《徐渭集》附录)。如《抄小集自序》,是徐渭为处胡宗宪幕中代笔文章结集而作,开篇即作一案:

> 山鸡自爱其羽,每临水照影,甚至眩溺死弗顾。孔雀亦自爱其尾,每栖必先择置尾处。人取其尾者,挟刀匿丛篁,伺其过,急断之,少迟忽一回视,则金翠光色尽殒。此岂其靳惜之意专致通于神,故人不能夺其所爱,而必还之于既去耶?(《徐渭集·徐文长三集》卷十九)

下文点明此集所收文章,为幕中五年所作,自嘲所为不异于山鸡、孔雀,此为一转,回互前案。复引韩昌黎为例以自辨,再转应前案,称:"自妄羽之而复自妄尾之,安能保人之必羽之而必尾之耶?"结以"其不见笑于山鸡、孔雀也几希矣"。这样的文章确如陆云龙所评"回环有法"。《八骏图叙》(《徐渭集·徐文长三集》卷十九)则式法于古,写法有似于韩愈《画记》,不作铺排,只记其地、其马、其人,且全用记录性语言,全用曰字句法,没有变化。而通篇写来却"纵横有法",无一毫紊乱,一派古拙,古意盎然。虽式于古,却无复古之字趋句拟、了无生气之弊。《沈氏号篇序》(《徐渭集·徐文长三集》卷十九)纯以描写成文,而通篇出之以骈丽,在书序文中较少见。人们倒也不看重其内容,而注意其文字之美,及孕育这种美的内在才情。

第四节　明后期书序文

　　明中期以后,创作繁荣,出版兴盛,加之明人著作好请名人作序,往往一集多序,故诸家集中书序文最多。明后期是一个异彩纷呈的时代,书序文更是百花争艳,风格多样,名家众多,代表作家有屠隆、汤显祖、袁宏道、钟惺、谭元春、王思任、陈继儒、董其昌、黄汝亨、虞淳熙、邹迪光、文翔凤、艾南英、张岱等。

　　屠隆(1542—1605)以才情自雄,下笔千言立就,甚至书不逮诵,陵跨世俗,如陆云龙所论:"珠玑逐唾,云霞入思,富而怪,与海不殊。"其书序文即是如此。如《观灯百咏序》,构思巧妙,先引前人评陆机"人患才少,子患才多"之语,谓:"山川藏灵,风雅道尽,千百岁而后乃有王先生。"再言其天才藻逸,归入观灯之咏,多至百首。再评其诗,称:"吾以为尽,不知复自何来,胡其多而工也?"于是申论:

　　　　夫物有一而不为少,百不为多;多而不工,不如其已。夫众草易繁,而琼芝不盈亩;鱼目至夥,而明珠不列于肆。吾且为琼芝,吾且为明珠,第亦恨其不多耳。又进之而为玄霜绀雪,水碧空青;世人若不得见,而灵境以为常玩。交梨火枣,麟脯凤髓,世人直闻其名,而至真以为常味。(《白榆集》文卷一)

接以唐人犹难,皆因"写情境者易妙,体物理者难工",兼自谦"才不胜情,往往尚兴趣而乏风骨,飘爽之气多,而深沉之思少",反衬出王先生之得于诗之道。全文围绕着"才多"之论层层展开,回环往复,而了无痕迹。更兼以意象繁复,凭空蹈虚,纵横成文,真可谓才气淋漓。唐诗是个说不尽的题目,屠隆身为复古派成员,尊唐黜宋几成先入之见,但他的《唐诗品汇释断序》(《明人小品十六家·翠娱阁评选屠隆小品》)写来却很独到,显示了才气纵横式作家看待事物的独特角度,非常鳞凡介可比,且究其一点,不及其余,可称独具只眼。

屠隆的书序文也时有轻灵韵致之美,如《青溪集序》写青浦:"四周多鸥凫菱茨,景小楚楚。每乘日荡桨,如镜中游,九峰三泖落几席。湖上盖又有二陆先生墓云。"文中写与沈嘉则、冯开之于七夕游于苇萧野水间:"是夜云物大佳,天星并丽,余三人叩舷和歌,仰视青汉,因风而送曼声,乐甚。已复相携泛泖湖,登湖上浮屠,寻佘山,蹑天马,吊二陆祠,慷慨兴怀焉。"(《明人小品十六家·翠娱阁评选屠隆小品》)清雅可人,不复有堆金砌玉之累。

钱谦益认为汤显祖(1550—1616)的文章"熟于人世情伪"(《玉茗堂文集序》,《汤显祖全集》附录),确实抓住了他文章的一个特点。如《岳王祠志序》,不是一般的表彰忠烈,而是提出问题,指出岳飞之死是"当时无将将者",是时势使然。针对人们常说的"何不竟灭虏而朝",他说:

> 观金起时,其君臣、父子、叔侄、将相之间,皆意念深毅,经略雄远,非可猝猝然乘弊而竟者。且其时诸将并以诏还,王以偏师济乎?夫王以归而死,得为世所哀怜。佻而往,王之为王,未可知也!王所谓进退维谷者与?"(《汤显祖全集》卷三十一)

这便非一般的文人伎俩,而是有真见识。故沈际飞评云:"抚事挫情,杀王之罪,不独桧专之矣。"(《汤显祖全集》卷三十一)《李超无问剑集序》也是一篇奇文,开篇写道:

> 岁往浴佛,有驱鸟漫刺,坐我东堂。揖之,知其奇。留之斋,云不能断酒也。信宿而都无所断,偶尔破口,公案二三则耳。居常率尔成诗。心有目而目有睛,眉毫鼻吻间尽奇侠之气。(《汤显祖全集》卷三十一)

正所谓"言一人,极一人之意趣神色而止"(沈际飞《玉茗堂文集序》,《汤显祖全集》附录），无刻画描摹，简单几句，笔笔写出人物之神色意趣。当李超无以《问剑集》请序，汤显祖忽问其是否娶妻，并论道："吴人而知干将乎？其师铸剑三年，而金铁之精不流，夫妻俱入冶炉中而剑就。干将夫妻不能自投，断发剪指而已。今子独雄而无雌，而又奚铸焉？"再论道："庄生说天子之剑，裹以四时，制以五行，论以刑德，开以阴阳。阴阳者，夫妻也。若然者，上决浮云，下绝地纪。列子所称视之而不可见，若有物存。"转折多端，奇气纵横。《合奇序》论文一段最著名：

予谓文章之妙不在步趋形似之间，自然灵气，恍惚而来，不思而至。怪怪奇奇，莫可名状。非物寻常得以合之。苏子瞻画枯株竹石，绝异古今画格，乃愈奇妙，若以画格程之，几不入格。米家山水人物，不多用意，略施数笔，形像宛然，正使有意为之，亦复不佳。故夫笔墨小技，正可以入神证圣。自非通人，谁与解此。（《汤显祖全集》卷三十二）

汤显祖曾批判时风："间者文士好以神明自擅，忽其貌而不修，驰趣险仄，驱使稗杂。"（《汤显祖全集》卷三十一《孙鹏初遂初堂集序》）故陆云龙从晚明的整体看这篇文章，一方面肯定"序中是为奇劲、奇横、奇清、奇幻、奇古，其狂言蒐语不入焉，可知奇矣"。汤显祖写出了创作的自然灵异之气，却不故作神秘诡异，是文章佳妙之处。另一方面，晚明存在着诡异的文风，故陆云龙又说："乃今所不可与言文者，吾恐更不在拘儒，在诞士，亲鬼魅以惊人，相与标奇甲胜。"（《明人小品十六家》）《王季重小题文字序》更是一篇奇文。初读此文，觉自然灵气恍惚而来，不可端倪。细绎之，乃觉结构井然。先论为文词有不成者三，是为抑，再论王思任小题，是为扬，抑扬之间，转换无痕。着力在探本溯源，先论王思任为天地灵气所钟，少无专门，灵心洞脱，身复早达，二十成进士，又历天下之股脊喉腮处，所经所闻非常之事，皆有以贻贮灵心，故其为文：

高广其心神，亮洌其音节。精华甚充，颜色甚悦。缈焉者如岭云

之媚天霄,绚焉者如江霞之荡林樾。乍禽乍辟,如崩如兴。不可迫视,莫或殚形。(《汤显祖全集》卷三十二)

陆云龙评《序丘毛伯稿》曰:"唯平能奇,唯不露奇者能识奇。"(《汤显祖全集》卷三十二文后附评)汤显祖书序文灵气洞彻,奇气往来,几于篇篇不同,尤长于序诗文集。实如陆所评,他不是刻意求奇,而是灵气所在,不得不发,复平以出之,不以炫奇为贵。

袁宏道(1568—1610)长于书序,《叙陈正甫会心集》(《袁宏道集笺校》卷十)提出的趣、韵论,正可移以评价他的书序。袁中道评袁宏道文:"率真则性灵现,性灵现则趣生。"(《明人小品十六家·叙袁中郎先生小品》引袁中道语)趣得之自然,故流动变化,如行云流水,意随笔到,决不为"寻行数墨"之文。具体而言,袁宏道的书序文具有"趣近于谐,谐则韵欲其远,致欲其逸,意欲其妍,语不欲其沓拖"的特点(《明人小品十六家·叙袁中郎先生小品》引袁中道语),即谐趣、韵趣、逸趣之美。《陶孝若枕中呓序》就具有这种旷逸流动之美,先论:

夫迫而呼者不择声,非不择也,郁与口相触,卒然而声,有加于择者也。古之为风者,多出于劳人思妇,夫非劳人思妇为藻于学士大夫,郁不至而文胜焉,故吐之者不诚,听之者不跃也。(《袁宏道集笺校》卷三十五)

再论陶孝若之作,则出之以博喻:"其忽然而鸣,如瓶中之焦声,水与火暴相激也;忽而展转诘曲,如灌木之萦风,悲来吟往,不知其所受。"接以"劳人思妇,有时愈于学士大夫,而呻吟之所得,往往快于平时",巧妙应接前文所论"郁"、"劳人思妇"二点,最后结以"夫非病之能为文,而病之情足以文;亦非病之情皆文,而病之文不假饰也"。转折百出,自然流动,而逸趣寓于其中。《谢于楚历山草引》(《袁宏道集笺校》卷三十五)为"穷而后工"之说翻案,劈头作惊人之论:"夫使穷而后工,曹氏父子当为伧夫,而谢客无芙蓉之什,昭明兄弟要以纨绮终也。"中间一段后接以"余辈酷嗜之",谐趣自出意表之外。序其诗则曰："谢郎穷若此，而诗不止，是中殆有鬼，非命也。"又翻前文之案，其穷非命，殆为鬼所凭。结处忽言："余才不逮古人，而穷不啻过之，世人之见余者皆唾，畏其气相沾染也。于楚访余深山，是予大幸，然两人者，其气味适足以相增益，甚非趋避之道也。"挽结轻巧。陆云龙以"文以趣胜，大堪捧腹"评此文（《袁宏道集笺校》卷三十五文后附评），抓住了谐趣的特点。《叙小修诗》（《袁宏道集笺校》卷四）提出了"独抒性灵，不拘格套，非从自己胸臆流出，不肯下笔"的著名观点，也最能代表其书序文的特点，情感之飘忽变幻，句式之变动无常，得所谓同形同构之妙，显示出胸臆旷逸，见识超卓，"真诗""可传"之评，正是对性灵文学的高度肯定。

钟惺(1574—1624)书序文自有一种"理趣"，但却能说得优雅从容，表现深自有得的内在见识与修养。而这一切又出之以对锻局、运笔、修词的苦心追求，以至于达到了"宁简无繁，宁新无袭，宁厚无侻，宁灵无痴"的境界。《简远堂近诗序》写谭元春"本自孤迥"，以"泛爱容众"处世，钟惺以为心迹相离非计之得，不足以为诗，然后提出：

> 诗，清物也。其体好逸，劳则否；其地喜净，秽则否；其境宜幽，杂则否；其味宜淡，浓则否；其游止贵旷，拘则否：之数者，独其心乎哉？市，至嚣也，而或云如水；朱门，至礼俗也，而或云如蓬户。乃简栖遥集之夫，必不于市、于朱门，而古称名士风流，必曰门庭萧寂，坐鲜杂宾。至以青蝇为吊客，岂非贵心迹之并哉？夫日取不欲闻之语，不欲见之事，不欲与之人，而以孤衷峭性勉强应酬。使吾耳目形骸为之用，而欲其性情渊夷，神明恬寂，作比兴风雅之言，其趣不已远乎？且夫性孑而习昵则违心，意僻而貌就则谩世；初偕而中疏则变素，恒亲而时乖则示隙。夫诗，清物也。才士为之，或近薄而取忌。违心谩世，薄道也。变素示隙，忌媒也。欲以明厚而反薄，欲免于忌而媒之，非计之得者也。（《隐秀轩集》卷十七）

细品此文，方能读出一种"理趣"，这正源于对人性的认识，故陆云龙评此文:"物情世故,揣度毕至,将人何处生活?想亦写其不平之鸣。"(《明人小品十六家》)但这种带有强烈感情色彩的"不平之鸣"却表现得从容优雅,骨子里的高傲却出之以温淑之气。同时,此文之工于锻局,运笔自如,亦如陆云龙所评:"苦于锻局,若九嶷、三湘之潆洄曲折,妙有天造地设之奇;苦于运笔,若湘水、巫云之飘忽飞流,极有轻扬灵活之致;苦于修词,若乌林、梦泽之烟萦风织,曲具菁葱纹縠之观。"(《明人小品十六家·钟伯敬先生小品序》)此外,如《诗归序》、《问山亭诗序》(《隐秀轩集》卷十六、卷十七)皆类此。

钟惺的《词林海错序》,通篇说理,却出之以事。文章先写道:

> 尝闻秦晋之人,得蟹之枯甲,悬之户,以驱鬼断疟,不经见故也。而洞庭白小,风俗以当园蔬;闽之婆人,啖江瑶柱、砺黄,与鱼虾无异也。茂卿举孝廉不仕,养志读书,其人文行君子也。胸中暇整,出其余地,盖有小四海焉。茂卿之取错于海,犹之田之谷,牢之畜,陂之鲜而圃之果蔬也。

复论"博",又述道:

> 三家村中暴富儿见贵客至,倾筐倒庋,剪砌饾饤,几案陈陈,而寒窘之气常见于卒遽之中。高明之家,座客常满,妻妾僮仆若不知有客,出一蔬以饷客,而门以内常觉充然,客不敢逆其中之无有。(《隐秀轩集》卷十六)

风趣自然,盖识见深厚而出之浅易者。但钟惺的书序文,有时也不免求新求奇而有生涩之处,所有的经历被高度压缩,没有过程的描写,省略了应有的审美感受,只剩下经过诗人提炼的"秀"、"旷"、"幽"、"雄"、"活"的意趣之美。

谭元春(1586—1637)有着敏感的诗人气质,总带着一丝苦涩感悟人生,于是他的文章便有了一种荒寒之意,如秋冬之际的溪流,清寂孤涩,有一种难以言怀的意味,如《渚宫草序》所云:"予所谓荒寒独处,稀闻渺见,孳孳栗栗中,所得落落瑟瑟之物也。"(《谭元春集》卷二十三)谭元春的书序文,最有特色的是自序文。如《秋寻草自序》:

> 夫秋也,草木疏而不积,山川淡而不媚,结束凉而不燥。比之春,如舍佳人而逢高僧于绽衣洗钵也;比之夏,如辞贵游而侣韵士于清泉白石也;比之冬,又如耻孤寒而露英雄于夜雨疏灯也。天以此时新其位置,洗其烦秽,待游人之至。而游人者不能自清其胸中,以求秋之所在,而动曰悲秋。(《谭元春集》卷三十)

这样一种独特孤诣的情怀造就了谭元春。但他有时为了表达这种难以言怀之情,执着地攫住不放,不得不苦思冥想,甚至刻意模糊晦暗,置之似是而非之间。

王思任(1574—1646)之文,既不为公安之习,又不入竟陵之域,在晚明文坛自成一家。《世说新语》在晚明受到特殊重视,几成文士必读之书,新刊本、评点本众多,且多名人手笔。王思任《世说新语序》对其语言之美有一段精妙的评语:

> 前宋刘义庆撰《世说新语》,专罗晋事,而映带汉魏间十数人,门户自开,科条另定。其中顿置不安,微传未的,吾不能为之讳;然而小摘短拈,冷提忙点,每奏一语,几欲起王、谢、桓、刘诸人之骨,一一呵活眼前,而毫无追憾者。又说中本一俗语,经之即文;本一浅语,经之即蓄;本一嫩语,经之即辣。(《王季重十种·杂序》)

造语灵动传神,仿佛将《世说新语》之形神呵活眼前。《徐伯鹰天目游诗纪序》(《王季重十种·杂序》)则生涩怪特,超人意表,文章所要表达的意思本自显豁,而王思任却别出心裁,写得怪异非常,却又一派活脱之态。全文结构斩绝,如崖岸壁立,超人意表,又如急风骤雨,平地而生,忽然而去。而且句法生辣,如"徐伯鹰铁脊万丈,突中时魔,大蠢出镇,短后削归,绝无矜拂之意"一句,而评伯鹰诗处却出之以描述句子,其情其景宛然在目。全文意态狂放,兼之锦心绣口,如开篇佞目设想,复以谐谑纵恣之气贯之文中,如结尾处"不但看山水,亦看伊也"。又如《游唤序》云:

> 天地定位,山泽通气,事毕矣,而又必生人,以充塞往来其间。则人也,大天、大地、大山、大水之所托以恒不朽者也。人有两目,不第谓其昼视日,夜视月也;又赋之两足,亦不第欲其走街衢田陌,上长安道已也。瓦一压而人之识低,城一规而人之魄狭。天之下三山六水,土处一焉。一土之中,蠕蠕攘动,以尽其疆场,是恶能破蜂之房,而出蚁之穴耶?(《王季重十种·杂序》)

文章以灵心妙想论人,确实别具一格,而意态之狂放,胸襟之浩荡,正是晚明豪放精神的形象写照。

如果我们将袁宏道《徐文长传》与王思任《徐文长先生佚稿序》(《王季重十种·杂序》)并读,当大叫奇绝,得读复叫、叫复读之快。王思任灵心洞脱,得文字三昧,一件事、一个人经他之笔,便鲜活欲出,迥出意外。王思任文章造语之奇,亦无人能比,如张岱所评:"笔悍而胆怒,眼俊而舌尖,恣意描摹,尽情刻画。"(《张岱诗文集·琅嬛文集》卷四《王谑庵先生传》)而且,造语奇而不流于怪,不失于正,不至于涩,如《淇园序》:

> 天下山水,有如人相。眉巉目凹,蜀得其险;骨大肉张,秦得其壮;首昂须戟,楚得其雄;意清态远,吴得其媚;貌古格幻,闽得其奇;骨彩衣妍,滇粤得其丽。然而韶秀冲停,和静娟好,则越得其佳。(《王季重十种·杂序》)

胸怀天下山水,得其神异而出之以奇特比喻,别是一格。

明晚期书序文大家、名家甚多,除上述诸人外,大致可分为两派:清逸一派和奇崛一派。

清逸派的代表人物是陈继儒(1558—1639)。钱谦益说陈继儒"短翰小词,极尽风致"(《列朝诗集小传》丁集下"陈征士继儒"),的确抓住了他的特点。"风致"即风雅,属于典型的文人之文,他的书序文正属于这一类。他的文章并不深刻,但却精警,时出手眼,透露出一丝文人的灵慧,崇尚自然,但出之以风雅,看似任情,骨子里却是修饰性的。他的文章既没有复古派的法度和板滞,也没有公安派的空灵和轻浅,更没有竟陵派的幽深和生涩,一切都经过风雅的调适,而神采自现。如《茶董小序》:

  江阴夏茂卿叙酒,其言甚豪,予笑曰:觞政不纲,曲爵分诉,诃詈监史,倒置章程,击斗覆觚,几于腐胁。何如隐囊纱帽,翛然林涧之间,摘露芽,指(当作煮)云腴,一洗百年尘土胃耶?醉乡网禁疏阔,豪士升堂,酒肉伧父亦往往拥盾排闼而入。茶则反是。周有《酒诰》,汉三人聚饮,罚金有律,五代东都有麴禁,犯者族,而于茶独无后言。吾朝九大塞著为令,铢两茶不得出关,恐滥觞于胡奴耳,盖茶有不辱之节如此。热肠如沸,茶不胜酒;幽韵如云,酒不胜茶。酒类侠,茶类隐,酒道固广,茶亦德素。(《陈眉公集》卷七)

其意只不过是说茶的好处,可是能够绕着说,东一句,西一句,却句句关合着茶。将酒与茶作比,衬出茶之风雅与隐逸之高。忽而历史,忽而本朝,本不相关,却言之凿凿。"摘露芽,煮云腴,一洗百年尘土胃"一句更是神来之笔,前半雅,后半俗,雅俗相合,别具一种疏畅清雅之美。陈继儒之文初读之下颇觉清雅非常,丝毫不觉其有刻意修饰处,但满目清雅,确为刻意,只不过不留太多痕迹而已。

  董其昌(1555—1636)、黄汝亨(1558—1626)亦属于清逸一派。董其昌的文章,思理、才气并重,思理深密却又感性十足,形成了独特审美风貌。他与陈继儒不同之处在于他倾向于清雅,乃在于他重学问,重思理,行文中常组缀典故,布入学问,而不觉其故矜博雅。《程氏墨苑序》论墨不同于它物可传可宝,云:

  物之可传者,若三代之鼎彝、籀之鼓、欧之剑、斯之玺、何之瓦、宋之陶与研,皆托于金玉土石之殊质以久存于世,而世亦处之于藏与玩之间。惟墨不然,其试之也,如吹竽,必一一而吹之。其既用也,如啖蔗,至委而不厌其密移也;如火消膏,而不知其成功也;如春蚕之作茧,而归于乌有。以速朽之材,当必磨之会,几无寿类矣。(《容台文集》卷一)

一般现象经他生花妙笔点染一番,便令人有超然之想,文字轻灵之中带有一丝清雅之意。他的文章能于平处自起波澜,文字飘逸精雅,但流畅之中复染上一层工丽之色,觉其人工安排过密,反不如陈继儒之淡逸自然。

陆云龙评黄汝亨之文曰:"据蓬莱而撷胜,泛梅槛而采芳,更吸清秀之气出之笔端,小小结构,自若枕冷泉而聆其清吟,顾玉岑而来其润色。"(《明人小品十六家·黄贞父先生小品题词》)《鸿苞序》正是这样一篇文章,开篇先从虚空说起,忽然而来,如川涌岳起,中间插入叙屠隆经历一段,平平尔,再一转论其文曰:

于是析天人,研性命,剖两仪,纬万类,渔猎诸子,网罗百家以及《齐谐》《虞初》,丛聚谑浪之谭,凡书之所有,目之所淫,喉舌之所吞吐,尽举而载之于笔。(《寓林集》卷二)

结构宏大,但并不拖带,而是轻灵自然。《歇庵集序》(《寓林集》卷三),亦不见其结构痕迹,只觉其清润之色、虚灵之气蒙翳纸上。这种清润源于对道的体悟,透尽理道,又辅之以文人才情与雅致,方可臻此境界。

奇崛一派中,虞淳熙(?—1621)可称名家。他的书序文往往构思精奇,语亦副之,时有谲怪之言,令人惊异。虽然用意太奇,变为晦涩,可又不能否认此乃文章又一境界。他用语尖新诡僻,复又极其简省,省略了中间转折连接环节,造成意象绵密,令人目不暇接。如《徐文长集序》:

元美、于鳞,文苑之南面王也;文无二王,则元美独矣。余衣青衿,揖王、李于藩,李长鬓而修下,王短鬓而丰下,体貌无奇异,而囊括无遗,士所不能包者,两人欣伟之。徐文长,小锐之汤若士也。徐自诡江淹,遗汤藻笔,意欲包汤,汤不应,征余牍,余亦不应。囊空无士,而晚乃包瓠肥之,袁中郎所谓桓谭者矣。(《虞德园先生集》卷四)

这样的意思在其他人那里要转折变幻而言之,他却如此简省,连绵而下,读来确有新奇之感。"包瓠肥之"一语,让人想起徐渭《与梅君》自言:"肉质蠢重,衰老承之,不数步而挥汗成浆,须臾拌却尘沙,便作未开光明泥菩萨矣。"(《徐渭集·徐文长三集》卷十六)此一喻真可谓出语新奇矣。《解脱集序》(《虞德园先生集》卷四)以天地为一大梨园,古今以六词客囊括,且说得津津生色,人名、意象扑面而来,几令人应接不暇,则已渐入虞淳熙彀中矣。《潘庚生诗集序》(《虞德园先生集》卷四)则意在可解不可解之间,奇喻叠生,语似贯珠,在晚明别具一格。

邹迪光(1550—1626)的文章亦属奇崛一派,在复古与性灵之间,但痕迹较重,好弄赏词藻,几于堆砌。如《霍云居集序》,过于铺排,难免语意艰涩,尤其是下面一段:

> 今其集具有,鸿者笋簴,细者篴箹,丽者毳㲚,素者阿锡,清者三危。露秾者径寸,醲壮者渔阳,挝凄者别鹤,操朗者未央、长乐,靓者椒房、层城,劲迅者河伯、怒涛,亶缓者洛神、渡筏。(《石语斋集》卷十三)

过度的铺排堆叠,加之多用奇字,语意含混,辞气滞塞,整篇文章显得生硬做作。

文翔凤的书序文也是如此,陆云龙评曰:"多奇崛艰奥,一字须作些时解,人诧为杨、董复生。"(《明人小品十六家·文太青先生小品短引》)如《陶比部野弦阁初集序》开篇:

> 繄赤堇山,对若耶溪涧,群神徜翔而不下("下"字据《皇明十六家小品》补),欧冶弗复煅五金之英,而万国执玉之会稽,都收精于藏书

之穴。乡人长子,一陟而闞之,采其灵奥,削而为编。太青子匡几读龙门之书,怆不连渭北与江东,参暮云以春树,剡之溪,猗山之阴猗,棹我游神,屐斯驰梦。(《文太青先生文集》卷上)

陆云龙评为"奇奥绝伍",但这种奇奥是建立在"螯轧不易读"基础上的,须"句推字琢,披读之,令人坐卧三日想"才能读懂。

张岱(1597—1689)在公安、竟陵之外别辟一境,有徐渭之沉着,公安之韵趣,竟陵之生涩,而出之以一己之灵心。这种灵心源于古人所说的才、学、识,并融汇了天地间一种清气。这股清气造就了张岱的书序文,既有独到的见解,又从不故作新见,而是一一从灵心流出,雅言俗语奔趋笔下,诙谐幽默却无作态之势,引经据典却不堆砌,不掇拾模拟,一经点破,令人会心一笑。文无定法,既不纵心放情,任意铺排,又不刻意锻炼,过求精细,而能一任本心,转折自然,别出一格。《一卷冰雪文序》最能体现他的特点,文章开篇先言人生无不藉此冰雪之气以生,忽一转曰:"冰雪之气必待冰雪而有,则四时有几冰雪哉!"然后论"吾之所谓冰雪则异是",铺排一番后,方引出诗文论,曰:

盖诗文只此数字,出高人之手遂现空灵,一落凡夫俗子便成臭腐。此其间真有差之毫厘,失之千里,特恨遇之者不能解,解之者不能说。即使其能解能说矣,与彼不知者说,彼仍不解,说亦奚为?

文章至此,本该收束,而又复腾说一番:

干将之铸剑于冶,与张华之辨剑于斗,雷焕之出剑于狱,识者之精神,实高出于作者之上。由是推之,则剑之有光铓,与山之有空翠,气之有沉瀁,月之有烟霜,竹之有苍蒨,食味之有生鲜,古铜之有青绿,玉石之有胞浆,诗之有冰雪,皆是物也。苏长公曰:"子由近作《栖贤僧堂记》,读之惨凉,觉崩崖飞瀑,逼人寒慄。"噫!此岂可与俗人道哉!笔墨之中,崖瀑何从来哉!(《张岱诗文集·琅嬛文集》卷一)

文章至此,方戛然而止,读来颇觉意味无穷,而其见识、才气亦透纸背而出。细读之余,又颇折服其谐趣与狡狯。

张岱的书序文,开篇绝少铺排,往往直接切入主题,起笔甚高,如此高自标志,落处难接,非具才学识力者不可为。张岱书序文又善叙事,或引经典,或举文人趣事,或叙凡俗之事,皆能举重若轻,叙事之中兼带议论、抒情,别具一种情致。如《夜航船序》,于文末记僧人与士子同船事,引出全书旨趣;《西湖梦寻序》亦于文末记山中人归自海上,盛称海错之美,乡人竞来共舐其眼;《一卷冰雪文后序》讲张凤翼刻《文选纂注》,嘲一士愚拙事;《茶史序》则几于通篇记事,但绝无滞重之弊,而灵活透脱,非夙具慧心不可为(《张岱诗文集·琅嬛文集》卷一)。

张岱于国破家亡之后,避入深山,往日繁华,如过眼烟云,其胸怀之落寞,心情之沉痛,发之于文,如梦如呓,但此老倔强,一如昔日灵慧,绝不作垂死绝望人语。《梦忆序》云:

> 饥饿之余,好弄笔墨。因思昔人生长王、谢,颇事豪华,今日罹此果报。以笠报颅,以篑报踵,仇簪履也;以衲报裘,以苎报绨,仇轻暖也;以藿报肉,以粝报粻,仇甘旨也;以荐报床,以石报枕,仇温柔也;以绳报枢,以瓮报牖,仇爽垲也;以烟报目,以粪报鼻,仇香艳也;以途报足,以囊报肩,仇舆从也。种种罪案,从各种果报中见之。鸡鸣枕上,夜气方回,因想余生平,繁华靡丽,过眼皆空,五十年来,总成一梦。今当黍熟黄粱,车旋蚁穴,当作如何消受?遥思往事,忆即书之,持向佛前,一一忏悔。不次岁月,异年谱也;不分门类,别志林也。偶拈一则,如游旧径,如见故人,城郭人民,翻用自喜,真所谓痴人前不得说梦矣。(《张岱诗文集·琅嬛文集》卷一)

如此排比,仍如早年,流畅而不板重,细腻而不轻巧,但字里行间却又沉痛无比,感慨无限,非长于笔墨者不能如是,非历经磨难而灵心不改者不能如是。

第四章　明代八股文

　　明代八股文有多种称呼方式,称经义、四书文、制义、制艺,或称八股文、八比文,或称时文、时艺、帖括。

　　八股文在明代成熟和定型,是吸纳了各种文体特征而形成的一种特殊考试文体。此前,各种文体如古文、骈文、诗、词、曲、赋、杂剧、传奇、小说都已经形成了基本的文体规范,八股文吸纳了各种文体特征,如古文的散体成文,骈文的骈偶,形成了八股整体对偶,各股内散句的基本形态;杂剧、小说的代言也体现在八股文的"代圣人立言"之中。明代以前科举考试文体有唐代的试律、律赋、帖经、墨义,宋元的经义,作为考试文体,明代八股文自然也与上述几种考试文体有一定的关联。八股文作为一种综合性考试文体当然受到各个方面的影响,但我们也不能将个别影响因子放大成为决定性因素,就直接影响而言,宋元经义才是八股文文体的源头。

　　八股文的体式规定了考试内容、文体要求,《明史·选举志》云:

　　　　科目者,沿唐宋之旧,而稍变其试士之法,专取四子书及《易》、《书》、《诗》、《春秋》、《礼记》五经命题试士。盖太祖与刘基所定。其文略仿宋经义,然代古人语气为之,体用排偶,谓之八股,通谓之制义。(《明史》卷七十)

明代科举考试要求以"四书五经"为全部内容,这与宋代以来经学由汉儒的章句注疏之学向宋儒的义理之学转变有关,也和招纳人才的现实需求有关。洪武三年(1370),朱元璋正式颁布取士诏书,永乐初,敕撰《四书大全》《五经大全》，从而使思想统一于理学权威下。程朱理学完成了经典化、教科书化的改造，成为国家哲学，而士人经由经典的学习、考试，"使天下之士一尊朱氏为功令，士之防闲于道域，而优游于德圃者，非朱氏之言不尊，故当时有质行之士而无同异之说，有共学之方而无专门之教。"（何乔远《名山藏》卷七）思想统一，异端不存。

　　八股文体式有两个基本规定：一是代古人语气为之，一是体用排偶。通过熟读经书，要使"无非所以明修身、齐家、治国、平天下之事，而出于吾心之理。夫取吾心之理而日夜陈说于吾前，独能顽然无愧于中乎……以吾心之理而会书之意，以书之旨而证吾心之理，则本原洞然，意趣融液。举笔为文，辞达义精。"（《震川先生集》卷七）管韫山云："前人以传注解经，终是离而二之。惟制义代言，直与圣贤为一，不得不逼入深细。"（《制义丛话》卷一）经过此番洗涤，自然使读书人树立起儒家正统思想，天理即吾心之理，吾心之理即作文之理。这样，代圣人立言就顺理成章了。排偶是由中国语言的基本特质决定的，早在先秦时期，运用长句对偶形式于总体散句之中的现象就有很多，而唐宋以来散体古文中也保留了大量排偶句式。骈文更是将排偶放大到全体，甚至形成了四六文。八股文就是在汉语言特点的基础上，吸取古人排偶之长，形成了总体散文、局部排偶的八股形式。这两项要求使得八股文成为最难写作的文体，杭大宗云："制义特文之一端，而吾以为在诸体中立言最难，而深造不易，抉经之心，执圣之权，非沉潜乎理训，周悉乎世故，曲折乎文章之利病，童而习之，有白首不能涉其津岸者矣。"（《制义丛话》卷一）

　　八股文由两大部分组成：一是文题，二是正文。八股文的文题是一个十分复杂的问题，总体上可分为大题、小题。大题一般摘取经书中的一句或数句，一节或全章为题。有单句题、数句题、一节题、数节题、全章题、连章题等。乡试和会试一般用大题。小题一般为郡县有司及督学使者举行童试或考查学习成效时使用，可分为截上题、截下题、截上下题、承上题、冒下题、上全下偏题、上偏下全题、截搭题。八股文正文的结构经过一个长期的定型过程，包括破题，通常以二句或三句点明题意；承题，承接破题的意思而加以说明、补充、引申；起讲，既起到深入说明题意的作用，也是总说全文,以领起全局;入题,由上文引到本题,以便开始议论;起比,开始发议论,用对称的句式以形成排偶之势;出题,提出论述的分题,让议论内容得以深入;中比,以排偶的句式进行论述,是全文重点;后比,是对中比的补充,写其未尽之意;束比,用以提醒全篇而加以收束;收结,是全文结束语,对全文的论述加以总结。

  方苞将明代八股文的发展分为四个时期:"明人制义体凡屡变,自洪永至化治百余年中,皆恪遵传注,体会语气,谨守绳墨,尺寸不踰。至正嘉,作者始能以古文为时文,融液经史,使题之义蕴隐显曲畅,为明文之极盛。隆万间,兼讲机法,务为灵变,虽巧密有加,而气体荼然矣。至启祯诸家,则穷思毕精,务为奇特,包络载籍,刻雕物情,凡胸中所欲言者,皆借题以发之。就其善者,可兴、可观,光气自不可泯。凡此数种,各有所长,亦各有其弊。"(《钦定四书文·凡例》)《明史》说:"论者以明举业文字比唐人之诗,国初比初唐,成弘、正嘉比盛唐,隆万比中唐,启祯比晚唐云。"(《明史》卷六十九)《制义丛话》亦引苏苞九(翔凤)《甲癸集》自序云:"洪宣之文,初唐也;成弘、正嘉之文,盛唐也;隆万之文,中唐也,皆参叅也。启祯则晚唐矣。"(《制义丛话》卷二)本节从全书体例出发,依这种分期方式将明代八股文历史分为三个时期:洪武、天顺至成化、弘治是八股文的创始与逐渐成熟期,是为前期;正德至嘉靖是八股文的全盛期,是为中期;隆庆、万历至天启、崇祯是八股文的变革、衰变期,是为后期。

第一节　明前期八股文

洪武三年(1370)正式颁布开科取士诏书,"设科取士,期必得于全材;任官推贤,庶可成于治道",并决定"使中外文臣,皆由科举而选,非科举者毋得与官"(《明太祖高皇帝实录》卷五十二,《钞本明实录》第1册)。次年又规定:"自后则三年一举,著为定例。"(《明太祖高皇帝实录》卷六十,《钞本明实录》第1册)洪武十七年(1384)颁布《科举成式》,规定:"第一场试四书义三道,每道二百字以上;经义四道,每道三百字以上;未能者许各减一道。《四书》主朱子《集注》经义,《诗》主朱子《集传》,《易》主程朱传义,《书》主蔡氏传及古注疏,《春秋》主左氏、公羊、穀梁、胡氏、张洽传,《礼记》主古注疏。""第2场试论一道,三百字以上;判语五条;诏、诰、表、内科一道。""第三场试经、史、策五道,未能者许减一道,俱三百字以上。"(《明太祖高皇帝实录》卷一百六十,《钞本明实录》第2册)至永乐间,颁布《四书五经大全》,废注疏不用,士子应试一以此书为准。但此书之编辑"仅取已成之书抄誊一过,上欺朝廷,下诳士子","经学之废,实自此始"(顾炎武《日知录校注》卷十八)。

明前期八股文经历了两个发展阶段。第一阶段是洪武、永乐间,这是八股文的初创时期,体式尚未完备,《四库全书总目》谓:"立法之初,惟以明理为主,不以修词相尚矣。"(卷一百八十九《经义模范》提要)如洪武二十四年(1391)所定"文字格式"其中一条云:"凡作四书经义,破承之下,便入大讲,不许重写官题。"(《明会典》卷七十七)总体来说,由于明太祖、成祖都倡导"简直"、"平顺"、"朴实"的文风,而明初士子"恪遵传注,体会语气,谨守绳墨,尺寸不逾","简要亲切,稍有精彩者,直写传注"(方苞《钦定四书文·凡例》),因此这一时期的八股文多就题面展开,意思显豁,阐述畅达易晓,简要亲切,如王夫之所说:"国初人文字,止用平淡点缀。"(《夕堂永日绪论外编》,《薑斋诗话笺注》附录)顾炎武也说:"不过敷衍传注,或对或散，初无定式。"(《日知录校注》卷十六"试文格式")

第二阶段是成化、弘治年间，这一阶段的八股文是明代典范，《礼部志稿》卷七十引郑坤等奏疏，谓成弘八股文"深醇典正，蔚然炳然，诚所谓治世之文"。顾炎武谓："经义之文，流俗谓之八股，盖始于成化以后。"(《日知录校注》卷十六"试文格式")就八股文体式而言，此时的八股文截本题为两截，每截各作四股，两实两虚，如顾炎武所说："每四股之中，一反一正，一虚一实，一浅一深。其两扇立格，则每扇之中各有四股，其次第之法亦复如之。"(《日知录校注》卷十六"试文格式")起承转合的内在逻辑已经建立，一般而言，以起讲为起，提二比为承，中二比为转，后二比为合，各股之内也各有起承转合关系。这样，八股文成为一个结构严谨、逻辑关系明晰的文章形式。同时，体用排偶，裁对整齐，而又能偶对而不伤气，气韵流转，气脉浑厚。虽讲求法度，对剪裁、格局、气脉、字句讲求益深，却能以意为主，运之于心，不见痕迹。王夫之说因为儒家经典已融会于心，故上者能"钩略点缀以达微言"；其次亦能"疏通条达，使立言之旨晓然易见，俾学者有所从入；又其次则搜索幽隐，启人思致，或旁辑古今，用征定理"(《夕堂永日绪论外编》，《薑斋诗话笺注》附录)。此时的八股名家融贯经注，阐释明晰，如自己出，其文往往理气充足，而又能不背经注。

明前期八股文名家有于谦、薛瑄、商辂、丘濬、李东阳诸人。现存最早的明初八股文是黄子澄(1350—1402)的《天下有道则礼乐征伐自天子出》，文章有完整的破题、承题、起讲，但尚未分八股，且文中对偶也不工整。于谦(1398—1457)的《不待三然则子之失伍也亦多矣》，则不仅有破题、承题、起讲、原题，中间八股也偶对工整，已是一篇标准的八股文了。其时八股功令尚不严密，于谦能够根据注疏命题立意，并把自己的理解和个性贯注其中，英风劲节、果敢坚毅之气，与他后来行事立身是一致的。这一时期的八股文所试题目"皆摘取经书中大道理、大制度，关系人伦治道者，然后出以为题"(丘濬《大学衍义补》卷九)，所以于谦可以根据对经文传注的理解，就重大问题发挥个人理解，体现出文如其人的特点。

薛瑄(1389—1464)是明代理学大儒，他的八股文成功地将理学修养与躬行实践的主张融贯于其中，如《身有所忿懥》：

惟心之用有不察,故不能不失其正也。盖喜怒忧惧贵乎随感而应也,苟豫有之而不察,心欲其正,得乎?《大学》释修身正在其心之义,谓夫一人之心有体焉,有用焉,精蕴于中而未发者则为浑然之体,情见乎外而已发者则为灿然之施。是故忿懥者,怒心之发而为情者也。人孰无怒乎?怒在物可也,在心不可也。苟忿懥之心一发而不察,则反为情欲所牵,于是乎有不当怒而怒者矣,奚其正?恐惧者,畏心之发而为情者也。人孰无畏乎?畏在理可也,在心不可也。苟恐惧之心一发而不察,则反为利害所惑,于是乎有不当畏而畏者矣,奚其正?至于喜心所发,则为好乐之情,人不能无也,使得其道而心果所累哉!苟或一于好乐而不察,则邪妄之诱引将无所不致矣,又奚其正?(《钦定四书文·化治四书文》卷一)

文章紧扣题意,将题旨阐释得非常清楚,堪称"精细浑全,深心体认之作"(《钦定四书文·化治四书文》卷一)。

　　商辂(1414—1486)是著名的"三元",即乡试解元、会试会元、殿试状元,也是名臣,《明史》卷一百七十六本传说他:"为人平粹简重,宽厚有容,至临大事,决大议,毅然莫能夺。"他的八股文也充分体现了这种人格力量。《管仲之器小哉》提出"盖功之大者才有余于霸器之小者,量不足于王也"的观点后,分两小节论之:

　　然夫子未尝尽言,而或者眩于名实,因欲救而解之,谓俭则必固小器小,其似也。仲之为人,得无俭乎?不知俭者,德之共也。帝王以节道示天下,惟此耳。三归之丽,家臣之冗,奢莫甚焉,曾是而可为俭哉?此夫子所以致斥也。或者又谓器小而复不俭,或几于礼矣。仲之为人,殆知礼乎?不知礼者,国之维也。帝王以中道防天下,惟此耳。树门之塞,反爵之坫,僭莫甚焉,曾是而可为知礼哉?(《钦定四书文·化治四书文》卷二)

此文"高古跳脱,其夹叙夹断,使之层折无不清出,开后人无限义法"(《钦定四书文·化治四书文》卷二)。文章以叙述兼议论的笔法展开,气贯于中,层次严密,而浑然一体,令人不觉有安排处,的确可称"高古"。

丘濬(1418—1495)的八股文明经合传,"其体直方以大,真经解也"(《钦定四书文·化治四书文》卷五)。如《父子有亲》阐释《孟子》之旨:"有自然之人伦,有本然之天性。盖天之生人,有是物必有是则也。随在人之伦,而各尽其天性,何莫而非其所固有者哉?"(《钦定四书文·化治四书文》卷五)原文题中并无"性"字,丘濬照注补出,这样就把五性与五伦搭配在一起说,题意阐释完整全面。文章紧扣五伦与五性论说,以伦性相生、相临、相合切合论题,以"性中固有"绾结文句,层次清晰,论述完整。《周公兼夷狄》出自《孟子》"周公兼夷狄,驱猛兽,而百姓宁",一般理解重在"百姓宁",此文则由"兼夷狄"与"驱猛兽"两个方面入手,"是其用意异处",故《钦定四书文》评为"骨力雄峻,函盖一时"。

李东阳(1447—1516)也是八股名家,《由尧舜至于汤》、《欲罢不能》、《管仲相桓公》、《所谓故国者》四篇入选《钦定四书文》。同时,他又是文坛领袖,利用主持乡会试的时机,推行自己的主张,录取了一大批人才,如罗伦、章懋、吴宽、邵宝,都是成化、弘治间的八股文名家。这一时期,平淡简豁的文风有所改变,一变而为讲求结构,凡篇法、句法、字法无不讲求,在此基础上,形成了机调圆融的文风。

明代八股文作家中,王鏊(1450—1524)的声名最高。凌义远称:"制艺之盛,莫如成弘,必以王文恪公为称首,其笔力高古,体兼众妙,既非谨守成法者所能步趋,亦非驰骋大家者所可超乘而上。"(梁章钜《制义丛话》卷四引)俞长城甚至称:"制义之有王守溪,犹史之有龙门、诗之有少陵、书法之王右军,更百世而莫并者也。前此风会未开,守溪无所不有;后此时流屡变,守溪无所不包。理至守溪而实,气至守溪而舒,神至守溪而完,法至守溪而备。"(梁章钜《制义丛话》卷四引)他的八股文名作是《百姓足,君孰与不足》:

民既富于下,君自富于上。盖君之富,藏于民者也;民既富矣,君岂有独贫之理哉?有若深言君民一体之意,以告哀公。盖谓公之加赋,以用之不足也;欲足其用,盍先足其民乎? 诚能百亩而彻,恒存节用爱人之心,什一而征,不为厉民自养之计,则民力所出,不困于征求,民财所有,不尽于聚敛。间阎之内,乃积乃仓,而所谓仰事俯育者,无忧矣! 田野之间,如茨如梁,而所谓养生送死者,无憾矣。百姓既足,君何为而独贫乎? 吾知藏诸间阎者,君皆得而有之,不必归之府库而后为吾财也;蓄诸田野者,君皆得而用之,不必积之仓廪而后为吾有也。取之无穷,何忧乎有求而不得? 用之不竭,何患乎有事而无备? 牺牲粢盛,足以为祭祀之供,玉帛筐筥,足以资朝聘之费,借曰不足,百姓自有以给之也,其孰与不足乎? 饔飧牢醴,足以供宾客之需,车马器械,足以备征伐之用,借曰不足,百姓自有以应之也,又孰与不足乎? 吁! 彻法之立,本以为民,而国用之足,乃由于此,何必加赋以求富哉! (《钦定四书文·化治四书文》卷三)

此文对题旨的阐发一遵传注,又能进一步深入论述百姓足与君足的关系。同时,写作技巧高超,裁对整齐,机调圆熟,谋篇布局,层次分明。方苞称道:"层次洗发,由浅入深,题义既毕,篇法亦完。此先辈真实本领,后人虽开合照应,备极巧变,莫能继武也。"(《钦定四书文·化治四书文》卷三)王鏊的八股文谨严雄博,法备辞严,明清以来,一直被奉为经典,影响很大。方苞称《周公兼夷狄驱猛兽而百姓宁》一文"浑厚清和,法足辞备,墨义之工,三百年来无能抗者"(《钦定四书文·化治四书文》卷五)。

钱福(1461—1504)在八股文创作上与王鏊齐名,时称"钱王两大家"。俞长城曰:"钱鹤滩少负异才,科名鼎盛,文章衣被天下,为制义极则……发明义理,敷扬治道,正大醇确,典则深严。即至名物度数之繁,声音笑貌之末,皆考据精详,摹画刻肖,中才所不屑经意者,无不以全力赴之。成名之故,岂偶然哉!"(梁章钜《制义丛话》卷四引)他的八股文与王鏊一样,讲求格法,长于结构剪裁,湛深经籍,发明义理,典则深严。其代表作是《春秋无义战》,中云:

天下有大分,上下是已;天下有大权,征伐是已。然其分也,不可得而犯也;其权也,不可得而僭也。故诸侯而有贼杀其亲则正之,所以正之者,天子之命也,而大司马不过掌其制而已矣;诸侯而有放弑其君则残之,所以残之者,天子之命也,而方伯连帅不过修其职而已矣。(《钦定四书文·化治四书文》卷六)

可谓义正词严,凛然如不可犯。

历来对钱王二家多褒赞之语,但王夫之却加以抨击:"钱鹤滩与守溪齐名,谓之曰钱王两大家。……缘国初人文字止用平淡点缀,初学小生,无能仿佛。钱王出以钝斧劈坚木手笔,用俗情腐词,着死力讲题面,陋人始有津济,翕然推奉,誉为大家,而一代制作,至成弘而扫地矣。"(《夕堂永日绪论外编》,《薑斋诗话》附录)王夫之确实抓住了钱王二家的特点,他们都善于相题为文,行文紧扣题面,结构整饬,法度严谨,在严守经注的同时追求文章变化,形成了"深醇典正"之风。这种写法与明初八股文的平淡朴实不同,顺应了科考的要求,自然受到人们的推重。但此风一行,却引领人们走上了斤斤于法度的途径。

罗伦(1431—1478)的八股文也深受后人推重。他的八股文善于锻炼,长于布局,文风喷薄澎湃,具有"风骨清峻"之风。而且他能得《左》、《国》之神,《钦定四书文》指出:"不独兼正嘉作者气势之排宕,并包隆万名家结构之巧密矣。"(《钦定四书文·化治四书文》卷三《昔者先王以为东蒙主》评语)

吴宽(1435—1504)一生不喜八股文,但却下过深入研究之功,成为八股名家。他的八股文已经开始有了浓厚的古文气,将古文写作方法融贯在八股文之中,俞长城称:"春容尔雅,不动声色,文以养胜者。"(梁章钜《制义丛话》卷四引)而这也正是吴宽古文的风格特征。

第二节　明中期八股文

　　正德、嘉靖年间的八股文仍如成弘八股文一样恪遵经注,既保留了简古浑厚之风,又特别注重结构,脉络贯穿,文气遒密,体式正大。而正德、嘉靖八股文最大的变化是"以古文为时文"(方苞《钦定四书文·凡例》),这包含两个层面的意思:一是"融液经史"(方苞《钦定四书文·凡例》),即在尊奉经注的前提下,融汇史传中的语言与思想,《明史》卷一百二十八《选举志》说"国初举业有用六经语者,其后引《左传》、《国语》矣,又引《史记》、《汉书》矣",从而拓展了八股文的释义空间;二是将古文笔法融入八股文写作,使其获得了更丰富的表现手段,不再拘泥于固定的表现和结构模式,尤其至唐宋派,提倡唐宋古文,讲求"开阖首尾,经纬错综"之法,古文笔法才开始真正融入八股文之中。

　　唐顺之(1507—1560)是嘉靖八年(1529)会元,"是科初变文格"(徐学聚《国朝典汇》卷一百二十八)。唐顺之精通古文,对唐宋古文的体制、法度有深刻体悟,并运用于八股文之中,改变了其在发展过程中出现的程式化之弊,使明代八股文进入了一个全新的发展阶段。他的八股文从相题、剪裁、结构到文句,都能运用古文笔法,以气御文,绾合自然,结构融贯为一体,但仍保留"时文声调",即是说虽然采用了古文散句成文的特点,但整体上仍是排偶,整饬之中颇具声调抑扬之美。如《牛山之木尝美矣》中间两大扇阐述孟子语意:

　　　　今夫山,草木之所聚也。而其所以观美于人者,恃有此也。乃若牛山,则有不然者矣。斧斤者往焉,既不能保其美于始;牛羊者往焉,又不能养其美于终。此其郊于大国,而求牧与刍之所便故也。是故昔之美者,此山也;今之濯濯者,亦此山也。无怪乎人之以未尝有材者视之也。殊不知山之性能生之而不能全之,雨露之所润者无几,而人力之为害者已至。虽曰地道有敏树之机，而所存不能补其所亡，不至于濯濯不已也，吾如有萌焉，何哉？

今夫心，仁义之所管也。人之所以异于禽兽者，恃有此也。凡今之人，则有不然者矣。其始也物交之攻取，而所谓良心者，则寡之又寡，以至于无其继也；肆情于旦昼，则所谓夜气者，将梏之又梏，以至于不能胜。此则放其心而不知求，有其端而不知充故也。是故初之具此仁义者，固若人也；今之不远于禽兽者，亦若人也。无怪乎人以未尝有才者目之也。殊不知人之情，可以放之，而亦可以求之。人心之惟危者愈危，而道心之惟微者愈微。虽曰吾心有不死之妙，而夜之不足以胜昼，不至于禽兽不已也，吾亦且奈之何哉？（《钦定四书文·正嘉四书文》卷六）

这两大扇，各扇之中全为散文，气脉融贯，自然平易，两扇之间却是大致排偶的，裁对整齐，读之音韵铿然。方苞评此文："裁对处融炼自然，有行云流水之趣。"（《钦定四书文·正嘉四书文》卷六）《武王缵太王王季文王之绪》最为脍炙人口，中间两大扇也是如此，以之阐明题意，方苞评为"运之以坚劲之骨、雄锐之气，读之可以开拓心胸，增长知识"（《钦定四书文·正嘉四书文》卷四）。《令尹子文三仕为令尹》一文也是以两大股阐释文题，以"方其三仕为令尹"与"及其将去"领起，两大股句法大体一致，字数亦大体相等，可以说"指事类情，曲折尽意，使人望而心开"（《钦定四书文·正嘉四书文》卷二评语）。此题为事实题，唐顺之"深透于史事"，又能"兼达于经义"，确为八股文高手。《吾与回言终日》一文，"如脱于圣人之口，若不经意而出之，而实理虚神焕发刻露，以天合天，器之所以凝神也"（《钦定四书文·正嘉四书文》卷二评语）。通过融古文入时文，代圣人立言的八股文达到这样的境界可谓高矣。

瞿景淳(1507—1569)是与唐顺之齐名的八股名家，时人称王鏊、钱福、唐顺之、瞿景淳为四大家。他的八股文理气淳厚，法度严整。《事君敬事而后其食》是其代表作，全文如下：

圣人论人臣之义,惟务自尽而不求其利也。夫为禄而仕,非所以事君也;事求自尽,而禄有不计焉。夫子之言,所以立人臣之防也。盖曰:君之使臣也,固以厚下为深仁,而臣之事君也,则惟以奉公为大节,人惟不明乎分义,而臣节始微矣。以予观之,臣之事君,自一命而上。孰不有事之当为者乎?是事也,所以熙帝之载也,存乎臣者也。亦孰不有食之当得者乎?是食也,所恤臣之私也,存乎君者也。是必明乎内外之分,而可贞之守,每定于立朝之初;严乎义利之辨,而匪躬之节,恒励于策名之日。小而为服采之臣也,其事虽小,亦必有难尽者,则必思任使之,未称而精白以承之,翼翼焉,惟惧事之或忝而已矣;大而为服休之臣也,其事愈大,尤必有难尽者,则必思付托之,未效而严恪以图之,兢兢焉,惟恐事之或旷而已矣。上之求不负吾君也,而非求以自利也,虽曰君之诏禄,因吾事以上下,然吾惧食之浮于人,而不惧人之浮于食,则亦靖共尔位可矣,而他人又何知焉;下之求不负所学也,而非求以肥家也,虽曰君之制食,视吾事之繁简,然吾方以素飡为耻,而不以得禄为幸,则亦无旷庶官足矣,而他又何计焉。使事之不敬,而惟食之急焉,则其事君也,亦怀利以事之而已矣,臣道几何而不亡也?吁!夫子言此,所以励天下之臣节者,亦严矣哉!
(《钦定四书文·正嘉四书文》卷三)

朱熹对此文题的解释是:"君子之仕也,有官守者修其职,有言责者尽其忠,皆以敬吾之事而已,不可先有求禄之心。"(《四书章句集注》)瞿景淳抓住了两个要点,即"皆以敬吾之事而已,不可先有求禄之心",从而构建文章的两个入手点,从事与食、义与利的关系出发深入阐述了人臣之道。但在具体论述中,前者正面写事君以敬,后者反面写自利肥家,这样便使文章灵变机巧。方苞评此文曰:"未离化、治矩矱,而易方为圆,渐为谈机法者导夫先路矣。然于揣摩科举文字中较短絜长,则其功候已到。"(《钦定四书文·正嘉四书文》卷三)即特别看重他在构思和表现上的变易,所谓"易方为圆"。

　　归有光(1506—1571)与唐顺之并称"归唐",有人将明四家去瞿景淳,为王、钱、唐、归四大家。他是继唐顺之之后另一个以古文为时文的大家，方苞评《吾十五而有志于学》一文时说："以古文为时文，自唐荆川始，而归震川又恢之以闳肆。如此等文，实能以韩欧之气达程朱之理，而吻合于当年之语意，纵横排荡，任其自然。后有作者，不可及也已。"(《钦定四书文·正嘉四书文》卷二)归有光对经文意蕴的深刻理解，融贯于胸，笔之于文，自然意蕴深厚。而其八股文又能融古文意脉于其中，阐释程朱之理，并能够纵横排荡以成文，有浓厚的古文气。《诗三百》一篇最能体现归有光八股文的特点，录全文于下：

圣人约诗之为教，不外乎使心得其正而已。夫诗所以感人而入于正也，正之言虽约，而诗之为教，无有出于此者矣。且夫博而寡要，劳而少功，此观书者之恒病也。以其一定之言而驱率之，汗漫无所归极之地，而垂教者之深意，于是而晦矣。是故采诗以垂训，包括旁罗，期无遗矣，而贯通伦类，必有所以为诗之旨；涉猎旁博，宜不废也，而纲维蕴奥，必有所以为说诗之本。吾尝反复于三百篇之中，而得其一言之要，鲁颂所谓思无邪是也。盖天命之真，人心之本，全具于中而不失，是性情之所以正也。而形生之类，气禀之偏，必待涵濡长育而全，是诗之所以为教也。彼其所以发于咨嗟咏叹之余者，比物连类，其旨不可一而概之也，然而观者得于哦吟上下之际，所以会其意而一之者，要以触发其本真而使之约于中耳。其所以自然于音响节族而不能已者，宣志达情，其意不可泥而拘之也，然而观者得于咏歌慨叹之间，所以迎其意而通之者，要以和平其心意而俾之离于僻耳。诗之有善，非徒诗之善也，是劝之而归于无邪也；诗之有恶，非徒诗之恶也，是惩之而归于无邪也。以吾之天，而触彼之天，则事前而机动，不独盛世遗音可以宣化，而治乱贤否所感之不同，而其归同矣；以彼之天，而契我之天，则世隔而心通，不独朝庙歌声可以平心，而贤人君子悯时病俗之所为，而其致一矣。是知人生而静，天之性也；感物而动，情之理也。惟思无邪，而后性情得其正。故曰诗以道性情，夫子所以示天下学诗之准。噫！其尽之矣。

(《钦定四书文·正嘉四书文》卷二)

这篇文章破题全尊经注,以"得其性情之正"为中心论点,但经文明言"一言以蔽之",文中却直言"比物连类,其旨不可一而概之也","宣志达情,其意不可泥而拘之也",明显偏离经文,可见归有光八股文突破了程朱传注的束缚,敢于发挥自己的见解。当然这也是有限度的,这两句下便以"约之"、"通之"加以补救。文章在起承转合之际,并不完全依八股功令,破题、承题、起讲三部分全依文意安排,意脉贯通,而不再依格承起,这便是所谓"古文气"。各股之间,多"词异而意同"的字句,不故意求裁对整齐,这都是用古文笔法的结果。方苞评曰:"咀味圣人立言之意,泯众虑而为言,淳古淡泊,风格最高。"后世对归有光的八股文评价非常高,方苞说其文具有"雄浑健雅"、"朴实淳厚"的特点,更妙处在于"文之疏达者不能遒厚,矜重者不能优闲,惟作者兼而有之"。

  归有光的八股文在以古文为时文方面成就最高,通过下面引述的《正嘉四书文》卷一、卷二各篇的评语可以看出。具体表现在几个方面:一是气体充足,气脉贯穿。如《礼之用》评云:"古厚之气,直接先秦初汉,前人以粗枝大叶概之,最善名状。"《夏礼吾能言之》评云:"古厚清浑之气,盘旋屈伸于行楮间,归震川他文皆然,而此篇尤得欧阳氏之宕逸。"二是老于炼格,精于结构。《子禽问于子贡》评云:"格局老创,细按问答,虚神仍分寸不失,骨脉澄清,精气入而粗秽除,乃古文老境,非治科举文者所能窥寻。姑存一二,使好古者研悦焉。"《周监于二代》评云:"以古文间架笔段驭题,题之层次即文之波澜,文之精蕴皆题之气象。"《天将以夫子为木铎》评云:"每股接头转折处纯是古文行局,空漾浑雅,繁委周匝,无一不古,亦惟深于古文者知之。"又云:"两意贯注到底,而苍莽回薄,不见其运掉排荡之迹,是大家朴直气象。逐层以天子与夫子夹说,疑于连上文矣,惟处处以天为主,故纳上句于本题之中,而不连上也。"《古之欲明明德于天下者》评云:"即以纲领为条目之界划,四比如题反覆,清透简亮,有一气挥洒之乐。"三是精神流通,气象高远。《大学之道》评云:"化、治以前,先辈多以经语诂题,而精神之流通,气象之高远,未有若兹篇者。学者苦心探索,可知作者根柢之浅深。'三百篇'语,汉魏人用之,即是汉魏人气息;汉魏乐府古诗,六朝人用之,即是六朝人音节。观守溪、震川之用经语,各肖其文自己出者,可悟文章有神。"

　　胡友信(隆庆二年进士)与归有光齐名,有"归胡"之称,《明史》卷二百八十七本传称:"明代举子业最擅名者,前则王鏊、唐顺之,后则震川、思泉。思泉,友信别号也。"他处于八股文由醇厚向灵变的转变期,故总体上仍属于雅正一派,方苞在评他的《天下有道》一文时说:"气清法老,古意盎然,几可继唐归之武。"(《钦定四书文·正嘉四书文》卷三)他的八股文长于相题,义理深厚,方苞称《故君子笃恭而天下平》一文曰:"刻挚之思,雄古之气,非独入理深厚,并与题之形貌亦称。"(《钦定四书文·正嘉四书文》卷四)又长于布局作势,浑灏流转,如《书同文行同伦》一文(《钦定四书文·正嘉四书文》卷一),论天下一统的文化精神,采用两截作法,析理既深,又熟于经史,故下笔之际,理事相融,行文亦复气势流转。《臣事君以忠》是他的一篇代表作,文章从破题始便抓住"忠"字,且入手甚高,"只体味尽己以洗发忠字,便亲切入理,无血性粗浮语矣",后面措词命意,则"有序而不紊"(《钦定四书文·正嘉四书文》卷二评语)。胡友信的八股文因透达理道,一气贯注,行文便具有浑灏流转之势,格局敛束,所谓"局敛而气自开拓"(《钦定四书文·正嘉四书文》卷二评语)。

第三节　明后期八股文

隆庆、万历间是八股文的一大变革期，可以从三个方面看出：

第一，程朱理学受到心学和庄禅思想的冲击。冯琦在奏疏中分析了八股文由纤靡、新奇、诡僻以至于背弃、非毁孔孟、程朱的变化历程(《春明梦余录》卷四十《正士习》引)。这是由两方面原因造成的：一是八股文作为应试文体必须不断以新变来获得认同，从平正淳厚转变为纤、奇、诡，不足为怪；二是表面上风格的变化其实是思想内容变化的结果，不仅背弃了程朱之学，由于庄禅思想的引入，连孔孟之学也受到强烈的冲击。这与阳明心学的传播有着密切关系，因而表现出对正统思想的突破，举凡道家、禅宗及诸子百家之说都开始出现在八股文写作中，人们不遵传注，甚至宣扬异端思想，当然会引起官方的注意。于是，这一时期"正文体"主张最为兴盛，且体现在取士标准之中，提倡"尔雅纯粹，平正通达"之文。这也正反映出隆、万八股文日趋险僻，在某种程度上背离程朱理学的现实。

第二，讲求机法。方苞曾说："隆、万间兼讲机法，务为灵变，虽巧密有加，而气体苶然……隆、万为明文之衰，必气质端重、间架浑成者，亦有专事凌驾、轻剽促隘，虽有机趣而按之无实理真气者。"(《钦定四书文·凡例》)"机法"即八股文的写作方法与技巧，有所谓钩锁法、上下照应之法、反起正倒法、虚起实承法、首尾相应法、开合取机法、移步换形法、反正相生法、相题立义法、回环映带法、反点作势法等。篇法、股法的探讨也更加详尽，有前后、深浅、虚实、顺序、平侧、分合诸法。对题目类型的研究也出现了，并且就各种题型提出了相应的作法。这些固然使八股文写作技法更加成熟，更易于操作，但过度讲求机法，却使得八股文写作日益陷于写作技巧之中，只在技巧上下工夫，愈机巧，愈新奇，便愈空疏。

第三，讲究炼字造句，追求语言华美。与讲求机法一样，追求语言华美也是八股文发展的必然结果，到了隆、万间，佛、道、经、子、《史》、《汉》、六朝、唐宋诸文中各式语言都被融炼到八股文中去了。隆庆二年(1568)，尊尚王阳明心学的徐阶主持考试，在程文中引用了阳明语录，于是心学诸语入八股文。万历丁丑(1577)试，杨起元(1592年前后在世)以禅语入文。至万历末年，市井俗语也写入八股文。但走到极端，就出现了如王夫之所说的局面："隆、万之际，一变而愈之于弱靡，以语录代古文，以填词为实讲，以杜撰为清新，以俚语为调度，以挑撮为工巧。"(《夕堂永日绪论外编》，《薑斋诗话》附录)

对于隆、万间八股文的种种变化，历来有不同的评价。袁中道曾说："时文虽云小技，要亦有抒自性灵、不由闻见者。"(《珂雪斋集》卷一《成元岳文序》)抒发性灵必须突破思想和程式的限制，虽代圣人语气为之，但自我见解也可以出现在文章之中，不能不说是一个非常大的变化。戴名世认为："推有明一代之文，莫盛于隆、万两朝，此其大较也。当是时，能文士相继而出，各自名家，其体无不具而其法无不备。后有起者，虽一铢累黍，毫发而莫之能越。"(《戴名世集》卷四《庆历文读本序》)他对隆、万八股文的体式风格、机法律度非常推重，也自有其独特的视角。

隆、万时期八股文名家辈出，佳篇甚多，代表作家有汤显祖、董其昌、赵南星、顾宪成等。

汤显祖(1550—1616)是明代八股文名家，高攀龙《答汤海若》即言："龙为举子业时，则知海内有汤海若先生者。"(《高子遗书》卷八上)清人赵吉士有"举业八大家"之说，依次为王鏊、唐顺之、瞿景淳、薛应旂、归有光、胡友信、杨起元、汤显祖。《我未见好仁者》是汤显祖的一篇代表作，全文如下：

> 圣人慨成德者之难，因言弃德者之众焉。夫好仁恶不仁，非绝德也，特自弃者不用其力耳。圣人所以重有慨与，想其意曰：君子之学也，以为仁也；君子之成仁，以其能自力也。有仁焉而无力以成之，吾能无慨然于今乎？于今观之，仁可好也，而好仁者我未见也；不仁可恶也，而恶不仁者我未见也。夫好仁者之名，夫人乐得之，而吾以为未见者，以好非感发之好，乃无以尚之之好也。恶不仁之名，夫人乐

得之,而吾以为未见者,以恶非愤激之恶,乃不使加身之恶也。惟其如是,是以难也,虽然,未尝难也。有人焉奋然而起,深明乎仁不仁之分;惕然而思,实用乎好恶之力。吾知有弗好,好则仁必从之,盖无以尚之之域亦起于一念之好也,我未见好仁者,亦何尝见好焉而力不足者乎?有弗恶,恶则不仁必去之,盖不使加身之恶亦起于一念之恶也,我未见恶不仁者,亦何尝见恶焉而力不足者乎?盖天之生人不齐,人之受质非一,则力不足于用者,或有其人;而有志于仁者恒少,无志于仁者恒多,则吾之于斯人也,实未之见。夫力之足不足也,以用而见也,未有以用之,胡为而遽罪乎?力仁之成不成也,以力而决也,未有以力之,胡为而绝望于仁?然则吾之所见者,非天有所限,彼自限之而已矣,非仁远于人,人自远之而已矣。安得实用其力者,一起焉而副吾之望哉?(《钦定四书文·隆万四书文》卷二)

此文有两点值得注意,一是婉折成文,方苞评云:"无事钩章棘句,而题之层折,神气毕出。"王介锡评云:"题中口气极婉折,文于转合承接处,体出圣人心事如见。"(《汤显祖全集·诗文》卷五十一补遗《我未见好仁者》评语)二是生动传神,将八股文的代言体特征发挥得淋漓尽致,宛方苞所评:"其文情闲逸,顾盼作态,固作者所擅场。"从文中不难体会出作者的用心,如问句和语气词的运用,语气之间,宛如孔子娓娓而谈。

汤显祖才繁思绮,为文颇重藻丽,方苞评《故太王事獯鬻》一文曰:"此先辈极风华文字,然字字精确,无一字无来历,而气又足以运之。以藻丽为工者,宜用此为标准。"(《钦定四书文·隆万四书文》卷五)即是说虽重藻丽,但能够运之以气,才与气达到自然调合的状态。俞长城说:"汤义仍《玉茗堂制义》,择理精醇而出之以名隽,以六朝之佳丽,写五子之邃奥,足以自名一家。"(《制义丛话》卷五)《左右皆曰贤未可也》一文正是这种"才子手段"的体现,人评:"用意深稳,而局阵层层变换,如神龙在空,嘘气成云。后来奇纵之作,皆为笼罩。"(《钦定四书文·隆万四书文》卷五)即是说他的八股文于题意体悟深刻,命意新颖,而布局命词,如神龙变化。

董其昌(1555—1636)也颇重藻丽,讲求工巧。《知者乐水》一文以"仁

知"破题,以"动静"承之,行文即围绕着仁知、动静展开,其文有曰:

> 彼其观化于天地之间,而情以境生,不能无所乐也,然触象于吾心之内,而境与情遇,则各从其类也。知者其乐水乎,仁者其乐山乎?何也?一元之气,水得以流,山得以止,动静之象也;而一元之理,知得以应,仁得以寂,动静之道也。以静观知,静亦知之渊源,而其体则主于变通,神而明之,有圆机矣,宜其乐于水乎!以动观仁,动亦仁之有觉,而其体则主于凝定,默而存之,有真宰矣,亦其乐于山乎!(《钦定四书文·隆万四书文》卷二)

析理精密,法脉贯通,《钦定四书文》评曰:"左萦右拂,官止神行,内坚栗而外圆润。凡虚实、分合、断续之法,无不备矣。处处归重动静,仍于题位毫无陵乱。"

赵南星(1550—1627)的八股文在当时可谓"鸡群鹤立"(梁章钜《制义丛话》卷五),因其胸怀、气节发之于文,在代圣人立言的时文中开辟一种新的境界。如《鄙夫其可事君也与哉》云:

> 鄙夫者,以仕宦为身家之计,而不知有忠孝名节,以朝廷为势力之场,而不知有社稷苍生。未得则患得,妄处非据,弗顾也;既得则患失,久妨贤路,弗顾也。夫人之所患在此,则其所悉智力而图之者,必在此。未得而患,得则彼一匹夫耳,摈而不用已耳,彼亦何能为者?苟其既得而患失,则内怀无穷之欲,而外乘得肆之权,负乘以致寇,众所不能容也,而得之自我者,必不肯失之自我,则于事何所不为?(《钦定四书文·隆万四书文》卷三)

全文带着强烈的现实意味,连方苞也忍不住评道:"春秋以前,强臣专政者有之,鄙夫横恣者尚少。秦汉以下,乃有祸人家国者。圣人周万物,早洞悉其情状。作者生有明之季,抚心蒿目,故言之如是,其深痛也。"在圣人那里,对鄙夫之害只是略言之,赵南星则分析得真切透彻,数百年后读之,仍能感受到他忧国胸怀之深创巨痛。梁章钜评此文："鄙夫之患,至明季而烈,古以杜诗为诗史,此可当时文史矣。"(《制义丛话》卷五)又如《胁肩谄笑》云：

> 曾子若曰：甚哉！人之趋于势利也,其依阿淟涊,于何不有,乃其大都有二,曰体柔也,曰面柔也,何也？以贱事贵者,必谬恭以致其敬之至也,于是乎有胁肩,欲有所仰,惟恐其躬之不俯,故翕其肩以奉之,有不胜其罄折者,此之谓体柔；以卑阿尊者,必谬厚以明其爱之至也,于是乎有谄笑,前有所媚,惟恐其姿之不妍,故强为笑以献之,若不胜其色喜者,此之谓面柔。夫肩之胁也,何其缩也；笑之谄也,何其腼也；合而观之,何其丑也。然非独丑也,良亦病已；非独病也,良亦甚病已。(《钦定四书文·隆万四书文》卷五)

赵南星透达世情,故下笔之际,穷形尽相。亦不复端严谨重,而是出之以峻厉嘲弄之语,正如方苞所评："猥琐之情,以峻厉之法摘发之,足令人愧耻之心勃然而生。"

天、崇八股文承隆、万而来,由融液经史,崇尚机法,一变而为虚空雕琢,盛行于世。在一个缺乏权威和崇尚个性的时代,八股文写作呈现出众声喧哗、纷然杂陈之态,风气屡变。正、嘉以来,文体日变,八股文成式在达到成熟和鼎盛后,开始受到士人的背弃。顾炎武说："嘉靖以后,文体日变,而问之儒生,皆不知八股之何谓矣。"(《日知录校注》卷十六"试文格式"条)万历以来,此风甚盛,徐世溥说："万历季年,学者方厌苦拘牵法脉陋习。"(《明文海》卷三百一十三《蔚社斋序》)艾南英指出:自万历末年始,"制举业之体,自八股而外,为两平、三平、四平,为前后截,为散体"(《明文海》卷三百一十二《王承周四书艺序》)。而天、崇间,更是多用两截和散体结构,完全突破了八股的限制。

章世纯(1575—1644)是天、崇间八股文名家,与陈际泰、金声、罗万藻并称"制义四大家",又与艾南英、罗万藻、陈际泰被世人尊为"四大家"。他之所以能够在天、崇八股文庸腐习气中脱颖而出,主要还在于他能够不受时风熏染,而坚持尊经依注的正统路径。他的八股文善于相题,依题发挥。如《天下有道》一文(《钦定四书文·启祯四书文》卷八),以"德"为中心,围绕着小大之辨展开。此文虽不离经注,但有所发挥。尤其是阐述当今为政二段,论审于天道之正而用,但实逆天而行,有强烈的现实意义。但由于前文已定下正道与权道之别,故回互巧妙,归之于其理则顺天,表现出认清现实而又执着于理想的儒家积极入世的精神风貌。正、嘉以来,以古文为时文之风甚盛,此文已将八股与古文合而为一,八股气息已经很淡漠,打破八股体制,行文以气,一脉贯注,而能"展转"变化,纯为古文笔法。

俞长城称金声(1589—1645)为天、崇间八股文之冠,他的代表作是《德行颜渊》一文(《钦定四书文·启祯四书文》卷四)。文章破题极巧,曰:"追论陈、蔡相从之人,其人才之盛有可观者焉。"从孔困厄于陈、蔡说起,显示出作者的思考已超出一般的构思,贯穿着修身齐家治国平天下的胸怀,而不拘束于德行本身。接下来论道:"忠臣义士之效,不必其在朝廷也;患难死生,与聚与共,则风云龙虎之从,不必其在得时也。"便顺理成章了。再回互破题中"人才之盛",论德行、言语、政事、文学四类人才,这样题意便阐述完整了。下面忽作一转语,曰:

> 设诸贤非从夫子游,挟其德行、言语、政事、文学,以博取人间富若贵,与一切功名才望,固自易易,何困厄若斯也,而诸贤不愿也。……设诸贤但以从夫子之故,奉其德行、言语、政事、文学,以投凶暴之一烬,而师弟朋友无一存者,固事势之常,亦无可如何也,而诸贤不惧也。

行文气脉贯通,其胸怀志向可见一斑。接下来的论述更充满了一种悲凉雄奇之气。可知八股文并非只是敲门工具,如真正能将儒家思想贯注身心,发之为文,则能文如其人。于此亦可知金声后来投身抗清,以身殉国,不为无故。金声在天、崇国家糜烂之际,胸怀天下,关注现实,故其八股文中常表现出忧国忧民的情怀,感时伤事的悲愤。

艾南英(1583—1646)以振兴斯文为己任,《明史》卷二百八十八本传称:"万历末,场屋文腐烂,南英深疾之,与同郡章世纯、罗万藻、陈际泰,以兴起斯文为任。"他一方面提出自己的理论,主张以古文为时文:"不能时文为古文,非庸腐者害之也,好夸大而剽窃浮华以为古,其弊亦归于庸腐。"认为只有"洁"能救其弊:"岂独史迁哉,韩、欧、苏、曾数君子,其卓然能立言于后世,未有不由于洁者也。"(《明文海》卷三百一十二《金正希稿序》)另一方面,他通过编辑八股文选本来推行自己的主张,其所编《明文定》、《明文待》,风行天下,"以《易》、《诗》、《书》、《春秋》、《礼》、《乐》之言代《语》、《孟》之文,以古雅深醇之词洗里巷之习,一时后辈,从风丕变"(《明文海》卷三百一十二《序王子巩观生草》)。

艾南英自称:"予以积学二十余年,制艺自鹤滩、守溪,下至弘、正、嘉、隆大家,无所不究。书自六籍子史、濂洛关闽、百家众说、阴阳兵律、山经地志、浮屠老子之文章,无所不习。"(《明文海》卷三百一十二《前历试卷自序》)因此,他的八股文具有学富思深的特点。如《心之官则思》一文自记云:"心之官则思,此思字杂形气理欲在内,思则得之,思字是慎思。若两思字作一样看,则下文不思者岂尽灰槁其心乎?"文章对"思"的阐释可谓"分肌擘理,清思锐入"(方苞评语),其文曰:

> 当万感纷纭,而天君内应,此时谓之心仍其官则可,谓之得思则不可,何也?百虑撞扰,未始不与众交驰也。夫惟惺然者不昧,而后吾始能有思,而是思也,乃足以宰众感矣。当一事未形,而内自撄攘,此时谓之心仍其思则可,谓之非物交物感则不可,何也?独睹中涵,未始不与众俱疚也。夫惟洞然者无累,而吾始谓能思,而是思也,果足以杜众诱矣。(《钦定四书文·启祯四书文》卷九)

文章对思维状态的描述和分析极为精到,将复杂的"思"阐释得条理清晰。《民为贵》是一篇古文气息最为浓厚的文章,方苞评曰:"步步为营,其中宾主轻重,次第曲折,起伏回旋,古文义法,无一不备。"(《钦定四书文·启祯四书文》卷四)时人认为四家之中艾南英天分有限,但他以多读书、用功深,弥补天分上的不足,故此"清古之文,风味犹胜于黄陈"。

黄淳耀(1605—1645)是明末八股文名家,也是一位以身殉道的义士,所谓"发于至情,体于实践",故能"身名并烈"。俞长城说:"有制义以来,他人可言者未必能行,惟陶庵能行"(梁章钜《制义丛话》卷七引)。王夫之也说他"忧愤填胸,一寓之经义,抒其忠悃,传之异代,论世者所必不能废也"(《夕堂永日绪论外编》,《薑斋诗话》附录)。他的八股文在史传笔法中融入了深切的现实关怀,笔端常带感情,肝胆呈露,气局宏阔。如《庄暴见孟子曰》论"与民同乐",其文有曰:

> 夫国不期于大小,期于好乐;乐不期于今古,期于同民。今也知独乐之不若与人,知少乐之不若与众,是天下之知乐者莫如王也;知与人之为乐而故独之,知与众之为乐而故少之,是天下之不好乐者莫如王也。王之心必曰:"吾何独矣,吾不有妾御乎哉?吾何少矣,吾不有便嬖乎哉?"嗟夫!此王之所以为独,此王之所以为少也。今夫临淄之中不下十万户,王之妾御、便嬖不过数百人。王日与此数百人者鼓乐田猎之是娱,而此十万户中,耳不绝悲叹之声,目不绝流离之状,此虽伶伦复作,仪舞再来,民亦必疾首蹙頞,以为安得此亡国之音也,况世俗之乐乎!(《钦定四书文·启祯四书文》卷七)

将"与民同乐"之旨阐释得十分透彻,情感激烈,并寓含着浓厚的现实关怀,虽非直接切于时事,但字里行间的仁者胸怀力透纸背。全文"以同民为经,以古乐今乐同独众少好不好为纬,而以古文之法运掉游行,如云烟在空,合散无迹"(方苞评语)。《制义丛话》卷七云:"黄陶庵文有指切时事,最为雄快",并举他的《秦誓曰若有一个臣》四节文为例:

> 今自中主以下,其心皆知有子孙之当安,与黎民之无罪者也,究其所为,则一切不然。彼有以小察为知人之明,以多疑为御下之术,以怪惜为善核名实,以杂用贤奸为能立制防,其弊也,上下狐疑,枉直同贯,此不仁之一道也;则又有以忠謇弼亮之人为奸慝,以阴贼佞邪

之人为忠良,以公论为必不可容,以众智为皆莫己若,其弊也,群邪项领,方正戕没,此不仁之又一道也。

当时论者以为"神、光、熹、怀四朝实录总序,其于邪正消长、治乱倚伏之机,不啻烛照而数计矣"(梁章钜《制义丛话》卷七引)。

陈子龙(1608—1647)的八股文也表现出对现实的强烈关注。方苞说"明季几社、复社前辈文","大概有所感触而后为之,借题以发摅胸臆"(《方望溪全集·集外文》卷五《与贺生箨禾书》)。陈子龙是其中的代表人物。如《不知命》云:

> 且夫人所遇之境,不能遁于天之外,而今人势去则以为己之拙,时乘则以为己之巧,此其大惑者一也;人所行之事,天无所与其间,而今人谓直遂多以遇祸,规避每以蒙福,此其大惑者二也。如是,则何恃而泰然为君子哉?盖是非者,君子与小人分焉者也;而祸福者,君子与小人共焉者也。自世之人不察,或狃于迪吉之说,以为修德者必有崇高之位,泽厚者必流子孙之祥,如是,虽当为善之时,方忻忻然大有所望,君子岂若是哉?而况乎其不可问也。或狃于道消之会,以为严气正性多亢节之虞,植节显名有沦濡之患,如是,虽当为善之时,方惴惴然大有所忧,君子岂若是哉?而况乎其未可知也。凡此皆不知命之故耳。(《钦定四书文·启祯四书文》卷五)

文章对世人二大惑和纽于成说的分析非常深刻,如果没有积极的入世精神和强烈的使命感是写不出这样的文字的。几社诸子都"好读《文选》,然多用于骈俪",陈子龙的八股文深于魏晋,俞长城说:"卧子天才迅发,好上下古今,切合时务而敷以藻艳。《国风》好色,《小雅》怨诽,可谓兼之。"(梁章钜《制义丛话》卷七引)从创作来看,陈子龙以"藻丽"著称,其佳作却能"丰姿超骏"。

第五章　明代书信文

明代书信文将实用功能与审美功能都发挥到极致。明人认识到，一方面，书信文具有沟通信息、交流思想、表述见解的作用，可起到对面交流所起不到的作用。王世贞《凤笙阁简抄序》云："夫尺牍，以通彼而达己意者也。意有所不达，则务造其语；语有所不能文，则务裁其意。大要如是，足也。"(《弇州山人四部稿》卷六十五)另一方面，作者性情的不同，文字的润饰，使书信更具有审美特性。冯梦桢《叙七子尺牍》云："原夫尺牍之为道，叙情最真，而致用甚博。本无师匠，莹自心神；语不费饰，片词可宝；意不涉泛，千言足述。要以伸彼我之怀，穷离合之趣。"(《快雪堂集》卷一)王世懋《尺牍清裁后序》云："夫文之近事，理会人情，刬决剖析，莫善于书笺。"(《王奉常集》文卷八)邹迪光《榆枋馆尺牍自序》亦云："夫尺一者，所以协缔好，释觖邻，吐寒燠，叙舒惨，畅物我于天末，阐今曩于睫下，代彼唇舌，如其颜面。"(《郁仪楼集》卷三十五)这些评述都肯定了书信有着直接的语言表达所不能取代的作用，可以通彼我之怀，具有"叙情为深，而致用最博"的特征。尤其是明后期，尺牍的自我表达功能得到空前释放，为文人提供了一个自我表述的空间，王思任说："尺牍者，代言之书也。而言为心声，对人言必自对我言始，凡可以对我言者，即无不可以对人言。但对我言以神，对人言以笔。神有疢，尚可回也；笔有疢，不可追也。"(《文饭小品》卷一)

明代书信文约可分为两种体式：其一称"书"或"长书"，篇幅较长；其一称"尺牍"或"小简"，篇幅较短。王世贞说："鄙意以长书论事理，若望之、少卿、子长之类，小简叙寒暄，如晋人致语，分作两部，庶为全璧。"(《弇州山人续稿》卷二百零四《凌郡丞》)书是古文一体,长于论事理,往往以古文笔法为之,常用于辨难析义的正式往来,长篇大论,动盈篇帙,讲求法度。而尺牍虽古已有之,但却追求简洁而有思致的雅趣。古人于尺牍多不重视,周亮工编《尺牍新钞》,其《选例》即云:"文人制作,以诗古文为大业。尺牍家言,既非吟咏之音,又异纵横之笔。"(《尺牍新钞》卷末)清代桐城派追求雅洁,就明确反对以尺牍语入古文。但尺牍亦反对以古文气入之,"抒写性情,标举兴会"的尺牍在文字上更为自由,可骈可散,雅言俗语,奔趋笔下,随兴所至,无拘无束,灵动自由。尺牍多施于应酬交际,单词片语,雅语俗言,俱可运之以心,出之笔端。明初及前期书信以古体为主,中后期则多称尺牍。王世懋《尺牍清裁后序》对尺牍体式进行了界定,其特征表现在三个方面:一是实用,用于"宾主交酬";二是简要短小,"书不盈尺";三是写作的随意性与即时性,"凭几而办"、"倚马而就";四是风格"雅有思致"(《王奉常集》文卷八)。

第一节　元明之际书信文

元明之际作家存世书信文较少,这在文学史上是比较少见的现象。一方面因为他们视书信为闲散无用之文,如赵汸《书东坡尺牍后》指出,东坡尺牍多与方外来往,是因"内圣外王之道不明,而豪杰之士不能忘情于方外者",认为"世人所求于公者,殆其粃糠土苴"(《东山存稿》卷五)。所以他们的书信文多为论学之作,很少抒写个人情感,行文亦质朴无文,辞达而已。另一方面,严酷的政治因素使他们十分谨慎,不愿意写信,或编集时有意删除,不加留存。

赵汸(1319—1369)的书信文多论学之作。如《与宋景濂》云:"初夏已热,伏惟讲授优暇,尊候动止多福。前月承王总制处传至所与陶伯仁书,捧领忻怿。汸今春准拟一访陶公,屡伤风寒,腠理不实,恐途中又增外证,累其本病。一向畏怯,竟未曾往,谨藏袭尊翰以为后期也。"(黄宗羲《明文海》卷一百四十七)余文皆谈春秋学研究中的问题。《答徐大年书》(赵汸《东山存稿》卷三)也是一篇"稽经考礼"之作,开篇写得极质朴,毫无修饰,简单寒暄而已。这既是论学书信内容决定的,又与元末明初文人的理学信仰有关。他们在信中的讨论多围绕着理学思想展开,名为书信,实为论体。由于采用了书信体,使得他们关于理学思想的讨论更加平实,不加任何修饰,只求达意。他们所讲的理学,不是抽象空洞的理学思想,而更关注施之于世,关注世道人伦。他们坚守理道,对世俗社会和现实人性的违道背德充满了批判精神,并隐然以忧天下、奖人伦自高。为此,他们时刻保持内省精神和忧患意识,具有强烈的社会责任感。

元末明初书信文作家比较突出的是刘崧(1321—1381)。刘崧的书信文一如其人,平易俭朴,直叙情事。如《与周伯宁书》云:

> 故君子之用是人与夫人之自用其身也,必度德量力,必尚廉耻,

必厚名检,然后庶几不疚不跲,而出处之义得矣。若楚者,虽未敢自附于古人,而于古之人所行之道,窃亦与有闻焉。(《槎翁文集》卷四)

尚廉耻,厚名检,得士人出处之正,正是他立身行事的基本准则。《与王绍南》叙及他早年躬耕劳作情景云:

遭世变,故业之凉薄无资者,莫甚于儒。其心遑遑焉,恒恐其亲不给于甘旨也,乃去而学稼于珠林之下,耕田四三亩。又土地硗瘠,雨露不时,水旱相仍,不免于饥馁也,亦甚矣。然终俛焉,不敢爱于鉏耰钱镈之勤,冲沐风雨,劳苦筋骨,不少休止。他日治菽粟为肴蔬,具潃滫以进也,吾亲未尝不乐而甘之,盖其心不甚忍于其子之贫且劳矣,而终不以世俗之所趋所慕者责其子。间不得已,出营朝夕,谋药饵,则必计往返之期以俟其归。若一日至于三日,三日不见而思焉,五日不见而忧且疑矣。以故宁侷促家居,不敢暂去膝下。(《槎翁文集》卷四)

劳作之艰辛与父母之仁慈,在他的笔下是那么平易,但语气之间,我们仍能感受到那种真挚的亲情,生事之贫薄与文字之朴实自然相得益彰。这样的笔墨后来是不多见的,没有虚矫假意,没有故作矜持,去除浮华虚辞,崇尚质实。

方孝孺(1357—1402)是一位崇信理学的儒者,有志于道,上欲"建太平之策,康斯民于无穷,续周统于既绝",下欲"抉幽探微,明天人性命之奥,以诏来世"(《逊志斋集》卷九《与王德修书》其三)。当这种思想与现实相激荡,就产生了毅然以道自命的精神力量和鄙视世俗的斗争精神。方孝孺的书信文具有"渊懿醇正"与"闳深博大"共存的特点。由于坚守道义,他往往不能容入世俗之中,道:

今世风俗凌坏,为交友者,务相容悦。每出一文,示一人览已,虽文不佳,亦强颜称誉,出门则嗤笑之。仆每自思,遇人有过,告之曰:

"子某事过。"则怒发于色矣,否则不应矣,否则绝不复往来矣。至于仆有过,亦无人肯言。是以汨没俯仰于流俗之中,过大而心不知,诟积而无与语。或内视自省,辄兢惕不安,如身污不洁。朋友如是,亦何用之哉?

他不得不向人剖白内心:

> 仆受质戆介,处时俗中,见其侧媚相诪说,常忿忿不与言。诵古人书而求其道,每慨然自叹,安得直谅多闻者为友乎?向尝行天下,走三四千里,越五六年,饮酒娱乐,软谈丽语,交欢释闷者,不为少矣,然仆不喜也。(《逊志斋集》卷十《与郑叔度》其三)

《与王德修书》其三是一篇充满高远志向和激昂慷慨之情的书信,最能体现方孝孺书信文的特点,中云:

> 仆始见许君,以为尚可多得。及行天下遇四方士大夫,或乘气舞智以为通,或苟冒无耻以为能,或逞其纤毫之技以夸世自足,求一二于千百而不可致,然后知君为难得也。士不知道盖久,世所推仰者惟在乎文章。文者,道所不能无,而非所以为道也。仆深厌之,深病之。每抵许君,未尝不有以发我意,其可以共论此事,以进乎圣贤之庭户,而天遽夺之,不知天者竟若何!寿考富贵,常不惜施诸鄙夫庸人,而恒与豪杰之士竟,此果何理哉?得非众人取于造物者少,故其生成也易,所受大者取于造物者过多,故天有所不能支,而自拔绝摧踏之耶?(《逊志斋集》卷九)

感情激昂,起伏不止。《与苏先生》一文,为苏伯衡(1360年前后在世)欲论次宋濂遗事而作,文中感慨宋濂"末年遭罹飞语,一子一孙死于祸,而家迁身放,卒于异乡"的遭遇,议论慷慨:

倘不得有道而能言者,白其本心,告之万世,暧昧之人谤,人将惑之,非特忠贤受抑于无穷,且俾圣朝有知人未明之损,岂细故哉!宜乎执事有意于图之也。千载之间,士之蒙诬受诳者何限?远则司马子长以言语被刑,蔡邕以慨叹受戮,近则程叔子有贪黩之谤,涑水公遭奸党之名,其他挤于险波之人,污于朋党之论,生不得诉冤于朝,殁不得返葬于里者,不可胜计。然其心迹卒光明于后世者,赖有明士端人断以天下之公是非,而不惑于流俗一时之私意。(《逊志斋集》卷九)

由宋濂的遭遇联想到古仁人志士或被刑,或受戮,或遭贪黩之谤,或被奸党之名,慷慨激昂,悲愤填胸,一泄于文字之间,读之令人血脉贲张,感慨不已。

第二节　明前期书信文

明前期诸作家皆循良,少有谈及个人情感的书信文,他们的书信文多公事往来。此期的书信文往往循守理道,出处皆以圣人之道为归依,努力控制个体情感,而且多久历官场后的蔼然长者之言,心气平和,和平温厚。此期的书信文往往写得非常朴实,不加修饰,甚至有很多口语化的文字。代表作家有杨士奇、胡广、谢铎、李东阳、罗玘、陈献章等。

杨士奇(1365—1444)的书信文也多蔼然长者之言,和平温厚,颇见性情。如《示鹓侄书》云:

> 岁前两得汝信,知吾家消息。又闻汝兄弟频频过家中,照顾婶病,足见亲爱之厚,甚感,甚感!只是稷子不才,不肯交好人,惟务外饰不学,陷为不肖子。汝与弼都无一语教之,此却不见亲厚之意。今后切望严督之为嘱。汝父七月以来多病,今已向安,甚慰吾之怀想。汝兄弟善奉养,不可频作非理之事,以激恼老怀。吾秋间必归展省,今录诰命,先付汝观之。
>
> 吾仕京师三十年,未尝敢萌一毫分外之心,为一毫分外之事,人所共知,汝兄弟岂有不知者?近年乡里有一样害民小人,为御史、布政司、按察司、府县之官所治,又有一贪利之人,假我之名为他解释,称是我亲戚、是我学生之类,多者得数十两,少者得十数两。此样人今有死者,亦有罢官,亦有尚在而悛者。天地神明,鉴临在上,如此攫财,岂能长远受用?今朝廷遣内官、遣大臣来江西,专为扫除奸弊,以安良民。圣旨甚严,吾家当谨守法度,不可学俗人粗心大胆,仍前谒见上官,为人求解,以苟微利。切戒切戒!料尔兄弟平日所为,未必尽善,今幸得免无事足矣,切不可听人鼓诱,又去管事。虽至亲有事,亦不可管。汝若不从吾言,必累身家,必累父母,为祸不轻,切戒切

戒！我已有说矣，但有人假我名解事者，必奏知，汝兄弟切勿堕此陷阱也。吾为保宗族之故，特书此示汝，切不可示人也。(《东里续集》卷五十一)

文字不加任何修饰，纯任自然，全为口语，没有安排结构痕迹，拉杂说来，谆谆切切，苦口婆心。但这只是事情的一个方面，杨士奇晚年溺爱自己的儿子，百般维护，最损令德，李贤《杂录》记："士奇晚年泥爱其子，莫知其恶，最为败德事。若藩臬郡邑或出巡者，见其暴横，以实来告，士奇反疑之，必与子书曰：'某人说汝，如此果然，即改之。'子稷得书，反毁其人曰：'某人在此，如此行事，男以乡里，故挠其所行，以此诬之。'士奇自后不信言子之恶者，有阿附誉子之善者，即以为实然而喜之。由是子之恶不复闻矣。"(《古穰集》卷三十)

胡广(1370—1418)的书信文绝不过度渲染个体情感，如《与杨谕德》云：

> 士奇谕德相公足下：向者临江分手，老兄依依之情见于颜色，仆心知之。然仆以扈从之荣，千载一遇，志壮气锐，遂尔不觉，未知老兄视仆何如？平生想慕中原，历览奇胜。此行渡江涉淮，驱驰三千余里，经古名郡，又日参侍鸾舆以备顾问，人生之游孰有逾于此者。(《胡文穆公文集》卷十六)

表达了志意满足的情状，但在公私之间，则有取于公，于个人情感有意地加以控制。胡广久历官场，性情陶养得十分平和，如此信中描写退朝情形云："向行李中绝不曾带书籍，退朝静坐一室，有如盲人，惟记忆古诗数首，时一吟咏耳。然无他事相聒，胸中澄淡，亦甚畅适。"这种澄淡畅适的感受正是明初书信文的鲜明特征。同时，胡广的书信文又极为恳切，绝少做作，如《与解检讨》云：

> 去春之别，转盼又复一岁，企望之情，无日不尔。人来，屡询动

履,知近况清佳,甚慰无量。久欲致问,以多事匆匆,阙于奉状。广居此粗安,无足为道。长儿穜,放荡不检,欲遣其南归。次儿穆、幼儿穗,欲托崇述、孟简,早晚训之,已尝致书达此意,犹望一言,从臾成就。(《胡文穆公文集》卷十六)

胡广的书信文,屡次向杨士奇、解缙诸人谈及儿子管束问题,其间不无护子之意,但要求严格管教却也是实实在在的,毫无高官的傲慢和骄纵。

明代书信文中有论学一体,特别是阳明后学诸家,书信文成为他们表达见解,争辨理道的载体。而在此前,陈献章(1428—1500)的书信文就多有论学之言,但也有的写得比较随意自然,如《与贺克恭黄门》:"人无气节,不可处患难;无涵养,不可处患难。如唐柳宗元,不足道。韩退之平日以道自尊,潮州之贬,便也支撑不住,如共太颠往来,皆是忧愁无聊,急急寻得一人来共消遣,此是无涵养。若坡老便自不同,作《示虎儿诗》云:'独倚桄榔树,闲挑荜拨根。谋生看拙否,送老此蛮村。'又云:'日啖荔枝三百颗,不妨长做岭南人。'此皆是患难奈何不得气象,何其壮哉!"(《陈献章集》卷二)

谢铎(1435—1510)的书信文多亲切蔼然,循循守辙,不故为夸饰,心气平和,言语平实。如《与陈儒珍》:

弘谧书来,具知出处之详,已决意独往矣。孤高孑立,莫之与群,俯视吾侪之依违终日,而进退无据者,得失岂直万万哉!然在明时,而使有如兄者终于不偶,若是所系,殆非浅浅也。或者求其责而不得,顾以归之造物焉。於乎!此固君子所以自处而非所以处人也,兄以为何如哉?昔人有言,君子不以一时名节为至,而进德终身之可慕。充此以往,孟子又大有着力处,未可遽以自足而不复有事也。此固兄之所熟闻而素履之者,铎何足以知之?而犹渎告不已者,盖朋友之谊,而天下之义理,固亦未尝有穷也。辞不悉意,惟情亮不一,铎再拜。(《桃溪净稿》文卷三十四)

一方面对陈儒珍失意而归隐表示理解,但又不认同这种选择,主张以圣人出处为归依。惇切言之,坚守理道,而表述平和。谢铎书信文中,常引述圣人之言,尤其是朱子之言,于此足见理学在明前期之深入人心,真正成为士人思想、行为、言说的依据。谢铎在书信文中常常表现得谦抑自下,亦常有真情流露,朴实自然。如《与李侍讲宾之》云:

> 铎忍死仅克襄事,而荼毒颠陨之余,百念废沮,无一足道。慨念畴昔所以教我爱我者如此,其至诚惧,无以仰答盛心,以少酬知己于万一,用是益重不孝无涯之悲。俯仰局促,几无容此身于天地间也。敷五、亨父后先殄瘁,何可胜悼!二公者,要皆天地间有数人物,如是而生,如是而死,其所关涉,岂浅浅哉!哀苦中得此,益用於邑,不能不致疑于造物者之无情,而重叹吾党之益孤也。(《桃溪净稿》文卷三十四)

一方面感念圣恩,一方面也透露出一些身在政治漩涡中的谨慎小心。在现实政治中,一旦临民临事,谢铎是属于敢于为民请命的人。《复吴原博侍郎》一文(《桃溪净稿》文卷三十四),为民请命,动之以情,晓之以理,而能平心静气,并不激切难控。

明初以来,书信多言公务政事,一以国家职责为重,少有谈及个人感受的,即使谈及也都小心翼翼,尽量加以克制。李东阳(1447—1516)则多将自我心绪披露于人,如《再与刘东山先生》云:"何生来,知道体康适,但不得一字为恨。区区心迹,无以自明,私窃揣度平生,故旧亦不相信,而何生乃能备达吾兄之意,若冥会而遍照之者。世犹有知己存焉,死不恨矣。"(《怀麓堂集》卷七十)李东阳晚年在政坛上受到各方面的攻击和挑战,此信中未加明言,但矛盾和孤寂的心境显露无遗。《答乔希大书》云:

> 走处身无状,不能勇决必退,以逃贪冒之讥。凤昔初心,中间事势,皆希大所深信而洞烛者,无容喋喋。(《怀麓堂集》卷七十)

其内心之苦闷可以想知。刘瑾用事,当年与李东阳共事的刘健、谢迁并黜而去,独有他留下支撑局面,来自朝廷的不满和发自内心的矛盾造成了他心态的不平,故创作中亦不复台阁的雍容,而多为自己辩解。

罗玘(1447—1519)崇尚节义,且遇事敢言。当李东阳留阁与刘瑾周旋之际,罗玘作《寄李西涯先生书》,极言其不可:

> 生违教下,屡更变故,虽尝贡书,然不敢频频者,恐彼此无益也。今则天下皆知忠赤竭矣,大事亦无所措乎手矣,《易》曰"不俟终日",此言非欤?彼朝夕献谄以为当依依者,皆为其身谋也。不知乃公身集百诟,百世之后,史册书之,万世传之,不知此辈亦能救之乎?白首老生,受恩居多,致有今日,然病亦垂死,此而不言,谁复言之?伏望痛割旧志,勇而从之。不然,请先割生门墙之籍,然后公言于众,大加诛伐,以彰叛恩者之罪,生亦甘焉。生蓄诚积直有日矣,临缄不觉狂悖干冒之至。(《圭峰集》卷二十一)

其文痛切而真挚,在那个极重师生关系的时代,如不是出于为国之念,绝不会做出这种"谢本师"的举动。

第三节 明中期书信文

明中期的书信文大多质直言之,不故为清雅,不过多修饰。朋友同僚之间无谀词,无隐情,多发自肺腑。同时,他们怀着理想主义精神,坚守道义,正直不阿,敢于抗争,壮怀激烈溢于书中。

吴中诸子中,祝允明(1461—1527)长于书信文,除却官场往来书信,与朋友之书大多不事修饰,言语琐细,而词意恳切。《与都穆论却饭书》一文(《怀星堂集》卷十三),文甚长,却都是在劝都穆注意吃饭,拉杂写来,文字不加任何修饰,如数家常。祝允明的书信文,往往直抒胸臆,尤重人生感受的抒写。如《与施别驾书》云:

> 仆之少也,窃幸生于贤邦仁里,而出乎诗礼之庭。当是时也,恬然不知米布之价,况余事乎？日惟从先人求纸笔耳。闇室独坐,每自泰然而喜,以为生得内外尊长之诲迪,若是,不二三十,当粗成人也。忽而授室,俛而抱子,曾未转首,而继遭大罚,群美顿革,霍然如电掣星过,凡举其所恃以泰然者,邈不知所在矣。(《怀星堂集》卷十三)

在人生感慨中,包含着回首往事与面对现实时的伤感和无奈。他的书信也有写得意气自得的,如《九日请客》:"登高落帽,皆为风师雨伯阻之。虽病齿少饮,安能郁郁独抱膝坐屋子下,对淋淫者乎？驼蹄已熟,请午前来,呼卢浮白,共销之也。"(《怀星堂集》卷十三)已可见明后期书信小品之风范。

前七子中,康海(1474—1540)以文见长,现存诸文中,书信文最为突出。康海因被冤为刘瑾之党,罢职为民,胸中一腔愤恨无以泄之,故每于书信中言之。如《与寇子惇》自言:

> 放逐后，流连声伎，不复拘检，垂二十年，虽乡党自好者，莫不耻之……阮籍之志，在日获酩酊耳，三公万户，非所愿也。仆蓬首跣足，已逾半世，苟得优游行乐，决无他想。言虽激聒，肝膈尽露，诚欲安分丑居，不欲妆束搽抹，重为流辈诋诮耳。有丑妇被逐者，借邻女之饰，更往谓夫曰："曩以不修，子固弃妾。今修已，子何辞焉？"其夫趋而出，其姊止之曰："一出已羞，更入何求？"其言虽鄙，可以理喻。(《康对山先生集》卷二十二)

何瑭曾论康海云："对山康子，其殆学圣人而未至者乎？其才甚高，其气甚豪，其性甚真，其言行则不切切于规矩之内。其取重于当世以此，而见谤于世亦以此。"(《栢斋集》卷十《康修撰对山墓表》)康海的书信文正是才高气豪性真之作，满腔郁愤，喷薄而出，往复唱叹，一气贯注，不复检点文字。

康海才高气傲，一旦蒙冤，英雄豪气转而为声色自娱，再转而为任意纵荡之文，其文气之充沛，意态之狂放，胸怀之激荡，颇有似于司马迁。《与彭济物》云：

> 仆自庚午蒙诏之后，即放荡形志。虽饮酒不多，而日与酩酊为事，人间百事，一切置之。此不但信于乡人妻子奴仆也，盖素性疏懒，偶因官秩，羁系数年，若招豚擘鹰，而一旦得此，中心之快，实有人所不知而已独知之者。自东方多事以来，闻其骁傲无状如彼，即或奋然有攘臂之意，随复自笑自詈，以为狂奴犹尔不量，即又饮酒散发，跣踞林麓。此其性习之已成，激之不返，虽三公之贵，刀锯之辱，不可夺也，况数硕之粟，半幅之纸乎！仆自幼支谩无状，性好是古而非今。始仕时，望见先皇帝宽仁大度，即自私拟，以为皋夔稷契之业可以复见于今，而狂放易言，略不修饰。至皇帝嗣位之后，又见其英毅果断，益喜益负，以为鄙志究当于此。一时交与之士，反覆轻易不俭，惟仆言是。是故谩论讥说，略无忌畏，日就月将，几蹈奇祸。幸免杀身而归，而二三者又补砌所无以为真有，使仆含垢于有罪者之籍，与不肖之人同被驱放，上辱两朝作养之恩，下累先人涓介之业。生平微志，

付之秽途,情苦心局,不复自爱。(《康对山先生集》卷二十二)

今日之放纵与昔日之雄心,感念皇恩与关心时事,交织在一起,欲忘忽辩,欲辩又止,心中之苦在茹吐之间,其苦可叹,其心可哀。信中又自陈不可当于世者五和不可出官者二,又表现得疏放狂傲,不屑于缚己应俗,同时又志计周详,于官场手段了然于心,不愿违心求官。本段文字,旨趣从嵇康《与山巨源绝交书》出,而颇有新意。通篇以古文笔法行文,运之以气,而气复上下浮荡不宁,悲慨交集,忽忽变化,造成了感人的艺术效果。

李梦阳(1473—1530)的书信文,"尚多己意,纪事述情,往往逼真"(袁宗道《白苏斋类集》卷二十《论文上》)。就书信体式与风格来看,李梦阳的确是一个富于激情的人,他对自己充满自信,坚守复古信念。如《答黄子书》云:

> 自邑来,辱致华牍奇帙,兼之高篇,展之烂然,诵之铿然,目之苍然渊然,盖所谓希世之珍也。仆潜伏空谷久矣,跫然之音胡为乎来哉!夫志士死道,贪夫死财。故揽仁收义,汲汲若不及者,君子之所以树名;慢藏深积,孜孜若不足者,小人之所以秽身。故曰:有若无,实若虚,公私之用别,而务得之心一也。仆西方之鄙人也,少鲜师承,白首多歧,独往虽力,挟持则寡,甘心丘壑,弗求闻知者,垂二十年矣。(《空同集》卷六十二)

慷慨悲愤,陈辞激烈,充满着不屈不挠的斗争精神和追求道德人格完善的胸怀,有着感人的力量。《与何子书》二首其一则全不加修饰,直言其事,直抒其情:

> 仆静观性命之变,穷通显晦,断断有默定之数。通显即无赖亦进用;苟穷而晦,叔向、柳下惠不获免也。以仆至公极廉,脱履富贵,诚利于国,死生以之,犹不免大恶之名之加,他可知矣。仆此一言一动,悉为仇者所搜罗,江御史搜罗者二,吴廷举者二,淮人者三,然竟若斯

焉矣。仆私谓勘官:勘毕必酸心流涕,痛我之冤而愤谗说之易扇,而今乃反尔尔,可笑也。(《空同集》卷六十三)

何景明(1484—1521)书信文,大多遇事而发,侃言直论,无所畏避。何景明有三封信最为有名,一是为刘瑾挠吏部权事而写的《上许太宰书》,一是为李梦阳辩护而写的《上杨邃庵书》,一是为谏止李东阳上疏引退而写的《上李西涯书》。乔宁《何先生传》称:"三书皆非身事,而抗言尊显,语涉时忌,议者谓忧国怜才,古人莫加也。"(《何大復集》附录)如《上杨邃庵书》云:

> 今有操独行、秉廉节而干众恶、负集毁若李梦阳者,明公在上,何可弗少加察而一援之也?夫仆于阳,非敢谓其无过也,自崇而弗下人,太狂而弗识时,多愤激之气,乏兼容之量,昧致柔之训,犯必折之戒,此其过也。若其饰身好修,矜名投义,见善必取,见恶必击,不附炎门,不趋利径,处远怀不招之耻,处近执莫麾之勇,在野有兔置之武,在公著素丝之直,立志抗行,秉心陈力,咸可尚也。前与御史相忤,同党交构,恃其贞介,不服文法,遭延无已,固其自取。尊达至为不悦,缙绅靡然诽笑,言官亟诋于朝,法吏深鞫于狱,惟恐摧之弗披,辱之弗窘也。嗟哉,亦已甚矣!(《何大復集》卷三十二)

何景明为李梦阳辩护时,并不回避他"自崇"、"太狂"、"多愤激之气"、"乏兼容之量"的性格缺点,这不仅没有贬低之意,反而为下面对李梦阳好修投义、扬善抑恶、不附权门、立志抗行等人格风貌做了很好的铺垫。《上李西涯书》(《何大復集》卷三十二)提出国家糜烂之际,求去不难,勇于任事、不顾利害则难。李东阳独撑危局,故上疏求去,自有其难处,而何景明此书则全从大义出发,为国家念,请求李东阳不要于此时"保身完名",用心良厚,忠义之气贯注全文,气局浑厚,胸怀宽广。

复古派比较重视尺牍一体,李梦阳、何景明已如前述,从他们的创作看,尺牍应该属于"文",即一气贯注、有篇章安排、讲求法度的文章。他们对时下流行的琐碎零散、不成篇章的"辞",持贬斥态度。黄省曾(1490—1540)的书信文也符合他们的要求,如《寄北郡宪副李公梦阳书》云:

> 省曾,河南汝宁人也,国初以武弁家于吴,今为吴人。少从诸生,困踬奇薄,无风云之便,阻遏攀造,然蕴心积虑,非一朝矣。曩时常谓,丈夫生世,进不得振耀王庭,扬搉治体,恢展经济,发挥圣谟,即当裹粮蹶躚,周游五岳,穷览六合,舒豁襟抱,选长林,庐大壑,撰造一家之言,以垂不朽。告之交识,或笑或赏,白岩先生遂呼为"五岳山人",赋诗宠行,将追向平之高踪矣。计惟发轫时,即溯黄河,薄庋宋都,登龙门,伏下尘,以咨叩大君子洪蕴,究讨文章指归,庶几不虚皓首。(《五岳山人集》卷三十)

此文讲求结构,法度精严,慷慨激昂,意气自得。同样的书信文还有《答蔡羽书》,安排在有意无意之间,意脉贯穿,奇气寓焉;《寄参赞乔公宇书》、《与王文恪公论撰述书》等,也都写得疏密有间,精严有度(《五岳山人集》卷一、卷二)。

王世贞评陆深(1477—1544)尺牍云:"尺牍结法,无一句苟,虽寻常空人语,施于所亲狎者,亦精审遒密,有二王遗意。"(《陆文裕公行远集》卷首《国朝诸公品鉴》)如《家书》二则:

> 吾儿论吾转官事,此自有定命,断非人谋可与也。望人荐引,防人排挤,此等意念,一毫不可留置腹中,便成妒忌种子也。吾一生官资十余转,皆未尝有所择。今官清燕,可以省事,可以养生,亦可以寡过,吾未厌也,知之。
>
> 大凡讲学须明经,明经以经世为大。吾儿此行游诸老,间亦有所观法乎?读书之暇,亦须处置家事,别辨男女,洒扫室堂,羞洁祭祀,应接宾客,钤束婢仆。问理园田之类,略略经心,但不可为利耳。吾少时读书,亦只是随世俗以图荣华温饱,故不能大有为于天下。吾儿当以远大自期,立志以明道希文为的,勉之。(《陆文裕公行远集》卷

十三)

所写皆应世之理,谈及读书、处家、做官之事,文字极平实,但又不流于拖带,这样的文字非心意澹定、胸怀淡泊者,不能写出。《请沈西津小简》则是一派清雅,正合王世贞"精审遒密"之评:

> 微雨淡云,正是养花天气;轻舟短棹,雅宜沽酒溪桥。人生行乐,春事将阑,倘高盖之惠临,见大川之利涉,青刍白饩,薄言具之,茗枕炉薰,聊复尔尔。(《陆文裕公行远集》卷十三)

唐顺之(1507—1560)的书信文有两个特征:一是长于持论,不论是论政还是论学,都逻辑严密,辞理通透;二是不复计较文字之工拙,直写胸臆,如俗谚所谓"开口见喉咙"。如《答李中谿御史书》云:

> 且夫抚按之权,举劾最重;百官之所以劝惩,公道之所以开塞,其系于抚按,举劾亦最重。然而今世所谓举劾者,仆窃异焉。仆尝备员郎署矣,尝日得邸报矣。或曰今日某巡抚举劾奏至矣,仆不问而知之矣,何也?其所举者,可不问而知其必藩臬方面大官也;其所劾者,可不问而知其必通判、县丞小官也。其所举者,可不问而知其必牵朋联伍不数十人不止也;其所劾者,可不问而知其必寂乎寥乎才三两人也。如此则贤者尽大官而不贤者尽小官也,则是贤者甚多而不贤者甚少也。夫使贤者尽大官,又使贤者甚多而不贤者甚少,则宜其政平讼理,苞苴不行于上,怨毒不结于下,天下可以卧而贴贴者矣。而顾不能然,则是大官不能尽贤与贤者不必甚多,不贤者不必甚少,则彼举大而劾小者,无乃大官则足以树恩而小官无伤于任怨也欤?又无乃势弱者易凌而根固者难拔也欤?而其所举所劾之多与少,又无乃厚市恩而薄引怨也欤?如此则人心奚而得劝惩,公道奚而得不塞也?(《重刊荆川先生文集》卷五)

唐顺之有儒者胸怀,有心学修养,见事通透,洞见本质,又有经世之才,关心现实,且有真知灼见,这些都可以在这封信中看出。明代书信中痛骂政治、指斥时政的内容很多,但多为情感的发泄,只求痛快。而此信则以对现实政治中弊端的深刻认识和敢于直言著称,其胆其识都令人敬服。唐顺之与朋友交,往往披心沥胆,以大义直道相砥砺,没有客气和故作优雅的虚言。如《与洪方洲》云:

> 近来觉得诗文一事,只是直写胸臆,如谚语所谓'开口见喉咙'者,使后人读之,如真见其面目,瑜瑕俱不能掩,所谓本色,此为上乘文字。杨子云闪缩诡怪,欲说不说,不说又说,此最下者,其心术亦略可知。眉山子极有见,不知韩子、荆国何取焉?近来作家如吹画壶,糊糊涂涂,不知何调。又如村屠割肉,一片皮毛,斯益下矣。试质之兄,其有会焉否?(《重刊荆川先生文集》卷十)

这类书信与唐顺之的思想有关,涤除文字之习,一意向学,是他的志向。由于唐顺之能够"洞见天理流行之实,而后能脱洒"(《重刊荆川先生文集》卷七《与蔡子木郎中书》),主张"但据胸臆信手写出如写家书"(《重刊荆川先生文集》卷七)(《答茅鹿门知县》),故他的书信文以平易自然、平实畅达为主,不避俚俗。

归有光(1506—1571)的书信文有两个方面值得注意:一是守道之心常在书信中拳拳言之,如《山舍示学者》云:"窃以为科举之学志于得而已,然亦无可必得之理。诸君皆禀父兄之命而来,某固不敢别为高远以相骇眩。"(《震川先生集》卷三)明道与逐利之别是科举制度与生俱来的矛盾,归有光对此体会最深,但仍要固守儒道。他所说并无太多深见,只是一般常理,但言之拳拳,蔼然可亲。二是基于人伦日常而生出的伤感之情。他八上公车不第,困于一隅,造就了他易于感伤的性情,其书信之感人处就在于其中所浮现的这种感伤情怀。归有光晚年书信文,多上当政书,委曲婉折,自叹为官之苦,如《上瞿侍御书》:

> 吴兴西,古郜南属,在山水穷僻,龙蛇虎豹之与处。黾勉二载,拊循孤穷,以不负孔子之训。诸奸豪大滑不便者,亟腾谤议,当道怜之,不加黜谪。然羽翼摧残,形神惨怛。方图所以自解而去,因见阁下加奖拔之语,以为士固伸于知己,自此意气复生,方将刷饎于尘垢之中,奋拔于泥涂之内,振迅于厄塞之区。(《震川先生集》卷四)

这种寒热之际的变化,显示归有光底气不足,未免于诉求援手之态。

茅坤(1512—1601)古文创作成就较高的是书信,特别是遭罢黜之后,言之颇动感情,如《复丹徒邑谕唐白野先生书》:

> 解官南还,承公手书,呜咽嗟容,若将吊不肖之夺官,而又怜非其罪者。虽然,公读古今传记,当上下数年矣,其间可悲可咤、可愤可涕之事,不知其几。金、焦之下,大江之浒,得无犹有渔父鼓枻歌而过者乎?归来山中,左手持《南华》,右手持棋局,醉则援笔赋文章,稍稍淋漓宴嬉,以泆其丘壑之思。或自一道也,幸公姑置之。门下之士所当从吏时旧游,或他乡先生讯及,为报曰:"已草《北山移文》久矣!"其言似不恭,不当闻于丈人行,恐公远念,故不得不以所自适者发公一笑也。(《白华楼藏稿》卷三)

茅坤书信文往往情感激烈,意气悲慨,抒写自我在现实中的失意,更有一种基本的表达路径,即将自我置身于古今间加以对比,从而使文章获得了深厚的历史感,而不仅仅局限于个体得失,从而产生了动人的力量。《与董浔阳内翰书》(《白华楼藏稿》卷二)亦为佳文,将人生失意、壮士伤怀的情感表露得淋漓尽致,古今与时序的变迁更增添了一层浓厚的伤感。

后七子多以尺牍名家,张子光、项伯达曾辑《七子尺牍》,七子为王世贞、宗臣、吴国伦、徐有誉、梁有誉、谢榛、汪道昆、王世懋。王世贞说:"余友人济南李攀龙、歙汪道昆、吴郡俞允文,皆雅以尺牍名。李无所不刺濯,汪、俞虽各自异,要之,造次无苟率语。"(《弇州山人四部稿》卷六十五)黄体仁《王李两先生尺牍叙》将王世贞、李攀龙与苏轼、黄庭坚并称,云:"君家难弟尝刻眉山、豫章两先生尺牍矣,而先生实操其衡。今济南、娄江,方之两先生,可当雁行,令古今分则四绝,合则双美,亦千秋快事。"(《四然斋藏稿》卷首)

王世贞对李攀龙(1514—1570)的尺牍评价很高,《书李于鳞集后》云:"尺牍之所输写奇辞澹言,纵横溢来而莫能御,恐非北地、信阳所办也。"(《读书后》卷四)李攀龙《与宗子相书》之二云:

> 邢州太守奉职无似,图圄空虚,一日治牍,十日为布衣之饮。斋阁海内,旁若无人。郡城之楼,不下百尺,西望太行,东望漳水,北眺神京,一瞬千里。归复雷雨,乃歌《黄榆》诸篇,以敌其势,则响振大陆,秋色漂飒,颇乎就醉,遂极千载。品物五子于中原,右宗左徐,哀吴郎之去国,悼梁生之不禄。是时也,曾皙、牧皮为未狂,他岂暇论哉!月晦兴尽,骊驹在道,握手水洛之上,黯淡不语,某虽僻惰,旋亦自失也。(《沧溟先生集》卷二十九)

读此信,乃知王世贞所评非常准确。李攀龙书信善于表达波荡起伏的情感,纵横变化,出没无常,并且出之以"奇辞澹言",刻意于语言创造,改变古文平易以至流于浅弱之弊。有些书信也许有些生涩之感,但不能否认他的创造性。又如《与王元美》之五:

> 雨雪入关,道经二华,遥见三峰插天,白云如练,往来其下,秀色射人。长安、咸阳,即复萧索,徒见汉家诸陵返照间而已。回中西北,见皆丘垆,空同笄头,硁硁自异。然已近塞,风气荒凉,大率秦、陇震荡之余,至今室家尚无完堵。一二僚友,人人自危,虽有华榱,缉芦而寝,某有一二孺子妾,方如幕上燕矣。(《沧溟先生集》卷三十)

眼前景、心中意、地方事、国事、家事尽收一信之中,境界阔大,意象雄浑,慷慨激昂,是一篇上乘之作。

王世贞(1526—1590)是明代书信文大家,主柄文坛,官至南礼部尚书,故书牍甚多。上当政之书,典雅正大,温雅从容;与故旧同道,则剖白心腹,慷慨激昂。中年以前之作,朋友同道之间,以道义相励,颇多慷慨激昂之气。行文以气,整饬浑雅,情怀激荡,文字亦复如之。如《李于鳞》云:

> 萧寺握手,邈若河山,既别之后,意更深矣。舟中忽忽,无可与语者。凡所接,类作贵人态,罄折咸施,相寒温而已。近天津,迅雨乍过,波涛人立,远不见天,茫茫尽白,独立舷际,神王气豁,怅然不携于鳞共赏也。已命酌,尽一斗,则取于鳞长篇十绝,为曼声歌之,浮云不流,鱼龙若竦。稍间,复靡而按之,悲风飒来,不能自禁,泣数行下。嗟乎,颇仰上下,人代河山,倏忽咫尺,得其几何?三十之年,仆垂及矣,肝胆委拆,仅一于鳞,又焉别也!(《弇州山人四部稿》卷一百一十七)

王世贞与李攀龙志意相投,不仅有同派同道之谊,还有相同的政治际遇,正是这些把他们联为一个整体,因而特重情谊,于离别之际几于不能自持,别后相思亦复温凉同感。但他绝少作悲凉失意语,而是高自标置,意气慷慨,对知己之情的感怀,对现实的愤慨,以及乐对未来的自广之语,无不悲慨交集,真情流淌。中年以后,王世贞久历官场风波,唱和六子亦多亡故,故多伤逝感怀之言,不复有慷慨激昂之态,虽饱历风霜,但意态悠然,温雅从容。如《与陆舆绳》云:

> 别后以五鼓发舟,凡三宿而抵家。则长者之妙音声,时时在耳。舟中小简,聊命笔为亭记,如秀首座作偈,欲呈忍大师,辄面赤汗下。而沈生曰:是无碍针水契也。遂请而书之,彼且欲为骨董先容耳。元驭宗伯见即问兄,然以兄所诣证之,彼不甚首肯,异日恐非两棒一喝所能了也。手疮痛不任笔,亮之。(《弇州山人四部稿》卷一百七十)

信中依然如前期,颇重情谊,但不复有激昂之态,而表现得从容淡定,隐隐透露出心境的超旷。此时王世贞对现实政治早已没有了前期的悲慨激

昂、意气风发,而体现出饱历风霜后的平静和透达。又如《与陈仲醇》云:

> 作小诗挥洒,及夜卧搔背痒时,辄思睹足下烟霞眉宇耳。审尊人万福,次君得入试焉为慰。足下天才溢发,秀语匠心,故与蒲团不相妨。身隐焉文,此犹未是实际语,慎毋使泉石落寞也。仆违心而出,去东山一步地,便成千里,悔何可言。孟孺归,附此,不悉。(《弇州山人续稿》卷一百八十三)

对于隐逸有了深切的同情和理解,"慎毋使泉石落寞"之语颇有明后期风韵。后七子处于中后期之交,对尺牍一体有自觉的理论意识,汪道昆云:"尺牍,辞命之流也。……尺牍之体稍稍与文殊……今之善为尺牍也者,文也,非辞也,其未尽善也。"(《太函集》卷二十六《五岳山人尺牍序》)强调文与辞的区别,更倾向于承认尺牍是"辞"。王世懋也说:"汪司马伯玉最称有法,而吾玉叔用在意法之间,俱能上接汉晋,下陋孙黄。"(《王奉常集》文卷九《五岳山人尺牍序》)一方面强调尺牍属古文一体,应该讲求法度、格调,另一方面也以汉晋赵宋尺牍为榜样,反映了转折之际复古理论的复杂性。这样的见解是有创作支撑的,王世贞的书信文就是代表。他的书信既有复古派所强调的法度、格调,即"文"的一面,也有"辞"的一面。胡应麟坚持"文"的理想,认为王世贞、汪道昆的尺牍都是"辞"而不是"文"(《太函集》卷二十六《五岳山人尺牍序》引),正是有见于此。

宗臣(1525—1560)胸怀坦荡,忧国忧民,于世风日下之际满怀忧愤,于朋友同道深情相待,他的书信文在明中期书信中最令人感动。如《报何侍御》云:

> 世道日趋,士节日堕。缙绅先生高冠华舄,乘良刺肥,雍容云霄,坐期鼎彝,其视国家利害大计若罔闻知。不当其事者,委之分有所拘;即当其事者,又委之事有所制。惟取夫不切利害之端、亡关身家之策者,稍稍补缀便已,赫然称才,雄视流辈矣。(《子相文选》卷五)

明人尚气节,争相上疏,疏论天下大事,然官场斗争又几于无是无非,故宗臣在这里指斥士风疲薾,沉痛激烈。《报刘一丈》更是传世名文,兹不备举。宗臣于是非决不含糊,于朋友却能情意深长,《报陆长庚》于陆氏生活之艰困深表同情,于亡友更表达痛切之情。文末有郭次甫评曰:"子相情重之士,想其风神,确厌此世界者,观其于别离生死而知之。"(《子相文选》卷五)此文通篇并无大议论,而执着于朋友离别生死之际,其深切真挚之情萦绕于胸中,流淌于笔端,具有不可抗拒的感人力量。《报明卿》(《子相文选》卷五)更斤斤于诸子之离散,情谊真切,知己之情跃然纸上,令后人读来,想知七子结社于京城,盖因缘于情感的交流与感召,非徒论文评诗。全文不求转折变化而变化自出,于此足知古文之高妙,妙在心灵独运,决非斤斤于词句之间所可达至。宗臣书信往往情深意长,并以此情意挽结成一股气,行文以气,故能够泯灭痕迹,可称佳作。

汪道昆(1525—1593)尺牍大致可分为任职与在野两种。平倭闽越与巡视北边时期的尺牍,多就时事而论,皆平实恺切,谆谆言之,颇有见识。在野期间则多朋旧往来,表现出饱历风霜后的悲抑与感慨,而豪迈之气激荡于中。如《戚长公》云:

> 长公居塞上,仆入山,相去不啻县寓。程使君未还县,未得长公报书。传闻司马论海上功,长公进秩。自长公视此固若有之,顾起家万户,位极人臣,亦吾党之休也。今岁深入黄山,谢客断酒,将有事著述。顷之自誉,逾月竟不能构一辞。时而偃卧,时而漫游,迄今始识山林乐地耳,四方之志梦寐不萌,盖庶几乎真隐也。独与二三翁弟,商确壮游。俟长公长驱大漠,收破虏功,幸得载之后车,纵观羽猎,命酒行炙,与部中乐之,国士称觞,胡雏奏伎,酒酣授简,仿佛子虚。他日内之归橐,藏之故山,固古昔之所夸词人之盛节也。(《太函集》卷九十七)

复古派作家以积极入世的精神面对现实,表现在书信文中,往往激昂悲慨,一气贯注,而行文多转折,往复唱叹,颇有质直之风。汪道昆的书信亦是如此,具有慷慨激昂、转折多变的特征。

俞允文(1513—1579)是明代著名山人,为王世贞所赏,名列后五子。但他不像其他山人那样奔走投靠,而是"好里居,又善病,病辄不出应客。家人数米而炊,旦夕不办治饭,即且治糜耳,终不能有所干谒"(王世贞《弇州山人四部稿》卷六十四《俞仲蔚集序》)。他的书信文虽多谦抑自下,但并不低头折腰,并且屡向知己敞露胸怀,是一个因"善病"而"善感"的作家,情感真挚自然。如《答张中丞书》云:

> 恭惟明公不遗壤室疵贱,召见舟船,接逾涯,实倾群听。复承垂眷,欲因元美园亭,招待清宴。某不敢依违遇陋,辄便追随,奉陪末坐。于时益复脱略,弘以古人之礼,虽长孙能废龙丘之癖,次公不弃许公之聋,无以过也。不图头风窃发,蹙颇攒眉,偃仰众中。有坊(当为"妨")明公之威重,竟逐辞避。深村老生,疾根顽固,遇明公而不知自解,即孔璋之檄,将复奚为?抑曹公之多衅,而不能不错愕于檄词?(《仲蔚先生集》卷二十三)

本不愿去,却说出一番生病的理由,显示出山人的孤傲,但要能像这样说得得体亦复不易。徐渭在宣府期间也写过这样的信,但一片孤傲之情溢于言表,这大概是因为二人性格不同的原因。

在七子派之外,徐渭(1521—1593)的尺牍,既无复古诸子的古文气,亦无晚明文人的工雅之气,纯是性灵文字,往往信笔挥洒,纵意所如。如《与柳生》:

> 在家时,以为到京必渔猎满船。及到,似处涸泽,终日不见只蹄寸鳞,言之羞人。凡传有筌蹄缉缉者,非说谎,则好我者也,大不足信。然谓非鸡肋则不可,故且悠悠耳。(《徐渭集·徐文长三集》卷十六)

这类书牍纯任自然,一吐胸臆,不加丝毫掩饰,字里行间透露出苦涩之意,

不故作风雅之态。但他的尺牍绝不向人诉苦,而处处加以节制,如《与马策之》:

> 发白齿摇矣,犹把一寸毛锥,走数千里道,营营一冷坑上,此与老牯踉跄以耕,拽犁不动,而泪渍肩疮者何异?噫,可悲也!每至菱笋候,必兀坐神驰,而犹摇摇者,策之之所也。厨书幸好为收藏,归而尚健,当与吾子读之也。(《徐渭集·徐文长逸稿》卷十六)

将幕中生涯之苦向人托出,复衬之以客中乡思,读之令人心酸。徐渭晚年在边塞幕府中讨生活,但其孤傲不羁之性仍时有流露,如《与许口北》云:"昨漫往观煅,因伫柳下,思叔夜好此,久之不得其故,遂失候二公高盖,悚惶悚惶。公与群公并膺贺典,生野人耳,以不贺为贺。承命作启与联,奉上,猥耳,抹却掷却。"(《徐渭集·徐文长三集》卷十六)并在悲苦的生活中保持着一丝诙谐幽默,如《答张太史》云:"仆领赐至矣。晨雪,对证药也。酒无破肚脏,罄当归瓮。羔半臂,非褐夫所常服,寒退即拟晒以归。西兴脚子云:'风在戴老爷家过夏,在我家过冬。'一笑。"(《徐渭集·徐文长逸稿》卷二十一)《简友人》云:"半身不遂,屡见于书中,而无一人览及,遂使'不遂'二字独传。岂文字显晦亦有命耶?呵呵。"(《徐渭集·徐文长逸稿》卷二十一)

李贽(1527—1602)书信文的特征,用袁中道的话说,是"言有触而必吐,意无往而不伸"(《珂雪斋集》卷十七《李温陵传》)。如《答耿司寇》云:

> 试观公之行事,殊无甚异于人者。人尽如此,我亦如此,公亦如此。自朝至暮,自有知识以至今日,均之耕田而求食,买地而求种,架屋而求安,读书而求科第,居官而求尊显,博求风水以求福荫子孙,种种日用,皆为自己身家计虑,无一厘为人谋者。及乎开口谈学,便说尔为自己,我为他人;尔为自私,我欲利他;我怜东家之饥矣,又思西家之寒难可忍也。某等肯上门教人矣,是孔、孟之志也;某等不肯会人,是自私自利之徒也。某行虽不谨,而肯与人为善;某等行虽端谨,

而好以佛法害人。以此而观,所讲者未必公之所行,所行者又公之所不讲,其与言顾行、行顾言何异乎?以是谓为孔圣之训可乎?翻思此等,反不如市井小夫,身履是事,口便说是事,作生意者但说生意,力田作者但说力田,凿凿有味,真有德之言,令人听忘倦矣。(《李温陵集》卷三)

这种尖深刺骨的解剖和分析,足令伪道学汗颜。李贽的书信文几乎纯为口语,不加修饰,比之儒者语录多了一分尖刻,比之文人修饰多了一层深刻,比之道学家虚伪多了一层真实,实属不可多得之文。《又与焦秣陵》也是怒骂之文,口无遮拦,指斥山人四处抽丰,却又巧言修饰的行为,指其不过"好一口食难割舍","如饥狗食,想隔日屎"(《李温陵集》卷三)。全文无古文气,无骈丽气,无文人气,俚语俗言任意驱使,随笔所到,皆成至文,又为他人所不可学不能学,是为天下独一无二之文。

第四节　明后期书信文

　　明后期是书信文最富创意的时期,名家辈出,风格杂然缤纷。书信文内容丰富多彩,或抒写人生感悟,或谈禅论道,或读书一得,或以简淡数语勾勒景物,随意兴所到,无拘无束,情趣盎然。在语言运用上,可骈可散,雅言俗语,奔趋笔下。更为突出的是将书信文的审美性特质发挥到极致,人们在编选书信文集时,甚至大加删略,只剩下充满诗意的清辞丽句,或清言式的简淡数语。但也时有流于虚饰不实,骈丽繁缛之弊。明后期书信文的代表作家,有屠隆、汤显祖、袁宏道、袁中道、钟惺、王稚登、陈继儒、宋懋澄、黄兔、高攀龙、顾宪成、张煌言、夏完淳、柳如是等。

　　屠隆(1542—1605)的书信文皆为古文,"出《左》、《国》而放于汉魏"(丁应泰《屠赤水白榆集序》,《白榆集》卷首),辅之以藻丽夸饰,而能自出己意,自成一家。彭汝让《由拳集后叙》云:"其文漆园在前,御寇在后,先秦驱左,两汉驭右。"(《由拳集》卷末)正道出他文章兼取诸家的特点。更兼以才思富赡,故长于铺排,累累不休,调弄机锋。《让柴仲初》(《由拳集》卷十三)因邀柴仲初山中不至而作,先引经据典说守承诺信义为君子之风,再述自己苦候的心情,又及自己山中读书之乐,深得古文婉折委曲之妙,又兼以文人机锋,调侃笑弄。他的书信常常致慨于人情冷暖,如《与李之文》:"语云:'人之相知贵知心。'不佞处乡邦,走江海,交天下士多矣,大都市道纷如,石交零落,浮云苍狗,惝恍难凭。"(《由拳集》卷十三)并常常感慨对官场生活的不适和不满,如《与沈箕仲》(《由拳集》卷十四)、《与田叔》(《由拳集》卷十五)等。屠隆的铺排手法很高超,善于在极普通的事物中翻空蹈虚,本无可言,却能够找出一大堆话来说,而且说得扬厉淋漓,但铺排太甚,娓娓累累,则几于夸饰。且其书信多应酬文字,往往下笔千言,诉说不尽,其中有不少都是夸饰之语,且多套话,结构亦往往松散拖沓,飘忽变幻而缺乏收束。如《与冯开之》:

畴昔之日，吾两人邂逅适愿，旅食京华。日南双珠，延津二龙，形忘神交，精气感天，青松叙心，皎日莅盟。足下回翔金马，仆亦跋踪天衢，每过嘉树轩，婆娑竟日，流连卜夜。时而燕客高堂，临坐前楹，赐馔大官，取酒都市，学剑秦陇，征歌吴越。朝出左掖，暮过屠中，醉躅侠邪，回盼倡家。酒支千日，门有万里。五陵大侠，三河少年，探丸僭客，蹴踘六博。钜儒鸿士，辖日亘云，谈天雕龙，片语南金，咳唾成珠。虬须锐头，傀形殊相。方袍褐冠，高标远韵。娟娟者子，翠眉鬓髻，光辉照梁，清歌遏云，三三五五，洵美且都，莫不连镳分席，抠衣登堂。（《由拳集》卷十四）

这里只录一小段，余文更长，通篇铺排，文辞藻丽，气势逼人，其间洋溢着昂扬自得之意。他也有清雅可人之作，如《在京与友人》：

　　燕市带面衣，骑黄马，风起飞尘满衢，归来下马，两鼻孔黑如烟突。人、马屎和沙土，雨过淖泞没鞍膝。百姓竞策蹇驴，与官人肩相摩。大官传呼来，则疾窜避委巷不及，狂奔气尽，流汗至踵。此中况味如此。遥想江村夕阳，渔舟投浦，返照入林，沙明如雪；花下晒网罟，酒家白板青帘，掩映垂柳；老翁挈鱼提瓮出柴门。此时携三五良朋，散步沙上，绝胜长安骑马冲泥也。（《明人小品十六家·翠娱阁评选屠隆小品》）

简洁短小，通篇以对比手法展开，北京的肮脏、狼狈与江南小村诗意般的美形成鲜明比照，构成现实与想象两重天。

汤显祖（1550—1616）思致深密，然不愿讲学，不愿归道，更不愿以名士应世，直以情为生命归依，化为深刻的历史理性精神，故于书信中处处表现出其深刻冷峻和黠傲不驯，或孤峻冷傲，时而深情入骨，或闲散超旷，常常青眼以应世。他的书信文，"句饶葇艳，字带兰芬"（《明人小品十六家·翠娱阁评选汤显祖小品》），兼以思致深密，机锋侧出，故又绝不同于排比辞藻。如《答王宇泰》：

  来教令仆稍委蛇郡县,或可助三径之资,且不致得嗔,宇泰意良厚。第仆年来衰愦,岁时上谒,每不能如人。且近莅吾土者,多新贵人,气方盛,意未必有所抱。而欲以三十余年进士,六十余岁老人,时与末流后进,鱼贯雁序于郡县之前,却步而行,伺色而声,诚自觉其不类,因以自远。至若应付文字,原非仆所长。必糜肉调饴,作衢衢中扁食,令市人尽鼓腹去,又窃自愧。(《汤显祖全集·诗文》卷四十四)

文章流露出一位看透世情的老人骨子里的刚强与孤傲,以及其内心深处的落寞与寒凉。清冷孤傲的背后是对现实的深刻体认,文人为官或失官时常作诉苦语,虚浮夸饰,了无动人之处,汤显祖则不谀世,不媚俗,冷透纸背,敢言人所不敢言。如《答王新盘观察》云:"俗吏与人争利,吾辈忌与人争义耳。"(《汤显祖全集·诗文》卷四十五)汤显祖书信之中又颇有达观超旷之语,如《答岳石帆》云:

  兄书谓弟"不知何以辄为世疑"。正以疑处有佳,若都为人所了,趣义何云?似弟习气矫厉,蚩蚩者故当忘言,即世喜名好事之英,弟亦敬之,未能深附也,往往得其疑。世疑何妨,当自有不疑于行者在。(《汤显祖全集·诗文》卷四十四)

汤显祖以冷眼傲骨应世,却以深情对人,如《寄小修》、《与岳石梁》(《汤显祖全集·诗文》卷四十四、卷四十五)等,皆寥寥数语,真情透纸背而出。汤显祖的书信别具一格,就在于既不过分放纵,让情感如水泻般注下,而是时时收束得住,又不似古文家时刻着意于间架结构,自缚手脚,而能于行文之际,结构自成,随笔点染,流畅而灵动。更得性灵文字真蕴,表现在行文中,即决不似古文家以气行文,时见刻意之处,而纯以灵心运笔,其灵心慧性透露于文字之间,不故作气势,以声势取人,而能得其峻洁优雅之美。文字亦当骈则骈,当散则散,不见刻意安排痕迹,舒卷自如。如《答罗匡湖》:

  市中攒眉,忽得雅翰。读之,谓弟著作过耽绮语,但欲弟息念听于声元,倘有所遇,如秋波一转者。夫秋波一转,息念便可遇耶? 可得而遇,恐终是五百年前业冤耳。二《梦》已完,绮语都尽。敬谢真爱。不尽。(《汤显祖全集·诗文》卷四十六)

文凡三转,而转折之际了无痕迹,决不拖带。

袁宏道(1568—1610)的书信文,擅长抒写晚明文人狂放自由的心态,真实无拘,毫不掩饰,下笔放言,无度无法,惟灵心是依。特别是接触心学之后,他灵心大放,进入到真实自在的精神境界,《黄绮石》云"乍脱尘网,如巨鱼纵大壑,扬鳞鼓鬣"(《袁宏道集笺校》),《聂化南》"败却铁网,打破铜枷,走出刀山剑树,跳入清凉佛土,快活不可言,不可言"(《袁宏道集笺校》)。正是这种冲决网罗、推倒天下的精神解放与自由,造就了袁宏道书信文的特点。袁宏道是明代文人中倾诉为官之苦最厉害的一个,本来是官场常态的一些东西,在他看来全成了束缚人性的枷锁。如《龚惟学先生》云:"甥尝谓吴令苦乐皆异人,何也? 过客如蝟,士宦若鳞,是非如影,其他钱谷案牍无论,即此三苦,谁复能堪之?"《丘长孺》:"弟作令,备极丑态,不可名状。大约遇上官则奴,候过客则妓,治钱谷则仓老人,谕百姓则何山婆。一日之间,百暖百寒,乍阴乍阳,人间恶趣,令一身尝尽矣。苦哉! 毒哉!"在热衷者看来,这种苦处颇有点得便宜卖弄的味道,殊不知这却是袁宏道发自内心的感受,无遮无拦地发泄出来。更何况身在吴县眼见别人享受快乐,独身为县令者却无缘分享,其苦更倍。自嵇康《与山巨源绝交书》以来,仿其体制作此类文章者不在少数,仅晚明就有屠隆和汤显祖,但在铺排五不堪与二不可的外表下是内心的愤恨与不平,是骨子里的狂傲与不服。袁宏道诉说为官之苦和后来辞却县令之请,却是人生的快乐追求得不到满足。此口腹眼目身体之乐,原是上不得台面的,而心灵的拘缚和不自由更是为官的基本代价,是题中应有之义,也不是什么大不了的理由。可他在书信中却屡屡言之,且理直气壮,足见晚明士人心态正向着自我中心转变,在他们心目中个人的快乐与解脱才是更高的人生目标。袁宏道最著名的一封书信是《答龚惟长先生》,文中提出"真乐有五",而《徐汉明》中的一段话可作此文注解,其中提出世间有四种人:"有玩世,

有出世,有谐世,有适世",他最欣赏的是"适世":

> 独有适世一种,其人甚奇,然亦甚可恨。以为禅也,戒行不足;以为儒也,口不道尧、舜、周、孔之学,身不行羞恶辞让之事,于业不擅一能,于世不堪一务,最天下不紧要人。虽于世无所忤逆,而贤人君子则斥之惟恐不远矣。弟最喜此一种人,以为自适之极,心窃慕之。

如此狂肆直率之文章,历来少见。传统的价值观念被完全颠倒过来了,并且出之以夸耀和自足的语气,最能体现明后期人们追求最大限度地享受生活的欲望。

书信文到袁宏道笔下,既无古文之拘忌,亦无骈丽之典雅,口无遮拦,语无避忌;或铺排文字,或纵意所如,不论长短,皆能任意驱使,无安排,无修饰;或夸饰无常,或嬉笑成风,迅捷跳荡,横说竖说,机锋侧出。他的文字如源头活水,汨汨而出,随物赋形,如行云流水。如《与伯修》,累述其所游历,如有不尽,若弹丸脱手,腾跃转折,适与其心意相发。如此畅快的文字只有袁宏道说得出,说到尽意,雅言俗语奔趋笔下,无所抉择。《与张幼于》提出"见从己出,不曾依傍半个古人,所以他顶天立地",讥刺模古不化者:

> 今人虽讥讪得,却是废他不得。不然,粪里嚼渣,顺口接屁,倚势欺良,如今苏州投靠家人一般。记得几个烂熟故事,便曰博识;用得几个见成字眼,亦曰骚人。计骗杜工部,囤扎李空同,一个八寸三分的帽子,人人戴得。

袁中道(1570—1624)之作有与袁宏道相近之处,如陆云龙所云:"其间爽皑之气,飘逸之韵,新颖之思,尖利之舌,固犹然兄弟也。"(《明人小品十六家·袁小修先生小品弁词》)。但他的文章中往往流淌着抚思往事的感伤,这种不同的气质与情绪造就了他书信文的独特情味。如《寄苏云浦》云:

弟薄命,与中郎年相若,少即同学,长虽宦游,南北相依,曾无经年之别,一日不相见,则彼此怀想。才得聚首,欢喜无穷;忽尔分袂,神色黯黯。至于今年尤甚,形影不离,暂别去,即令人呼唤,不到不休。弟所以处穷困而不戚戚者,止以知己之兄在耳。今复化去,弟复有何心在世中?肠谁与吐?疑义谁与析?风月谁与共欢?山川谁与共赏?锦绣乾坤,化作凄凉世界。已矣,已矣!恐弟亦不久于此世矣!(《珂雪斋集》卷二十三)

袁中郎去世后,这种黯黯戚戚之情始终在他心中回旋,《寄六姪》云:"存亡徂迁,倏忽易岁,惟夜夜入梦,有若平生耳。海内第一知己既去,复何心世缘。玉泉清溪,山水幽绝,将有终焉之志。"(《珂雪斋集》卷二十四)这种伤感在明后期文人文中多有体现,但更多的还是追求清雅闲逸之致,有意掩盖这层伤感。惟小修从不回避,从心而出,如水般澄澈,真切感人。而且他还将这种伤感置于一种"清心冷致"(陆云龙评语)之中,如《寄四五弟》:

山中已有一亭,次第作屋。晨起阅藏经数卷,倦即坐亭上,看西山一带,堆蓝设色,天然一幅米家墨气。午后闲走乳窟听泉,精神日以爽健,百病不生。吾弟若有来游意,极好。三月初间,花鸟更新奇,来往数日,烟云供养,受用不尽也。(《珂雪斋集》卷二十四)

经历了人生的狂放、洒脱,阅尽世事沧桑,饱尝亲人逝去的伤痛之后,小修表现出一种透达醒悟的心境。

钟惺(1574—1624)"性深靖如一泓定水,披其帷,如含冰霜。不与世俗人交接,或时对面同坐起,若无睹者,仕宦邀饮,无酬酢主宾,如不相属,人以是多忌之"(《谭元春集》卷二十五《退谷先生墓志铭》)。其性情之刚介冷峻,可见一斑。《与熊极峰》:

居乱世之末流,待朋友不可不恕。所谓"交情"二字,只可于作秀才及退居林下时以之责人。若士宦得失之际,卖友得官,此亦理势之

常。一一责而怨之,非惟待人不胜其刻,即居心亦苦矣。(《隐秀轩集》卷二十八)

平静的语气读之令人顿生寒意,而一派孤傲之情亦非热衷人所能有。《与陈眉公》则逗露出透达人生的旷达:

> 相见甚有奇缘,似恨其晚。然使十年前相见,恐识力各有未坚透处,心目不能如是之相发也。朋友相见,极是难事。鄙意又以为,不患不相见,患相见之无益耳。有益矣,岂犹恨其晚哉!(《隐秀轩集》卷二十八)

"相见恨晚"是表达情意的常用词,钟惺乃能于此中翻出一番波澜,的确令人称赏。此番波澜是领略了人生波折和官场风波之后的感悟,并非故弄机锋。钟惺外表冷如冰霜,内心却也同样清醒,他知道这世界上还是需要一些人热心入世的。明代官场往来书信多谀词满目,而《报蔡敬夫大参》(《隐秀轩集》卷二十八)却说得极诚恳,决非奉承。钟惺尺牍往往直接书事书情,善于将难以言说的情意诉说得婉转清晰,于极细极微处见精神。如《与张太学》:

> 足下为雷先生后事,至忠至密,弟所刻骨不能报者。雷先生一字一笔落人家者,皆当广搜之。不要紧处,偏有深致,即作者亦不自知。弟往夷陵,一日而从笔工处获其一赞一跋,从黄山人处获其二诗,皆妙有风骨,远过古人。则其遗落者多矣,在着意搜求之耳。世间大有意思人,生前文字不肯留稿,此自名根淡薄不沾滞处。为其后死者,却不可如此也。(《隐秀轩集》卷二十八)

雷思霈为钟惺座师,但二人早已超越了师生关系,雷曾说过:"从来座主门生不为少矣,吾两人觉别有神情,别有契合,岂往劫中互相师友乃有今日邪?"(《隐秀轩集》卷三十四《告雷何思先生文》)因此,雷思霈死后,钟惺着意搜集其遗文,这就不单纯是为了师生之谊,正因为"别有神情"契合之处,才能说出"不要紧处,偏有深致"的深造自得之言。钟惺还善于平处起波澜,如《与郭笃卿》:

> 弟平生不喜星相,尤不喜星相之极验者。凡以人生祸福,妙在不使人前知,若一一前知,便觉索然,且多事矣。弟所知陈生,则星家之极验者也。以弟不喜其术,欲去而之他邑。想兄与弟同好恶,亦应不喜此术。而世上如我两人趣尚者,百无一二,则陈生之遇者百,而不遇者亦一二也。幸随分推广,但莫荐之钟伯敬一流人耳。一笑。(《隐秀轩集》卷二十八)

读此尺牍,觉陆云龙所评"一波未竟,一波又兴,一峰方转,一峰又出,令人不暇应接"(《明人小品十六家》),的确非常准确。

晚明书信文还有一种类型,我们可以称之为名士式书牍,王稚登、陈继儒可属此类。王稚登(1535—1612)的尺牍在当时影响很大,"荐绅先生、章缝髦士辈,咸脍炙嗜之"(屠隆《谋野集序》,《屠先生评释谋野集》卷首)。王稚登善于交游,尺牍中少一丝苦涩,却多一分油滑,时常故作雅态,但过于雅饬,读之如食蜜饴甘,有时故作戏谑状,又显得轻薄。《答大鸿胪张公肖甫》(《屠先生评释谋野集》卷一)即是代表,文长不录。他自矜于"负海内之名"、"极人间之乐"的生活(李维桢《大泌山房集》卷八十八《征君王百谷先生墓志铭》),这在尺牍中也时有显露。如《与凌光禄》:"王生自挟一编,高坐匡床,听松间雨如瀑,金昌澄醪,色皎然若寒潭印月,冷吸一觥,快如嚼雪,南面王乐不及此,何暇与群伦争月旦长短哉!"(《屠先生评释谋野集》卷一)《与安茂卿》:"重茸解嘲堂,疏泉艺石,顿觉雾生三里。半偈前庑,建松坛大如斗,敲金磬,礼清汉,庶几云中君下我哉!"(《屠先生评释谋野集》卷一)风流雅儒,傲视一切,但总有一股虚矫之气,如《与欧国子桢伯》:"仆年四十有三,最善病,病而骨立,积岁不出户,才一枝一藤,问白云路几何,里监门谯止之矣。"(《屠先生评释谋野集》卷一)有时调笑戏谑,掉弄笔舌,如《答王太史胤昌》:"谀墓以糊其口,媚灶以饱其孥,舌嘲夫张仪,头俏乎子羽,并其谋于野者罔非劳心之爨乎!又悉猷以徇人,畴俾洛阳之纸不贱,长门之金不鲜哉!"(《屠先生评释谋野集》卷二)王稚登的尺牍都是散体,仿《史》、《汉》语气,去其凝重,增其轻灵,而设色太重,亦是一憾。

陈继儒(1558—1639)的尺牍可分为两类,一类是介入世事的,一类是表现隐逸情怀的。前者如《上荆石相公》(《白石樵真稿·尺牍》卷一),谈苏州大水,并建言献策。另有多篇书信文,论及时政如救荒、筑堤、均田役、驿递、漕运,且不流于清谈,并身任其事。但他更多的尺牍则以表现隐逸胸怀为主,其中隐含着一种发自骨子里的苦涩。如《柬米子华》:

> 前发一束生刍拜太夫人,四顾萧然,苔花绣壁,落叶满门,人为酸鼻。顾弟且为足下顿足相敬,古所谓蓬蒿三径,居然名士风者,正为足下发耳。足下诗本性情,绝不作当今涂神画鬼面目,乃就里不知有米先生,何也?且无论足下,即秋潭一沙弥、彦平、方叔两缝掖,俱寂寂如木钟石鼓。大雅凋丧,烟霞冷落,一至于此!仆为老亲,浮沉人间,既似在缘之鹰,复发斗穴之鼠,思得清凉闲散如兄者,相与以一钵米、一杯茗破之,亦了不可得。况海氛杂沓,吾辈泄泄与蜉蝣、燕雀争尺寸之安,何以堪之?(《白石樵真稿·尺牍》卷一)

这篇尺牍表现出典型的陈氏风格,行文无一定之法,简洁、疏朗,情思飘忽,忽而叙旧,忽而谈艺,忽而伤时感世,平静沉稳中流露出无以为怀的悲凉。这种风致很少夸饰,不流于纤弱,平平写来,情意深切。

晚明书信文的另一种类型,是清幽雅淡式的尺牍。这种尺牍往往简省至极,省略了几乎所有实事,而一味以表达内心的感受为主,并且多少带点伤感的成分。有的甚至更像清言,作家擅长抓住刹那间的感受,以一种优雅的方式表现出来。这类尺牍尤长于写景,数笔淡扫,景象即出,清雅可人。宋懋澄、黄奂是这种尺牍最有代表性的两位作家。

宋懋澄(1569—1620)的尺牍经常谈及人生感受,通过这些表述,我们能够看到晚明文人内心的矛盾和对人生的深切感慨。与明前中期不同,这些感慨多少带一些伤感的成分。如《与樊一》:"少苦羁绁,得志,但愿畜马万头,都缺衔辔。"(《九籥集·别集》卷一)表达追求摆脱束缚的人生追求,亦是人生的一种境界。然而世事烟云,只成一缺陷世界,回首往事,唯有接受并以坦然淡泊的态度对之。但这种伤感又经常为一种晚明习气冲淡,稍显做作,如《与陈二》:"病者小人所苦,而君子之幸。人若未死,惟病可以寡欲。某不患无得,惟恐病之不常来。"(《九籥集·别集》卷一)晚明以来,书信中时有写景文字,宋懋澄更长于此,如《简周先生》:"深院凉月,偏亭微波。茶烟小结,墨花纷吐。梧桐肃肃,与千秋俱下。"(《九籥集·别集》卷一)这样的文字不同于游记,往往简淡至极,少了精细的刻画,却多了几分诗意,韵味悠长,令人回味。又如《与范大》:

> 村居遇雨,来往绝人,自晨昏侍食之外,虽妻子罕见。居植修竹,间有鸟鸣,女墙低槛,疑近山岫。昼则雒校史书,夜则屈伸一榻,谢绝肥甘,疏远苦醴。胸中无思,或会古今得失,一顿足而已。如此数日,天亦将晴,人亦将至,我亦将出。不可以不记也,因就灯书之。(《九籥集·别集》卷一)

所写景物中的人,幽寂之中带一丝淡泊情怀,甚至说作者沉浸并享受着这种孤寂之情。他的尺牍带有清言化的倾向,着意于说几句格言式的清言,虽无太多深意,却自是人生的一种特殊感受,借助清丽淡逸的词句表现出来。

黄奂(1596年前后在世)的尺牍有两方面的内容比较突出:一是谈禅论道,一是纵情山水。他不愿意放弃感性生命的体验,道:

> 白门半载,忽忽无聊,如风中蓬,随其所转。在侪伍中,形如土木,一片冷肠,遂如冰铁。世界大戏场,造化弄人,我何可还自弄也?若使秦淮间有一事可以留我,而我然后留,则我亦一血肉之傀儡耳。世途平险,原无定局,但须平日游之于凡,岂至今日而始见其可畏哉!(《黄玄龙小品·尺牍上》)

他要建立一种"入世染亦不得碍出世"的生活方式,"衷极热而外似冷,情极真而貌似薄"(《黄玄龙小品·尺牍下》)。对于文坛变幻,他也时刻保持警惕,道:

> 有十余少年,一时称小词客,高视阔步,才窥得中郎一二俚语,即能痛骂献吉、弇州。此虽某某作俑,然亦为勦学之士开一法门。(《黄玄龙小品·尺牍上》)

可见他的取向是反对学公安之俚俗,但又走向精雅清丽。

黄奂的尺牍中有大量描绘自然山水的作品,以文人的幽雅情怀面对自然山水,犹如一面滤去所有污浊与杂乱的镜子,只留下一片清幽景象。如:

> 长堤万绿,冉冉如步翠幄中,清流白沙,映带远近,殊胜坐屋子下飞觞。(《黄玄龙小品·尺牍上》)

> 从烟雨中领略水光山色,正如望仙人高士于云霞缥缈间,愈益增其远韵耳。一丘一水,映带曲折,使人步步惜别,从此老梅寒香侵梦,当更想见主人高致也。(《黄玄龙小品·尺牍上》)

> 绿阴中把酒听杜鹃,正是初夏佳事。向晚,素月清江,水天一碧,临流高咏,居然身在冰壶中。新诗从此中出,那得不佳也。末语使某君见之当复魂佚矣。(《黄玄龙小品·尺牍上》)

即使表现挚友相思之情,也多出之以景语:

> 郎邑故水乡,河流南带,陂池四绕,多芰荷菱芡之美。清酾时拂,蒨色可衣。又时时有云气起泽中,吐欱奇变,胸中垒块相浮沉。晚而皓月长堤,清河泻玉,垂杨映带,林莽蔽亏,怅不与故人连臂为大堤清

夜游也。(《尺牍上》)

黄奂尺牍皆隐去往来人物姓名,一则则排列,同时又有删节,这是晚明期尺牍编选中的一个突出倾向。但这样却抹去了尺牍的天然本色,多读几则颇觉矫揉造作。且这种经过过滤的清词丽句,又往往渲染过多,时露浓艳,辞色之间乏新警。

明中后期书信表现出激烈的批判现实精神,特别是对官场的揭露和批判。如宗臣《报元美》:"子舆即不以谪,且得并吴生南。独仆抱愤孤栖,日对豺豹,忍之不堪,避之不能,其视昼宵,永于春秋矣。"(《子相文选》卷五)黄汝亨把为官之道概括为"折腰、卷舌、冥心、柔骨"(《寓林集》卷二十五《与吴子野》),更是刺骨之论。高攀龙(1562—1626)的与世抗争,则源于对道的体认和承担。如《与李见罗先生》云:

> 往时见明道云:吾学虽有所受,然"天理"二字却是自家体贴出来,不晓作何语。今乃见此理充周于吾前,活泼泼地,真不可须臾离也。妙在反躬而已。(《高子遗书》卷八上)

这种活泼泼的天理使他有更高远的追求,黑暗势力和现实挫折都不能打击他。如《与黄凤衢一》云:

> 年丈横被风波,然转高声价矣。夫天意岂直年丈之名,乃玉成年丈之实。百年浮荣,转盼过眼,迟暮思之,惘然无得。若将外向精神反归自己,讨个定贴,乃千生万劫,转迷成觉之日也。此个路头,干涉非小。但在顺境中趁着兴头,难得回头;逆境中没了世味,方寻真味。故弟尝谓:造化每以逆境成全君子,以顺境坑陷小人。以弟验之,即半生受用,实圣主一谪。年丈异日当有味斯语,幸勿以弟言为迂而忽之。(《高子遗书》卷八上)

信中对贬官和官场失意表示慰问,但说的决非应酬的门面话,而是一种殷切的希望,既以励人又以自励。又如《与萧自麓二》云:"某近来为学,虽知所归宿,第欲根隐伏,世情随触而动,收摄来即有贴定时节。而气未澄凝,终非天性本来面目。"(《高子遗书》卷八下)收摄本心,归于天性,并非忘却现实,只有天理澄彻,才能坚定应世。

顾宪成(1550—1612)的书信大多为谈理论学之作,亦有间及政治者。如《与邹孚如铨部》向邹提出三个愿望,忠正恺切,堂皇正大,恂为君子之言。其第一愿云:

愿足下求贤以自广,可事者折节而事之,可友者推心而友之。时时就而谋焉,相与切磋天下之人材,以辨其用。同事诸僚相勉以一体之谊,俾各竭所知,允则采而行之,否则浑而含之。精神血脉流贯为一,无复毫发猜贰于其间。(《泾皋藏稿》卷四)

他的书信体现出关心世事的精神,如《简伍容庵学宪》其二:

归田以来,惟有杜门养疴,一片狂心,对松菊冷冷,不复著影于胸中矣。丈念我勤渠,高谊干云,只增愧悚。读手教,又知浙中督学之难。迩来士习日下,奔竞成风,丈毅然障狂澜而东之,何以副群小之望?即此便是丈平生学力,他又何论!古今惟乡愿有誉无毁,丈自待何如,能若是乎?否也。惟丈益崇令德,尽其在我而已。(《泾皋藏稿》卷四)

张煌言(1620—1664)抗清被俘,不屈而死,这一时期的几封书信可称佳作,如《复郎廷佐书》、《上监国启》、《与张承恩书》、《上延平王书》等(《张苍水集》第1编《冰槎集》)。又如《贻赵廷臣书》云:

大明遗臣某,谨拜书于清朝开府老先生台前。昔宋臣谢枋得有云:"大元制世,民物维新,宋室孤臣,只欠一死。"窃以叠山业经市隐卖卜,宜可以远害全身,而元参政魏天佑必欲招致之。叠山有死无陨,招之不来,馈之不受,却聘书尚在,可考而知也。卒触天佑之怒,执之北去,叠山遂不食而死。盖未尝不叹古人守义之坚,殉节之笃也。况某今日南冠而絷,视叠山所处,已自不同。而台下尚欲待其余生,屡遣贵属,存注有加,劝之加餐。嗟呼!此固台下褒忠录节之盛心,较之天佑,真不啻霄壤。顾某自律,断不可以因此而苟延旦夕也。所以每思慷慨引决,而为馆伴者防闲严切,不克自裁。绝餐三日,迫于贵属劝勉,稍稍复食。他人闻之,宁不以某寡廉鲜耻,晚节可嗤哉?揣台下之意,不过欲生膏斧锧,始足为忠义者戒。然大丈夫冰视鼎镬,慷慨从容,更无二义,故郁郁居此耳。犹记去年华函见及,某之报书,有"宁为文山"之语,非但前识,盖斋心居念时,已早办此,至今日敢有食言?夫自古废兴亦屡矣,废兴之际,何代无忠臣义士?何无逋臣处士?义所当死,死贤于生;义所当生,生贤于死。盖有舍生以取义者焉,未闻求生以害仁者也。某之忧患已过乎文山,隐遁殆几于叠山矣。而被执以来,视死如归,非好死而恶生也,亦谓得从文山、叠山,异代同游,于事毕矣!独惜台下之经纶仁厚,可称一代名贤,后世不察,猥云与张弘范、魏天佑比伦,不重可叹息乎哉!(《张苍水集》第1编《冰槎集》)

夏完淳(1631—1647)以视死如归的豪情和拳拳于慈母贤妻的柔情完成了明代书信文的绝唱,其《狱中上母书》有云:

呜呼!双慈在堂,下有妹女,门祚衰薄,终鲜兄弟。淳一死不足惜,哀哀八口,何以为生!虽然,已矣!淳之身,父之所遗;淳之身,君之所用。为父为君,死亦何负于双慈!但慈君推干就湿,教《礼》习《诗》,十五年如一日。嫡母慈惠,千古所难。大恩未酬,令人痛绝。慈君托之义融女兄,生母托之昭南女弟。淳死之后,新妇遗腹得雄,便以为家门之幸;如其不然,万勿置后。会稽大望,至今而零极矣,节义文章,如我父子者几人哉!立一不肖后,如西铭先生,为人所诟笑,何如不立之为愈耶!呜呼!大造茫茫,总归无后。有一日中兴再造,

则庙食千秋,岂麦饭豚蹄不为馁鬼而已哉!若有妄言立后者,淳且与先文忠在冥冥诛殛顽嚚,决不肯舍!(《夏完淳集笺校》卷九)

全文充满视死如归的忠义精神和丝丝不断的亲情,读之令人感动不已。《遗夫人书》更是柔肠寸断,想到夫人身怀六甲,青年丧偶,又处乱世,茕茕一人,何以为生?"言至此,肝肠寸寸断,执笔心酸,对纸泪滴;欲书则一字俱无,欲言则万般难吐。吾死矣,吾死矣!方寸已乱。平生为他人指画了了,今日为夫人一思究竟,便如乱丝积麻。"(《夏完淳集笺校》卷九)

周亮工《尺牍新钞·选例》说:女性尺牍"非抒闺怨,则报幽期;非申花月之盟,则订香茗之约。或青楼艳质,思炫价于捉刀;或绣口令才,竞托名于染黛。玉室遥忆,终类神山;翰墨导淫,徒沉欲海"(《尺牍新钞》卷首)。故有明一代女性尺牍不多,保存下来的更少。女性尺牍之佳者为柳如是(1618—1664)。柳如是《尺牍》凡三十一通(《柳如是诗文集》),前有林雪小引,称其"艳过六朝,情深班姬"。她的尺牍高雅凝练,辞藻艳丽,情意深厚,如第二十八通:

弟之归故山也,本谓吹笛露桥,闻箫月榭。乃至锦瑟瑶笙,已作画檐蛛网。日望凄凉,徒兹绵丽。所以未及遵剡棹,而行踪已在六桥烟水间矣。已至湖湄,知先生尚滞故里。又以横山幽崎,不减赤城,遂怀尚平之意。不意甫入山后,缠绵风疾,委顿至今。近闻先生已归,幸即垂视。山中最为丽瞩,除约炉禅榻外,即松风桂渚。若觏良规,便为情景俱胜。读孔璋之檄,未可知也。伏枕草草,不悉。

启亦为书之一体,主要用于官场投书,多谀词,因用四六,又称"四六书启",不受重视,王世贞就说过"余生平不作四六"(《觚不觚录》,《胜朝遗事》二编卷五)。赵南星《废四六议》云:"余自万历乙亥结发薄游,士大夫书札往来直抒情愫,鲜有用四六者。当司理时,座主为相,亦以散书闻,固未尝以为不恭也。至癸巳罢官,乃有以四六来者。余才拙性疏,不能为此,然林下无事,每抗精殚思为之,殊以为苦。余衰朽才尽,偶起一官,营职之外,复有应酬之烦,食事欲废,安能作四六也?"(《明文海》卷八十二)晚明较为典型的书启,如文德翼(崇祯七年进士)《报叶将军贺初度启》:

> 梧坠风中,夜识秋声之肃;竹浮雪上,朝惊冬气之深。拈句未成,捧书适至;摩抄岁月,鬓尚未染。安仁游戏山川,署乃犹稽;永叔因仰雄略,益愧雌辰。近海水之辍波,甚玉门之增垒。台荫已隆,息之不觉;雅贶何渥,当此无辞。惟望将业烺烺,誉同霞建;敢辱词峰矗矗,谱出水心。(《雅似堂文集》卷九)

骈四俪六,言辞华丽,用典繁复,纯为官场应用。而晚明以来,这种体式却成为朋友同志相约共赴某事的一种文体,而且写得风雅多趣。如张岱(1597—1689)《游山小启》云:

> 幸生胜地,鞍鞯间饶有山川;喜作闲人,酒席间只谈风月。野航恰受,不逾两三;便榼随行,各携一二。僧上凫下,觞止茗生。谈笑杂以诙谐,陶写赖此丝竹。兴来即出,可趁樵风;日暮辄归,不因剡雪。愿邀同志,用续前游。(《张岱诗文集·琅嬛文集》卷二)

全文流溢着动荡的灵气,风趣盎然。

第六章　明代杂论文

本章所谓杂论文,指以议论为主的各种散杂文体,包括寓言、题跋、语录、诗话、文话、清言。

明代对寓言的起源、特点、作用有深入的认识,有着充分的文体自觉。王宗载《古今寓言序》明确指出:寓言源出《庄子》,"大氐寓言为广而已,诙谐者流转相祖尚,率皆悬象曲证,设难发端,理不必天地有,意不必古今道,而要归于扶世教,正人心,似怪而典,似谑而庄,赡而不秽,质而不俚。读之者自能格物穷理,跃然奋,油然解,是知《易》象《诗》比,盖寓言之宗祖也。谓寓言羽翼六经可矣。"(詹景凤辑《古今寓言》卷首)车大任《古今寓言跋》也说:寓言"微而显,婉而严,华而不靡,虽各因一物一事,然身心国家之理备焉,孰谓其以文为戏哉!"(《古今寓言》卷末)明代寓言多为仿韩愈、柳宗元之作,"多藉以游戏乎子墨客卿之间,希有正言法语,规切事实,令人读之兢惕者也"(《古今寓言》卷末)。

题跋包括"题"、"跋"、"书某"、"读某"等(徐师曾《文体明辨序说》),是为他人著述所写的评述文字。明代题跋创作繁盛,作者甚夥,成为明代散文的重要体式。对题跋的理论阐释以钟惺《摘黄山谷题跋语记》最为著名,他指出:"题跋之文,今人但以游戏小语了之。不知古人文章无众寡大小,有精神本领则一。故其一语可以为一篇,其一篇可以为一部。"并指出题跋的文体特点:"题跋非文章家小道也。其胸中全副本领,全副精神,借一人一事一物发之。落笔极深极厚极广,而于所题之一人一事一物,其意义未尝不合,所以为妙。"(《隐秀轩集》卷三十五)董其昌《苏黄题跋序》也说:"其为文,仿《兰亭叙》,题跋书画,寥落短篇,出于刘义庆《世说》。虽偏

师取奇,皆超出情量,动中肯綮,而《广川》之藻、长睿之博,顾不无逊席焉。"(《容台文集》卷一)

清言原指清雅玄妙的言谈,高启《清言室记》引唐韦应物诗曰:"清言怡道心。"(《高太史凫藻集》卷一)明代后期,清言小品流行,它是文人将笔记杂俎加以变形而成的一种文体。它不是"文",而是"言",往往是只言片语的随想。在形式上,具有诗化的审美特征,表现出敏锐的审美悟性和高超的艺术表现力,融合骈散、雅俗,高雅整饬而又灵动畅达。

明代理学盛行,承宋儒之学,语录之文在明代较多,但总体上成就不高,本章仅选择性地简单加以介绍。明代文学和艺术批评也很兴盛,本章将简要对诗话加以评介,至于评文、论艺之作,限于篇幅,不再涉及。

第一节　元明之际杂论文

元明之际寓言的代表作家有宋濂、刘基、苏伯衡、赵撝谦、贝琼、王祎、唐肃、叶绥、王景等。

宋濂(1310—1381)的《龙门子凝道记》《燕书》都是寓言体,重在宣扬他的明道思想和伦理道德观念以及在此基础上形成的现实关怀。《龙门子凝道记》以龙门子作为贯穿全书的人物,或设为问答,或叙述故事,或坐而论道。如《观渔微第五》写龙门子观渔于河,见渔者竭泽而渔,屡渔后,鱼之大者才"长径指耳",下文为:

> 龙门子潸然出涕曰"先王之世,鱼不盈尺弗粥,今何与古戾耶?"渔者笑曰:"是夫子之过也,尚何以涕泗为?"龙门子惊曰:"子何言之迂也!"曰:"不迂也。夫子谓鱼不尺,先王之世不粥,岂古人之情与今异乎?盖当时在政位者,若士、若大夫、若卿、若公,皆夫子之属,所以治教休明而仁及鱼鳖耳。今夫子曰:'时不我偶,我将肥遁也。'之一里,有一人焉,亦曰:'我将肥遁也。'之一州,又有一人焉,亦曰:'我将肥遁也。'之一国,又有一人焉,亦曰:'我将肥遁也。'是相率夫人而洁己乱伦之行,天下将何人而共治乎?磨不磷,涅不缁,无乃异于孔子所言乎!夫子之属遁矣,则在位若公、若卿、若大夫、若士者,果皆贤者乎?是宜国家失太平,干戈万里,掠人为粮,甚或载盐尸以行,生民之类,不绝于线,而况于鱼乎!非夫子之过也而谁也?"龙门子弗应,瞠目视渔者,久之乃去。(《宋濂全集·龙门子凝道记》卷下)

作者对儒家拯世济民思想与隐逸独善理想之间的不可调和进行了发自内心的反思,通过这个故事,将乱世士人出处矛盾展现在我们面前,具有深刻的感人力量。《燕书》由40则历史故事组成,胡广云"燕书"非燕闲之所作,取郢书燕说之意(《胡文穆杂著》),故言辞激烈。如"郑人爱鱼"、"具区白雁"两则故事(《宋濂全集·潜溪后集》卷二),揭露统治者以术治民,陷民于网罗之中,盘剥百姓,使民无宽裕之境,形象而深刻。

刘基(1311—1375)的寓言名著是《郁离子》,作于元末隐居青田之时。全书18章,195则,以"离为火,文明之象,用之,其文郁郁然,为盛世文明之治,故曰郁离子"。其文"多或千言,少或百字,其言详于正己、慎微、修纪、尚诚、量敌、审势、用贤、治民,本乎仁义道德之懿,明乎吉凶祸福之几,审乎古今成败得失之迹。大概矫元室之弊,有激而言也"(徐一夔《郁离子序》,《刘基集》附录六)。每则叙述一个故事,说明一个道理,取象譬物,隐寓旨意,皆极深刻。《郁离子》叙事说理兼备,最主要的方式是以寓言故事设喻言理,大量使用比喻、托讽、影射的修辞手法。其内容主要是对社会、对统治阶级的批判,如"狙公失狙":

> 楚有养狙以为生者,楚为谓之狙公。旦日,必部分众狙于庭,使老狙率以之山中求草木之实,赋什一以自奉。或不给,则加鞭箠焉。群狙皆畏苦之,弗敢违也。一日,有小狙谓众狙曰:"山之果,公所树与?"曰:"否也,天生也。"曰:"非公不得而取与?"曰:"否也,皆得而取也。"曰:"然则吾何假之彼而为之役乎?"言未既,众狙皆寤。其夕,相与伺公之寝,破栅毁押,取其积,相携而入于林中,不复归。狙公卒馁而死。(《刘基集》卷一《郁离子·瞽聩》)

刘基以儒家仁义道德为中心去审视世间种种不平,将对历史经验的总结与现实的深刻观察融入寓言的写作,故而获得了超乎一般文人的思想深度。狙公不仅要让众狙交纳十一之赋,还要加以鞭箠,使众狙畏苦。但他实际上外强中干,一旦众狙反抗,逃入林中,他只能饿馁而死。这就揭示了人民的力量,意在告诫统治者不要残酷地剥削人民。"中山猫"一则,则揭示了统治者为害人民的本质,而为了维持统治,只能两害相权取其轻。

苏伯衡(1360年前后在世)《空同子瞽说》(《苏平仲文集》卷十六),也是一部寓言集,共28则。作者以空同子自居,借历史故事和传说来批判、讽刺现实,阐发自己的思想。如"齐王问陈轸"揭示了治国大臣擅作威福,成为趋于势利之徒奔走之门,而无权者则门庭冷落,不能造福于民,对官场形态的揭露可谓深刻。又如"空同子行于河滨"云:

> 空同子行于河滨,见渔者。视其网,则缯也。观其所得之鱼,宛转唫喎,鳞鬣莫辨,则其大者才如指而已。顾谓门弟子曰:"先王发政,网罟之目必四寸,而鱼之鬻于市者必满尺,何其仁也!当是之时,鱼鳖之类咸遂其生,又何幸也!今缯以为网,而鱼之如指大者登鼎俎焉,甚哉乎鱼之不幸也,甚哉乎渔者之不仁也!"渔者曰:"嘻,是何足怪!古者取民率什一,后世则大半矣;古者役民岁三日,后世则终岁矣;古者山泽无禁,关市不征,后世则以山泽关市之征为经费矣。然则不幸岂直鱼哉?不仁者岂直渔者哉?"空同子乃歌曰:"冽彼下泉,浸彼苞粮。慨我寤叹,念彼周行。"歌已而归,归而辇蹙者累日。

正是因为苏伯衡"明于国家之体,达于人情之变",又有"思以杜之拯之"的爱民心切,所以才能写出这些寓意深刻的寓言。

此外,贝琼(1315—1379)的《土偶对》(《清江文集》卷一),讽刺统治者比神灵还能为祸于民。《观鱼说》(《清江文集》卷九),写见水涸,鱼困于浅水中,为乌鸢所啄,蝼蚁所噬;春夏之交水至,鱼则洋洋然,喁喁然。由此申论应让百姓得其所依,才能得其所乐。

杂说属于论体,常被当作寓言,但这种类型的寓言不同于纯粹的寓言,一般不以叙事为主,多以论的形式出现。王祎(1322—1373)《杂说》二首(《王忠文集》卷十八),写蜈蚣与鸡、蚊与鳖相仇怨不已,但各有相克之法,正如操害人之心必生仇怨,其实是为自己树立了敌害,最后还是害了自己。赵㧑谦的《三戒》模仿柳宗元,如《滩之龟》:

> 余舍滨溪,溪上石晶晶然,延袤数十亩。间新霁,有龟出暴于石。牧儿适有见者,蹶步执之,号于众曰:"吾得龟矣!"从众往趋观之,谑玩百状。有欲视其首者,龟坚缩不出,戏祝曰:"龟乎龟乎,能出首以

示予乎?"顷复不出,乃相谋以几棘揬之,揬其尾则首出,揬其首则尾出。儿乃大笑曰:"以善道求汝则首不一出,以恶法侮汝则首尾俱出,尚为知所从耶?吾闻汝能先吉凶以告人,而不能先吉凶以免己,尚为智者耶?"揶揄大笑。余闻之,亦含笑而归。(《赵考古文集》卷二)

柳宗元的寓言与韩愈不同,少有对所寓之物的详尽描述,而以故事的形式直接进入主题。这篇寓言即是如此,揭示出所谓"智者"的伪饰面貌,生动而传神。

元明之际长于题跋的作家主要是宋濂和王祎。宋濂宏学博识,长于题跋文字,往往能将自己精神心态融于其中,深得题跋文字精义。《跋张孟兼文稿序后》就是一篇充满真挚感情的题跋:

濂之友御史中丞刘基伯温,负气甚豪,恒不可一世士,常以屈强书生自命。一日侍上于谨身殿,偶以文学之臣为问,伯温对曰:"当今文章第一,舆论所属,实在翰林学士臣濂,华夷无间言者。次即臣基,不敢他有所让。又次即太常丞臣孟兼。孟兼才甚俊,而奇气烨然。"既退,往往以此语诸人,自以为确论。呜呼!伯温过矣。濂以无根葩泽之文,何敢先伯温?今伯温之言若此,其果可信邪?否邪?纵使伯温非谬为推让者,才之优劣,濂岂不自知邪?伯温诚过矣。唯言孟兼才之与气,则名称其实尔。今观所造《孟兼文稿序》,嘉其语粹而辞达,他日必耀前而光后,其惓惓犹前意也。伯温作土中人将二载,俯仰今古,不能不慨然兴怀。孟兼请濂题识序后,因书伯温昔日之言以表吾愧。操觚之时,泪落纸上。洪武十年三月二十五日。(《宋濂全集·芝园前集》卷一)

此篇题跋,拉杂写来,先从刘基一段话说起,而操笔之际刘基已逝去二载,其胸中慨然之气溢于纸上,益见知己情意之深厚。宋濂题跋长于控制感情,将情感调适到恰当的程度,既能传达出拳拳之情,又能温然蔼然,颇得题跋之神韵,如《题北山纪游卷后》(《宋濂全集·峦坡前集》卷十)。宋濂长于书画鉴赏,所作题跋往往精义叠见,识见不凡,如《题徐原甫墨梅》(《宋濂全集·銮坡前集》卷十)。

王祎(1322—1373)的题跋在元明之际较为突出,如《跋西台恸哭记》：

> 文信公忠义之盛,近世罕比。其英声烈节,虽使亘万世不朽可也。谢翱先生,公门下士也,国既亡而公亦死,伤悼激烈之情,每托于文辞以自见。于是《西台恸哭记》作焉。太史公曰:"砥行立名者,非附青云之士,恶能施于后世!"岂先生之谓乎? 吾友张君丁雅好古道,取先生所为记,订其岁月,演其旨意,而使之传,其用心甚厚,又岂太史公所谓"附骥尾而行益显"者邪? 呜呼,是其可传也已!(《王忠文集》卷十七)

这篇题跋由文天祥说起,写谢翱作《西台恸哭记》,交代张孟兼订正之作用心甚厚,又引司马迁之言,文凡四转,而用笔紧凑,毫不拖带,感慨良深,寄意深厚。王祎以道统之传和文统之正自居,但也会产生动摇,《书友人解嘲后》(《王忠文集》卷十七)引述经典之言说明君子守道之理,但"人曷能胜天哉",君子不取必于天,更何能求知于人邪? 守道与天命的矛盾正道出了君子应世之艰难。王祎题跋多为书画所题,往往深自有得,简切精要,如《跋黄庭经》:"《黄庭经》刻本,出于泰州者,伤于骨胜,出越州者,病于肉多。此本乃北方古刻,肥瘦适均,而神意俱全,信为佳本,海内绝无而仅有者也。"(《王忠文集》卷十七)

元明之际的题跋多有长篇大论者,名为题跋而似论辨文。如朱同(1336—1385)《书钱舜举画后》(《覆瓿集》卷六),由古人评书法说起,论书画之别,再论钱舜举之画,再转入得画者之言。但全文仍是题跋的结构方式,中间转折处绝不拖带,直截了当。谢肃《书迁樵传后》(《密庵集》卷八)也是这种写法,先由陶渊明与邵雍隐逸之别论起,再谈俞女立志隐逸之意:"盖将兼二公而学之者耶? 当其游戏乎天根月窟,则夫世事之可恶可悲者,固皆不足以挠其乐矣。苟能相时而起,本之性情而施之事功,是又善学陶、邵者也。"苏伯衡《跋陈彦弼诰》(《苏平仲文集》卷十)则先记事,后论述,记事繁密,论述简略。《跋宗忠简公诰》亦叙述宗泽的身世境遇,末感慨道:"公材略不世出,天固生之,徽宗固不用之,高宗虽用之,又不免以小人间之。是则公之吞志以没,宋之偏安于一隅者,岂天运哉!"(《苏平仲文集》卷十)慷慨忠愤之气溢出言表,而将宗泽的遭际归之于天命,表现出面对世事的无可奈何。

元末明初理学盛行,但理学语录却不多见。赵㧑谦《杂言》14篇都是短篇杂感形式,如:

> 赵子泽游,爱泽水甚静清,而被群儿戏者,以泥搢之,失其真。吁!人欲静清而被搢,失其真者多矣,奚止水哉!

> 有瞽夫过市而失足于沟涂,污及其膝者,举市人皆笑之。赵子适见而叹曰:世之完目而失身于刑戮者,仁者或致悯焉,瞽而污足,又何笑焉。(《赵考古文集》卷二)

王祎有《述说苑》,云:"然向号称博极群书,其辞质雅闳伟,托物连类,善于驰骋,务极其辩……予读其书而好之,因摘其有浅薄中义理者,用本事而易其为说,务在平易正大,以求不畔于道。"(《王忠文集》卷十八)以义理作为判断依据,为文务求平易正大,则其书之性质和特点可知。又有《续志林》,其序云:"余读其书,爱其《志林》诸篇,议论超卓,而文章驰骋,殊可喜,中心慕之,因窃其余论续为十八篇。"(《王忠文集》卷十八)《卮辞》写于至正戊戌(1358)避兵县南时,"因追忆畴昔所闻见者,志之于简",其文如:

> 圣人之治天下也,仁义礼乐而已矣。仁义充其所固有,所以治其内也;礼乐修其所当为,所以治其外也。是故内外交治而天下化矣。

> 至诚之道通天人,贯古今,万理之原,百行之根,其存不易,其运不息,不易故有常,不息故无疆。(《王忠文集》卷十九)

这类文字介于语录、杂感之间,在某种程度上可视为明后期清言小品的先声。

第二节　明前期杂论文

明前期寓言代表作家是马中锡(1446—1512),其《中山狼传》(《东田集》卷五)是中国古代最杰出的寓言之一。明代寓言多模拟韩愈、柳宗元,形成固定的写作模式,叙述乏生动曲折之致,拟物精巧但痕迹过重,叙述多于描写,对话生硬。《中山狼传》则以传奇笔法讲述故事,从遇狼、巧辨到几为狼所噉,问老杏树、老牸,最后为杖藜老人所救,结构完整,叙事生动曲折,为明代寓言所仅见。拟物形象传神,个性化的语言尤为突出,如表现狼之狡猾凶狠:

> 狼咆哮谓先生曰:"适为虞人逐,其来甚远,幸先生生我。我馁甚,不得食,亦终必亡而已。与其饿死道路,为群兽食,毋宁毙于虞人以俎豆于贵家。先生既墨者,摩顶放踵,思一利天下,又何吝一躯啖我而全微命乎?"

狼执无理之理以逞凶残于被救之后,其啖人本质暴露无遗。文中刻画的形象都非常生动,各具神采,东郭先生的愚执,狼的狡猾凶残,杖藜老人的智慧,老杏树和老牸也都各有其性情。东郭先生是一位墨者,执着于信仰,但迂执不通世故,却又颇具战国策士之风,如对赵简子辨驳一段:

> 鄙人不慧,将有志于世,奔走遐方,自迷正途,又安能发狼踪以指示夫子之鹰犬也。然常闻之:大道以多歧亡羊。夫羊,以一童子可制之,如是其驯也,尚以多歧而亡,狼非羊比,而中山之歧可以亡羊者何限,乃区区循大道以求之,不几于守株缘木乎!况田猎,虞人之所事也,君请问诸皮冠,行道之人何罪哉?且鄙人虽愚,独不知夫狼乎?性贪而狠,党豺为虐,君能除之,固当窥左足以效微劳,又肯讳之而不

言哉!

这样的长篇大论在明代寓言中并不多见,充分体现了东郭先生的愚执。《中山狼传》在文末借杖藜老人之口说出全篇主旨:"仁陷于愚,固君子所不与也。"这不仅是对仁者的讥讽,更是对世态人情的挞伐,因而有着深刻的社会意义。

明前期长于题跋的有解缙、杨荣、杨士奇、谢铎、吴宽诸家,他们的题跋,在内容和情感表达上,有浓重的盛世之文的特征,往往将对盛世的赞美、对圣恩的感激和投身治世的责任感融入其中;在风格上,则表现出平正雍容、和平易直的特征。

解缙(1369—1415)长于题跋,议论正大,是典型的台阁之文。如《跋苏文忠公书》:

> 书之为艺,非他艺比也,历世圣贤重之。盖人文施治化,述六经,应万事,经天纬地,不能外此,至百千万年日用而不可阙者,岂他技可比哉! ……苏文忠公大节表著,文章妙天下,其书师颜鲁公,规模淳厚,筋骨隐映,古意浑成,中藏至巧,如周鼎秦钟,使人可爱,因可以破愚起懦于千百载之下。(《文毅集》卷十六)

将书法艺术提升到"施治化,述六经,应万事,经天纬地"的高度,并且将书法与人品之高下联系起来。《琴逸轩跋》:

> 今子岂以此为隐逸乎?吾愿子毋怠厥志,他日出膺盛世,羽仪天朝,蓬莱之音与子一奏,跻天下之民于泰和仁寿之域中,然后可也,勉之勉之。(《文毅集》卷十六)

实际上否定了独善其身的隐逸,主张要用理学思想来规范隐逸,同时他所谓隐逸是为了出应盛世而积聚力量。

杨荣(1371—1440)的题跋更是如此,确有雍容大雅之风。如《题北京八景卷后》：

> 余尝考天下山川形胜,雄伟壮丽,可为京都者,莫逾于金陵;至若地势宽厚,关塞险固,总握中原之夷旷者,又莫过于燕蓟。虽云长安有崤函之固,洛邑有天地之中,要之帝王都会为亿万年太平悠久之基者,莫金陵、燕蓟若也。昔太祖皇帝受天明命,混一九有,以金陵龙蟠虎踞,长江天堑,遂定都焉。迨我皇上继承大统,又以燕蓟左环沧海,右拥太行,内跨中原,外控朔漠,宜为天下都会,乃诏建北京焉。……荣以菲才,叨逢恩遇,涓尘海岳,效报未能,兹以《北京八景图》并诗装潢成卷,因举足迹所至,书于卷末,具以诸景之概所以得名疏于图首。诚非欲夸于人人,将以告夫来者,俾有考于斯。不惟知天下之形胜之重,而又有以知八景所在,如目亲睹,有若予辈之菲薄,叨承国家眷遇之厚,乐其职于优游,得以咏歌帝都之胜于无穷者,皆上赐也。然则观于是者,岂无感发兴起以自奋于明时者哉?（《文敏集》卷十五）

这篇题跋写得气势非常,将北京的雄伟壮丽与个人的知遇之恩,自奋于明时的情感表达得相当突出,是典型的盛世之文。《恭题御赐牧牛图后》(《文敏集》卷十五)对"牧牛图"的解读完全是政治式的,而这又是统治者识民之性顺遂民生的结果,作者感念圣恩与夙夜竭心以报天恩的决心,在平缓的语气中传达出来。《恭题仁庙勅蹇忠贞卷后》(《文敏集》卷十五)亦是此类文章。杨荣的书画题跋,除了赞赏书法艺术之外,更提出"余事"论,强调书法之外的政事、政绩,而不徒以艺术视之。在这里,个体的性情得到承认,但这些闲适之趣也要合乎盛世的审美准则,这就造就了雍容大雅之风与和平易直之气。

台阁诸家中,杨士奇(1365—1444)最善题跋,往往表现出台阁大臣以道义相励、以国事为重的胸怀。大部分题跋皆行文渊雅,不事铺排,文字朴实,情感往往节制得很恰当,如《跋泷冈阡表》：

> 《泷冈阡表》,余得之子启学士,碑不载何人书,意是欧公自书,结

体甚佳。当时此文初出,宋景文即取'求其生而不得,则死者与我皆无恨'数语,书之以自省。然则世之治狱者,其可以忽哉!(《东里文集》卷十)

欧阳修是台阁文学的典范,深得台阁诸人称扬,他们所称扬的又非仅为其文,其道德、孝行、人品更为他们所推重。又如《跋赤壁图》:

> 苏文忠公以诚意直道事君,而为李定、舒亶之徒所毁,谪黄州。贤人君子之心,正大明白,何往不自得。矧公文章譬诸景星庆云,随所著见,辉焕万物,向使公不罹摈斥,区区齐安,山川风物,有此光气流于宇宙间耶?(《东里文集》卷十一)

提出以诚意直道事君,既以表彰苏轼,又以自励。《题黄少保省愆集后》(《东里文集》卷十)则是痛定思痛之言,也让我们了解台阁大臣雍容大雅背后的心态也并不宁静如水,一面是日夜窥伺,一面是拘滞狱中,夹缝中生存,其苦非常人所知。但即使如此也还要反求诸己,反躬自省,这种政治心态也决非虚伪,而是他们真实的想法。可知台阁大臣的雍容平和之气非经官场历练陶洗而不可得。杨士奇有很多颂美盛世之文,亦有真情流露,自然温雅,从容叙之而饱含深情。如《跋与友兰生往复诗后》忆及客武昌时与友人陆伯阳的交情:

> 第念余初至武昌,与伯阳一见,相好如平生,或数日不见,辄奔走相觅,各出所为文章相磨切。常延余坐友兰轩,置酒瀹茗,谭论为乐,忘尔汝。有过失相规,无所顾避。盖相聚七年而别,别逾年,复见之京师,相握手,累日绸缪不已,然犹相责善,不减武昌时也。既别数月,寓书贶余,余得书三日,则闻卒。是日余始授官,贺客满座,而余悲发于中,陨涕不已。呜呼惜哉!余平生交友多矣,或亡没,或散处,独伯阳至今常往来于怀也。(《东里文集》卷九)

这段文字朴实自然,情感真挚,道出了以道义相勖的君子之风,是台阁题跋文中少有的朴实真挚之作。

清四库馆臣谓金幼孜(1367—1431)之文:"边幅稍狭,不及士奇诸人之博大,而雍容雅步,颇亦肩随。"(《四库全书总目》卷一百七十)这个特点也体现在金幼孜的题跋之中,如《恭题仁庙御书后》:

> 伏惟永乐中,太宗皇帝屡巡北京,仁庙实监国事,亲贤纳善,惟日不足,仁声义闻,播于四海。凡直之得拜赐予者,皆优礼贤士之盛典,非私之也。其允答陈请者,亦事理之当然,非过也。无赐隆于上而报勤于下者,此古昔盛时君臣相与至意,所以治化彰明,休闻弥流,而功业宏远也。今观仁庙之眷礼于臣下者既隆且厚,而直之图报于上者益勤以忠,则上下之情交孚叶契,可谓至矣。然则是卷之藏固将以贻永久,又岂图一时之荣而已哉!(《金文靖集》卷十)

字里行间充满了对仁宗皇帝的崇敬和感恩之心,并将其上升为君臣相得的境界,故此上下之情相孚,方达于治化流行的开明世界。这样的文章的确可以说是雍容雅步。

谢铎(1435—1510)的题跋往往紧凑明炼,严谨而有章法。如《书魏鹤山遗墨》:

> 观鹤山先生此帖,具见贤者立朝之节、忧世之诚、处身之智,而宋之国事至此,亦可慨矣。然其言虽不用而讳于谏草之传,位虽不安而不妨于祠禄之请,于是又见宋虽季世而犹不失待士之厚,是以二百年间人材之盛以至于是,而犹有若先生者,诚非偶得也。识者谓士不幸而不生于三代,则生于宋,於乎,其固然哉!先生故蜀人,赐第在吴且葬焉,故苏人多得先生遗墨。此帖翰林修撰吴君原博所藏,君博学好古,将有慕于欧公之为者,其所得殆不止此。夫以一书画器物之工,犹为世所宝爱,况大儒君子之手泽而有关于出处兴废之义者乎?此故吴君之意,而吾徒之相与叹且慕焉。(《桃溪净稿》文卷二十九)

以一遗墨而发大议论,以见世道、人心、国家之关系,但又收束得很紧,绝不拖带,语意之间,一派从容。同时,又能转折自然,将吴宽收藏此遗墨之意和盘托出,寄意深厚。

吴宽(1435—1504)的题跋文多为老成纡余之作,如《跋赵吴兴临王右军〈十七帖〉》:

> 学书者师晋王氏,乃为善学。若近代吴兴赵公,又其高弟子也。公于右军,尤喜临《十七帖》。此则马抑之刑曹所藏,一日持示。适客有自锡山来者,亦出一本观之,笔画肥瘦稍异,然皆出公手无疑。客又言:"吾族人尚藏其一,亦真迹也。"于一日之间,所闻见者,已得三本,乃知此帖盖为公平日书课,所谓"弊精疲力以学书为事业,用此终老而穷年",不免如欧阳子之所讥者。然欧阳子又谓古人作书,初非用意,逸笔余兴,淋漓挥洒,使人骤见惊绝,徐而察之,愈无穷尽。夫其书之妙如此,岂一举笔而遂能哉?盖其功已用于平日矣。故世传右军临池学书,池水尽黑,因有墨池之名。事之有无,固不足辨,然果欲其书法之妙,虽由天资人品,而学力所至,亦不可诬。观于吴兴公,足以验之矣。(《家藏集》卷四十九)

平缓写来,波澜不惊,但多为内行之言,于书法颇多自得之语。文中辨赵孟頫此帖多本之别,指出其为平日书课之作,确为有见。而由此引申出书学境界在于"初非用意,逸笔余兴,淋漓挥洒",天资与学力之关系的论述尤为确切不移。

承宋儒之学,在明前期,语录成为儒者论学的主要载体。曹端(1376—1434)有《月川语录》,如:

> 大抵一理散为万物,万物合为一理,造化以此而生,人以此而已。子思曰:"天地之道,可以一言而尽也。"夫子曰:"吾道一以贯之。"又曰:"予一以贯之。"天地圣人,岂有二道也哉!

理有未穷,故其知有不尽,则其心之所发,必有不尽纯于义理,而无杂乎物欲之私。

狂简之人只是自立高了,都不理会世事,所以易入异端,大率异端是遁世高尚。索隐行怪之人,其流为佛老,且如孟子之反不伐,是他自占便宜处。

陈献章(1428—1500)有《白沙先生至言》,"言由中出者也,本乎自然者也"(湛若水《白沙先生至言序》)。其文如:

为学莫先于为己,为人之辨此,是举足第一步,熟味此诗则晦翁所以教人之意可默契矣。

心地要宽平,识见要超卓,规模要阔远,践履要笃实,是四者可以言学矣。

人无气节不可处患难,无涵养不可处患难。如唐之柳宗元不足道也,韩退之平日以道自尊,潮州一贬便也撑持不去,如共太颠往来,皆是忧愁无聊,急急地寻得一人来共消遣,此是无涵养。

章懋(1436—1521)《枫山语录》分五类:学术、政治、艺文、人物、拾遗。如:

学者须要宽,见得理明,应事方得力。徒守死敬而见理不明,则用处不通,便差却。

词章之学,治世用之不能兴礼乐,乱世用之不能致太平。

世之传人物者,往往有取于奇节伟行以惊世动俗,而于庸行之善者,则以为常事不书,而悦于苟难,殆非圣人中庸之教也。若曾子固以洪渥所存，人人所易到而载之，得非有见于是耶？

蔡清(1453—1508)《艾庵密箴》也类似于语录，只不过是用以自箴的，类用片纸书，置于卧处外人足迹不到之地。其中有：

> 风光月霁，其心胸海阔天高，其器宇凤文麟趾，其威仪玉振金声。

> 心术要正大，举动要光明，如青天白日，乃不负平生。善言者自简，善应者自定，君不见钟不扣则不鸣，水不止则莹。

其他如薛瑄有《读书录》，罗侨有《潜心录》，不具引。

第三节 明中期杂论文

明中期寓言代表作家有李梦阳、顾璘、王慎中、王世贞等。

李梦阳(1473—1530)的寓言多有深意寓,代表作有《月坞痴人对》、《虚里子对》、《郁郅子解》等(均见《空同集》卷六十一)。《虚里子对》设为虚里子与龙溪公的对话,结尾处还请出河中子相质对。虚里子面对现实,主张"予成若德焉尔,知不知奚恤焉"。而龙溪公则讲了一则故事:

> 往有翁出龙溪之野,见巨卵五色,携以归,伏以舒雁。居顷之,剖子,鬼颡尾杀,蛇身,四足,青黑斑若鳞。是日瑞气郁盘,紫气垣下上。翁大惊喜,祝曰:"兹殆龙子,天锡我祉。"龙子性劣恶,好缘树骑屋,翻盆倒罂。生之日,鸡犬咸鸣走。龙子又嗜血食,翁顾无所得血食,若且怖。于是斋沐诹日,请龙子诣溪焉。适有妇浣于溪,龙子击杀食之。其家因即击翁曰:"是翁家物。"后数年,夜雷电,有龙降翁室,绕其故巢三匝而去。夫今之欲成人之德者,不为豢龙翁几希。故君子之于人,三宿而后见,非崇傲也;三年而不言,非贬行也。诚不通则交不固,中不孚则听不入。

但虚里子还是坚持:"独不曰拯溺者不畏濡履,捄焚不惜燎衣,必欲为浑然窅莫之行,必蚓而后充者,是岂可哉?"作者假托的两个人物实际上是李梦阳的思想矛盾。他一方面借龙溪公之口说出应该适应官场现实,要自己戒除狂傲和激言,以李梦阳在官场的遭遇看,这是他内心的真实想法。但他毕竟有着坚定的信仰和顽强的斗争精神,有拯济天下之志,不愿浑然无知无识地面对现实。《月坞痴人对》中的《马对》写秦子与郁郅子就伯乐问题的对话,秦子以为:"伯乐即幸而生今之世,吾恐骊黄牝牡之徒得以铄金而铄天也。诚使人众议坚,伯乐既幸而复生,故不得破其非良也。"对明代政治与官场生活的失望使得李梦阳充满了批判意识,并敢于说出人们不敢说的话,充满欲致效于明时圣王而不得的悲愤之感。

何景明(1484—1521)有寓言《甓盗》、《兽纪》等(《何大復集》卷三十八)。《甓盗》写三盗入室偷窃事,似从民间故事而来。《兽纪》写狐假虎威:

> 狐善媚,尝藉虎威以慑群兽。一日,众狐食绝,将出野求食,畏他兽凌躁,乃谋于雄曰:"当复从虎出也。"雄曰:"汝胡自鄙小也?虎技宁过我也?"群狐乃自从虎出,雄者即尾其后,呼啸,若噬群兽者。群兽见虎来,皆伏不敢视,众狐得食,返笑其雄曰:"何复从虎也?"雄掉尾怒曰:"汝谓群兽伏者畏虎耶?"

构思巧妙,生动有趣,将一个耳熟能详的故事写得很有新意。

王慎中(1509—1559)的《晓江渔者记》(《玩芳堂摘稿》卷四),是一篇有着深刻寓意的作品。文章写一人"颠白眉庞,杖拏鼓枻,而见为业鱼。三闾大夫之贞,孔子之圣,仅足以发其人之一哂",但不知其姓名与居所,不得与见,但见所谓晓江渔者。此时作者正以罪黜,不知所以自释,"然后进而求于孔子之道,诵说诗书,蹈习礼乐,以自苦励,而休其不平之怨"。而渔者以为诗书礼乐之言"强聒而博喻之,唯恐吾之诵说之不勤,蹈习之不固",令他怀疑"渔者其尤未足以方于泽畔林中之人欤?胡为使吾得求其姓名,访其居舍,而与吾言之多且尽如此?嗟乎,此渔者所以为渔者也欤?"他日以访,但其庐已虚,忽值于非意之间,但不答不应,"刺船而逝"。王慎中在罪黜之日仍坚持求孔子之道,渔者本是隐逸的象征,却也诵说不已。这个虚拟的人物实际上就是王慎中本人另一种思想的象征,进退都要坚守儒道是此文所要表达的信念。

王世贞(1526—1590)有《波斯胡》、《戏为狮猫弹筝》、《猱说》诸文(《弇州山人四部稿》卷一百一十一)。其中《波斯胡》很有特色,或从民间故事而来,以讥讽贪婪而不知止者:

>波斯胡者,尝得一虫,青质而善面。其巨胡识之,曰:"是宝媒也。"则与诸胡携之南海上,丛戟自卫,构巨鼎,跞油而火之,三日夜不休。海人出于波,以珊瑚之长丈者赂焉,曰:"请宽是。"胡衷珊瑚而戟之去也,复火之三日夜。蛟人出于波,以明珠之围七寸者赂焉,曰:"请宽是。"胡衷明珠而戟之去也,复火之三日夜。龙女出于波,以若月之璧,若日之鞿鞣赂焉,曰:"请宽是。"胡衷璧若鞿鞣,而又戟之,且叱之曰:"去吾不?尽而父藏!"不止。龙父惧,走而诉上帝,下震霆雹急击,巨胡死,众宝流离人间。王子闻之叹曰:"是亦不可以已乎!"

明中期题跋文风格多样,佳作甚多,这里只谈文征明、祝允明、李梦阳、杨慎、陆树声、王世贞、徐渭等的题跋。

文征明(1470—1559)的题跋,行文渊雅,余味不尽,于朋友之情颇多感怀,真切动人,并且于事于理颇有见识。如《题祝希哲手稿》云:

>右应天倅祝君希哲手稿一轴,诗赋杂文共六十三首,皆癸卯、甲辰岁作。时君年甫二十有四,同时有都君元敬者,与君并以古文名吴中,其年相若,声名亦略相下上,而祝君尤古邃奇奥,为时所重。又后数年,某与唐君伯虎亦追逐其间,文酒倡酬,不间时日。于时少年气锐,偭然皆以古人自期。既久困场屋,而忧患乘之,志皆不遂。惟都君稍起进士,仕为徒官,君与唐虽举于乡,亦皆不第。君后虽仕,亦不甚显。寻皆相继下世。余视三君最为庸劣,而仕亦最后。呜呼!三君已矣,风流文雅,照映东南,至今犹为人歆羡。余虽老病幸存,而潦倒无闻,不足为有无也。此卷虽君少作,而铸词发藻,居然玄胜。至于笔翰之妙,亦在晋宋之间,诚不易得也。嘉靖十五年丙申,上距成化癸卯五十有四年,而祝君下世已十有一年矣,是岁三月廿二日某题,时年六十有七。(《甫田集》卷二十三)

由祝氏手稿引起对往事的回忆,三君已亡,唯己独存,感慨深矣,而行文雅淡平易,益发见出当年四才子的风采和交谊之深厚。文征明一出即归,优游林下 30 年,性情温雅,不似祝、唐二子狂肆敢言,但于世事却有着深厚的体味,往往出之以平易淡雅之文,即使论及大事亦复如此。如《题张企斋备遗补赞》:

> 自古国家未尝无骨肉之变,而唐太宗之事出于不得已,然不免于后世之议者,《春秋》责备之义也。我朝壬午之际,事出非常,视临湖之变尤为有名,而一时死事之臣,独视王、魏诸人有光焉。则是我国家元气之正,与夫作养人材之盛,有非前世所能仿佛万一也。惟是一朝史事废缺,统纪不传,实非细故。文皇晚岁,稍稍悟悔,盖尝形诸言矣。而当时无将顺之者,遂使一时之事泯没不传,则于靖难诸臣不能无责焉。(《甫田集》卷二十二)

虽然其时"国禁渐弛",但于靖难诸臣实难言之。此文反复辗转言之,余味不尽,意蕴深厚,颇得行文之妙。《题欧公二小帖后》云:

> 欧公尝云:"学书勿浪书,事有可记者,他日便为故事。"且谓:"古之人皆能书,惟其人之贤者传,使颜公书不佳,见之者必宝也。"公此二帖,仅仅数语,而传之数百年,不与纸墨俱泯,其见宝于人,固有出于故事之上者耶?(《甫田集》卷二十二)

这则题跋极简省,由欧阳修二小帖引出,意谓书品与人品关系至重。文征明以翰墨自娱,而坚决不肯轻为富人、中贵人题写,其人品之高非他人可比。

祝允明(1461—1527)主张:"勿以耳目奴心,守人餂语,偎人脚汗,不能自得。"(《怀星堂集》卷十二《答张天赋秀才书》)他的题跋颇有见识,非漫然成文者,如《跋苏文忠五帖》:

> 右苏文忠五帖,其一与郭延平,二与中玉提刑。延平不知名,提刑不知姓。所言报答小事外,献蠔帖极言蠔之美,至令叔党勿传北方

君子,恐求谪海南,以分其味。苏钧秀才帖言歙砚发墨润滑,虽非绝品,亦不必他求。闵仲叔不以口腹累人,公人品绝世,岂以一蠓秘于人,大率寄其高逸之韵,如以啖荔,欲长作岭南人游事,奇绝而不恨死,皆此意也。然复以此望于人,可见其视世,满目皆同志君子也。即品砚之旨亦然,何其闳博大人至如此!帖在朱子儋所,后一纸为叔党题郭熙平远三绝,气度正尔与乃公相缀属,尤可敬爱。(《怀星堂集》卷二十五)

自来题东坡帖跋语可谓多矣,此文由几封不知名的小帖说起,赞美苏东坡的高逸旷达,能言人所不能言,多自得之语。行文亦散朗飘逸,颇得东坡神韵。祝允明晚年题跋,更是风神散朗,漫笔挥洒,绝有明后期小品风采,如《题草书后》、《题马刑曹画草石后》(《怀星堂集》卷二十六)。

李梦阳(1473—1530)亦长于题跋,如《题史痴江山雪图后》云:

雪之天黯霾,凡云色异,独雪同,诗曰"上天同云"是已。雪之山,巅不骨,溪壑浅,蹊径迷,雪甚则樵不入。雪之水,云天同一,有舟篷白,而人蓑笠之,则水见矣。雪屋檐直,或明其囱柱,然不见茅与瓦。雪之驴,下视凌竞,若临窟蹈穴。雪之人,目旷而神敛,眩眩然光夺之也。雪之木,枯则白其上皮,花叶雪则皓其心。雪无风则匀,匀斯画矣,即妙笔,弗画弗匀之雪。何也?势使然也。画之势贵粗荡,近详远略,情贵雅而包,意贵减而宛,气贵豪而汹。五者,雪之良者也。李子尝论及画事,田生曰:"其惟史痴乎?江山一图近之矣。"是图今落于吾家,李子取而观之,曰:"微痴,吾谁与言雪?"(《空同集》卷五十九)

这篇题跋文字特异,以雪之山、水、人、驴、木五者写图中所画,句式奇异,别有一番古雅之韵。结尾处引申画雪之势、近远、情、意、气,如此才能画出雪之精神,就显得顺理成章了。

杨慎(1488—1559)《异鱼图赞跋》云:

予作《异鱼图赞》，间出以示好事者，或献疑曰："'《尔雅》注虫鱼，定非磊落人'，子不见韩子之诗乎？"予曰：韩子有为言之也。迹其焚膏继晷之际，口吟手披之余，遇虫名鱼字得删之乎？老子云"美言不信"，而五千之言，未尝不美。庄子欲绝学，而庄子何尝不学？苏子谓"人生识字忧患始"，岂欲人尽不识字乎？如此之类，古人善戏谑，自掊击之一机也。虽然，不可以训。若孔子则岂其然，教小子以学诗，终于多识，则虫鱼固在其中矣。孔子岂非磊落人哉？（《升庵集》卷十）

杨慎此跋乃有为之言，其时贬斥荒蛮，一腔精神无以发泄，不得已而专注于"虫鱼"之间。但行文之际却毫无愁苦之言，通篇引用古人"戏谑"语以成文，可见其潇洒自得之境界。杨慎博学为明朝第一，作题跋亦好引书，但适能与性情相应，胜似长篇铺排远矣，《跋自书小楷春兴诗》（《升庵集》卷十）即是一例。又如《跋七姬帖》云：

国朝真、行书，当以宋克为第一，所书《七姬帖》文，其冠绝也。然其事则可疑。七姬之死，盖出于潘之逼之，谓不幸则可，非徇节也。平居则獶杂子女而渔聚之，一旦有变，恐乐他人之少年而雏经之，潘之恶甚矣。宋之书人多珍之，故其帖盛传，适以播潘之恶耳。元末士风类如此，上下荒淫，载胥及溺，欲不亡得乎？余旧料其情若此，近观高季迪吊七姬〔多丽〕词云："倩嫦娥呼天，试问如何？向人间生成尤物，等闲又把消磨揉。群花乱飘尘土毁，联璧碎掷烟波。漫说无双倾城，曾数八人少个六。人多一般样，细腰袅袅，高髻峨峨。　奈干戈筵上，艳曲翻做帐中歌。忍教受项缠素帛，浑忘记臂结红罗。翠被都闲玉钿尽，落魂游，应去马嵬坡。谁能发香囊解看，怕肉尚温和。堪肠断，空楼月落，废院春过。"其事情信无疑矣，吁，可怜哉！（《升庵集》卷十）

文中所辨事为事实无疑，更为重要的是杨慎指出了历代末朝乱世女子殉节的真相,读之令人胆寒。王世贞《七姬帖》评曰:"其事大奇而不情,杨用修跋可谓得其隐,真汉廷老吏也。"(《弇州山人四部稿》卷一百三十六)

陆树声(1509—1605)的题跋别具一格,其佳处往往在于简淡数笔,就能将其闲适的心态写出,毫不矫情做作。这种心态往往源自于日常生活感受,经其点染,日常生活被笼上了一层诗意化的细纱。如《题东坡笠屐图》:

> 当其冠冕在朝,则众怒群咻,不可于时;及山容野服,则争先快睹。彼亦一东坡,此亦一东坡,观者于此,聊代东坡一哂!(《陆学士题跋》卷上)

这与其是在写苏东坡,不如说是在写他自己。陆树声一生多次乞归,相对官场生涯,他更喜欢闲散清逸的田园生活,故下笔之际,两者相融,风韵独出。又如《题藏画》:

> 国朝画,推钟钦礼。钦礼画类工,尤工写牛,其风神品格,几与戴嵩、韩滉并推。即年代未远,笔染颇多,世未宝惜,然画家已列名品矣。予二方,得之白崖叶君,予时盖垂髫也。每视其笔墨所到,势若飞动,逼切真态,意颇爱重,置中笥中,出入把玩。予以辛丑岁,抱艺上京师,则又与之偕至京师。凡舟栖旅泊,风雨晨昏,灯火笔札之余,辄出披对。第念昔人宝玩名笔流散不偶,而此笔从予手披者,几二十年,且不为好事者取去,表而传之,安知不与昌黎记人物画并游耶?(《陆学士题跋》卷上)

他所收藏的画并非知名画家之作,但正因为如此,作者才能够每当风雨晨昏,灯火笔札之余,披玩二十年,不为好事者取去。这是一种多么旷达散淡的情怀呵!《题王云竹诗卷前》(《陆学士题跋》卷上)叙述一件极平常的事件,行文又极平淡,似无余味,但细品之下方知其佳妙处正在一"淡"字,惟淡而不事修饰,故能如玄羹之味,令人难忘。

王世贞(1526—1590)"时与李攀龙狎主文盟,攀龙殁,独操柄二十年"(《明史》卷二百八十七本传),所作题跋极多,尤以晚年所题为佳。盖由早年主秦汉,尚宏博,转为平淡简约,风神卓特;又由早年之心高气傲,转而渐造平淡,心胸豁达。《明史》本传说他病亟时"手《苏子瞻集》,讽玩不置"。这种转变在他的题跋中最为明显。《弇州山人续稿》中有很多题跋为苏东坡而写,如《东坡手书四古体后》:

坡仙所作《煎茶》、《听琴》二歌,《南华》、《妙高台》二古选,中间大有悟境,非刻舟人所能识也。《南华》诗最后作,考其书是海外鸡毛笔所挥染,故多纤锋,大抵能以有意成风格,以无意取姿态,或离或合,乍少乍老,真所谓不择纸笔,皆能如意者也。(《弇州山人续稿》卷一百六十一)

随笔写来,笔意皆佳,绰有坡仙风神。又如:

《苏子瞻札》:"千乘侄屡言,大舅全不作活计,多买书画奇物,常典钱使。欲老弟苦劝公,卑意亦以为然。归老之计,不可不及今办治,退居之后,决不能食淡衣粗,杜门谢客,贫亲知相干,决不能应副。此数事岂可无备? 不可但言我有好儿子,不消与营产业也。书画奇物,老弟近年视之,不啻粪土也。"苏长公此札,家人语耳,而中余病,如描写蒲传,正不知作何许状。想亦是好奇落魄,不问产业者。数百年中乃亦有此两人也,记以自规且自笑也。(《弇州山人续稿》卷一百六十一)

前部全录东坡书札,这种写法在题跋文中很少见,如果不是深有同感,绝不会如此。其晚年行文境界之高,由此可见一斑。《又题伯夷颂》(《弇州山人续稿》卷一百六十一),则表现出其人生境界颇有东坡风味。虞淳熙《徐文长集序》说,东坡之身自天堕地,分身为四,王世贞即是其一(《徐渭集》附录)。足见时人对此已有清晰的认识,亦可见复古派向性灵文学转化的痕迹。王世贞题跋除了有很高的艺术鉴赏力之外,行文自然,随物赋形,皆成至文。《沈石田画虎丘》将遇雨经历融入作品中,绰有余味(《弇州山人续稿》卷一百六十九);《米元章跋奕碁图》则是考辨文字,从图意说起,又论其书法疑为元人作(《弇州山人续稿》卷一百六十一)。凡此,皆可见王世贞题跋内容之丰富与风格之多样。

徐渭(1521—1593)亦长于题跋文字,别开生面,自具一格,打破了前期题跋的格套,全凭一己心意所之,挥洒成文,看似随意,实则经一番陶炼洗濯而出,底蕴深厚,而才气贯注。如《书石梁雁宕图后》:

> 台宕之间,自有知以来,便驰神于彼,苦不得往。得见于图谱中,如说梅子,一边生津,一边生渴,不如直啜一瓯苦茗,乃始沁然。今日观此卷画图,斧削刀裁,描青抹绿,几若真物,比于往日图谱仿佛依稀者,大相悬绝。虽比苦茗,尚觉不同,亦似掬水到口,略降心火。老夫看取世间,远近真假,有许多种别,不知他日支杖大小龙湫,更作何观。(《徐渭集·徐文长三集》卷二十)

可谓提笔不凡,挽结绰有余味,转折之间,情意毕现。而梅子、苦茗、掬水之喻,更是寓意精切。笔触老到,层层递进,余味无穷。徐渭长于书画,皆能独创一格,他的书画题跋不仅精于鉴赏,又对书画得失深自有得,下笔之际,新见迭出,如《书李北海帖》(《徐渭集·徐文长三集》卷二十)。而更为佳妙处,还在融生活趣味于题跋之中,《书朱太仆十七帖》(又跋于后)(《徐渭集·徐文长三集》卷二十)从昨日事说起,趣味渊雅,戏笔成风,文笔老辣,一个洞达、风趣的形象跃然纸上。徐渭的题跋能够将真实自我毫不掩饰地展现,将自己独特的生命体验与生活感悟融入文字之中,漫然与随意之间,新意迭现。《书草玄堂稿后》(《徐渭集·徐文长三集》卷二十)以女子初嫁与老妪之态喻诗歌,绝有趣味,读之令人发笑。这种反思兼讽世的笔法,非有"真我"之思者不能,诗理就在这自然浅近的比喻中流淌而出,以极近人之事,写出了极真切之意。

明中期以来,人们对稗官小说、杂俎笔记的兴趣日益浓重。陈继儒云:"吾乡自陶南村撰《辍耕录》及《说郛》,有此一种习气,而嗣后祭酒俨山最称博雅,徐长谷、何柘湖、张王屋、朱察卿、董紫冈继之,又与吴门文征仲、王履吉交,故能泛滥究讨……"(《偃曝余谈》卷下)这其中,与明后期清言类似的较有名的作品有陈沂(1469—1538)《拘虚晤言》、敖英(正德十六年进士)《慎言集训》等。《拘虚晤言》类似于格言性质,第一条云:"刀剑,凶器也,而可以御凶;荆棘,恶材也,而可以防恶;阿魏,臭物也,而可以止臭。故纳判以治判,岂非善驾驭者之术哉!"又如:"火无逾光之烛,鉴无过形之照,器之所使也,故君子尽人之能而已矣。"

郭绍虞《重刊菜根谭序》说:"《菜根谭》一类的书在明季颇为流行;实际,即是语录体谚语化的结果","假使说语录体是言之不文者,那么,谚语化的语录体便是言之文者"①。的确,明中期语录中除了大量论理气性命的话之外,也孕含了很多与明后期清言小品内容和表述方式上相同的东西。明中期的清言式作品有的就是语录,有的接近语录体,按其内容,大致可分为两类:一类以人生感慨为主,语言清丽自然;一类以哲理探讨为主,语言平实朴素。

第一类作品有田艺蘅《留青日札》、《煮泉小品》,王文禄《竹下寤言》,钱琦《钱公良测语》,刘球《闲适剧谈》。田艺蘅的《留青日札》中有《玉笑零音》一卷,多为格言,可视为明后期清言小品的先声。如:

> 鹏运扶摇,不知游于天外;虱逃缝絮,不求出乎裈中。居化有宜,适真各得。

> 士苟洁心,无假浴于江海;女能饬体,何必竞其黛朱。(《留青日札》卷七)

赵观《煮泉小品序》评其书:"盖兼昔人之所长,得川原之隽味,其器宏以深,其思冲以淡,其才清以越。"(《煮泉小品》卷首)全书共十品:源泉、石

---

① 郭绍虞:《语言通论》,开明书店,1941年版,第81页。

流、清寒、甘香、宜茶、灵水、异泉、江水、井水、绪谈。兹录数则如下：

> 石流。石，山骨也；流，水行也。山宣气以产万物，气宣则脉长，故曰山水上。《博物志》："石者，金之根，甲石流精以生水。"

> 清寒。清，朗也，静也，征水之貌；寒，冽也，冻也，覆水之貌。泉不难于清，而难于寒，其濑峻，流驶而清，岩奥阴积，而寒者亦非佳品。

> 宜茶。芽茶以火作者为次，生晒者为上，亦更近自然，且断烟火气耳。况作人手器不洁，火候失宜，皆能损其香色也。生晒茶瀹之瓯中，则旗枪舒畅，清翠鲜明，尤为可爱。

王文禄(嘉靖十年举人)撰《竹下寤言》，自云："或对客谈，或游于艺籍，或静而思，恍然有觉，即录数言，聊以舒适也。"(《竹下寤言》卷一前题词)其书不同于一般意义上的笔记杂俎，少纪事，多纪言，形式上接近后期清言小品。如：

> 平旦之气，一刻圣人也。回也其心三月不违仁，三月圣人也。其余则日月至焉而已矣。一日一月，圣人也，是故万世圣人自一刻始。

> 乡愿今何有也，滔滔乎鄙夫乎，不必先言圣贤之学，当先去市井之心。噫！物欲之迷埋于万丈红尘之中，须鼓刚风以扇之，则青天白日胸襟曷可忘也！（《竹下寤言》卷一）

钱琦(1469—1549)的《钱公良测语》也是类似作品，彭辂序称："高洞要原，卑入无间，咸出胸臆所自得，垂世训诫，而列之程典者也。"(《钱公良测语》卷首《钱公良测语赞》)其文如：

> 清苦固是佳事，然亦不可过。天下岂有薄于自待而能厚于待人

者乎？（《钱公良测语》卷下"敛精"）

圣人未尝不喜，喜以物而不以己；圣人未尝不怒，怒以物而不以己。（《钱公良测语》卷上"淳风"）

慎言语固难，节饮食亦不易。余尝饮食失节，书"戒尔食，终是贼，多食贼身之难，尔忘乎哉？"置几上以自警。（《钱公良测语》卷上"繇庚"）

第二类作品有王廷相《慎言》、《雅述》，薛蕙《约言》，蔡瑷《泫滨蔡先生语录》，孙宜《遯言》，湛若水《天关语通录》等。

黄芳《慎言序》云："学以宏识，识以定志，志以宣言，言以达事，事正而后德业先焉。是故言者，志之显也；理者，言之宗也。理之体本一，而变则不一，变虽不一，而吾之炯然在中者，则不可以不一。一斯定，定斯不眩，故能审几微之际，洞万物之情，酌取舍之中，适事理之正，而于言也，若有不容已焉。"（《慎言》卷首）可见王廷相（1474—1544）《慎言》一书之性质，如同语录。该书分道体、乾运、作圣、问成性、见闻、潜心、御民、小宗、保傅、五行、君子、文王、鲁两生数卷，其行文正如自序所说："仰观俯察，验幽覈明，有会于心，即记于册。三十余年言积数万。"如：

方逊学忠之过者与？要亦自激之甚致之。忘身殉国一也，从容就死，不其善耶？激而至于覆宗，义固得矣，如仁孝何哉？轻重失宜，圣人岂为之？文山国亡，被执数年而后就死，人孰非之哉？（《慎言》卷十三《鲁两生篇》）

薛蕙（1489—1541）《约言》共九篇：天道、性情、潜龙、时习、君道、学问、君子、立言、春秋，李宗枢序称："有以见夫吾心之体散见诸万物，有以见夫天下之文会于其心，同归而殊途，一致而百虑，至博而无外也，至约而无余也。"（《约言》卷首）这是一部具有哲理探讨性质的著作，亦可视为明后期清言小品的发端。如：

> 古人因言语以入道,后世依藉言语,展转穿凿,徒以虞说耳目而已。(《约言·立言篇第八》)

> 曾点言志之事,是谓素其位而行,处贫贱如是,处富贵亦如是尔。循天之理,随寓而安,尧舜之气象也。谓初无舍己为人之意,此则侵过地位,有害于洒落之意。(《约言·春秋篇第九》)

湛若水(1466—1560)《天关语通录》是一部典型的语录,题下小注云:"同门先后所录及忆师说答问者,俱附入,故无次。"(《湛甘泉先生文集》卷二十三)其文如:

> 谚云:"河豚可食,性命难舍。"先生闻之曰:"即此可以知性命矣。有身即有性命,生之谓性,生理之具于心乃性也。"

> 渭厓霍公与先生言事,每每议不相同,遂至变色而罢。先生处之,澄然若无事者,人颇难之,先生曰:"此亦未有难事,直是本体合当如是,见得后则无事矣。吾平生觉得惟有此处得力。"

王艮(1483—1541)有《语录》二卷,如:

> 或问异端,曰:"圣人之道无异于百姓日用,凡有异者,皆谓之异端。"

> 问节义,先生曰:"危邦不入,乱邦不居,道尊而身不辱,其知几乎?"然则孔孟何以言成仁(原文为"人")取义,曰:"应变之权,固有非教人家法也。"

> 隐居以求其志,求万物一体之志也。(《重刻心斋王先生语录》卷一)

王世贞《弇州山人四部稿》中有"说部",凡七种,其中《札记内篇》、《札记外篇》或记一思之得,或为读书笔记,或评史论政,寥寥数语,体近语录。如:

  今之谈道者,吾惑焉。有鲜于学而逃者,有拙于辞而逃者,有败于政而逃者,有骛于名而趣者,有縻于爵而趣者,欲有所为而趣者,是陋儒之粉饰而贪夫之渊薮也。

  天下之事名,执其虚而利。执其实,圣贤莫能逾也。莫能逾,而知其为害之大也。故举而约之道。(《弇州山人四部稿》卷一百三十九《札记外篇》)

第四节 明后期杂论文

明后期寓言写得比较特殊且具有突破性的作家是屠隆（1542—1605）。屠隆的《广桑子游》（《鸿苞》卷二十二）是一篇纯以想象行文的寓言式游记①，作者假广桑子游五岳，文中充满了神奇的想象。广桑子是作者虚构的一个人物，其实就寓指屠隆本人，而这正赋予了作者无限的想象力，以如梦之笔，借助超人的想象力和丰富的感受力将游境写出，是一篇非常独特的寓言作品。开篇写道："广桑子为吏困于世法，与人吐悃情之谈，行不典之礼"，遂厌弃世法，"纵心广意而游于漭漭之矣"，"挟一烟霞之友与俱，各一衲一瓢，以百钱自随，不取盈而欲令百钱常满，以备非常"。乞于城郭、村落、朱门、白屋、仙观、僧庐、戒所，日行甚缓，遇樵人渔父、村氓野老，与谈田野之趣。屠隆还设想出各种意外，如渡河、强盗、恶少、重病、虎狼之类，其游随时可能会中止。一旦获免，便游于五岳四渎、洞天福地，散在九州之名山大川亦及之，更游于赤县神州之外。遇会心处，或旬日居之，终朝趺坐。若在旷野，意兴凄绝，亦萧瑟有致。入通都大邑，遇目众生，兴到入酒肆沽酒纵饮，世人惊为仙人，须臾径去。见高门大第中王公贵人置酒为会，广桑子双眸炯碧，意度轩昂，高唱道曲，为贵人所逐。至一处峰峦背郭，楼阁玲珑，琳宫梵宇，参差掩映。时值城中人行春，遇一书生，邀与众书生饮，听其臧否人物，扬扢风雅，道人不出一辞。末作一诗云："沿溪踏沙行，水绿霞红处。仙犬忽惊人，吠入桃花去。"众书生惊为天仙之语，遂强挽入城。道人更宿诸人家，"或登高堂，或入曲家，或文字之饮，或歌舞之场，道人无不往者"。居一月，忽告去，入山，遇一老翁教以虚静无为之旨。复又造访故人家，与论解脱尘缚之术，又论三教之旨。辞友人去，乞食于途，向众人广为说法。与一书生论辩，谈仙佛之道，一少年怒

---

① 陈继儒将这部作品收入《宝颜堂秘笈》时改名为《冥寥子游》。

欲殴之,广桑子笑而不答。夜宿逆旅,有妇人冶容艳态与之调笑,不为所动。"广桑子游三年,足迹几遍天下,目之所见,耳之所闻,身之所接,物态非常,情境靡一,无非炼心之助,虽浪游亦不无补哉。于是归而葺一茆四明山中,终身不出。"林语堂曾称此文为"小品文中一奇书也"①,有篇幅、体裁、文字、意境四奇。

江盈科(1553—1605)有《雪涛小说》,多为寓言。他的寓言不以取譬精当、描绘精切名世,而以议论著称,表现了强烈的批判现实精神。如《鼠技虎名》,从"楚人谓虎为'老虫',姑苏人谓鼠为'老虫'"的方言差异入手,写自己为长洲令时,"以事至娄东,宿邮馆,灭烛就寝。忽碗碟砉然有声,余问故,阍童答曰:'老虫。'余楚人也,不胜惊错,曰:'城中安得有此兽?'童曰:'非他兽,鼠也。'余曰:'鼠何得名老虫?'童谓吴俗相传尔耳"。接下来论道:

> 嗟嗟,鼠冒老虫之名,至使余惊错欲走,徐而思之,良足发笑。然今天下冒虚名、骇俗耳者不少矣:堂皇之上,端冕垂绅,印累累而绶若若者,果能遏邪萌、折权贵、摧豪强欤?牙帐之内,高冠大剑,左秉钺,右仗纛者,果能御群盗、北遏虏、南遏诸夷,如古孙、吴、起、翦之俦欤?骤而聆其名,赫然喧然,无异于老虫也;徐而叩所挟,止鼠技耳。夫至于挟鼠技,冒虎名,立民上者皆鼠辈,天下事可不大忧耶?(《雪涛阁集》卷十四《小说》)

由自己亲身经历的一个小误会,联想到官场之中,冒虎之名,挟威势以临民的文武官员,实无安邦定国之能,其能止于鼠技耳,这是大可忧虑的。这种批判精神超越了所谓文人趣味的止于个人得失,而能抓住社会的根本性问题加以批判和揭露,是明代寓言作品的佳作。江盈科寓言长于叙事,而不止于精细刻画,促进了明代寓言的发展,如《甘利》(《雪涛阁集》卷十四《小说》)记事详尽,生动幽默。同时,他的寓言还多以议论成体,讲述

---

① 《冥寥子游跋》,载《人间世》,1934年第4期,第34页。

故事前后都有大段的议论,述论结合、论中夹述的表现方式扩展了寓言体的功能,将作者对世事的洞察与现实情怀表现得十分突出。《蛛蚕》(《雪涛阁集》卷十四《小说》)则抓住蛛与蚕的相近之处,纯以蛛蚕的对话成文,拟物生动自然,口吻真切,而其真痛心处乃在世道人心之"自为谋,宁为我"的选择。

文德翼(崇祯七年进士)《蟲民传》体式上仍仿《毛颖传》,但有所突破,主要体现在描写具体,叙事生动,不再如很多同样体式的寓言作品那样过于简省,缺乏叙事趣味,很多地方颇有小说味道。文章开篇仍是《毛颖传》式的写法,接下来历述神农、黄帝、夏、殷、周、春秋、战国时蟲民为害,至汉:

> 汉初定天下,与单于和亲,匈奴无入塞,汉无出塞,约使往来未决(按,疑为绝),蟲民复出为盗,潜度入关,京师闃起。御史大夫奏:若自天而下也,蟲民有剑术,夜半入幕,螫人不使人觉。高帝熟寝兰堂,枕一星剑,羽林宿卫传叫风生,恒恐少懈。然秋蟲吻辄破,畏创不螫人,故汉初防胡,夏防蟲,为尤警云。武帝立,匈奴远遁,而幕南无王庭。蟲不辍侵暴,幕之前后笳声互起,帝不寝,夜召东方朔作隐语曰"长喙细身,昼亡夜存,嗜肉恶烟,为掌指所扪"云云者。讽帝决胜于千里之外,而不运筹于帷幄之中也。帝悸,徐曰:"朕始谓绝幕击之便,今如卿旨,列亭鄣卧以治之,卿能必其夜不盗入营乎?"朔谢曰:"陛下睹其一,未睹其二。军志有之,既见其好,又见其恶,乃知敌趋膻肉酪浆,蟲之大欲存焉,攻其所嗜,不若攻其所忌,彼忌烽烟,计莫如火攻,火攻必瓦解云散矣。火发而其兵静者待而勿攻,必自毙,故曰以火助攻者明。不然,亭鄣之列能无所不备,不能无所不寡,是掩耳之智也。"当是时,烽火通于甘泉、长安,天子方锐于兵,求蚩尤之术试之,候蟲入辄引归。天子下其制。岁自大荒,落至作噩之月,举以为常,人鼷是获安枕。然蟲民之种不为少衰。(《雅似堂集》卷五)

文章整体结构方式仍是传统的,但其间的描写却十分详尽,尤其是对话描写,刻画蚊蚋形象十分生动,拟物恰切。而《甘蕉传》写甘蕉则仍复简略,文中写汉武帝好神仙术,伐南越,伏波将军缚甘蕉至,见于扶荔宫。因封以扶荔,再令上林。其间写甘蕉"居官无事,迎窗微啸,风韵清疏,自象形制一琴,盛服弹之,以无累之形,合有道之器,抚琴动操,欲令泉林皆响"(《雅似堂集》卷五),尤为传神,写出了甘蕉在文化话语中的隐逸意味。

明后期题跋文成就较为突出,限于篇幅,本节只选取汤显祖、钟惺、谭元春、李维桢、文德翼、陈继儒、董其昌、李流芳几位代表性作家加以评介。

汤显祖(1550—1616)妙于才情,性喜自然,而又淹博群籍,复能洞破世缚,心地超旷,这几个因素合为一体,使他成为题跋文的高手名家。他的代表作是《溪上落花诗题词》:

> 长孺、僧孺兄弟似无着天亲,不绮语人也。一夕,作《花溪》诸诗百余首,刻烛而就。予经时闭门致思,不能如其绮也。长孺故美容仪少年,几为道旁人看煞。妙于才情,万卷目数行下。加以精心海藏,世所云千偈澜番者,其无足异。独僧孺如愚,未尝读书。忽忽狂走,已而若有所会,洛诵成河,子墨成雾。横口横笔,无所留难。此独未宜异也。僧孺故拙于姿,然非根力不具者。以学佛故,早断婚觸,殆欲不知天壤间乃有妇人矣。而诸诗长短中所为形写幽微,更极其致。……僧孺未经催绣,安识倒针? 当是从声闻中闻,缘觉中觉耶? 无亦定中慧耳。然予览二音,有私喜焉。世云:学佛人作绮语业,当入无间狱。如此,喜二虞入地当在我先。又云:慧业文人,应生天上。则我生天亦在二虞之后矣。(《汤显祖全集》卷三十三)

文章如流水行云,了无定处,其人之才、情、识、觉,其人之容,其诗之绮与幽微,绮业与慧业,缘觉与慧定,种种佳处妙处流淌而出,文无定格,句无定法,意态横出。袁宏道评此文:"妙甚,脱尽今日文人蹊径。"(《袁宏道集笺校》卷十一《解脱集》之四《江进之》)可谓的评。《南柯梦记题词》则有庄子之风,正如陆云龙所评:"只此数语,已竟一本传奇。"(《汤显祖全集》卷三十三)而行文之飘忽,意态之透达,无人能与比肩。《牡丹亭题词》(《汤显祖全集》卷三十三)"情不知所起"一段完全超越了作品本身,成为明后期重要的理论观点,而居然出之于题跋文字,足见题跋不可以其小而轻视之。

钟惺(1574—1624)对题跋颇为重视,他的题跋能够将全副精神本领融汇于所题写的一人一事一物之中,有真知灼见,又能别出心裁,出之以深厚广博之笔。钟惺为人外冷内热,其诗文中往往体现出幽深孤峭的情怀,然极重情,常以轻淡数笔,写出深厚情怀,如《自跋茶讯诗卷》:

> 吴门买茶之使,在予已成岁事,人笑其迂,不知其意不在茶也。予与元叹,吴楚风烟,淼然天末,以顾渚一片香为鸿鱼之路,往反间书可必得,如潮信之不爽。中间或元叹寄诗而予未及答,或予寄而元叹未答。今兹乙丑岁之使,以四月八日自家而发,有诗奉寄。因汇前后两年之作,书之一卷,题曰《茶讯诗》,未和者补之。岁久积之成帙,亦交情中一段佳话也。(《隐秀轩集》卷三十五)

钟惺与徐波为莫逆交,徐为长洲诸生,钟闻他人"亟称其才情风华之美",还"不敢遽以为可"(《隐秀轩集》卷十七《徐无叹诗序》),但不逾年而"可"其诗,后来甚至有"《诗》亡岂遂绝真诗,喜得其人一实之"的极高评价(《隐秀轩集》卷十一《读元叹诗不觉有作》)。事极简单,文极平淡,但二人交情之深厚跃然纸上。《书所与茂之前后游处诗卷》(《隐秀轩集》卷三十五)纪事也极简单,只有相晤年次,更无其他笔墨,而其钟于情谊之态则极深厚感人。《自题诗后》(《隐秀轩集》卷二十五)提出真正的旷达是不读书,不作诗文,但仍不免此累。文中奇思妙想,将作家的创作欲望比作色欲,真是别出心意,其执着诗文的生命追求跃然纸上。

谭元春(1586—1637)有着敏感的气质,总带着一丝苦涩感悟人生,于是他的文章便有了一种荒寒之意,如秋冬之际的溪流,清寂孤涩。他的题跋最有特色是自题文,如《自题湖霜草》、《自题秋冬之际草》、《客心草自序》等(《谭元春集》卷三十"诸稿自题辑录")。《自题湖霜草》以五种游西湖的佳善处写西湖之美,而且更专注于对自我孤诣情怀的体悟,文中

有云:

> 当斯际也,属秋冬乎?属之人乎?属之湖乎?曰不知也。细而察之,意绵绵于空翠古碧之中,逢来客而若断;目恍恍于衰黄落红之下,触松色而始明。众阜欣欣,借红叶为魂魄;六桥历历,仗明月以始终。我怀伊何,谁念及此。夫哲人早悟,入山水而神惊;志士多忧,闻黄落则气塞。况乎望山陟岭,杳然无极,泊岸依村,动必以情。

这样一种独特孤诣的情怀造就了谭元春,有时为了表达这样难以言怀之情,他执着地攫住不放,苦思冥想,甚至刻意模糊晦暗,置之似是而非之间。《客心草自序》更是一篇奇文:

> 古有以万乘客二酉者,穆天子也,其心荒;有以依人客江陵者,王粲也,其心卑。之二者不足言。此公安也,子美所数月憩者也,心沈沈乎其滞也。此澧也,三闾所为思公子也,心涔涔乎其若泪也。此武陵桃源也,刘子骥所有志而未往也,乃心之寄,则已远矣。此五溪也,太白所以入夜郎也,因为洞庭叶,飘落之潇湘,其心至今耿耿在也。

用峭拔的语言、奇特的句式将历史上的人物与特定的空间连接在一起,极为大胆,读来颇有怪异之感,但细细品味,确有一种独特的生涩之美。

明后期以来,题跋之文可分为三派:一派重性情,如钟惺;一派重学问,如李维桢;一派重风雅,如陈继儒、董其昌。重性情一派成就最高,乃在于这一派能以清淡之笔墨,将胸中意趣和盘托出,风格各异,其钟于情则一。而重学问一派则不免于堆砌故实,满纸学问,填塞过多,于表达情感性灵则颇觉窒碍。如李维桢(1547—1626)的题跋就有繁复之弊,大量的引述显示了学问渊博,但掩盖了个人性情。《潘方凯墨评》(《大泌山房集》卷一百二十六)引述繁多,读之如笺,除了显示学问渊博之外,别无意味。但有的题跋也时有见解,如《南国攀援图题辞》:"今仕宦者行,则士民拥留之,脱衣冠悬公门棫藏之,勒去思,入名宦,建生祠蒸尝之。始出于舆情公议,而晚乃不尽曰然。所在而有,或其身与子孙贵显假以行媚,或迫胁从事,或私所昵,以是报施,甚或散金钱约结以愚人耳目。而有识君子恒疑不信誉者之口,反为毁者之资,其弊久矣。"(《大泌山房集》卷一百二十七)去思碑、名宦记、生祠种种伎俩原来不过如此,以此可知明代社会的种种形态。

在风雅一派中,陈继儒(1558—1639)尤为突出,文字才子气重,清雅飘逸,流丽婉转,渊雅自然。钱谦益说其"短翰小词,皆极风致",移以评其题跋,最为恰切。如《题小昆山赋诗卷后》:

小昆山上,癸巳春初,雪浪老僧演《法华》,声如狮吼,云间居士听真义,君若雁行。甫撤讲坛,旋搜名刹,偶向水村江郭,放不系之舟,还从沙岸草桥,吹无孔之笛。笔床茶灶,具体而微,桂桨蒲帆,顺流而下。远公莲社虽禁酒,未敢攒眉;嵇叔竹林且赓歌,因之放胆。时后端阳一日,人皆艺苑千秋,彩斗笔花,艳流贝叶。机锋铦出,犹驰竞渡之龙;续命丝残,谁驭调心之马。莫论魏王五石,休夸船子三桡。请从此共坐团栾,看风把舵,又何妨踉跄归去,带月敲门,各赋律诗,共拈天字如右。(《陈眉公集》卷十一)

此文骈排而出,而流转生动,言语清丽,着意于宣示文人风雅飘逸的一面。陈继儒的题跋不故意显示学问,也不愿求深求厚,而是调和灵性、风雅、学问于一体,轻轻点染,便飘然而出,如《题董玄宰画》云:"玄宰居长安,不肯向人作一水一石,惟高僧逸民狎得之。此画与余同游白石山卜素堂,振衣叫快,遂泼墨,归而布色,真大奇也。"(《陈眉公集》卷十一)其题跋往往简省至极,一派淡雅,如《题君释画扇》:"鼓琴动操,能令从山皆响,此中不见抱琴者,何以山水清音,潺潺吾耳,应是画作伎俩故也。"(《陈眉公集》卷十一)绝不过多拖带,点到即止,悠然淡逸。

董其昌(1555—1636)以书画名,创一代宗派,于艺术自有一番深入体味,复博雅喜物,好谈禅,好风雅,这些都体现在他的题跋之中。《茶董题词》(《容台文集》卷三)用两则典故引出茗茶之事,由雅入妙,复转入夏茂卿精于茶事,再点出自己尚幽情怀及愧对茂卿之情,精致典雅,体现了明晚期士人的精神状态。董其昌的题跋好用事典,但不觉其矜博逞才,雅意非常。更长于摹刻人物风神,《卧游册题词》以"士气"切入,写李流芳:

> 余友孝廉李长蘅,故自清士,承先世之业,与两兄太史黄门之家声,广交好客,宾至如归。其点缀一石一水,直寄兴耳。即唐解元自称"爱写青山卖"者,长蘅了不屑也。以故无赞毁于胸中,如意自在,甚恬甚旷,与画家临摹伎俩日刻相远耳。又况其公车之业号为专门,诗骚子史,博通淹雅,一一发之于画,宁不超超逸品耶?(《容台文集》卷三)

以题跋手法,简淡数笔,勾勒出了一位清逸旷达的艺术家形象,而作者之意趣也神情毕现。

李流芳(1575—1629)亦长于题跋,最著名的二组题跋是《西湖卧游册跋语》、题词《江南卧游册》。李流芳是声誉斐然的画家,得元人风韵,清朗爽秀。《题画》自云:"余近喜小册。"(《檀园集》卷十二)《西湖卧游册》、《江南卧游册》是其小品画作,这是他极擅长的画法,而跋语亦能融于画中。如《西湖卧游册》之《冷泉红树图》跋语:

> 余中秋看月于湖上者三,皆不及待红叶而归。湖上故人屡以相嘲,余亦屡与故人期,而连岁不果,每用怅然。前日舟过塘栖时,见数树丹黄可爱,跃然思灵隐、莲峰之约,今日始得一践。及至湖上,霜气未遍,云居山头千树枫柏,尚未有酣意,岂余与红叶缘尚悭耶?因忆往岁忍公有代红叶招余时,余亦率尔有答,聊记于此:
>
> 二十日西湖,领略犹未了。一朝别子归,使我意悄悄。当我欲别时,千山秋已老。更得少日留,霜酣变林杪。子尝为我言:灵隐枫叶好,千红与万紫,乱插向晴昊;烂然列锦绣,森然见旗旄。一生未得见,何异说食饱!至今追昔游,懊杀归来早。岂意今复尔,万事有魔娆。相牵可奈何,是身如笼鸟!归来十日余,昨日试闲眺。村边小红

树,向人亦嫋嫋。转忆故人言,西湖揽怀抱。开缄读素书,因风为子道。(《檀园集》卷十一)

全文以未及见西湖红树为线索,先写三游未见之憾,再写偶遇未酣之景,又忆及往岁答诗。缓缓写来,情意温雅,益见拳拳于红叶之心。而文诗相融,造就了文章独特的韵味。《断桥春望图》、《孤山月夜图》、《江南》之《横塘》等(《檀园集》卷十一),也都长于叙事,写景,轻轻点染,着墨不多,而意趣盎然,逸兴湍飞,情、景、事三者妙洽无间。文字亦复淡雅有余味,不加修饰,诗多简淡,与文相类,而别有一番趣味。

明后期语录不多,这里仅以邹元标(1551—1624)为例。邹元标有《南皋邹先生会语合编》二卷,"时与门弟子论学,门弟子随时随地笔记之,未汇为一也。近王生辈取而类次之。以所答问者曰会语。其答问也,随机指点,当下拈提,示之庸行庸言,而实不学不虑,虽农人樵子皆可以与能,即慧士闻人难以意测"(《南皋邹先生会语合编》卷首《南皋邹先生语义合编序》)。《读邹南皋先生语义合编》云:"片语微词,直捷简易,逗机合拍,启聩振聋。"可见这是典型的语录体。其言如:

以情识与人混者,情识散时如汤沃雪;以性真为世游者,性天融后如漆固胶。

今世所谓高明者,发扬莽荡而已;所谓沉潜者,包瞒柔媚而已。发扬莽荡者一收拾便可回头入道,若包瞒柔媚者其骨髓率难抽,故圣人取狂取阳。(《南皋邹先生会语合编》卷上)

明后期清言小品作家众多,最有代表性的作家是屠隆、陈继儒、张大复。

屠隆是明后期清言小品的先锋,他在《清言叙》中说《清言》之作是由于"园居无事,技痒不能抑,则以蒲团消之。跏趺出定,意兴偶到,辄命墨乡昙花,彩毫纷然,并作游戏之语,复有清言"(《娑罗馆清言》卷首)。故其主要内容是传达一些富有哲理色彩的人生感悟,这种感悟建立在对人生虚妄的体认上。《娑罗馆清言》第一条就是："三九大老，紫绶貂冠，得意哉，黄粱公案；二八佳人，翠眉蝉鬓，销魂也，白骨生涯。"于是，随缘任运，求一己之安闲就成为最真实的人生目标：

> 口中不雌黄，眉端不挂烦恼，可称烟火神仙；随宜而栽花竹，适性以养禽鱼，此是山林经济。

> 净几明窗，好香苦茗，有时与高衲谈禅；豆棚茶圃，暖日和风，无事听闲人说鬼。临池独照，喜看鱼子跳波；绕径闲行，忽见兰芽出土。亦小有致，时复欣然。（《娑罗馆清言》）

> 楼窥睥睨，窗中隐隐江帆，家在半村半山；山倚精庐，松下时时清梵，人称非僧非俗。（《娑罗馆续清言》）

屠隆的清言有着敏锐的艺术感受力，平常语意和景象，经他妙笔点染，便一派诗情画意。屠隆《鸿苞》一书中《要言》、《销夏言》也是清言小品。

陈继儒的清言小品在明后期影响最大，他那种安稳本色的人生追求和清闲优雅的生活情趣，在作品中得到充分表现。用他的话来描述这种人生境界，就是："多读两句书，不说一句话。"如《岩栖幽事》云：

> 香令人幽，酒令人远，石令人隽，琴令人雅，茶令人爽，竹令人冷，月令人孤，棋令人闲，杖令人轻，水令人空，雪令人旷，剑令人悲，蒲团令人枯，美人令人怜，僧令人淡，花令人韵，金石鼎彝令人古。

陈继儒亦不放弃对现实的关注，《安得长者言》有云：

> 名利坏人，三尺童子皆知之。但好利之弊，使人不复顾名；而好利之过，又使人不复顾君父。世有妨亲命以洁身，讪朝廷以卖直者，是可忍，孰不可忍也。

> 处世让一步为高,退步即进步的张本;待人宽一分是福,利人实利己的根基。

追求的闭口、闭门只是自保之策,因为他很清楚闭心是不可能的。这种名士化的现实关注和道德关怀在明后期十分流行,这段话正是对这种心态最传神的表述。

张大復(1554—1630)的小品对病、颠、狂的欣赏,体现出明后期一种的人生观。如《梅花草堂笔谈》卷三说:"木之有瘿,石之有鸲眼,皆病也。然是二物者,卒以此见贵于世。非世人之贵病也,病则奇,奇则至,至则传。"如《自逆》:

> 债负山积,鼠雀云扰,对境悯悯。自念处堂之燕,不知作何结束也。境远息念,复是洒然。谁不为燕之处堂者乎?于是游览古初,返照无始,不复知吾丧我也。一日一夜,万死万生,凡夫哉,凡夫哉!夫谁接构而不以心斗者乎?袁中郎有言学问须从逆字长,人不吾犯,即须自逆,有味乎其言之矣。(《梅花草堂笔谈》卷二)

总之,明后期的清言小品往往充满着一种闲适优雅的生活趣味,构建起一个与现实社会即离即弃、不离不弃的艺术境界。费元禄(生卒年不祥)《鼂采馆清课》有云:"夫境趣幽赏贵适,其真大虚之妙。山结川融,寰宇宙不可穷尽,故须襟期散朗,意气旷达超然。揽境会心,取无禁而用不竭,举足可得,吾将永矢勿谖矣。"(《甲秀园集》卷四十二《清课》)"揽境会心"的审美情境的实现有赖于两点:一是对境的选择,即选择富于清幽闲雅的物境,所谓"盖德祖弱柳,衡门仲文,古槐庭院,虽其寂莫,惜令太枯,名花茂树可废,赏心流水,青山何妨适性";二是心襟须旷达超然,远离现实社会,以期不系累于心。下面一段话正是这种心境的体现:

> 夫孔北海客满四筵,管幼安绳穿一榻,方轨各殊,操尚不一。不佞习嫌已成,累心都尽,琴书纵癖,鱼鸟经心,虽朋好既临,好意惠我,

而时觉纷呶。处女闺户,终见掩巾,愿谢过门,一区自领,岂敢傲世,盖非至人,或希除境,况志行不逮古人,疏拙且安吾鄙,养疴耽疾,应马呼牛,即无用于世,而雌黄不设,烦懊不经,吾有余乐矣。夏五六月漫笔于此。(《甲秀园集》卷四十二《清课》)

文德翼《讼过录》则代表了明后期清言小品的另一种形式,其文字介于格言、语录与清言之间,带有道德自我审视的特点。全文共 44 条目,如妄思、多言、躁进、嗜利、尚阙、喜懒、贪色、务名、劳神、耗气、简礼、淫刑、市惠、疑人等等。现举一例如下:

程子曰:凡一命以上,苟存心于爱物,于人必有所济。盖言惠也。区区之恩,动有德色,传循良咏岂弟,惟恐后焉。此市道也,上以此市民,民亦以此市上,其获实惠几何矣!(《讼过录》卷一市惠)

第五节 明代诗话与艺论

明代诗话之作较多,本节作简单介绍①。

明初诗话最著名的是瞿祐(1347—1433)《归田诗话》,但多以纪事为主。明中期诗话的代表作是李东阳的《麓堂诗话》,提出了一系列的诗歌主张,如主张"诗在六经中别是一教",倡导格调,说:"今之歌诗者,其声调有轻重、清浊、长短、高下、缓急之异,听之者不问而知其为吴为越也。"对此他颇为自负,说:"诗必有具眼,亦必有具耳。眼主格,耳主声。闻琴断,知其为第几弦,此具耳也;月下隔窗辨五色线,此具眼也。"这些诗歌理论对后世影响较大。

徐祯卿(1479—1511)的《谈艺录》虽篇幅较短,但理论内涵深,历来受到重视。徐祯卿对情感非常重视:

> 情者,心之精也。情无定位,触感而兴,既动于中,必形于声。故喜则为笑哑,忧则为吁戏,怒则为叱咤。然引而成音,气实为佐;引音成词,文实与功。盖因情以发气,因气以成声,因声而绘词,因词而定韵,此诗之源也。然情实眇眇,必因思以穷其奥;气有粗弱,必因力以夺其偏;词难妥帖,必因才以致其极;才易飘扬,必因质以御其侈。此诗之流也。

他还主张"因情立格":"夫情既异其形,故辞当因其势。譬如写物绘色,倩盼各以其状;随规逐矩,圆方巧获其则。此乃因情立格,持守圜环之大略也。"

杨慎(1488—1559)"详于诗事而不得诗旨,精于字学而拙于字法,求

---

① 下文所引诸家诗话,均见《历代诗话》、《历代诗话续编》。

之宇宙之外而失之耳目之前,凡有援据,不妨墨守,稍涉评击,未尽输攻"(王世贞《艺苑卮言》卷六)。因此,杨慎的诗话,虽长于考证,而立论处往往不尽严密。杨慎对诗歌有独到的见解:

> 白沙之诗,五言冲淡,有陶靖节遗意。然赏者少。徒见其七言近体,效简斋、康节之渣滓。至于筋头、样子、打乖、个里,如禅家呵佛骂祖之语,殆是《传灯录》偈子,非诗也。(《升庵诗话》)

在人们对陈献章性理诗进行批判时,他一方面认同白沙之诗确如佛偈,但也提出其诗有陶渊明遗意,可谓有见。

谢榛(1495—1575)的诗学观点与李、王崇盛唐薄宋诗的主张是一致的,但取法更广。《四溟诗话》卷三提出要"历观十四家所作,咸可为法。当选其诸集中之最佳者,录成一帙,熟读之以夺神气,歌咏之以求声调,玩味之以哀精华",主张要"凡袭古人句,不能翻意新奇,造语简妙,乃有愧古人矣"。谢榛对诗歌有深切体味,对复古派的格调说贡献良多,如他论盛唐诗与宋诗之别,云:

> 盛唐人突然而起,以韵为主,意到辞工,不假雕饰,或命意得句,以韵发端,浑成无迹,此所以为盛唐诗也。宋人专重转合,刻意精炼,或难于起句,借用傍韵,牵强成章,此所以为宋也。

他对诗学的贡献表现在两个方面:一是对格调说的丰富,如"诗有四格:曰兴,曰趣,曰意,曰理","诗固有定体,人各有悟性。夫有一字之悟,一篇之悟,或由小以扩乎大,因著以入乎微,虽小大不同,至于浑化则一也"。二是对诗法的探讨,如:"诗中用虚活字,时有难易:易若剖蚌得珠,难如破石求玉。且工且易,愈苦愈难。此通塞不同故也。纵尔冥搜,徒劳心思。当主乎可否之间,信口道出,必有奇字,偶然浑成,而无龃龉之患。譬人急买帽子入市,出其若干,一一试之,必有个恰好者。能用戴帽之法,则诗眼靡不工矣。"余如"无米粥"法、"取鱼弃筌"之法等,后来人虽多斥之,但亦不可否认他对诗法的探讨深化了人们对古代诗歌的认识,并能够在实际创作中发挥作用。

明代最著名、影响最大的诗话是王世贞(1526—1590)的《艺苑卮言》。王世贞坚持诗学汉魏盛唐:

> 李献吉劝人勿读唐以后文,吾始甚狭之,今乃信其然耳。记闻既杂,下笔之际,自然于笔端搅扰,驱斥为难。若模拟一篇,则易于驱斥,又觉局促,痕迹宛露,非斫轮手。自今而后,拟以纯灰三斛,细涤其肠,日取六经、《周礼》、《孟子》、《老》、《庄》、《列》、《荀》、《国语》、《左传》、《战国策》、《韩非子》、《离骚》、《吕氏春秋》、《淮南子》、《史记》、班氏《汉书》、西京以还至六朝、韩、柳,便须铨择佳者,熟读涵咏之,令其渐渍汪洋。遇有操觚,一师心匠,气从意畅,神与境合,分途驾驭,默受指挥,台阁山林,绝迹大漠,岂不快哉!世亦有知是古非今者,然使招之而后来,麾之而后却,已落第二义矣。

这代表了他"师匠宜高"、"捃拾宜博"的一贯主张。另一方面,他虽仍坚守格调,但引入了才、思、妙悟、兴会:才生思,思生调,调生格。思即才之用,调即思之境,格即调之界。

书画艺术评论、品鉴也是杂论文的一部分,它不仅是专业的评论,也是一种文人化的生活方式,特别是在明代后期。这里选择性介绍几部代表作品。

王世贞《重刻古画苑选小序》云:"画之用饶才情者以为无声之诗,而爱纪述者以为无文之史,良有意也。"(《王氏画苑》卷首)诗画相通是中国书画艺术论的一个传统范畴,也是一个重要的文学命题,王世贞在此加以延伸,以书画为无声之诗,以纪述评论为无文之史,而这正是书画杂论文的一个突出特点,是其不同于其他杂论文之处。

杨慎究心书学,《墨池琐录》卷一有云:

> 姜白石云真多用摺,草多用转,摺欲少驻,驻则有力,转不欲直,

直则不遒。然而真以转而后遒,草以摺而后劲,不可不知也。又曰:真贵方,草贵圆,方者参之以圆,圆者参之以方,斯为妙矣。

李开先《中麓画品》自序云:"物无巨细,各具妙理,是皆出乎玄化之自然,而非由矫揉造作焉者。事物之多,一物一理耳。惟夫绘事以一物而万理具焉,非笔端有造化而胸中备万物者,莫之擅场名家也。"(《中麓画品》卷首)绘画与万物之理相通,欲笔传造化,必须要"胸中备万物"。作为一个画家,他对绘画笔法更是深有体悟,提出了绘画六要:

一曰神,笔法纵横,妙理神化;二曰清,笔法简俊莹洁,疎豁虚明;三曰老,笔法如苍藤古柏,峻石屈铁,玉坼缶罅;四曰劲,笔法如强弓巨弩,矿机蹶发;五曰活,笔势飞走,乍徐还疾,倏聚忽散;六曰润,笔法含滋蕴彩,生气蔼然。(《中麓画品·画品一》)

这里的笔法论已属于范畴论,是技法论与审美范畴论的结合,非于绘画有深刻体悟者道不出。

李日华有《竹懒画媵》一卷、《续画媵》一卷,所收皆为题画诗,画境、画意与画理融而为一,别具一番风韵。如:

霜落蒹葭水国寒,浪花去影上渔竿。画成未拟将人去,茶熟香温且自看。(《题画》)

黄叶满秋山,白浪迷秋浦。门前一痕沙,群鸥近堪数。(《题画扇》)

自爱南坡笋蕨鲜,一春仍贮卖花钱。琴翁酒伴如相问,只在疏林秀石边。(《题写山水小帧》)

李日华还有一部论艺之作《六研斋笔记》,词旨清隽。如卷一:

沈石田倣董北苑山水阔幅,上层作圆峦,浓渖点苔,半如小树,下四五树。平坡一老趺坐,手执书卷,神韵古淡。晚年得意笔也。有题句云:"满城风雨重阳句,今日端阳雨满家。"

莫是龙(1596年前后在世)有《画说》,其所论多出于观赏与创作,与绘画实践最为贴切:

画家之妙,全在烟云变灭中。米虎儿谓王维画见之最多,皆如刻画,不足学也,惟以云山为墨戏。此语虽似过正,然山水中当著意生云,不可用拘染,当以墨渍出,令如气蒸冉冉欲堕,乃可称生动之韵。

这些既是画理,又是画技,技法与理论巧妙地结合在一起。

陈继儒(1558—1639)的《书画史》实为小史,杂录书画家琐碎之事及名迹所在,文字清新典雅,《四库全书总目》卷一百一十四评为"不脱小品陋习"。如:

文衡山写云山一卷,奔放横溢,后题七言律草书一首,其尾二句云:"山斋十日经过断,揭得南宫水墨图。"藏项希宪家,堪与白日翁三枪卷敌手。

董其昌(1555-1636)以书画名,《画禅室随笔》是一部著名的艺术随笔,"凡所评骘,颇得书画三昧"(《四库全书总目》)。其文如卷一《论用笔》:

书道只在巧妙二字,拙则直率而无化境矣。

发笔处便要提得笔起,不使其自偃,乃是千古不传语。盖用笔之难,难在遒劲,而遒劲非是怒张木强之谓。乃如大力人通身是力,倒辄能起,此惟褚河南、虞永兴行书得之,须悟后始肯余言也。

卷二《画诀》：

> 画家六法，一气韵生动，气韵不可学，此生而知之，自有天授。然亦有学得处，读万卷书，行万里路，胸中脱去尘浊，自然丘壑内营，立成郢鄂，随手写出，皆为山水传神矣。

赵宧光(1559—1625)《寒山帚谈》是一部比较系统的书法论著，计有权舆、格调、力学、临放、用材、评鉴、法书、了义八部分。其文如：

> 篆法常谈铁画银钩，画易解，钩难明。唐宋而下，骨力柔弱者此语蔽之也。篆之宛转处宜匀者无论矣，其不必匀者会须迭荡顿挫，始有笔意。近见镌工改而相配，便不成观。此意与行草过脉处著意于笔锋之说相类，然似是而非，篆笔主到，行草不必到，篆是实体，草是意兴，故不侔也。(《寒山帚谈》卷上"权舆"一)

第七章　明代传状文

记载一人生平事迹以传于后世的文章,古时通称"传"。明人文体分类不厌琐细,常以文体名作为类名,因而在一些总集中,与"传"文体形态相似的文章类型,尚有"行状"、"述"、"书事"、"行实"、"杂记"等类名。清初黄宗羲编《明文海》,始将状、录、事略、书事等文章并入"传"类,以类相从,略为规整。清乾隆间姚鼐编《古文辞类纂》,分古文辞为13类,其中"传状"类,兼收"传"与"行状"。本章即从其义,以"传状文"统称"传"、"行状"、"述"、"书事"等文章。

传状文是以记人为主的文体,传主无疑是传状文叙事的聚焦点。因此,在明人编选的文章总集中,往往依据传主的不同身份,对"传"类文章进行分类,由此体现出编选者对传主身份的关注。不同的文章总集,所分小类不尽相同,如何乔远《皇明文征》卷六十二至卷六十五"传"类分为18小类,即:古贤、名臣、道德、文章、孝烈、节烈、义烈、奇节、独行、笃行、厚德、清德、自述、闺德、艺术、支离、贤阉、物类;黄宗羲《明文海》卷三百八十七至卷四百二十八"传"类分为21小类,即:名臣、功臣、能臣、文苑、儒林、忠烈、义士、奇士、名将、名士、隐逸、气节、独行、循吏、孝子、列女、方技、仙释、诡异、物类、杂传。两相比较,何书分类,随意为之,不免琐碎;黄书分类,略从史传,较为规整。

作为一种文体,早在魏晋六朝,传状文写作就取得了显著的成就,此后历代皆有佳作。而明代传状文却超轶前贤,独具风采,在文体形态上,表现出平民化的传主身份、奇异化的传主事迹和主体性的表现方式三大特征。

同前代传状文中汗牛充栋的道德人物相比较,明代传状文的传主身份发生了一个重要的变化,就是格外关注践行日常人伦的平民(包括平民女子),从而展现出独具风貌的平民化的道德人格。明代传状文不仅好为奇人立传,尤其好为出身平民的"畸人"立传,其中既有符合传统价值观念的奇节独行之士,更有富于时代文化特征的放荡形骸之士。明代传状文传主身份的平民化倾向,从一个方面昭示出明代文人勇于突破阶层界限、引导文化风标的时代特征。

　　在传主事迹的选取方面,明代传状文表现出求奇嗜异的审美特征,作家往往喜好选择传主的奇特之事、奇异之事与奇趣之事,加以重笔渲染,使传状文呈现出奇光异彩和奇情异趣。不仅不是蹈虚骛空之举,反而是求实尚理之梯。如李梦阳指出,"传志"应"文其人如其人便了,如画焉,似而已矣,是故贤者不讳过,愚者不窃美"(《空同集》卷六十六《论学》)。李开先主张,"传则欲见其容止行藏",须"直书其事"(《李开先全集》卷九《怀朴康君传》),甚至应该"善恶皆备可也"(《李开先全集》卷九《老王浑张二恶传》)。明代传状文独取以奇显真的写作路数,塑造出一大批特立独行、不同凡响、各具风神的理想人格。

　　明代传状文大多兼用叙事、抒情、议论、写景等多种表现方式,呈现出表现方式多元化的特点。传状文作家在对各种表现方式进行多元选择和复杂组合时,往往自说自话,注入极其鲜明的主体意识,即着力以自我及其与环境的关系作为出发点和参照系,来认知和评价传主的言行,彰显传状文作家的主体价值观念。明代传状文作家往往将自己的经历、思想、感情、才识等渗透到传主的生活中,借为他人作传,抒写内心情怀,寄托人生感慨,传状文成为作家心灵的一面镜子。正如李开先所说的:"观吾诗者,幸求诸言外可也。"(《李开先全集》卷首《李中麓闲居集序》)我们阅读明人传状,亦当"求诸言外"。

第一节 元明之际传状文

元明之际最著名的传状文作家是杨维桢、宋濂和方孝孺。

杨维桢(1296—1370)的传状文多写于元末,其传主大都是奇义之士,或识见卓绝,或忠直正义,无论男女,均负慷慨奇豪之气。但是,杨维桢最具特色的还是寓言式传状文。

所谓寓言式传状文,大抵是为虚构人物,乃至为动物、植物、器物所立之传,言辞滑稽谬悠,寓庄于谐,借传体之瓶装寓言之酒。寓言式传状文始于东方朔的《非有先生传》,至中唐韩愈、柳宗元始蔚为大观(顾炎武《日知录》卷十九"古人不为人立传"),宋代更是绵延不绝。杨维桢延续了这一传统,创作了一批寓言式传状文,均收入《东维子文集》卷二十八。这些文章借物喻理,构思巧妙,涵蕴深远,在元明之际的文坛独树一帜。这些传状文的传主,或为食物如酒(《麹生传》)、盐(《白咸传》)、腌菜(《冰壶先生传》),或为器物如竹几(《竹夫人传》)、墨(《璞隐者传》),通过它们的代言来表现作者出处进退的选择和牢骚不平的气概。代表作如《竹夫人传》:

夫人竹氏,名茹,字珍珑,自号抱节君。其先为孤竹君之子,曰智,谏武王伐纣,不听。遂不食周粟,饿于首阳山。且死,召其族告曰:"吾不食死,百世后当有不食饮者,为吾女氏,以捄世之浊热。然未尝如锁子妇之隳其节也。"越若干世,为宋之元祐年,果生夫人。

夫人生而瘠如箧器,成将作匠之罗织。巧慧其中,玲珑空洞无他肠。又善滑稽圆转,虽与人狎,其情邈然如木偶氏。诮夫人者无蠡斯分,而善之者则无内荒长舌之祸也。尝见聘赵氏子,充家奴畜之。豫章黄太史庭坚闻其人,作诗雪之,以为憩臂体膝,辱夫人,而况又奴之乎?夫人亦犯而不校。

夫人自以家世素清节，终耻屈身于人，铅华丝枲弗之御，虽荆钗棘簪之微，一皆弃斥。而王后嫔妃，下至公卿百执事，无不器重之。召亦无不往，然所在抱节，终身未尝少污其洁。先是得长生久视术于羿娥氏，用能辟谷导引，以应鼻祖氏之言。其踪迹诡秘，当炎而出，方秋即遁去，囊括其身，自比虽有瓮人。或谓尸解，不知其终。

　　史氏曰：庄周称："姑射山有神人，肌肤若冰雪，绰约若处子。"夫人岂其流亚欤？惟其辟谷不食饮，故老不死，人疑为女仙。后人有见于葛陂者，与壶丈人同蜕去云。

　　古时以竹几为消暑之具，编青竹为长笼，或取整段竹中间通空，四周开洞以通风，暑时置床席间。唐时名"竹夹膝"，至宋始称"竹夫人"，又称"竹姬"。杨维桢一生玩世不恭，作此文盖以寓其志，有一股抑郁不平之气贯穿其中。要之，杨维桢的寓言式传状文多采用概括性的语言和故事，传主择取独出匠心，文章风貌古朴平实，行文笔触简洁明快，形成了独特的风格。

　　宋濂(1310—1381)是元明之际创作传状文数量最多的作家，存世的传状文几达百篇。宋濂的传状文塑造了众多符合正统道德伦理的人物，他们标示了鲜明的道德伦理人格，成为世人遵奉的范型。尤其值得注意的是那些以社会下层人物为传主的文章，生动地刻画了传主在平凡琐事中透出的高尚品格。如《杜环小传》(《宋文宪公全集》卷三十)，写杜环自律甚严，清介廉慎，仁爱好施，济人急难。他父亲故去多年，但他却主动照顾父亲朋友的母亲，以亲母之礼敬之，他的妻子也以亲母侍之，亲自为她更衣、奉食、安寝。这位母亲生性褊急，动辄发怒，杜环不仅不嫌弃她，反倒嘱咐家人随顺老人之意，不要违拗，以免使老人心神不安。其后，这位母亲与亲子重逢，痛哭不已，此时恰为杜环生日，据当地风俗，生日之时，哭为不祥之举，但杜环却不以为意。此传虽只叙写了杜环精心照料父亲朋友的母亲这一件小事，却足以彰显杜环扶危济困、真挚厚道的品性。

　　宋濂传状文的主角无一例外地身体力行着儒家传统的道德，宋濂对此持赞赏和提倡的态度，以资教化。如《吴思齐传》(《宋文宪公全集》卷四十八)颂扬吴思齐的忠节端直,说:"若思齐者,其知事君,不以亡存二其心者欤?士有哀思齐者云:'睨碣石其如卷兮,钜海簸而不移。'其言信矣哉!"《李疑传》(《宋文宪公全集》卷三十三)歌颂李疑扶危济困、舍己为人的行为品质,以此与自私自利之徒形成鲜明的对比,给世人以警示:"疑姁姁愿士,非有奇伟壮烈之姿也,而其所为事,乃有古义勇风,是岂可以外貌决人材智哉?语曰:'举世混浊,清士乃见。'吾伤流俗之嗜利也,传其事以劝焉。"这些传状文大都以德行事迹可赞之人入文,旨在"辅俗化民",垂教后人,为社会树立一种道德人格的理想范型,这正是宋濂"道统"文学观的集中体现。

宋濂有一部分专记"奇士"的传状文,刻意选择传主一生中的某些不同凡响的奇特之事,加以重笔渲染,以刻画传主逾越常规的奇傲峭拔的个性。试比较宋濂的《王冕传》(《宋文宪公全集》卷二十七)与《明史》卷二百八十五《王冕传》,就不难看出,宋濂对"怪民"王冕的奇特之事尤为津津乐道,着力表现其狂傲不羁的个性:

> 时冕父已卒,即迎母入越城就养。久之,母思还故里,冕买白牛,驾母车,自被古冠服随车后。乡里小儿竞遮道讪笑,冕亦笑。著作郎李孝光欲荐之为府史,冕骂曰:"吾有田可耕,有书可读,肯朝夕抱案立庭下,备奴使哉?"每居小楼上,客至,僮入报,命之登,乃登。部使者行郡,坐马上求见,拒之去。去不百武,冕倚楼长啸,使者闻之惭。冕屡应进士举,不中,叹曰:"此童子羞为者,吾可溺是哉?"竟弃去。买舟下东吴,渡大江,入淮、楚,览历名山川。或遇奇才侠客,谈古豪杰事,即呼酒共饮,慷慨悲吟,人斥为"狂奴"。北游燕都,馆秘书卿泰不花家。泰不花荐以馆职,冕曰:"公诚愚人哉!不满十年,此中狐兔游矣,何以禄仕为?"即日将南辕,会其友武林卢生死滦阳,惟两幼女、一童留燕,怅怅无所依。冕知之,不远千里走滦阳,取生遗骨,且挈二女还生家。冕既归越,复大言天下将乱。时海内无事,或斥冕为妄。冕曰:"妄人非我,谁当为妄哉?"乃携妻孥隐九里山。

这里讲述的白牛驾车、拒为府史、羞惭部使、弃举子业、壮游交友、力辞泰不花荐举、千里葬友、自隐山中等行迹,均属人所不为的狂放之举,所以为《明史》摈弃不采,而宋濂的传状文稍一点染,便使王冕的桀骜不驯、狂傲自负的"狂奴"形象跃然纸上。

宋濂还有一些传状文,如《秦士录》、《竹溪逸民传》、《白鹿生小传》、《抱瓮子传》等,记述高士奇人,文章也富有浓郁的传奇意味。这种传状文可以追溯到阮籍的《大人先生传》、陶渊明的《五柳先生传》,尤其是宋代苏轼《方山子传》的出现,正式确立了这类传状文的范型。宋濂就是这类传状文的继承者和集成者。

方孝孺(1357—1402)虽为一代纯儒,但他的杂著类文章,却大都纵横豪放,锋利健拔,以"苏家气魄"扬厉"程朱骨髓"(张谦宜《絸斋论文》卷五)。受宋濂带有传奇色彩的传状文的影响,方孝孺的传状文多塑造儒里而道表的独特人物,凸显了强烈的个性意识,从而建构了一个极具个性的群体。这个群体中的人物都为普通人,身份都极平凡,但与这种平凡的身份相对的却是个性的充沛与饱满。他们能突破常人的苑囿,对于自然、世事、人性都有自己独特的观察视角和思维,以致形成颇为新奇而又洞明精深的见解。也正因他们这种不同凡俗的举动与思想,使其远超世人之外而有孤独高远之感。人们对他们投以观望与隔膜的眼光,目之为奇人、怪人,但却丝毫不能动摇他们不随世浮沉的意志,相反,却更激发了他们对于个性与信念的坚持以及对于世俗的超然。他们摒弃的是世俗的功名富贵,追求的是人的随性以及天与人的交通,虽然他们的行为貌似极端怪异,但却是真性情的自然流露。

如《观乐生传》中,朗洁之天、日之初升、月之方霁、霞之舒敛、云之变化、海之深溥浩漫、渊之澄莹、山之秀拔,这些在常人看来习以为常的事物,都是观乐生所可乐之物,在自然这一表层上,观乐生已远超众人。但相对于这种与大自然的亲和,更深层次的是观乐生对社会及人性的洞察与体悟,从而使其高蹈于世,具有道家的风致神韵:

吾非乐九物也,能使九物为吾乐耳。吾乐于天地间,无所不取,而岂特九物哉?天之于我者亦大矣,岂特于我?众人皆受之,第众人不知而吾知,众人不乐而我乐耳。当吾之乐乎此也,天不能与敌,大地不能与敌,厚力可以顿挫万物者,莫予加损也。之理也,积气得之以为物始,积滓得之以为物母,烛乎两间者得之以为昼夜禅明不息……世之所乐者,贵与富也。罄其心之智,计不足以制之,而卒亦不能守也。藉能守之,觑觑然如鼠食乎机器之傍,且啮且目,委尾而侧行,惟恐机之发也。计其心,曷能斯须乐哉?孰若不待求于人而得,不必畏乎人而安随乎?所遇而无所不乐之为美也。(《逊志斋集》卷二十一)

观乐生身上散发着很浓厚的道家气息,因此他对世间一切达观,万物均为其可乐的对象,正如方孝孺所称道的:"盖其心之虚明广大,与天地同体而无一物之累,其乐不亦宜乎?"(《逊志斋集》卷十七《来鸥亭记》)观乐生的乐是物与心的契合而生成的真纯之乐,有别于常人之乐。

方孝孺笔下的这类人物,不仅思想观念特立独行,而且在行事上也呈现出独特的风貌。他们的行为往往不合流俗,显得相当怪异。如《溪渔子传》记载:

溪渔子在淮上,尝钓海滨,望见二人踞坐,大笑。二人者知其非庸人也,即与之语,大惊异其所为。引归逆旅,主人出酒相饮,摄衣跣行,起舞为乐,欢声憾数十百家。辩难上下古今事,折衷损益,根据理道,识者知其非狂生。或不识其为人,共瞯指笑之,以为真狂;或又疑其为神仙人云。溪渔子举若不闻。遇适其志,鲜衣美服,行众人中,见者争观之。否则被污垢短衣,逐蹴市人后,市人吁之,弗辞也。(《逊志斋集》卷二十一)

溪渔子秉赋绝顶的天资与才能,怀抱宏大的志向和理想,结交大侠异人,向往古人功业。但他却不遇于时,只能隐居都邑之中,"远利诡隐,使人莫测其浅深"。这位亦狂亦真的奇士之所以选择独行的道路,既是无可奈何,也是对天性的坚持。

方孝孺笔下的这些人物,因为他们自身的遗世独立,使得他们在人际交往中经常做出一些有异于常人的举动。因此,他们多孑然一身,摒弃世俗之庸人,即或交接友人,也因对世事的清醒认识而有所保留,反而多从自然界之灵性物中寻求知音。如《友鹿翁传》(《逊志斋集》卷二十一)中,友鹿翁"不交接庸俗","绝弗与人言",其自称:"与庸人谈,不如与吾鹿友。"对于其不从贤士之中选取良友,而偏偏与异类为友,有人曾这样解释:

> 翁之贤,视侪辈无可友者,与其得恔巧之人而与之友,曷若友无知之鹿邪?若使吾有以自娱,物皆可以为徒,苟无得乎己,夫孰肯与吾友哉?昔舜以大圣人而与麋鹿游,非与之游也,不以所处之陋变其乐也。《传》不云乎:"笃于为善者。"舜之徒,翁其近是耶!

对于这一说法,友鹿翁报以默然,笑而不答。人们穷追不舍之时,友鹿翁则让其去向鹿探寻答案,谓"鹿善知我"。在人海中寻不到可以为友之人,只有到异类中去找。鹿只是一种平凡的动物,但它没有沾染人世的污秽,它是纯净的,而传主所孜孜以求的也正是这样一种精神。正如方孝孺所说的:"志淳而夷,行和而厚,不资荣于簪绂,独养高于林薮,寓琴书而自乐,取麋鹿以为友,无所累其心。"(《逊志斋集》卷十九《友鹿翁像赞》)在这里,鹿虽然只是一个个体,但却代表的是自然中所有的纯净之物,从更深层次上说,它是人性之纯净的代表。异类在这里代替人充当了人的朋友的角色,无声的心灵的沟通见证了人世的污浊,人心可以在此栖息。

方孝孺说:"贤哲之处世,乌可以迹论哉?当草昧之时,世衰道郁,抱经纶之志而不得施,安能舒畅其心神,流浃其情志乎?故或放迹于江海,或养操于山林,求遗世忘累之士而与之游。其意非求其道也,盖寓迹于物耳。苟徇迹而论之,岂足以知贤哲之用心哉?"(《逊志斋集》卷十五《学士亭记》)从中可以看出,方孝孺所欣赏的正是这种怀志而隐的人。他们并不是没有抱负的平凡之徒,也不是孤傲之士,而是胸怀志向却无以施展之辈。在这种情形下选择归隐,是寓志于物。这种不得已而做出的权宜之策,是包蕴着儒家明王道、辅君德的主张的,是符合儒家的正统道德观的。

从作家们择取的传主、记述的传主事例及表现的思想品质来看,元末明初的传状文,大都不遗余力地塑造符合理想道德人格的人物,宣扬儒家传统伦理道德。修身、齐家、治国、平天下,是作家们立身行事的根本,也是其传状文中人物所时刻秉持、遵循并恪守的规范。即便是特别记述隐士,表现他们的高蹈超逸,呈露他们的真性情的传状文也是如此。这些隐士识见精深洞明,行事特立独绝,不为流俗所拘禁,颇有魏晋风度,以超逸孤远的风貌标示了自己的独特存在。但是,他们并不是彻底的隐士,只是把自己的志向投射在隐士生活中,无论是隐于市,还是隐于山,其实都是在不得自我实现的情形下无奈的寄托,归根结底还是儒士,可谓是隐士的外衣,儒家的内质。

第二节　明前期传状文

明前期传状文的代表作家,有王直、程敏政、李东阳等。

王直(1379—1462)的传状文,大旨在揄扬道德典范,或记贤臣,如《少师建安杨公传》、《少师泰和杨公传》;或叙义士,如《叶秀实传》、《王处士小传》;或传贤母节妇,如《彭母传》、《胡母段氏传》、《廖节妇传》(均见《抑庵文集》卷十一、《抑庵后集》卷三十四)。这些文章大抵"貌似平易,而温厚和平"(《四库全书总目》卷一百七十《抑庵集》提要),有史家拳拳之心,颇具史官典型。

王直的传状文并非泛泛而作,每篇叙事皆有所侧重,着力体现传主的个人风范。如皆记参政,《陈参政传》(《抑庵后集》卷三十四)重在叙说陈震"仁恕出于天性而洁廉自持",而《林参政家传》(《抑庵后集》卷三十四)则主要讲述林瑜"治狱号为平","以明慎得名公卿间","所至廉问风俗,咻孤老,振冤滞,兴廉律贪,沮恶佑善"。又如同叙少师,杨荣、杨士奇二传叙事迥异。杨荣之传的重点是:

> 其于武事尤谙练,将士之勇怯,馈运之难易,边鄙之利害,道里之迂直,靡不知故。凡承顾问与筹算,皆能适事。宜体国之心,老而弥笃;嘉谋至计,造膝而言。所以裨益于上,惠利于下者,盖多矣。

杨士奇之传的重点则在为政清廉,勇于言事,明察秋毫,凭公断事。如:

> 广东布政使徐奇朝京师,载岭南藤簟诸物,将以遗廷臣。或得其单目以进,上阅视无公名,乃独召公问故,将以私交罪之。公曰:"奇自都给事中受命赴广时,众皆作诗文赠之,故有此馈。臣不与名者,以当时病,未有作,不然亦必不免。今众名虽具,然受否未可知,且物

微甚当,无他。"上意解,命中官毁其目,一无所问。

而且,王直与二杨共事数十年,深知二杨秉性短长,所以对杨荣略有微辞,而对杨士奇则揄扬备至,所以《少师泰和杨公传》篇幅远远长于《少师建安杨公传》。王直是泰和人,行文中不免渗透乡谊之情,也是人之常情。

程敏政(1445—1499)一生为文甚富,所撰传状文,如《慕青余民传》写元末风节孤峻的乐均用,《橘泉翁传》叙四明医者祝仲宁之神技,《书济宁王翁事》述道士王士能之善养生(《篁墩文集》卷四十九),大都用笔跌宕,展转自如,细腻如画。另有《安东县簿林君传》、《长史程公传》(《篁墩文集》卷四十九),《杨文懿公传》、《金宪杨君传》、《参政陆公传》(《篁墩文集》卷五十)、《先师介庵先生吕文懿公遗事》(《篁墩文集》卷五十八)等,均长于叙事,体现出他的史学之才。李东阳《序》称其"宏博伟丽,成一家言,质诸今日,殆绝无而仅有"(《篁墩文集》卷首)。

程敏政的《汤胤勣传》(《篁墩文集》卷四十九),以出神入化之笔,绘写汤胤勣的豪放任性的侠士性格,极具风采。传云:

> 胤勣少负才,好使气,貌类河朔人,两眸睁然,髭奋起如戟。年十五六,入学为生徒,日记数万言。学有旧版文千余字,胤勣骑马过,一目成诵。应天尹下学,传筹召诸生,胤勣独后至,当笞,大呼折尹,声撼庭木。尹愧愤,卒笞之。胤勣攘袂,走出学门,题诗府署合扉上,有"从今袖却经纶手,且向江头理钓丝"之句,遂去学……胤勣为人轩豁倜傥,直欲起古豪杰与之友,视世之琐琐者,以为龌龊不足与语。好以气雄人,不问名位卑显,有不可意,奋然去不顾,或遂骂之,至其人面赤不少贷,甚有捶之者。江阴知县弗利于民,将受代,胤勣率少年数人,直入县厅,反缚之,状其罪,送上官。上官大骇,并收下狱。凡数岁,会赦,乃得释。夏郎中时正尝于宴上与之藏钩,不胜而怒,语侵胤勣。胤勣就坐上捽之下,拳之蹴之,众客为之股栗。又尝过友人家,见道士在坐,与语不合而骂之。道士不知其胤勣也,稍稍有憾色,胤勣捶之几死。

何歊《书篁墩文集后》称程敏政的文章"以才驱气,以气驾文,豪放奔逸,俱有余地"(《篁墩文集》卷末),读《汤胤勣传》可见一斑。

李东阳(1447－1516)的文章承台阁遗风,大体"以平正典雅为宗"(《四库全书总目》卷一百七十《怀麓堂集》提要),但能别具一格。李东阳曾说:"文章之为用,贵乎纪述铺叙,发挥而藻饰,操纵开阖,惟所欲为,而必有一定之准。"(《怀麓堂集》卷六十三《春雨堂稿序》)大体而言,他的一些传状文,坚守史家记述的"一定之准",偏于典重雅正,如《夏忠靖公传》、《刘益斋传》、《止善刘公传》(《怀麓堂集》卷三十五)、《杨南里传》、《乔烈妇传》、《都御史朱公传》、《五宜高公传》(《怀麓堂集》卷三十六)、《仲节妇传》、《姜贞庵传》、《余肃敏公传》(《怀麓堂集》卷七十一)等,大都以时为序,缕述传主生平政绩或善行,以平正稳健见长。

李东阳另一些传状文,则更多地追求"操纵开阖,惟所欲为",讲究精巧的情节构思和生动的人物塑造,多少带有"小说家气"。如《赵节妇传》(《怀麓堂集》卷三十五),前半篇叙宋氏十九岁时,其夫归德卫千户赵琳赴戍失踪,人以为死,宋氏乃立志守节,教子孝姑,数十年如一日。后半篇笔锋一转,叙其夫赵琳似死非死,遁而为僧的轶事,运笔腾挪有致,扑朔迷离,富于传奇色彩。此文以夫附妇,实为传中别体。《都城故老传》(《怀麓堂集》卷七十一)用合传体,简叙都城顺天故老刘志、路贵、徐本、陈谦、贺道、赵某(号"酱杨")、蔡通等。这些人多是平民,或为名医,或为商贩,或为军卫,李东阳取其生平一二事,濡笔成文,读来趣味盎然。又如《王古直传》(《怀麓堂集》卷三十六)记述山人王佐:

> 旅食三十年,无僮仆,不置釜甑,有大笼五六,惟诗画数百幅,中贮壶酒,晨出,饮一再勺已,复镝之以去……方作章书,值椽吏至,曰:"遽败吾兴。"群椽欲殴之,或俾自为计,古直曰:"我固当殴,殴则吾名益彰。"一日遇诸途,竟被殴,独袖手承之以归,亦不以屑意也。或劝使仕,大言曰:"我来为爵禄图邪?""盍科举乎?"则笑曰:"安得以少年处我?"尝在酒所,叹曰:"此亦功名事业也。"

王古直自称为"奇怪人也",文末李东阳写道:"周官称四民,班固表人物,列九等,魏晋以來中正第九品,予雅知古直,然不能目其为何如人也。"《蒙泉公补传》(《怀麓堂集》卷七十一)叙正统年间,岳正被破格用为内阁,因得罪石亨与太监曹吉祥,竟遭贬谪:

> 至涿州,夜宿传舍,手桔急,气奔且死。涿人杨四者,颇尚意气,为祈哀解人。其人怒不肯,杨醉以醇酒,伺其酣睡,谓公曰:"桔有封印,奈何?"公教之曰:"可烧鳌令热,以酒将纸就炙之。"纸得燥皆昂起,因去钉脱桔,刳其中,复钉封之。其人觉有异。杨说之曰:"业已然矣,今奉银数十两为寿,不如纳之。"公乃得至戍。

这两篇文章,叙事写人,摹其口吻,极为传神,开明中期李开先、归有光传状文之先河。

第三节　明中期传状文

明中期传状文的代表作家,有黄佐、李开先、归有光、徐渭等。

黄佐(1490—1566)传状文的数量相当可观,其《广州人物传》为189位人物作传,《革除遗事》为70余人作传,《南雍志》为56人作传,《泰泉集》中收录了13篇以"传"命名的传记(其中《广州先贤传》为14人立传),此外还有3篇行状。黄佐的传状文可分为史学传记与文学传记两类。他的史学传记多为编撰之作,以南京国子监士人、革除年间士人为对象,在题材选择、人物塑造方面突出了士人自励笃行、忠君爱国、崇尚气节的儒家理想人格,代表了明代中期士人的道德原则与精神追求;他的文学传记则以议论见长,通过议论调节叙事节奏,借传主的形象揭示作者的思想观念。

黄佐《南雍志·序》云:"圣人之道得其传者,颜与曾耳。为邦而问礼乐,其志何如也?而箪瓢陋巷,不改其乐,系矩以平天下,其志又何如也?而履时见歌声若出金石,彼富贵何物,足以易其内美哉?"(《南雍志》卷首)在《南雍志》中,黄佐塑造的正是这种圣贤形象。他认为:"列传者何?列,分别也;传之为言传也。史氏纪载事迹,别人品,所以传示于世也。"(《六艺流别》卷十七)在《南雍志》中,他塑造了洪武到嘉靖年间翰林士人以师道为己任、通学术、明礼仪、忠君孝友的君子形象。

在表现翰林士人的君子形象时,黄佐通过传主的言行、举止、外貌气质的描写,刻画了士人慎行、慎言、笃行的特点。如《胡俨传》曰:

> 时年尚少,而能以师道自任,劝勉诸生,务实学,励行检,以变浮靡之习。日亲讲授,每至夜分,虽隆寒甚暑不废。父老皆称重之。(《南雍志》卷十九)

《陈敬宗传》曰:

> 为人美须髯,容仪端整,步履有定,则望之者起敬。当会食诸生,稍有失仪,即待罪不轻容也。或有所禀,严于对君之礼。居常持敬,以身表率之。每遇丁祭,豫斋十日,于厢房宿焉。久居太学,力以师道自任,不少厌倦。严立教条,痛革旧习,日励诸生进学成德。有违犯者,扣除坐堂月日,悉为虚旷,豫示而坚守之,以是畏惮不敢放肆。(《南雍志》卷十九)

从外貌、言行举止到讲学,传主都表现得极为谨严,为诸生做出了榜样。这些翰林士人不仅能以师道自任,而且严守礼法,不狂妄,喜怒哀乐皆有节制。如《陈敬宗传》曰:

> 敬宗每对客善饮。襄城伯李隆雅重斯文,或延宾罢,必留敬宗再饮,主至酪酊,犹自俨然,若未尝饮者,人皆服其量。一夕饮过剧,兀坐喧颇中,人或伺之,见其拳握惟谨,其矜严好礼类此也。(《南雍志》卷十九)

《王俟传》云:

> 风采凝峻,廉角峭厉。素善奕,且所酷嗜,及为祭酒,辄绝不复事。其克制操执,不为俗变类此。故教法修整,群士皆敛衽钦服,凛然称严师焉。(《南雍志》卷十九)

这些翰林士人的言行与明代后期文人行为放诞、纵情山水、饮酒作乐、以山水诗赋娱乐的行为相比,无疑过于拘谨古板,活生生地是一种老学究的形象。但陈敬宗、王俟人的检束自励,正是黄佐所欣赏的,也是明代前期理学士人人格追求的真实体现。黄佐对传主这一性格特点的刻画,直接的目的就在于纠正当时的翰林士人不良风气。如鲁铎传中记载,林俊上疏挽留鲁铎时说:"经师易得,人师难得。铎约质浑晦,志尚清纯,道足以镇雅黜浮,学足以订顽儒。方今厘革庶弊,正育贤成德,振作士风之时……"(《南雍志》卷二十)"镇雅黜浮"、"订顽儒",这正是当时品行端正的士人的职责所在。

在体例上,《南雍志》中的传记文以正史为标准,具有严整的史传特点。从叙事结构来看,开篇简要叙述传主的姓氏、籍贯、字号等方面内容,然后以时间、官职的变迁为线索,详细叙述传主的政绩、德行,主要引录传主的文章、奏折,皇帝的诏书等,而不作详细的叙事。黄佐史学传记,从思想、人物性格到文章结构布局,都代表了理学思想影响下传记文学的创作特点。

黄佐文学传记的最大特点表现在议论手法的运用,与史传的行文严谨、不加微辞有着明显的区别。黄佐传状文中随时而发的议论,在叙事过程中往往起到深化人物性格、推动叙事发展、加强文章内在的叙事节奏的作用。在记述传主生平的时候,黄佐往往借助他人叙事,叙述传主的生平,而他则作为一个旁听者,在叙述的过程中适时打断叙述话语,加入议论,进而使叙事的方向发生转变。这种起承转合的议论使文章形成内在的严密的逻辑结构,推动叙事的展开,并使文章内在的节奏感加强。如在《方伯节陶安公逸事状》(《泰泉集》卷五十八)中,作者开篇叙述少时听大父讲传主陶公事,心生仰慕之情,因世人为陶公作传但内容多不详实而心有遗憾。后遇到徐建夫谈及陶公遗事,引起作者作传的愿望,于是借徐建夫之口讲述传主的生平、事迹。在叙述了陶公受王尹教育之恩,后帮助其子成人一事之后,黄佐发出感叹曰:

> 嗟乎!公之学行卓卓如是,而碑传漫不之及,何耶?世徒知《开府苍梧创祠崖山章疏》文出公手,而不知其学术所自。嗟乎!王尹之教公与公之报王尹,虽古人中蔑以加矣。佐方愧不能详公志,而徐君言又与先大父合,听之豁然,惟恐其尽也。

作者有意以一种未知的期待引起下文,使读者希望陶公有更加与众不同的事迹。于是文章自然地转入对陶公"善谋"一事的叙述,上文的育人和下文的善兵,一文一武衔接紧密而不显急促,文章开合自然。

　　黄佐传状文的议论之词,往往不是就事论事,而是上升到一个思想的高度,先从整体着眼,然后落实于个体之上,探究事情的本源。如《诗人邵谒传》(《泰泉集》卷五十六),在开门见山地介绍传主之后,即大发议论,借中唐文人柳宗元对时人廖有方的赏识和惋惜之情,表明粤地不是没有诗人,而是生平失传不为后人所知。接着笔锋一转,叙述晚唐粤地诗人邵谒"可异"的"颠末":少时家贫为吏,刚直不肯为县官驱使,受辱后断发明志,发奋读书,有所成而为经师,显贵于缙绅间。黄佐为之深致感慨:

　　　　苟能充其本心而扩之,其气可礴天地,其识可以入金石、孚豚鱼,天下事无难处者,而独工为诗乎哉?今有会稽之竹箭,揉而笴之,镞以钢金,附以南鹏之劲翮,引满而发,贯犀兕七属之甲不难也,使守寸而屈之,曾不足以为捉。《易·坤》之六二曰:"直方大不习,无不利。"而大利孰加哉?

这段议论成为全篇传文的灵魂所在,旨在说明只要秉赋刚强之气,"充其本心而扩之",则无所不能及。可见黄佐的议论之词并非就人论人,就事论事,而是超越具体的人与事,从事情的本源与终极的道理上立论,以此作为传主一生事迹的哲理内蕴。

　　以叙事代议论也是黄佐传状文的一种独特手法,他往往借叙事表明自己的态度。如《董大理传》(《泰泉集》卷五十七),开篇以简洁的叙述性语言介绍了传主董恬的主要政绩和官职的变迁。当时宦官刘瑾当路,传主不肯阿谀奉承,虽被罚俸禄,仍不遗余力地解救他人,保全他人的性命。后刘瑾事败,言官谢纳论康海与刘瑾勾结,牵连到董恬,被罢官归家。董恬归家之后,上疏表明自己的清白,以酒自娱,虽有荐举也不再做官。在这样平实的叙事中传主人格和精神已经略见一斑。后补传主之子求传的言论,作为文章的过渡,说明作传缘起:"予于是大书其事云。"作为一篇传记,到此结束亦无可非议,而黄佐却荡开一笔,写道:

夫国史考见得失之迹以传信,异代乃不尽然,都缘憎爱翻衰正,以故论建失真。予在史馆阅实录,见谢给谏弹事,会吕泾野至,问对山何如人。曰:"直节人也。致孝于亲,且笃交谊,尝拯空同于死狱。然性度高迈,侃侃面斥人短,坐是致怨。"比在留都,晤马黔田,为余言:空同下狱,时瑾欲杀之,急乃书片纸出曰:"对山救我。"家人往告康。康即上马驰至瑾门,阍者不为通,呼曰:"天下魁人也,汝公乃我乡里。"瑾素闻康名,常冀一见不可得,闻之即摄衣迎康。康遽上坐,瑾留饮,康谈笑睨瑾曰:"自古三秦豪杰有几?"……由是观之,党邪?非邪?大理之怨,可类推已。

这段文字经过对康海事件的一番推理,使董公的冤屈不言自明。这种手法正是黄佐所推崇的,在《六艺流别》中他说:"司马迁为列传,首伯夷者,据轶诗可异,乃反复明其非怨,实《诗》《书》之未言,不出最初,而语载籍极博,考信六艺而已,叙事中议论存焉。"(《六艺流别》卷十七)

李开先(1502—1568)的传状文深得时人称许,"以为雄文老笔,凌轶子长,前辈宗工巨儒,表彰略尽"(《李开先全集》卷十《后冈陈提学传》引冯少洲语)。他的传状文表现出两点极为鲜明的特征:一是擅长抒写个体的真实情感,具有强烈的主体性;二是善于从传主的生活中提炼出富有情趣的事件,通过语言、动作、外貌等方面的细致描写,以及灵活的叙事结构,增加传主形象的生动性和丰富性。

李开先一生仕途坎坷,郁郁不得志,他的传状文充满着发自内心的"才难之叹"[①],叹他人之"才难",实是叹自己之"才难"。如《渼陂王检讨传》(《李开先全集》卷十)开篇疾呼:

呜呼!生才实难,而用才亦不易。才而不用,于无才无损,其如天下国家何?予观渼陂王翁,不惟有才难之叹,而且有才难用之叹矣。

---

① 参见郭预衡:《中国散文史》下册,上海古籍出版社,1999年版,第329页。

传主王九思少而有奇才,长而诗文曲词兼长,为官清廉爱民,李开先高度评价其才能,写道:

> 在庠序而能发身,在朝堂而能为臣,在史馆而能睦邻,在家庭而能孝亲,在吏部而能知人,在场屋而能取文,在州郡而能得民,在祠庙而能侍神,在馆舍而能待宾,所在皆宜,用之辄效,但不得永其位。

如此有才的人都不能得到重用,不禁使人感叹:"生才之难,或数科一人,或数省一人,必得间气而后出焉,乃为台阁忌嫉,小人倾陷,有志不获展布,毋乃命运使然,人才生与用皆难哉!"

李开先传状文往往不满足于简单地记叙传主的事迹,而是格外关注传主一生事迹中那些趣味盎然的细事,精心描画,使人物传记充满故事性、戏剧性。如《东谷张先生传》(《李开先全集》卷九),分别在传主张茂兰人生的三个阶段——求学、为官、归隐中,选择一两件饶有情趣的故事,揭示传主为人洒脱、才智过人、狂放不羁的性格特征。文中写到,张茂兰为人刚直,不肯趋附权贵,一次御史大人到地方巡查,他没有及时迎接,在遭到呵斥时,他反而质问御史说:

> "老大人此行巡按耶?巡监耶?印马清军耶?"御史怒曰:"独不见吾预行纪功牌面耶?"先生因问:"贼去此几何?"御史云:"约有七百里。"先生曰:"若是七百里,买功卖功者何以知之?误杀平人者何以知之?莫非有千里目耶?不自责去贼之远,乃责我奉迎之近!"御史更大怒,顾问左右:"此知县有心风疾耶?"先生徐应以:"非心疾,乃心直耳。"

"非心疾,乃心直耳。"这貌似悠然自得的答语,传神地表现出传主刚直、狷狂而幽默的性格。传主的这种性格也表现在隐居之后的日常生活中,传曰:

予初第进士，出使过家，相会于龙溪乔金事处。先生曰："君为新郎，人所敬重，乔许《史记》《汉书》《文选》三书，各不即与，幸一言速之。"乔闻而笑应之曰："非吝也，疾固也！尝欲一见，或有事商量，则不可得；或无事懒接客，则日不离门。以书作质，欲其招之即来也。"先生曰："若是，贻我三书，东西南北，惟命所之。东则朝鲜，西则流沙，南则交趾，北则居庸关，一生惟命宣府耳！"

文章通过两人的对话描写，将传主平日我行我素、孤傲不拘、任性顺情的性格表现得淋漓尽致。

李开先的传状文不拘一格，有的以传主的某一突出特点为核心，选取不同的事件，从多个角度进行叙事。这类传状文的篇幅短小精悍，文笔流畅，议论深刻。如《雪蓑道人传》(《李开先全集》卷十)，以苏洲性格上的狂妄简傲，为人上的救济贫病、散财、高洁为文，随意点染，采用点评式的写法，突出了传主狷狂的人物性格。《怀朴康君传》(《李开先全集》卷九)则围绕传主康济民"怀朴"这一性格特点，从侍亲孝，守礼，不饮酒，不纳妾，夫妻和睦，言谈举止都有尺度，拾金不昧，救人活命，为官而不奢华，待人平和等角度简练地叙述了传主的行迹。传主的行为在现代看来略显迂腐，但在反映明代中期的社会风气、时代精神方面却有重要作用。《昆仑张诗人传》(《李开先全集》卷十)写张子言少而自许："顺天将大比，先小试诸生，令各负桌凳以进。子言独使其家童代负，不许，遂拂衣而去，且叹曰：'即使连中上甲，为清要职，亦不能也。'"长而游山水，风流偶傥，有游侠气节："每兴到，独跨一蹇驴，信其所之，虽中途遇风雨，受饥寒，不少改悔。"在为妻子做传的时候，李开先更是不拘一格，信手拈来，正如他在《亡妻张宜人散传》(《李开先全集》卷十)中所说的："随心信笔，漫然书之"。

这种"攻其一点，不及其余"的写法，在归有光(1506—1571)的传状文中更为明显。他的传状文崇尚简古，不是面面俱到地描写传主的生活，而是抓住传主某一方面最突出的特点作为"文眼"，运用简练、蕴藉的语言刻画传主的主要性格特征。如《何长者传》云：

> 何长者名绪,字克承,家会昌之白埠,倚萧帝严为居。长者父卒,兄缨与其子亦蚤卒,遗孤孙,而长者庶弟方十岁,皆抚育以致成人。长者既善治生产,于其父业赢数十倍。弟约与其兄孙,请与长者分。长者会其赀以为三,兄弟平受之,不以祖父贻与己所创为区别也。人有急,求鬻田,长者与之价过当。其后事已,辄悔其田,长者还之,不责偿。年既老,乡里高其行,县为请乡饮酒,固谢,终不肯与。而会昌人皆称以为何长者云。(《震川先生集》卷二十六)

文章抓住"长者"这一特点,叙写父亲死后,何绪不仅一人操持全部家业,还要抚养兄孙和庶弟。等到兄孙与庶弟长大,要求分田产,何长者却不计较自己十几年的辛劳,平分成三份,仁义而不贪财。何绪在人危急之时,不乘人之危,以高价买田,后卖田者毁约,不但还其田也不多要赔偿,能济人于危难之中。何绪有高尚的品行而不慕功名利禄,不肯为乡老。归有光通过这几件小事,就表现了"长者"的道德美。

归有光传状文的传主多为生活中的普通人,如《张自新传》写一个以读书为乐、务农为生的乡下文人,《可茶先生小传》写一位民间医生。他的传状文总是一往情深,往往选取生活中若干小事,集中笔墨,多方渲染,突出传主的品德。如《归氏二孝子传》(《震川先生集》卷二十六)讲述孝子归钺少年丧母,狠心的后母对他百般刁难,常常怂恿父亲打骂孝子:

> 家贫,食不足以赡,炊将熟,即谮诶罪过孝子,父大怒逐之,于是母子得以饱食……孝子数困,匍匐道中。比归,父母相与言曰:"有子不居家,在外作贼耳。"又复杖之,屡濒于死。

父亲死后,后母占据了房屋,无家可归的孝子只能在闹市上要饭生活。旁观者、邻居对后母不无怨言,而孝子却"时私其弟,问母饮食,致甘鲜焉"。等遇到灾荒,后母无法养活自己,"孝子往涕泣奉迎,母内自惭,终感孝子诚恳,从之"。孝子得食物,先给后母和弟弟,自己宁可饿着,"孝子少饥饿,面黄而体瘠小,族人呼为菜大人"。孝子不但不以后母虐待为怨,反而对后母孝敬有加。全文娓娓叙来,感人至深,既体现出归有光褒扬"仁恕之心"的儒家精神,也是对社会上饱读诗书却不守德行的士人的批判。归有光的传状文抒发人间常情常理,通过生活琐事表现人与人之间真挚、细腻的情感,开辟了传状文发展的一条新路。

归有光往往不拘泥于传状文的固定写法,叙事手法相当灵活。如《筠溪翁传》:

> 余居安亭。一日,有来告云:"北五六里溪上,草舍三四楹,有筠溪翁居其间,日吟哦,数童子侍侧,足未尝出户。"余往省之。见翁,颀然皙白,延余坐,瀹茗以进,举架上书悉以赠,殆数百卷,余谢而还。久之,遂不相闻。然余逢人辄问筠溪翁所在,有见之者,皆云翁无恙。每展所予书,未尝不思翁也。今年春,张西卿从江上来,言翁居南澥浦,年已七十,神气益清,编摩殆不去手,侍婢生子,方呱呱。西卿状翁貌,如余十年前所见加少,亦异矣哉!噫!余见翁时,岁暮,天风憀栗,野草枯黄。日将晡,余循去,径还家。媪、儿子以远客至,具酒,见余挟书还,则皆喜。一二年,妻儿皆亡。而翁与余别,每劳人问死生。余虽不见翁,而独念翁常在宇宙间,视吾家之溘然而尽者,翁殆如千岁人。(《震川先生集》卷二十六)

全篇结构错落有致,叙事灵活跌宕,在聚散交替、今昔悲欢的对比中,突显了筠溪翁的仙风道骨和两人的深情厚谊。

嘉靖年间,严嵩用事,朝政腐败,将骄兵惰,招致外侮,东南沿海地区倭患尤为严重,归有光的家乡昆山首当其冲。在《备倭事略》中,他忧心忡忡地说:"倭寇犯境,百姓被杀死者几千人。流离迁徙,所在村落为之一空。迄今逾月,其势益横。州县廑廑婴城自保,浸淫蔓延,东南列郡大有可虑。"其忧国忧民之心,同仇敌忾之概,充溢于字里行间。他又提出,乘敌之骄,设伏截杀,"彼狃于数胜,谓我不能军,往来如入无人之地,出其不意,可以得志。古之用兵,惟恐敌之不骄不贪。法曰:'卑而骄之。'又曰:'利而诱之。'今贼正犯兵家之忌,可袭而取也"(《震川先生集》卷三)。文笔质朴有力,阐述切中肯綮。

徐渭(1521—1593)的《叶泉公传》蕴含着政治感慨。文章详细地叙述了阉党的狂横与士人的软弱,云:

> 当正德癸酉间,阉势张甚。奉命镇闽者为某,每行府,守以下并易章服,罢组绣郊迎。阉者乃据馆,守率佐以下人班庭溜,再屈膝拜伏状,阉从几旁徐起答之,以次毕。守与佐属左右列以待,得命乃退就府舍。小不谨,或据所括,辄得祸,间至校逮从阙廷,弊杖下,而佐从下,阉则自缚笞以为常,于是所至府无不人人慑恐者。至公,乃令四徒肩舆入馆,驰道上不下,又令前导者呵以入。(《徐渭集·徐文长三集》卷二十五)

传中叙写阉党势力猖獗,众人卑躬屈膝不敢抗言,而叶公则驰骋上下,责罚中官,振作士气。

徐渭的传状文格外重视揄扬普通人的道德品质。如《钱先生传》云:"世之传士者,多用皎皎赫赫,不而,为不足以震世,不传焉。于是中庸之士多泯泯。噫,抑何谬耶! 夫道莫大于孝弟,孝弟中庸之谓也。"(《徐渭集·徐文长逸稿》卷二十二)这篇传记中传主虽无显赫的地位、卓越的功绩,但却有可传的孝亲行为,可以看出作者对日常人伦的重视,这与归有光的传状文一样,体现出时代的风貌。此外,如李濂的《王叔和补传》、《启玄子补传》、《戴元礼补传》等为古今名医作传(黄宗羲《明文海》卷四百一十七),王慎中的《黄梅源翁传》为南人作传(《遵岩集》卷十八),还有沈　贯的《博者张松溪传》(黄宗羲《明文海》卷四百一十九),祝允明的《韩公传》(黄宗羲《明文海》卷四百一十七),韩邦奇的《叶母还金记》(《苑洛集》卷八)等,都以朴实的笔调肯定平民百姓的道德风范和人生价值。

在明中期,女性传状文的兴起成为一个突出的现象。在这些传状文中,女性形象不仅具有勤俭贤孝的品德,她们在家庭社会中的重要地位以及她们的聪明才智也得到了充分的肯定。如唐顺之(1507—1560)《李宜人传》从妻贤夫廉的角度,突出了妻子的品行对于丈夫的重要影响;《章孺人传》则用侧面描写手法,详写孺人教子读书一事,刻画了孺人孝女、贤母的形象,叙事的角度独特,议论深刻(《荆川集》卷十一)。类似的作品还有王慎中《柯母传》、《邹宜人传》(《遵岩集》卷十六)等。

节烈传是女性传状文的一个独特类型,在明中期这类传状文的数量颇丰。《明文海》卷四百一十三收录19篇"列女传",其中元末明初2篇,晚明5篇,而明中期却有12篇。明中期作家往往借妇女的节烈行为来批判当时士人气节的堕落和士风的衰败。如黄佐《邵贞女传》直言:"臣之事君,女之事夫,一道也。臣受君聘,拜自献其身矣,改事他人则不以为纯。"(《泰泉集》卷五十七)归有光的《王烈妇传》、《季烈妇传》、《俞楫甫妻传》、《沈节妇传》、《韦节妇传》、《陶节妇传》、《计烈妇传》等(《震川先生集》卷二十七),对普通妇女的节烈行为津津乐道,赞不绝口,他认为这些妇女的行为"关系世道不浅",因此"吾辈宜培植之,使之昌大"(《震川先生集》卷七《答唐虔伯书》)。嘉靖二十三年(1544),归有光落第归家,在华亭听说张贞女事,便奔走于衙门为其申辩,先后撰写《书张贞女死事》、《张氏女子神异记》、《张贞女死狱事》等文章,在社会上引起了关于"贞女"的一次讨论。其中《书张贞女死事》一文详细叙述贞女死节的前后过程,并夹杂着一些奇异现象的描写,使贞女死节这一问题在当时引起了社会争论。《与李浩卿书》云:"本意只为烈妇,其余皆是末节。仆虽遭人唾骂,亦不须复计也。为知己者,故不觉多言至此。"(《震川先生集》卷七)此类作品还有李梦阳《六列女传》(《空同集》卷五十八),张治道《四烈妇传》、吴国伦《四烈传》、郑善夫《烈女辉传》(黄宗羲《明文海》卷四百一十三),罗洪先《永新文竹周母刘节妇传》、《前村黄节妇传》、《叙岭下陈节妇事》(《念庵文集》卷九),陈有年《徐贞娥传》、《二贞传》(黄宗羲《明文海》卷四百一十四)等。明代中期烈妇传记创作透露出当时社会的软糜风气与士人的自省意识。

总之,明中期传状文开启了由理入情,由论到叙,由崇高到朴实,由丰功伟绩到日常生活的描写道路,为传状文的发展注入了新的活力。

第四节　明后期传状文

明后期传状文的代表作家有陈继儒、袁宏道、袁中道、宋懋澄、张岱等。

陈继儒(1558—1639)的传状文，按传主身份划分，大致可分为两类：一类为传统传状文，传主多为忠臣、孝子、节妇等；另一类则为言情传记。

陈继儒的传统传状文均含有较多的议论成分，不仅行文中评价性的文字随处可见，如《江阴贡太公传》中写道："公酒杯流行，谐笑错出，似狂；为人画策解纷，不顾毫发利害，似侠；清议格物，当持是非名教，以讪其座上人，似憨。"(《晚香堂小品》卷九)而且，"论赞"部分更是文章的重点，以求在传状文中融入作家自身的人生理想、处世观念。陈继儒传状文的"论赞"不拘一格，形式多样，有的以延伸叙事的形式，在传主事迹之外，叙述他人事迹或自身经历而隐含议论，如《澄川李公传》(《白石樵真稿》卷九)；有的则借题发挥，旁敲侧击，"言在此而意在彼"，如《安矾亭先生传》、《钱母陆淑人传》(《晚香堂小品》卷九)、《孝子高公传》(《白石樵真稿》卷九)等。我们不妨举一例而见其余，如《孝子高公传》的"论赞"，发出这样的感慨：

> 世人谈笑有镇邪，故绣铁面以嗔作佛事。世人对面有九疑，故灰袋道士，张口如箕，五脏毕露。古之得道者如此，而又何疑于太公乎？太刚则折，公不以刚损；太直若曲，公不以曲免。孤行一意，得全其天，为布衣则公，为绣衣则抗疏瑾铛之名御史。家风刚直，易地皆然，信贡氏祖孙之有种也。

在明代以前的传状文中，景物、场景和环境的描写并不为人所重视，即使有，也不过三言两语，聊胜于无。但是陈继儒传状文却格外重视景

物、场景和环境的描写,不仅用以烘托传主的人格风貌,也表达了作家独特的主体意识。如《冯甄甫传》云:

> 性好古,喜集法书名画,延胜士焚香品题之。遇佳山水,为横琴作雅操一弄,味其隽韵,似将折节改弦,不终以酒人自雄矣。然每当志敞意得,鼓二挞,鸡三号,犹严扃门户,不听客归,觥筹交飞,排调错出,不沉醉不休。(《晚香堂小品》卷九)

《孙汉阳太守传》云:

> 公自此无复仕进意,遂于东郊故居,修筑精舍,辇奇石置庭除,环列鼎彝金石、法书名画,摩挲其中,涤除洒扫,屏榻如鉴。客至,命张具,鼓吹递作,童子按院本新声,闻舞狻猊及角觝之戏。人以为安陵食、辋川庄不是过也。(《晚香堂小品》卷九)

陈继儒笔下描述的这些美好而富情趣、世俗而又雅致的生活,其实既是日常闲适生活的写照,也是他心目中理想生活的反映。

陈继儒的言情传记尤其值得重视,如《杨幽妍别传》、《范牧之传》及《张圣清传》(《白石樵真稿》卷一),均写男女殉情故事,表现了青年男女之死靡它的忠贞爱情。两对主人公精神相通,但性格迥异,牧之刚强,杜女侠烈,圣清痴情难解,幽妍柔情似水,但他们却均"死于情"。牧之传,凄清悲凉,若鹃舌吐血,一洒而绝;幽妍之传,悱恻缠绵,如哀猿鸣峡,久响不歇。陈继儒毫不掩饰地表露出对"情"的肯定和赞美,对"情"的解读和诠释。如《范牧之传》写道:

> 余闻牧之事光禄公、秦淑人,及遇弟允临,斤斤孝友,名教人也。因缘为祟,卒耗俊姬,何哉?汉高、项羽,英雄绝世,剑锋淬人,眼不能眨,乃心销神枯,终不能断虞、戚之爱。夫二公赖有此举,小足破俗,不然,项乃倔强老卒,龙准公一村翁故态耳。语云:"天下有心人,尽

解相思死。"世无真英雄,则不特不及情,亦不敢情也。牧之者,得无老氏所谓勇于敢则杀者钦?定盟旦誓,永焉勿谖,沉恨幽疑,泮然涣释,两人可谓诚得死所矣。使杜迟回独生,或不欲生,而无幸以不汗病死,寥寥千古,含怨何期?今而后,知杜生有以谢牧之也。或曰:君家蠡首倡风流,而唐杜牧之奇宕挑达,半卧粉黛中以老,君于牧之则讳姓,于蠡则讳名,垂两千年,而合为范牧之也。呜呼,然欤否欤?

这三篇传记以男女生死相恋之情感动世人,联成姊妹篇,但风格异致,均可称为明晚期言情传记中的上品。

袁宏道(1568—1610)、袁中道(1570—1624)兄弟的传状文以"好奇"著称,擅长于抓住传主的"怪异"事迹或与众不同之处,浓笔重墨地大肆渲染,塑造"异人"形象,给人"芽甲一新,精彩八面"的感觉。例如袁中道《回君传》(《珂雪斋集》卷十七),专为"邑人皆恶之"的酒徒回君立传,本来就别出心裁,文中更选择一些生动的故事,刻画出一位桀骜不驯的狂狷之士:

> 回聪慧,耽娱乐,嗜酒,喜妓入骨。家有庐舍田亩,荡尽,遂赤贫。善博戏,时与人赌,得钱即以市酒……回有一妻一子,然率在外饮,即向人家住,不归。每十日送柴米归,至门大呼曰:"柴米在此!"即去。其妻出取,已去百步外矣。腰系一丝囊,常虚无一文。时予问回曰:"虚矣,何以为计?"回笑曰:"即至矣。"即实,予又谓曰:"未可用尽。"回又笑曰:"若不用尽,必不来。"

正因为回君个性鲜明,任情顺性,因此,尽管他嗜酒如狂,挥金如土,荡尽田产,袁中道却模仿孔子称道颜回的语句称赞道:"人不堪其忧,回也不改其乐,贤哉回也!"

袁氏兄弟还常常着力描写传主一生中的某些骇人听闻的奇异之事,使读者在心灵震撼之余,由衷地惊叹传主的不合时宜或超凡脱俗。如袁宏道《徐文长传》,围绕徐渭性格之奇与生平"数奇"层层展开,生动地刻画出一个与世难容的"畸人"形象。传文特别强调徐渭出狱后犯精神分裂症时的奇行异举：

> 晚年愤益深，佯狂益甚，显者至门，或拒不纳。时携钱至酒肆，呼下隶与饮。或自持斧击破其头，血流被面，头骨皆折，揉之有声；或以利锥锥其两耳，深入寸余，竟不得死。（《袁宏道集笺校》卷十九）

袁宏道借这些骇人听闻的奇异之事，揭示出一代才人徐渭内心中无以表白的痛苦。又如袁中道的《李温陵传》，描写李贽被捕后高傲倔强的言行，道：

> 明日，大金吾置讯，侍者披而入，卧于阶上。金吾曰："若何以妄著书？"公曰："罪人著书甚多，具在，于圣教有益无损。"大金吾笑其崛强，狱竟，无所置词，大略止回籍耳。久之，旨不下，公于狱舍中作诗、读书自如。一日，呼侍者薙发，侍者去，遂持刀以自割其喉，气不绝者两日。侍者问："和尚痛否？"以指书其手曰："不痛。"又问曰："和尚何自割？"书曰："七十老翁何所求？"遂绝。（《珂雪斋集》卷十七）

这段描写生动地展露出李贽卓然特立、超越生死的英雄气概。

袁氏兄弟甚至有意选取传主不可思议的怪异事迹大肆渲染，赋予传主一种游于世外、不食人间烟火的风神状貌。如袁宏道《醉叟传》，不惜笔墨地描写醉叟对怪异食物嗜之如狂的癖好：

> 不谷食，唯啖蜈蚣、蜘蛛、癞蝦蟆及一切虫蚁之类，市儿惊骇，争握诸毒以供……童子觅毒虫十余种进，皆生噉之。诸小虫浸渍杯中，如鸡在醯，与酒俱尽。蜈蚣长五六寸者，夹以柏叶，去其钳，生置口中，赤爪狞狞，屈伸唇髭间，见者肌栗，叟方得意大嚼，如食熊白豚乳也。（《袁宏道集笺校》卷十九）

这种骇人听闻的怪异举动,适足以衬托出传主超乎凡俗的怪异个性。

袁氏兄弟为文追新求奇,因此他们的传状文很少墨守成规,不受固有文体模式的束缚,而是勇于突破古人的传统,横见侧出,信笔挥洒,随着作者内心情感的流泻而自由变化。

袁氏兄弟的传状文具有强烈的主体性和主观性,往往毫不掩饰地表达自己的观点,塑造自己心目中的传主。如袁中道在《吴龙田生传》的篇首,即以设问的方式,先声夺人地提出自己的独特看法:

> 太史公之传货殖也,则曰:"巧者辐辏,拙者瓦解。"夫盈诎决于巧拙,是其柄在人,而不在天也。而以予观之,往往有失之巧而得之拙者。巧以诈,拙以诚,诚之所在,能转造物者也。贾为机变之薮,而亦以诚得之,人可不诚钦?予于吴君龙田事有感焉。(《珂雪斋集》卷十七)

该文的传主吴龙田是一位以诚为本的商人,由于家境贫寒,弃儒从商。袁中道抛开客观叙述者的身份,采用"话语干预"的方法在篇首提出自己的观点,然后再叙述传主的事迹,显然是以传主的生平事迹佐证自己的观点,试图使读者接受其对传主人格所作的判断和评价。

袁宏道明确地认识到:"太史公创《史记》列传,盖以载一人之事,而为体亦多不同。"(《袁宏道集笺校》卷十九《王氏两节妇传》)因此他们的传状文写作也表现出自觉的"创体"意识。如《王氏两节妇传》不是平铺直叙地记述传主的生平事迹,而是另辟蹊径,在开篇首先描述节妇之子王箕仲的贤能以引出其母之贤,接着笔锋一转,反复强调为王氏两节妇立传的原因,即"三可书":"君家两母……守节二十年,是可书,书之以劝天下之为嫠妇者,不以年之例不例二其心也";"时太母耄年,欧阳母中寿,皆目见子若孙名演畴者登进士第,是可书";"一门两节妇,是可书"。这就留下大量的叙事"空白",让读者去自由地演绎,丰富各人心目中的传主形象。

宋懋澄(1569—1620)的传状文大都收录于《九龠集》卷五。这些作品,在题材上,大胆创作言情传记,为青楼女子唱赞歌,新颖别致,富有传奇色彩;在写作上,吸收小说笔法,情节生动曲折,叙事针线绵密,人物形象逼真、丰满,呼之欲出,富有特色。

与袁氏兄弟的好奇成"癖"不同,在宋懋澄的传状文中弥漫着一股"豪"气。在传主身份选择方面,宋懋澄多选豪放之士,如特立独行、放荡不羁的顾思之(《顾思之传》),虽身份低微但勇毅果敢、以身为民请命的葛道人(《葛道人传》),机警狡诈而敢做敢为的宋君求《宋氏君求传》等。而且,宋懋澄多撷取传主豪放不羁的奇事异闻,以展示传主坦荡洒脱、超逸脱俗的豪气。如《顾思之传》一文洋洋洒洒,其中两个故事最为奇特:其一,在灯节之夜,顾思之携友人于馺先,登孝廉陆君策之门,索酒不得,竟闯入其家,将其堂中所挂金书锦绣轴"裂而嚼之,黄金满口,因相与大笑竟出"。其二,其友人之弟吴平子"性喜畜犬,犬尝满楼,号曰犬台……尝有少年进猕猴,平子大喜",后猕猴逃走,平子为此郁郁不乐。友人向思之说起此事,思之径至平子家,竟持大槊,将犬杀之殆尽,瞋目斥平子曰:"子以红衫衣猕猴,何异以钟鼓飨爰居乎?"这两件奇特之事,生动地衬托出顾思之特立独行的个性。在宋懋澄笔下,不仅男性传主迥异脱俗,豪放坦荡,女性传主也同样充满豪气冲天。如著名的《负情侬传》,塑造了机智果敢、性格刚毅的风尘女子杜十娘,为奇女子立传,为薄命女子唱悲歌。

在宋懋澄的传状文中,即使是一些次要人物也颇具豪侠之气。如《袁微之传》中的妓女素素,"弄王孙于股掌之上,无一当意,而独善微之"。当国家有难之时,她常常劝说微之:"君骨相多武,宜早从军。今西方有事,妾愿与君俱西。"然而微之不肯听从,在数次劝说无效后,她又一次问微之:"君有老亲,而游闲不归,得无为吾故耶?吾不能如汧国夫人,佐君荣亲,而忍君得罪名教?异日虽食妾之肉,不足以谢君,吾其行乎?"微之还是恋恋不已,于是她毅然离去,并于途中遣人送给微之书信一封及黄金百两,信中告诉微之誓不与之复欢,以激怒微之,微之果然由此发奋。

宋懋澄的传状文中之所以贯穿着一股"豪气",来自于他自身的豪侠之气。陈子龙《宋幼清先生传》记载:"先生幼孤,年十三而能文章。喜交游,稍习经生家言,即弃去。顾为侠,慕战国烈士之风,祠赵相虞卿于家,所以见志也。私习古兵法,散家结客,欲以建不世功。而会是时,海内承平,无所自见,则于酒任诞。尝与客饮中野,取髑髅行酒,已则相与刺臂血,沥而埋之,对泣也,复歌呼而还。礼俗之士,疾之如仇,欲中以危法,适有天幸,又多用智数自卫,莫而害。然亦益自远引,不轻入城市。"(《安雅堂稿》卷十三)

宋懋澄的传状文在创作方法上另辟蹊径,以"传奇"手法作传,结构新奇,情节曲折,叙事生动,形象鲜明,取得了独特的成就。陈继儒谓其"喜稗官家",郭廷弼谓其"尤工尺牍及稗官家言"(《九籥集》卷首序言),可谓的评。尤其是宋懋澄善于运用个性化的人物独白和精彩的人物对话,最能体现"传奇"的风貌。如《负情侬传》一文中,人物的语言描写占了一大半的篇幅,通过人物的语言展示人物个性,取得极佳的效果。如十娘与假母就其赎身一事进行的对话:

母自揣女非己出,而故事教坊落籍,非数百金不可,且熟知李囊无一钱,思有以困之,令愧不辨,庶日忘日去,乃戟掌诟女曰:"汝能怂郎君措三百金畀老身,东西南北,惟汝所之。"卿慨然曰:"李郎虽落魄旅邸,办三百金不难。顾金不易聚,倘金具而母负约,奈何?"母策李郎穷途,侮之,指烛中花笑曰:"李郎若携金以入,婢子可随郎君而出,烛之生花,谶郎之得女也。"

这段对话惟妙惟肖地刻画出鸨母口舌生花,善于随机应变的狡诈性格,也显示出十娘虑事周全、缜密的性格特征。宋懋澄还善于在文中利用画龙点睛式的动作描写塑造人物形象,如写到十娘当着众人的面,将奇珍异宝尽数投入江中时,穿插了这样一个细节描写:"李生不觉大悔,抱女郎恸哭止之,虽新安人亦来劝解,女郎推生于侧。"李生所"悔"所"哭"的并非是自己的绝情行径,而是懊悔失去获得巨额财富的机会。而十娘的"推生于侧",表现出决绝果断的性格。

张岱(1597—1689)也是一位以"好奇"著称的作家。张岱提出,传文"只求不失其本面、真面、笑啼之半面也已矣"(《张岱诗文集·琅嬛文集》卷四《家传》);他甚至认为,就传主的事迹而言,"有瑜有瑕,言其瑜则未必传,言其瑕则的的乎其可传也"(《张岱诗文集·琅嬛文集》卷四《附传》)。在他看来,最能体现传主之"本面、真面"的,不是其循规蹈矩的常言常行,而是其与众不同的奇行异举和超轶常人的个性风貌。他甚至宣称:"人无癖不可与交,以其无深情也;人无疵不可与交,以其无真气也。"(《张岱诗文集·琅嬛文集》卷四《五异人传》)因此,张岱津津乐道于传主之"病"的程度丝毫不亚于袁宏道,即使对其家人也毫不避讳,在其《家传》、《附传》中,我们可以读到描述传主怪异行径的文字。他为其家族中的"五异人"立传,他们或癖于钱,或癖于酒,或癖于气,或癖于土木,或癖于书史,皆情有所钟,心无旁骛,以内心的一份执着,超越世俗的束缚,如天马行空,无拘无束。

但张岱之奇与袁氏兄弟之奇各具特色,如果说袁宏道之奇是绚烂之"奇"的话,张岱之奇则是平淡之"奇"。张岱往往通过叙写传主日常生活中的事件来展现人物性格,在朴实平淡的描写中以准确精炼的笔调塑造出个性鲜活欲动的人物形象。如《王谑庵先生传》,不仅叙写王思任一生的政治大节,还特意描述他之所以号为"谑庵"的趣事:

> 盖先生聪明绝世,出言灵巧,与人谐谑,矢口放言,略无忌惮。川黔总督蔡公敬夫,先生同年友也。以先生闲住在家,思以帷幄屈先生,檄先生至。至之日,宴先生于滕王阁。时日落霞生,先生谓公曰:"王勃《滕王阁序》,不意今日乃复应之。"公问故,先生笑曰:"'落霞与孤鹜齐飞',今日正当落霞,而年兄眇一目,'孤鹜齐飞'殆为年兄道也。"公面赪及颈。先生知其意,襆被即行。(《张岱诗文集·琅嬛文集》卷四)

王思任以当下之景,巧妙化用古人之句,以一布衣身份,大胆地揶揄官至总督的同年友人,不禁令人绝倒。这一趣事使王思任出言巧慧、肆无忌惮的个性栩栩如生。

张岱在《周宛委墓志铭》中说:"余生平不喜作谀墓文,间有作者,必期酷肖其人。"(《张岱诗文集·琅嬛文集》卷五)"酷肖其人",正是他的人物传记的鲜明特点。张岱"长于史学","沉浸于有明一代之纪传"(邵廷采《张岱传》,《张岱诗文集》附录),他的《石匮书后集》多为当代人物立传,也大都刻形绘像,用笔精炼。尤其可贵的是,张岱用笔行文,也像宋懋澄一样,带有浓厚的"传奇"色彩。如《陶庵梦忆》卷五中写"柳敬亭说书"一段:

> 余听其说景阳冈武松打虎白文,与本传大异。其描写刻画,微入毫发,然又找截干净,并不唠叨㘝呶。声如巨钟,说至筋节处,叱咤叫喊,汹汹崩屋。武松到店沽酒,店内无人,暴地一吼,店中空缸空甓皆瓮瓮有声。闲中著色,细微至此。主人必屏息静坐,倾耳听之,彼方掉舌;稍见下人咕哔耳语,听者欠伸有倦色,辄不言,故不得强。每至丙夜,拭桌剪灯,素瓷静递,款款言之。其疾徐轻重,吞吐抑扬,入情入理,入筋入骨,摘世上说书之耳,而使之谛听,不怕其咋舌死也。

此段绘声绘色,"笔墨横恣,几令读者心目俱眩"(伍崇曜《陶庵梦忆跋》,《陶庵梦忆》卷末)。

第五节 明代自传文

中国古代的自传文,大抵发端于两汉,成熟于中唐,两宋以后蔚为大观。杜联喆《明人自传文钞》辑录的明人自传文①,大致可以分为序、状、述、传、记、墓志铭、祭文、吊文等几种文体。序,如张洪《自序》、黄鞏《狱中自叙》、文元发《清凉居士自序》、谈迁《六十自寿序》等;状,如李廷机《自状》、黄道周《乞言自序状》;述,如李堂《堇山居士自述》、林大春《自叙述》等;传,如宋濂《白牛生传》、黄省曾《临终自传》、李先芳《北山野史传》、胡应麟《石羊生小传》等;记,如彭华《玉堂白发人记》、王锜《自记》、孙艾《西川居士自为生志》、杨爵《处困记》和《续处困记》、孙楼《纪黜》和《后纪黜》等;墓志铭,如杨士奇《东里老人自志》、王直《自撰墓志》、杨循吉《自撰生圹碑》、邵经邦《弘斋先生自志铭》、朱纨《自撰圹志》、徐渭《自为墓志铭》、陈继儒《空青先生墓志铭》等;祭文,如方鹏《自祭文》、黄省曾《临终自祭文》、冯一第《自吊文》等。

受传统史学思想影响,明人自传文的写作动机与写作宗旨大都讲究"实录",如李先芳(1511—1594)《北山野史传》解释"野史"之名时就说:"故事由实录,有野之名焉;文取其概,有史之名焉。"但究其实,明人自传文却表现出写实与写趣两种不同倾向:写实者以记录生平事迹大略见长,写趣者以描摹人物风神志趣取胜。

林大春(1523—1588)《自叙述》说明写作自传的缘由说:

> 乃其身所经历,数十年事,至今已为陈迹,何足以悉载记?顾惟世莫我知,其亦已矣。犹幸有径迹在,万一后有知我者出,亦足以考

---

① 杜联喆:《明人自传文钞》,台北:艺文印书馆,1977年版。本卷所论明人自传文,均出自此书,不再一一作注。但此书句读时有舛误,本卷引录时,径加改易,不另出校。

见得失,而为同志者之鉴也。是以不得不详之乎其言之也。

自传作家无不强调自我立传具有得天独厚的优势,这是他人作传所难以比拟的。明代士人深恐去世以后,子孙托他人为传状,夸大其辞,张扬其事,以致失实诬史,因此不得不在生前亲自操觚作传。邵经邦(1491－1565)《弘斋先生自志铭》在谈到之所以自撰墓志铭的缘由时说:

> 古人墓志之作,盖虑千百年陵谷变迁,或耕或耨,或樵或牧,棺椁可朽而石不与之俱朽,世代可移而铭不与之俱移,必得志中所载,知其某代某人,或有官或无官,或有子孙或无子孙,慨然兴嗟,相与掩覆盖藏,不致遗弃暴露湮没而蹂踏也。

但是,后人作志铭,"无官者而或夸大之","无德者而或矜诩之","所遗者既寡矣,徒假繁辞曲说以求逞",大都"溢美过情,以要虚誉而已"。正是有鉴于此,他才"痛心疾首,不惮谆切,为子孙告、后世告也"。类似的郑重声明,在明人自传文中屡见不鲜。如刘大夏《寿藏记》云:

> 尝见士大夫家子弟爱其父兄者,俟其身后,必求名儒大笔,铺张其行业,以志于其墓。作国史者,亦或凭而采之。予无似,承祖宗世泽,窃科甲官禄,前后四十年,在家在邦,无一事可述以传者。万一后人私其所亲,谬言以误名笔,纵可欺人,独不自愧于地下也邪?用是自述平生履历而勒诸石,归付儿祖生等藏之以俟他日。其词虽俚,其事则核,庶予之心安焉。

周瑛《自撰蒙中子圹志》云:

> 且先自任期以邑里世系履历,以授诸子曰:"我他日弃诸子,诸子无妄费金帛,粉饰吾事,以诬天下后世,但纳此诸幽,使他日与吾戚者,有以掩吾之遗可也。"

孙艾(1452—1526)《西川居士自为生志》云：

> 世人多于身后子孙好事者求显人，为之志表，词多失实，以欺后世，予窃陋之。若吾之生也，无闻于人，无补于世，生平行履，不若自知之为审，故于墓石，不假之他笔，而用以自述焉。

杨循吉(1458—1546)《自撰生圹碑》云：

> 愧无寸长，不欲劳他人之笔，所贵以自述为不诬，故撰其碑云尔。

因此，以实录为本，以信史为要，以备后世考见自己一生的行迹得失，这正是明人自传文写作的重要动机与宗旨之一。

唯其以实录为本，以信史为要，因此明人自传文每每坦陈事实，不加掩饰。如礼部主事杨循吉的《自撰生圹碑》，叙述家世祖先，说到高祖杨子忠战死，高祖妣陶氏"守节嫠居，洪武中选为内庭姥姥，供执事，末年放归"，因此她的两个小儿子"由母故，得官御用少监及神乐观提点，虽非显融，亦不下贱"。如他人为之作传，其叔曾祖作太监的这桩史实必不肯书写，而他自己作传，却坦然说出，毫无忌讳。

但是，即使是实录信史，毕竟也事关教化，因此明人自传文并非巨细靡遗，无所不录，而是着重记载个人的景行懿德。这一点正切合志传文体"则惟书其学行大节，小善寸长，则皆弗录"的传统规范(吴讷《文章辨体序说》)。如项忠《自叙》详叙一生宦迹，旨在揭示自身道德人格的塑造过程，他的一生琐事因此而被赋予特别的意义。文章末尾云：

> 但虑子孙晏安，豢养而不知创继之难，骄奢浮侈，将由恶终，以贻世禄之玷，不得不述其立身之颠末，以垂训于后焉。……为予子孙者，观予幼学之劳，当思惕励；观予壮行之勤，当思致身；观予遭谗落职之危，当思忠信；观予复官荫禄之荣，当思报国；观予成立之难，当思覆坠殊易。庶可继述于前，以永世禄；垂范于后，以免终谴。则予

生顺死安,无复遗恨矣。

可见项忠的自传文记载一生事迹,就是要以自身为榜样教育子孙,"继述于前,以永世禄;垂范于后,以免终谴"。钱谦益之父钱世扬撰《畸人传》,自称"盖不夷不惠,行己在清浊之间。所谓大德不逾闲,小德不无出入者也"。文章末尾云:

夫蒙庄所称畸人,畸于人而侔于天者也。畸人才能不及中庸,何能侔天?乃其嶔崎历落,飞不越榆枋,于人则诚畸矣。既以畸于人,安所得身后名?然亦何可泯泯如荐草。令其出于他人之手而失真,不若自传之为真也。乃论次其生平,作《畸人传》。

大抵钱世扬自称"畸人",但却深恐世人与后人误以失德之人轻视之,所以自撰传文,极力称述一生种种孝行厚德,以明教化之旨。

与此迥然不同,以写趣为写作动机与写作宗旨的自传文,则继承陶渊明《五柳先生传》的"实录"传统①,内容多为自叙志趣情怀,描写脱俗逸行,以彰显自我,称扬个性;行文往往不求面面俱到,既不详细描述生平经历,更不讲究叙事细腻,而是画龙点睛,追求神似,以突出作者自身某一种或某一类的人格特点。

例如,李昱《识字耕夫传》自言生当元末,以识字无用,遂遁迹田野,甘为耕夫:"彼耕者虽经世肆志,不屑屑于世用,然德足以周其身,才足以济于时,其过于沮溺之伦远矣。"周履靖《螺冠子自叙》详细记述"筑舍鸳湖之滨"的隐居生活,并大量抄录诸贤题赠的"述幽韵"、"论艺苑"、"赏镌勒"的佳句;而其《梅颠道人传》仅以寥寥百余言,自述"呼梅为友,傍竹为庐"的世外生活。陆树深《九山散樵传》自叙浪迹江湖,徜徉山水,放怀自适,"以书史为山薮,述作为樵斧,包古今以类封殖,藉吟咏以代啸呕"。杜文焕

---

① 《晋书·陶潜传》曰:"潜少怀高尚,博学善属文,颖脱不羁,任真自得,为乡邻之所贵。尝著《五柳先生传》以自况……其自序如此,时人谓之实录。"见《晋书》,中华书局,1974年版,卷九十四,第2460~2461页。

《元鹤逸史传》描写自构太霞精舍的隐居生活,"自称有四乐,曰隐五岳,曰泛八溪,曰广六弢,曰会三教"。张鼐《夜坐自述贻自南上人》则自述客居京城,月俸菲薄,守贫向道,甘之如饴的生活态度。

有的自传文更是津津乐道地抒写自身超逸凡俗的奇情异趣。如沈嘉《西溪生自志》记载一生读书、饮酒、作诗、漫游的癖好,自称:"以善善生,生无可善,以罪罪生,亦无可罪。无已,有一罪焉,曰懒残而已矣。"吕坤"恨旧染之予污也,自号新吾",他的《自撰墓志铭》末尾论定自己的平生为人,真诚袒露:

> 余本贪财也,而爱贵甚于爱富,故忍于见得,以远污辱之嫌。本贪位也,而爱身甚于爱官,故不辨雌黄,以避罥获之祸。本好名也,而尤好不名之名,故矢公任怨,投此身于风波之口。今已矣,欲有所言,竟成结舌;欲有所为,竟成赍志。

行文坦坦荡荡,畅所欲言,毫无掩饰。在这里,作者与其说是在摹写特定的事实,不如说是在表露和梳理压积在内心的情绪,以获得自我调整和自我超越。

而胡应麟(1551—1602)的《石羊生小传》更是极力张扬自身傲岸不拘的个性:

> 生疏眉、秀目、长身,望之癯然野鹤姿。长经月不梳栉,科头松下。夏则袒裼裸裎,爇沉水,据槁梧,翛然莫窥其际。隆冬盛寒,于雪中戴席帽,著高足屐,行危峰绝壑,折梅花满把咽之。当其为诗歌,冥搜极索,抉肾呕心,宇宙都忘,耳目咸废,片词之合,神王色飞,手舞足蹈,了不自禁,以故人相率曰"狂生"。至性孤峭寡谐,慕雅士若渴,恶俗子若热,又相率病生狷。惟生亦莫能自名,始随俗牛马应而已。

《论语·子路》记载孔子的话说:"不得中行而与之,必也狂狷乎?狂者进取,狷者有所不为也。"《论语集解》引包咸注云:"狂者进取于善道,狷者守节无为。"胡应麟自称融狂者、狷者于一体,傲然俗世,我行我素,无疑体现出明中后期士人特有的精神风貌。

如果说,写实性的自传文格外注重事件的真实(或称客观真实),那么,写趣性的自传文则更注重情趣的真实(或称主观真实)。将事件的真实与情趣的真实合观并论,我们可以更深切地体会到中国古代历史学家所说的"实录"的真谛。

明人自传文的叙事特征,可以从叙事方式和叙事者两方面加以讨论。就叙事方式而言,明人自传文大致区分为记叙与问答两种体式,记叙是正体,问答是变体。

明人记叙体的自传文无论行文繁简,大都结构整饬,善叙事理,层层波起,笔笔不懈。例如张洪《自序》、王恕《石渠老人履历略》、项忠《自叙》、韩文《韩忠定公自传》、李堂《堇山居士自述》、罗钦顺《罗整庵自志》、邵经邦《弘斋先生自传》、张瀚《宦迹图自记》、林大春《自叙述》、文元发(1529－1602)《清凉居士自序》、王时敏《自述》、姚舜牧《自叙历年》、缪昌期《自叙》、李廷机《自状》等文章,详细记叙一生的仕宦政绩与乡居情事,娓娓道来,不厌其详。至如张洪《翰林修撰张公自为生志》、杨士奇《东里老人自志》、王直《自撰墓志》、周瑛《自撰蒙中子圹志》、方鹏《矫亭先生圹志》、黄鞏《狱中自叙》、朱纨《自撰圹志》、李穆《钝翁自撰墓志》、黄周星《笑苍道人墓志铭》等文章,则简要概述一生行迹,要言不烦,不加修饰。记叙体的自传文借铺叙传主自己的一生琐事,实际上展现出传主自我人格的塑造过程。

明人在记叙体的自传文中,往往插叙一些有趣的生活细节,生动地展示了时代的特征和人物的风采。如文元发(1529－1602)《清凉居士自序》叙及万历十年(1582)除河南卫辉府同知时,欲以病乞休,官场的朋友劝他说:"若家素贫,今归,何以为十口计?且以一老郡丞,在家与部使监司相与,不无世态虑耶?"无官固然一身轻,可是无官便无势,怎奈世态炎凉、人情冷暖。由此我们可以看出士人为什么恋栈不归。其实,文元发这时的家境还是相当富裕的,所以他说:"吾今幸有先人遗泽,得免负戴,有田三百亩,足以供朝夕,草堂一区,岁时伏腊,烹鸡刍酒,足以备祭祀"。但即使如此,朋友仍以"贫"视之,这不也使我们看出明中后期士大夫追逐富贵生活的欲望吗？又如陈际泰《陈氏三世传略》写道：

> 一日复从(钟)济川借《残唐传》。济川初不知别有《汉书》、《唐书》,以为《残唐》即是也,回札云："当今天子重文章,足下何须诵汉唐。"时居深山,朋友无习文章者,问济川云："舅文章何等也？"曰："墨卷。"归问父："墨卷何等书也？"父为大言自靳曰："予无书不读,未尝识所谓墨卷者。"问钟美政,乃得墨卷所由名。

此段逸事描写僻乡读书人的精神风貌,他们知识匮乏,以通俗小说为正史,以"墨卷"时文为文章,读之令人不禁哑然失笑。

在记叙体的自传文中,作者还常常列举若干事例,剖析自己的性格特征。有时用以说明终身坎坷或仕途顺达的性格原因,如文元发《清凉居士自序》谈及"终身坎壈",实由于"不愿强颜应非情,言笑与俗人相对,盖其素性尔也",便记叙自己的癖好说：

> 垣屋居止处,方广不盈丈,必净拭扫除。性方整,即屏榻裯几稍有倾仄,不肯即安。……亦善睡,每饭后高枕酣寝,蝟然远寄,欣戚不系,谤誉无闻,如是已耳。

有时则用以表白胸次坦荡的个性特征,如王时敏《自述》称：

> 余性伉直,少蕴藉。虽户外事概置不问,而是非可否,议论必轨于正,无所偏枉。意有不可,如含瓦石,必吐之后已。然过后即忘,胸中了无宿物。

值得注意的是,这种坦荡直率的个性,虽然不利于仕途升迁,不符合"温良恭俭让"的传统道德,但却恰恰是明代自传文作者自诩不已的道德人格。写作是写作者自我确认的一种有效手段。明人凭借自传文的写作,不正得以确认自身的人格价值吗?

相比较而言,在明人记叙体的自传文中,那些择取生平某一经历为题的文章,往往事迹更为感人,描写也更为细致。

如孙楼(1515—1584)《纪黜》一文,记叙一生中几度科场坎坷:"庚戌困于字拙",虽然文章可观,但因字迹潦草,几不可读,遂被黜落;"己未则困于无金",考官曹大章多次密索贿金,不能得逞,遂衔恨,诬蔑孙楼"性轻浮,善作小词",故使落榜;"戊辰则困于后场",前场文章极佳,而后两场精力怠懈,文章若出二手,又不得中。于是他不得不深深感慨:"信矣夫命实为之也!"此文不仅有助于我们了解明代科场选才的内幕,而且行文流畅,文笔细腻,描写颇为生动。孙楼又有《后纪黜》,记叙任司理时为小人所陷害的经历,先叙事实,后揭根由,最后用对比之法,以"不弃于君子"对比"一人能立败之",叙事甚为曲折跌宕。

又如杨爵(1493—1549)的《处困记》和《续处困记》,详细记载因得罪嘉靖皇帝,囚禁狱中,"使后人得知廷杖的残酷、狱中生活的情形、诸忠良的志节涵养、嘉靖的昏愦不仁,正可补其他记载之所不能达,所不能尽","而他那一种刚强不磨的正气,在狱中读书审辨,实行儒家理论的精神,令人生无限的钦敬向往"(杜联喆《自序》,《明人自传文钞》卷首)。请读以下两段文字:

> 忽一日,公(按,指御史浦铉)自觉寒热交攻,坐卧弗宁。余知其刑毒将溃,凶之征也,即夜破一磁盏,刺其伤处,血流弗止。公自谓觉少宁息,但神益昏愦,饮食少进,食即呕出。公既危矣,守者见余情状迫切,虑自杀,防之甚急,是夜以铁索缚余臂,聚而守之。已而公不语矣,余执其手,哭之甚恸。良久,公复少苏,问"哭者谁也",左右以余对。公曰:"子无过恸,吾死于此,命也。"语毕,卒。时漏下三鼓,为正月初六子时也。余枕尸恸哭,彻旦未已。迄今记之,未尝不流涕也。(《处困记》)

> 既下狱,即绝予饮食,凡予所具毡履以御寒者,悉夺置库中,惟虑

困苦予者或未极也。狱中系逮者百余人,见予皆远避。或偶以一言接者,则缩颈敛足,左右顾瞻,如与境外异人相通,而恐祸出不测也。(《续处困记》)

描述狱中忠良受酷刑、遭虐待的悲惨情状,读之令人发指。

中国古代早就有"问对"体文章,问答体的自传文即渊源于问对体之文,如王充《论衡·自纪》、柳开《补亡先生传》、欧阳修《六一居士传》等都采用问答体。问答体的自传文与一般问对体之文的不同之处在于,问对体之文以抒情为主,而自传文大都以叙事为主,夹叙夹议,借问答而展示作者的生平事迹与性格特征,曲折地表现传主内心世界的矛盾冲突。

在明人问答体的自传文中,宋濂作于46岁的《白牛生传》具有典范意义。该文以"或人"与"生"的对话,多方面地展示自身的思想与性格,行文生动活泼,跳脱有致。如云:

> 生学在治心,道在五伦,自以为至易至简。或笑其迂,生曰:"我其迂哉?我若迂,孟子则迂之首矣。"生好著文,或以文人称之,则又艴然怒曰:"吾文人乎哉?天地之理,欲穷之而未尽也;圣贤之道,欲凝之而未成也。吾文人乎哉?"或求学文,生曰:"其孝弟乎?文则吾不知也。"生不肯干禄,或欲挽之出,生曰:"禄可干邪?仕当为道谋,干之,私也。"

全文一气贯注,多方辩驳,全方位地塑造出一位"动以圣贤自期,其中之所存,人因莫能识也"的"白牛生"形象。这种"以圣贤自期"的自我取向,正是主流自传的永恒主题。

陈继儒《空青先生墓志铭》一文,用"或问先生曷不著书"、"曰曷不仕"、"曰先生曷不谈长生"、"曰曷不佞佛"、"曰曷不出游五湖四岳"、"曰曷不为儒者"、"曰曷不他居而居于斯之故"等设问,然后一一加以作答,行文开合有致,潇洒自如。最后结之云:

> 交先生者或言先生迂,未交先生者或言先生傲,深交先生者以为先生有大志有大略,狎交先生者以为天下之无文者莫如先生也,以为天下之无他亦莫如先生也。

在多种不同的评价中,刻画出一位超凡出世的山人形象。

朱一是《欠庵传略》一文,则假借诸友人的介绍以及诸友人与欠庵的对话,用跳跃式自由转换的笔调,描述自己的生活状况与人格特征,文体新颖别致。文章一开头就写道:

> 屠炉曰:"余识欠庵为人,年二十七始游梅里,又十年携家居焉。贫常乏食,服释氏服,乞食于萧寺。后七年,时时还儒服,去来于澮溪,迹无定。间以问欠庵,欠庵曰:'澮溪吾家也,向者予有叔母收澮溪之谷,稍给旅食,予无内顾,遂逃禅。今母亡,予归,不得已也。'"王庭曰:"欠庵之家在海宁,少且壮于宁,澮溪其始生地也。"……张华曰:"欠庵苦节士也,少孤贫,取馆饩养母,其于祖父母亦然。"欠庵曰:"吾贫,张子犹未知也。吾馆于葛氏,一日归,厨无握粟,仅余糠秕三升,杂以鹅肠菜作饼,余及妻、妹对食,味苦涩,妻且咽且吐。惟食母以四粉果,母半与幼妹,易饼食之,曰:'儿诚孝,是亦甘旨矣。'姊婿祝缉季闻而叹曰:'贤哉朱子母!'又屋梁间月悬钱四百五十文,凡三十块买薪,日不再火,夜无膏,向晦辄息。其事细,予不告人,虽张子未知也。"

全文在对话中套以对话,多重声音争相交鸣,构成一种多视角和多层次的"多元叙事",显示出作者别出心裁的构思方式与写作方式。

就叙事者而言,自传文可以分为第一人称叙事、第三人称叙事与第二人称叙事三种体式。由于自传文原本是作者自述生平事迹的文体,因此第一人称叙事的自传文可称正体,而第三人称叙事和第二人称叙事的自传文则是变体。

第一人称叙事的自传文用"我"的口吻来叙述生平,带有强烈的自我

色彩,是"有我"的,是当下的"我"对过去的"我"的重新构建,重新审视。归庄《自寿文》说:

> 寿人颂其美,自寿悔其失;寿人祝其永年,而己自寿者恐惧焉,惧其年日迈而不闻道。

的确,明人第一人称叙事的自传文无不反躬自省,或者自我苛责,或者自我忏悔,或者自我儆戒,大都寓正于奇,寓褒于贬,往往以自谦之言,显自彰之意。如李穆《钝翁自撰墓志》云:

> 钝翁性朴率木强,不喜浮靡,不能随俗迁就,少涵养,语无忌讳,是以落落寡合,动辄得咎。惟其心事坦白,无他蹊径,故不计人之喜憎也。……吾生平志远而智短,心甚长而力不足,所以碌碌终身也。

李穆对本性朴率木强以至于碌碌终身的反思,表面上是自责,实质上是愤世。再如钱有威《自叙》称述一生宦迹,深深反省道:

> 余初为宗社计,默护皇储,既扇戾于逆珰;后为地方计,全活几千人,又口实于权要。是余最用意处,正人最指摘处也,岂非命耶?

其言外之意,实为尽管一生坎坷,但却无怨无悔,尽管"余最用意处,正人最指摘处",那也是命当如此,无可奈何。又如王直《自撰墓志》云:

> 以直之驽下,学不足以穷理,文不足以述事,明不足以知人,量不足以容众,才不足以成务,言不足以决疑辨惑,徒守朴忠,怀谨畏,叨近侍。

他所想说的与所言说的恰恰相反,实为平生学足以穷理,文足以述事,明足以知人,量足以容众,才足以成务,言足以决疑辨惑,因此才得以终身显耀尊荣。

在第一人称叙事的明人自传文中,张岱的《自为墓志铭》堪称奇文。他在文末写道:

> 因思古人如王元功、陶靖节、徐文长皆自作墓铭,余亦效颦为之。甫构思,觉人与文俱不佳,辍笔者再。虽然,第言吾之癖错,则亦可传也已。

他所说的"人与文俱不佳",实为自谦之辞。而他决心"第言吾之癖错",也正是深知这些"癖错"恰是个性的精华所在,因此"亦可传也"。正因为如此,在《自为墓志铭》中,他历数一生有"七不可解",即"贵贱紊","贫富舛","尊卑溷","宽猛背","缓急谬","智愚杂","故称之以富贵人可,称之以贫贱人亦可;称之以智慧人可,称之以愚蠢人亦可;称之以强项人可,称之以柔弱人亦可;称之以卞急人可,称之以懒散人亦可",以至"任世人呼之为败子,为废物,为顽民,为钝秀才,为瞌睡汉,为死老魅也已矣"。全文在将自己贬抑到极低点的同时,也将自己的人格精神张扬到了最高点。

第三人称的自传文实际上是摹仿为他人立传的方式来写自传,让自我穿上他者的外衣出现。与第一人称叙事的自传文不同,第三人称叙事的自传文就像一个人面对镜子一样,大多将自我一分为二:一为镜子中的自我形象(传主),一为自我形象的旁观者(叙事者)。于是,在第三人称叙事的自传文中,叙事者与传主构成一种特殊的叙事关系:他视实为自视,他责正是自责,他评恰似自评。要之,赋予自传文以独特的"客观"风貌,这正是第三人称叙事的自传文的叙事特征。在这一意义上,第三人称叙事的自传文比第一人称叙事的自传文更接近于历史叙述。

例如方鹏《矫亭先生生圹志》云:

> 先生受气甚薄,操心素危,力不足以任劳,学不能以阿世,故主者怒之以为慢。怯而不武,滞而不化,悒郁而不舒,故达者病之以为拘。平生无他玩好,惟耽嗜经史,殆忘寝食,故逸者悯之以为癖。赴人缓

急,若拯溺焚,或其人以怨报德,亦不中止,日用不给,未尝轻以干人,人或告乏,则倾囊而与之弗吝,故智者笑之以为愚。晚婴疾痛,杜门谢客,不入城府,不躬庆吊,故责备者罪之以为简。

在这段文字中,叙事者客观地概述了矫亭先生独特的人格特征,并假借"主者"、"达者"、"逸者"、"智者"、"责备者"对矫亭先生的人格特征一一作出相应的批评。然而考察文章所述矫亭先生的一生事迹,所谓"慢"、"拘"、"癖"、"愚"、"简"等,虽为贬辞,实为褒义,塑造出的是一位严于律己、规圆矩方的文人形象,正如方鹏《更号顺受翁记》所表白的:"凡吾一念之萌,一事之应,惴惴焉不敢败伦咈理以获罪于天。"

借助于第三人称叙事,在表面上的自我贬抑中张扬自我,徐渭《自为墓志铭》表现得更为鲜明。该文一开头就写道:

> 山阴徐渭者,少知慕古文词,及长益力;既而有慕于道,往从长沙公究王氏宗;谓道类禅,又去扣于禅,久之人稍许之——然文与道终两无得也。贱而懒且直,故悍贵交似傲,与众处不浼袒裼似玩,人多病之——然傲与玩亦终两不得其情也。

叙事者客观地指出徐渭学无所成,情无所寄,展现出徐渭与众不同的人格风貌。在叙述徐渭"忽自觅死"时,叙事者又以旁观者的态度描述徐渭的个性特征说:

> 渭为人,度于义无所关时,辄疏纵不为儒缚;一涉义所否,干耻诟,介秒廉,虽断头不可夺。

这种第三人称的客观叙事,较之第一人称的主观叙事,无疑具有更为强烈的信服力和感染力。

又如张大復《病居士自传》,以第三人称叙事者的口吻,一一描述病居士各种不入时俗的病态:

己无能,不欲言人之不及,而遇诸非法者故为强词以夺正者,必折之无所容然后已,病憨。见义或不能为,而好谈节侠,若飞六月之霜,振齐台之风,寒易州之水,则毛骨竦竖,隐隐若刺蝟乱起,病躁。尽其足力不数里,每至佳山水,必攀涯泝流,竟日徙倚不能去,或暮夜无侣,则独往来庭宇间,至乌啼月落,欣然忘倦,病爱。缓步详视,必求如礼,而广坐绮筵而耐谭款,或虱瘁不可忍,辄扪而啗之,病草野而倨。行年四十,弃去举子业,人以题请,便欣然为之,仍镌而悬之国门,为时伧父,病结习。

叙事者一一指摘了病居士的"憨"、"躁"、"爱"、"草野而倨"、"结习"等病状,在严辞苛责中,流露出一种痛惜怜爱之情和欣然赞叹之意。

明人第二人称叙事的自传文,则像一个人自言自语一样,进行一种特殊的自我对话。例如,邱式籽在明亡之际所写的《自祭文》,将自我分裂为"我"、"尔"二人,侃侃而谈:

翳昔未有我,先有尔;一有我,尔体我。尔与我相附而不相离者,三十年于兹矣。……独憾我躯微弱,无握拳透爪之能;所赖尔气浩大,有贯日回天之力。我入地而骨香泉石,尔归天而气壮山河。我言我行,尔切记之;我水我薇,尔歆尝之……我方诵《正气歌》,鼓瑟生琴,与尔唱《阳关》一曲可乎?

在这里,"我"是现实的血肉之躯,"尔"的理想的精气之神。血肉之躯固然有生死,而精气之神却足以长存宇宙,香满乾坤。

值得附带说明的是,在"自赞"文中,第二人称叙事是最为习见常用的叙事方式。如丘濬(1418—1495)《自赞像》四首之一云:

天赋汝以性,而汝不能尽;地全汝以形,而汝不能践。谓汝全无用邪?则似乎亦有所为。谓汝了无知邪?则似乎或有所见。噫!我则汝也,尚不知汝之有无;人非我也,又安能测我之浅深耶?

又如唐寅(1470—1523)《伯虎自赞》云：

> 我问你是谁？你原来是我。我本不认你，你却要认我。噫！我少不得你，你却少得我。你我百年后，有你没了我。

在这种"你"、"我"的对话中，作者苦苦追寻的是真我的存在与真我的价值。而自传文不正是一种作者进行自我审视、自我追问、自我反省的特殊文体吗？

吴讷说："传之行迹，固系其人，至于辞之善否，则又系之于作者也。"(《文章辨体序说》)明人自传文的"辞之善否"固然因人而异，但从总体上看，大都毫不掩饰作者自身的真情实感，着力彰显作者自身的人格特征，长于描绘生活状况、刻画人物个性和剖析自我灵魂。总之，明人的自传文堪称一幅幅士人自我形象的自画像，为我们深入了解明代士人的生活经历、内心世界和精神追求提供了生动的文本。

第八章　明代碑志文

碑志文是中国古代丧葬礼仪的主要文学载体,包括碑记、墓碑、神道碑、墓志铭、墓碣铭、墓版文、圹志、权厝志、神道表、阡表、墓表、石表辞、塔铭等。碑志文一般由文(志)和铭两部分构成,文为散体,铭为韵体。刘勰《文心雕龙》卷三《诔碑》说:"夫属碑之体,资乎史才。其序则传,其文则铭。标序盛德,必见清风之华;昭纪鸿懿,必见峻伟之烈:此碑之制也。"碑志文大体都是叙事与议论兼用,以叙事为行文之本体,以议论为精神之所注。徐师曾《文体明辨序说》云:"又碑之体主于叙事,其后渐以议论杂之,则非矣。"论墓志铭云:"其为文则有正、变二体,正体唯叙事实,变体则因叙事而加议论焉。"

从中唐韩愈为发端,碑志文"始以史法作之,后之文士率祖其体"(《四库全书总目》卷一百九十六《墓铭举例》提要)。宋代以后,人们更以为碑志近于史传。但与史传不同,碑志文除了记述死者世系、名字、爵里、行治、寿年、卒葬年月与其子孙等大略情况以外,主要记述死者功德之可传世者。墓志铭原本是一种严肃的文体,正是由于它的这种特性,作家在写作时大都力求再现墓主符合传统伦理道德的面貌和精神。曾巩《寄欧阳舍人书》说:"夫铭志之著于世,义近于史,而亦有与史异者。盖史之于善恶无所不书,而铭者,盖古之人有功德材行志义之美者,惧后世之不知,则必铭而见之,或纳于庙,或存于墓,一也。苟其人之恶,则于铭乎何有?此其所以与史异也。其辞之作,所以使死者无有所憾,生者得致其严,而善人喜于见传则勇于自立,恶人无有所纪则以愧而惧。至于通材达识、义烈节士、嘉言善状皆见于篇,则足为后法。警劝之道,非近乎史,其将安近?"

(《曾巩集》卷十六)吴讷《文章辨体序说》云:"凡碑碣表于外者,文则稍详;志铭埋于圹者,文则严谨。其书法,则惟书其学行大节,小善寸长,则皆弗录。……大抵碑铭所以论列德善功烈,虽铭之义称美弗称恶,以尽其孝子慈孙之心;然无其美而称者谓之诬,有其美而弗称者谓之蔽。诬与蔽,君子之所弗由也欤!"明代大多数的碑志文也是如此。

第八章 明代碑志文

第一节 元明之际碑志文

元明之际碑志文的代表作家,有宋濂、王祎、方孝孺等。

宋濂(1310—1381)为明初大手笔,史称"元勋巨卿碑记刻石之辞,咸以委濂","士大夫造门乞文者,后先相踵"(《明史》本传)。宋濂撰写的这些碑志文,大都是馆阁文字,以气象取胜,叙事详备,用笔浑融,但因"牵率于应酬"(邵长蘅《青门簏稿》卷十一《书宋学士集后》),主体情志自然隐而不显。其中《东丘郡侯花公墓碑铭》(《宋学士文集》卷十八),叙述元明之际名将"黑将军"花云事迹,最有神采。

宋濂的文人碑志文,如《鹿皮子墓志铭》(《宋学士文集》卷五)、《元杨廉夫墓志铭》(《宋学士文集》卷十)、《元故湛渊先生白公墓铭》(《宋学士文集》卷十九)、《亡友陈宅之墓铭》(《宋学士文集》卷二十三)、《故诗人徐方舟墓铭》(《宋学士文集》卷二十四)、《汪先生墓碑》(《宋学士文集》卷三十一)、《赵㧑仲墓铭》、《吴子善墓志铭》(《宋学士文集》卷四十二)等,往往能以若干事例,揭示墓主的性格风貌,让人读后难以忘怀。如《元杨廉夫墓志铭》记杨维桢放荡形骸的行止,云:

> 然其风神夷冲,无一物萦怀。遇天爽气清,时蹑屐登名山,肆情遐眺,感古怀今,直欲起豪杰与游而不可得。或戴华阳巾,被羽衣,泛画舫于龙潭凤洲中,横铁笛吹之,笛声穿云而上,望之者疑其为谪仙人。晚年益旷达,筑元圃蓬台于松江之上,无日无宾,无宾不沉醉。当酒酣耳热,呼侍儿出歌《白雪》之辞,君自倚凤琶和之,座客或蹁跹起舞,顾盼生姿,俨然有晋人高风。或颇加诮让,亟骂曰:"昔张籍见韩退之,退之命二姬合弹筝琶以为乐,尔谓退之非端人也?"盖君数奇谐寡,故特托此以依隐玩世耳,岂其本情哉?

人物的言谈举止,跃然纸上,栩栩如生。其实,这种放旷之举,正是杨维桢之"本情"。《徐方舟墓铭》记述徐方舟的隐士风范,可与此相媲美。但是,宋濂时或求奇过甚,笔下不免略带传奇色彩,如《元杨廉夫墓志铭》述杨维桢之死,云:

> 疾且革,移拄颊楼中,呼左右谓曰:"我欲观化一巡,如何?"乃自起捉笔,撰《归全堂记》,顷刻而就,掷笔曰:"九华伯潘君招我,我当往,车马俟吾且久。"遂泊然而逝,似闻数十人从函道登楼,其步履之声相接。

这种写法,与碑志文写实风格相远,而与传状文虚拟风格略近。

而且,宋濂的碑志文往往长于议论,洋洋洒洒,颇有韩愈文章的遗泽。如《元杨廉夫墓志铭》论杨维桢之价值,云:

> 激者之论,恒谓名者天所最忌,矧以能文名,则又忌之尤者也。所以文人多畸孤坎壈以终其身,视富与贵,犹风马牛不相及也。呜呼,岂其然哉!彼货殖者不越朝歌暮弦之乐尔,显荣者不过纡朱拖紫之华尔,未百年间,声销景沉,不翅飞鸟遗音之过耳,叩其名若字,乡里小儿已不能知之矣。至若文人者,挫之而气弥雄,激之而业愈精,其巍立若嵩华,其昭回如云汉,衣被四海而无慊,流布百世而可征,是殆天之所相以弥纶文运,岂曰"忌之"云乎?呜呼!君真是已,然君不可谓不幸也。使君志遂情安,稍起就勋绩,未必专攻于文;纵攻矣,未必磨砺之能精;藉曰既精矣,亦未必岁积月累,发越如斯之夥也。斯文如元气,司化权者每左右冯翼,俾其延绵而弗绝,则其煮育以成君者,岂不甚侈也耶?一世之短,百世之长,如君亦足以不朽矣。或者乃指此为君病,岂知天哉?

持此论与韩愈评柳宗元之论两相比较,不难看出,宋濂之说更具有"立言不朽"的儒家情怀和历史眼光。

王祎(1322—1373)的碑志文以简要为本,叙事要言不烦,所以无繁冗之病。如《故成斋王先生墓表》(《王忠文集》卷二十四),历述墓主宋末元初人王城继承朱子之学的家学渊源,原原本本,一丝不苟,从而见出王城之学"粹然一出于正"。又如《凝熙先生闻人公墓表》(《王忠文集》卷二十四)的墓主为宋濂之师闻人梦吉,文章开首写道:

> 凝熙者,门人之所以谥先生,谓先生为德执醇而弗变,含和而有耀,以凝熙易名,为称情也。然先生非隐者也,尝仕于时,有官位矣,不见为先生称,而称以私谥者,先生之德不因官以为重,故不称其官而称其德也。

全文即以"德"为主线,缕述闻人梦吉的治学与教学,云:

> 先生父子自为师友,夙夜磨切,所资日深。先生于七经传疏,悉手钞成帙,义理所在,必深究而密察,虽其微隐,剖析靡遗。凡训诂家之说有纷拏抵牾者,皆为别白是非,使归于一。闭户讨论,逾十年不出郊。一日有约游城南者,取所藏革履御之,履久弗御,底腐且穿矣。久之,乃开门讲授,四方学者咸来受业。

闻人梦吉这种"十年磨一剑"、"甘坐冷板凳"的精神令人肃然起敬。

方孝孺(1357—1402)的碑志文均收录于《逊志斋集》卷二十二,其中近二十篇碑志文的传主身份多为处士,形成鲜明的特色。所谓"处士",古时称有才德而隐居不仕者,《荀子·非十二子》云:"古之所谓处士者,德盛者也。"后世概称未仕或不仕的士人,《汉书·异姓诸侯王表》注云:"处士谓不官于朝而居家者也。"方孝孺笔下的处士略近于古义,重在揭橥其"穷则独善其身"的儒家道德精神:"无一命之爵,而有以乐其心;无政教刑罚之柄,而有以感服乎民;无惠泽言语以被于世,而其乡闾思其善久而不忍忘也。"(《吴处士墓表》)这种"善"品质,包括孝悌信义,扶危济困,能以其德行感染和教化家邻。如卢中:

居虽近市,然恬冲坦静,不乐芬华,长衣危帽,徐言雅步,操儒生礼不变。事后母,下心抑气,甚得子道。遇宗族乡里,一以柔和不较为先,有犯者,对之微笑,恂恂酬答,恐伤其意,由是斯人亦不忍侮之。(《卢处士墓铭》)

又如杨处士:

家富好施与,族姻贫无依者,辄赒给,或养之终身。乡里匮乏,岁时遗以米粟,告籴者必饮食之。岁大疫,里中民骈首卧,为糜粥汤药,问慰抚恤,曲有恩意。遇卒有道死者,为之敛葬。后水啮其墓,复疏涧引流使避去。(《杨处士墓志铭》)

所以载诸口碑,或称"善人",或称"仁人"。方孝孺《俞先生墓志》自称撰述目的说:"然德如先生而不传,则天下之为善者怠矣。余是以论列之,以见不苟合于时者,乃所以合乎后世也。"这可以概括他这些碑志文的创作动机。

但在另一方面,这些处士又与"达则兼济天下"的儒者不同,在性格风貌上往往冲和平淡。如卢中"天性粹美,虽不同乎流俗,而亦不求绝异于人"(《卢处士墓铭》);郑濂,"望之其容熙熙然,即之其语怡怡然,久与之盘旋,未尝见其忿言怒色,躁者炙之而悔,诈者近之而愧"(《采苓子郑处士墓碣》)。

方孝孺的碑志文,叙述墓主事迹,多用概述语,而少细节描写,颇合碑志之体。如《俞先生墓志》,记述宋末元初金华人俞金,值道德沦丧之际:

独率其家以礼深衣,危冠坐,谈古道。客造门,肃威仪,俯首拱而趋以迓。至门,左右立,三揖;至阶,揖如初;乃升及位,又揖者三。每三揖,皆有辞相称慰庆赞,周旋俯仰,辞气甚恭。乡人小子去宋久,不知宋俗皆然,或窃指先生为异,或尤以为迂缓,先生不顾。

行文颇为简捷明快,绝无辞费。而方孝孺长于谋篇布局,各篇碑志文行文不一。如《宋处士碑阴铭》、《卢处士墓铭》均以议论见长,首尾相照应。《郑处士墓碣铭》先叙处士郑邦彦之子士利上书的义举,然后引出其父,简述其居乡德行,后半段又引出士利兄湖广提刑按察司佥事士原,细述其政绩,结构相当别致。《王君国祥墓碣》起首感叹近世少见谋臣辩士,于是引出元末王国祥的义举,先感慨一番,然后再详述其以言说元御史大夫福寿以计破盗的事迹,全文跌宕起伏,无一直笔。

第二节 明前期碑志文

明前期碑志文的代表作家,有杨士奇、杨荣、谢铎、李东阳等。

杨士奇的碑志文多是应人之请而作,重在传写墓主功德,而不重视墓主形象的刻画,所以往往少有创意,时有谀墓之嫌。但他为自己熟悉的亲友所作的碑志文,则能在赞颂褒扬墓主的功业、学识、才智、德行时,感慨墓主的身世遭遇,流露出对亲友的深情厚谊。杨士奇为同乡兼同事胡广、曾棨、解缙三人所写的碑志文,可为代表。

杨士奇与胡广,在台阁共事17年,关系密切,两人曾共约退休后归隐田园,在世者为先故者撰写碑志文。在《故文渊阁大学士兼左春坊大学士胡公神道碑铭》(《东里文集》卷十二)中,杨士奇历述胡广的家世、政绩、为人,娓娓道来,一丝不乱,结尾情不自禁地写道:

> 公与士奇同郡同官,知契最深,未卒前二年,有死后则铭之约。既卒,其孤又奉临终之命,索文刻墓石。呜呼!士奇先公生五年,岂谓竟铭公墓哉!

痛惜之情,溢于言表。

解缙因性格鲠真,受到朱棣二子汉王朱高煦谗害,在永乐年间冤死狱中。杨士奇惮于皇权的淫威,对解缙之死,心知其冤而口不敢言。直到解缙死后22年,他才撰写《前朝列大夫交趾布政司右参议解公墓碣铭》(《东里文集》卷十七),文章开头直抒胸臆说:

> 呜呼!此解公大绅之墓,葬二十有二年矣,其友杨士奇始克序而铭之。

"始克"二字,一字千金,将难言之隐委婉道出。此文详细叙写解缙卓越超拔的政治见解和不畏权奸的亢直行为,兼及其超凡不俗的文学才华,字里行间流露出对解缙的推崇和同情。尤其是引录解缙应太祖谕上奏及评十名臣,不惮辞烦,行文拙重,用意深沉。

曾棨为永乐间第一科状元,以才思敏捷称誉天下,所以杨士奇在《礼部左侍郎曾公墓碑铭》(《东里文集》卷十四)中,极写曾棨的才华,劈头就感叹道:

> 天之生才,甚难也。然高明强毅,宏博奇伟,智能勇略之士,世未尝乏用;惟文章者不易得,夫探造化之阃,征帝王之法,通古今之赜,渟滀融会而后出之。

然后以韩愈、柳宗元、欧阳修等著名文人的遭遇,引出曾棨的超凡文才,称道:

> 子启为文章,如源泉混混,沛然奔放,一泻千里,又如园林得春,群芳奋发,组绣烂然,可玩可悦。赋咏之体,必律唐人,兴之所至,笔不停挥,状写之工,极其天趣。他人不足,己常有余。

文章最后,杨士奇为曾棨的才华没有充分展现而去世深致惋惜:"呜呼!人才之难成也。一代之文人如子启,何可多得,而今已矣!"这种真情的流露,不是台阁体文章可以范围的。

杨荣(1371—1440)的碑志文,大都平实雅正,行文从容不迫,叙事有板有眼,所缺乏者乃灵动之气。如《蹇公神道碑铭》(《文敏集》卷十七)、《吕公神道碑铭》、《王公神道碑铭》(《文敏集》卷十八)、《夏公墓志铭》、《金公神道碑铭》(《文敏集》卷二十一)等,文章结构如出一辙,大抵起首感慨国运文明昌隆,必有股肱之臣以相佐,然后以简要的笔墨叙写墓主的政绩勋业,末了概述墓主的德行品格,最后以铭结尾。杨荣始终坚守严格的碑志文体风格,但套语的痕迹太重,文章中既无"事"更无"人",只一派应酬笔调,可称典型的台阁体文章。即使是为处士所作的碑志文,也以褒扬德行为主,行文拘谨。但因其碑志文叙事客观,时有独特的历史价值。如《平江伯圹志》(《文敏集》卷二十五),言陈瑄督理"南粮北调",先由海运,后由河运,文云:

> 已而,朝议以海运艰险,浚山东旧河通北京。公奉敕于湖广江西造舟二千余艘,以从河运。公建议造平底浅舟,时甚便之,岁凡运三百余万石,盖视海运加二倍焉。

文章细致地叙述陈瑄实施"南粮北调"的方略,如疏通运河,置闸、筑堤蓄水,沿河建仓储粮等,可备史考。

谢铎(1435—1510)的文章"明健闲博,根柢经传,以纲维人伦为宗,以剖白事实为用,以抑扬邪正为志,以遗远声利为情"(顾璘《桃溪净稿序》,《桃溪净稿》卷首)。他的碑志文大都叙事简明朴实,如《明中书舍人王君墓志铭》记述友人王汶云:"余与君交几二十年,凡其敦悫之行,清苦之节,静退之风,皆予之所愧畏而未之能者。"文章以若干细节,刻画出王汶简易朴和的性格和温文尔雅的风范:

> 君初登进士,辄愿为教官,众谓其迂,不知君实欲见之行。除中书,非其好也,曰:"吾岂少年矻矻笔砚间者哉?"未几,遂谢病归,结屋齐山之下,取累世所积书研穷之,将终身焉。(《桃溪净稿》卷十三)

寥寥数笔,描写出王汶超然世外、浸淫书中的文人习性。

受台阁文风影响,谢铎碑志文的大多篇章,不免简略过当,灵气不足。但有些篇章则多少表征着时代文风的变迁。如《戴师文墓志铭》记述戴豪生平事迹,痛其英年早逝,情深意挚。其中叙戴豪登第一段,文字尤显平实通畅:

> 甫弱冠,以书经领乡荐,来京师。予见其所作,不甚类科举文字,

心窃奇之。及试礼部，以所试文字来视予，予益奇之，谓科第可俯拾也。既揭晓，今阁老长沙李公为考官，迎谓予曰："公乡戴豪，今年几何？是固久困场屋者邪？"予曰："其父视予且少，今犹在太学诸生中。"公惊且笑曰："有是哉！"遂袖出其五策以视予，曰："恨得之晚，奈何？"暨廷试，予以受卷官得尽阅天下诸名士，至师文所对俗尚时务处，皆酌古准今，确有定论，其锋焰所逼，如负隅之虎，而人莫之敢撄。予私谓李公曰："公所称五策者，今当不在大魁后矣。"既而乃闻冢宰尹公果欲置之上第，而阁老万公以为冗长，难于奏读，遂置二甲之三。然师文之名，亦自是隐然动京师矣。（《桃溪净稿》卷十五）

字里行间所透露出的叙事趣味，已逸出台阁文风的藩篱。

李东阳(1447—1516)得此文后，亦撰《明故广东布政司右参政戴师文墓表》，仅简叙道：

成化戊戌，予同考礼部，得师文卷，心异之，曰："是必博学多才之士。"比揭榜，戴姓豪名，浙江人。退，访之方石谢先生，曰："吾乡名后进也。廷试之日，方石实受卷，见其策，亦大奇之。"（《怀麓堂集》卷七十六）

持与谢文相比，李文明显不如谢文酣畅。李东阳所撰碑志文甚夥，他认为："人之行可传于世者，惟文是赖。其所谓文史册之外，亦惟传状铭表为著。其弊则辞浮于实，或执情掩义，至以为实行者累。君子盖每难之，行岂可易而传哉？"（《怀麓堂集》卷四十四《明故封承德郎太仆寺寺丞章公墓表》）所以他的碑志文往往去浮华而尚雅正。尤其是那些名臣神道碑铭，多以他人所撰状为本事，叙写墓主的出处履历之概以及政绩、德行、文章之可传者，大都平实无华。

但是，李东阳毕竟是性情中人，他的碑志文中的佳篇，有以叙事见长者，有以议论为著者，也有以抒情取胜者。如《河南按察司副使致仕陈君直夫墓志铭》（《怀麓堂集》卷八十七），因与墓主绍兴山阴人陈壮"同京产，

又同甲第,雅相知厚",所以描画陈壮性格,片言不烦:

> 直夫鲠介寡合,虽生长都会,而有山林性气,不能与物湛浮。遇节义廉洁士,倾心向慕,稍不合,辄蹙頞而起,若将浼乎其身。

其铭亦曰:

> 抗世孤立,不西以东;执德之恒,以与始终。众哄而嚣,我若弗聪;行我者天,藏我在躬。纵不大施,弗丧厥衷。吁嗟!直夫其古人之风乎!

陈壮的这种性格来源于其父陈简"为人质直峭厉,不为物挫"。《明故赠文林郎南京陕西道监察御史陈公墓表》一文结构甚奇特,不仅叙写陈简生平事迹,还附以其子陈壮为御史耿直方正之举,云:

> 直夫为御史,思举职,不苟与人合,其合必以义,嗤笑怒骂集于其身而不为动,且日以益甚。然直夫每临事,辄蹙然曰:"某不肖吾父君,不肖吾父君!"予固多直夫之贤,然亦见翁之不可及也。(《怀麓堂集》卷四十四)

摹拟人物口吻,栩栩如生,可与《河南按察司副使致仕陈直夫墓志铭》同观。

李东阳常常借碑志文发议论、抒真情,如《明故处士谢公墓表》(《怀麓堂集》卷四十四)议节、孝之难,《裴定州墓表》(《怀麓堂集》卷四十四)议守令之才,《翰林伦封君墓表》(《怀麓堂集》卷七十七)议养子而得不朽名,议论多能醒人耳目。《明故兵部武选员外郎郭君墓表》一文,议论甚至成为文章警策之处。此文仅略叙墓主郭玺出处之迹,然后笔锋一转,议论道:

> 夫材与气二者,恒相为用,然论士者必先气而后材。故虽有庖丁

之刃、郢人之斤,苟非其气足以盖物,未必不敛手缩臂,趑趄而自失,其不能者弗论也。郭君平居议论汹汹,无谄辞佞色,居官未尝阿意所事,其所奋激,虽横罹刑罚不少抑。故临事处职,皆能有以遂,其胜于脂韦腼脆,视人之颜色以为进退者,亦远矣。(《怀麓堂集》卷四十四)

全文后半段又引出"宅材"之难的议论,行文纡回宛转。又如《明故刑部主事朱公墓志铭》,墓主是李东阳的友人朱释,文章劈头云:

予将铭文鸣之墓,哭失声曰:"文鸣遽使予为此文哉?予忍为此文哉?"呜呼!惟文鸣知我,亦惟我知文鸣,其可使文鸣不瞑耶?既举笔,累日不句,即句,累数日不能章,乃撮巨委细,序而铭之。(《怀麓堂集》卷四十五)

此文虽然叙事极为简洁,但情感深挚,自有先声夺人的效果。

值得注意的是,李东阳撰写了多篇女性碑志文,尤其是亲人碑志文,格外讲究叙事之法。如《高祖戊七府君墓表》(《怀麓堂集》卷四十四),以他人之言述未见之事,颇为生动有序。《亡女衍圣公宗妇墓志铭》(《怀麓堂集》卷九十),记其女议婚过程云:

吾女眉目清湛,脩然玉立,意其非凡儿匹,诸贵家多议婚,尽却之。弘治丙辰,前衍圣公南溪先生有子闻韶,方冠,属其弟衍圣公东庄先生来议于京。陈都宪玉娶于孔氏,与二公通家,又视予为知己,首为请,曰:"是宣圣六十二代大宗子也,简雅而文。"予谓族大非耦,且以远,故未应。太宰屠公朝宗辈十人,恳予不置,予要以三事曰:"吾女尚幼,必三年后成礼;礼必从俭;孔氏子必令读书。"皆应曰"如约",乃许之。

叙事清晰明白,可作社会史料读。又云:

> 吾女性朗慧,其母口授《女孝经》及名物之书,意领颔答,皆略能默记。手写家信,作蝇头字。或为韵语,多思归之词,闻者悲之。

从中可看出士大夫家的女性教育状况。碑志文讲究叙事之法,尤其是讲究人物对话和形象细节,这是值得注意的文风转移。

第三节　明中期碑志文

明中期碑志文的代表作家,有王鏊、文征明、李梦阳、李开先、归有光、李攀龙等。王世贞则是从中期至后期的过渡作家。

王鏊(1450—1524)以八股文章著称,但叙事之文也颇有特色。王鏊所撰神道碑风格雅正,多纪墓主的政绩、事功、德行,一丝不乱;而他的墓表、墓志铭等篇章,则多叙事灵动,用笔传神。如《震泽集》卷二十六《中议大夫江西知南安府张公墓表》、《大厓李先生墓表》,卷二十七《陆处士墓志铭》、《静庵处士墓志铭》,卷二十八《通议大夫南京都察院左副都御史陈公墓志铭》,卷二十九《光禄大夫柱国少保兼太子太保刑部尚书闵公墓志铭》、《石田先生墓志铭》,卷三十《皇甫成之墓志铭》、《故河南监察御史程君墓志铭》等,皆可诵可读。《大厓李先生墓表》一文,合传李承芳、李承箕,而以承箕为主,结构与一般碑志文不同,颇具新意。文中叙李承箕为陈白沙弟子之过程,颇见健笔:

> 时五岭之南有陈公甫者,号白沙先生,以道学名重天下。白沙之学不立文字,教人端坐澄心,优游停涵,久之渣滓消融,神明内朗。其学号简易直捷,一时学者翕然趋向,然亦或訾且议之。大厓心独喜其说,往见白沙,大喜曰:"吾与子神交久矣。"自嘉鱼至新会,涉江浮海,水陆几万里,君往见者四。白沙与之登临吊古,赋诗染翰,投壶饮酒,终不及为学之方。久之,世卿曰:"箕得之矣。凡学以言传,非真传也,其有目击而道存者乎?"遂归。初,世卿读书山中,作亭瞰水,扁曰"洗耳",固已超然有混浊寰宇之意。及归自白沙,日端坐一室,洗涤身心,不涉阶级,径造本真。

王鏊的《中议大夫江西知南安府张公墓表》,以酣畅之笔叙述张弼将

"环奇卓荦之气"发之于诗、文、草书,并旁及其"事业"的"奇节伟行":

> 公仕京师,时方尚交谒,每正岁,投刺纷然,人马交道,公一切谢绝,有嘉召必赴。尝自言曰:"懒于投谒,勤于赴宴。"后府护月逻人,行不如法,人皆辟易,公举牙牌示之曰:"若欲知我乎?我武库张某也。"又数以直言忤司马当道者,积不能堪,故出之南安,而公自得也,曰:"吾学可以试矣。"

此文收入《明文海》卷四百三十二,持与谢铎《张东海墓铭》对读①,可以一斑窥豹,洞见弘治、正德间文风从欧曾体转向秦汉体的动向。谢文专叙张弼治理南安的政绩德行,以"文与道合"彰显"斯文"之重,行文雅正古朴,与王文的起伏跌宕大相径庭。《四库全书总目》称王鏊"古文亦湛深经术,典雅遒洁,有唐宋遗风"(卷一百七十《震泽集》提要),尚未能言中肯綮。霍韬《震泽集序》云:"守谿先生早年词气,如风樯驾涛,如逸骥驰野,如银河注溟,如长虹横汉,如列缺划云,如驶飚之啸六合,可谓雄矣。晚年脱枝落英,尚淡崇质,大羹不和,大烹不割,玄酒不曲,大音不弦,古钟石磬,俚耳不谐,盖雄而古者也。"(《震泽集》卷首)以"雄"形容王鏊之文,庶几近之。

文征明(1470—1559)的碑志文有两类:一类墓主为屡试不第或安于贫贱的布衣之士,一类墓主为沉浮仕途而肮脏以死的僚臣。这两类墓主大多性格鲜明,文征明皆引为同调。如"雄俊不羁之士"钱同爱,"以高明踔绝之才,负輘轹奋迅之气,感慨激昂,以豪俊自命,雅性阔达,不任检押,所与游皆一时高朗亢爽之士……其所友必皆胜己者,苟不当其意,虽贵富有势力者,恒白眼视之,或取怪怒,不恤也"(《甫田集》卷三十三《钱孔周墓志铭》)。"博雅之士"朱存理、朱凯,"两人皆不业仕进,又不随俗为廛井小人之事,日惟挟册呻吟以乐。好求昔人理言遗事而识之,对客举似,如引绳贯珠,纚纚弗能休"(《甫田集》卷二十九《朱性甫先生墓志铭》)。又如袁

---

① 见黄宗羲:《明文海》卷四百三十。此文《桃溪净稿》未收录。

裒,"以高明踔越之才,精深宏博之学,而辅以凌轹奋迅之气"(《甫田集》卷三十三《广西提学佥事袁君墓志铭》)。文征明乐于为这两类墓主撰文,其中无疑寓含着深沉的身世感慨,所以他说:"自古文学之士往往不得志于时,其侈声擅名,固造物者所忌,然而一时秉铨之人,不得不受其咎也。"(《甫田集》卷三十三《浙江按察司佥事皇甫君墓志铭》)

由于文征明的碑志文特别讲究缘情以叙事,所以文章的故事性不强,但却能以结构奇巧取胜。如《广西提学佥事袁君墓志铭》(《甫田集》卷三十三)运用"倒插之法",起首先叙袁裒不屈权臣而"肮脏以死",然后才补叙其仕历政绩、谪居生涯及文章造诣。这种"倒插之法"足以产生先声夺人的效果,所以文征明常常运用。《翰林蔡先生墓志》(《甫田集》卷三十二)为友人蔡羽而作,起首即赞其文章而悲其困顿,先详写其文、诗、程文之奇,然后笔锋一转,概述其先后试14次,历40年,终不售,结构上大起大落、大开大合。《钱孔周墓志铭》(《甫田集》卷三十三)从钱同爱"雄俊不羁"的性格入手,依次叙其交友、嗜学、赋诗、应试、落第等事迹,文脉一气横行,汩汩荡荡。《王履吉墓志铭》(《甫田集》卷三十一)叙王宠一生事迹,以一"惜"字贯穿始终,依次写其文章未成、功业未就、德行未显,最终溘然而卒,结构严谨而行文跌宕。即使是篇幅较长的碑志文,也多叙事次第井然有序。如《故资善大夫南京刑部尚书顾公墓志铭》(《甫田集》卷三十二),先概述顾璘仕历,犹如一张履历表:"历仕三朝,阅五十年,历十有九任",斑斑可考。其次叙其政绩:"公融朗阔达,精于吏理,能激昂任事。"详举其事例以为证。再次叙其德行:"公素长者,不虞人诋欺,而直谅自信,不肯脂韦干誉。"最后叙其文章:"为文不事险刻,而铸词发藻,必古人为师,见诸论著,雄深尔雅,足自名家。"其中隐含的"三不朽"观念,以"立功、立德、立言"为序,可与《王履吉墓志铭》以"立言、立功、立德"为序相比勘,隐寓着文征明的人生价值观。

《四库全书总目》评李梦阳(1473—1530):"其文则故作聱牙,以艰深文其浅易"(卷一百七十《空同集》提要)。但是检读他的碑志文,却无此弊,大都质实而生动。如《监察御史涂君墓碑》记叙涂祯生平事迹,行文简洁,叙事明晰,用笔隽秀,情感深挚。云:

> 戊辰夏,余盖罹竖瑾祸云。余至京师下诏狱,乃涂君业先系狱,相见执手问故。初,瑾以盐货源也,因遂厚望巡盐御史货。会一御史入货如瑾望,而瑾辄拟人人必厚货如望。及涂君巡盐还,则空手见瑾,瑾怒下君狱,然犹日望其货来也。久之,货竟不来,瑾愈怒,矫诏"涂祯打三十棍,发肃州卫,永远充军"。君坐掠重,寻卒。无问识不识,见君卒,无不嗟叹泪下。乃时余尚在狱,闻之哽噎者,累日食不能下也。(《空同集》卷四十三)

李梦阳叙事风格以疏落见长,以传状文之法写碑志文,如《边公合葬志铭》中一段云:

> 董杰者,历城豪也,故善治中。及见治中郎(按,即边节)异,则益敬治中,思与婚。一日,治中大置酒会,有董公。边郎立,偶傍董公,董公抱之起,坐膝上曰:"呼我舅。"边郎应声曰"舅"。"我呼汝甥。"边郎应声曰"甥"。如是者三,董公顾治中大笑,满堂皆笑。于是客尽起觞两公,贺而交其襟,割之盟,两公复笑,客各复笑,醉乃罢散去。(《空同集》卷四十四)

全文甚为流畅,朗朗可诵。

李梦阳有两类碑志文最具特色。一类是为商人撰写的碑志文,如《梅山先生墓志铭》(《空同集》卷四十五)、《明故王文显墓志铭》(《空同集》卷四十六)等。蒲商王文显曾教训他的儿子们说:"夫商与士,异术而同心。"李梦阳无疑是同意这种看法的,所以他笔下的商人便具有士人的风采,而且他同商人朋友也有着极为亲密的关系。《梅山先生墓志铭》的墓主是歙商鲍弼,文章赞其豪气,述其挚情,并记载两人的友谊:

> 正德十六年秋,梅山子来,李子见其体胵厚,喜握其手曰:"梅山肥邪?"梅山笑曰:"吾能医。"曰:"更奚能?"曰:"能形家者流。"曰:"更奚能?"曰:"能诗。"李子乃大诧喜,拳其背曰:"汝吴下阿蒙邪?别数

年,而能诗、能医、能形家者流。"

在寻常小事中体现叙事趣味和主体情感,这正是明中期碑志文与明前期大不相同的特点。另一类是悼内之文,如《封宜人亡妻左氏墓志铭》云:

> 李子哭语人曰:"妻亡,而予然后知吾妻也。"人曰:"何也?"李子曰:"往予学若官,不问家事,今事不问不举矣。留宾,酒食称宾,至今不至矣,即至弗称矣。往予不见器处用之具,今器弃掷弗收矣,然又善碎损。往酰酱盐豉弗乏也,今不继旧矣;鸡鸭羊豕时食,今食弗时,瘦矣。妻在内无嘻嘻,门予出即夜弗扃也,门今扃,内嘻嘻矣。予往不识衣垢,今不命之澣,不澣矣;缝剪描刺,妻不假手不袭,巧咸足师,今无足师者矣,然又假手人。往予有古今之忾,难友言而言之妻,今入而无与言者。故曰:妻亡,而予然后知吾妻也。"

此文深情地回忆妻子一生与自己携手同行的历程,感激妻子对自己的帮助,更痛惜自己失去了一位可以倾吐心扉的知音。刘士䰄评此文:"寻常寄寓,点次悉韵,写至触目凄凉处,虽非儿女情深,能不魂伤魄动。"(《明文霱》卷十四)此文收入李开先《悼内同情集》,此集并收有李舜臣《亡妻封宜人墓志铭》、罗洪先《亡妻曾氏墓志铭》、唐顺之《封孺人庄氏墓志铭》、王慎中《存悼篇》、李开先《诰封宜人亡妻张氏墓志铭》,都抒发了真切感人的夫妻之情。

王慎中曾说,他撰写的碑志文,"道其情事,如探其肺肠肾胆,而所以写其亲者,不独神志如存,形貌亦宛然在目矣",可以使读者"一读吾文,则其人忽然在前,而居处、笑语、乐嗜皆是"(《遵岩集》卷二十四《与吴泉滨》)。这其实是明中期一些碑志文作家的共同追求和共同特点。如李开先(1502—1568)《赠孺人李妻应氏墓志铭》云:

> 李子复大痛,涕泗旁流,已而吞声诉曰:"……病中每执予手泣曰:'君报政之期逼矣!例有封赠,母虽弗省,犹幸乎归荣吾翁也。然

吾病势不能久支,料不克见矣!'继曰:'君性严急,儿女辈不敢轻近前。我死后,君必再娶,或有间言,则情不通而困瘁无所控诉,往往有后母者有后父,其体此意勿忘诸。'又以手抚诸子手曰:'吾今不复汝顾,汝其勉于作人及勤历学业。'……"(《李开先全集》卷八)

此文以李子琛的口吻,转述其妻应氏临终遗言,真实可信,感人至深,一位贤妻良母的形象跃然纸上。李开先的碑志文,常常运用这种"一石双鸟"的叙事技法,在人物对话中同时展现说话者和听话者双方的性格品行。如《资善大夫太常寺卿兼翰林院五经博士西桥刘公墓志铭》,墓主为刘鈗,开篇云:

> 公不以不肖弃绝簋仕,即得教益弘多。余好购书,公曰:"四十年前,亦有此病。"余好辞章,公曰:"三十年前,亦有此病。"两事今更有同者,殆同病相怜矣。余好谈朝事故实,公曰:"二十年前,亦有此好。"然不为病也,制度沿革,兵火变动,每会及之,移日竟夜,未尝倦歇。余既又穷经学,讲时务,公大喜曰:"十年来方究心于是。穷经致用,以经术而饰吏治,古之人皆然。惜今人学多支漫,不从顶颡上做工耳。"……公学业久成,特因余之渐变而后语之,其功德余者何如也!但余好棋而公好酒,固两不入。然交相警戒,此则人不及知者。(《李开先全集》卷七)

李开先简述他与刘公的交往过程和交相警戒,既写出刘公的性行学问,也写出李开先自己的兴趣爱好,二者相映成趣。

而归有光(1506—1571)的碑志文,则更擅长于日常生活的细节描写和人物形象的性格塑造。如《潘用中墓志铭》写道:

> 君为人温良隐默,外内皆称为诚长者。初为县学子弟员,及其子士英亦为子弟员,父子相随之学官。久之,君竟谢去。士英尝病,君抱持哺饮食,夜渴,以津嗽之,爱之如此也。君患风痹,犹营家事,士

英请少息,君曰:"恐汝废学,吾生一日,为汝治家一日也。"如是五六年,以至于卒。(《震川先生集》卷二十)

文章通过日常生活中的琐碎小事和细小动作,将墓主对于儿子无私的父爱,以极其细腻的手法表现出来,塑造出栩栩如生的"慈父"的形象。同样传神的细节又见于《太学生周君墓志铭》(《震川先生集》卷十九),文章叙写周士淳家贫,但当有客人来时,仍准备酒宴,"君方孩抱,索之而啼,公食不下咽,含哺佯入,以哺君"。父亲爱子情真,听到儿子啼饥,便悄悄含着一口肉,假装有事进屋,偷偷地喂给孩子吃。细微小事,读来让人心酸。当然,父亲更希望的,是儿子学业有成,光宗耀祖。《居君墓志铭》写道:

已而鼎重稍长,遣从师问学,君亦折节求贤士与之游,礼意曲至,尝望得其一言以教之。鼎重为文见许可,既喜,甚于华衮之荣。携其子赴试,所至阳羡、海虞奇胜之处,往往与故人相遇,邀呼饮酒。及御史考校日,晨起夜寝,候伺如诸生。鼎重试失意,叹斥累日。(《震川先生集》卷十九)

父亲为儿子"折节求贤士",与儿子同喜同忧,共荣共辱,舐犊之情,一往而深。这些碑志文并非谀墓之文,而是以切身的感情投入到文字之中,无所藻饰,出语自然,而感人肺腑。

归有光撰有二十多篇以女性为墓主的碑志文,大多歌颂墓主仁、孝、勤、俭的贤德,也多关注生活细节。如《沈引仁妻周氏墓志铭》记载:

初,引仁与其兄不相能,兄数苦之,尝夜使酒,登屋大噪,尽去其瓦。其嫂即来谢,曰:"兄狂乃尔。今毁瓦,吾为葺之。"(《震川先生集》卷二十一)

妯娌二人和睦相处,以至于兄弟相亲相和。归有光还对女性的聪明才智大加赞赏,如《潘府君室沈孺人墓志铭》(《震川先生集》卷二十一),叙写沈

孺人在倭乱中处乱不惊,带领全家逃难,保全性命。归有光的《寒花葬志》,文短意长,更是传世名篇:

> 婢,魏孺人媵也。嘉靖丁酉五月四日死,葬虚邱。事我而不卒,命也夫!婢初媵时,年十岁,垂双鬟,曳深绿布裳。一日,天寒爇火,煮荸荠熟,婢削之盈瓯。予入自外,取食之,婢持去不与,魏孺人笑之。孺人每令婢倚几旁饭,即饭,目眶冉冉动,孺人又指予以为笑。回思是时,奄忽便已十年。吁,可悲也已!(《震川先生集》卷二十二)

文章笔触简洁生动,刻画出一位天真纯洁的少女形象,宛然如在目前。归有光撰此文,藉描写寒花,怀念发妻,以欢愉之事写惨恻之情,行文凝炼而摇曳。黄宗羲评归文:"一往情深,每以一二细事,见之使人欲涕"(《南雷文案》卷八《张节母叶孺人墓志铭》),此文可为典型。

归有光的碑志文还时有关于女性社会生活的叙写,可作史料读。如《张通参次室钮孺人墓碣》记:"吴俗尼巫往往出入人家"(《震川先生集》卷二十四);《陈处士妻王孺人墓志铭》叙:"尼媪往来富贵家,与妇人交杂膜呗,尤数从寡妇人游,孺人一切谢绝之"(《震川先生集》卷二十一)。可知明中期吴中地区经济发达,常有尼媪走家窜户,败坏社会风气。又如《太学生陈君妻郭孺人墓志铭》写到:亲党有邀宴会者,曰:"饮酒非女人事。"辄谢之(《震川先生集》卷二十一)。可见时至明中期,吴中妇女聚会饮酒并不稀奇,这是女性社交的一种方式。

唐顺之(1507—1560)的女性墓志铭,也多有女性生活如文化教育、家庭婚姻、社交活动等的叙写。如《盛孺人墓志铭》记江苏苏州太仓人盛氏,"自少读《小学》、《孝经》书,颇解意旨,故平生喜书,然独不喜佛书。中馈有间,则取小学、日记、故事、稗官小说家诵说之"(《重刊荆川先生文集》卷十五)。《弟妇王氏墓志铭》记陕西横山人王氏,"自少知书,稗官小说,终日未尝去手"(《重刊荆川先生文集》卷十五)。可知在明中期,无论南北,女性都有阅读"稗官小说"的风气。

王世贞(1526—1590)的碑志文数量极夥,对明代中后期碑志文的写作影响巨大,这与他在当代政治文化生活中的独特地位密切相关。王世贞的碑志文,有的以议论见长,随事立论,不拘一格。如《南阳张铁二公庙碑》(《弇州山人四部稿》卷九十七),对比两位出生于南阳的死节名臣,一位是唐肃宗时的睢阳守令张巡,力战安禄山兵,"城破而不屈以节死";一位是明建文帝时的济阳守令铁铉,扼朱棣南下之师,其后被逮不屈,"寸磔于市",且夷其族。嘉靖初,南阳守奉诏为二人立庙,"以表忠魂,励臣节",王世贞因撰此文。依据纲常名教的所谓"君臣大义",张巡因抗击叛军而死节,文章好做,而铁铉因反对朱棣而被杀,就难于措词立论,因为这是"抗君犯上"的行为。而此文着眼为统治者培养殉道殉国的忠臣烈士,论证"君恩臣节"的政治准则,立论深刻而高远:

> 今而后谒二公之祠者,为封疆之臣,则思其所守;邦之荐绅衿裾,则思其所立;感人主之激赏,则思所以报。睹二公之近者二百年、远至八百年而若新,则思所以不朽。

基于如此道德准则,全文自然义正词严。

叙事简洁明快,是王世贞大多数碑志文的鲜明特征。如《明故锦衣卫经历赠奉议大夫光禄寺少卿青霞沈公墓志铭》,开篇即运以奇笔:

> 当先皇帝己酉、庚戌间,余守尚书刑部郎,而沈公由清丰令入为锦衣卫经历,数从故尚宝丞张逊业饮。沈公少饮辄醉,醉则击缶,呜呜诵《出师》二表、《赤壁赋》已,慷慨曼声长啸,泣数行下。余私心慕异之。(《弇州山人四部稿》卷八十六)

然后依次叙写沈炼触忤夏言、严嵩、杨顺等权贵而终至冤死的事迹,叙事详略得当,行文跌宕有致,沈炼慷慨豪放之气贯穿始终,令人读之,须髯怒张。岭南梁有誉身居"后七子"之列,年36去世,21年后,王世贞撰《明承直郎刑部山西司主事梁公实墓表》,回忆挚友的音容笑貌,"点化事实处,如空中鸟迹,水底鱼鳞,绝无沾滞"(刘士轔《明文霱》卷十五)。文中云:

记之燕中从公实游,间过,饭一肉不能再簋。既复过,具鲑菜,不能肉以为恒。青衫沓拖,其当绣处,时啮残,则缦以丝襚之。而问其家世,故尝贵为诸生,日以意气,耗其数百金不顾。诘之,则笑而指其腹曰:"是岂任肉者?"(《弇州山人四部稿》卷九十四)

叙事微入纤毫,用笔委曲灵动,颇能刻画人物风神,栩栩如生。王世贞叙事之文,深得司马迁《史记》之神韵,于此也可见一斑。

第四节　明后期碑志文

明后期碑志文,以王锡爵、焦竑、袁中道、钟惺、张溥等所作较有特色。

明人认为:"夫馆阁,文章之府也。其职专,故其体裁辨;其制严,故不敢自放于规矩绳墨之外以炫其奇。"而王锡爵(1534—1614)实为万历间馆阁文章之"司南","其发为文也,纾其中所独得,畅其意所欲言,纡徐庄重"(何宗彦《王文肃公文草序》,《王文肃公文集》卷首)。王锡爵的碑志文,文风即以"纡徐庄重"见长。如《太子少保刑部尚书凤洲王公神道碑》(《王文肃公文集》卷六),叙王世贞"平生行谊",先依次叙其仕履政绩及宦途沉浮,如在青州兵备道任上,"精严练事,发奸隐如神",令士民叹服,以及前后忤三相国(严嵩、高拱、张居正)等事;然后概述其德行,"诚心为质,含覆广而雕琢少"。全文叙事简明,要言不烦,确是馆阁文风。另有《明太仆寺丞归公墓志铭》(薛熙《明文在》卷八十),按时代先后,先叙归有光之家世,再叙有光之为文,次叙有光之政绩,终又评价有光之文章,行文次第有序,从容不迫,也是典型的馆阁之文。其评有光:"弱冠尽通六经三史大家之文,及濂洛关闽之说","深探古人之微言奥旨,发为义理之文,洸洋自恣";为文"大指必取衷六经,而好太史公书,所为抒写怀抱之文,温润典丽,如清庙之瑟,一唱三叹,无意于感人,而欢愉惨恻之思,溢于言语之外,嗟叹之,淫佚之,自不能已已"。寥寥数语,颇中肯綮。

焦竑(1540—1620)亦为一时大手笔,大抵为理学家之文而颇具性灵者。焦竑所撰碑志文,收录在《焦氏澹园集》卷二十六至卷三十二。焦竑碑志文中最具特色的,是为儒林之士所撰的墓志铭,如《奉直大夫协正庶尹尚宝司少卿雪松潘君墓志铭》(《焦氏澹园集》卷三十)、《张甑山先生墓志铭》、《亚中大夫两浙都转运盐使司运史惺堂史先生暨配安人沈氏合葬墓志铭》、《通奉大夫陕西布政使司左布政使拙斋萧公墓志铭》、《王东崖先生墓志铭》(《焦氏澹园集》卷三十一)等。这些碑志文叙事要言不烦,平实

古朴,可当学术史读。如《王东崖先生墓志铭》记王艮之子王襞讲学之影响,云:

> 心斋殁,先生望日隆,四方聘以主教者沓至。罗近谿守宛,则迎之,蔡春台守苏,则迎之,李文定迎之兴化,宋中丞迎之吉安,李计部迎之真州,董郡城迎之建宁,余殆难悉数。归则随村落小大,扁舟往来,歌声与林樾相激发,闻者以为舞雩咏归之风复出。至是风教彬彬盈宇内矣。

就叙事方式而言,焦竑与王锡爵大略相近,其叙事写人,大都不屑描写细节,而重在摄取风神,评骘性格。

与王、焦二人相较,袁中道、钟惺、张溥等的碑志文大抵情溢于文,具有浓厚的文学色彩。

袁中道(1570—1624)的碑志文与其传状文相似,多以记叙琐事、刻画人物性格见长,往往将深厚的情感蕴于平实的话语之中,含蓄蕴藉,纡回婉转。如为其堂兄袁论道所撰的《亡堂兄论道志铭》,中云:

> 两叔性豪喜饮,家有美酒,喜庖事,兄与予为之客,数过从。每会,始犹寂寂;兄至,笑声鼎沸矣。予数治具酬两叔,兄贫不能办,数调之,始具盘餐。以调故,饮逾适,叔与予不起以困之。偶酒将尽,入谋之妇,忽闻外笑语声,顿足曰:"又狂笑矣,奈何,奈何!"盖虑多笑,则酒易销,饮愈多也。不数年,兄病,病后不赴社。予等每饮,为之凄然不乐。(《珂雪斋集》卷十八)

这段看似平淡的文字不知蕴含了袁中道的几多泪水、几许深情!袁中道通过细事的讲述,回忆亡者的风神,读来让人黯然神伤。

钟惺(1574—1624)以诗名,而碑志文亦多一唱三叹,流溢着浓郁深情。如《明茂才私谥文穆魏长公太易墓志铭》,为其友魏象先所作,深致感慨云:

> 天生奇才,不有奇福,必有奇穷。……太易所处之境地时事,无非专设预待以穷太易者。仅得志于诗,乃其轻薄之名所本无者,或以其诗兴;而内行修洁,作人之实不愧古人者,或反以诗掩。非独诸生能虐太易,诗亦能虐太易矣。闻太易死,悔不当习诸生业,而竟称诸生名以死,志独苦矣!

其铭又云:

> 生失职于诸生,而得志于诗,女有以自乐也;没不称诗名,而名诸生,女有以自托也。(《隐秀轩集》卷三十三)

全文从墓志铭之"自题""明茂才魏长公太易"切入,以诸生之职与诗人之才二者的两相扞格、难以调谐,构成叙事空间,展开魏象先一生沉浮于诸生之职与诗人之才的坎坷经历,以及魏象先之才名与世人之势利之间的激烈冲突,从而刻画出一位悲剧性的诗人形象。钟惺对此文的行文结构颇为自负,在《与谭友夏》中说:"篇首回互太易自题铭旌一段,似有笔力","弟文虽不佳,然似不易削,削则不成丝理"。但是,与袁中道不同,钟惺对碑志之体例有着明确的认识:"夫状,乞言者事也,居身居官,庸言常职,弗之敢忘。志则立言者事也,不可不志其大者,志其大者而后其言可久也。"(《隐秀轩集》卷三十三《明奉政大夫户部云南清吏司郎中春宇蔡公墓志铭》)因此,就魏象先而言,其沉浮于诸生之职与诗人之才的坎坷经历,正是其一生的"大者",饱含着钟惺对文人难容于世的深深慨叹。

张溥(1602—1641)虽然少有碑志文之作,但作于崇祯元年(1628)的《五人墓碑记》却是传世名篇。此文简要地记叙了天启七年(1627)苏州民变事件,高度赞扬颜佩韦等五义士不畏强暴、慷慨赴死的英雄气概,肯定他们死难的重大意义,抒发了强烈的愤慨之情和悼念之意。文章与一般墓碑的写法不同,没有着重记述死者的生平事迹,而是采用夹叙夹议的手法,前半偏重于记叙,后半偏重于议论,而又叙中有议,议中有叙,记叙简明清晰,议论深刻充畅。文中云:

嗟乎！大阉之乱，缙绅而能不易其志者，四海之大，有几人欤？而五人生于编伍之间，素不闻诗书之训，激昂大义，蹈死不顾，亦曷故哉？且矫诏纷出，钩党之捕，遍于天下，卒以吾郡之发愤一击，不敢复有株治。大阉亦逡巡畏义，非常之谋难于猝发，待圣人之出而投缳道路，不可谓非五人之力也。繇是观之，则今之高爵显位，一旦抵罪，或脱身以逃，不能容于远近；而又有剪发杜门，佯狂不知所之者，其辱人贱行，视五人之死，轻重固何如哉？是以蓼洲周公，忠义暴于朝廷，赠谥美显，荣于身后；而五人亦得以加其土封，列其姓名于大堤之上，凡四方之士，无有不过而拜且泣者，斯固百世之遇也。不然，令五人者，保其首领，以老于户牖之下，则尽其天年，人皆得以隶使之，安能屈豪杰之流，扼腕墓道，发其志士之悲哉？故余与同社诸君子，哀斯墓之徒有其石也，而为之记，亦以明死生之大，匹夫之有重于社稷也。（《七录斋集》卷六）

其事慷慨激昂，其论正大堂皇，其气奔放难抑，其文遒劲刚强。《古文观止》评云："议论随叙事而入，感慨淋漓，激昂尽致，当与史公《伯夷》、《屈原》二传并垂不朽。"张溥这样的文章，在明代碑志文中是别具一格的。

第九章　明代杂记文

杂记文至唐始盛,并形成了四种基本类型:亭堂阁记、山水游记、书画记、杂记。宋代杂记文在体裁、内容上的挖掘、创新,艺术表现方式的新变,风格的多样性以及批评理论的研究都有了长足发展,奠定了杂记文的基本文体规范。明代杂记文正是在唐宋特别是宋代杂记文的基础上发展的,作品众多,成就突出。明代杂记文的繁荣表现在几个方面:

首先,应用广。明代杂记文写作盛行,这里仅以居室记为例加以说明。程敏政曾说:"中世以来,乡里之自好者,其居率制佳号,大书以颜之,盖出于铭座之遗。或以为未足,至请于君子识之歌之,发其义焉,则又近于考室之颂。虽名之者若袭,识而歌者若赘,然人之自淑与君子之所望于其人以为善,则宁有已哉!"(《篁墩文集》卷十六《留春轩记》)这种现象一直持续存在,且有愈演愈盛之势。"广征词翰"成为明代杂记文创作的一个社会基础,正是广泛需求的背景下,明代杂记文得以繁荣。

其次,明代杂记文发展出了众多体式、类型,表现为分类上的更为细密。何乔远《皇明文征》分杂记文为楼殿、名迹、学宫、官署、祠庙(昔贤、今贤、贞女)、斋舍、画像、考载、会聚、游览、书事11类。黄宗羲《明文海》共收杂记文59卷,分居室、纪事、游览、古迹、学校、书院、祠庙、寺观、考古、图画、清玩、功绩、名号、兴造、纪行10类。其中,祠庙记、学校记、书院记虽非全新之体,但在明代非常流行。

再次,明代杂记文风格多样,名家辈出,加之时代差异,使得风格多样化的特点更为突出。元末明初的杂记文在理学思想的影响下,呈现为雅正博大的风格特征,并有着深刻的思想内容。但文章多谨守成规,缺乏变化,淳朴有余,宏肆不足。明前期杂记文创作的主体是台阁文人,他们的文章多为雍容大雅之作,是典型的盛世之文,理学思想的主导和台阁大臣身份使他们更关注明理致用,有关世教,表现的角度却不是关注现实,而是歌颂盛世明主,个人的情感表达被高度压缩。成化以下,台阁文学也发生了一些变化,个体情感表达得到重视,文学性增强,风格上也向清新古雅转变。明中期杂记文更为繁荣,加之流派与时代变化的因素,这种繁荣显得尤为突出,如吴中文人清雅之风,复古派文人的慷慨多情,唐宋派的见理明澈、委曲详尽。明后期杂记文则异彩纷呈,以清、俊、雅、逸名世,以才情、风致取胜,兼有正大之体和奇诡变化之文。

第一节　元明之际杂记文

元明之际的杂记文在内容上有两点值得注意：一是元明之际诸家深受理学思想的熏陶与影响,故杂记文立意与阐释多与理学思想有密切关系;二是对现实和人生的深刻体验往往借杂记文抒写,表达末世的无奈慨叹和深厚情思。面对现实,纯正的理学思想无以解释,故这类文章往往能够逸出理学思想之外,这就给文章增添了思想的深度。但最终他们还是回归到理学思想上来,这无形中也限制了元明之际杂记文进一步深入,形成淳朴有余而宏肆不足的总体风格。

元明之际杂记文的代表作家有宋濂、刘基、赵汸、陈基、贝琼、王祎、方孝孺等。

《四库全书总目》比较宋濂、刘基二人的文章时说:"濂文雍容浑穆,如天闲良骥,鱼鱼雅雅,自中节度;基文神锋四出,如千金骏足,飞腾飘瞥,蓦涧注坡。皆极天下之选。"(卷一百六十九《宋学士全集》提要)这个评价总体上把握比较准确,但不免笼统。宋濂(1310—1381)入明前的记文就并非如四库馆臣所评。如《栖云室记》写应中峰本禅师之孙用庵禅师请宋濂作记,文章先写对作新斯室的怀疑,再申论:"自其易化者观之,则天地曾无殊于水中之沤;自其可久者观之,流电之光可使比于岁月;自其有形者观之,泰山可以齐于毫芒;自其无形者观之,一发可以拟于嵩华。"复从"云"字入手,写道:

> 而云也安往而不在乎?尝试与师登姑苏之台,而览古今之变。三吴之间,崇台广榭,凉亭燠馆,敷金碧而炫丹瑶,极人力而穷物状者,何可胜数?盖有歌舞未毕而号泣继之,车马陈于庭而狐兔已游于寝者矣。彼之富丽奇瑰,苟与栖云之室絜量大小,何啻冈阜之于沙尘。(《宋濂全集·芝园续集》卷五)

这样的文士化笔法,决非"雍容浑穆"所可该括。当然,用以评价入明以后的文章还是很准确的。《阅江楼记》(《宋濂全集·銮坡后集》卷十)是一篇典型的应制之文,朱元璋欲以建阅江楼事考验群臣进谏之心,命群臣作记,宋濂此文便是在这一背景下写成。文章先从帝王之气说起:

> 金陵为帝王之州,自六朝迄于南唐,类皆偏据一方,无以应山川之王气。逮我皇帝定鼎于兹,始足以当之。由是声教所暨,罔间朔南,存神穆清,与道同体,虽一豫一游,亦思为天下后世法。

文章起笔极有力,气势宏阔,下文写将建楼所在之狮子山的地理形胜,再写登临远眺,并设想皇帝之所以要建此楼是要:"发舒精神,因物兴感,无不寓其致治之思,奚止阅长江而已哉?"并议论道:"虽然,长江发源于岷山,委蛇七千余里而始入海,白湧碧翻,六朝之时往往倚之为天堑。今则南北一家,视为安流,无所事乎战争矣!"歌颂功德,却又隐寓规讽之意,而行文庄重典雅,委婉含蓄,确可称是一篇得体的应制文章。宋濂记文还善于描写,《见山楼记》(《宋濂全集·銮坡后集》卷一)层次井然,浩气流动,可称佳作。

而刘基(1311—1375)的记文则的确可称为"神锋四出",具有机锋骏利、文势飞动的特点。如《苦斋记》阐述苦与乐相倚伏的道理,先从章溢所居之地说起,接着铺叙"苦"字:

> 风从北来者,大率不能甘,而善苦。故植物中之,其味皆苦;而物性之苦者,亦乐生焉。于是鲜支、黄檗、苦楝、侧柏之木,黄连、苦术、亭历、苦参、钩夭之草,地黄、游冬、葴芑之菜,槠栎、草斗之实,楛竹之笋,莫不族布而罗生焉。野蜂巢其间,采花髓作蜜,味亦苦。山中方言谓之黄杜,初食颇可难,久弥觉其甘,能已积热,除烦渴之疾。其槚茶亦苦于常茶。其泄水皆啮石出,其源沸沸汩汩,滀潗曲折,注入大谷。其中多斑文小鱼,状如吹沙,味苦而微辛,食之可以清酒。(《刘基集》卷三)

全文横说竖说,皆极尽能事,忽而物性,忽而人情,行文飘忽,随物赋形。但刘基的记文并不刻意为之,往往直截言之,如《裕轩记》、《养志斋记》都直接解释题意,行文却长于铺叙排比。《裕轩记》写王元实:

> 饭一盂而饱,酒一升而醉,无求多于口腹,而吾之心裕如也;夏一绤而凉,冬一裘而温,无求多于衣服,而吾之心裕如也;诵吾诗,读吾书,适吾情,则游足则息,倦则卧,无求多于盘乐玩好,而吾之心裕如也;足不践讼狱之庭,耳不接市肆之言,目不耽佳冶之容,口不谈官政之是非,无求欲尚人,而吾之心裕如也。一榻之小,容身之外非吾庸;一室之卑,蔽风雨之外非吾忧;童仆之愚,子弟之痴,任使令之外非吾诛,然则何往而不裕哉?(《刘基集》卷三)

但他入明后的文章也不免颂圣,如《清斋记》写清斋之胜景亦出之以铺排之笔,但在文章末尾忽然加入了"幸而圣明应运,宇宙载造,太平景象,于今复见,则所谓'清斋'者,尚或得而游也"(同上)。

元明之际的文人身处乱世,无所用于世,亦无所逃于世,这种生存环境使他们对社会、人生有着深刻的体认。赵汸(1319—1369)《栎轩记》(《东山存稿》卷四),从郑之恒名其居室"栎轩"说起,借与支离无谓的对话阐释其义,认为身处乱世,其境非"材与不材"所能该括。《东山赵先生汸行状》评其为文曰:"必以理胜为主,然后命意遣词,则沛然矣。"从这篇文章中可以看出,赵汸的"理胜"不只源于学术涵养,还源于现实感受,表达了乱世文人悲愤无奈的情感和对现实的深刻体认。《四库全书总目》称其文"淳实典确,不为浮声"(卷一百六十八《东山存稿》提要),虽道出了"理胜之文"的普遍特征,却忽视了赵汸文章的这种深刻性。当然,赵汸也多为"淳实典确"之文,如《共学斋记》(《东山存稿》卷三)等。

陈基(1314—1370)有几篇写于至正二十年(1360)左右的文章,也多表现身处乱世的无奈情怀,如《清啸轩记》、《蠢庵记》、《松泉亭后记》(《夷白斋稿》卷二十九)。《清啸轩记》写晋位枢近的唐伯刚犹不废清啸,作者以阮籍有恸哭长叹之啸和苏门之啸相比,写唐伯刚出仕后:

当路掌事,得君子之时,亦可以不必啸矣,然每休沐,辄与向之畸人辈,或投壶,或抚琴,或玩弄商彝周鼎、法书名画,啸咏终日。人谓伯刚退不矫意丘壑,进不溺志于轩冕,其啸也非得已,亦非不得已。以啸自适,非附籍以为啸也;得啸之天矣,虽不附籍可也。

非得已与非不得已之间,正表现出身处乱世的士人的矛盾情怀。《蠢庵记》将老庄之徒不凋不琢以全其天,与儒家之徒奔走纤毫如蛾投火相比,对儒家思想提出了强烈的怀疑,中云:

　　今考存亡于《诗》、《书》,稽得失于六艺,酌是非于礼乐,虞情欲于刑辟,择利害于械穽,虑吉凶于衔勒,征善恶、远嫌疑于桎梏。由是奔尺寸,走纤毫,如蚁之集膻膻,蛾之投爝火,或突梯,或鸱夷,或如脂,或如韦,或睢睢,或盱盱。入则广厦而居,出则列驷而驰。所至则舍者避席,燱者避灶。而弗恐弗惧,弗闻弗见,无味之天,至是盖不一凿而止矣。

其实,陈基并不反对儒家学说,《蠢庵记》的后半章便表明他的态度:"使《诗》、《书》六艺而可逐也,则子又将操戈以从其后矣。"陈基受业于黄溍,所得甚正,他的这些文章虽"皆操纵驰骋,而自有雍容揖让之度,能不失其师传"(《四库全书总目》卷一百六十八《夷白斋稿》提要)。

贝琼(1315—1379)的记文往往"冲融和雅,有一唱三叹之音"(《四库全书总目》卷一百六十九《清江诗集文集》提要)。《黄山书舍记》先写江阴君山、黄山二山,点明友人张先生居此,再由黄山之以春申君名入手,慨叹:"上下千岁之久,黄山如故,而一时风流安在哉?"复申论:"今宣智非不周也,才非不优也,众方依乘风云以取高位,而退谋一丘一壑与幽人逸士之流甘于枯槁寂寞,每天高气晶,览蒻帽之飞云,延石室之秋月,考槃长歌,超然放神埃磕之外,视淮北十二县之利,殆不足以易此乐也。"(《清江文集》卷十四)这样的文章的确可以说是"冲融和雅,有一唱三叹之音"。《志古斋记》主张:"文不可学而能,气可以养而至。"(《清江文集》卷二十六)因为养气,充塞乎天地之间,故能气盛而言与俱盛,不流于刻峭险怪,具有平衍丰腴之美。

王祎(1322—1373)之文,"学有渊源,故其文淳朴宏肆,有宋人轨范"(《四库全书总目》卷一百六十九《王忠文公集》提要)。他的《沧江书舍记》,虽承认各派学术甚至稗官燕谈皆有其价值,但唯当以圣人之经为根本,而秦火以后,"且仁义、性命、中诚、太极、鬼神,皆所谓道也。妙极于无声无臭,而不离乎匹夫匹妇之所知,皆讲学之枢要。而乃以善柔为仁,果敢为义,气质以为性,六物以为命,依违以为中,钝鲁以为诚,玄虚以为太极,冥漠以为鬼神;或至以佞为忠,以诈为信,以察为智,以荡为情,以贪为欲,以反经为权,捷给以为才,谲诡以为术。而世皆谬迷于闻见之陋,莫之或省"(《王忠文集》卷八)。从上述引文可以看出,"淳朴宏肆"是在宋儒影响下形成的文风,一是内容朴厚,正统色彩浓厚,得理学正脉;一是行文宏肆,气势宏大,得古文家正传。这在元末明初十分普遍。同时,王祎也写过一些大臣应世之文,如《汉南北军记》(《王忠文集》卷十一),行文典实,而一气贯注,是一篇典型的应制之文。

方孝孺(1357—1402)思想纯正,见识深厚,胸怀博大,这些都体现他的杂记文中。《学士亭记》开篇即议论博大:

> 贤哲之处世,乌可以迹论哉?当草昧之时,世衰道郁,抱经纶之志而不得施,安能舒畅其心神,流浃其情志乎?故或放迹于江海,或养操于山林,求遗世忘累之士而与之游。其意非求道也,盖遇迹于物耳。苟徇遗迹而论之,岂足以知贤哲之用心哉!(《逊志斋集》卷十五)

《巾山草堂记》先写大山之雄峙,对比巾山之近卑,然后引出巾山草堂之卑近,行文至此,仿佛无可申论,却忽然一转,论道:"夫天下之至崇大者,莫过于道,而卑且近者,道亦未尝不在也。惮其难而安于浅陋,固不可,忽细微而慕夫高且大者,亦乌可哉?"(《逊志斋集》卷十五)他的杂记文虽然受理学的深刻影响,但在文风上却兼师众体,有庄周的宏博放肆,陶渊明的冲旷天然,韩愈的奇谲变化,陈亮的纵横为文,特别是苏轼的纵横豪放。思想的纯正使他的文章有了坚实深厚的底蕴,广师博取则使他的文章具有了宏博纵横的气势。

第二节 明前期杂记文

明前期杂记文受台阁体支配,大多以说理为主,依循理学思想。成化间,杂记文开始发生变化,一改台阁文学平易典正之风,求新求变成为一时风气,不论在内容上,还是在风格上都与台阁文学兴盛期不同,预示着明中期复古文学的开始。

永乐以来杂记文的代表作家有解缙、杨士奇、金幼孜、黄淮、王直、胡广、梁潜。

解缙(1369—1415)的杂记文多以理胜,好的杂记文能够摆脱议论繁芜之弊。如《独秀山房记》记独秀山房位置平常,"诸山之高不及数十仞,周围不及数十里,而近不出云雨与宝藏以利世泽民,丛篁灌木纷然杂植,大者不充栋梁,小者亦不为榱桷之用,至于兹山,尤卑小,直块然培塿而已"。后面的一段描写清新典雅:

> 但当读书之暇,则携兄弟友生步而涉其极焉,下视平湖,莎汀岸柳,风帆出没,烟波苍茫,一览而尽得之。又环视诸山,云烟浩渺,金碧交映,浮岚爽气,在我襟袖,顾瞻徘徊而不能舍。(《文毅集》卷九)

但随后文章又回到颂盛的老路上去了,抵消了刚刚造就的清新淡雅的艺术气息。《生春翰墨之隙记》(《文毅集》卷九)以概略的笔触融历史、传说及景物于一体,但又不事文人式的铺排,是一篇很有特色的文章。

杨士奇(1365—1444)的杂记文是典型的盛世之文,内容多有关于世教。如《务勤堂记》云:

> 追念前三十年,与存诚者三四辈邂逅沙羡,相与读书讨论之余,恣其意于所适,或登大别百颓江汉,或扁舟游南浦、赤壁之间,吊古人

之陈迹,或凭高骋望洞庭、云梦于落霞飞鸟之外,倚长铗而清啸,舒胸臆之浩然。顾其所自得,盖富贵、贫贱、忧患,无一之累乎其心,其放且逸如此,而奚暇有所用志于勤哉。

一派豪迈之气,但终归于颂圣:"今幸遇圣明在位,吾与存诚皆见用于太平之世,固宜弃浮趋实,以就功业,而存诚官益进,任益重,且益勉于君子之道未已也。"(《东里文集》卷一)早年的豪迈与自信在多年的官场磨炼之后早已抛弃,而多了一层任重道远的责任感。《东畔记》倡导百姓勤于劳作,不求逸乐,有爱之者曰:"盍少自逸耶?"他们回答说:"吾民耳,顾无他材能可以裨于时,又不自力以食,乃欲仰食乎人耶?"杨士奇感叹道:"呜呼!世之人盖有非其力不食者矣。如惓惓于君上之大德不敢忽忘,非知本者能之乎?诚使世之为民者其所存皆然,俗化可厚,而刑罚可以无用也。"(《东里文集》卷一)台阁文学在风格上表现为雍容大雅,在情感上表现为收敛,杨士奇之文是台阁文学的典范。他的杂记文以平正雍容为主,心意良厚,语气和平,是典型的盛世之文,但个体的情感被压缩到很小的地步,毋宁说他已经将个体与社会、国家的命运联在一起。平正雍容之外,杨士奇还常常表现出清秀润雅的一面,《翠筠楼记》的一段文字就是如此:

> 属春景融霁,秋气澄彻,八窗洞辟,天风徐来,郁乎如青云,泛乎若苍雪。颓而观之,浩浩如翠涛摇荡于履舄之下,坐而听之,嗷嗷如金石和鸣于几席之外。至若凉月之夕,扬凤羽之蹁跹;冰雪之晨,挺琅玕而独秀,皆楼中佳趣也。(《东里文集》卷一)

当然这只是世俗之乐,他要追求的是君子品格:"夫竹中虚外直,刚而自遂,柔而不挠。"这样的文字在他的集子中并不少见,足见他之被明人称道不无道理。

台阁诸家中还有四位作家金幼孜、黄淮、王直、胡广,也都表现出总体一致的台阁文风。金幼孜(1367—1431)长于记叙,也善于描摹传写。画记始于韩愈,但多有似于甲乙账簿,乏生动之致。金幼孜的《百鸟图记》则不仅描摹清晰生动,还写出了画的意境之美,可称佳作。但文末忽叹道:"虽然,画一艺耳,能造其妙而使人爱慕宝藏至于如此,况于学圣贤之道而造其极者乎?"(《金文靖集》卷八)曲终奏雅,正是台阁文学的特征。

黄淮(1367—1449)《书画船记》写退职家居后,儿子因他年事已高,为他更造新舟,自命为书画船,并与欧阳修事对比,文章最后归结到:"向非得请而归,乘舆策马,追逐公卿之后,荣则荣矣,然非病夫,所宜何有于乐哉?是皆上之赐也。上之恩犹天然,言语文字岂能尽述!"(《黄文简公介庵集》卷五)恬淡自足之气,和平雅正之怀,纡余平正之文,可称台阁文学的代表作。

王直(1379—1462)之文,人评为"汗漫演迤,若大河长川,沿洄曲折,输写万状"(《四库全书总目》卷一百七十《抑庵集》提要引萧镃语),虽未免稍过,但其文之佳处正在这类描写及其中蕴含的深厚情感。如《胜景楼记》中的描写就趣味盎然,盖其在朝既久,于乡居胜景充满欣慕之情,故笔下饱含情感。当然,这种情感仍要归之于"当太平无事之日,得优游于此楼,以观景物之奇胜,岂可不知所自乐哉"(《抑庵文集》卷一)。

胡广(1370—1418)《皆山轩记》一文,先将欧阳修慨叹于宋太祖平滁之功与明太祖的神圣功德对比,再论道:

> 居其间者,顾瞻山川,仰思太祖开拓平治之功,而当时故老犹存者,皆能道其盛也。况草木云霞蔚葱炫烂,五色之气凝为龙文,结为凤彩,霓旌翠华,俨乎在目,而向之徒见山高而水清者,漠乎其微矣,又乌知有待于今日之盛也哉!(《胡文穆公文集》卷十)

真可以说气充神王,平正典雅,深得治世颂德文章之法。

梁潜(1366—1418)之文与永乐台阁诸家略有不同,尤注意于《左传》、《史记》、《汉书》,间出《庄》、《骚》以为奇,代表作有《皆春堂记》、《楮窝记》(《泊庵集》卷三、卷四)等。但他的杂记文在总体上仍以"温厚和平"为主,如《止斋记》云:

> 低昂俯仰,谐嬉以玩世,同乎流俗,不绝情以为高,不矜气以役志,而或凌厉振迅,赫然以希夫过情之誉,翘然以干夫非分之冀者,未尝有也。(《泊庵集》卷三)

句式流丽自然,但语气平易简直。这种杂糅状态正是变化开端时特有的现象。

成化至弘治间,台阁文学内部也开始发生变化,这在杂记文中有突出的表现。

罗伦(1431—1478)的杂记文,描写的文字很少,谈理论道的文字却很多。如《八景楼记》(《一峰文集》卷四),先写太极山东麓招携山之八景,并刻意用"曰"字领起的句式,严整之中寓有变化。清人以为他的文章"执意过坚,时或失于迂阔。又喜排叠先儒传注成语,少淘汰之功,或失于繁冗。然亦多心得之言,非外强中干者比也"(《四库全书总目》卷一百七十一《一峰文集》提要)。以此文观之,此评可谓确当。罗伦笃守宋儒之途辙,但"性刚,见刚者好之,若饥渴之于饮食,不能自喻于口也",故其"学刚而正"(黄宗羲《明儒学案·师说》,《黄宗羲全集》第7册)。所以他的文章多以"刚毅之气形于楮墨"。如《寄傲轩记》论"傲"曰:

> 子知傲乎?傲,凶德也。儒者之道,傲不可长。庶人得之,不保其四体;大夫得之,不保其宗庙;诸侯得之,不保其社稷;天子得之,不保其四海。至人得之,洪流滔天而不溺,烈火焜泽而不焚,震雷破山、飓风翻海而不惊,骑日月,挟宇宙,以游乎无朕之外,死生之大,且不能变也,而况利害之秋毫乎!(《一峰文集》卷四)

行文曲折多变,而把持这种变化的就是他的刚毅之气以及蕴于其中的见识。论庶人、大夫、诸侯、天子之傲与至人之傲的区别,其胸中傲岸自得之气,亦可自立于天地之间。台阁派文章多师法欧、曾,罗伦则师法韩愈,王文禄即指出罗伦的《大忠祠》、《文丞相祠》、《陶桓公祠》三记一格,效昌黎庙碑"(《文脉》卷三),故其文章有此变化。

薛瑄(1389—1464)是理学大儒,文以雅正称,所作亭堂记较多,主于理而非运以气,是典型的学者之文。如《拙巢记》以对比的方式辨析"拙"义,云:

> 余谓颓乎顺处,不挠其初,不汩其流,使大本完而七情节,此众所谓迂僻迟钝而拙于事者也。抑孰知顺事厥天,不以小知害之,而可以终身安宅也?舞智笼物,骋诈轧人,机变层出,莫测端倪,此众所谓辩敏儇捷而工于诈者也。(《薛瑄全集》卷十八)

《笃敬斋记》论用力于笃敬:

> 内则惺然其心,不使有一尘之蔽;外则肃乎其容,不使有一体之惰。以至接乎物,则心主于一而无他适之扰。如是而守之以坚固,持之以悠久,则近而屋漏无所愧,远而天地无所怍。所谓七情肆而天理微者,可以节而著;九窍邪而人欲横者,可以返而消。内外、远近、大小、精粗,融朗周洽,何往而非天理之流行哉!(《薛瑄全集》卷十八)

名为记而除了相应的交待性文字外,纯以论行文,谈理论道的色彩浓重,属学者之文。他所记当时官员生活也非常生动,为我们提供了一些具体细节,如《车窗记》写薛德温官御史五年,"始买小屋两间于京师,仅容几榻床席,苦其东壁暗甚,力不能办一窗。小子淳乃取废鹿车上辕,卸去两傍长木,以中方穿楔,类若窗者,穴壁而安置之"(《薛瑄全集》卷十八),可见明初官场风气之一斑。

程敏政(1445—1499)也写了很多杂记文,总体上仍是台阁文风。如《朝阳楼记》,记汪隐君以朝阳名其楼,有一番独到的解释:

> 夫仁义之理,天所赋于人,未有不完且美者,及其长也,私欲蠹之,始有戕其天而贸贸焉者矣。使一旦私欲退而天理复于我,岂不犹之朝阳升而群氛扫者乎?圣贤之微词奥旨未易窥也,有求之昧昧焉,

如夜行之人,使一旦刮垢磨光,而群言若不啻自其口出,岂不犹之朝阳升而万景呈露者乎?(《篁墩文集》卷十三)

个体的情感往往以服从国家的要求为归依,有些后来完全可以发挥个性的文章在他那里也收束得很紧,如《寄寄亭记》(《篁墩文集》卷十三)。程敏政有一个固定的审美模式,即儒家的"比德说",他的杂记文往往以此为基点展开。如《竹南书舍记》云:

> 古之人有取于物者,岂徒充玩而已哉! 将籍以为辅耳。夫竹,劲节直而不屈,色青而不艳,故比德于君子。若其用之可贵,则小足以备器物,大足以供简书,调律吕,非他草木可比。(《篁墩文集》卷十八)

《竹窝静趣记》(《篁墩文集》卷十七)、《筠谷幽居记》、《梅竹轩记》(《篁墩文集》卷十八)、《翠筠轩记》、《依竹轩记》(《篁墩文集》卷二十)都是如此。

吴宽(1435—1504)颇好苏学,连字也酷似苏轼,但其行文却仍循台阁途径,王鏊《匏庵家藏集序》说他"纤余有欧之态,老成有韩之格"(《震泽集》卷十三)。他的《医俗亭记》,以虚拟的方式先写他有俗病,因苏轼竹诗而植竹医俗,"则求竹以居之",作者日以竹医其俗病:

> 吾量之隘,俗也,竹之虚心有容,足以医之;吾行之曲,俗也,竹之直立不挠,足以医之。吾宅心流而无制,竹之通而节,足以医之;吾待物混而无别,竹之理而析,足以医之。竹之干云霄而直上,足以医吾志之卑;竹之历冰雪而愈茂,足以医吾节之变。其潇洒而可爱也,足以医吾之凝滞;其为箮为筒为箭为笙箫为簠簋也,足以医吾陋劣而无用。(《家藏集》卷三十一)

整齐中求变化,纤余而绰有深蕴,意韵悠然,确有似于欧阳修。其人态度老成温厚,此文虽写于早年至京师前,已有台阁温雅之风,而其医俗之举却也为台阁文风注入新的内涵。《陋清阁记》从平民住宅与王侯宅第的对比写起,中间写其居室:"崇广仅丈许,织筥为门,连楮为幕,中设一榻,自琴、册、棋、砚之外,无他物。"引出陋清之意:"盖木不加雕,土不加饰,不已陋乎?欲不能容,尘不能入,不已清乎?"(《家藏集》卷三十一)并不过多引申论述,留有余意,心态之恬雅和平可见一斑。但总体上偏弱,王文禄说他有"细弱且少光焰"之弊(《文脉》卷三)。

吴中作家杂记文较有特色的是沈周(1427—1509),如《听蕉记》:

夫蕉者,叶大而虚,承雨有声,雨之疾徐疏密,响应不忒,然蕉曷尝有声?声假雨也。雨不集,则蕉亦默默静植;蕉不虚,雨亦不能使为之声。蕉、雨固相能也。蕉,静也;雨,动也。动静戛摩而成声,声与耳又能相入也。迨若匹匹、浦浦、剥剥、滂滂、索索、淅淅、床床、浪浪,如僧讽堂,如渔鸣榔,如珠倾,如马骧,得而象之,又属听者之妙矣。长洲胡日之种蕉于庭,以伺雨号听蕉。于是乎有所得于动静之机者欤!(《石田先生文钞》卷九)

心境淡泊,得乎动静之机,而文字轻灵自然,亦复如之。《记雪月之观》对雪月的描绘,表现出作家"神与物融,人观两奇"的境界:

是夜月出,月与雪争烂,坐纸窗下,觉明彻异常。遂添衣起,登溪西小楼。楼临水,下皆虚澄,又四围于雪,若涂银,若波永,腾光照人,骨肉相莹。月映清波间,树影涚弄,又若镜中见疏发,离离然可爱。寒浃肌肤,清入肺腑,因凭阑楯上。仰而茫然,俯而恍然,呀而莫禁,眕而莫收。(《石田先生文钞》卷九)

陈献章(1428—1500)的文章"诗不入法,文不入体,又皆不入题。而其妙处,有超乎法与体与题之外者"(王世贞《读书后》卷四)。他的杂记文正是如此,如《处素记》:

>一夫颀然,始弱冠,为生员事,进取不偶。退耕于野,作室三间,榜两"处素"字于楣,曰:"吾不了其义当否,吾以问白沙子。"白沙子闻之绝倒。间数日,抵一卷请曰:"为我记处素。"白沙子命出砚,研墨汁,相向诘之,曰:"夫记,记实也。为我具状,吾为汝记。"即应曰:"毋苦我,人呼我秀才,我即不应;谓我处素,我即应之。但子为我记足矣,吾知其状云何?"两手捧砚,蹴席扬眉,进愈恭。白沙子不能却,墨其卷归之。(《陈白沙集》卷一)

这种纯粹纪实的杂记文在明代并不多见,明代杂记文多是记论结合,甚至论多于议,以议论为重点。陈献章打破习尚,通篇以问答为主,正所谓文不入体,但也可称创体。

王世贞评桑悦(1447—1503)之文:"如社剧夷歌,亦自满眼充耳。"(《艺苑卮言校注》卷五)考之其杂记文,可称的评。如《静观亭记》:

>《传》曰:画地为牢期不失,刻木为吏期不对。吏讼既简,则千里之地,物无不静。天安于覆,地安于载,山安于峙,水安于流。云行则得荫不赤,日亲箠楚;雨施则肥黍稷,不农时,囚囹圄。鸡豚狗彘,则以时荐宾客,供老疾,不为悍吏之所残食。物无不静,故无不自得。且大同则无物,无物则无我,物既静已,付以静观,物我既一,兹亭安二?静与自得,物我与亭园,有不同如是。(《思玄集》卷六)

桑悦高度自信,故其为文,高自标置,置身历史长河和天地之间,超越于现实之上,个体则表现得泰然自若,无入而不自得。文章风格也不复台阁的典重雍容,而更加流丽自然。

第三节　明中期杂记文

明中期杂记文的代表作家有邵宝、林俊、唐寅、祝允明、李梦阳、吴廷翰、陆深、王慎中、唐顺之、归有光、王世贞、宗臣、吴国伦等。

李东阳《信难》篇称邵宝(1460—1527)之文"出入经史,汇罗传记,该括情事,摹写景物,以极其所欲言,而无冗字长语、辛苦不怡之色"(《四库全书总目》卷一百七十一《容春堂集》提要引)。如《省斋记》阐述君子自省之旨,开篇以水喻自省:

> 君居濒太湖,请以湖喻。太湖者,跨常、苏、湖三州,方数百里。《禹贡》书之曰:震泽盖水之险,江南未之有加也。君尝观其喷薄云雾,吐吞日月,而舟焉出没于其间者乎?方其出没也,身与舟俱,舟与水俱,虽有惧心,不知其为险也。及夫在岸而观焉,则见夫舟之在水者,俯如偃如,突如跃如,摧如仆如,悬如落如,而凡险之状无不毕具于是。自顾其身,必谓永矢弗冒焉。而或者往往又出于不知其险之地,此则忽于省之之过也。(《容春堂前集》卷十一)

的确可以说是"该括情事,摹写景物",而且行文流畅,无冗字长语。但这样的描写却不是为了写景,而是要归结到某个道理上,表现出醇正的风格。他的一些文章高简有法,效法《左传》和韩愈文,正逗露出台阁文学的某种变化,如《观草记》(《容春堂前集》卷十二)。

林俊(1452—1527)的杂记文有两个特点比较突出。一是文风清丽自然,不复有台阁之庄重典雅以至于板滞沉闷的弊端,如《吾道沧州记》开篇一段:

> 延坻浮岛,霭树晴芜,荒荒然一碧。家凫雁,宅鱼虾,孤屋断蓬,

寄崖根而临木杪,陆居水著,樵儿牧竖,耕钓者流,迹交乎其间。皆索落苍凉旷莽之地,恶有飞盖轻舆,雕璎壮马,高牙长蠹,从卫之赫然者哉?故非无怀逸人与方外之士不能到,到亦不能安以乐也。(《见素集》卷十一)

在这段文字中,林俊有意尝试用诗意化句子进行描写,多种景象罗列而出,却没有滞涩之处,轻丽自然。另一个特点是,林俊的杂记文表达了一种较台阁的雅正更为复杂的情感,如《借溪记》中将西湖与浣花溪比较:"蜀处一隅,游赏之盛,溪不当湖之半,而名殆右之。岂非子美之沉落一世,瑰词杰制尽用以发灵是溪?非若乐天假守于杭,为西湖风月勾留也已。"(《见素集》卷十二)

唐寅(1470—1523)的杂记文也有鲜明的特色,如《菊隐记》:

君子之处世,不显则隐,隐显虽异,而其存心济物,则未有不同者。苟无济物之心,而泛然于杂处隐显之间,其不足为世之轻重也必然矣。君子处世,而不足为世之轻重,是与草木等耳。草木有可以济物者,世犹见重,称为君子;而无济物之心,则又草木之不若也。为君子者,何忍自处于不若草木之地哉?吾于此,重为君子之羞。草木与人,相去万万,而又不若之,则虽显者,亦不足贵,况隐于山林邱壑之中者耶!(《唐伯虎全集》卷五)

但何以解释这种"以草木之微,与君子没世无称之名以自名"呢?原来唐寅正话反说,是借他人之酒杯,浇自己之块垒,以为菊"生必于荒岑郊野之中,惟隐者得与之近,显贵者或时月一见之而已矣。而医亦寿人之道,必资草木以行其术"。文末忽一转,曰:"朱君于余,友也。君隐于菊,而余也隐于酒;对菊命酒,世必有知陶渊明、刘伯伦者矣。"袁宏道评此文"趣甚",一个"趣"字,不仅道出了文章的特色,也道出了唐寅的生活态度。

祝允明(1461—1527)的杂记文则是另一种风格,如《建康观云记》:

夫峦者、岩者、岫者、陂者、洼者、潮者、澜者、湍者、揖者、坐者、拱者、骈者、舞者、戏者、斗者、翔者、驰者、泳者、轮者、楫者、烧者、縠者、绮者、匹者、绚者，以青、以丹、以黄、以碧、以绯、以赤、以苍、以紫、以绿、以素、以组杂、以斑错，而婢焉、而妒焉、而恚焉、而惧焉、而偶妃焉、而丽附焉、而乖揆焉、而攘排焉、而杂支杂伧囊焉、而无恒焉。察之而益繁，况之而不穷。盖其孕自钟山大江、华阳句曲、八公三君，崇隆浩瀁之奔凑阻泄，故其观雄以欤；其发自山君川后、灵天洞地，仙神魈鬼之呿呀挥霍，故其观赫以怪；在朱明长羸、盛阳丽舒之候，故其观昭以文；有皇闱帝座、日月钩陈，苍龙朱鸟龟虎之依卫翕张，故瑞以华。有蒋尉、卞将军之刚愤，故崛奇；有王、谢诸人之风流，故玄逸；有六代徐、唐烟花脂黛，绮楼玉树之妖淫怪艳，故粲而冶。其情也丛以支，其变也疾以滋，而其薄于人也咸欣以岐，而独畸人佚客，函章抱润，与时沉浮，流而未沛，渟而未晦者，触而怂焉。不可以笑，不可以泣，于是乎伤吟写骚，叙物赋事，绣肠绮舌，探幽剔秘，以为云貌一真。（《怀星堂集》卷二十一）

大量的意象罗列，以排比的句式喷薄而出，万象丛生，百怪并出，穷形尽态，出人意想之外，造成特殊的艺术效果。这种修饰性正是对台阁雍容平易之风扭正，显现出特殊的文学史意义。《谯声鼓楼记》（《怀星堂集》卷二十一）也是这样一篇文章，用了大量篇幅描摹鼓声。史称祝允明之文有奇气，这两篇文章即为佐证。但他也有一些清新之文，如《南村记》、《南江记》（《怀星堂集》卷二十九），铺叙景物，描摹人情，大都清雅可人。

前七子主张"文必秦汉"，主要学史传文，对唐宋以来流行的杂记文并不特别感兴趣。何景明文集中就只有不多的几篇杂记文，且以实用性文章为多。李梦阳(1473—1530)杂记文较多，但成就不如传记和文序，而且模拟秦汉古文的痕迹太重，如《河上草堂记》：

予曰："子以为吾爱吾身孰与堂？"曰："不如身。""子以为天地与吾身孰久？"曰："天地久。"予曰："天地不能知其不终穷，予何能知吾

身;予不能知吾身,顾安知吾堂?"(《空同集》卷四十九)

何良俊称此文:"极为雄健,一代之文,罕见其比。"(《四友斋丛说》)这应该是就其复古的意义而言的,实则这类文章还没有达到化境,痕迹太明显。《翛然台记》(《空同集》卷四十九),采用重复表现方式,四次重复"人心不天游,则视圹野崇原,大泽天地,日月星辰,霜露朝夕,烟霞之变寒暑,草木往来荣枯,皆与己不干涉"的句子,固有一唱三叹之妙,但比较生涩。李梦阳也时有格调高古、意气风发之作,如《观风亭记》,文章先写亭之所在:"亭在风穴之山,迥峻峭削,环千里而孤者也,形拓势积,灵秀出没,登之目豁神迅,志摇襟扩。"再叙登亭诸人之言,后插入空同子之言:

> 美哉观,各得其职矣。虽然,风其大乎?夫天下之气,必有为之先者,而鼓之则莫神于风,故飂飂乎莫知所从,飒飒乎莫知其被,溜溜乎莫知其终也。其德巽,故其入深;其几微,故入物而物不自知;其行疾徐,故其入不齐;其变也乖和殊故,物有瘠腴纯驳,性随之矣。性发情逸,淳浇是效,而俗随之矣。俗沿袭成,美恶相安,而政随之矣。是故先王知风之神也,于是节八音以行八风,然患其乖也,于是使陈诗观焉。诗者,风之所由形也,故观其诗以知其政,观其政以知其俗,观其俗以知其性,观其性以知其风,于是彰美而瘅恶,湔浇而培淳,迪纯以铲其驳,而后化可行也。(《空同集》卷四十九)

铺垫积势,纯行文以气,而结构自然。

吴廷翰(1491—1559)的杂记文实遂于理,学有根本,但又非儒家理道所能范围,自有一种陶然之乐,超逸之姿,行文亦多简淡净洁,性情自见,别具一格。他能够在景物之中体悟道并表现出来,如《孤云野鹤亭记》:

> 故有道者之于世,其出,其处,其远,其近,其动静语默,其辞受取与,其贫贱富贵,忧患安乐,其是非毁誉,其常与变,皆随所至而应以无心。屹然者立之静,确然者守之固,湛然者存之虚,飘然涣然者系

之轻,化之速,而一无所累,故退则为耕莘,为版筑,为钓渭,进则为阿衡,为舟楫,霖雨,为膺扬,古之人之无心应世,其道一而已矣。(《吴廷翰集·湖山小稿》卷下)

他的杂记文叙议兼长,更长于表述心境。如《五云洞记》写景后,再写人,曰:

予暇则登亭而眺,倚峰而啸、而歌,当桥而呼,环径而嬉,凭轩而咏、而假寐,或息洞中而鼓琴、而吹箫,客至而酌、而投壶、而围棋、而人声、而丝竹声、而矢声、而子声,或时变异响应,而琤琤琮琮然,而鏦然匉然,洞皆不能无助焉。若是乎,予取于洞多矣。(《吴廷翰集·湖山小稿》卷下)

句式多变而一任自然,毫无修饰之意,又多用短句,造成了疏快畅达的流畅感。《一笑亭记》更是一篇奇文:

客从一笑先生于亭上,不去亦不语。先生一笑,客亦一笑;先生再笑,客亦再笑;先生乃视客一笑,客视先生亦一笑。于是乃复相向大笑,竟不语。先生以客为知己也,乃歌曰:"万物蒸蒸兮,有无相乘兮,倏释而凝兮,吾无灭兮,又焉有增兮?"客乃答歌曰:"万物营营兮,往来相并兮,孰送而迎兮,吾无死兮,又焉有生兮?"先生又歌曰:"万物林林兮,日月相寻兮,忽升而沉兮,吾无古兮,又焉有今兮?"客又答歌曰:"万物蛰蛰兮,吉凶相随兮,孰合而离兮,又焉有悲兮?"歌已,又相视一笑。客既出,先生每于亭上时一笑而歌之,因以名亭云。(《吴廷翰集·湖山小稿》卷下)

通篇以笑为中心,又极简省,用很大篇幅来写先生与客互歌,结尾处呼应笑字,意蕴无穷。

陆深(1477—1544)的杂记文则表现出不苟同于世俗的落寞与孤傲,

如《块庵记》云：

> 夫苟物虽微且恶，或中于人之所好。木之朽，析薪好之；尘垢，医师好之；粪壤，老农老圃好之，况其尊者乎？独块何好？睬之块然而已，人无知愚贤不肖，授之块，皆弗欲。……自少日放言高论，希大慕远，已不见好于其乡。既学文辞，脱弃时尚，求世之所不好者为之，反而行古人之道，正其本，责其末，斥其浮，崇于实，人皆望望焉其去之也，不有类于块？故得以块自居。（《俨山续集》卷十）

文章篇幅短小，句式斩截有力，文字精炼。《小康山径记》论"真乐"，对世俗"流连荒亡，沉湎淫佚，无所往而不至，至于伤性命之正者多矣"的现象提出批判，倡导："无为无求，无思无虑，无物无我，无嗜无好，无方无体，无所恃而适然，悠然而天和，熙然而春育，廓然而无所于累，夫是之谓真乐，夫是之谓不过。孔子曰'回也不改其乐'，曾子曰'浴乎沂，风乎舞雩，咏而归'，是物也，何过之有？"仍是理学的论调，认为"凡言过者皆情欲之感也。夫物交于外，欲动于中，而情出焉，顺而无制"（《俨山集》卷五十三）。文章有一种超然高迈的气质，由此，我们可以看出理学思想对文学的影响并非完全是负面的。他的《绿雨楼记》（《俨山集》卷五十三），写居于京城时所居之楼，文字清新俊雅，流露适意自得之趣。明代南方人对京城往往没有好印象，写京城总是突出京城的寒冷、尘土遍地、肮脏不堪，像陆深这样的文章很少见，故特为提出。

王慎中(1509—1559)"一意为曾、王之文，演迤详赡"（钱谦益《列朝诗集小传》）。如《聚乐堂记》，开篇就是一大段铺排式：

> 世之所谓乐者可知矣：粉白黛绿，杂进迭侍，衿襦珰珮，交于几席，觞俎之间而不知夜之将旦，则悦色者之所尚，而夸者訾其内。极意六博，叫枭呼卢，抑手交臂之顷，车马乘徒，离合于一枰之上，百万为掷，曾不足以盈其一眴，则博奕者之所乐，而豪者嫉其辞。击塑试剑，砉然雷奋，飒然风靡，始阳卒阴，术殚于角而勇力，泰至乎多变，其

乐进于技而以豪自喜,不虚也。有嗜图画鉴古玩物者,过而哂之,曰:"是何粗猛而近斗也?"则发秘冢坏壁之藏,旁搜而善购,一珍一异,聚徒纵观,以炫博而长价,自以其乐在乎艺与能也,又有讥其侧者。风骚自命之士,矜才于形容,尽态于藻缋,此唱彼和,骋奇竞巧,当其玄本之冥思,模写之妍状,可以废食寝而忘昏旭,彼鉴古者之所好,蹴然退舍而知其不足称矣,儒者犹且非之。则乐之所至,岂有涯哉!(《遵岩集》卷八)

这样的铺排式写法,整齐之中杂以变化,虽通篇排比而下,但句式微异,确实是"演迤详赡"。文中所表现的"理",并非是抽象的,而是根植于全文,故没有动伤气格,以理掩气之弊。王慎中记文皆思出于道德,醇正该核,而铺叙详明,部伍整齐,正如钱谦益所评:"其为文也,恒以构意为难。每一篇,必先反复深思,意定而辞立就。细观之,铺叙详明,部伍整齐,语华赡而意深长,按之不乱而呼之应节。"(《列朝诗集小传》)他为人传诵的记文还有《海上平寇记》(《遵岩集》卷八),描述俞大猷海上平寇事生动而有气势,叙事文字并不多,却用了很大篇幅描述俞大猷之"猛厉孔武",而出之以对比。

李开先《荆川唐御史传》称唐顺之(1507—1560):"完养神明,以深其本源,浸涵经传,以博其旨趣,独存本质,尽洗铅华,透彻光明,委曲详尽,虽从笔底写成,却自胸中流出,如说家常话而作家庭书,所谓见理明而用功深者,乃始得之也。"(《李开先全集》卷十)唐顺之文如《大观草堂记》:

> 方吾之心闲而无事,以逍遥乎草堂,而观于鱼鸟之飞鸣而潜泳,烟云之出没而隐映,融然若有凝于精,爽然而若有释于神,是以物无逆于目,目无逆于心,而心无逆于物。一旦情随事以迁,勃焉而有斗,于是而心逐逐焉,而目瞳瞳焉,凡向之飞泳而出没若有凝于精而释于神者,举皆不知所在矣。徐徐焉斗解而机息,乃始还而观之,则草堂向之草堂,而烟云鱼鸟向之烟云鱼鸟也。于是为之怃然而一笑。嗟呼!嗜欲有蔽乎其中,则凡物举皆得而匿乎其外。物举皆得而匿乎

其外,则虽与之游乎瀛海之表,而骋乎块漭冯虚之域,亦窅然若无睹也,而况于草堂乎!(《重刊荆川先生文集》卷十二)

这篇文章所表达的不只是一般文人的思虑与感受,而且充满了透彻光明之后的见理明澈,表现上却委曲详尽。当然,唐顺之也有以气运文、铺排详尽的文章,如《西峪草堂记》:

> 夫魁才杰士其所寄意必于奔湍汹涌之川,巑岏崔巍之峰,泱漭千里之野,极世间险怪瑰伟超旷之观,然后足以压其耳目,而发其跌宕濩落不羁之气。若夫眈水竹之清幽,荫树石之蓊荟,此则穷愁枯槁之人,漠然无所振于世,而有以自足其乐于此。夫固各自为尚而不能两得也。……三门之间,洪河巨石怒而觝击,砰砰磕磕若战鼓然,百里之外有声。而殽、函又秦汉以来百战故处,过而览者,莫不跼蹐慨然,想见乎挥戈溅血,虓虎喑呜之雄,此皆险怪瑰伟,世所骇诧,且近在君衣带间。君何不寄意于此,乃欲自托于寂寞,背魁才杰士之好而就穷愁枯槁之所乐,此又何说耶!(《重刊荆川先生文集》卷十)

这是比较典型的文士笔法,虽极尽铺排之能事,而没有堆砌之弊,反倒平添了雄直不羁之气,又不是单纯的"独存本质,尽洗铅华"所能涵盖。又如《任光禄竹溪记》(《重刊荆川先生文集》卷十二),名记而以论为主。文章先是用对比手法写京师贵竹,南人贵石;再写任光禄治园荆溪之上,遍植竹不植他木,并论竹之"巧怪不如石,其妖艳绰约不如花,孑孑然有似乎偃蹇孤特之士,不可以谐于俗",巧妙地将对竹的描写引申到对主人公品质的歌颂上,寓记叙于议论之中,通篇是论,却也通篇是记。王守谦曰:"唐荆川文字极尚议论,耻为钩棘,一种浑厚大雅之气,隐隐笔端,此真为大家也。"(《古今文评》,《历代文话》第3册)

归有光(1506—1571)也长于杂记文,而且同样取法于欧、曾。他最擅长表现的是合于"天理"的人情之美,这类杂记文皆为"抒写怀抱之文",往往"一唱三叹,无意于感人,而欢愉惨恻之意,溢于言语之外"(唐时升《三易集》卷十七《太仆寺丞归公墓志铭》）。归有光的杂记文长于抒情,情感流荡于叙述之中,别具风致,如《思子亭记》：

> 震泽之水,蜿蜒东流,为吴淞口,二百六十里入海。嘉靖壬寅,予始携吾儿来居江上二百六十里水道之中也。江至此欲涸,萧然旷野,无辋川之景物,阳羡之山水,独自有屋数十楹,中颇弘邃,山池亦胜,足以避世。予性懒出,双扉昼闭,绿草满庭。最爱吾儿与诸弟游戏穿走长廊之间,儿来时九岁,今十六矣,诸弟少者三岁、六岁、九岁,此余平生之乐事也。十二月己酉,携家西去。予岁不过三四月居城中,儿从行绝少,至是去而不返,每念初八之日,相随出门,不意足迹随履而没。悲痛之极,以为大怪无此事也。盖吾儿居此七阅寒暑,山池草木,门阶户席之间,无处不见吾儿也。葬在县之东南门,守冢人俞老薄暮见儿绿衣在享堂中,吾见其不死耶？因作思子之亭,徘徊四望,长天寥廓,极目于云烟杳霭之间,当必有一日见吾儿翩然来归者。（《震川先生集》卷十七）

这段文字以记叙为主,在极平常普通的叙述交待中,饱含了作者深厚的情感,正所谓情辞并得,不仅有得于天理人情之致,而且写得风韵疏淡。《畏垒亭记》先写"风帆时过于荒墟树杪之间"的水乡风光,再记述"（吾妻）酿酒数石,寒风惨慄,木叶黄落,呼儿酌酒,登亭而啸"的乡居天伦之乐(《震川先生集》卷十四)。

归有光另一篇名文《见村楼记》(《震川先生集》卷十五),被清代姚范称为"震川希心欧、曾"之作(《援鹑堂笔记》卷四十四),其文曰：

> 延实卜居县城东南门内金潼巷,有楼翼然出于城闉之上,前俯隍水,遥望三面,皆吴淞江之野,塘浦纵横,田塍如画,而村墟远近映带。

确实是烟波生色,笔意轻灵,描写如画。文中抒情部分更佳,先忆与李中丞出郭造访,值主人不在,"相与凭槛,常至暮,怅然而返",而所谓见村楼即当年造访的方氏之故庐,再忆及李中丞"自幼携策入城,往来省墓及岁时出郊嬉游,经行术径皆可指也"。笔意随情思曲折而行,情感层次如剥笋般自然呈露,亲切感人,颇具疏淡之美。

姚鼐指出:"文章之境,莫佳乎淡,措语遣意,有若自然生成者。此归熙甫所以为文家之正传。"(《惜抱轩诗文集·文后集》卷三《与王铁夫书》)而这正源于归有光能"于不要紧之题,说不要紧之语,却自风韵疏淡"(姚鼐《惜抱轩集·惜抱先生尺牍》卷六《与陈硕士》其二十七)。他最为脍炙人口的文章是《项脊轩志》,从家庭琐事写来,真切感人,而用语造句平易自然,饶具疏淡之美,文常见,不具录。王世贞评归有光:"他序、记,熙甫亦甚快,所不足者,起伏与结构也。"(《读书后》卷四)这个评价未尝没有道理,归有光的杂记文追求的是情感的自然结构,不加人工雕凿,确实不太注意起伏与结构,但惟其如此,才具有疏淡之美。

王世贞(1526—1590)的杂记文往往严守格法,虽不像李攀龙那样食古不化,字剽而句拟,但痕迹依然很重,如《阅武堂记》:

> 世贞乃以间从吏士出勒骑射,鼓之驷铁,乘黄不脱,介而驰,馨控若翼,纵控若组。嚣争的者以千计,的之发以植,其丛矢以蝟。二矛重乔,左旋右抽,聚为邓林,覆之凝冰厚霜,盘踊电激,却曳风雨。錾锌之戟,指空而掷,要眇俯身,接之捷于猿猴。刀盾曳札,铦接不及毫末,目无逃挫。贾其余强,搏人以嬉,斯不亦技击之雄也耶!(《弇州山人四部稿》卷七十四)

不论是句法、字法,还是篇法,都着意模拟秦汉之文,虽然古韵犹存,但佶屈聱牙,难于卒读。但也并非完全如此,如《求志园记》:

> 吴城之东北隅为友人张伯起园,园当其居之后,阁道以度。入门而香发,则杂荼蘼、玫瑰屏焉,名其径曰采芳,示吴旧也。径逶迤数十武而近,有庭廊如,名其轩曰怡旷,示所游目也。轩之右三而楹者,以奉其先隐君像,名之曰风木堂,示感也。堂不能当轩之半,然不敢以

> 堂名怡旷者,示有尊也。轩之右斋以栖图史,名之曰尚友,友古也。
> 斋之后馆,馆临大池,中多金银玳瑁杂细鳞,名之曰文鱼,池所蓄也。
> 穿池而桥,循桥稍西南,为古梅十余树,名其廊曰香雪,言梅德也。
> (《弇州山人四部稿》卷七十五)

这段描写全用整齐划一的句式,排比而下,却灵动自然,境随景变,充分表现了园林的屈曲转折之美。

《明史》卷二百八十七本传称吴国伦(1524—1593)"才气横放,好客轻财",是一个充满豪迈之气的作家。吴国伦的杂记文时有逸出复古范围之处,如《雪山冰井记》。文章中所写雪山实际是一件作者所藏玉华石,冰井是他所藏的一个白瓷缸:

> 顷予抱病溽暑,喘息如焚,思欲登雪山而浴冰井,不可得。因取玉华石置左,名之曰"雪山";白瓷缸置右,而实以清泉,名之曰"冰井"。乃布竹榻其间,朝夕养疴,偃仰坐卧焉。遂觉暑气渐微,凉意渐洽,泠泠然爽致宜人。间起而摩挲之,则倏然山欲雪,井欲冰也。

文章由一段生活经历表现出文人的审美情趣,再将这种情趣上升到哲理的高度,提出天地间无一物非借。这种表现方式不同于理学家源于思理的理趣,而是源于生活的一种审美体悟,是典型的文人之文。

陆树声(1509—1605)以"清虚恬退"名世,钱谦益称他"外现儒风,中修梵行"(《列朝诗集小传》丁集中"陆宫保树声"),所以他能做到放怀自适,不矫情不做作。《苦竹记》名为写竹,实为自我写照,文章的思想从庄子"以无用为用"引发开来,本无新意,然其佳并不在意新,而在于他那融汇于骨子里的对世俗的超越和悠然自得的闲适。文章不讲求什么章法,只是淡淡写来,不加任何修饰和刻意安排,同时,所表现的思想多有重叠处,但并不妨碍文章的自然疏淡之美。《砚室记》写他"性寡嗜好",曾蓄十方砚,常一出之,置几上,兀傲相对,然所藏之砚俱非佳品,他说:

> 如使余嗜砚而必取于佳,则珍玩殊品,世不有万于砚者乎?夫珍玩殊品,非有力者不能致,而往往规寺所于他人,故不以移余之嗜。独余材薄无文,知嗜砚矣,不能为之重。以余之不足以重砚也,又何暇计其品之高下?虽然,不移于珍玩殊品,则砚之托于余而见嗜也,安知不因以为重乎?然则余之癖未解也。(《陆文定公集》卷三)

一连串的问句,将他那悠然超旷的心灵呈现于读者面前,灵动淡逸。

徐渭(1521—1593)一生遭遇坎坷,天才绝代却不能在科举社会中实现自我价值,以至于精神失常。陆云龙《徐文长小品引》称其文"若寒士一腔牢骚不平之气,恒欲泄之笔端,为激为懑,为诋侮,为嘲谑,类与世枘凿"(《明人小品十六家·翠娱阁评选徐渭小品》)。他的杂记文往往不着意于环境、景物的刻画描写,而集中在对人的情绪、精神活动的渲染。如《西施山书舍记》:

> 嗟乎!土城,一山耳,始以粉黛歌舞之宫,当钜丽倾都之孔道,而今变而且迁之。一日寥寥然为墟落,田夫野老耕钓徘徊于其间,或拾其堕钗于锄掘,迫于阴晦,又往往诧野火转磷于夜归牧唱之儿童,宜无不感而嘘,资野人之聚而谈者矣。至其易冶以朴,易优伎以农桑,本业专而谣俗厚,则有识者又未尝不忘其悲而为之一笑也。(《徐渭集·徐文长三集》卷二十三)

世事沧桑,人情各异,同样的事情可以引人"感而嘘",也可能让人"忘其悲而为之一笑",这里有激于自己遭遇而生的愤懑,又有洞彻世事的旷达,悲笑之间转换无痕。

不过,徐渭为文绝不是发泄式的倾诉与铺排,相反,他的杂记文极简省,决不拖带,往往由一点生发开去,妙解纷呈,巧喻无尽。如《半禅庵记》:

> 予惟正甫为人风雅匀停,根尘融会。所云半禅,将谓居士未离家

缘，是则半俗，稍脱尘网，是则半禅，斯义谅尔。譬如塑像工人，以一石香屑和一石土沙而为一佛，香秽杂处，终不成半。又如鹜鸡杀生，一头东行，一头西赴，不着一边。大修之人，不若顿超诸缘，尽澄性海，则兹半俗，莫非半禅。举兹将化未化之冰，悉还一水，无禅可半，何况半俗。铅白汞赤，越东吴西，义复如是。（《徐渭集·徐文长三集》卷二十三）

陆云龙评此文："喻处解处，穷微彻渺，度世津梁。"（《明人小品十六家·翠娱阁评选徐渭小品》）文章围绕着"半"字写来，妙喻巧解，层出不穷。古文家讲求养气，发于文则运文以气，徐渭的文章则纯以情识运文。唐宋派所讲求的"绳墨布置，奇正转折"之法，在这里已经收放自如，了无人工痕迹。《酬字堂记》是徐渭的名文：

镇海楼成，少保公进渭曰："是当记，子为我草。"草成以进，公赏之，曰："闻子久侨矣，趣召掌计廪银之两百二十，为秀才庐。"渭谢侈，不敢。公曰："我愧晋公，子于是文，乃遂能愧湜，倘用福先寺事，数字以责我酬，我其薄矣，何侈为？"渭感公语，乃拜赐持归，尽橐中卖文物如公数，买城南东地十亩，有屋二十有二间，小池二，以鱼以荷。木之类，果花材三种，凡数十株。长篱亘亩，护以枸杞，外有竹数十个，笋进云。客至，网鱼烧笋，佐以落果，醉而咏歌。始屋陈而无次，稍序新之，遂额其堂曰"酬字"。（《徐渭集·徐文长三集》卷二十三）

文章前半部分是叙述，交待酬字堂的由来，以对话形式写成，感激与自负之情表现得淋漓尽致，却收刹自如。后半部写酬字堂，本该充满兴奋之情，徐渭却一反常态，文笔简省，只对环境进行概括的描写，却没有情感的抒写。袁宏道评云："黄花瘦石，不妨幽致。"道出了文章复杂的情感内涵，陆云龙评："古崛。断岩高出。"（《明人小品十六家·翠娱阁评选徐渭小品》）指出了其立意高古，结构奇崛的特色。

明代教育发达，"明兴二百年，学宫遍于宇内"（王宗沐《敬所王先生文集》卷七《临海县重修儒学记》),"今天下自王畿而下,凡有郡邑、城郭、社稷,莫不有学"(赵钗《无闻堂稿》卷五《舒城县儒学记》)。各地方政府将兴办教育视为重要工作,凡兴建学宫必有文记其事,故明代学记文极为盛行,尤以明中期学记最佳。

张诩(1456—1515)是陈献章门人,他的学记之文影响较大,张希举《刻东所先生文集序》说:"学记《尊经阁》以学者溺意荃蹄为深忧,其言既几于道,而正大冲粹之体,又自成一家。"(《东所先生文集》卷首)此记即集中《揭阳县儒学尊经阁记》,其文曰:

> 嗟乎!经也者,圣人载道之书也。至于百家子史,言虽各有所主,未有不以经为宗焉者也。然则独经云者,正所以示尊之之意,而使学者知所宗也。抑予闻之,道原乎天命,而具于在我之方寸,得之者匹夫匹妇。胸中自有全经,则文字之经第糟粕也,固也。但人生幼蒙,既长又为物欲所斫丧,虽以老师宿儒皓首穷经者,犹有莫知其大义之所在,而况于得胸中之全经乎?则文字之经诚弗可以弗之尊也,所忧学者溺意荃蹄,诵言忘味则不免玩物丧志,如先正之所诮云尔。(《东所先生文集》卷四)

议论宏大,行文端直,是一篇深得道体的宏文。

茅坤《唐宋八大家文钞论引》说:"八大家而下,予于本朝,独爱王文成公论学诸书及学记《尊经阁》等文。"王守仁(1472—1528)的《尊经阁记》,以"命"、"性"、"心"为道之所存,应感而生"恻隐"、"羞恶"、"辞让"、"是非"之心,见之于事,则为"父子"、"君臣"、"夫妇"、"长幼"、"朋友"五伦,然后论证"六经者,非他,吾心之常道也"的观点。这篇文章是他晚年所作,心学体系已经形成,不仅观点鲜明,而且逻辑严密。

《明伦堂记》(《遵岩集》卷八)是王慎中的代表作,自云:"此文乃明道之文,非徒词章而已。其义则有宋大儒所未发,其文则曾南丰《筠州》、《宜黄》二学记文也。"(《遵岩集》卷二十二《与李中溪书一》)文章从尧舜说起,以孟子独知圣人指归,盖明人伦也,圣人之教在于"其迹可守而其妙不可为,其形可名而其精不可言。其通于天谓之命,出乎命谓之性。凝神于不见不闻之表,默化于无声无臭之中,形器俱泯而思为无所,日改月新而知其所以然"。可谓辞旨醇正,一以圣人为指归。这篇文章通篇是议,逻辑严密,又长于铺叙,整齐之中寓有变化,却无雕凿痕迹。王慎中之学记以议论见长,其论皆深自有得,非套语浅见者可比。

唐顺之的学记文也很重要,如《重修泾县儒学记》指出:有明一代虽然"国家建学徧宇内,蛮陬海徼莫不有学",但"所习者不过乎章句佔侔,所志者不过乎声利荣名,其所谓高等者亦惟骛文词之博,而只以为溺心灭质之资,矜廉隅之饰,而只以成诡激矫诞之习",只有豪杰之士讲德于岩居燕处之间,通过学宫之兴,自是而"淬磨砥砺,融风习之偏,而归之浑化,破意见之障,以致乎精微。相嘘相染而成风俗,使人皆曰:先王道德、礼乐、经术之寄,不在山泽在庠序者"(《重刊荆川先生集》卷十二)。

第四节　明后期杂记文

明后期杂记文异彩纷呈,各家风格迥异,代表作家有汤显祖、袁中道、黄汝亨、沈鲤、王思任、陈继儒、顾宪成、高攀龙、傅占衡等。

汤显祖(1550—1616)是一个极富才情的作家,陆云龙甚至要将他与欧阳修、曾巩、王安石并列称四家:"其思玄,其学富,其才宏,似欲翻高深峻洁之窠臼,另以博大瑰丽名。彭蠡之涛,风雷奋而天地浮;匡庐之瀑,珠玑喷而瑶玖落。句饶薰艳,字带兰芬,不又舍欧阳、曾、王,别树一帜哉?"(《明人小品十六家·汤若士先生小品弁首》)他的杂记文以思玄、才宏名世,如《青莲阁记》:

> 世有有情之天下,有有法之天下。唐人受陈、隋风流,君臣游幸,率以才情自胜,则可以共浴华清,从阶升,俟广寒。令白也生今之世,滔荡零落,尚不能得一中县而治,彼诚遇有情之天下也。今天下大致灭才情而尊吏法,故季宣低眉而在此。假生白时,其才气凌厉一世,倒骑驴,就巾拭面,岂足道哉!(《汤显祖全集·诗文》卷三十四)

见识出意表之外,能发人之所不能,思理深刻峭拔,别具一格。这样的文章还有《宜黄县戏神清源师庙记》,其中有大段论戏曲作用:

> 一勾栏之上,几色目之中,无不纤徐焕眩,顿挫徘徊。恍然如见千秋之人,发梦中之事,使天下之人无故而喜,无故而悲。或语或嘿,或鼓或疲,或端冕而听,或侧弁而咍,或窥观而笑,或市涌而排。乃至贵踞弛傲,贫啬争施。瞽者欲玩,聋者欲听,哑者欲叹,跛者欲起。无情者可使有情,无声者可使有声。寂可使喧,喧可使寂,饥可使饱,醉可使醒,行可以留,卧可以兴。鄙者欲艳,顽者欲灵,可以合君臣之

节,可以浃父子之恩,可以增长幼之睦,可以动夫妇之欢,可以发宾友之仪,可以释怨毒之结,可以已愁愤之疾,可以浑庸鄙之好。然则斯道也,孝子以事其亲,敬长而娱死;仁人以此奉其尊,享帝而事鬼。老者以此终,少者以此长。外户可以不闭,嗜欲可以少营。人有此声,家有此道,疫疠不作,天下和平。岂非以人情之大窦,为名教之至乐也哉。(《汤显祖全集·诗文》卷三十四)

通篇排比而下,采用相同的"或"字句式,可称佳作。文思泉涌,机锋侧出,但不是以气势胜,而是以才情胜。说透说尽,极尽铺排之能事,却又能分说缕析,并不堆垛。

公安三袁中,袁中道(1570—1624)的杂记文最为突出。他的亭阁记较多,如《白苏斋记》、《砚北楼记》、《楮亭记》、《卷雪楼记》、《清荫台记》、《远帆楼记》、《听雨楼记》,这些亭阁的主人都是他们兄弟三人,无一外人,故能表达最真切的感受和人生体验,无复应酬俗态。袁中道是一个善感的人,一切人世所有,不论是具体的还是抽象的,都能引起他的感慨。他的杂记文长于描写,充满对自然的感悟,并出之以多情多慨之笔,情景毕现。《卷雪楼记》有云:"质有而趣灵者,莫如山水。"这是公安派对自然山水的特殊感悟,也正因为如此,他们对自然的描写才不再是模山范水,而充满灵动之趣。文中写登楼望江:

举江自蜀趣吴,奔腾颓叠,澄鲜朗耀,震荡大地,淹润河山者,悉归几席之下。凡巴西之远峰,梦南之芳草,九十九洲,乍隐乍现。千帆竞举,惊沙坐飞;棹歌渔唱,接响互答;霁雨旦暮,烟景万状。(《珂雪斋集》卷十四)

《楮亭记》写他欲建凉亭,周围楮树丛生,有人劝他伐之,种松柏或桃李,而他等不及,以为这些树成荫太慢,"道人之迹如游云,安可枳之一处?予期目前可作庇阴者耳",盛夏酷暑时,"至此地,则水风冷冷袭人。而楮叶皆如掌大,其阴甚浓,遮樾一台。植竹为亭,盖以箬,即曦色不至,并可避雨。

日西骄阳,隐蔽层林,啼鸟沸叶中,沉郁有若深山。数日以来,此树遂如饮食衣服,不可暂废,深有当于予心"(《珂雪斋集》卷十四)。写景即是写情,情景交融,可称高妙。

黄汝亨(1558—1626)颇有世外意,又能得禅意,故其杂记文往往陶洗尘滓,澄照以心,非矫情饰物所能及。《浮梅槛记》记游黄山白岳间,见竹筏行溪林间,因起雅兴,故于西湖上置一槛:

朱栏青幕,四披之,竟与烟水云霞通为一席,泠泠如也。按《地里志》云:"有梅湖者,昔人以梅为筏,沉于此湖,有时浮出。至春则开花,流满湖面。"友人周本音至,遂欣然题之曰"浮梅槛"。古今人意同不同,未可知也。书联者二:一曰"湍回急沫上,缆锦杂华浮";一曰"指烟霞以问乡,窥林屿而放泊"。每花月夜,及澄雪山阴,予时与韵人禅衲尚羊六桥,观者如堵,俱叹西湖千载以来未有。当时苏、白风流,意想不及,此人情喜新之谭。夫我辈寥廓湛妙之观,岂必此具,乃与梅仙人争奇哉?(《寓林集》卷十)

先写竹筏,忽引志书,又及友人所题书联,再写观者如堵的场面,因叹苏、白风流,自嗟与仙人争奇之美,正所谓意到笔到,结构简淡,承转自然。如陆云龙所评:"更吸清秀之气出之笔端,小小结构,自若枕冷泉而聆其清吟,顾玉岑而来其润色。"(《明人十六家小品·黄贞父先生小品弁词》)

沈鲤(1531—1615)官至大学士,因与沈一贯议事相左,致仕归。黄宗羲《明文海》卷三百三十七收录他的一组杂记文,均写于归田之后。如《巢居记》写他在四棵巨槐间"约之以绳",常"攀援而上,凝眸趺坐",杂鸟相飞,群鸟从惊惧到不惊散,再到相狎妮,甚至敢从豆中攫肉。作者厌苦官场斗争,从中悟到了"元同物我"之理。《耐辱子坊记》写他自号"耐辱子","善乐人,不但能乐也,且好为儿戏",于堂前建坊,题曰"天民逸豫",自署"总理谷孰镇等处农事兼提督本宗学校诏赐还上农三品服",下文解释这种戏题与他前此所任官职的关系,表现了真假一戏,"人生幻梦,何荣何辱"的通达思想。《悟迷桥记》以他的从政经验谈"迷"曰:"夫迷一也,其有不同者,则自外及内,迷于入;而由内达外,迷于出也。"而身在官场,出入之际殊难抉择:"独迷于国者,贸贸矣。彼其遇九逵之道,纷然多歧,可安之乎?九崃之坂,曲如羊肠,可终避乎?纵不其然,得无有载饥载渴,靡室靡家乎?"《存蠹斋记》写壮龄家贫,无书可读;做官有禄可购书,却忙于职事,无暇可读;年老归田,却又有暇而不能读。夏季雨后晒书,蠹鱼纵横,童子欲汇而歼之,沈鲤却阻止道:

> 有书不能读,而蠹乘其隙,为我一饱,吾实使然,蠹则何罪?假令蠹不蚀,而余终庋束之高阁,以待一再传之后,即不有鱼蠹,得无有人蠹乎?盈虚消长,往复有数,虽强且知,靡得而外焉。故积之太盛者,未有不散失者也。君子于此,有所好不得不求,求之得,不必皆备;苟备矣,不必坚执为己有,而珍惜之太甚……所惜吾有书不能读,蠹虽饱不知味,则此书之不遇而无用均也。

台阁文章自三杨之后,衰敝已成事实,随着文学风尚的变迁与时代的因革,台阁文风也发生了较大变化,沈鲤可为一例。因其杂记文写于退闲家居之后,故无须颂圣,却多了对官场现实的不满与无奈。

王思任(1574—1646)的文章"笔悍而神清,胆怒而眼俊"(陈继儒《晚香堂集》卷三《游唤序》)。惟其眼俊神清,故能见山川奇蕴,发人之所未发,灵心一动,奇思妙想如泉涌出;惟其胆怒笔悍,故能情景毕现,描摹刻画,别出手眼,不随人脚跟。《笑碧亭记》开篇写:"河伯见海若归,三月不庭,醉淫稍定,乃挈其龙鼍图书表,纳命楷首,毋敢再援畔。溪翁、湖长闻之,转相效也。"再写建亭,唐先生曰:"子毋太岸,吾且亭处子,娱之以竹花,清之以木石,荡之以舟楫,侣之以榭台,吾又与子递相为帝。"(《王季重十种·杂记》)通篇没有一处亭台记常用的描写笔法,其奇思妙想,超乎意表。《媚樵亭记》写初建通明亭时,有樵人数过相悦,亭成后樵人却不来。王思任反思道:"始余之构通明亭也,木石与居已耳,而且追琢之,丹腹之,标榜有加焉,樵以为饰且陋,宜其挪我而不来也。"所以他修建了简陋的亭子,希望樵人前来:"吾询尔,山无虎乎?桂无蠹乎?松无有辱封号者乎?

溪云白乎？泉月清乎？换鱼沽酒，醉几参矣？夕阳牛笛，听几阕矣？"连续的问句，表达了作者强烈的想往之情。而结尾处，又忽出奇想：

> 或曰："此古石户云隐之流，博大真人也，偶来游戏，觉子眉睫间有猜，则入山惟恐不深矣，焚索之而不可得矣。"有是哉！王子瞪目咍叹，窅然若有丧焉久之，曰："吾失矣，吾失之矣！夫樵，仙人也。"（《王季重十种·杂记》）

给人留下无限遐想，余韵无尽。《四瑟亭记》（《文饭小品》卷四）记事简省，完全打破了亭记的一般模式，叙建亭之原起甚简，文字古雅，并避开对亭周围景物的描写，而出之以说明性文字，却诗意盎然，事、情、景尽在其中。

陈继儒（1558—1639）的杂记文虽非大家名家，但别具一格。明代骈体创作整体上成就不高，但晚明以来，流行于士大夫间，或短札小简，或题跋，大都骈散结合，清丽秀雅。早期及中期明代杂记文较少以骈体写成，晚期才开始增多。陈继儒《观濠堂记》通体骈丽，如：

> 偶剪蓬蒿之径，渐成桃李之蹊。止水一泓，为山半簪。鸥矶清浅，花枝笑于镜中；雉堞参差，人影行于树杪。璧月映柳，凫鹭在汀，停云淡而无言，芳草凄兮不断。四围秀色，翠笼薜荔之墙；一道晴霞，霜晕芙蓉之浦。……谦而善下，含哲士之虚心；净以纳瑕，得硕人之雅量。淡成君子，信荐王公。进退近乎中庸，安流类乎无竞。澄怀观道，何如世上之风波；抱膝鼓琴，聊尔胸中之丘壑。（《晚香堂集》卷四）

陆云龙评曰："骈丽中议论风生，不特饶彩，亦且饶理。"（《明人小品十六家·翠娱阁评选陈继儒小品》）文字清丽工整，毫无板滞之弊。色彩纷繁，但能够以"清"意贯穿其中，故能流丽自然。同时颇饶理趣，虽非什么大见识，但表现得意态悠然，充满自信。又如《用拙堂记》借杜玄度之口写"拙"：

> 吾少而读天下书，善忘；登朝不十年解绶归，善倦；药裹不去，善

病;治家人产,善挫;与人游,未知其眉睫喉噤胸臆间事,善愦愦。盖世莫余拙也。(《晚香堂集》卷四)

写忘、倦、病、挫、愦之拙,而机锋侧出,故笔势灵动,正是他人生智慧的流露。

东林党人试图重建道德秩序,反对自我放纵,这也表现在他们的杂记文中。如顾宪成(1550—1612)的《愧轩记》(《泾皋藏稿》卷十),从柳宗元和苏东坡在贬谪境遇中一个有无聊之色、一个则超然自得入手,分析"忧"、"乐"之关系,认为:

> 子厚之忧,子瞻之乐,并自不苟耳!且非独此也,子厚诚不胜无聊,卒能发愤淬砺,列于不朽,与韩昌黎并驱,则亦可以洗涤夙垢,用自愉快,消其穷愁。子瞻岂不称超然哉?而忠君爱国出自天性,顾坐戆直数贾罪,俾逸邪得气,重贻主德之累,则黯惨恳恻,殆有甚焉者矣。此又以知子厚之忧,未尝无乐,子瞻之乐,未尝无忧,非恒情可得而测也。

在晚明士大夫纷纷放弃社会责任感和道德自律精神,只追求自我放逸的文化背景下,这无啻是一剂强心针。"忧"、"乐"对士大夫来说,当然包括社会责任感和道德良心,另一方面,个性自我也有相应的位置,有其合理性。顾宪成被谴以来,"自监司而下卒,俨然而客之,不及以政。其州之耆老子弟顾以为是父母我也,一切供事惟谨,而予靡毫发执塞。间尝与诸士有所扬榷,大都不离于训诂,非能益之也。于是予归而求之六尺之躯,犹然故吾,征发困衡,总归卤莽。又靡毫发表树,怠其职而勤其享,据其名而墜其实,有愧而已"。士人的道德良心最终归于"愧",不仅是"忧"与"乐"的升华,更是道德、自我与社会三者之间获取最高价值的初级途径。他们的这些文章已经达到了"心体浑全,拈来是道"的境界,故"出而为文章,不炫技能"(《泾皋藏稿》卷十《尚行精舍记》),不仅与一般的文士之文完全不同,更与晚明放纵自恣背景下晚明文风差异显著。

高攀龙(1562—1626)的杂记文多表现自我的精神境界。如《水居记》

写洲中水居泊然自得的境界:"主人且宅天宇之寥廓,餐元和之膏润,乘浩气而翩跹上下于无穷之门,而忘乎其为水也。"(《高子遗书》卷十)《可楼记》写人生追求:

> (少时)慨然欲游五岳名山,思得丘壑之最奇如桃花源者,托而栖焉。北抵燕赵,南至闽粤,中逾齐鲁殷周之墟,目观所及,无足可吾意者。今乃斯楼耶?噫,是余之惑矣。凡人之大患,生于有所不足;意所不足,生于有所不可。无所不可焉,斯无所不足矣,斯无所不乐矣。……且天下之佳山水吾不能日涉也,取其足以寄吾之意而止。凡为山水者一致也,则吾之于兹楼也可矣。(《高子遗书》卷十)

这样的文章不是文士之文,没有对楼亭的刻画和环境的描写,因为在他心中,可登可览的楼本身无足介意,精神的完满自足才是最根本的。

傅占衡(1606—1660)的杂记文代表了明晚期杂记文的变化趋向,即向日常化情感的细腻表达和用语奇诡方向发展。《吴陈二子选文糊壁记》记其仆以一捆文字糊墙,乃其友人选庚辰、丁丑进士之文,多朱墨小细批。作者于帐中观之,生出一翻感慨:

> 予所处无帷帐,既以避风寒虫蚁之害,暑中跂脚上床,遇不睡时,或横观,或正视,至其与文争题不苟同世处,时有郁然思者。已,复哑然而笑。前十年从二子铢铢两两于此,今何轻之至是。二子呕心肝为文,不能丰稼穑,饱邦民,又不得以所选文之意,风动有司,移易风俗。一则老得一低乡举,如今漂零海上,"死别已吞声,生别常恻恻",予日日诵之。一则葬父无具,头白无策,流离寄食。(《湘帆堂集》卷八)

《趁虚记》写墟市一少年与老者的对话,足见当时传奇演义之盛,可视作一篇绝佳的小说史料。文章记事非常生动,如记老者曰:"宋有太宗、真宗、仁宗,年代甚远,吾事多且急,去矣。行数步,犹回顾大声曰:'李存勖是独眼龙。'"(《湘帆堂集》卷八)

第十章　明代游记文

就文体分类而言,游记应属于杂记体,本书专列一章,有两个原因:一是因为随着游记创作的繁荣,明人对游记文体特征的认识逐渐清楚,游记文作为一种特殊的文体已被人们接受;二是因为明代游记作品众多,成就突出,值得专章论述。

明人认识到,游记一体,最难着笔。曹学佺《洪汝含鼓山游记序》说:"作文游山记最难。未落笔时,搜索传志,铺叙程期,洋洋缁缁,堆故实于满纸,但数别人财宝而已,于一种游情了不相关,即移之他处游亦可,移之他人游亦可,拘而寡韵与泛而不切,病则均焉。记游如作画,画家必须摹古,间复出己意,着色生采,自然飞动。及乎对境盘礴,往往难之,乃以为画不必似。盖远近位置,木石向背,逼真则碍理,两不入耳。法既不伤,于境复肖,又何以似为病也!"(《明人小品十六家·翠娱阁评选曹学佺小品》)茅元仪说得更为精简:"作游记者又有三病:或驾高骛广而不核情事,或旁引别探而不究精微,或杂庞秽滥而不知关领,则山水之尤不幸也。"(《石民四十集》卷十二《游记序》)这种集体反思的深自有得之言,表明明代文人对游记一体有着深刻体认,形成了突破游记文体成规的巨大冲动。袁宏道《题陈山人山水卷》云:"孔子曰:'知者乐水。'必溪涧而后知,是鱼鳖皆哲士也。又曰:'仁者乐山。'必峦壑而后仁,是猿猱皆至德也。唯于胸中之浩浩,与其至气之突兀,足与山水敌,故相遇则深相得,纵终身不遇,而精神未尝不往来也,是之谓真嗜也。"(《袁宏道集笺校》卷五十四)明前期对孔子乐山乐水之说最为推崇,袁宏道却一笔推翻,提倡个体的胸怀与真气。钟惺《玄览集诗序》中提出"玄对山水"理论:"古人有言,山水与神情相关。相关者何也？所谓方寸湛然、玄对山水者也。"(《隐秀轩集》卷十七)王思任则用"性情"来表述他的山水观："盖境物所遇，皆吾性情……夫游之情在高旷，而游之理在自然，山川与性情一见而洽，斯彼我之趣通。"(《王季重十种·游唤·石门》)山水与自我之趣相通，一切物境都是情境。正是在理论建构和对文体特征的深刻反思基础上，明代游记得以繁荣发展。

李日华《礼白岳记序》从游记文历史发展的角度对明代游记作了充分的论述和高度肯定："国朝贤士大夫之有胜情者，竟登临作赋为高，至迩日益甚。如李于鳞、汪伯玉、弇州、奉常、冯陶两司成、王太初、袁中郎、黄贞甫、曹能始诸君，大篇小牍，流满人间，可谓诗文兼善丘壑。"(《礼白岳记》卷首)王思任《南明纪游序》也说："记自柳子厚开，其言郁塞，山川似籍之而苦，吾何取焉？苏长公之疏畅，王履道之幽深，王元美之萧雅，李于麟之生险，袁中郎之峭隽，始各尽其记之妙。"(《王季重十种·杂序》)山水游记在表现手法上不外乎描写、叙述、抒情、议论四种，但明代游记在取材、造境、结构、语言上各呈新意，既有对自然山水作纯粹客体审美的观赏，又有对不同地域的地理、人文、古迹、风俗、物产的介绍、描写，也有对人与自然山水关系的主观审视，更有心灵主体对自然山水的投射，其描述重点虽在山水而其意旨却在展示人的精神境界，由此形成明代游记文的独特价值。

第一节　元明之际游记文

元明之际的游记文不多,其原因,首先如王祎所说:"自十五年来,兵燹荐罹,凡山水名胜之窟皆为荆棘虎狼之区,人迹所通,仅一二数而已。"(《王忠文集》卷五《庐山游记序》)其次,元明之际作家受理学影响很深,对山水之乐不复留意,甚至有轻慢之意。山水被视为人之玩好嗜欲,只有被视为进德修业之资时才有价值,如谢肃《吴游稿序》云:"其所以为游者,正欲以圣贤之道,资进修之益耳,岂徒藉乎山川风物以为觞咏娱嬉之适而止耶?"(《密庵集》卷七)山水之乐是外在的,他们更强调明道之乐,其内涵即孔子风乎舞雩之乐和濂溪庭前春草之乐,如宋讷《平远堂诗序》云:"若夫下平远堂,历平远地,云淡风轻,傍花随柳,以求明道之乐为乐可也。庭草交翠,嘲风弄月,以求濂溪之乐为乐可也。又有时以罗湖为沂水,以树木为舞雩揖冠者,将童子咏春风而归,以求曾皙之乐,然后平远之乐为真乐哉!"(《西隐集》卷六)主体精神得不到自由发挥,因此他们对自然山水之本身的兴趣并不大。即使游也强调游之乐要"不失乎其正",陶安《游龙鸣山记》云:"游之胜者,适其时可乐也,得其地尤可乐也。而所游又皆佳士,则所以宣其和,舒其郁,畅其心,而发其文者,盖乐焉而不失乎正也。"(《陶学士集》卷十七)这样的审美理念自然不太关注山水自身的美,写出的游记也以平易、典正为主,缺乏山水意趣。

元明之际诸家中,宋濂、刘基、高启的游记文成就较为突出。

宋濂(1310—1381)的《游钟山记》(《宋濂全集·潜溪后集》卷四),多考证性文字,考订详密,颇见功力,但并非炫耀学问,而是以此寄寓世事变迁的感慨,使文章显现出博大深厚的情感色彩。同时,写山中有虎之说及闻风而窜的狼狈,隐喻乱世情怀。末尾感叹道:

> 今求其遗迹,鸟没云散,多不知其处。唯见菟儿牧竖,跳啸于凄

> 风残照间,徒增人悲思!况人事往来,一日万变,达人大观,又何足深较。

在深沉的历史感慨中传达出深厚的历史理性精神。当然,宋濂也长于写景,如写登钟山顶所见:

> 大江如玉带横围,三山矶、白鹭洲皆可辨,天阙、芙蓉诸峰出没云际。鸡笼山下接落星涧,涧水潆潆流。玄武湖久已湮,三神山皆随风雨幻去。

宋濂的《五泄山水志》,以游踪为序,对五泄山水特别是水进行了描述,既有清丽之美,又有雄奇之壮,如:

> 泉自石窦中出,浏浏作声,若琴、若笙竽。泉西流,汇为小洼,莹澈泓澂,毫发不隐。鯈鱼数尾,洋洋往来,如行琉璃瓶中,见人至,潜去。(《宋濂全集·潜溪后集》卷七)

描写风姿摇荡,极为动人。

刘基(1311—1375)在自然山水中体悟到的是其"能使群动咸来依,有君子之德焉"和"泽又能及物"(《刘基集》卷三《活水源记》),属于典型的儒家比德观,展现了拯民济世的情怀。《活水源记》就是这种文章的代表,但文章只是在最后才简略地发表议论,全文以生动而精细的描写为主,如对活水源的描写:

> 其中有石蟹,大如钱;有小鲭鱼,色正黑,居石穴中,有水鼠,常来食之。其草多水松、菖蒲,有鸟大如鸲鹆,黑色而赤嘴,恒鸣其上,其音如竹鸡而滑。有二鹡鸰,恒从竹下中立石上,浴饮毕,鸣而去。予早春来时,方甚寒,诸水族皆隐不出,至是悉出。又有虫四五枚,皆大如小指,状如半莲子,终日旋转行水面,日照其背,色若紫水晶,不知

其何虫也。

这样的描写,绝有柳宗元山水游记之神韵。《松风阁记》(一)中未写松风之前,先铺叙自然万物之声:

> 雨、风、露、雷,皆出乎天。雨、露有形,物待以滋。雷无形而有声,惟风亦然。风不能自为声,附于物而有声,非若雷之怒号訇磕于虚无之中也。惟其附于物而为声,故其声一随于物,大小清浊,可喜可愕,悉随其物之形而生焉。土石屃赑,虽附之,不能为声。谷虚而大,其声雄以厉,水荡而柔,其声汹以豗,皆不得其中和,使人骇胆而惊心。故声独于草木为宜。而草木之中,叶之大者其声窒,叶之槁者其声悲,叶之柔者其声懦而不扬,是故宜于风者莫如松。(《刘基集》卷三)

《松风阁记》(二)中描写风之声也极尽能事:"有声如吹埙篪,如过雨,又如水激崖石。或如铁马驰骤,剑槊相磨戛。忽又作草虫鸣切切,乍大乍小,若远若近,莫可名状,听之者耳为之聪。"(《刘基集》卷三)句式变化多端,整齐之中复寓巧变,文脉贯通,一气呵成。连用五个比喻,也给文章平添了气势。

高启(1336—1373)的《游天平山记》作于至正二十二年(1362),以游踪为序,尤其是描写登天平山顶后超然飘举之态,写出了人在自然中的欣喜感受:

> 其上始平旷,坦石为地,拂石以坐,则见山之云浮浮,天之风飕飕,太湖之水渺乎其悠悠。予超乎若举,泊乎若休,然后知山之不负于兹游也。

文章结尾处作者忽然说出文章的主旨:

今天下板荡,十年之间,诸侯不能保其国,大夫士不能保其家,奔走离散于四方者多矣。而我与诸君蒙在上者之力,得安于田里,抚佳节之来临,登名山以眺望,举觞一醉,岂易得哉!恐盛衰之不常,离合之难保也。(《高太史凫藻集》卷一)

身处自然的欣喜和飘然与面对时局的动荡和前途不定的忧思形成鲜明对比。《游灵岩记》为陪饶介等人游山之作,于末尾处感叹道:"天于诡奇之地不多设,人于登临之乐不常遇。有其地而非其人,有其人而非其地,皆不足以尽夫游观之乐也。"(《高太史凫藻集》卷一)微有贬意,表现出乱世之中的清醒。

除上述三家外,贝琼《游山记》、《游殳山记》(《清江文集》卷一),胡翰《青霞洞天游记》(《胡仲子集》卷五),王祎《开先寺观瀑布记》、《游白鹿洞记》(《王忠文集》卷八),刘三吾《游灵谷寺记》(《坦斋刘先生文集》卷上),方孝孺《游清泉山记》(《逊志斋集》卷十六)等,也各有特色。这些游记文不仅长于以简洁笔墨写景,生动传神,且善于将景物与人合在一起写,表现浓重的历史理性精神和深切的现实关怀。同时,理学思想也渗入到人们的山水审美上,这一点在方孝孺身上表现得最为明显。他在《游清泉山记》一文中发论曰:"岂非高远者难悦于时俗,而卑近易至者乃为常情所喜乎?然人于高远诚得其奥美而乐之,则其乐有不可既者。世顾莫肯自至,而每用心于卑且近者,何也?以易至为足乐,岂天下之真乐也哉!"表现出从理学出发,对人们执着于"卑且近"世俗情感的贬斥。

第二节 明前期游记文

永乐以来,诸人皆循良,以职事为重,复以理学为权威,于自然山水之美鲜有留意,游记一体亦少有关涉。他们未出仕前,僻处一隅,不能游,胡广《赠曾教授序》云:"余生僻处一隅,常有志游于天下,为形迹所拘不能。"(《胡文穆公文集》卷二十)出仕之后,又为职事所限,也不能游,王直《胜景楼记》云:"及至京师,有职事之常,夙兴夜寐以自效。玉堂天上之贵,虽非区区江湖之远可比,然营职之暇,追思游览之胜,亦未尝不慨然慕其中。"(《抑庵文集》卷一)这种状况是明初的政治和文化背景及特定的士人心理造成的。王直甚至说:"山水之乐,固非奔走市朝者所能兼也。"(《抑庵文集》卷二《游武山记》)倪谦《送王景和还金陵序》也说:"予亦有好游之癖,然縻于职业,不能暂离。顷因使至恒阳,不久而返,未尝一骋眉睫以豁平生襟抱。"(《倪文僖集》卷十七)尽管有对自然山水之美的癖好,但仍强调以职事为重,这些观念直接影响并限制了他们对自然山水的欣赏。而且,他们强调的游又与盛世之乐联结在一起,表现出典型的台阁文学观念。如王直《胜景楼记》云:"夫常得山水之观者,不知乐之为乐也。惟涉险阻、限拘絷者,然后知之。今有常以垂老之年而当太平无事之日,得优游于此楼,以观景物之奇胜,岂可不知所自乐哉!"(《抑庵文集》卷一)章敞《游偁山记》(《明永乐甲申会魁礼部左侍郎会稽章公诗文集》),也强调"幸生太平"与得"江山之胜"的必然联系。而盛世之乐又与坚持职守紧密联系在一起,倪谦《江山好处亭记》在描写了登亭所见美景之后,忽发议论曰:"郡之江山信可乐矣,使为守者化未能敷于下,为民者政未能安于上,外有责于人,内有愧于己,则登斯亭也,触物兴怀,无非悲伤感慨之境,孰见其可为乐哉!"(《倪文僖集》卷十四)沿元末明初的儒学观念,人们对自然山水的欣赏也仅止于明道之乐。刘璟《玩雪轩记》云:"人以血气色食之躯,不能无情,由是而玩好嗜欲不能绝,亦其宜也。昧者纵欲贪沃,侈靡放逸,惟情之殉而不知止,乃有以其所欲丧其所以欲者,不思甚也。惟君子为能约之,故取寄于清淡无情之物,以为玩好,久则情与习一,私欲消而天理纯矣。孔子曰:'仁者乐山,智者乐水。'后之君子,有以爱莲、爱菊、爱梅,或取夫山川草木、日月风云之所感遇,得其萧放高致,忘宠辱,去系吝者,于以寓言玩好,亦将冀其与居之久,而吾之情与彼同也。"(《易斋集》卷下)这篇文章代表了以天理为核心的理学思想对人们的影响,山水之乐也属于情欲嗜好,故要通过对山水的赏爱消除私欲,使体悟到的天理更为纯正。

至于此期游记文的写作,也常常以游踪结构全文,比较生硬。同时,不擅长描写,遣词用字较平浅,写景乏善可陈。杨士奇(1365—1444)《游东山记》(《东里文集》卷一),记洪武二十八年(1395)游武昌东山,虽名为游记,但记人事多于写景,且写得较繁琐细碎,写景文字尚称简洁。《郊游记》作于永乐二十一年(1423)的一次郊游,写景处有云:

> 金山、玉泉、五华诸峰骈立天际,而霞采映射,如屏风叠帏,金碧辉焕。又濯濯如翠夫蕖,使人心目俱驰,而应接之不暇。按辔行七八里,乃折而南涉小硐。稍东,而弥望皆麦陇,麦始萌数寸。道旁居民咸莳蔬为业,沟塍畦畛甚整。(《东里文集》卷一)

这种描写完全是人的一种直观感受,文字处理较为清晰。胡广《游阳山记》(《胡文穆公文集》卷十),记永乐三年(1405)往视孝陵,文章平衍。王直《游武山记》(《抑庵文集》卷一),记永乐二十年(1422),以内艰服阙,游于泰和之武山,全文按游踪写来,行文舒缓,记行颇多,描写山水笔墨不多,行文清新自然。李时勉《中溪八景记》(《古廉文集》卷三),分别描写八处景物,位置、形态、传说、神话一一交待,并以极简单的笔墨写出了景物特征。

此外,李东阳有《游西山记》(《怀麓堂集》卷三十)、《山行记》(《怀麓堂集》卷六十九),写景文字不多,多记寺庙殿宇,而出之以言说,这正是明前期游记文的特点。吴宽《光福山游记》、《兴福寺记》(《家藏集》卷三十三),皆短篇体制,以简略的笔墨记述行程,尚称简洁可喜,但绝少景物描写。程敏政有《月河梵苑记》、《游九龙池记》、《游齐云岩记》(《篁墩文集》卷十三),杨守陈有《游招宝山记》(《杨文懿公文集》卷二),写景亦可称生动传神。这些游记文一般多是以游踪为序写景,整体结构平衍无奇,取景角度比较一般,或登高望远,或平眺山川,缺乏角度的变化。同时,对自然山水之美尚多停留在表面的欣赏上,主体精神与自然之美未能融为一体,只是以游客的身份观察山水,基本上外在于山水。他们常常在描写叙事之中加入议论的成分,仍然坚持理学化的山水观和歌颂盛世的态度,既欣赏山水之美,又时刻不忘加以规范,这在很大程度上限制了人们对自然之美的体验。而且这种议论往往比较生硬,无法与全文对自然山水的描述融为一体,完全出自某种理念,不是从自然山水中生发出来的。

此期游记文成就较高的是薛瑄、史鉴、沈周。

薛瑄(1389—1464)《游龙门记》是一篇气势宏大的文章,中云:

> 由东南麓穴岩构木,浮虚架水为栈道,盘曲而上。濒河有宽平地,可二三亩,多石少土。中有禹庙,宫曰明德,制极宏丽。进谒庭下,悚肃思德者久之。庭多青松奇木,根负土石,突走连结,枝叶疏密交荫,皮干苍劲偃蹇,形状毅然若壮夫,离立相持不相下。宫门西南,一石峰危出半流,步石磴,登绝顶。顶有临思阁,以风高不可木,甃甓为之。倚阁门俯视,大河奔湍,三面触激,石峰疑若摇振。北顾巨峡,丹崖翠壁,生云走雾,开阖晦明,倏忽万变。西则连山宛宛而去。东视大山,巍然与天浮。南望洪涛漫流,石洲沙渚,高原缺岸,烟村雾树,风帆浪舸,渺茫出没,太华、潼关、雍、豫诸山,仿佛见之。盖天下之奇观也。(《薛瑄全集》卷十八)

笔力雄健,气象博大。《中庸》有"载华岳而不重,振江河而不泄,万物载焉",薛瑄此文庶几可以当之。

史鉴(1434—1496)有一组游记(《西村集》卷七),记成化辛卯(1471)偕沈周等同游钱塘西湖之事,共10篇。整组游记按游踪写来,写景清嘉幽胜,意韵悠然,情与景会,令人乐而忘返。由于是一组游记,故文章可整体安排,变化多端,虽多以游踪为序,但时而写景,时而论世,时而忆旧,或

与人有约,或遇绝佳僧……如《记参寥泉鄂王墓飞来峰三》,写九里松:

> 云上则枝鬣偃盖,下则石凳夷洁,雨不沾衣,泥不涂足。每风自山顶下,则龙凤飞舞,翱翔霄汉,涛鼓籁鸣,淙铮铿鏓,响应山谷,如聆广乐洞庭之野也。

《记韬光庵三天竺寺四》:

> 其始由西北隅上,山路险峻,曲折蚰行。两傍皆涯,陡绝,数里中连属不断。嘉树美竹森其上,兔丝女萝之属,蔓延而罗生。枝荫交加,苍翠蒙密,日光漏木叶下,莹净如琉璃可爱。禽鸟人声近,辄飞鸣翔舞,若报客状。峰回路转,客或先行相失,望见树隙中微有人影,往往遥相呼应。遇会心处,则倚树而息,藉草而坐,悠然遐想者久之。起而行,行而止,犹徘徊不忍去。道中闻梵音,泠泠如金石出林杪,因徐步听之。久方及门,堂宇因山为高下,明净整洁,一尘不生。周围峰峦环抱,势极奥曲,窈然深秀。乳泉交流屋上下,随处充满,昼夜常如风雨声。老僧八九人,皆拥衲趺坐,闭目静观,客至不起。惟融庵主者出肃客,坐小轩中,焚香供茗果甚虔。复引客出屋后,见大竹数万。竹尽,西一小丘,高可数丈,攀援而登其上,望见西湖湛然在城下,南北两山绕湖,如双龙抱一银盘,晃漾不定,使人心目萧爽,神思飘逸,疑乘云御风,浮游于灝气上也。吁,快哉!

这段文字主要写景,沿游历顺序写来,变化多端,转折自如。景物与人物相互交融,清幽自然,声色并佳。《西湖记七》曾被节选改名为《晴雨霁三游西湖》,亦属佳作。

沈周(1427—1509)《游张公洞记》(《古今游名山记》卷四),亦按游程记述所经,但很善于铺垫,先写洞所在山之不奇,心甚易之。次写晚宿,雨声浪浪,心忧败事。早霁,乃游。随着入洞,愈下愈奇。其中描写洞中奇石一段尤为出色,文字清雅,描摹如画。

第三节 明中期游记文

明中期以来，山水游记取得了突破性进展，在作家的笔下，自然山水有了独立的生命，不再依附于儒家的比德说和道学的舞雩之乐。山水之乐不再为山林隐逸之士所独有，官员可以拥有，普通百姓也加入游玩的队伍。这一时期山水游记表现出两个特征：一是单篇游记佳作众多，代表作家有王鏊、蔡羽、祝允明、李梦阳、杨慎、顾璘、王慎中、王世贞、宗臣等，风格多样，新旧审美方式杂糅；二是出现了很多游记专集，代表作有都穆《游名山记》、乔宇《晋阳游记》、田汝成《西湖游览志》、董传策《奇游漫纪》等。

成化以来，人们对自然山水的态度始有变化，王鏊《文章》中一则写道："吾读柳子厚集，尤爱山水诸记。"（《震泽长语》卷下）他在《游名山记引》（《震泽集》卷十三）中慨叹，在位时由于职务关系不能畅游，告老归乡后却又因耄耋之年而不能游，但这种强烈的山水之好已逗露出某些态度的变化。都穆《鸿泥堂小稿序》记薛章宪："性嗜山水，尝遍游吴越以至齐鲁燕赵之墟，寻幽吊古，搜奇抉怪，惟用资以为文。"从中可以看出，人们对自然山水的爱好比以往要强烈得多。而同时，理学思想的影响仍很大，强调非只取一时之适乐，而更寄心于圣门之游，以内在的理学修养面对山水。蔡清《蔡文庄公集》卷三《江湖览胜后序》论游有内外之分，仍然以在内之游为尚，自然山水还属于低级层次；《清玩册序》以中庸之道论游之精神，不徒以超越世累为高，又以功成身退的态度对待自然。这与前面所论明初作家的态度相比，还是有很大不同，起码肯定了山水之乐，而且以不得山水之乐为憾。

王鏊（1450—1524）"少有四方之志"，他的游记写得气势宏阔，如《五湖记》先从大处着笔：

> 吴郡之西有巨浸焉，广三万六千顷，中有山七十二，襟带三州

(苏、湖、常也),东南诸水皆归焉。其最大者二:一自宁国、建康等处,入溧阳,迤逦至长塘湖,并润州、金坛、延陵、丹阳诸水,会于宜兴以入(今宁国、建康之水不由此矣);一自宣、歙、天目诸山,下杭之临安、余杭,湖之安吉、武康、长兴以入,而皆由吴江分流以入海。一名震泽,书所谓"震泽底定"是也;一名"具区",《周礼·职方》"扬州之薮曰具区",《山海经》"浮玉之山,北望具区"是也;一名"笠泽",《左传》"越伐吴,吴子御之笠泽"是也;一名"五湖",范蠡乘舟出五湖口,太史公登姑苏台望五湖是也。(《震泽集》卷十五)

这种写法大处着手,且所写皆非实际所见,类似于赋的铺排,而无其拖沓之弊,是其佳处。但省略了对自然景物的描写,亦是一憾。《七十二峰记》(《震泽集》卷十五)写法也是如此,将七十二峰一一以叙述语气写出,而不觉其琐细,非有笔力不可。

蔡羽(?—1541)有《洞庭记》(《名山胜概记》卷十),陶望龄《游洞庭山记》称此文:"朗峻高洁,可与柳宗元《永州》、李孝光《雁荡》诸文等伍。"(《陶文简公集》卷六)《游石湖记》写景较佳,如:

> 浮图之前,平展百余步,有亭其上,曰"望湖之亭"。于是石湖经其阳,梅湾出其背,左引灵崖,右带吴淞,不出十五里,林峦疏秀,水风清洁,生云之山,出泉之谷,咸会亭下。客始定,饮于亭而临观焉。夫治平深林,楞伽高山,入其深,搜玄钩僻,万化俱暝。登其高,心空目开,万象俱显于一日之游,而两极其情。四月竹脱节生花,草灌茂,玉膏出林,与泉俱香,服之已喝而神生。(《古今游名山记》卷四"齐云山")

蔡羽的游记有三长:一、长于写景,文笔清丽自然,诗意盎然,着笔不多,而能神情毕现;二、长于述程,记述游程是游记文的基本文体特征,但易流于枯涩,乏生动之致,蔡羽擅长以简洁的笔墨,将游程叙述得清晰简洁,且在叙述过程中表现人的情感,二者融合无间,洵为作手;三、长于叙次景物,游记写景如绘画,位置山水,构图设色必不可少,蔡羽往往能够状目前之景如在目前,无杂乱之弊,清雅可人,《消夏湾记》(《古今游名山记》卷四"齐云山")就是这样一篇佳作,文多不引。

祝允明(1461—1527)对自然山水有着敏锐的感觉能力,下笔亦能变幻如意。如《游罗浮记》云:

> 山色异甚,状亦绝诡奇。山横亘盘盘如巨屏,略无林樾,然而神气岋岋,若与天为徒。高处峰崖接次不断,下则杰石植建,或数枚,或数十百枚,各离立若士伍,鱼鹤不丛杂,犹将帅,犹卒徒,犹缨冕,犹王朝君臣公,司隶列侍,犹天仙道士临醮,俨其威仪,然玄皓毕章。危顶如飞云,麻姑、仙女诸名峰,朱陵、青霞诸洞,君子、通天诸岩,皆时睹一二,从者指说,乃得之,不暇按记历认也。近洞天下,乃是密林匝合,穿壁下仅通一径,稍诎曲,前后行者不相接见。又前为大池,荷满其中千万计,而花已过,巨叶如大车盖,微风鼓之,交舞摵摵,如玉石切磋之音。(《怀星堂集》卷二十一)

记述游程而能以个人的生命感受融入自然之中,比喻形象生动,读之犹睹其俨然之态,写景处清新自然,不精雕细琢,文字生动亦复如之。《游福昌超寺入佛殿后记》(《怀星堂集》卷二十二)则全以人的感受为主,写院中微风、静谧,传达出人在自然山水中身心娱乐的感受。而这些正是明前期游记文所缺乏的。

杨慎(1488—1559)虽在贬谪之中,但丝毫没有减少他对自然的感受力,对色彩的感受力尤为突出,且往往出之以清雅优美的语言。如《游点苍山记》云:

> 拄杖下北涧,渡石关,至鹤顶寺。松竹荫轩,洱波在席,相与趺坐酌酒。时夕阳已沉,西山缺处犹露日影,红黄一线,本细末宽,自山而下,直射洱波。僧曰:"此即鸳浦夕阳也。"余波皆碧,独此处日光涌金,时有鸳鸯群浴。今则网罟太密,此景时有时无,不常然也。……

北去四里,登鹤云寺,寺有仙女池、冲举石,相与坐啸久之。又北六里,至石云寺,沿溪而西,过独木桥,升宝华寺,其地多花,红紫翳翳丛薄中,忽从滴孔岩傍出见,不觉惊喜,拍手大笑,因此满尽醉。(《古今游名山记》卷十六"点苍山")

这样的文字即使在明后期也是十分突出的。

顾璘(1476—1545)对自然山水也持比德说,《游武夷记》云:

溯流而上,观大王峰,曰:"美哉壮乎!严而纾,镇而毅,矫而不回,可以观德矣。"观兜矛峰,曰:"武哉,恍恍乎弗可御,已进善,其足与乎观。"观铁障峰,曰:"二三子慎哉,障以防欲,惧其弗崇,障以弊心,锢将奚通。是故君子贵善用也。"(《顾华玉集·山中集》卷七)

但他的游记却并不以此为累,而是意趣十足。如《雨游花岩牛岭记》:

至日,晨风飒然,纤雨断续。余与锦衣徐君君叙,策马出郭门,径趋花岩,时避雨道旁农舍。比至寺,雨益急。侍御王君士招行后五里,假盖野人乃获至,衣尽沾湿。南昌守罗君质甫先宿方山别墅,泞不得至。时孔璋食具亦阻于途。予三人躢屩登夫容阁,高倚空际,云雾生自下方,疾风横过,开阖明晦,倏忽万状。木叶滴沥,涧泉落四壁,嘈然莫听人语。相顾叹曰:"霁游者安知此奇哉!"(《顾华玉集·息园存稿》文卷四)

王世贞(1526—1590)的游记颇具大家风范,虽尚缺乏明后期之灵变飘逸,但结构整饬,为文气势沉厚,形容曲尽,用语古雅,在明中期可称大家。如《游云门山记》:

东望青葱郁蒸,不别天地,其大海之气乎?西南连山亘带不尽,若斧劈,若剑锷,若驼,若狻猊,若率然者,吞吐云雾,与旭日相媚,晶

  莹玲珑,掩映霏叠,紫翠万状。下颅郡会,雉堞历历,雪宫之鸥,出没松柏,若翡翠之戏兰苕也。(《弇州山人四部稿》卷七十二)

没有走灵动一路,用字落墨,一笔不苟,气韵沉雄,具有独特的风格。《海游记》是一篇写海名文,中云:

  轻云蒙笼,风师不惊。文沦若縠,容裔滉漾,与天下上。俄而东南雄虹起,亘空若银桥,蜿蜒而下饮于海,惊流喷麤,玑贝万斛,飞跃注射,若五金之在熔,芒颖绚烂,眦触晴眩。已,徐徐缩入海。既久之,顾见鼍矶、大小竹诸岛,云气骤变,峰屿尽改,或断或续,或方或圆,或峻或衍,或英或坏,或陟或密,或堕或陈,或漫溰波浪,或斗插入汉,或为鸥,或为伏虬,为虎豹者不一。(《弇州山人四部稿》卷七十一)

生动的笔触传达出大海的宏大、变幻,色彩浓郁,气势逼人,句法整饬,而气韵生动。王世贞写景往往不求精细,如画用皴法,精神毕出。如《泛太湖游洞庭两山记》云:

  薄暮,抵石公,蹑磴而上,至其巅,憩焉。日且息虞渊矣,大于紫金钲,冉冉垂坠,仅余一线。回光射波,波尚为沸起,霞绡霓旌之属,麤于后者,半犹亘空。少选,月从东上,初为钩,俄忽为玦,为金钲,其色止黄,规不及日十之一,波得之,荡而为长灯,煜煜不定。返顾坞中,白练如昼,湖中外诸峰尽出,其猫鼠小岛,汩没不定。(《弇州山人四部稿》卷七十三)

笔墨酣畅,大气磅礴,妙喻迭出,描绘生动传神,不愧大家手笔。

  宗臣(1525—1560)的游记不只关注自然景物,更注意其中的人。如《游燕子矶记》云:

> 稍北,则所谓燕子矶者在焉。矶上有亭,更上又有亭,揭曰"俯江"。亭中群竖裸卧内风,恶之。辄走与沈君解衣坐矶上。是日西风稍稍微矣,白云扫空,万里一碧,西眺荆楚,东望海门,苍茫哉。把酒临流,相顾太息。(《宗子相集》卷十三)

写人鲜活生动,写景亦清劲有力。宗臣还有《游滴水岩记》、《登平远台记》,后文写于平倭之役时,有大段慨叹:

> 宗子于是仰而思,已俯而叹也。客曰:"夫何叹?"宗子曰:"嗟客乎,嗟客乎!客问其说,余恐客之投筯于地,而莫余饮也。夫闽者,岂非记所称'东南巨丽'哉?家缨弁,人诗礼,农嘻于畴,而商歌于途也。当是时而登厥台焉,高山大川,游云芳草,罔弗触吾目也,则罔弗快吾心也。今何时也,吾见兹台三驻军矣。客亦东眺大海乎,楼船组练隐隐起也;南睇于江,故里娖日濯锦漂絮其中者,今健儿饮马矣;西瞻乌石,盖有锻甲砺刃,鼓笳铙吹之声焉;北阚闾井,则父老子弟披戎执戈者,怨詻盈道也。且千里之内,亡者未葬,疮者未起,流者未归,系者未释,吾念之,吾不知汗之淫淫至于踵也。昔何以欢?今何以悲?昔何以靖?今何以扰,斯其故难言哉!"(《宗子相集》卷十三)

这种感慨和议论源于社会现实生活,借山水发泄出来,但又能不游离于山水之外,二者很洽切地融合在一起。

明中期还出现了大量的游记专集,这既是文人山水游兴盛的产物,也是山水游记繁荣的标志。

黄佐《游名山记序》称都穆(1458—1525)《游名山记》:"叙事曲畅,汇物分明,凡观览虽一夷一险,莫不铺叙详密,如在目前。"(《古今游名山记》卷首)如《京师西山上记》:

> 出城西北,行二十里,至青龙桥。其下民庐颇稠,花柳隐映水畴,东作方兴。予谓士选:"此何异于江南也?"折八里,经回龙庵,复折而

西,随行两僮足不及焉,与士选缓辔俟之。二里,抵西湖,湖中萍荇蒲藻,交青布绿,而野禽沙鸟翔泳于水光山色间,皆悠然自适。人言每盛夏荷开,云锦满湖,尤为清绝。(《古今游名山记》卷一《西苑》)

这段文字既叙述游程,又记述景物,而处置颇为恰当,加上文字清美,可称佳作。都穆对自然山水的感受也有独特之处,《游观音岩记》中有一大段议论:

午至岩下,其阳有阁,驾空百尺,冯阑而眺,江之形胜悉萃目前。舟楫往来,日过其下,俯可与语,诚亦奇矣。然予不能无感。夫江无心于舟楫也,而舟楫随之,憧憧往来,大率皆利名之人而隐者不与焉。人而曰隐,亦以身处江湖,爱其清旷而可乐也。今既专于往来之人,则江湖为利名之途,而尘坌交集,又何清旷之有哉!予是以知隐者之难得,而人心之易溺也。今以江言之,其涛浪之掀怒,龙鱼之出没,人鲜不惧,逐于利名者独易视之,以身试其不测,则江湖之险,虽能溺人之身,而利名之溺,又有甚于江湖者矣。(《古今游名山记》卷二《金陵》)

此段议论虽说不上多么深刻,但却源于作者个人的社会感受,完全发自内心,与前期游记文中以"理"、"道"为中心议论有着根本不同,此亦游记文变化的一个方面。

乔宇(1457—1524)尝宦游天下,"使事职业之暇,多游名山大川,以广其意。所至辄游,游辄搜奇剔幽,在记咏题名之属"(王世贞《弇州山人四部稿》卷六十七《少傅乔庄简公遗集序》)。《晋阳游记》是他的一部游记专集,对山西境内的重要风景名胜都有或详或略的介绍,全书以叙述为主,平易朴实。乔宇还有很多单篇游记,有的写景壮阔,登高望远,有周览天下的豪迈之情,如《游泰山记》:

是时天日光丽,碧汉万里,豁然四望,胸怀意广。见济南城东北华不注山,如小屋建于水上。俯观白云,英英渺渺,自山腰而出,冒于下方。北望京师,南瞰淮徐,西顾燕赵,东眺海上,以至于空峒丹穴、太平太蒙之际,诚天下之奇观也。(《古今游名山记》卷五《东岳泰山》)

又时有生动精细之笔,在客观描写景物的同时寄寓了游者的审美感受,如《游沂山记》。

田汝成(1503—1557)的《西湖游览志》以西湖名胜山水为纲,附录相关历史掌故、诸家题咏,其文学成就主要表现在对西湖山水名胜的简雅描绘上。如写飞来峰:

> 高不逾数十丈,而怪石森立,青苍玉削,若骇豹蹲狮,笔卓剑植,衡从偃仰,益玩益奇。上多异木,不假土壤,根生石外,矫若龙蛇,郁郁然丹葩翠蕤,蒙羃联络,冬夏常青。烟雨雪月,四景尤佳。(《西湖游览志》卷十《北山胜迹》)

简淡闲雅的笔墨恰与飞来峰之充满文人趣味的怪、异相谐调,如对盆景,可玩可赏。又如写登北高峰所见:

> 群山屏列,湖水镜净,云光倒垂,万象在下。渔舟歌舫,若鸥鸟出没烟波,远而益微,仅觇其影。西望罗刹江,匹练新濯,遥接海色,茫茫无际。郡城正值江湖之间,委蛇曲折,左右映带,屋宇鳞次,草木云蓊,郁郁葱葱,悉归眉睫。(《西湖游览志》卷十《北山胜迹》)

写出了城市与自然景观相融相汇的美妙景色,运笔自然简雅,如诗如画。田汝成的文字往往能够将简雅与绮丽、散体与骈体巧妙地结合在一起,造就了特殊的文人趣味,在明中期游记专集中最有特色。

嘉靖间,郑东白任金华知县,遍游四周名胜,写下很多游记,总名《金华游记》。如《游赤松山记》:

> 谓汪子曰:"此不可作曲水流觞耶?"因命从者下水堤石作洄湍屈

曲势,择平者杂布为坐,诸客各据一石,令小童取盘盏,酌酒置上游,溯流而下,稍泊其坐者饮之。从者旋进肴核,各错布诸石上。水中有小蟹如大钱者,间横行盘盏间,命童拾之,烹以供酒,亦一异品云。日渐夕,啼鸟喧树上,间杂歌吹。顷则从者秉烛至,或置水傍,或倚树上,交映水中,流动闪烁,酬酢酣畅,殆相忘于尘路矣。至夜分乃归。(《古今游名山记》卷十上《雁荡山》)

叙述简明,描写生动,行文优雅自然。

嘉靖后期,董传策(? —1579)上疏弹劾严嵩,被贬南宁,取苏东坡《谪儋耳渡海诗》"老死南荒吾不恨,兹游奇绝冠平生"之语,作《奇游漫纪》。他的游记不仅记景记事,还常在文章中发表议论。卷首《奇游漫纪自引》云:"或曰:'记者,记其事,子间出议论,谓体何?'曰:'古者记事、记言,体由人作。'虽然,余所谓漫云漫云,又岂敢规规乎文人家哉?"《奇游漫纪》的第一篇游记《发天津记》就逸出游记体,通篇以议论成文,其文曰:

或唁余曰:"子胡不玄同嘿嘿,自匹水德?彼且滔滔东逝也,知白守黑,子胡乃思结幽忧,迹涉悖直,动与蹇俱,言随患出。"余凭楹长啸而不答,既而自诧曰:"噫嘻乎!巧拙悬机,渊云殊趣,夫人臣者进思效忠,退思补过,吾方戴皇慈之旷罩,履夷游而式渡,又奚暇临津羡流,校方员于改错哉?"(《奇游漫纪》卷一)

无一字及于天津之景,而全在抒写贬谪之际的思想情怀。《太白楼游谈记》(《奇游漫纪》卷一)干脆直接名为"游谈",除了前面一段写景外,通篇重在论李白之狂傲豪迈,不得志于时。《渡宝应湖记》(《奇游漫纪》卷一)则记述渡湖遇风涛事,文末发表议论:"于以见风波虽险,而穿慈旷放之感亡论,士流好义,不为巨险所挠遏,即村妪一饭,固亦明主惠也。"《游金焦两山记》(《奇游漫纪》卷一)开篇写"入寺纵观,复循廊瞰江外,钟山诸胜宛如在目",接下来本该写景,但忽然宕开去,云:"余卑六朝之偏安,颂高皇之大烈,慨然有睹河洛而培丰芑之思焉。"又写第二天再游,入舟焦山,"山视金山殊大,其上僧寺幽闲,旁布田畴,更平旷,凭阑而瞰江洲,令人飘飘有物外之适",接下来则叙述三人作诗题壁,并联想到平倭事。

明中期以来,游记一体走出以理道观山水的写作模式,开始把游记的重心放在自然景物的描写上。但这种游记写法也遭到人们的怀疑,杨汝麟《奇游漫纪序》说:"今夫好游者,遇有名胜,辄掞词摘藻,非不人人能然,以余所观睹记,率多留连光景,凌虚驾实,而侈言无当。此其游即在丛壑中,与泉石为侣,而万无所裨益,人固病其达且放矣。"(《奇游漫纪》卷首)董传策的这部《奇游漫纪》可以视作是对这种风尚的反拨,但这又不是向宋代说理型山水游记的复归,他在《游山说》中提出形游、神游之说:

> 形游者,其游小;神游者,其游大。何以故?形游者,我形也,山形其形,又形也。如是则山之洵且都,泉之清,石之峙,日月星辰风雨露雷烟云之变现,江河之流,草木之零茂,禽鱼之下上飞跃,樵牧之倏往来,与其游侪之笑语起坐,并于我靡关涉。我形甚小,山甚大,山且游我,我其奚游山!夫惟神游则我神可为山,山之神又莫非我。我有真山,山我影也;我有真游,游吾托也。如是则山之洵且都,泉之清,石之峙,日月星辰风雨露雷烟云之变现,江河之流,草木之零茂,禽鱼之上下飞跃,樵牧之倏往来,与其游侪之笑语起坐,皆我化机之随在,靡穷息者。我神甚大,山甚小,游非游,不游亦游,故谓之我游山,山其曷能游我?(《奇游漫纪》卷七)

形游、神游的提出代表着明中期以来游记理论发展的新建树,是建立在对游记发展状况的概括和总结基础上的。而"形游"正是明代中期游记的自然感知和表达方式,从我们以上所举的文章中可以看出。而其所谓神游还远未达到化境,"山"与"我"还处于对峙状态,山水"皆随我之化机",而"我"之所关涉者又多历史、社会与人事的变迁,"山"为"我"之载体,未能达到自然与个体融合无间的状态。

这样游记所记甚多,凡古迹、梵刹、寺观、碑石、坟墓、题刻、传说、故事、名人行迹无不详加记载,于山水间景物记述更加详尽,几于一无遗漏,类似于山水志。实际上,这类游记就是由传统的地志改造而成的,有的还汇辑诗文以为参照。何镗《古今游名山记》中就辑录了大量的地志中的记游文字,如杨循吉有《金山杂志》,集中就选录了多篇。对此,明后期作家提出很多批评意见。江盈科《解脱集二序》指出:"夫近代文人纪游之作,无虑千数,大抵叙述山川、云水、亭榭、草木、古迹而已,若志乘然。"(《江盈科集·雪涛阁集》卷八)从游记写作角度看,这样的游记缺乏心灵与自然的融通,人在自然中固然不乏兴奋、感动,但与自然山水还是隔了一层。钟惺《玄览集序》赞云:"伏而读之,匪惟无车马气,并无牲璧气;匪惟无牲璧气,并无宫观气;匪惟无宫观气,并无泉石气;匪惟无泉石气,并无云霞气。玄之又玄,众妙之门,至哉!"(《隐秀轩集》卷十七)这是因为车马、牲璧、宫观杂入了过多的世俗景象,自然不是玄对山水,而泉石、云霞虽是自然物象,但又被赋予了太多的固定信息,因而也应该去除。故实满纸,只不过是数他人之财宝,没有真正的"游情"。姚希孟《读洞庭游记记》也指出:"今作记者大都取郡邑记载,简阅故实,甚则俚谈恶谑,亦入篇章,酒食奔趋,咸称韵事,以至考订失核,品题倒置,亡足怪者。"(《循沧集》卷一)同时,景物记述过多过密,也对阅读过程中的美感产生阻隔,慎蒙编辑《天下名山诸胜一览记》,编辑体例上有这样一条:"原集一记而文有三四篇,予细观之,大同小异,徒增繁冗。今故以一篇为主,其三篇中有一节,或诗或景,有所未及者,纂而归于一篇之中,删繁就简。"(《天下名山诸胜一览记》卷首)为什么会出现这样的问题呢?这是因为同写一景,都铺叙景物,记载故实,收录遗迹,而这些内容大都雷同,必然产生重复,读起来就没有新鲜感。尽管慎蒙删落别人文章,自己却又忍不住要为他人补充,可见这种写作方式影响之大。对此,后人的认识越来越清楚,清人吴秋士辑成《天下名山记钞》,其凡例中就说:"名山记不比《广舆》、《一统》诸书。盖彼贵方古名迹,在在不遗;此则游历所至,境与意会,人自为文。至赋颂诗歌,体裁各别,概置不录。若夫山程津逮尚有《山川指掌图》一书,嗣出以备观考。"(《天下名山记钞》卷首)指出《广舆志》、《一统志》不同于游记,与游记"境与意会,人自为文"的差异甚大,这就在理论上解决了地志、山水志与游记的文体区别。

第四节 明后期游记文

明后期文人游的形态和方式发生了明显的变化,袁中道曾说道:

> 家累逼迫,外缘应酬,熟客嬲扰,了无一息之闲,以此欲远游。一者,名胜山水,可以涤浣俗肠。二者,吴越间多精舍,可以安坐读书。三者,学问虽入信解,而悟力不深,见境生情,触途成滞处尚多;或遇名师胜友,借其雨露之润,胎骨所带习气,易于融化,比之降伏禁制,其功百倍。此予之所以不敢怀安也。(《珂雪斋集》卷十三《东游记一》)

文中"不敢怀安"四字正道出了晚明文人游的形态,他们更倾向于以一种变动不居的方式游观山水,流动而且充满变幻,从心所之,景亦随之。在这里,所谓"玄对山水"便不是一种玄静状态,而是流动的、变化的,心灵进入到超然状态,既随山水而动,又使山水因人而动,随境皆悟。

明后期游记还有着深厚的理论建树,它建立在人的山水精神基础之上,强调既非纯客观的描摹山水,也非借山水传达心中之郁塞,而是在自然山水之美与心灵的超越状态下,表达主客观融于一体的美感。郦道元、柳宗元、袁宏道代表了古今山水审美的三种精神类型:郦道元是纯客观的山水描摹,柳宗元借山水抒写心中抑郁之情,而袁宏道则以游山玩水为生命,将生命感受融入自然山水之中。王思任《南明纪游序》云:"记自柳子厚开,其言郁塞,山川似藉之而苦,吾何取焉?"(《王季重十种·杂序》)明后期文人已经不满足于柳宗元式的山水精神,他们所关注的不再是客观自然的描摹,而注意于人与自然相遇合之际的情感波动,即转而关注游记所传达的自然山水与主观心灵的交汇融合。江盈科《解脱集二序》:"中郎所叙佳山水,并其喜怒动静之性,无不描画如生。譬之写照,他人貌皮肤,君貌神情。"(《雪涛阁集》卷八)钟惺《玄览集诗序》:"古人有言,神情与山水相关。相关者,何也？所谓方寸湛然,玄对山水者也。"(《隐秀轩集》卷十七)所谓"神情"即如钟惺《黄贞父白门集序》中所说:"胸中一往悠然穆然,莫测其际者,亦不离山水文章而得之。"(《隐秀轩集》卷十七)这两段话是游记观念的核心论述,代表了明后期游记理论的最高点。"玄对"是以纯主观的心灵面对山水时的审美境界,因此凡是掺杂了世俗气的态度都是不可取的。王思任则用"性情"来表述他的山水观,《石门》云:"盖境物所遇,皆吾性情。……夫游之情在高旷,而游之理在自然,山川与性情一见而洽,斯彼我之趣通。"(《王季重十种·游唤》)山水与自我之趣相通,一切物境都是情境。宋彦《山行杂记》云:

若夫胸中廓然自能清恬闲旷,将无往不适,又何必适于山水？故凡待山水而适者,必其心先有所不适者也,以不适求适,何异于以八音娱耷,以五岳治瞽,安能定其致趣,得其情性情哉!

适与不适之辨抓住了山水审美的核心问题,即以什么样的精神状态面对和欣赏自然山水。如果心有所系累,即使面对山水也不会得到"清恬闲旷"之趣;如果心中适然,则将无往而不适,正不必借灵山水。当然他们也承认面对自然山水,人各有感,各种感情都是合理的,游于自然、赏观山水是一种特殊的美感和快乐,正是对这种快乐的追求,造就了晚明游记文的独特成就。王思任《纪游》甚至对游览的种种形态作了详尽的划分,有官游、士游、富游、穷游、老游、稚游、哄游、孤游、托游、便游、忙游、套游、持游、势游、买游、赊游、燥游、趁游、帮游、苦游、肤游、限游、浪游,他倡导的游"酌衷于数者之间,避所忌而趋所吉,释其回而增其美"(《王季重十种·游唤》)。这种快乐上升到道的层面就是"游道",如陶望龄《天目游记序》云:"夫游之为道,仁者暇,智者畅,勇者决,三德备焉,缺则无以为游。"(《陶文简公集》卷三)

在此基础上,明后期游记创作呈现空前繁荣的局面,并取得了突出成就。游记的写作不再是机械地以游踪为序描摹自然山水,而往往摹形与传神偕在,妙思与奇想并出,皆或尽情挥洒,纵意所之,或如清泉流泻,轻逸淡雅,或出以议论对话,或专致于写景,或以如椽巨笔,长篇巨制,或如淡墨写意,小巧自然。无论如何,都能于自然山水有形构神似之妙。

明代中后期之交的著名游记作家有屠隆、李维桢、王士性、王叔承等。这四位作家代表了这一时期游记的三种类型:屠隆是才气纵横型的,李维桢是学博才奥型的,二王则是游记专集式的。

屠隆(1542—1605)《三山志序》云:"标韵者可以济胜,抱奇者可以宣藻,立功者可以扼险,知道者可以观化。"(《白榆集》文卷一)就其游记而论,屠隆之作属于"抱奇者",间有"标韵者"之意。陆云龙《叙屠赤水先生小品》曰:"赤水先生东海肇灵,曙目廓腹,囊千秋而罗一世,珠玑逐唾,云霞入思,富而怪,与海不殊。"(《明人小品十六家·翠娱阁评选屠隆小品》)他的代表作品是《海览》一文,其中写海上日出一段尤为壮美:

> 五鼓,起观潮旭。初,黑气罩幕,窅窅莽莽,有若混沌未辟,莫辨四方上下。忽风起波涌,赤光迸出,横射万道。须臾,大火轮吐海底,海峰如赭,云霞紫翠,倏忽变幻,使人神悸精眩,散发狂叫。壮哉!咄咄天地,亦复好怪乃尔。

写海上行船一段铺排灵奇,富丽炫美:

> 遂乘孤航,浮渺茫,绝东行,鸟迅矢疾,瞬息千里。蜦蜃鳣鲸,衡波而跋浪;鹈蝴海凫,翔风而鸣雨;蛏蛤螺蚌,依沙而走穴;天吴川后,按节而扬旆。舟在大波中,蓬蓬天上,无处可著。顽洞砰湃,邈隔神州。(《鸿苞》卷四十六)

此文确实有"珠玑逐唾,云霞入思"之美。《三山游记》也是一篇奇文,屠隆本人并未游三山,而是代沙门钦义述其游历。虽未身历,而描述起来却如在目前:

> 巴江险急,清泚可鉴。其上群峰岸岭,往往刺天,两岸狭束,仅容一刀。水中乱石,谽谺怒张,利如锋刃。舟上行者,百丈牵挽,难于升天。下者建瓴跃矢,瞬息千里,弥远弥险。所历瞿塘、滟滪、白帝、黄陵、三峡之间,峰峦秀媚,草树蒙茸,乌啼猿啸,使人且喜且愕,神骨萧爽。(《明文海》卷三百五十七)

这样的写法非才思富艳者不能,想象力和语言能力弥补了未能亲历目击的缺憾,谁说山水不可以神游呢?

李维桢(1547—1626)的游记以记述游历过程为主,篇幅较长,所至处多写寺庙、名人遗迹,一路写来,景点颇多,给人以目不暇给之感。分段视之,未尝不佳,合而观之,则有琐碎之弊。如《太湖两洞庭游记》(《大泌山房集》卷六十六)一文中既有历史遗迹、传说辨析,也有登高望远的描写,单独看,未尝不佳,但全文类似处很多,读来便有堆金砌玉之感。陆云龙《李本宁太史小品叙》称他"富于学而善用,其所著述为卷百许,皆出经入史,熔古铸今……即寸浪尺溽,其论议点染,莫不罗今古极奇奥在,才可夺五花簪者,亦输其博"(《明人十六家小品·翠娱阁评选李维桢小品》)。学博才奥实际上限制山水游记的写作。当然他也长于写景,而且写得引人入胜,如《金陵城北三寺游记》(《大泌山房集》卷六十六)的一段,有近观,有远眺,有郊野景象,有神社填咽,笔触轻灵自在,颇得记述之妙。

王士性(1546—1598)生平好游,《嵩游记》云:"盖余少怀向子平之志,足迹欲遍五岳。"(《五岳游草》卷一《岳游上》)撰有《五岳游草》、《广志铎》等。他对"游"有着独到的见解,《五岳游草·自序》中揭出天游、神游、人游之不同,其快乐只在于"遇佳山水便游",达到生死可忘、吾我尽丧的境界。他的游记既有对自然山水的描摹,也有对自然物象的描勒,对山水景观历史的叙述,对风土人情、地理环境、宗教文化、物产交通的关注。这种体式是由地志发展而来的,是与纯粹文人游记不同的地方。他的游记数篇自为一组,前后相连。在写法上,往往依游踪为序,一路写来。每篇游记都附图一幅,其文有时描写稍嫌简略,笔墨数行而已,亦如其图。佳作如《游武林湖山六记》有云:

苏子瞻云:"天目之山,苕水出焉,龙飞凤舞,萃于临安。"则堪舆氏言也。临安胜以西湖为最,白傅之函,苏公之堤,唐宋以前,夫非潴溉地耶?南渡后山有塔院,岸有亭台,堤有花木,水有舸舫,阴晴不问,士女为群,猗舆白云之乡,遂专为歌舞之场矣。(《五岳游草》卷三《吴游上》)

将西湖的历史简单几笔就写出了。描写景物更为突出,如《桂海志续》写七星岩山半之栖霞洞,对溶洞的刻画形象生动:

过巳,则又黝然深黑,目力不能穷,高或十寻,阔或百。束炬照之,傍列万形。命黄冠一一指之,为象则卷鼻而卧,为狮则抱球而弄,为骆驼则长颈而鞍背,为湘山佛则合掌立,为布袋和尚则侧坐开口而胡卢。半为乳石,万古滴沥自成,巧于雕刻,如水精状;半乃真石,想其初亦乳结也。谁为为此,真造物之奇哉!其他如床如几,如晒网,如奕棋,如鱼如鸟,如佛手足,顾此失彼,不得尽瞩,亦不得而尽名之。风凛凛出峪间,虽傍烟炬尚寒慄。行稍远,则鸣钲鼓噪,恐有怪物逼也。(《五岳游草》卷七《滇粤游上》)

王叔承(1537—1601)一生纵游天下,几半中国,著有《吴越游编》、《荔子编》、《楚游编》、《岳游编》等。王叔承的游记专事于游,不及其他,几乎没有议论性文字。沿途写来,对每一处景点均加以描绘,观察细致,刻画精工。如《王叔承游金焦山记》写雄浑阔大之景:

又左右三四折数百步,至吞海亭,又上,则留云亭。亭立绝顶,所谓妙高峰也。东顾海门,南绝吴越上游,北襟淮扬,长江自岷、夔、湘、蠡涌天西来,分下山,足两岸,商舟万计,樯立如林,江山奇胜,飘然神爽。(《名山胜概记》卷八)

袁宏道(1568—1610)生性超迈,欲求超越一切障碍,获得生命解脱。

对他来说,为官束人,妻子缚人,闲居妨心,热闹伤性,而追求真性灵、真趣味都以摆脱这些束缚为基础。在自然中,他的灵性逸韵才能得以抒写,心灵才能获得超越。袁宏道代表明后期山水游记的最高成就,这在明人已有定评。这是因为他的游记表现出"文体的突破":一、完全打破了借山水以抒忧怀的格套,又不徒形描山水,而能真正写出胸中逸气与山水精神往来交融的状态,如他在《题陈山人山水卷》中所说:"胸中之浩浩,与其至气之突兀,足与山水敌,故相遇则深相得。纵终身不遇,而精神未尝不往来也。"(《袁宏道集笺校·未编稿》之二)情景相契,物我合一,达到了人与自然恰合无间的融合。二、写法上,抗拒一切规范和成法,自由抒写,不唯没有累述游程,亦无堆砌景物之病,复少有刻意的结构安排,纯以心运文,如风水相遭,随物赋形。语言上亦能流动圆转,不拘形迹,如其自言:"文章新奇,无定格式,只要发人所不能发,句法、字法、调法,一一从自己胸中流出,此真新奇也。"(《袁宏道集笺校·瓶花斋集》之十《答李元善》)三、袁宏道为文强调韵趣之美,不同于一般游记文中的自我表现,而着意于表现一种任形适性,与自然一体的韵趣。不论是名士雅趣,还是市井俗情,不论是狂歌大呼,得意忘形,还是悠然淡适,幽远恬静,都迥出于尘表之外。陆云龙评其文:"率真则性灵现,性灵现则趣生。即不受其一官束缚,正不蔽其趣,不抑其性灵处。……然趣近于谐,谐则韵欲其远,至欲其逸,意欲其妍,语不欲其沓拖,故予更有取于小品。"(《明人小品十六家·叙袁中郎先生小品》)韵、趣、率真、谐、妍都是其性灵的产物。王守谦云:"中郎韵高一世,而亦以文为戏……总是不受世法,超然尘外。"(《古今文评》)钱谦益也说袁宏道之文"横说竖说,心眼明而胆力放"(《列朝诗集小传》丁集中"袁稽勋宏道")。这两段文字正可移以评价他的游记。

如《鉴湖》:

> 鉴湖昔闻八百里,今无所谓游湖者。土人云:旧时湖在田上,今作海闸,湖尽为田矣。贺监池去陶家堰二三里,阔可百十顷,荒草绵茫如烟,蛙吹如哭。月夜泛舟于此,甚觉凄凉。醉中谓石篑:"尔狂不如季真,饮酒不如季真,独两眼差同耳。"石篑问故。余曰:"季真识谪

仙人,尔识袁中郎,眼诳不高欤?"四坐嘿然,心诽其颠。(《袁宏道集笺校·解脱集》之三)

面对历史沧桑,面对如烟如哭之景,作者将深沉的慨叹化为狂傲,其感慨可及,而其狂不可及,这正是袁中郎,高视自我,鄙睨凡俗。又如《雨后游六桥记》:

> 寒食后雨,予曰:"此雨为西湖洗红,当急与桃花作别,勿滞也。"午霁,偕友至第三桥,落花积地寸余,游人少,翻以为快。忽骑者纷而过,光晃衣,鲜丽倍常,诸友白其内皆去其表。少倦,卧地上饮,以面受花,多者浮,少者歌,以为乐。偶艇子出花间,呼之,乃寺僧载茶来者。各啜一杯,荡舟浩歌而返。(《袁宏道集笺校·解脱集》之三)

此文完全打破格套,名为游记,实则无一处专意写景,只写人在自然中的忘我之情,情出而景出矣。

表现市井风俗也是袁宏道所擅长的,如《虎丘》:

> 虎丘去城可七八里,其山无高岩邃壑,独以近城故,箫鼓楼船,无日无之。凡月之夜,花之晨,雪之夕,游人往来,纷错如织,而中秋为尤胜。每至是日,倾城阖户,连臂而至,衣冠士女,下迨蔀屋,莫不靓妆丽服,重茵累席,置酒交衢间。从千人石上至山门,栉比如鳞,檀板丘积,樽罍云泻,远而望之,如雁落平沙,霞铺江上,雷辊电霍,无得而状。(《袁宏道集笺校·锦帆集》之二)

这种热闹非凡的景象是城市生活的典型场景,作者不仅没有回避,反而以饶有兴致的笔墨,浓笔重绘,意有不足,又出之以一连串的比喻,生动鲜活。当然,他也长于写景,如《游满井记》:

> 于时冰皮始解,波色乍明,鳞浪层层,清澈见底,晶晶然如镜子之

> 新开,而冷光之乍出于匣也。山峦为晴雪所洗,娟然如拭,鲜妍明媚,如倩女之靧面,而髻鬟之始掠也。柳条将舒未舒,柔梢披风,麦田浅鬣寸许。游人虽未盛,泉而茗者,罍而歌者,红装而蹇者,亦时时有。风力虽尚劲,然徒步则汗出浃背。凡曝沙之鸟,呷浪之鳞,悠然自得,毛羽鳞鬣之间,皆有喜气。始知郊田之外,未始无春,而城居者未之知也。(《袁宏道集笺校·瓶花斋集》之五)

自然景物、人事活动与游者之心情跃然纸上,鲜活生动,笔力之高远在他人之上。

袁中道(1570—1624)有《西山十记》10篇,《东游记》31篇,《西山游后记》11篇,大多以游踪为次,描写山水胜景。各篇联缀成卷,分则各成一文,短小轻灵,翻卷自如,合则如长幅画卷,恢宏阔大。他对自然山水有着敏锐的把握能力,描述精细,惟妙惟肖,而又不流于繁复琐细,如《西山十记》四:

> 朱鱼万尾,匝池红酣,烁人目睛。日射清流,写影潭底,清慧可怜。或投饼于左,群赴于左,右亦如之,咀呷有声。然其跳达刺泼,游戏水上者,皆数寸鱼;其长尺许者,潜泳潭下,见食不赴,安闲宁寂,毋乃静躁关其老少耶?(《珂雪斋集》卷十二)

自柳宗元游记中写水中之鱼后,描写大多有相似之处,盖不能超越故也。此文则故意绕开,专致于写投食喂鱼,并引申出人之老少与性格静躁不同,戏笔成趣。又如《游太和记》:

> 大约太和山,一美丈夫也。从遇真至平台为趾,竹荫泉界,其径路最妍。从平台至紫霄为腹,谒云入汉,其杉桧最古。从紫霄至天门为臆,砂翠斑斓,以观山骨为最亲。从天门至天柱为颅,云奔雾驶,以穷山势为最远,此其躯干也。左降而得南崖,皴烟驳霞,以巧幻胜;又降而得五龙,分天隔日,以幽邃胜;又降而得玉虚宫,近村远林,以宽

旷胜,皆隶于山之左臂。右降而得三琼台,依山傍涧,以淹润胜;又降而过蜡烛涧,转石奔雷,以滂湃胜;又降而得玉虚岩,凌虚嵌空,以苍古胜,皆隶于山之右臂。合之,山之全体具焉。其余皆一发一甲,杂佩奢带类也。(《珂雪斋集》卷十六)

这段文字以"美丈夫"之喻统领,采用排比句式,以"从"字句、"降"字句写景物的变幻,没有铺叙游踪的繁碎,寓描写于叙述之中,体物既精,笔触又能传神。

袁中道游记还特别注重视觉、听觉、嗅觉等多方面的描绘,展现一种立体而生动的和谐。他这样描绘彩石洲上的石之异彩:

彩石洲去公安十里,州上石出异彩,往往隐现不常。近日始绵亘里许,灿烂水涯,大约如坡公所称怪石。或如玛瑙,或如玉,或如瑟瑟,或光亮如琉璃,或红黄透明如霞彩,或青绿隐见如山水云气,或如指螺纹,或如玳瑁,如刷丝。宋杜绾云:"松滋溪水出五色石子,正与真州玛瑙石不异。"公安去松滋不远,今此洲上石,似较胜之。往与伯修、中郎游洲上,伯修拾得数枚,一类雀卵,中分玄黄二色,一类圭,正青色,红纹数道,如秋天晚霞,又一枚,黑地有金彩,有山水人物。伯修初甚宝惜,后意阑,以赉予。南北旅游,斋头清供散佚,今遂不知所在。时水涨,微见其脊,凭舟轩骋望,一瞬已失之矣。(《珂雪斋集》卷十三《东游记》二)

短短不到300字的描述中,袁中道为我们展示了一幅五彩纷呈的彩石图:红黄,青绿,玄黄,黑底金彩,还有玛瑙、琉璃、玳瑁等物所暗示的色彩。将这众多的颜色组合在一起,却毫无纷乱粗俗之感,相反,袁中道以他独特的文人士大夫的审美情趣,——徐徐描绘,使得每一枚石子都被赋予了山水画般的意境,仿佛可以触摸到那种生动的气息。

在袁中道的游记小品中,巧妙的比喻可谓比比皆是,而且总是使用的恰当熨帖,自然而没有刻意雕琢的痕迹。形容声音,"大如旱雷,小如哀玉"(《珂雪斋集》卷十四《游石首绣林山记》);形容颜色,"如秋天,如晚岚"(《珂雪斋集》卷十五《游青溪记》);写绎山之石,"如屋覆,如偃盖,如走丸,如斧劈,如抵壁,如累棋,如马首,如巾敷几筵,如砌如累,如戏掷"(《珂雪斋集》卷十六《游绎山记》);写百泉之态,"如玉串上溅,踊而徐逝;如急雨乍至,跳珠走沫;如天星倒垂,动摇可摘;如游鱼吞浪,呷唼有声;如瀹茶将熟,蟹眼乱沸"(《珂雪斋集》卷十四《南归日记》)。大量博喻的运用,将山水不同侧面的特征做铺排式的展现,不仅有一种气势迎面而来,更增加了读者阅读时的想象空间,文章也因此而立体生动,摇曳多姿,仪态万千。

钟惺、谭元春的游记文虽不多,但大都是游记中的佳作。限于篇幅,本书只以谭元春(1586—1637)为例。《游玄岳记》、《游南岳记》以及乌龙潭三篇游记是谭元春的代表作。乌龙潭游记是一组系列游记,同写一个地点,而三篇写法不一样,《初游乌龙潭记》是概述,《再游乌龙潭记》是雨中游,《三游乌龙潭记》是月下游。其中《再游乌龙潭记》写得最好,先写对乌龙潭的想象,出之以六个"宜"字句:"潭宜澄,林映潭者宜静,筏宜稳,亭阁宜朗,七夕宜星河,七夕之客宜幽适无累。"笔调轻松优美,忽一转写暴风骤雨中的乌龙潭:

> 已而雨注下,客七人,姬六人,各持盖立幔中,湿透衣表。风雨一时到,潭不能主。姬惶恐求上,罗袜无所惜,客乃移席新轩。坐未定,雨飞自林端,盘旋不去,声落水上,不尽入潭,而如与潭击。雷忽震,姬人皆掩耳,欲匿至深处。电与雷相后先,申尤奇幻,光煜煜入水中,深入丈尺,而吸其波光以上于雨,作金银珠贝影,良久乃已。潭龙窟宅之内,危疑未释。(《谭元春集》卷二十)

其中有人的不同反应,有风雨时止的过程描述,有天色变化的氛围表现,生动的描摹表现出奇幻惊耸的风雨景象,写雨水和雷电一段尤奇警。谭元春的游记往往着意极细小的风景,显示出其心境之幽微和感受力的细致,因而总能在常人意想不到处给人新奇的感受。如《游玄岳记》:

> 过系马峰,忽一岩奇甚,连延数处。怪石与树与草与洞,若一心一手,彼隙则此充之。与王子复返其起处,详观焉。岩未穷即为仁威观,有落叶数十片,背正红,点桥前小池,若朱鱼乘空。过观十余里,桃李花与映山红盛开,如春;接叶浓荫,行人渴而憩,如夏;虫切切作促织吟,红叶委地,如秋;老槐古木,铁干虬蜷,叶不能即发,如冬。深山密径,真莫定其四时。有猿缀树间方自嬉,童仆呼于后,猿挂自若。
>
> (《谭元春集》卷二十)

写山岩连延,石树草洞充溢其间,喻为一心一手,想象奇特。对落叶的描述更为细致:其背为红,点缀于池中,"若朱鱼乘空",心意之悠然现于纸上。写山中景物变幻,用了四个"如"字句,排比之中有精细的描写,宛如四季变化,使人有身临其境之感。游记写景不免写目击直观之景,铺叙景物在作者看来是记叙之常态,而一旦落于纸上,对读者而言,毕竟隔了一层,描写过多则有目不能辨、心不能容之弊。谭元春的这种写法则将景物高度浓缩成人的审美感受,变幻叙说方式,传达了景物之美与灵心洞达之巧。

王思任(1574—1646)性喜山水,其山水游记虽受公安、竟陵的影响,但别辟一境,如陆云龙所评:"而其借灵山川者,又非山川开其性灵,先生直以片字镂其神,辟其奥,抉其幽,凿其险,秀色瑰奇,踞其颠矣。"(《明人小品十六家·王季重先生小品叙》)神、奥、幽、险四字,道出了王思任游记的特色,而非传统游记中的雄、淡、逸之美。如《天台》:

> 诘朝,由竹厨下,看幽溪,坐般若石,听浪春。扪一仄径,取圆通洞,三大石堆成,妙有天来,云听呼入,泉喉乱放,或直吼下如狮子作武,又或奏独笙,或击万鼓。攀罗上松风阁,顾瞻左壁,骨绣毛锦,灯公十丈宝莲舌,无庸导师,便便然灵文玄对,不可谓直蒲团上来也。去此三里许,一石跳地插天,欲往从之,茂草跋扈,遂别去。取旧岭上数里,望台邑,一方粗耳。俄有苍茛笋一枝,沉黑拔起山尾,是国清之塔矣。路眩陡不可舆,敕股健束,速向鞋底下取塔,取而益隔。旋十

数岭,一蹊俯千丈余,一道银布,从绝涧抛下,乃石梁小弱弟析居此,而日夜啼号者。马栗人寒,各不得语,亦不能转换回侧。稍延至容足地,塔出予马首,然后有"国清"也。(《王季重十种·游唤》)

这篇文章很能代表王思任游记神、奥、幽、险的特点。全文按游踪一路写来,但不觉其窒碍,因为作者写游程,全出之以景物的变化和人的感受,省略了过程的详尽交待,往往几句话就写清楚,绝不多费笔墨。写景极幽奥传神,出人意想之外,如"云听呼入,泉喉乱放",写云烟弥漫,水声彻耳,本是一般的景物,但在作者笔下却极奇异,用字幽怪奇险,用意亦复奇绝。"跳地插天"、"茂草跂扈"、"绝涧抛下"等,令人顿生幽奇之感,却极传神。写望见国清塔,心之向往只一句"救股健束,速向鞋底下取塔",喻想之奇与文字之奥幽令人称奇。如《天姥》:

> 从南明入台,山如肃笋根,又如旋螺项,渐深遂渐上。过桃墅,溪鸣树舞,白云绿坳,略有人间。饭斑竹岭,酒家胡当垆艳甚,桃花流水,胡麻正香,不意老山之中有此嫩妇。过会墅,入太平庵看竹,俱汲桶大,碧骨雨寒,而毛叶离褷,不啻云凤之尾。使吾家林得百十本,逃帻去褌其下,自不来俗物败人意也。行十里,望见天姥峰大丹郁起,至则野佛无家,化为废地,荒烟迷草,断碣难扪。农僧见人辄缩,不识李太白为何物,安可在痴人前说梦乎?山是桐柏门户,所谓"半壁见海"、"空中闻鸡",疑意其颠。上到石扇洞天,青崖白鹿,葛洪丹丘,俱在明昧之际。不知供奉何以神往?天台如天姥者,仅当儿孙内一魁父,焉能"势拔五岳掩赤城"耶?山灵有力,夤缘入供奉之梦,一梦而吟,一吟而天姥与天台遂争伯仲席。嗟呼!山哉!天哉!(《王季重十种·游唤》)

山、溪、云、竹、峰,作者以如椽妙笔,略经点染,便直呈眼前。这段文字之佳在意趣之美,作者游经山中,情思郁勃,见少妇则叹"不意老山之中有此嫩妇",见寺竹则思"逃帻去褌其下",见天姥峰更是妙想连绵,如水涌出,专作翻案文章。

此外,如《华盖》:"海雨在四五月间,如妇人之怒,易搆而难解;又如少年无行子,盟在耳门,须臾翻覆。""看山海云物忙甚,似六国征调百万军骑,分路战祖龙者。大江乃抽匣之剑,光彩陆离,然时时闪暗推磨,万顷不定。"《剡溪》:"万壑相招赴海,如群诸侯敲玉鸣裾。逼折久之,始得豁眼一放地步。"《仙岩》:"泉石之奇,皆泉石之聪明强有力所自致者。泉不安于泉,跃而为瀑布。"《雁荡》把雁荡山比喻为"造化小儿时所作者,事事俱是糖担中物;不然,则盘古前失存姓氏,大人家劫灰未尽之花园耳"。《东山》写云雾方开,旭日初生景象如"絮棉中埋数角黑幕",又似"是米癫浓墨压山头时也",一俗一雅两个比喻写尽日出景象,更进一步,又说"然不可使癫见,恐遂废其画"(《王季重十种·游唤》)。皆精彩迭出。

陈仁锡(1581—1636)好游,几于游遍天下,而且凡游必记,故游记文最多。据其自言,有一部分"游记失原稿",但仍存其目,如游台雁,其目如下:天台、断桥放光记、雁荡、台雁道中第一游、记宿、记像、博古、记碑塔殿桥、品人家、选树……这些列出来的题目就有数百十篇,可见陈仁锡极好游,也极好写游记。他的游记绝少平铺直叙,奇裁别出,而又能思奇而法正,如他所言:"倐奇倐正,佹虚佹实,敌虽对面,莫测吾奇正所在矣。"(《媚幽阁文娱·二续古今奇赏序》)亦如陆云龙所言:"聪明尽而人力显,悟境空而天机现,夫亦化之谓已。"(《明人小品十六家·陈明卿先生小品序》)写景偏能奇峭与潋滟并存,往往"笔有云烟,生机满纸"。游记中安排景物最难,平则流于写实,如镜头长时间推移,所费颇多,而效果不佳,奇则如镜头叠加,累累无尽,读者头昏目眩。陈仁锡的游记偏能跳荡起伏,灵动非常,景物经其灵心择选,一一毕现眼前。

《与僧说福胜石梁幽溪大龙湫五泄瀑记》是陈仁锡游记中的名篇,为多种选本选入。这篇游记是"与僧说",但通篇并无"僧"出现,而是直入瀑布。这种表现策略省去了过程交待与描述,五大瀑布并列而出,给人以强烈的冲击,不容遐思。当然这一切还需要"描声写色,谱其形容",写出各瀑之不同,各瀑之神髓。作者抓住各个瀑布的特点,可以说写得神髓毕出,精彩绝伦。如果说这还是本文一般性特点的话,本文最突出之处是景物描写的呈现方式,作者调动各种手法加以表现,写福胜时大量用典以写其磊砢怒气之态,写大龙湫则专表现瀑布悬空飞舞,写石梁则出之以对比,并以引诗写各种形态,写幽溪则从诗画之别异说起,极写其百湍争出,怪石、古木丛杂其中,写五泄则抓住其起自天末,乍起乍伏,层递而下。景物不是静止地呈现出来,而跳荡起来,奔趋笔下,呈露眼前。尤其是写石梁瀑布时,用了大量的"若曰"方式引诗为证,巧妙地将诗与文结合在一起,如:

> 若曰"两龙争鏊不知夜,一石横空岂度人",此为瀑委来源,树铿锵也。若曰"银汉倒垂双涧合,惊涛怒起万山空",此为瀑写峥嵘,形气概也。若曰"银河放溜黄牛峡,雪浪翻车白马津",此为瀑比顿挫,喻翻覆也。若曰"崖从瀑布声中断,桥自青山尽处连",此为瀑道汹涌,言冲突也。若曰"瀑流半作天边雨,片石全惊海上虹",此为瀑扬河润,赞霖霈也。若曰"石桥未到先闻瀑,盖竹初开别有天",此为瀑开堂皇,形广大也。若曰"翻湫何限不平气,津济苍生意蔼然",此为瀑举抱负,摅愤郁也。(《陈太史无梦园初集》江集一)

整齐一致的句式不仅没有造成压抑感,反而形成了一股动荡之气,漾动于文字之间。每幅画面都是单独呈现,镜头变换,数幅连动,产生了独特的艺术效果。每两句诗都构成一幅画面,散文则是对画面的简单解说,**两种不同的文字形式使不同的艺术感受交会在一起,形式独到,增强了表现效果。**

陈仁锡的《纪游》,开篇即笔势跳动,气象阔大,先写太史公书中记三山事,再写景物,虚处开端,实处落笔:

> 及登金之妙高台,焦之吸江亭,北固之三山楼,青冥落地,龙江无色。不知一片热世界,失在何处。玉兔为两,金乌作双。低回于明镜中,若远若近。而琳宫紫刹,飞廊舞磴,为之色矜。

而写景处则几于不留空隙,流动而出:

> 鸡五喔后,急奋策孤往,据绝顶最高处。细观云之往来凑合,度水入林,含崖吐谷,或白衣,或苍狗,或桥梁,或车盖,姿状万出,应接不暇。日始升,则回视日所瞩处,隐跃晦显,远近浓淡之奇,毕在林峦相错时。及返照,静看落鸦帆影,出没长江之致,不全在丹金五色为奇也。大雨后,短衣狼狈,趋乱壑重泉间观,水势不能直行,跃舞飞鸣,与山争奇于一隙之内。(《陈太史无梦园初集》江集一)

省却了游程叙述,景物之间全靠人的艺术感受把握并呈现出来,虽然景物密度很大,但并不觉其铺排。他能够发现并表现出景物的独特之处,并用其独到的艺术能力将其连系、拼接、剪辑起来,这是他的游记的特殊贡献。

陈仁锡描写景物,不是平铺直描,而是时有奇句异想涌出,如《天台第一游自仙筏桥至断桥下慈圣寺道乌溪岭入万年寺记》中有:"白云鸡犬,风铃水桥,半空笑语,泻为渊涧,则紫金而黝缘,矗立皆霞剪,处处飞花洞口。"写瀑从空中落下,本是平常之景,但他则能写出白云、水声、渊潭、石壁、洞口,且经他调适,组成一幅声色俱佳、物我融合的画面。又如"过岭,积石临流欲笑,未几,诸涧奔谷,居人捣蕨,树蓬石斛行路,皆龙孙一筏经过"(《陈太史无梦园初集》江集一),除了比喻奇特之外,这个句子将水流、路径、船筏以流动的姿态展现出来。《剡溪记》还有这样的句子:

> 小浦藏舟,绿树为家,遥闻声而思。想天工造此溪山,神慵意懒,涂抹成峰峦,唾余是波浪。

> 余方细听溪声落平田,而舟人已指点东山在数行松树间。

> 小桥听涧声暗度,一松和之。(《陈太史无梦园初集》江集一)

万历年间,游记名家很多,除上述几人外,游记文成就较高的还有黄汝亨、陶望龄、程嘉燧、曹学佺、李流芳、王衡等。

黄汝亨(1558—1626)于自然山水有形构神似之妙,如陆云龙所评:"据蓬莱而撷胜,泛梅槛而采芳,更吸清秀之气出之笔端,小小结构,自若枕冷泉聆其清吟,顾玉岑而来其润色。"(《明人小品十六家·翠娱阁评选黄汝亨小品》)游记之作最难得其形胜,传其精神,往往"法凝则神拙,神旷则法轶",黄汝亨的游记则能"法之所不得已而神生,神之所不得已而法生"(陈仁锡《陈太史无梦园初集》马集三《宛陵游草序》),意旨深厚而又清澄淡逸,语言清雅约洁,脉络渊邃。读其文,但觉清新之致,淡逸之思,澄彻于纸上。《天目游记》是他游天目山所写,记叙景物颇为详尽。此记亦为一部专门游记,按游踪而记,文中记叙景物之外,于各处古迹也有详细记录,与中期游记专集相同。但此部游记却能写得脉络渊邃,清雅可人,是其胜处。文中写景处极精简,雅意可人,如:

> 时月初起可俯,与落日光渐相迫,下视云气,横绝半空如带,横览四垂,则具区、苕霅、敬亭、白岳、严滩、富渚可眺而会,不知日之欲暮。

> 是时日方移午,晴晖翠色自峰际落,上参云汉,下俯群岫,争妍竞秀,秋爽都集。刚逢九日,高踞峰头,吟昔人"醉把茱萸"之句,因明宗师抚掌狂叫曰:"我辈百年有几?坐天目峰头,登高赋诗,如此会亦复有几?"遂相与赋一绝而下。(《寓林集》卷九)

《游麻姑诸山记》(《寓林集》卷九)写岑山一节极简省,但写景又极细致精雅。按游踪写来,但只简单交待游程,点到即止,决不过多牵扯。而写景处决不铺排,而是如画家取景设色,"幽淡毕呈"。虽循记游之一般方法,但处处不得已而变之,以作者之神融入山水之间,神法相生,可称佳作。

陶望龄(1562—1609)论文推崇才性之"偏至",但又强调绚烂之后归于平淡,这是他不同于袁氏兄弟的地方,故钱谦益说他的诗"清新自持"(《列朝诗集小传》丁集下"陶祭酒望龄")。表现为灵性毕现,而又能淡泊之中出入变化,简远淡逸之中寓浑厚博大,这些也正可以移以评价他的游记。《游洞庭山记》八篇是他的代表作,这一组游记避免了累述游程、铺列景点、罗列故实之弊,而选择了分述的方式,"夫一山之景,日有异观;一日之观,人有异趣",于是择其感受、情趣之不同,分为八篇。如一篇写洞庭山之花,写橘"数百晦间,殆无杂树。今岁特穰,初熟而未罄其观,盖可知君奭曰:人之咏是者'金子火珠,丹房翠苞',若是皆浼之耳,宜更求雅称者,而竟不能得。然世惟北人不识橘橙,苟识者而读吾记,其富丽晃耀之状,宁须一语,亦谁敢下一语邪?"并没有直接写橘,而引入一段讨论,笔法新特。其一篇写洞庭山水:

> 山水以相遇而胜,相敌而奇。长瀑大溪,介于瓯闽之山,细若绅带矣。江湖大壑中,虽有孤屿绝岛泛焉若沤,此有以相遇,而非有以相敌。善乎蔡升氏之言是山也:"以七十二峰之苍翠,矗立于三万六千顷之波涛,遍行天下,惟是有之。"信哉!遇矣敌矣,虽然,犹未也。予两日行山间,所适各一二十余里,皆平衍空旷,带以丛薄,林幽果香,石细泉响,径路萦绕,展策恣进。倏然放目,乃觉在巨浸中,人境四绝,始为之心悸,盖已忘其为湖也。及至消夏湾,高阁相比,家有程卓之赀,廛市之间,盛若通邑,并忘其山。斯又域内希绝之事矣。(《陶文简公集》卷六《游洞庭山记》其三)

文章先论后叙,写景文字不多,但极清新,其佳妙处在写其"忘",将景物之清旷,湖水之幽深,游人之物我两忘的境界写出来了。其一篇则专门写人,通篇无一写景处,专门写蔡羽的怪诞,其怪有三:

> 间斋,已处其中,缚藁为二大儒,令腰膝皆可屈折,系两旁室,朝课《易》,夕课《四书》,自为解,而置传注几旁。每开卷,便大垢曰:"某甲谬甚!"叱童子牵以来,跽而杖之。而置大镜南面,遇其著书得意,辄正衣冠,北面向镜,拜誉其影曰:"易洞先生,尔言何妙!吾今拜先生矣。"羽尤以善《易》自负,故称"易洞"也。(《陶文简公集》卷六《游洞庭山记》其八)

完全抛弃了按图索骥式的山水描述方式,而能够玄对山水,不论是写山水,还是写人,或议论,或描写,都出之以情语,简质渊雅,灵动而不佻巧。故姚希孟《读洞庭游记》云:"欲于按图之外,别开玄对,击节之下,自具赏音。情脉脉以酣恬,语超超而简贵,歇庵先生斯其最乎!"(《名山胜概记》卷四十三)

程嘉燧(1565—1643)游记清思如缕,流眄于山水之间,观察细,体悟深,行文渊雅沉静。因为善画,故取景如构图,远近错落,层次之间并不井然,而是融于一体,或深远,或平远,或高远。落笔如着墨,尤善于表现山水温润丰泽之貌,随手写来,如墨分五色,枯淡浓涩浮于纸上。如《临安至昌化》:

> 既雨,宿临安邸中。明发遂行,云气淋漓,衣袂皆润。至九州,山路缘崖,屈曲上下,小溪绕山足,苕溪亦相映带而稍远。俯察水涯,枫桎丛生,溪得雨乍涨,回萦林间。仰视崖树,宿雨滴沥。数里外人家,林木翳然,晨烟如缕,明灭远上,半入云雾。屡回不觉,旋至其地。又前为一泉山,有泉悬石上,旁有石磴,闻上有佛寺。山麓犬牙回互,水木益攒簇,至藻溪,遂入于潜境。水皆分流其中,聚为山市,散为远村,疏数出没,曲有异趣,凡若干里。道左临溪,故双溪之下流也。望见九里桥,山峦岑秀,松柏楛楠,蒙笼其上,人家倚薄其下。危桥浅河,马渡沙际,人行树间,暮色晻蔼,宛在画中。又一二里,抵于潜。明日,游观山,亭午始就道。时余沾醉舆中,胜概已失其十九。至罗岭,不其高峻,然有关踞其隘。其上逶迤,旁见林坞,其下陟狭,回俯县邑。山县无城,其大小不能当歙之聚落,然溪谷特回合,县东石桥亦壮。县隔南溪,小山岸崿,上有古刹,皆足寓目。薄暮独南行溪水,上观寺阁,复东渡石桥,读山下古碑。碑载县沿革甚详,惜好事者未尝至也,故记之。(《松圆偈庵集》卷上)

道路曲折,溪流萦回,云雾缭绕,景物起伏于前,复为云雾所障,如此景象恐不免扫兴。但在作者笔下却别具一番风味,独特的审美趣味与画家对色彩、形象、动态的敏感融而为一,一种湿润、飘拂感油然而生,读来确如文章所言"如在画中"。《余杭至临安山水记》也是这种写法,其中一段写道:

> 道逶迤隐起若堤,右平田,左陂泽,泽中多莲芰茎,陂皆临溪,田亦带山。沿陂多深松美筱。远山色若翠羽,时出松杪。稍前竹亦绵密,路屈曲竹中,如行甬道。竹光娟娟袭人,有沟水带之,或鸣或止,与竹声乱,鏦铮可听。(《松圆偈庵集》卷上)

构图如画,线条曲折,描写生动,复兼之以色彩之变化、远近浓淡之不同,水声、竹声更是传神之笔,但已在画外。这样的文字不仅令人有如临图画之感,其文字功力之高亦令人钦敬。

曹学佺(1574—1646)性喜游,亦好作游记,著有《蜀中名胜记》,是一部地志性质的专著。另有《游五夷记》、《游房山记》、《五岭记》、《阳朔山水记》等单篇游记。《阳朔山水记》第一部分是考订性质的文字,文中写乘船游阳朔时所见两岸景物:

> 又西十余里为犀潭,龙济、松江二桥水汇处有石穴云,犀所藏。岸旁细草如茸,呼曰"犀茸",可编而席。又二十里,而舟中忽如闻雷鼓者,亟启窗视之,则有飞泉涌自山椒,悬石百级,飞舞而下,如挂银河入于桂水。

写阳朔群峰连翠,绵延不绝:

> 群峰森耸,如楼如阙,如竿如旗,如阵将合,如战将溃者也,规之当在县南北,各二十里。间北至翠屏公馆,则如剧之将毕,眩之将收,看场人散,啧啧叹息,尚在喉吻。(《名山胜概记》卷四十三)

可见他也擅长写景,但由于是一部地志性质的专著,关注点多,故于景物只做简单勾勒,却也清新可喜。《游房山记》(《石仓文稿》卷三)写自京城至房山,再至石花洞、石经寺,路途之险峻。初入山,景无奇,一路铺垫,直至写洞中乳石,方达至高潮。没有采取边行边看式的写法,而是极写入洞艰行之状,然后才集中写钟乳石,对钟乳石的刻画生动精确,奇石众多,写来却不觉其繁杂,显示了高超的文字技巧。

李流芳(1575—1629)是一位性情恬淡的人,终其一生都在平淡恬雅中寻求、体悟生命的真谛,自然、艺术、诗文对他而言都是工具,是承载心灵的工具。而他恰好具有艺术家的才气,其画、其文都体现出超越凡俗的意境之美,而其中又充满了对人生变动不居的伤感,一切都把握得恰到好处。他将山水小品画的意味融入作品之中,读他的游记,如同面对一幅山水小景,流眄之间,意境全出。《白岳纪游序》对闲孟纪游"不尽得之于山水,而遇事辄发,纵横古今,其块礧骚屑之意,亦可以想见矣"(《檀园集》卷七),表示钦敬,但他的游记却绝不如是,小小结构,意与境皆淡雅幽静,无人间烟火气。如《游虎邱小记》先写中秋虎丘之秽杂可恨,而着笔于会心幽静之境:

> 予初十日到郡,连夜游虎邱,月色甚美,游人尚稀,风亭月榭间,以红粉笙歌一两队点缀,亦复不恶。然终不若山空人静,独往会心。尝秋夜与弱生坐钓月矶,昏黑无往来,时闻风铎,及佛灯隐现林杪而已。又今年春中,与无际舍侄偕访仲和于此。夜半,月出无人,相与跌坐石台,不复饮酒,亦不复谈,以静意对之,觉悠然欲与清景俱往也。生平过虎邱才两度,见虎邱本色耳。友人徐声远诗云:"独有岁寒好,偏宜夜半游。"真知其言哉!(《檀园集》卷八)

整篇文章写两次游虎丘,但并不以游历过程来结构,而以他对虎丘的幽静之美的感受为中心,将两次游历结构在一起。《游焦山小记》(《檀园集》卷八)纪程写景兼长,文中写景处只是简单勾勒,表面上全无结构,而其意趣之淡远、胸怀之超旷流淌而出。这种悠然淡远的意趣却并非孤寂,往往是在与知音朋友的游历中流泄而出,其拳拳之意、真挚之情令人难忘。如《游石湖小记》:

予往时三到石湖游,皆绝胜。乙亥,与方孺冒雨著屐,登山巅亭子,贳酒对饮,狂歌绝叫,见者争目摄之。去年,与孟阳、弱生、公虞寻梅到此,遍历治平僧舍,已登郊台,至上方绝顶,风日清美,人意颇适。九日,复来登高,以雨不果登,放舟湖中,见烟樯雨楫,杂沓而来,举酒对之,亦足乐也。是日秋爽,伯美舍弟辈俱有胜情,由薇村至上方,复从郊台、茶磨取径而下。路旁时有野花幽香,童子采撷盈把。落日,泊舟湖心,待月出,方命酒。孟阳、鲁生继至,方舟露坐剧饮,至夜半而还,盖十年无此乐矣。(《檀园集》卷八)

这种"乐"既是晤对山水之乐,又是知音同游之乐,面对美景心趣相同,给文章增添了一丝雅意与深情。

明后期游记又别有纤巧一派,王衡(1561—1609)可称为代表性人物。他的游记皆以游踪为序,沿路描写风景,结构较为单一,写景时有佳处。这种写法在明后期游记文中显得不那么突出,但不可否认这是游记基本的文体特征,且他的游记注重对景物的感受和表达能力的提升,个体的情感渐融入自然之中,不再游离于景物之外。同时,更能时发奇想,借以表现自我情感。《游香山记》可称代表作,作者一路写来,常有佳妙处,写月下场景极富诗意,文末忽发奇想:

大约西山之胜仿佛武林之西湖,逶迤不如而蒨润或过之。因与二三子作妄想:若斩荻芦,开陂隙以尽田荷花,至山膝而止。使十五小儿,锦衣画舸,唱江南采莲词,出没于白鸥碧浪之间。所在室庐必竹门板扉,与金碧相间出。而后结远道人为香山社主,乞青莲居士为玉泉酒家翁,吾老此可矣。(《缑山先生集》卷十)

《东门观桃花记》(《缑山先生集》卷十)则属于感情细腻型的,但流而至于纤细,想象奇特却趋于做作,语言流畅佻巧。文章先说吴人多伪为雅,尤喜兰菊竹松,然后写他对桃花的赏爱,寻花赏之。其中大段文字都写桃花之美,如:

> 花硕大且繁,中一绯色据水上者特异。长杨数章列池外,如伟丈夫,衣冠拱手而护少女子于内。桃花亦醉面垂垂,傍水洗妆,不轻见头额也。

而他对桃花的赏爱也到了极点,但流于轻巧:

> 饮树下,流连久之。顾日尚未晡,乃复信步寻花,其在水滨者,墙角桥畔者,菜花柳树丛中者,辄洒水施茵,曰:"与而延客。"或遇之矮墙檐下及坑堑灶突之间,则含酒满舌,噀之曰:"为汝浣衣。"

明后期有两部游记专书:一是徐宏祖《徐霞客游记》,一是刘侗《帝京景物略》,是地志类游记中的翘楚。

徐宏祖(1587—1641)的《徐霞客游记》被誉为"古今游记之最"(《牧斋初学集》卷七十一《徐霞客传》)。明人尚奇好异,在徐宏祖身上表现得最为突出,游历山川是其表现形式之一。他之游遍天下,即是"欲问奇于名山大川",时人也完全认同这一点,谓其为"搜奇"、"探奇"、"问奇"。奚又溥评云:"其笔意似子厚,其叙事类龙门。故其状山也,峰峦起伏,隐跃毫端;其状水也,源流曲折,轩腾纸上;其记遐陬僻壤,则计里分疆,了如指掌;其记空谷穷岩,则奇纵胜迹,灿若列星。凡在编者无不搜奇抉怪,吐韵标新,自成一家言。"(《徐霞客游记》卷十下《徐霞客游记序》)他善于描写山川的壮美,气势恢宏,如写雁荡山大龙湫:"轰然下捣潭中,岩势开张峭削,水无所着,腾空飘荡,顿令心目眩怖。"(《徐霞客游记》卷一上《游雁荡山日记》)写庐山瀑布:"一瀑从空飞坠,环映青紫,夭矫滉漾,亦一雄观。"(《徐霞客游记》卷一上《游庐山日记》)写俯瞰众山:"山北诸山,伏如聚蚁,匡湖洋洋山麓,长江带之,远及天际。"(《徐霞客游记》卷一上《游庐山日记》)写登保山所见:"碧崖之南,隔江石峰排列而起,横障南天,上分危岫,几坷巫山。下突轰崖,数逾匡老,于是扼江,而东之江流啮其北麓,怒涛翻壁,层岚倒影,赤壁、采矶失其壮丽矣。"(《徐霞客游记》卷三上《游粤西日记一》)他最擅长的是对山川景物作整体描述,如写都峤山:

  盖都峤之形,其峰北穹高顶,南分两胺,如垂臂直下,下兜成坞,而清塘一方,当其中焉。两胺石崖,皆重叠迥亘,上飞下嵌,若张吻裂唇。(《徐霞客游记》卷三《粤游日记二》)

简单几笔就写出都峤山的整体形貌,形象生动。同时,他还非常注意景物的结构层次,写出其错综变幻之美,能够以人的视觉为中心,将纷繁景物组合在一起,层次井然,画面优美,兼之声音效果,使人有如坐画屏、如对自然的感觉。徐霞客还长于以精细传神的笔墨传达自然之美,如写临安洞:

  其地东为三九,西为洞山,环坞一区。东西皆石峰嶙峋,黑如点漆,丹枫黄杏,翠竹青松,间错如绣,水之透壁而下者,洗石如雪。今虽久旱无溜,而黑崖白峡,处处如悬匹练,心甚异之。(《徐霞客游记》卷二上《浙江日记》)

石色、树色与水之流动交融在一起,而笔力复轻灵传神。他常用对比映衬手法写景,如:

  江流捣峡中愈骤,峡中石耸突而激湍,或以横槛以扼之,或为夹门以束之,或为龃龉,或为剑戟,或为犀象,或为鹭鸟,百态以极其拚击之势。而水终不为所阻,或跨而出之,或穿而过之,或挟而潆之,百状以尽超越之观。时沸流倾足下,大雨注头上,两崖夹身,一线透腋,转觉神王。(《徐霞客游记》卷八上《滇游日记八》)

作者这里写火石相斗的场景,而出之以铺排对比手法,相互映衬,蔚为壮观。写景多出之以骈词丽句,句式灵活多变,清雅畅丽。

  《帝京景物略》是一部介绍北京风土景物的专著,包括山川园林、名胜古迹以及岁时风俗等。方逢年序说此书由于奕正采辑事实,周损采辑诗歌,刘侗(约1593—约1636)执笔为文。《明诗纪事》引曹溶《静惕堂集》曰:"同人以文体矜奇,为学使置下等,愤懑入太学,连举乡、会试。留都亭日,与于司直共辑《帝京景物略》,文笔诡异,盖亦服习竟陵派者。"(《明诗纪事》辛籤卷二十)可知这部书的特点正在其文字之"诡异",如《三圣庵》:

> 德胜门东,水田数百亩,洫沟浍川上,堤柳行植,与畦中秧稻,分露同烟。春绿到夏,夏黄到秋,都人望有时,望绿浅深,为春事浅深,望黄浅深,又为秋事浅深。望际,闻歌有时:春插秧歌,声疾以欲;夏桔槔水歌,声哀以啭;秋合酺赛社之乐歌,声哗以嬉。然不有秋也,岁不辄闻也。有台而亭之,以极望,以迟所闻者。三圣庵,背水田庵焉。门前古木四,为近水也,柯如青铜亭亭。台,庵之西。台下亩,方广如庵,豆有棚,瓜有架,绿且黄也,外与稻杨同候。台下亭,曰观稻。观不直稻也,畦陇之方方,梵宇之厂厂,雉堞之凸凸,皆观之。(《帝京景物略》卷一)

用极简省奇诡的句子将景与事合写,这样的笔法佳处"序致冷隽",恶处则"诡俊纤巧"(《四库全书总目》卷七十七),的确有一种特殊的风味。又如《水尽头》:

> 观音石阁而西,皆溪,溪皆泉之委,皆石,石皆壁之余。其南岸皆竹,竹皆溪周而石倚之。燕故难竹,至此林林亩亩。竹杖始枝,笋丈犹箨,竹粉生于节,笋梢出于林,根鞭出于篱,孙大于母。过隆教寺而又西,闻泉声,泉流长而声短焉,下流平也。花者,渠泉而役乎花,竹者,渠泉而役乎竹,不暇声也。花竹未役,泉犹石泉矣。石罅乱流,众声渐渐,人踏石过,水珠渐衣。小鱼折折石缝间,闻跫音则伏。于苴于沙,杂花水藻,山僧园叟不能名之,草至不可族。客乃斗以花,采采百步耳,互出,半不同者。然春之花,尚不敌秋之柿叶,叶紫紫,实丹丹,风日流美,晓树满星,夕野皆火。(《帝京景物略》卷六)

这样的描写方式和采用的句子读起来确实拗口,打破了一般的语句顺序,重新组合,以达到突出景物特征的目的。同时,又出之以排比,造成特殊

的文势。然也有文笔清丽自然之文,如《高梁桥》:

> 水从玉泉来,三十里,至桥下,荇尾靡波,鱼头接流。夹岸高柳,丝丝到水。绿树绀宇,酒旗亭台,广亩小池,荫爽交匝。岁清明,桃柳当候,岸草遍矣。

刘侗不仅长于写景,也长于写市井风俗,同文中写道:

> 都人踏青高梁桥,舆者则骞,骑者则驰,骞驱徒步,既有挈携,至则棚席幕青,毡地藉草,骄妓勤优,和剧争巧。厥有扒竿、觔斗、唖喇、筒子、马弹解数、烟火水嬉。扒竿者,立竿三丈,躶而缘其顶,舒臂按竿,通体空立移时也。受竿以腹,而项手足张,转轮移时也。唧竿,身平横空,如地之伏,手不握,足无垂也。背竿,髁夹之,则合其掌,拜起于空者数也。盖倒身忽下,如飞鸟堕。(《帝京景物略》卷五)

这种特殊的笔法能够描画如真,极其简明生动地写出了扒竿的各种动作,具有鲜明的语言风格。

明代游记文的压轴作家是张岱(1597—1689),他的《陶庵梦忆》、《西湖梦寻》开创了山水游记的新境界。在体例上,《陶庵梦忆》更接近自南宋以来形成的"梦忆体",通过对晚明社会生活的描述,展现了广阔的社会内容。尽管这部书不是一部纯粹的游记,但却是对游记体的成功拓展,其中不乏对自然山水的描写和对社会风俗的描绘。张岱早年"极爱繁华",于一切人间乐事无不赏受,而亡国之后,风流散尽,颓然老矣。故于梦中寻旧迹,充满了黍离之悲,在感性、细致的描述之中隐露出深沉的悲痛,寸心经营,却又不着痕迹,"其一种空灵晶映之气,寻其笔墨又一无所有"(祁豸佳《西湖梦寻序》,《西湖梦寻》卷首);同时又能"梦所故有,其梦也真"(《西湖梦寻》卷首《自序》),不论是写景物还是忆故旧,不论是叙风物还是寓心意,都宛如当时,如在目前,在梦幻与真实之间流动,造就了一种亦幻亦真,真幻一体的独特叙述模式。祁豸佳评其文曰:"有郦道元之奥博,有刘

377

同人之生辣,有袁中郎之倩丽,有王季重之诙谐。"

张岱的记游文有一个与晚明游记绝大不同的特点,就是其视点的变换。晚明游记多以个体的感受为中心展开,写物我之交通,"我"是中心。而张岱的文字则很少从个人出发,而是以独特的视角去表现世界,表现自然与社会中的世态百相,很少将自我放大,而是将自我性情隐含在文字之中,这使他获得了一个广阔的空间,开拓了游记文的新天地。这个空间就是祁豸佳说的"空灵晶映",融万有于一心,以一心应万物,于是百物腾跃,万象纷然。其文字亦能自由挥洒,运于一心,或奥博,或生辣,或倩丽,或诙谐,妙于造境,如在目前,长于点染,性灵自出。时出之以议论,又能别出手眼;常以冷眼观世,却能热心体物。如《湖心亭看雪》:

　　崇祯五年十二月,余往西湖,大雪三日,湖中人鸟声俱绝。是日,更定矣,余拏一小舟,拥毳衣炉火,独往湖心亭看雪。雾凇沆砀,天与云与山与水,上下一白。湖上影子,惟长堤一痕,湖心亭一点,与余舟一芥,舟中人两三粒而已。(《陶庵梦忆》卷三)

仿佛一幅水墨山水,笔墨简省到了极点,空寂之中却又透露出生命的欢快。"空灵"之美是张岱所钟,他人关注的是繁华热闹,他则只取清幽淡远之美,如《冷泉亭》:

　　丹垣绿树,翳映阴森。亭对峭壁,一泓泠然,凄清入耳。亭后西栗十余株,大皆合抱,冷飔暗樾,遍体清凉。(《西湖梦寻》卷二)

这种文人趣味在明后期游记中普遍存在,在他则无复空寂清冷式的孤高,而与山水打成一片,形成了"空灵晶映之气"。

第十一章　明代赠序文

古人有临别赠言的习尚，林弼云："古人于离别最钟情焉，盖相聚之殷，一旦相分袂以去，亲友者眷恋踟蹰，不忍相舍，其为情良苦矣。故临歧之际，必有所赠，以将其意。"(《材登州集》卷十四《云山惜别图序》)临别赠诗，起源很早，刘基《送章三益之龙泉序》云："古之人有行，则歌诗以送之，其来远矣。故《烝民》所以饯山甫，《崧高》所以赠申伯，皆褒述其德行，以勉其勋业。非若后世伤离悼别，流连杯酒，以摅其儿女子之情态也。"(《刘基集》卷二)李梦阳《秦君饯送诗序》："夫学者称饯送率于《诗》，尚矣。然《烝民》首列乎《崧高》，《韩奕》亦曰奕奕梁山，此何哉？盖诗者，感物造端者也。"(《空同集》卷五十二)赠文也是一种赠别的方式，黄福《送石大参考绩别图序》："凡人有远行，相与者必有礼以送之。台聘氏于宣父以言，宋人于邹，轲以金，武于松陵有诗，愈于愿有文，假财将敬，用辞寓情，所予虽殊，为礼则一而已矣。"(《黄忠宣公文集》卷一)古人于临别之际不仅赠诗、赠文，且有绘而图之者，陆深《龙江春远诗序》："凡人之情有别也必歆艳之，必期待之，爱慕之，甚至悲之、恨之、攀留之，又跂望之不已焉。士大夫之能言者乃从而写其歆艳、期待、爱慕、悲恨、攀留、跂望之意而歌诗之，颂之讽之。下至画史则图其事与其供帐、冠裳、车马、山川、风物之致，以比于声诗焉。"(《俨山集》卷四十七)赠序文由诗序演变而来，至唐初，多以序名，皆用骈俪之句，不脱六朝气习。中唐以来，赠序盛行，韩愈集中所收赠序多达三十四篇，成为这一文体的典范。宋元以来，赠序文成为最流行的文体，诸家集中赠序文都占很大比例。

古文定于一尊以来，文章的实用性与抒情性没有区隔开来，故赠序文便天然具有实用性特征,也有着很强的抒情性。从文体特征来看,赠序之体有二,一曰议论,二曰叙事(《文章辨体序说》),或先叙后议,或先议后叙,更有在这两种基本结构基础上的夹叙夹议,而抒情孕于其中,议论占主导。从赠言内容上看,其体亦有二,宋讷云:"予尝观韩文公送人诸序,有规体,有祝体。"(《西隐集》卷六)所谓"规体",是说赠序文的规劝性质,丘濬《赠段可久宰福山序》谈及赠序文写作时曾说:"慕古人赠处之义,方将有所规焉。"(《重编琼台稿》卷十三)张宁《书赠言卷后》:"赠者,有增于人之谓也,虽与之而无增于人,何以赠为?"(《方洲集》卷二十)虽为实用,但其要在"规",在"增"。赠序文中,祝辞也是必不可少的,马中锡《赠李明府汝弼序》说当时众人送行文字皆"勉以入为台郎,至形诸笔舌,率皆谀词而少规讽"(《明文海》卷二百八十)。对赠序文体的描述以邵经邦的表述最为全面,兹引于下:

> 夫别也者,别(原注:入声)也,将以暌迹央,道旷谊,远心后时,故君子惜焉。迹存乎遇者也,道约乎中者也,谊协乎共者也,心存乎久者也,时昭乎变者也,情合而后遇,德资而后衷,职修而后共,信敦而后久,景著而后变,故君子重焉。而不系之词,是轻其重也,不爱其所惜也,君子胡取焉。是故以言乎其遇也,其词胏以复,迩以密,以言乎其衷也;其词闲以则,绮以饬,以言乎其德也;其辞核而张,华而扬,以言乎其共也;其辞和而无忒,熙熙而咸绩,以言乎其久也;其辞微而洽,卒始而咸若书庵子之所晋懋矣。(《弘艺录》卷二十一《虎林别意诗序》)

吴讷《文章辨体序说》:"近世应用,惟赠序为盛。"(《文章辨体序说》)黄宗羲曾说古文道熄是由于应酬之作不能免,应用最广者有一,其一即"升迁贺序,假时贵之官阶,多门客为之"(《南雷诗文集上·寿序类》,《黄宗羲全集》)。赠序可用于多种场合,或赴官上任,或职满考绩,或转调贬谪,或选贡入京,或师友离别,或转徙他方,因此成为最流行的文体。也包括致仕家居,方鹏《两京赠言序》为致仕宫保白楼先生吴公辑录"两京士大夫赠遗诸作"(《矫亭存稿》卷三)而作,可见赠序应用之广。明人求作赠序文以壮行色,以便交游,或自我表彰,或制造舆论之举,非常普遍。曾异撰《送林守一重游吴越序》有云:"今世之所谓游者,我知之矣。其卑卑曳裾者无论,高者挟一策一卷往而师一先生,谒当世大人数辈,归而索赠言十数通,评文满纸,嘐嘐然揭揭然,建旗鼓而号于人曰:某吾师也,某吾友也。今世之所谓游者如斯而已矣。"(《明文海》卷二百九十六)并且逐渐形成了写作市场,叶盛说:"三五年前,翰林名人送行文一首,润笔银二三钱可求,事变后文价顿高,非五钱一两不敢请,迄今犹然,此莫可晓也。"(《水东日记》卷一"翰林文字润笔"条)有些人专以写作赠序文知名当时,郭维藩《明故中宪大夫太常寺少卿兼翰林院侍读学士杏东郭先生暨配胡宜人合葬墓志铭》:"先生居院中清逸寡营,行坐手一书,诵读不辍,一时公卿台省遇有朝谒迁代,辄束币诣先生购赠言,先生搦管应,各极情致,得先生一言者,即士林传布以为荣。"(《杏东先生文集》卷首)

赠序写作的弊端表现为:一、强作议论,没有真正的见解与感受,应酬杂凑成文。吴讷:"不顾文辞题意,概以场屋经训性理之说,施诸诗赋及赠送杂作之中。"(《文章辨体凡例》)二、相题作文,同一套手法可用于任何送行场景,如王维桢《送柳滨先生赴平凉苑马寺序》送柳滨先生赴任,就直说:"王生钦之贺之,以先生综马,即说马为赠。"(《王氏存笥稿》卷二)三、赠序往往应人之请而作,故多谀词套话,刘基曾批判这种风气:"予惟今之人类多喜谀,心窃非之。夫求言于人而得谀,不如勿求,与人言而进以谀,是不以贤人君子待其人,不恭莫大焉。"(《刘基集》卷二《送海宁尹知州之官序》))他们甚至为素未谋面的人作序以赠,顾大韶《赠李颙所序》有云:"今之卖文为活者,大抵寄目于吾之耳,托笔于人之舌,以美德为公器,以谀词为羁靮,千里赠言,一面未卜,虽赞叹之语满堂,祝颂之章充栋,举其事而质之主人,主人不受;掩其姓名以示邻里,邻里亦不知为何许人也。"(《明文海》卷二百八十四)这些美德谀词逐渐成为"套语",袁宏道《与张幼于》即指出:"如今送富贾则曰侠,送知县则曰河阳、彭泽,此套语也。"(《袁宏道集笺校》卷十一)这种"套语"不仅出现在赠序文中,其他文体中也很常见,其例如李攀龙《张隐君传略》:"(张隐君)家世服贾……而少年附之,辄争为用。属有天幸,斗智智胜,争时时会。由是兄滂、弟津以儒术起,而隐君用侠闻矣。"(《沧溟先生集》卷二十)王世贞《吴汝义诗小引》:"不佞尝读徐吏部学谟著汝义事状,谓以侠烈贾隐江淮间。"(《弇州山人四部稿》卷六十九)

  明代赠序文作品众多,作家甚广,几乎没有一个作家不写赠序文,而且明人文集中赠序的数量要远高于其他文体。他们在唐宋赠序文的基础上,求新求变,风格多样,很多作家形成了独特的风格。从内容上看,一方面表现出深厚的现实关怀,反映了广阔的社会生活,涉及重大社会问题;另一方面,也将他们的情感充分表现出来,或博大深厚,或细腻委婉,或悲慨沉痛,或寄悲凉于嬉笑怒骂。在漫长的历史长河中,明代赠序文在不同时代有不同的写作风尚,特点鲜明。元明之际的赠序平实醇厚,悲慨激昂;明初赠序文整体上平易通达,蔼然仁义之言;明中叶是一个多变的时期,最能体现明代文学求变的特征,或慷慨激昂,或博大深厚,或关注时政,或崇尚真情,一气贯注,颇有见地,同时,赠序文受复古思潮影响很大,所作赠序古风盛行,其佳作不减唐宋;明后期赠序文则表现为别出手眼,不拘格套,且能于常事常理中发现问题,敢于直言不讳。

第一节　元明之际赠序文

元末明初作家大都有儒者醇雅气象,为文亦一遵故辙,这决定了明初赠序文平实醇厚的风格特征。另外,他们经历了战乱频仍的年代,又处在明初专制暴政之中,有着特殊的文化心态,决定了元末明初赠序文又具有慷慨悲凉的创作特色。元明之际为人称道的赠序文作家有宋濂、苏伯衡、刘基、赵汸、王袆、方孝孺等。

宋濂(1310—1381)入明前刊刻的著作中没有赠送序,入明后,这类文章多了起来。他的赠送文以《送东阳马生序》(《宋濂全集·朝京稿》卷三)最为著名。文章从自己的勤学经历说起,规劝后学马生珍惜时光、进德修业,写得从容诚恳,委婉含蓄。这是合乎古道的,正如方孝孺所说:"古之赠言者,非以称其所已能,盖以增益其未至者耳。"(《逊志斋集》卷十四《赠林士恭序》)宋濂的文章多是如此,如《送许时用还越中序》、《赠会稽韩伯时序》、《赠梁建中序》(《宋濂全集·銮坡前集》卷七),一皆温雅从容。这些文章中,歌颂圣世功德也很常见,如《送许时用还越中序》写许时用陈情丞相府,得辞归,内容本与歌颂圣世无关,但行文至尾,忽说:"虽然,时用之归也,其有系于名节甚大。时用采蕺山之蕺,食鉴湖之水,日与学子谈经以为乐者,果谁之赐与? 诚由遭逢有道之朝,故得以上霶霈之恩,而适夫出处之宜也。"

元明之际以宋濂为代表的金华学派在文章写作上多根柢六经,严守理学,关注现实,文风朴实。如苏伯衡(1360 年前后在世)基于对民生的关注,对时政颇有所议。如《赠岳德清序》,先从回忆往事入手,再写重逢,然后发问,引出文章重心,由德清医目之术引申到个人视力问题:

> 余拊髀曰:"嗟乎,德清生亦知余之病乎? 余目与人同,而余独视不及寻丈。寻丈之林,黧黄牝牡不辨。此吾友也,熟视而勿与揖;彼

非吾友也,拱手而迎之。以此动辄速詈招刺,不知此果类古方书何等证也?"(《苏平仲文集》卷五)

再引申至治国之术,谈到婺州大旱,而"肉食者若不见而莫之省,且督吏若胥日夜取常租之盈,其视民之少壮者有菜色,老弱者之胥为殍也,与瞽者矇者眇者无以异,观其目则非瞽非矇非眇者,不知此果类古方书何等证也?"表现出强烈的现实关怀。除了这类文风平实之作,他的赠序文还有模拟六经之作,在明代赠序文中较为特殊。如《送孔成夫序》,即拟《尚书》:

天子登进克勋,申命之,若曰:"尔邑滨于河,昔属天降乱,草窃朋兴,翦劓尔邑民。尔邑民四方出祖亡,宅弗无宅,田弗克畋。邑时则空虚。自朕命一二熊罴之臣底定中土,尔邑民乃携持厥妇子,复厥宅里……"(《苏平仲文集》卷六)

刘基(1311—1375)的赠送文章写得较多,皆"闳深肃括"(《四库全书总目》卷一百六十九《诚意伯文集》提要)。他对元末现实有着深刻的认识和强烈的批判意识,往往借赠序文章表现出来,如《送月忽难明德江浙府总管谢病去官序》:

余昔宦游高安,高安与临江邻。临江故多虎狼之卒,凡居城郭者,非素良家,咸执鞭以为业。根据蔓附,累数千百辈,以鹰犬于府县。民有忤其一,必中以奇祸。官斥弗任,则群构而排去之。狱讼兴灭,一自其喜怒。有诉于官者,非其徒为之所,虽直必曲,获其助者,反是。百姓侧足畏避,号曰"笳鼓"。人莫能解其意,或曰:"谓其部党众而心力齐也。"余每闻而切齿焉,无能如之何也。(《刘基集》卷三)

刘基曾于元顺帝至元二年(1336)任高安县丞,由于得罪了当权者,被免职。正因为他有切身的经历,才会将社会弊端描写得如此透彻,行文亦简劲有力,绝不拖带。类似的文章如《送海宁尹知州之官序》、《赠医学录江仲谦序》(《刘基集》卷三)等,也都表现出对现实的强烈关注。

入明之后,刘基的赠序之作不再表现出深刻的洞察力,文章也不再简劲有力,而是行文曲折,时时不忘颂圣,如《送黄叔旸归金华觐省序》:"学日进以充其身,又际盛代,事圣主,受命侍从哲王,出入禁闼,此人人之所瞻望而不敢觊者,生于是乎兼之,其为乐不亦大哉!"(《刘基集》卷三)但也会有真情流露,如《送宋仲珩还金华序》写与宋濂相见:

> 先生长予一岁,予须发已白过大半,齿落什三四,左手颓不掉,耳聩,足踔不能趋。而先生鬓须黟黑,唇齿朱贝,颜渥丹,步履坦坦,不落朝班后。晨起戴星入国史馆,握笔写细字如青蝇头,日数千,且仆仆走承召命。暮归,作诗文四五,少不下二三。先生素儒,家无赢僮仆,在京寓旧城,去公馆弥十有五里,惟次子璲偕一驺者从,夫人又病在寓,璲往来省视父母,且奉母粥药,不遑朝夕。(《刘基集》卷三)

刘基赠序一般都始之以议论,继以叙事,极少抒情,此文却通篇叙事,先以忆旧,继写相见,还以如此多的笔墨细细写来,饱含情感,不可多得。

《四库全书总目》评赵汸(1319—1369)曰:"其文亦多淳实典确,不为浮声,犹见先民矩矱之遗。"(卷一百六十八《东山存稿》提要)此段文字正可移以评其赠序文章。赵汸赠序文多写于元末明初,如《送总制王公移镇新安诗序》(《东山存稿》卷三),行文典实,但身值乱世,于转折叙事之际固多感慨之言,而胸怀淳厚,一读知为长者。《送操公琬先生归番阳序》写自己被诏修《元史》,称:"汸衰病日增,非可出者,纵出亦无补于事。所幸者,平生故人重得一见于契阔之余,事固有非偶然者。"并论在山林与在朝廷之异,说:"今吾人挟其山林之学以登于朝廷之上,则其茫然自失,凛然不敢自放者,岂无所惧而然哉!"(《东山存稿》卷二)辞语之间,犹豫含混,与处元时所作赠序文章判若两人。

王祎(1322—1373)的思想非常正统,其文皆典实而卓有识见。如《赠丹徒令吕君序》(《王忠文集》卷五)论为令之政,先从驳斥"今之为令者必其智足以笼民,威足以箝民,然后民从令,而事功集也"的主张入手,批评当道者:"取之以非所产,役之以非所能,民力且以竭矣,民力既竭,有不堪命。而长民者徒以榷科期会为急务,于是笼之以智以愚之,使不敢喘息,箝之以威以眢之,使不得嗟怨,而民情日益蹙矣。"王祎有志于圣贤之学,区区治术原不在他眼中,《赠陈伯柔序》(《王忠文集》卷五)云大江之西有二大儒:吴莱、虞集,天下之士翕而师之,从而游者甚众。陈伯柔之学本于二公,当他以将近六十岁出守为令时,王祎嘱咐他,不能"第从事于簿书期会",而慨叹于前哲日远,寄意于缵承统绪。

方孝孺(1357—1402)之文由于根植圣学,故高自标置,以弘道自任;由于沉浸于苏轼、韩愈等人的"魁梧宏博,气高力雄"及"开阳阖阴,奇绝变化"(《逊志斋集》卷十二《张彦辉文集序》),故他的赠序文以纵横豪放见长。如《赠林公辅序》:

> 不安于小成,然后足以成大器;不诱于小利,然后足以立远功。怡怡然自喜,奕奕然自炫者,竖子之雄,非豪杰之士也。天之所赋于我者,若是其大也。吾充之尽其道,则可以运阳阴而顺四时,辅天地而遂万物,穷可以希孔孟,达可以侔伊周。彼或负一才,挟一艺,安之而自足者,自贱者也。吾之所有者,不以禄位而加,不以丘园而损者,养之得其义,可以与日月同其明,河海同其容,施之泽四表,敛之善一身。彼或不知自重,而为外物所移夺者,自轻者也。豪杰之士则不然,举世推其贤,而不以为德,众人被其惠,而不以为功。予之以卿相之位,而不以为荣;布衣蔬食处乎陋巷,而乐之不厌。非薄乎当世之事,而好恶异于人也。其所志者远,故常若不至;内有足乐,故在外者不足以汨之。世之急于求名者,实不足恃也。切于趋利者,义不明而所见者狭故也。夫操不足恃之实,而徼过情之名,秉不当理之义,而窃苟且之利,内望于成己,外望于立功,皆难矣乎!(《逊志斋集》卷十四)

通篇将"彼""我"对比,但不斤斤于字句的排偶,文势健拔宏肆,正如他在

《赠周履素序》中所说的:"其推之为政教,宣之于言语,以用乎国家天下,若水决川,马行陆,飙长风以舟乎海也。"(《逊志斋集》卷十四)水决、马行、帆海之喻,形象而准确。这类将自我与世俗小人相对比,在方孝孺的赠送文中很常见,如《送吏部员外龚彦佐序》、《送解元振先生还庐陵序》(《逊志斋集》卷十四)。他以弘道自任,强调"道本于人心,非幽深玄远不可知也"(《逊志斋集》卷十四《赠金溪吴仲实序》),而立志乃在济世:"圣贤之道至大矣,其全可以治天下,变风俗,而其绪余犹足以守一官,化一乡,非止小材曲艺而已也。"(《逊志斋集》卷十四《送凌君入太学序》)故于赠序文中长于议论,以谈理道为盛,而一出于正。另一方面他有着深厚的现实关怀,故于赠序文中屡屡及之,如太学之教育,官吏之职守,风俗之醇薄,人心之向背等,皆根极于圣人之道,以大道为归,议论宏大醇正,而不同于诸儒之论道,亦不同于空谈性理。

第二节　明前期赠序文

永乐以来,台阁作家统治文坛,他们身为阁部大臣,复皆崇信理学,合政统、道统、文统而为一。在这样的背景下,赠序文表现出较为一致的特色,如清四库馆臣所评:"其为文则平易通达,不露圭角,多蔼然仁义之言,岂非以躬行实践,所养者醇,故与讲学家必骄心盛气、以大言起伏者异欤?"(《四库全书总目》卷一百七十李时勉《古廉文集》提要)

这个时期赠序表现出处处皆以国家为上,而不斤斤于个人得失的特点。大多赠序文以圣贤之志自励自勉,鼓励人们进学修业,明圣人之道,主张立身进退有据。送人赴任在赠序文中最常见,这类文章往往与时政时风、人情人心关系密切,具有鲜明的时代特征。明前期赠序文依圣立言,有典有则,如王直(1379—1462)《赠胡宪使之广东序》论按察司职守,《赠余学舆赴常州教授诗序》虽有批判现实的内容,也写得质直平易(《抑庵文集》卷四)。丘濬(1418—1495)《赠段可久宰福山序》(《重编琼台稿》卷十三)论及"世之仕者,往往重内而轻外,一登科目,即视州县如陷阱然,惟恐己之不幸而或堕焉"的风气,唐宋时县令之职的委曲迎合,而韩愈、朱熹都曾任县令,而未闻他们以"骄蹇得谴于时,及考之所以致谴者,乃以辟异端,忤权贵之故",证明存在着"上下之分"和"是非之公",而作为一名县令,就是要在两者之间把握一种平衡,既要严守"上下之分",也要坚守"是非之公"。持论平允,既不矫激,也不流于空谈。

这一时期赠序文作家很多,写得比较有特色的有解缙、杨士奇、杨荣、金幼孜、谢铎、薛瑄、丘濬、王直、吴宽、王鏊、罗玘、桑悦。

解缙(1369—1415)颇有狂直之气,但他的赠序文却多从容不迫,雍容平淡。多篇赠序文皆为送人致仕归乡而作,却没有怨怼之言与惜别之意,而系之以重振乡梓之望。如《送养蒙罗先生归庐陵序》云:"养蒙肥遁山林,以诗书自娱,从而受学者亦弗拒也。……语余曰:'吾无以报朝廷,吾将训吾子以为国家之光。'"(《文毅集》卷八)这代表了明前期赠序文的总体特征。解缙的文章虽努力写得平直雍容，但也时有慷慨之气。明初建都南京，北平远在天北，士人少有至者。成祖迁都北京，于是伟大壮丽之观始呈于天下。《送张重显重游北京序》从孔孟说起，历数北京的不幸，其文有云："当孔孟之时，地之不幸而不得遇圣贤之人；当晋宋之时，人之不幸不得居混一之世。及元之时，时之不幸有贤智之士在形胜之地，而不获智勇之主，虽有文章，其所称道龖龖，岂可与六经并传哉？故曰其皆不幸也。"(《文毅集》卷八)文章有着深厚的历史感，并寄寓了身际盛世的自豪感。

台阁体作家大多希望为圣朝培育人才。杨士奇(1365—1444)《送胡永齐诗序》以木之成材为喻，认为只有依长山大谷之地为生长之本，加之雨露风日涵濡煦育，才能成材，人也是如此：

> 有仁义忠信以养其心，刚健弘毅以立其志，齐庄中正以恒其德，恭让节俭以制其行，前言往行以充其智，礼乐文物以饬其躬，讲习焉不废于造次颠沛之顷。其久而益熟也，无所往而不达，无所用而不宜，故君子者必务乎此。(《东里文集》卷四)

言之惇切，胸怀之正大，似不能只以歌功颂德视之。

杨士奇虽荣登宰辅，而其心"于文溪、武山之域，父兄之乡，吾少壮出入嬉游之处，未尝不在予怀也"。在京师，乡人相过，见"昔之壮者，皆已苍颜而华颠矣；昔之童卯者，皆已翘然楚楚矣。而敬问吾父之执焉，盖沦谢既尽，不能不慨焉怊怅也"。文末嘱托：

> 子归而过县门之南，徘徊龙洲，叹嘉应之不爽，而观于其人，复有继今而起者乎？又过高涢而试听焉，将有锵然嗡呓而出者哉？又南望三顾之山而物色焉，复有继萧清节高风远躅者乎？有之，而贤者将出其门乎？其必有以慰余之思。(《东里文集》卷四《送萧善本序》)

晚明陈仁锡《明文奇赏》评此文:"文生于情,公,情至之人也。"(《明文奇赏》卷十一)可谓的评。追怀故里与伤逝感慨之情交织在一起,"悉出肺腑,相亲相爱之意,非寻常浮词泛语相谀悦者比"(李时勉《古廉文集》卷八《题东里先生翰墨卷后》)。

杨荣(1371—1440)《送金幼学还临江诗序》:

> 予与公以文学侍从禁垣及今二十余年,叨蒙圣天子恩眷之隆,华之以清职,宠之以厚禄,礼遇之意至深至厚,旦夕愧悚,深以莫能报效为歉。尝窃思之,予二人者亦何克胜此哉?惟当精白一心,夙夜之间,终始不懈,则所以鞠躬尽瘁,以图报称于万一焉。而为吾克家子弟者,既幸生太平之世,而又目睹父兄遭遇之盛,得以优游处于乡邑,其心岂不有所感激奋发,务以仁义忠孝之道自勉哉?(《文敏集》卷十四)

作为一篇赠送文章,却没有讲到离别离情,而以感恩的心情讲天子恩遇,鼓励金幼学以仁义惠孝之道自勉。这是典型的盛世之文,既有歌功颂德的意味,也有恪尽职守,以此辅翼国家的决心,而且出自真心。

金幼孜(1367—1431)《送王彦修佥宪四川序》先从佥宪职任说起,这只是泛说,下文简单交待后,就具体展开论述:

> 虽然,按察之任,非他职可比,苟非其人,不失之疲懦,则流于宽纵,不失之矫激,则过于苛察。如是而能称其职者盖鲜矣。彦修之往也,毋讦讦以为能,毋察察以为明。必曰:冤滞之未伸,吾思所以平之;奸蠹之未清,吾思所以去之;风俗之未一,吾思所以齐之;民生之未遂,吾思所以苏之;吏治之未举,吾思所以纠之。扬宪轨而树风声,秉廉介而励冰蘖,使人望而畏之,如烈日秋霜,孰敢易视而轻犯之哉?嗟夫!君子之仕也,非其位则不得于言,得其位或不足于言,皆世之所病也。彦修得言之位,当言之路,所以济时行道,以上报国家者,政在于斯。苟为得其位而有所不言,言之而有所不行,行之而害于政,病于民,此非予之所敢望于彦修也。彦修尚勉乎哉!(《金文靖集》

卷七)

作者不仅熟于政治体制,而且对现实状况及人情世故颇为了解,故言之颇为动容。文字表现上也连续用了几个排比句式,造成激切的气势,很有表现力。这样的文章也符合他们的台阁身份。

谢铎(1435—1510)的赠序文也多是如此,《赠大理评事龚君序》(《桃溪净稿》文卷一)开篇即提出公私进行讨论,接下来从大理之职任说起,并回到公私问题展开论述,他对于私的论述非常独特,既紧扣其职任,又练达于官场世故。

吴宽(1435—1504)《送章廷佐还金华序》写章廷佐离南京太学还乡,而其时乡贤士多贡在太学,以至于"金华贤士之野不几于郡之空耶"。吴宽鼓励他:"虽然,朋友所用讲学以资道者,道不在人,则在乎书,书之所载,皆古人之遗言也。取友者,乡国天下不足,又尚友古之人,诵其诗,读其书,论其世而已。"(《家藏集》卷三十九)可谓蔼然长者之言,胸怀醇厚。

弘、正之际,马中锡(1446—1512)以政事闻名,他的赠序文也多以政事为主要内容,不以文字精巧称,而以见识深刻名世。如《赠李明府汝弼序》,对众人送行文字皆"勉以入为台郎,至形诸笔舌,率皆谀词而少规讽"深表不满。他认为:

> 且今之为令者,天子何以知其贤而擢用之也? 其必先获乎守,又获乎台,然后获乎铨曹,而闻其贤于上,乃召为台郎也。否则虽贤不能自达,而欲为令者憧憧以求之,可乎哉? 其弊必将使人皆兔以从麇,唾粒以噉肉,巧其政以求售矣。此心一萌,设机万种,新誉日规,旧学尽负,君子忽焉下流,正人渐为曲士。(《东田集》卷二)

文中所表现的积极干预现实的精神和直言无碍的文风,与台阁文人的和平典雅完全不同。

罗玘(1447—1519)出李东阳之门,其所为文"振奇侧古,必自己出","在金陵,每有撰述,必栖乔树之颠,霞思天想。或闭坐一室,客有窃窥者,见其容色枯槁,有死人气,皆缓步以出"(钱谦益《列朝诗集小传》丙集"罗侍郎玘")。他的赠序文也多属于这类"树颠死去"之作。如《送郭君知上海县序》即极尽构思之能,造语艰奇:

> 君自是而往,三千之程舟是马也。至之日,掀蓬而四瞩焉:离离芃芃者,稻也,无谓其艾蒿也;烟之濛濛者,墟聚之爨也,无谓其野之烧也;闻其嚗然哄然者,市嚣也,无谓其逐骇鹿而嗷嗥也;帆之翩翩而织乎中流者,枼舟也,布舸也,无谓其旜旐之旛也;入其市而历硞然者,文茵纨绮之肆也,无谓其故供张而迎令也;坐其堂而诉牒倥偬者,肤受之诉也,无谓其真椎埋而剽攻也。(《圭峰集》卷一)

《送熊君考绩还光化序》(《圭峰集》卷一)也讲求构思,但却是另一番景象,文章以铺排之笔写景,景物语意繁多而不赘累,句如连环,环环相扣,艰涩之中多了一层流畅。罗玘的杂说体赠序是一种新体,在《圭峰集》中收入杂著之中。如《杂说赠王资博》:

> 山氓患虎也,凡可以制之无不用也,至坎地以阱其身,卼穴其墉而伏焉,不知也。川氓患蛟也,凡可以制之无不用也,至沉铁以臭其居,伺其影而射焉,不知也。舟师急风也,至呼啸以招之,及其倾樯绝绋,曰风之罪也。田无急雨也,至雩祀以招之,及其破亩决洫,曰雨之罪也。(《圭峰集》卷二十二)

然后由"见之弊,乘之过"引申到治理地方的道理上去,点明赠送友人赴任之意。

桑悦(1447—1503)的赠序文颇有特色。首先,不再像台阁文章那样理直气壮,充满自信,而是以一种怀疑的态度对待现实。其次,台阁之文往往引据经典以为立论之基础,庶几得其正,而桑悦则往往不然,如《赠冰玉罗先生起复序》(《思玄集》卷五)开篇即引贾谊之言。其三,刻意追求文风之变,着意文人式的铺排渲染,如《送德庆州判官蒋君还任序》云:

> 人不能住虚空,餐沆瀣,衣云霞,则斁宫室,衰冠裳,凡米盐薪水可周日用之物,一不可无。官府均民以息争,故周民事一,用民皆所当为。悠然以退思,凝然以静处,高简廓落,而欲外事以为高,离物以为尊,不屑于有司之事。否则平明紫阁,日宴雕闱,又否则南山之南,北山之北,方能放情于自得之场。其胸次歜然,万物之表与否,恐非外境,如风附大翼,能相而使之上也。是故夜明以烛,其光在火;冬燠以裘,其温在毛。恃烛以为明,假裘以为燠,与冥与裸相去几何!天光内发,丹田常火者,果藉外物为明为燠否耶?(《思玄集》卷五)

这表明赠序文开始有了很大变化,与台阁之文的雍容大雅截然不同,有时表现得荡气回肠,充满激昂的情感,为文往往一气贯注,如杨守阯(1436—1530)的赠序文。杨守阯并不长于为文,但其《送云南按察使刘公致仕序》写刘公早遭家难,其父忤权贵以死,后出仕为官不以官职升降为怀,后坚决请辞,文末赞到:

> 士自挟策读书,皆曰吾学孔子,吾学孟子,至于出处之际,能不愧焉者寡矣。若公之进退,能以礼义自将而不失其道,盖善学孔孟者欤?公之职风纪也,著廉明之声;理刑狱也,存钦恤之意;提学政也,作兴材贤之功尤多。(《碧川文选》卷一)

虽仍坚持圣人之学的正大光明,但辞气之间存在一股感愤于现实的不平之气。

第三节 明中期赠序文

明中期在赠序文的发展历史上是一个变化很大的时期。这一时期包括了吴中派、前七子、唐宋派、后七子等主要文学流派,不仅各派之间整体差异较大,个体作家也各具风采,风格众多。还有很多不入派的人物,赠序之作也别树一帜。

王鏊(1450—1524)的文章"晚年脱枝落英,尚淡崇质"(霍韬《震泽集序》,《震泽集》卷首),"以修洁为工,规摹韩、王,颇有矩法"(钱谦益《列朝诗集小传》丙集"王少傅鏊")。《送刘祭酒之南京序》写取友于翰林有二人,以排比句式写来,正所谓"颇有矩法",如:"二人者,其设心制行,人知之,予知之特深:富贵在前,一言之诎可以取,二人者宁不取也;贫贱在后,一言之诎可以免,二人者宁不免也。"(《震泽集》卷十一)《送修撰刘君归省序》(《震泽集》卷十一)论翰林养才之法,也颇得台阁之尊,行文舂容而得平淡典雅之致。

吴中派作家所作赠送序不多,这大概与他们的身份有关。历来赠序都是赠送他人,没有自赠之作,而祝允明(1461—1527)赴会试时曾作《自作会试序》一篇,文曰:

> 成败不肖者五:身,舆也;世,途也;才,马也;心,御也;理,御之法度也。盖才出乎心,身乘之以临世,歧径交杂,百轫争发,或以达,或以覆。败绩著焉,非马也,非御者也,而败焉宜矣。抑以荆榛境堁,则将孰归尤?吾尝视古人事,类是者不可胜计,其幸不幸可胜道哉?然而贤誉恶谥,留之万年,则不可为鉴欤?吾尝勉焉于静地,人或不谓之然,吾任之,吾所操者无迁也。兹当行,吾加惧焉。於乎!今之世固康庄也,吾独不得为王良其人,故惧焉。虽然,逐禽过表之度,不秘于古训,吾勉之尔矣。於乎!吾行矣,青山白云,吾与若姑相离,异时

> 不知无觌于再见与否。於乎！悠悠吾怀。(《怀星堂集》卷二十一)

虽为自己赴会试而作,却表现了一丝忧惧之意和"所操者无迁"的坚守意志,在赠序文中的确少有。

前七子置身政治斗争,表现了士人昂扬不屈的气节。其中尤以李梦阳(1473—1530)最为突出,如《送马布云序》写马布云致仕,接着论人臣之去与不去,益彰显出马布云之贤：

> 自士大夫以官为家,进退之义摈而不讲,于是有老死于位而不悟者。秽行诡迹之士遂宴然行列,蒙诟詈不顾。甚有病卧床褥,犹日探除拜,问调迁者。使其弗事事则已,苟或事事,而能以不得、不听、不合去否也？嗟呼！予于是知布云之贤也。使布云不得其官去,言不听去,道不合去,老去,疾去,犹为贤,矧无可去而遂去邪？(《空同集》卷五十五)

文章有意采取摇曳重复的句式,反复感叹,染上强烈的情感色彩,感人至深。但其赠序文总体上仍"多涉格套",故王世贞说他的"送行序,尤率意可厌"(《艺苑卮言校注》卷六)。

何景明(1484—1521)的赠序文亦基于器识气节,如《赠赵君士器序》云："夫基事者,莫如志；鼓动者,莫如气。风也荡于天,雷也奋于地。山石至固也,柏松干之而出,气使则然也,孰能遏之哉！"(《何大復集》卷三十五)他的赠序文纯以气行文,而文辞简劲,极有表现力。康海《何仲默集序》曾论何文："夫叙述以明事,要之在实；论辨以稽理,要之在明；文辞以达是二者,要之在近厥指意。"(《何大復集》卷首)他的赠序文,叙述以明事的如《赠向先生序》开篇：

> 夷陵向子,粹行敦质,好学而秉礼。河南何子珍其人焉。向子为地官郎,善于其职,迁守庐郡。行也,谓何子曰："予欲子言之也。"何子曰："唯唯"！(《何大復集》卷三十五)

叙述以事实为中心进行,极简劲,绝不拖带。论辨以明理的如《赠赵君士器序》：

> 大抵吏之沮而坏者,咸不知职而顾于官,不惮己而忌于人。不知职不惮己,则虑不一而志涣;顾官而忌人,则多畏而气不伸。故内有得失利害以变其心,外有威福毁誉以折其势。势折于外而心变于内,则业不精而行罔功。(《何大復集》卷三十五)

论辨明晰,逻辑严密。何景明也长于抒情,情思真切,文辞之间清气流荡。如《赠萧文彧号古峰序》云:

> 吾尝高卧北窗之风,想无怀、葛天之民,慨身世之既远也。及道西华、玉井,览其峰高寒竦人。由是又南望匡庐五老,巢入空冥,气含鸿濛,雪落太古。乃登罗浮七十二峰于飞云之上。别来尝梦想斯境,梯石磴,披苍翠,浩歌烟霞深处,与华胥氏往来,不知有人间也。(《何大復集》卷三十五)

这段抒情色彩非常浓重的描写,构思巧妙,笔触清灵,梦境如真。

王慎中(1509—1559)的赠送、庆寿序在当时就受到人们的称赞,李开先《遵岩王参政传》中说:"其片纸只字,得之者有如至宝,至庆贺赠酬,不出其手者,不以为重,而藏幽记远,非其作则尤以为不得其所托。"(李开先《闲居集》文卷十)如《方伯杨方城先生考绩序》,开篇即是一大段议论：

> 古之君子出而有为于世者,虽其负兼人之材,擅出世之宠,必宜之以天下之功,然后可以大行于时,不疑于众。其作而任大臣之事也,论有发天下之至难,而辨博健敏之士不能傲之以所不知;事有变天下之至安,而耆老迟重之臣不能侮之以其未试。非材宠之盛,殚赫耳目,功之所积,诚白于众,志而当其心;功之所积,非一日一职之为也,而盘桓之久,践更之多,劳有不可胜,而精有所不能习。而挟材者

忽于俗务,有不屑之心;居宠者殚于苛文,有不安之志。故功不得成,而众无所见。盖亦有作而任大臣之事者,议出于廷而讼聚于表著之位,政加于民而毁盈于道路之言,岂非傲之以其不更之知,侮之以其未尝之为乎?(《遵岩集》卷十)

这样的文字确实可以称得上是"铺叙详赡,部伍整捌,辞高语古,意味深长,理道契符,章句委曲,按之不乱,而呼之应声"(李开先《遵岩王参政传》)。首先,这样的文章出于深思熟虑,构思严密;其次,结构安排严整不乱,表达上委曲婉折,无不达意;其三,句子表达逻辑严密,故"辞高",句子显从八股作法变出,但古雅整饬,故"语古";其四,既合于圣人之道,又精于时世,颇有见地,堪称"理道契符"。他的赠序文多以议论开篇,立意高远,而整体结构又能支撑住立意之高。不仅如此,他还擅长选辞造句,谋篇布局,表述委婉曲折,因而获得了人们的赞赏。

时人举荐唐顺之(1507—1560)曰:"学以圣贤为师,道以经济自任。"(《金都御史荆川唐公顺之言行录》,焦竑《献征录》卷六十三)这也可移以评他的赠序文。唐顺之精于时政,李开先《荆川唐都御史传》中评价唐顺之"尤长于计算粮数,区处灾伤"(李开先《闲居集》文卷十)。如《赠竹屿吕通判还郡序》论蠲灾中有司之增溢与计府之裁抑不能据实,因此:

大饥之所蠲常不能如其分数也。夫所蠲既已不能当其所灾矣,况所蠲之分数云者又非通而计之也。其法曰留者蠲,解者不蠲。大率一州邑之税,解者十居七八,而留者十不能二三也。专计留者二三分之中而蠲其十之七,乃通计留者、解者十分之中仅得蠲其十之一二耳。则是十蠲其七者,虚也,而十蠲其一二者,实也。若使其所虚蠲者未及乎七,则其所实蠲又当递少于一二也。夫灾之数溢于十,而蠲之数裁于一二,此如遍体残矣,而益之以一毛。然尚有一毛之益也,而况所谓一毛者,又未必在民也。(《重刊荆川先生文集》卷十一)

对事实的了解远非文士虚谈所能及,文字不求典雅,但以准确表述为主,这正是论实政之文的典型特征。唐顺之是唐宋派核心人物,他的赠序文体现了唐宋派文章重视"首尾节奏"、"开阖变化"的特点。如《赠李司训迁官临安序》、《赠训导丘君序》(《重刊荆川先生文集》卷十一)等,论学政,论为人师,皆根柢圣贤之学,洞察时弊,且结构谨严,通篇对比古今,讲求起承转合的手法及严整的句法、虚字的使用,使得文势曲折,畅达明快。

现存归有光(1506—1571)最早的一篇赠序文《送吴纯甫先生会试序》(《震川先生集》卷十),写于嘉靖十年,时二十六岁,其文平易婉转,从容不迫,文风已成。晚年赠序文境界转深,往往拉杂写来,不复着意于属词比事,而皆成至文。如《送孟与时之任成都序》,先叙二人交谊,交待写作缘由,复为孟与时论为政之本,忽笔头一转,写自己"生吴中,独以应试经行齐鲁燕赵之郊,尝慕游西北而顾无由而至。与时自安定往来长安,中又从太行山以来京师,今又官蜀中,行邛崃九折坂,览剑阁、石门之胜,岂不壮哉"。再以韩琦鼓励王安石多读书事勉励他"吏治之暇,无忘学古之功"。复以孔子"居是邦也,事其大夫之贤者,友其士之仁者"之言,引入当代贤人成都赵孟静,并感言"余故为文隐公所知,而赵先生以是亦知余,顾无由一见之。士之相知,岂在于见不见哉!然余怀之久矣,而慕与时之获见先生也,而又以喜与时之得师也"(《震川先生集》卷十二)。针线疏而脉络密,叙事繁而意则简,拉杂写来,绝无蹊径可寻,此自然之文也。

茅坤(1512—1601)的赠序文也极具特色,议论慷慨,情绪激昂,一气贯注,其代表作是《再赠宫保胡公序》。这是一篇非常独特的序文,写于胡宗宪死后。先云:

> 自古大臣之以身捍国家者,其利害常相权。苟全吾身之利害,与国均身安而国安,身危而国危,此犹其浅者。而至于如彼则身为虏而国家可无恙,如此则身或可免而国家之患殆土地崩而鱼烂,所谓事机之际间不容发,当是时,必置其身于荣名死生之外者,然后其气安闲,而吾之举措一而不乱。(《白华楼稿》卷六)

此段议论高自标置,然后引入下文,以一段叙议兼备的文字,生动描述了胡宗宪的功绩,议论慷慨,一气贯注,可称佳作。他的赠序文擅长铺排,本来比较平常的意见,在他充满激情的表述下却很有动人的力量。如《赠黄县丞擢甘肃行太仆主簿序》(《白华楼稿》卷六),开篇即引古为据,其指意所归乃在论明代人才选拔存在的问题,以至国家多事之际缺乏拯天下于水火的人才。这个问题在明代赠序文谈到的非常多,但像茅坤这样激昂慷慨的则很少见。

对后七子,尤其是李攀龙(1514—1570),研究界有着许多误解,如单纯从"复古"的字面含义上理解七子,即是一弊,忽略了后七子的道德人格和强烈的抗争意识以及在此基础上形成的文学精神。李攀龙的《送宗子相序》就是这样一篇精神宣言:

> 子相盖尝谓:"朝廷可使无文章之士,则灵鸟不必鸣歧山,而麒麟为梼杌。"知言哉!所论万古一事者矣。方吾之属类比事,结撰至思时也,倏来忽失,经管于将迎之间,既竭吾才而不得一辞,穷日之力而不得一语,犹且不能自已也,而遑及其他?无论明良喜起、赓歌君臣之盛于唐虞之廷,即其次,朝不坐,燕不与,悯时政得失,主文而谲谏,言之者无罪,闻之者足以戒,达于事变,而怀其旧俗,亦何所不得于我?而况合契古人,明请一朝,实获其心!得意尺牍,千金享之;嗟叹永歌,手舞足蹈。过此以往,莫之或知。(《沧溟先生集》卷十六)

这篇文章充满了迈往不群的豪迈之气,以气运文,生气流转,辅以长句,兼之以短句,使全文充溢着雄豪流转之美。王世贞曰:"于鳞之病在气有窒而辞有蔓,或借长语以演之,使不可了,或以古语而传新事,使不可识,又或心有不许而漫应之,不能伏匿其辞,至于寂寥而不可讽味。此三者诚有之。"(《读书后》卷四《书李于鳞集后》)李攀龙的赠序文在结构、行文和遣词用语上过分模拟,且少变化,语气之间确实令人有滞涩之感,如《赠王元美按察青州诸郡序》云:"青州,故四塞国也。今其民岂犹无不吹竽鼓瑟、斗鸡走犬、六博蹹鞠者乎?临淄之途,岂犹无不车毂击、人肩摩、连袂成帷、举袂成幕者乎?"(《沧溟先生集》卷十六)文中凡三复斯叹,固有一唱三叹之致,然重复过甚,反生滞涩之感。《送袁履善郎中谳狱广西序》(《沧溟先生集》卷十六)多用古语,初读但觉古奥,细品反觉艰涩。

隆庆四年(1570)李攀龙去世后,王世贞(1526—1590)主文坛二十余年,声誉日隆,所作赠序文极多,以至于"有初学少年,勉强一见,即诡称门人,偶得两语,辄敷演为序,冀以博目前名"(《弇州山人续稿》卷一百八十一《与汪仲嘉》)。王世贞的赠序文多为应求而作,不能精思,有敷演帮凑之弊。其佳作如《赠李于鳞视关中学政序》,文章先写李攀龙和自己在政治上的不遇,感慨良深,复由二人皆出使于秦引论秦地之文,自《诗经》中《小戎》、《黄鸟》、《蒹葭》,至秦虽奉行焚书之政,而金石之铭文采郁郁,汉兴,以辞赋称,秦风是竞,然七世而衰:

> 未央、馺娑、井干之瓦犹一二存者,宁无先人语遗也?千余年来,二华远瞩,终南、太乙高蟠而插天,欲澧吐滈,不削其旧,独以百二之险、士马之富,下瞰山东而已。然吾闻孝庙时北地有李献吉者,一旦为古文辞,而关中士人云合景附,驰骋张揭,盖庶几囊古焉。父老言故相杨文襄公实为之师倡之,献吉诸君子时时慕称杨公不衰也。彼所谓师者,训诂割裂,食宋氏之遗,尚不得举二戴、何、郑以博甲乙第则可,即诸君子献吉一二而外,亦豪举耳,乌在其能倡也?虽然,千余年来,磅薄郁积,气不得决,杨公一小振之,亦难能哉!于鳞之为顺德,视右扶风部贵人毛束以吏事,且于文非职,即有所著作,重自閟不出,而两河之滨,跂响而思奋者比比。今上以秦故选于鳞,非少于鳞有所不足,益以秦山川令自致其造而已也。语曰:"顺风而呼,不加长而应者众。"言自上易也。《诗》不云乎?"如埙如篪,如璋如珪,如取如携。携无日益,牖民孔易。"于鳞其有以牖秦哉!世贞采秦风而得《小戎》诸篇也,删书而取可以誓者,知其为于鳞功矣。(《弇州山人四部稿》卷五十七)

将李攀龙和自己置于历史长河中,高自标置,以承续文化统绪自命。辞气慷慨,既以此赠人,复以此自励。文章起伏照应处,转折自然,如不可测识。但他的赠序文往往铺叙功绩,叙事详尽,甚或不加剪裁;同时,议论颇多,过分缠绕,似为费词,确有敷演帮凑之弊。

宗臣(1525—1560)的赠序文亦以豪迈不群自期。如《送梓河顾子之洛阳序》写道:

> 岁乙卯夏,顾子遗书报余,盛称其志意,君当问长安,酒楼待我。九月既望,南乡书至,是夜从诸省郎斋居省中也,启帙睹顾子,则顿足起,几不自持。诸省郎诘其状,靡不嗟异焉。(《子相文选》卷四)

文后评云:"写出顾子豪举如昨日事,文亦时击时伏,如风雨来。"(《子相文选》卷四)《赠宪长莓厓周公入粤序》(《子相文选》卷四)立论"委曲灵快处如大苏奏议",叙事文字有"史记之遗",豪迈风发,立论高超,是一篇不可多得的佳作,文多不引。

第四节　明后期赠序文

作为一种实用文体,赠序文写作在明后期仍然流行,但总体上看,其地位有所下降,不再是主导性文体。因而本节不多加讨论,只拈出明后期赠序文比较突出的两个特点加以介绍。其一是谈论时政的内容较多,且敢于谠言直论;其二是抒情性内容增多,且往往情意微妙复杂,不复有前中期的和平易直、慷慨激昂之气,常有独特感受。行文上,亦无法度可循,一切以表情达意为主。

论时政的赠序文在明后期有了一些新的变化。早期赠序文往往机械地就被赠对象所任职务及相应的政治理念展开,而晚明诸家经常能在人们视为常规的事物中发现问题。如钟惺(1574—1624)《送王永启督学山东序》指出:"言有听之甚美,循而行之,可以无过,综其实无裨于事者,不可胜计。如近日取士所称正文体之说,是其一也。""正文体"之说在明代非常流行,是官方教育及考试制度中的中心话语,几乎所有的乡试录序和会试录序都要论及,奏疏中也常论及。钟惺认为代圣人立言的文体养成非一日之功,如果"令其一日之间从吾所约为正,故步既失,而前途复无所泊,乃姑为苟且侥幸之文以塞上之求,而上亦漫然收之",结果是"上下相蒙,以苟且侥幸之文为正,而但求免于罪,则其害且自文体而移之士习人心是矣。是岂可不深念哉"(《隐秀轩集》卷十九)。这种见解和议论,既不同于早期的平易雍容,亦不同于中期的慷慨激昂,而表现出透彻骨髓的清醒。

明代江南士人奔走或任职京城的现象非常普遍,但他们对京城却没有什么好感,政治险恶、人情冷暖以及气候环境都没给他们留下什么好印象。袁宏道(1568—1610)也没少发牢骚,但《送黄竹石还江陵序》却能别出心裁。文章先写京城"秽尘张天,腥风逆鼻,行者溺于道,居者粪于市。椎埋屠狗之辈,弊衣百结之子,高鬈衩裆、枣面历齿之妇,肩骈踵接,此亦

天下之至恶也",再写:

> 顾瞻云中,则凤阙铜龙在焉,百官宗庙萃焉。引而之贯城之市,则夏之璜,周之天球,若日之璧,若月之珠,东夷北狄之珍异陈焉。已而入虞韶之院,过鸣珂之里,则南之威,西之施,越之狡童,吴之弄儿,公孙大娘之剑,僚之丸,贺怀智之琵琶,念奴之歌喉,霓裳羽衣之舞,呼卢博塞之戏,种种聚焉。(《袁宏道集笺校·未编稿》之二)

写恶趣用词刻薄,写云中则百物奇珍杂列,出之以排比句式,繁复意象群使人有应接不暇之感。这体现了公安派流丽圆转的美学特征,更代表了袁宏道为文迅捷跳宕,机锋侧出,横说竖说,皆成至理的风格。

袁中道(1570—1624)的赠序文很少写大而空的赠言寄语,往往投入全部感性,去感知生命的过程,因而充满回忆。每每忆及少年风流,以及繁华过后的落寞和苦涩,飘拂着一缕挥之不去的感伤之情。惟其情之真,故行文极明净透彻,描摹及议论皆出之以短句。如《赠崔二郎远游序》,先写崔二郎的热肠与益贫,只能"去而游",忽加入一段感慨:

> 嗟乎!忆予与二郎二十四五时,视钱如粪土。与酒人四五辈,市骏马数十蹄,校射城南平原;醉则渡江走沙市,卧胡姬垆旁,数日不醒。置酒长江,飞盖出没波中,歌声滂湃。每一至酒市,轰轰然若有数千百人之声,去则市肆为之数日冷落。予是时易言天下事,谓富贵可唾手致。尝语二郎:"若无忧贫,即赤贫,吾犹能为楼君卿之给吕公。"(《珂雪斋集》卷九)

再写四五年后,北走长安,"风雪中忽见二郎于燕市,寒色可掬。予时已深厌繁华,趋空寂,罢绮语,亲贝经,持戒宝,自不饮酒,又无酒可饮。二郎复不喜谭世间事,惟一见,向香光室中,哑然枯坐,寒灰槁木,古庙香炉以去"。少年狂放与中年以后的枯寂形成鲜明对比,而其中一丝无法摆脱的苦涩,透露出人生的无奈,同时也向我们展示了性灵文学的另一个层面。

张煌言(1620—1664)的赠序文多作于抗清期间,多慷慨悲壮之辞。如《送冯生归天台序》有云:"夫发者,血气之余也,于人身宜若骈枝然。然而,无发,吾未见其为全人也。"(《张忠列公集》卷一)黄节题识说:"案清兵克江南,下薙发令,乃顺治二年乙酉事。序中言冯生披发入山,殆将十九年,则此文应作于康熙壬寅、癸卯之间。"可知此文决非应酬之作,而是借以抒写民族意志。

徐芳对曾经避寇的绥安铙山不能释怀,而"绥安居南界诸山之膂,其邑趾乃出吾盱项脊上,金铙又绥诸山之最高者,故凡所至莫得蔽之",连他自己也说这种情感"有不能辨者"。林生逸庵"尝从事于延津,戊子过予盱,因留泊焉。自以家至破坏,遂尽髡其发而僧",看来是位曾经抗清的斗士。徐芳于林生至铙山之际写了这篇《送林逸庵之铙山序》:

> 予怪林生之远我去而决也,虽然,林生之从予不为不久矣。顾常视其状貌邑邑然如有物隐于其胸,而不可茹吐,所居若傅金,感感焉意不能终日。窃意其年齿尚盛,丘庐俎豆之感不无系焉,如此将曳去而终不能僧,即勉而僧,而函愁局郁,不自解释,积之既久,将有匿为沉癖发为狂疾而不可救药者。(《悬榻编》卷二)

这种无可茹吐的情怀充满了悲凉之意,压抑得令人几于狂疾,亡国之痛令人难以释怀,如有物隐于胸中。没有了晚明的清灵飘逸,只有透彻骨髓的沉痛与无奈,标志着一个时代的结束。

第五节　明代寿序文

　　明代序文分三类：书序、赠序、寿序。书序是独立文体，本卷有专节论述。林纾《春觉斋论文·流别论十五》称"寿序一体,于古无之",并取姚鼐之说,将寿序归入赠序一门,故本卷将其附于赠序后简单介绍。

　　黄宗羲在《施恭人六十寿序》中,简略疏理了寿文的历史,云：

> 自挚仲洽撰《文章流别集》,其中诸体,惟序为最寡见之文,选者止九篇。唐宋而下,序集诸书,加之送行宴集,稍稍烦矣。至元程雪楼、虞伯生、欧阳原功、柳道传、陈众仲、俞希鲁,集中皆有寿序,亦文体之一变也。归震川所作寿序,不下百篇,然终以其变体不古,置之外集。(《南雷诗文集·寿序类》,《黄宗羲全集》第10册)

　　古人做寿,一般于五十岁始,然亦有四十岁为寿者,方鹏《赠王井玉序》云："吴俗重称寿之礼,自五十、六十以至百岁,每遇成数必举之,四十则罕矣。玉井王君朝贵,年四十,值其诞辰,贺者接迹。"(《矫亭存稿》卷四)一般逢十则举,李开先《奉贺李翁七十二序》云："世之称寿者,大江以南逢十则举之,始于六十至七十而上,不拘十,加厚焉。"(李开先《闲居集》文卷一)在尊老尽孝的古代社会,寿诗、寿文自然成为最实用的文体,是典型的应世之文。以至于黄宗羲说："序之多,亦未有多于寿序者也。其多之所以至于如此者,求文之家,不识古文词为何物,无所差择,不过以为夸多斗靡之资。"(《施恭人六十寿序》)

　　就文体特征而言,寿文内容由两方面组成:以寿祝人和以德勉人。李东阳说："今人以寿祝人,人虽知其未必,得必喜而受之;以德勉人,人虽知其可,得寿鲜而悦而受者。君子之爱人也以德,故祝之寿,必愿之德,愿之德所以为爱之至也。"(《怀麓堂集》卷三十八《原寿》)尽管寿文受到人们的批评,但仍流行于世,如赵时春《寿王封君序》所云:"夫寿散于诸经者莫不以为美,则其属之于嘉礼也固宜。属之于嘉礼,而不备其文与词,是委诸草莽耳。冠礼有三加祝辞,龙门子曾更衍祝辞,寿礼既无其辞,故近世好礼之士多援龙门子之意而加祝之,虽见讪于曲儒不辞也。"(《浚谷先生集》卷八)归有光《默斋先生六十寿序》(《震川先生集》卷十二)曾指出,吴中寿序文的盛行不知始于何时,实际情况是寿文创作自明中叶以来始成风俗。但也有很少写这类文章的作家,赵翼《陔余丛考》就指出:"近时二作,不论识与不识,转相征求,动成卷帙,可耻也。空同、大復集中少之,此过人矣。"(卷二十四"寿诗、挽诗、悼亡诗"条)因为这些文章往往水平不高,归有光《陆思轩寿序》云:"必于其诞之辰,召其乡里亲戚为盛会。又有寿之文,多至数十首,张之壁间,而来会者饮酒而已,亦少睬其壁间之文。故文不必佳,凡横目二足之徒,皆可为也。"(《震川先生集》卷十三)因此本文不多加引述,仅略举数文以窥一斑。

明前期台阁诸作家在寿序文中,往往将寿与理结合起来,以义理说寿。如吴宽《寿陈未庵序》:

> 孔子曰:"血气既衰,戒之在得。"乃独置血气而不理,方以贪得为戒,则专事乎理义者也。以理义为事,非养其心者乎?故孟子曰:"仁义礼知根于心。"其生色也睟然见于面,盎于背,施于四体,不言而喻。若然,则形与神俱有不足言者,此儒者之效也,非摄生者所知也。(《家藏集》卷四十五)

同时又借以歌咏太平盛世,如吴宽《太子太保左都御史闵公七十寿诗序》云:"国家定都于北又及百年,比来都下生齿日繁,物货益满,坊市人迹殆无所容。自畿甸以达于外,年谷屡登,人畜厌食。舟车转漕,千里不绝,可谓盛矣。"(《家藏集》卷四十五)这类寿文在明前期颇为常见,其文风大都雍容典雅。

寿文是一种程式化文体,其内容无外乎铺叙功德、祝诞贺寿,但在具体写法上却可以腾挪变化。如茅坤《寿乌程尹钱君序》,先写养生家之说,但扣之不与语,引出"山谷之人多寿"的意思,然后论山谷之人长寿之道:"盖山谷之人于世既远,世所沉酣战斗、淋漓艳冶之欲,无所入于其心,则形固而神全,故多寿。"此一层也。但所寿之钱氏是郡之富人,故又下一转语:"又怪吴郡波塱之国也,其地擅东南鱼盐橘柚稻蒲凫雁之利,故纨绮文绣,泉流于天下,而富人巨族往往买田宅歌儿舞女,园林钟鼓以自适,盖俗使然。《书》曰:'生则逸,惟耽乐之从,罔或克寿。'似也。"然后用一连串的问句写出长寿之因,结尾处云:"故于京兆之归寿也,贻书以问之:君幸告我焉,无若彼山谷者之扣而不以语也。"(《白华楼藏稿》卷五)交待写作因由。全文曲折多变,摇曳生姿,可谓巧于为文。又如王世懋《寿从兄母陆太孺人序》云:

> 语云:"不以三公,易一日之养。"夫君子之养其亲,诚重矣。藉令即以三公养,养顾不尤重与?然而君子不取必焉者,则以公卿之不可必有,即有而亲养之多弗逮也。间其亲能逮之,即海内争艳焉。乃或专志夺于衡石,愉色疏于貂衮,即羞珍荐奇而称千金寿,岂与夫效其款款于一堂之上,相煦以天,而快然自足于所遇与?(《王奉常集》文卷三)

这既是中国孝养之道,合于常情,又能扬起文势,引出祝寿之意。

明后期寿序文往往能别出心裁,转折成文,灵心慧性施之于应世文字,亦能迥出人上。如袁宏道《寿曾太史封公七十序》就是一篇佳作。曾退如自求长生,四访异人,又"性嗜动,花下楸坪,夜以继日。乍胜,则喜溢眉端,绕床而叫;小失意,则抑抑不自得。耗神思以战喜怒,恐非静者之事也"。此非长寿之道,袁宏道却自有妙解:

> 道以不滞为静,非沉默也。不见坐驰者乎?秋毫不接于前,而丘山忽起于胸,是名躁阱。夫奕者专精一意,以幸其捷,太山摧而不瞬,盛夏流金而不炎,忘之至也。适然而喜,其喜无蒂;适然而嗔,其嗔不戚;扃苍罢局,相顾一笑,和之至也。古之至人,皆以逍遥为静,奚取

枯株而事之?(《袁宏道集笺校》卷五十四)

"道以不滞为静"是从理上说,"皆以逍遥为静"是从事上说,二者正是对长寿之道的阐述,也切合了对曾退如生活方式的合理解释。《寿存斋张公七十序》(《袁宏道集笺校》卷五十四)以"学道有致"为存斋张公七十祝寿,正得孔子"七十从心"之意,恰合"纵心则理绝而韵始全"之旨,可谓妙论,亦足以见袁宏道心性通达畅适,得人生理道之真韵。

第十二章　明代哀祭文

吴讷《文章辨体序说》将诔辞、哀辞并而列之,二者之间的差异在于诔则"多叙世业",哀则"寓伤悼之情"。徐师曾《文体明辨序说》认为这种做法有失详审,故分论二体:"夫哀之为言依也,悲依于心,故曰哀;以辞遣哀,故谓之哀辞也。"哀辞多用于追悼哀伤时表现其人"或以有才而伤其不用,或以有德而痛其不寿";而诔则"累列其德行而称之也","其体先述世系行业,而末寓哀伤之意,所谓'传体而颂文,荣始而哀终'者也"。林纾《春觉斋论文·流别论六》先引《文章流别论》曰:"哀辞者,诔之流也。"然后辨析二体之不同,但采取的论述策略却别出新见:"诔之为体,选言录行,传体而颂文,荣始而哀终,王侯将相皆可诔也,然未闻以哀辞施之王侯将相者。"而祭文则是一种"祭奠亲友之辞",就文章体式而言,"有韵语,有俪语;而韵语之中,又有散文、四言、六言、杂言、骚体、俪体之不同"(徐师曾《文体明辨序说》)。

元末明初是一个动荡的时代,作为人生常态的生死夭存给人以无以摆脱的沉重,哀祭文既有对逝者的哀痛,更有借他人之酒杯浇自己之块垒的自我发泄,寄寓着身处乱世对"气节刚方,言论磊落"的奇俊之士的崇敬和对"龌龊陈腐,怅怅不振者"的鄙视,或饱含辛酸悲苦,或表现慷慨激昂之情,或汎汎大雅,气象宏大,或悲愤填膺,或命意高远,以道自任。明前期哀祭文总体上呈现为雍容大雅的文风,词旨温厚和平,情感被控制在恰当的程度,决不如水横流。叙述事实以表达对死者哀思时,往往注重大节,忽略细节,沉厚博大之气贯注于文章之中。明中期哀祭文的佳作更倾向于表达慷慨激昂的情感,作家将对人生、社会的思考和现实境遇融入祭文写作之中,发自肺腑的痛苦将对死者的哀思推向极致。个体情感在祭文中得到尽情抒写,而不再被掩饰起来。叙事不避琐细,甚至刻意用细节来打动读者,表达哀思。在语言上,四言、散体、骈体句式皆能入文,而散体更为突出。明后期哀祭文在表达哀思时,表现出对人生、世事的复杂情感,或无奈,或激愤,或旷达,或孤寂,或戏谑,或平淡,或典雅,总之哀感动人。明后期士人追求真性情,而哀祭文正是表达这种发自内心真情的一种文体。更兼之这种真情源于对人生、社会的特殊体验,而不是信服于某种理念或人生信条,因而施之于哀祭便倍增动人感人之力。风格多样也是明后期哀祭文的一个重要特征,如屠隆富于才情、珠玑逐唾之文,徐渭抒情写志、潜气内转之文,钟惺、谭元春幽深孤峭、一往情深,李流芳、黄汝亨平淡温雅也自成一格,俞婉纶、张岱谐谑调笑,表现出旷达和游戏的人生态度,仍能感人至深,沈自征祭沈琼章之文更是天地间一种至情文字。

第一节　元明之际哀祭文

元明之际哀祭文名家有宋濂、陈基、王祎、苏伯衡、方孝孺等。

宋濂(1310—1381)《哀志士辞》云:"奇隽之士,无世不生,特时人弗识之,或识之而弗能用,或用之而弗能尽其才,所以声光不流于当时,事业不白于后世,予窃悲之。"此文所祭志士并非同时代人,而出自元好问所录诸儒,凡五人。此文在写法上采用先"掇其大略,隶各人之下,又从而哀之以辞"。宋濂长于记传之文,此文写人也很传神。如写辛愿:

> 性疏宕,不修威仪。贵人延客,愿麻衣草履,足胫赤露,坦然于其间,剧谈豪饮,旁若无人。家甚贫,众雏嗷嗷,张口待哺。素负高气,又不能从俗俯仰,其枯槁憔悴,流离顿踣,一假诗以鸣。虽百泪之余,其耿耿自信者不少变。

英英之气贯注其中,如在目前,又记其奇言:"平生饱食有数,每见吾二弟,必得嘉食。明日道路中,又当与老饥相抗去矣。会有一日,辛老子僵仆柳泉、韩城之间,以天地为棺椁,日月为含襚,狐狸亦可,蝼蚁亦可耳。"饱含辛酸之情,真挚感人,以常语入文,如相晤对。哀辞曰:

> 天生尔才,胡不汝骋?麻衣如墨,下不掩胫。下不掩胫,不过寒我。我食无所,我生其可?水岂无藻,山岂无薇。苟非吾有,吾敢采之?市魁屠伯,彼岂无食。我腹虽虚,我腰肯折?抱节而终,我则奚憾?乌鸢蝼蚁,上下何辨?尔贫固甚,尔守则多。不义而富,其如尔何?(《宋濂全集•潜溪前集》卷三)

林纾《春觉斋论文•流别论六》论哀辞云:"盖必寻乎古义,有感而发,发而不失其性情之正。因凭吊一人,而抒吾怀抱。尤必事同遇同,方有肺腑中流露之佳文。"宋濂此文写出了乱世士人的无奈,不仅表现了辛愿身虽屈抑、志却高尚的气节,并寄寓了宋濂的悲慨之情,通过个体遭际表现了那个时代士人的普遍感受。

陈基(1314—1370)有《祭沃吁廉使文》:

> 呜呼哀哉,公止斯耶?岂天恶正直,神好诡随耶?谠言无避者,恒不利于世,而秉心忠亮者,不必期颐耶?将苍苍不足问,而吉凶祸福初莫知其所尸耶?公之刚肠嫉恶,得于天者独厚,及以言得罪戾于人者,又何其颠且危耶?如使正色以立朝,明目而张胆,则英风伟节,夫岂补其缺而拾其遗耶?及权倖误国,是非乃明,而天不假年,果孰啬施耶?岂蹇蹇匪躬者道不昌,皎皎不污者数必奇耶?(《夷白斋稿》卷三十五)

连续的问句使作者悲愤无奈之情尽现无遗,所问矛头直指现实。虽其人"忠义足以正风纪,气节足以厉廉隅",而现实却是"亲老子幼,琴亡人逝,质之天道,是仁者有后,固不可得而欺焉",所谓"仁者必寿"、"天祐正直"之论,在现实中是根本不存在的。

明初,王袆(1322—1373)身居翰职时,代皇帝撰《祭高丽国山川祝文》,其文曰:

> 高丽为国奠于海东,山势磅礴,水德汪洋,实皆灵气所钟,故能使境土乂安,国君世享富贵。尊慕中国,以保生民,明神之功,于是为大。朕起布衣,今混一天下,以承正统。比者本国奉表称臣纳贡,朕嘉其诚,已封王爵。考之古典,天子于山川之祀,无所不通,是用遣使,敬将牲币,往修祀事,以达神休,惟神其鉴之。(《王忠文集》卷二十三)

表现了王朝的胸怀气度,可称雍容大雅之文。

明初诸人集中,多有为朝臣将相所作的哀祭文,气象宏大,可备一体。如苏伯衡(1360年前后在世)《为胡世美左丞祭常忠武王文》,祭明朝开国功臣常遇春。常遇春沉鸷果敢,冲锋陷阵,未尝败北,为一时名将,与徐达并称"徐常"。文曰:

> 王之始奋,自彼淮浦。命佐商周,德符伊吕。凡有猷为,天心允符。明良契合,如水与鱼。乃分齐斧,乃典戎旃。乃环甲胄,鹰扬以先。飞渡长江,首取浙东。彭蠡之捷,功为时宗。浔阳既下,江右率从。追奔逐北,至于衡湘。遂俘僭王,遂取荆襄。旋斾西指,苏湖秀杭。禽彼僭窃,安此百粤。奏凯来归,寻复北伐。威声哼哼,如霆如雷。闻之者震,当之者摧。自彼齐鲁,以及河汴。城无坚瑕,一鼓而奠。乘破竹势,直捣燕都。师之所趋,如涉空虚。幽冀之疆,泽路之境,关陇之阻,沙漠之夐,龙旗一麾,孰不稽颡。甚于摧枯,易如反掌。(《苏平仲文集》卷十一)

词气刚健,气象宏大,而用语简劲有力,洵大手笔。这就是所谓朝廷大制作。苏伯衡还有一篇《祭胡先生文》(《苏平仲文集》卷十一),表现的却是另一种情感。胡先生即胡翰,曾从吴师道受经,从吴莱学古文,又入许谦之门。明初诏修元史,请归隐,居北山而卒。文章虽极力颂圣,但苏伯衡对胡翰"宝怀而不售,材蓄而不试"还是心怀不平,表面上赞赏胡翰"不在乎禄之丰","不在乎位之崇",实际上却是苏伯衡不合作态度的一种表现方式。这种情感在《祭许祭酒文》(《苏平仲文集》卷十一)中发展到了极点。许祭酒即许元,许谦之子,因议朱元璋大位礼忤旨,告归,后死狱中。虽然苏伯衡将矛头指向所谓"猖嫉者",但"将善类之殄瘁,抑吾道之莫俟"的沉痛之言,对朱元璋的不满也昭然若揭。

方孝孺(1357—1402)受教于宋濂,深受赏识,故于恩师之亡,深感痛切,作《祭太史公》共七篇(《逊志斋集》卷二十)。文章各有侧重,如其一赞其师之为教、道德、文章;其二称其师:"嗟吾先生,全德迈伦。尽性蹈道,卓然天民";其四回忆从学经历,饱含情感;其五有云:

> 公之量可以包天下，而天下不能容公之一身；公之识可以鉴一世，而举世不能知公之为人。道可以陶冶造化，而不获终于正寝；德可以涵濡万类，而不获益其后昆。其所有者，皆众人之所难勉，而未尝自以为足；其所遇者，皆众人之所难处，则快然委命，而不置乎戚欣。此公之所以跨越前古，拔汇超伦，控宇宙而独立，后天地而长存者乎！……宜夫公之厌斯世而不居，甘远迹于峨岷。盖将吊重华于九嶷，唁屈子于江滨，而不忍污乎流俗之埃尘也。然则公固以死生荣辱为梦幻，得失毁誉为浮云。六合之内，孰非其第宅，荐绅之士，皆若其曾玄，尚何穷达之足云乎？吾独悲叹而不止者，上以忧乎斯道，下以悯乎斯民，愧受恩而未报，惧来者之无闻。呜呼哀哉！公其舍此而安之？岂其与形俱逝，与物同泯乎？吾犹仿佛见公骑风驭气，鞭日月而叱星辰，遨游乎昆仑之野，出入乎无穷之门。

从对宋濂的歌颂到对宋濂之死的无限悲慨之情，再到想象他虽死犹生，浩然之气与天地共存，驱使万物，这既表现了对宋濂的赞美与崇敬之情，也暗含了对现实的不满。文章随情感的变化而起伏，苏伯衡《染说》论文章云："经之以杼轴，纬之以情思，发之以议论，鼓之以气势，和之以节奏。"（《苏平仲文集》卷三）正好可以移以评价这篇文章。方孝孺卓然以兴复古道自任，有着强烈的使命感，他所最痛惜的是明道之士的死，但却不是只谈抽象的道学统系与传承，而是长于抒写追念之情。《祭胡仲申先生》（《逊志斋集》卷二十）从人生穷达说起，质问天命之不公，再进一步，归于"儒者多言，抉发幽秘。陵轹鬼神，讥切天地。"可谓命意高远，构思巧妙。

第二节 明前期哀祭文

明前期哀祭文名家有梁潜、谢铎、王直、李东阳、邵宝等。

梁潜(1366—1418)的《南耕先生哀辞》,为吉水人许洪而作。许洪吏治明敏,却适时地归隐田园,"庶几乎古之知进退者也"。辞曰:

> 世方草昧兮士无所依,非诚豪杰兮孰知攸归。嗟若先生兮绝识离伦,遁世逃避兮孰窥其机。乘时而出兮亦孔之宜,何材之高兮而仕则卑。琐琐趋慕兮世为耻羞,超然决去兮何勇如之。青原之左兮文水之湄,艺兰与荪兮翳彼紫芝。(《泊庵集》卷九)

洪武之后,人们对朱元璋的残暴虽然不敢放言直斥,但已有不满,说得比较隐晦,这篇文章可为一例。以梁潜的身份,居然对一个弃仕归隐的人作出这样的评价,可谓大胆。序为古文,辞用骚体,虽词气平缓而豪宕之气贯穿其间。《吴先生哀辞》(《泊庵集》卷九)中的吴先生也是一个英豪伟杰之士,却"不求阿色于时,由是遂与世龃龉,终身负此自困,不改也"。梁潜的文章大都"有纵横浩瀚之气"(《四库全书总目》卷一百七十《泊庵集》提要),发之于文,表现出明前期之文与元末明初的不同。

谢铎(1435—1510)的哀祭文多为亲族姻亲或故友旧交所作,大都"真情实意,溢出于言辞之表"。哀祭文的写作有一定的写作模式,如《文章辨体序说》所言:"叙其所记及悼惜之情。"但一般情况下,祭文多以抒发悼惜之情为主,叙记功能反在其次。谢铎祭文也多如此,但《王尚行哀辞》(《桃溪净稿》卷十九)却以记叙为主,完整地记叙了二人由闻名而相交,由相交而相知,直至对方不意而亡的全过程。文章从弱冠时说起,不断出现时间的交待:"既三年"、"又三年"、"又明年"、"又三年"、"又二年"、"又四年"等。时间的流逝不仅没有淡化二人的交情,反倒使二人结下了"出肺肝"

的知己情谊,为后文王尚行之死给作者的沉重打击作了铺垫,更引出了全文的主体哀辞部分。这段看似琐细的文字饱含了作者的深情,平实而真挚,细腻而感人。

王直(1379—1462)《祭太师杨公文》云:

呜呼!天之生贤,将以用世。惟公之生,天岂无意。赋以令德,既厚而充。发为文章,玉振金春。永乐之初,公在宥密。煌煌帝制,多自公出。迨事献陵,上下实亲。言无不从,尧舜是陈。宣行以来,至于今日。明圣相继,眷倚如一。公之纳忠,非私其躬。经幄纶闱,夙夜敬恭。山岳不移,泽施万物。公亦如之,谦退不伐。四朝元老,众之所资。天复何心,而不慭遗。九重悼嗟,恩礼加厚。哀荣始终,况乃眉寿。直之先世,道义相惇。及我小子,凡四通婚。从游翰林,情好笃至。我老益愚,不克终事。虽不终事,旧爱未忘。今则已矣,能不痛伤。灵车南还,千古之别。奠此茗饮,欲语反咽。公有治命,凡祭皆辞。薄物荐诚,公其鉴之。(《抑庵文集》卷十七)

人称台阁之文雍容大雅,此文可为一例。全文饱含痛惜之情,却又十分节制;叙述事实典而核,简而要,决不拖带;几乎全用四言句式,中气内涵而发于外,形成了雍容典重的文风;结构平正,先叙杨士奇生前之功与死后之哀荣,后述与其"情好笃至"的交谊。这样的哀祭文从容镇定,文气舒缓,非常符合人物身份。

李东阳(1447—1516)为文虽然沿台阁体的路数,但一方面强调诗文有别,另一方面,取径稍宽,不仅推崇欧、曾之文,也推崇韩、苏之文。《春雨堂稿序》云:"章之为用,贵乎记述铺叙,发挥而藻饰,操纵开阖,惟所欲为,而必有一定之准。"(《怀麓堂集》卷六十三)他的祭文就擅长于"发挥而藻饰",如《祭外舅蒙泉先生文》:

呜呼!人有不必得,世有不可无,故君子有所任以为重,物论有所藉而不虚。愚尝观于古之人,或不满夫一叹,及其至也,何止乎涕泪之与欷歔！在朝廷则庙堂若增而高，在关徼则山岳若增而重，在乡邑则文物若增而都。如公者，势不可以多得，而今亦已矣，又安用此乎！(《怀麓堂集》卷四十二)

这种多层次的感叹与排比句式的运用，增强了文章的气势，渲染了情绪，达到了很好的效果。李东阳正处于明代文风从前期平正典雅向中期沉博伟丽转变的过程中，所以他的文章既有平正典雅的一面，同时，虽未至"沉博伟丽"的境界，却也讲求藻饰开阖之法，以气势胜。如《松坞黄公哀辞》曰：

> 台之山，山思而水号，霜雪憯栗兮草卉凋，崖嵌谷岖兮道路险以挠，虎豹伏匿，狼狐嗷噪。岁既暮而改色，见东流兮滔滔，家巍巍兮孤存，魂一去而莫为招。聊抚景以慨俗，怀佳人兮郁陶。悲乎伤哉！(《怀麓堂集》卷四十三)

第三节 明中期哀祭文

明中期的哀祭文代表作家有邵宝、王守仁、李梦阳、何景明、杨慎、唐顺之、杨继盛、归有光、徐渭、王世贞等。

邵宝(1460—1527)为李东阳所得士,其诗文家数皆出自东阳。《祭丁提学玉夫文》为丁玉夫溺死而作,邵宝由此溺引申到其生平行事,称:"吾尝观玉夫之平生,譬之于水,其濒于溺者盖屡矣",其一为成化间因星变上疏事,其二为贬谪普安,其三为知广信期间,政务繁重,忧辱百端。刚逃离险厄之地,却不幸溺死,令人神伤:

> 呜呼哀哉!向也玉夫溺于世途,则王三原援之,倪文毅援之,非为玉夫,为天下也。今溺于水,亡其身以及其家,乃无一援之者。或谓世途险于山川,岂其然哉?虽然,玉夫之心固不溺也。耿耿者存,将托神江湖以指天下之迷乎?将假泽星汉以润天下之枯乎?抑将树灵砥柱以镇天下之流乎?(《容春堂前集》卷二十)

通过这种充满感情的叙述和哀叹,暗喻着丁玉夫的人品,其人虽死,其灵魂不死。《祭匏庵吴先生文》对吴宽的评价非常高:

> 呜呼!公在天下,为文章伯,为道义宗,冠冕立朝,而凡号为士者莫不想慕其风!……宝尝观世之士,其词其行,华常有余,而实则未足。流之成风,习之成俗。肤末纷纷,病我耳目。不有君子,大雅谁属?此宝于公匪直恸吾之私,而实为天下哭也。(《容春堂前集》卷二十)

永乐以来,台阁文学盛行,其文皆舂容大雅,但易流于肤廓冗长,平衍无文。如程敏政集中的祭文就多祭告先祖之文,铺排皇恩,文词质木无文。邵宝承李东阳,王鏊言其"师韩而不暇及乎其他",深有得于为文"典重而严,敷腴而畅"之要,融韩柳、欧苏于一体,故其文"开阖操纵,惟意所之,严而不晦也,畅而不浮也"(《震泽集》卷十四《容春堂文集序》)。征之此文,这个评价是很准确的。

王守仁(1472—1528)于正德三年(1508)被贬龙场驿,"自计得失荣辱皆能超脱,惟生死一念尚觉未化,乃为石椁自誓曰:'吾惟俟命而已!'日夜端居澄默,以求静一"(《王阳明全集》卷三十三《年谱一》)。但其仍"未免有情",时有怨悱之言,但却不是为个人,面对生命的消亡和人世不公,他仍会动情。《瘗旅文》写一吏目携子来任,与其子、仆死于异乡,王阳明率二童子瘗埋三人,作此文,其词云:

> 吾与尔皆中土之产,吾不知尔郡邑,尔乌为乎来为兹山之鬼乎?古者重去其乡,游宦不逾千里,吾以窜逐而来此,宜也,尔亦何辜乎?闻尔官,吏目耳,俸不能五斗,率尔妻子躬耕,可有也,乌为乎以五斗而易尔七尺之躯?又不足,而益以尔子与仆乎?呜呼伤哉!尔诚恋兹五斗而来,则宜忻然就道,乌为乎吾昨望见尔容戚然,盖不任其忧者。夫冲冒雾露,扳援崖壁,行万峰之顶,饥渴劳顿,筋骨疲惫,而又瘴疠侵其外,忧郁攻其中,其能以无死乎?吾因知尔之必死,然不谓若是其速,又不谓尔子尔仆亦遽尔奄忽也。皆尔自取,谓之何哉?吾念尔三骨之无依而来瘗尔,乃使吾有无穷之怆也。呜呼痛哉!纵不尔瘗,幽崖之狐成群,阴壑之虺如车轮,亦必能葬尔于腹,不致久暴露尔。尔既已无知,然吾何能为心乎?自吾去父母乡国而来此,二年矣,历瘴毒而苟能自全,以吾未尝一日之戚戚也。今悲伤若此,是吾为尔者重而自为者轻也。吾不宜复为尔悲矣。吾为尔歌,尔听之!(《王阳明全集》卷二十五)

通篇以吾、尔对举,将自己身窜蛮荒之地的无奈与对死者的悲悼一并写出,真挚感人。《祭刘仁征主事》(《王阳明全集》卷二十五)一文更对"仁者必寿"的说法提出了质疑:"呜呼!仁者必寿,吾敢谓斯言之欺乎?"事实上却是"作善而降殃",而且自古如此!这种愤激似乎不是讲"静一"之学者所该有的,但却正是阳明心学致吾良知于事事物物的精髓所在。

李梦阳(1473—1530)《哭白沟文》写于正德二年(1507)初,李梦阳与职方王子蒙放归南,途经白沟,因二人祖上曾战死于此,百载痛愤,一托之于此文。文章写得很有层次,先写初至白沟所见景象:"呜呼嗟哉!此何流兮?浩沙千里,霜雾四兴,荒滨断岸,陵沈谷崩。积骨成丘,冲波沃云。月星夜昏,杀气昼屯。"再写战斗前严整的军阵和战斗的惨烈、残酷,死亡之惨重,令人毛骨悚然。即使如此,全文仍洋溢着一股英雄精神:

> 窃尝究性命之原,推兴替之端,民死等于鸿毛,亦有重于泰山。彼短兵兮既接,耆天倾兮地摇,乃有睛被刺而不转,肤受刳而弗逃。此结缨抗论之夫,甘心乌鸢之口,膏草野而罔顾者也。猗嗟我祖,生为士雄,死为国殇。岱华摧而敦支,玉石灼而并戕。委英肝于尘沙,灭声景而永藏。(《空同集》卷六十)

充满着刚毅顽强的抗争精神和为国捐躯的豪迈气概,文章通篇用语古雅有力,很适宜于表现这种精神。李梦阳的哀祭文多为故旧所作,往往将政治斗争的顽强抗争与悲慨无奈融入文中,读来令人神王。如《熊士选祭文》:

> 仲夏之交,我舟南迈。冲沙改路,浩浩江濑。顾瞻剑浦,有坎山阿。慨思哲人,揽涕滂沱。惟思哲人,志超美心,如玉如金。英其德音,豸巍于冠。立朝之端,如鹫戟翰。乌栖弗安,联裾并珂。喟音京室,晨游继烛,宵吟见日。形忘道孚,死生胶漆。妖祲中昏,塌翅各归。天清地宁,重离再辉。我乎南来,哲人玉颓。蕙零松摧,不见颜仪,见此夜台。绝弦为谁,掩袂徘徊。百身愿赎,返魂无丹。巨川滔滔,林原盘盘,车停马驻,孰知我叹。(《空同集》卷六十四)

熊士选与李梦阳同为慷慨之士,同被贬斥,而当作者重出南来,熊士选已亡故,故文章充满了对知音好友的怀念和惋惜之情。

何景明(1484—1521)为文长于记事,而哀祭文虽主抒情,实兼叙事,故他的哀祭文能将二者结合,写得很成功。《祭李默庵先生文》就是这样一篇文章。何景明少有神童之称,十二岁时随父任至临洮,守令李纪"闻其奇,召置门下,甚爱重,贤之,为延师授《春秋》"。于是年十五河南省试第一,年十九登进士。此文祭其师,师恩深重,情自肺腑而出。文曰:

> 夫景明昔寓于公,是时有毛夫人也。公执诗书,毛夫人执灯烛,昼夜课景明诵读。居也视衣食,还也馈车马,此岂不有父母恩耶?是时,景明幼孺,非有能知也,公以成人礼之,又日察其言动中善者称于人。其所望见又皆可以施之天下百世者,不以时世富幸慕也。公尝盛衣冠入召景明语,毛夫人在傍,公谓曰:"汝视予贵耶?它日是子贵,奚翅予邪!然我所重望者,匪为贵已也。"呜呼!古人谓知己有若此邪!白首握手,终日语心而不知者,何可胜道邪?古人云"无德不报",又曰"为知己者死",今公逝矣,毛夫人又先亡矣,景明虽欲报而死也无日矣。他日纵有能施于汝、佐诸子,然二尊人又安能知邪?矧汝、佐诸子又能自大,予又安能有施也!虽然,公所望见予者,岂在报也,在望见景明之自能就立耳。今虽能取一第,为一官,使公及见,然所自立就者,已弗若公所望见者也。即它日又有能自就立,公又安能知邪?矧景明寡昧弗达,所自就立欲大于往日如公所望见者,又安能有也!呜呼已矣!何以酬公之德而副公之知邪!(《何大復集》卷三十八)

文章有叙事,回忆往事,叙述生动,如在目前,尤能传人物之神;有抒情,从报恩说起,处处退步,先说李公"匪为贵己",又说二尊人已亡,无处报恩,再说李公二子能自树立,不能有施。更转一层展开,从自己说起,自愧不能有所成立,非公所望,即使将来有成,李公也见不到。这真正称得上是"悲实依心"之文。《祭高铁溪先生文》(《何大復集》卷三十八)将铁溪先生之才、容、赋、辨、思,与"通达古今,发泄天地"之境界、陶铸后人之功,一一毕现,评价极高。最后几句抒写追悼之情,情词恳切,意境悲楚,可称名作。王廷相称何景明:"侵《谟》匹《雅》,歈《骚》俪《选》,遐追周汉,俯视六朝,温醇典雅,丰容色泽,靡不备举。"(《何大复集》卷首《大复集序》)参读此文,可知所评实确。

杨慎(1488—1559)的哀祭文,情辞并得,以雅丽为宗。在表现上,或骈或散,变化多端。如《祭参戎石冈沐公文》:

> 我识公面,自于徂滇。解龟卸鹄,狎鸥庋鸢。欣然交臂,凤契若先。班荆华屋,倾盖荣椽。一水讵隔,六邮奚延。不鄙谓我,同声相宣。清风朗月,寒旭凉烟。与言命驾,嗒尔遗荃。形既萧放,心固悬怨。颓山酌羽,流水鸣弦。非梗胡泛,无膏曷煎。有怀者音,辄走中涓。有问者阔,遥腾鹊笺。公嗜吟咏,选顷成篇。露华濯锦,譬月涵渊。公闲翰札,摹素临颠。金生玉润,芝苗兰鲜。公珍绘事,充栋盈枅。(《升庵集》卷九)

相同的遭际,共同的贬谪情怀,使得二人成为知己,而知己之亡给杨慎带来的悲痛该是多么难以承受!但这种痛苦之情在作者笔下却写得摇曳生姿,情辞并茂,仿佛化作一团清气,弥漫在天地之间。《祭玉垒王舜卿文》(《升庵集》卷九)也是一篇纪念大礼议中被贬同行的朋友,以沉痛的语气表达对亡友的思念,感情沉痛。文章用了大段的篇幅叙述被贬同行的过程,着意于渲染历程的艰难,那种怅愤、孤独、寂寞与投身蛮荒的痛苦和呻吟如在耳边,至今读来仍感人至深。

唐顺之(1507—1560)《祭万古斋文》写朋友之谊,平易简淡,写二知心畅述一段尤为感人:

> 佛庐仙洞,水曲山窈。携壶担盒,与余相邀。花木玲珑,禽鸟啾啁。流目倾耳,永日遨游。或时闭门,对坐一室。奇文共赏,疑义与析。清言不足,或继以奕。晨食相逢,忽焉日昳。余有所往,不告于

僮。僮来相寻，知必在公。公命家人，为具客食。家人不问，知余为客。绸缪往复，逾四五年，曾无一日，旷不周旋。(《重刊荆川文集》卷十三)

当年或同游于山水之间，或晤谈于一室之中，或继以手谈，以至忘却日之将夕。尤其是写二家往来一段，写出了二人的知己默契之情。《王御史毅斋诔》为王毅斋之遭际而作，所谓"瑾不能杀公于虐焰横被之日，而公所劾侍郎某者乃能扼公于众正汇征之后，遂至摈弃以死"。诔文先写刘瑾横行，其词曰：

丙寅初元，是生孽牙。谁为其虺，忽焉为蛇。金陵凤阳，以及宫禁。星陨雷击，为国妖谶。公为御史，执法台端。谓此不言，焉用豸冠。披腹叫阍，变岂虚来。匪实不应，请绝内批。奄见之怒，碎而投地。公再上章，其气弥厉。弗预为防，噬脐何益。党固甘露，岂一朝夕。虎豹猊猊，九关帝居。献忠不足，贾祸有余。彼奄薰灼，出口制诏。爵人族人，专行弗忌。长跪者谁，金玉其带。桓桓台司，望尘亦拜。大杖高枷，惨于炮烙。(《重刊荆川文集》卷十三)

再写逆阉被杀，王公却"竟终牖下"，词气慷慨，义愤填胸。

杨继盛(1516—1555)卓然烈士，不以能文称，然当其发自肺腑，慷慨激昂之际，乃为天下之至文，非文士摇笔所能及。《祭易州杨五文》就是一篇这样的文章，文章开篇大发感慨：

呜呼！论友三代之上，当取诸缙绅休采之列；论友于三代之下，当求诸山林草泽、农圃工贾之间。盖君子、小人之迭为隐见，每随时势之盛衰，而正人君子之相与，惟取其义气孚固，要不当必以区区之势位拘也。

作者之所以发这样的感慨，是因为他因谏马市被贬及疏排权奸严嵩被系狱时：

> 平昔指天论心者,惧祸之及己,则远绝之不暇;同时交游者,疾名之胜己,则非毁之惟恐其不足;而素以义气著闻,豪杰自负者,恨言之侵己,且售计投石,要功泄愤于权奸之门,其孰与我乎!西泉乃三视狱中,通问不绝,其彷徨拯卹之意,又殷于初。虽龌龊庸琐辈惕以重祸,不恤也。(《杨忠愍集》卷二)

通篇无意于文字安排,行文以气,自成佳作。

从文体的规定性上看,归有光(1506—1571)最适合写哀祭文。他的哀祭文深有得于天理人情之极致,并且将悲哀之意表现得曲折委婉,具有风韵疏淡之美。如《祭外姑文》,却从亡妻说起,曰:

> 昔吾亡妻,能孝于吾父母,友于吾女兄弟,知夫人之能教也;粗食之养,未尝不甘,知夫人之俭也;婢仆之御,未尝有疾言厉色,知夫人之仁也。癸巳之岁,秋冬之交,忽遘危疾,气息惙惙。犹日念母,扶而归宁。疾既大作,又扶以东。沿流二十里,如不能至。十月庚子,将绝之夕,问侍者曰:"二鼓矣,闻户外风淅淅,日天寒风且作,吾母其不能来乎?吾其不能待乎?"呜呼,颠危困顿,临死垂绝之时,母子之情何如也!(《震川先生集》卷二十九)

祭岳母文较难下笔,因为没有太深的情感和了解,故归有光转而写其妻与其母的深厚情感,而出之叙事笔法,不为空论,写得真切感人。其情之切,其行之不顾急病,其临危之言,无不动人心魄。

《御史中丞李公哀词》围绕着归有光与李公的交往与知己之情展开,先叙说与李公亲善同志业之情,再拉杂写二人交情,不避琐细,兼具叙事、抒情双重功能,确实可称得风韵疏淡之美。但立意不高,只就二人交谊相知之情写来,只是深感世人势利之徒,显晦之际,人情不能无变,而不及其他。如就世人对李公的评价,他辩道:"议者以公为善处世,以能至大官。余独知公盖有得于古,而直用文雅缘饰之,是以人望之而敬,与之处而亲也。"(《震川先生集》卷二十九)这个辩解十分勉强,不能成立。故林纾评曰:"归震川为明代文章宗匠,乃为御史中丞李公作哀辞。李公以天子新建紫宫及西苑、平台、神仙长年之殿,李公为之连岁采运,大工迄成而卒,此花石纲之弊政,在理初不能以私情哀之。矧李公位至中丞,年非夭札,乃不顾体裁而哀之,过矣。"(《春觉斋论文·流别论六》)归有光自己也曾说过:"平生足迹不及天下,又不得当世奇功伟烈书之,增叹耳!"(《震川先生集·别集》卷七《与王子敬三首》)也正因为如此,他才写出了这样艺术上成功内容上却并不可取的文章。

当然,林纾之论也有过于苛刻之处,不能一概而论。归有光的《祭杨忠愍公文》就写得相当精彩:

> 呜呼,自古正士,常见憎嫉。邪人害正,千古若一。方公侘傺,远集何日。观彼蹴踖,嘿嘿自吒。不忍大奸,因时发愤。遂震群耳,如雷之闻。虽彼党人,称公忠义。众口相和,谁敢云异。(《震川先生文集》卷二十九)

慷慨激昂,完全不同于那些风韵疏淡之文。

徐渭(1521—1593)遭际坎坷,历经患难,使他对死生之别尤为痛心。平倭之后,胡宗宪被逮,"渭虑祸及,遂发狂,引巨锥剚耳,刺深数寸,流血几殆。又以锥击肾囊,碎之,不死"(陶望龄《陶文简公集》卷七《徐文长传》)。但徐渭对胡宗宪的感情十分微妙,胡入狱后,徐渭曾作《十白赋》,序中说:"时予各欲赋以讽公,未能也。公死于华亭氏。予寄居马家,饮中烛蚀一寸而成十章。讽固无由,且悲之矣。"(《徐渭集·徐文长三集》卷一)他的《祭少保公文》就表达了"讽固无由,且悲之矣"的复杂情感。此文没有对胡宗宪的生平、功业进行铺叙,而是自抒怀抱,写得极精短,全文如下:

> 於乎痛哉!公之律己也,则当思己之过;而人之免乱也,则当思公之功;今而两不思也,遂以罹于凶。於乎痛哉!公之生也,渭既不敢以律己者而奉公于始;今其殁也,渭又安敢以思功者而望人于终?

盖其微且贱之若此，是以两抱志而无从。惟感恩于一盼，潜掩涕于蒿蓬。(《徐渭集·徐文长三集》卷二十八)

徐渭之文讲求锤炼之功，不事铺叙，擅长抒情写志，不同于传统古文家以气驭文，而是潜气内转，故文章绝无蝉缓冗沓之弊。《祭张太仆文》(《徐渭集·徐文长三集》卷二十八)中的张太仆即张天复，《畸谱》(《徐渭集·补编》)纪恩，将徐渭嫡母苗氏、张天复及其子张元忭和胡宗宪并列，可见情谊之深厚。但文章却绝不拖带，心情之沉痛与感念之诚恳尽现文中。文章如此，行为更是一出真情，毫无缘饰。后来张天复之子张元忭死，徐渭往哭，张汝霖《刻徐文长佚书序》记："阍者言，有白衣人径入，抚棺大恸道：'唯公知我！'不告姓名而去。余兄弟追及之，则文长也，涕泗尚横披襟袖间。余兄弟哭而拜诸途，第小垂手抚之，亦不出一语，遂行。榥户十年，裁此一出。呜呼，此岂世俗交所有哉！"(《徐渭集》附录)

王世贞(1526—1590)才情宏富，取法较宽，故笔调纵横，成就高于李攀龙。祭文也是如此，王世贞《祭黎惟敬少参文》先写诸人先后离散的情景，中间一段回忆相聚景象，十分生动，如在目前，清雅可人，颇富才情。如：

> 呜呼！丙辰之春，胥会招提。余使而东，于鳞乃西。宗、徐并镳，觞榼提携。明卿继之，若鸟逐栖。却误伯承，改辙几迷。……余部吴兴，君为不速。颠倒裳衣，酒炙相属。遂登岘山，探讨松竹。颜公窪樽，磨藓以读。放舟碧浪，改席浮玉。明月飞镜，皎洁天目。高山激弦，回波流曲。名画法书，恣君品录。屈指千载，此胜畴续。(《弇州山人续稿》卷一百五十三)

王世贞的《祭俞仲蔚文》(《弇州山人续稿》卷一百五十三)，在对俞允文命运赢、啬的感叹中，表现了他的不幸和天生才气，语意沉痛，情词并茂，也是一篇很成功的祭文。

第四节　明后期哀祭文

明后期哀祭文的代表作家有屠隆、钟惺、谭元春、李流芳、黄汝亨、张鼐、俞婉纶、宋懋澄、夏树芳、沈自征、张岱等。

屠隆(1542—1605)的哀祭文多表现他的逸人之思与骚人之迹，富于才情，深于哀怨。如《祭朱比部先生文》有云：

> 窃谓人事无论矣，即天道何为者？先生文收四海之声，而位不登台司；才抱皇王之略，而官不过郎署；心营六合之观，而寿不满五十。其迍塞而不得志也，孰扼之？其荣名一瞬而辄告逝也，孰促之？方其激昂青云也，孰亨其运？曾未几而毕命黄垆也，孰为之灾？（《由拳集》卷二十）

排比的句式与连续的问句，有如屈原的《天问》，使得文章充溢着慷慨悲凉之气。《祭二陆先生文》(《白榆集》文卷二十)祭吊陆机、陆云也是如此，骚雅之音，太息之声，不绝于耳。屠隆任礼部仪制司主事时，被论罢为民，此后益纵情诗酒，以解不平之气。屠隆讲三教合一，与他的特殊遭遇有关，更和他才子式的性情有直接关系，因而便产生了人生空幻之思和解脱的要求，在表现上，便是才子的狂放和游戏人生的生活态度。他的《戏为酒徒祭文》(《明人小品十六家·翠娱阁评选屠隆小品》)便是表现这种态度的一篇奇文。而《戏为生祭周叔南文》(《白榆集》文卷二十)则与上文不同，那里是斩钉截铁，这里却是长篇铺叙，铺叙人生可悲、生命空幻的无奈，以及由此而生的达观。

钟惺(1574—1624)在晚明党争中两次京察落选，内心充满愤懑，不屑于官场，但对朋友亲人却感情深厚。《祭同年彭用九文》写他与彭用九为同邑生，同举于乡，而性情不同，一疏一密，一闇一察，一惰一警，故钟惺常劝彭用九忍辱宽厚以待人,养生自爱,隐晦销妒,但彭用九还是为舆人所杀。这里所写不单纯是性格问题,而寄寓了钟惺对现实的悲愤之情。文末写得最为感人:

> 余辈今日偃蹇青衫,身自寒士,姑不能授人以手,请无以口惠诳子。以子之灵,后死者异日稍能自振,见子诸孤,所不下羊舌之泣,心力所可尽,使有如彦升儿冬月披葛,遭父友于道者,生何面立天壤,死当何以见子地下乎!子之英爽,当不遂随肝臂朽腐,化为异物,曷其听而记余言!(《隐秀轩集》卷三十四)

陆云龙评此文:"字字肺肠,言言肝膈,泉下也应心慰。"(《明人小品十六家·翠娱阁评选钟惺小品》)这段文字的确是真切感人,全无虚套,人间有如此真情,也足慰泉下之人。这之中既有对亡友祭慰,也有对人生的无奈感叹。《堂祭亡弟叔静文》(《隐秀轩集》卷三十四)也是这样一篇发自肺腑的文章,文章用四六写成,但没有四六的熟滑,而充满了对亡者的追念和生者的无奈。陆云龙评此文:"蜉蝣世路,亦哭亦慰。"(《明人小品十六家·翠娱阁评选钟惺小品》)抓住了文章的核心。《祭同年彭用九文》中"以子之灵"一句,是一个长句,句式比较特殊,为了表达这样一种难言之情而作,但略显生涩。《堂祭亡弟叔静文》中"有似"、"庶几"二句,用词十分精准,祭奠死者的人,希望对死者有个圆满的交待,而现实却不可能令人满意,只好用骈句特有的含混与模糊来表现。后面"所有者"与"所无者"、"予夺"与"荣哀","同生者"与"后死者","执友"与"周亲"都相对而言,可见钟惺的确精于锻局、运笔、修词,具有潆洄曲折、轻扬灵活之美。

钟惺年长谭元春(1586—1637)12岁,又是进士出身,谭元春则久困公车,但钟、谭志趣相投,二人结成终身挚友。钟惺死后,谭元春作《告亡友文》(《谭元春集》卷二十六)祭告亡灵,真切沉痛。行文上不刻意追求典雅严整,而是拉杂写来,不避琐细,以生平知己为核心,以相知却相负为主线,贯穿全文。谭元春论诗主张:"夫真有性灵之言,常浮出纸上,决不与众言为伍。"(《谭元春集》卷二十二《诗归序》)这篇文章正是一篇"真有性

灵之言"的文章,如谈及诗文之道的一段:

> 诗文之道,受命于胸中,誉不可受,哗不可改,人皆劫劫,已独有余。子尝抽其绪,肩其纽,冥目幽思,望远汲深,不务多取于古人,以力自至于后世。而予常避同调之声,厌争趋之陋,滩移帆折,泉去瓶流,虽未知栖翔何所。然子在日,予之文已有未经子目者,意欲待业就志满,而后与子各置一地,以雪天下"二人一手"之名。业未告成,子不及见,予则负子矣。

竟陵处于流派纷争之际,主张"止有同志,原无同调"(《谭元春集》卷二十三《万茂先诗序》),当有人以"竟陵一脉"相称时,钟惺"逡巡跼踏,舌拼而不能举",以为"物之有迹者必敝,有名者必穷"(《隐秀轩集》卷十七《潘稺恭诗序》)。这也正是他们二人绝出时俗之处。文中专言及此,可见二人同志情谊之深。文中还有一段奇文,谈及自己一番话引出对钟惺遭贬的愧负之感:

> 子澹素疏拙,营生最其所短。偶一日与子谈曰:"看子命相骨法,不亨于官。亦宜稍策田庐,杜门古处,乃为不俗。"士大夫安可以饥寒告人为不俗?子时叹美此言,而性无遮拦,间受赠遗,遂为薄俗所检点。天下之人谓子不宜尔,而予回思之,昔者一言过听至此,予则又负子矣。

这类私下的话往往是不入文的,所谓为贤者讳,但这里却直言不讳,知己之情远胜于矫饰虚文,这也正是竟陵文学创作最能感人的地方。文中还谈及一次误听钟惺死讯,结尾处尤妙,不仅寄托了绵绵哀思,还将钟惺所主张的"幽情单绪,孤行静寄"隐寓于其中,并置于"秋声月光"这样一个清冷孤寂的境界中。钱谦益说谭元春"才力薄于钟,其学殖尤浅,谀劣弥甚"(《列朝诗集小传》丁集中"钟提学惺"附见"谭解元元春")。但谭元春虽学力不足,却富于才情,是一个长于感悟的诗人,故其文一往情深,而其中一股清涩的苦味,构成了其散文的独特艺术风格。

李流芳(1575—1629)的祭文多为亡友和后学所作,情意真切,朴实自然,无一毫做作。行文渊雅平易,娓娓道来,往事云烟,充耳溢目,情意淡雅,意态悠旷。《祭郑彦远文》写失友之痛:"呜呼痛哉!西隐、竺林之间,松风槐雨,夜钟晨呗,与彦远悠然相对如昨日也,而今可得乎?"复感慨生命易逝之悲,融入了强烈的个人感受:

> 吾年未三十,而人世死生之感尝之殆尽,十年之间,哭吾兄,哭吾妹,哭我良友,又哭我父。当其哀之所至,且蕲死而不得,不自意其复悻然以生。悲夫!吾恶知彦远之蕲生不如吾之蕲死乎?畴昔之夜,梦彦远与吾促膝而语,颜甚泽而多笑,似甚乐者,而忘其死也。噫!吾恶知彦远之不乐而忘其死乎?(《檀园集》卷十)

平易淡雅之中,无复痛号之悲,自有其真情在,感人良深。《祭徐孺穀文》(《檀园集》卷十)忆及当时相聚之欢,复申以失友之悲。全文以四言成篇,而毫无滞碍之感,流畅自然。情意深厚而出之以平淡之语,温雅之中自有一番深重之慨叹,感人良深。

黄汝亨(1558—1626)的祭文或直抒胸臆,或曲写牢骚,具有感动人心的力量。《祭汤若士先生文》(《寓林集》卷十九)单由汤显祖才高迹穷,在文坛上自辟堂奥申论,表达哀思。文章开篇即以"诗能穷人,文憎命达"领起,往复变化,转承起合,渺无痕迹,读来令人顿生凄咽。全文层层递进:第一层写七子狎昵;第二层写自辟堂奥,名流宇内;第三层写二人片语宣心,谈古论今之谊;第四层惋惜其亡。《祭丁右武文》(《寓林集》卷十九)以一连串的问句突显了主人公的不遇之悲和作者对世事的无限悲慨。黄汝亨的祭文往往能够根据亡主的身份、遭际、地位及与个人的关系来结构全文,表达哀思。《祭王元美大司寇文》(《寓林集》卷十九)最能体现这一点,文章很少表达痛苦的哀思,而更多地表达对王世贞"全才具德"的敬仰,对他"蔚为国华"、"高名山斗"的赞美。

晚明诸家哀祭文,既哭吊友人,又聊慰本心,因人及物,由人及己,寄寓了无尽的人生感慨。宋懋澄(1569—1620)《祭冯元成先生文》(《九籥集》中集)就是一篇奇文,作者对死者已逝的伤痛并不在朝廷失才,而专注于文坛失去一位能挽救颓风的主盟。与其说是在思念死者,不如说是借死者对当今文坛之弊感愤不已。作者将作养士气与世道风俗、文坛兴衰联系在一起,特别是三先生对失意士人的提携,将"优容狂士"与"国家元气"联系起来说,别具一番新意。

张鼐《为考选诸君祭熊侍御文》开篇第一句就是"呜呼!阳明蚀而君子厄,元气薄而正人摧",挺拔有力,识见卓荦。文中赞熊侍御"砥行冰壶,宅心霁月。德则春融,材则霆决。其持论也,引大义而执砥之平;其与人也,豁重襟而含鉴之别。中立之概,薄墙壁而不依;独创之局,弃边幅其如脱",并与晚明社会人心相对比:

> 世人何知,见利而争。舍毡集蚁,没齿而腥。百足为扶,盲相矕杖。失之则颠,乃蹈罗网。亦有夸人,气侠自矜。决于面墙,波涛昼惊。或讳机械,托宿名理。理亦有机,翻为祸始。嗟嗟世波,如此而已。非公深忧,谁念及此。嗟嗟,天地经岁,不生一人;幸而挺生,摧折几何!(《明人小品十六家·翠娱阁评选张鼐小品》)

联系晚明的政局人心,这里所论确是"妙得人情"。悼祭之作或悲其际遇,或叹其早逝,或赞其学术道德,或言功业勋绩,张鼐的《慰弟文》(《明人小品十六家·翠娱阁评选张鼐小品》)却别出手眼。他的弟弟一生"诸业不起",一事无成,本无可纪,但兄弟之情不可灭。故转言其舌业、耳业、眼业、鼻业、身业、意业,实则诸业皆无,造物啬吝。但恋即是业,业即是苦,脱离此世,即是超升,撒手而行可矣,是谓得大清净。

张献翼是明后期的一大怪人,俞琬纶(天启二年进士)作《祭张幼于先生文》,其辞曰:

> 公一生奇,而死更奇。闾里接公之奇状百出,无不怪而笑公;言及公之死,又无不怪而笑公。嗟乎!不知公而但见公之状与公之死,

乌得不笑？何怪乎里人哉！然则公之死，当唯是风云带愤，泉石下怆，不复可于人间求痛公者。一日遇东浙人数丁，相与集舟中，齿及公之死，一人云："太白《扶风豪士歌》'天津流水波赤血，白骨相撑如乱麻'，不意为幼于草堂作谶。"数人相对垂泪。纶以为皆公生平交也，而曰曾未获一识面。噫！此可见公之为人不当于奇不奇间求矣。（《明文海》卷四百七十七）

文章先从生奇死亦奇说起，一转写里人之笑，二转写风云带愤，三转写舟中所说，结以不当以"奇"论公，结构巧妙，转折自然，而语带悲愤。俞琬纶也是个奇人，他有三篇奇文：《祭半齿文》、《祭桃影文》、《诔双梧》，为《明文海》所录。《祭半齿文》有云：

三十年苦辛，尔噆之；二十年酸味，尔嚼之；千万斛愁惨，尔啮而忍之。徒有饮声，不识笑口。尔固贱骨也，贱愈可怜。贱莫如马，马骨犹埋，矧尔乎！卜花下少行人处，埋尔怜尔，以花本覆尔，以花瓣沁尔，以花露护尔，以花神蚓窟为斧，蚁穴为堂草，雨为芳醪，蜂为死友，使寒微片骨虽贱能香，复忻来生，毋堕业躯也。（《明文海》卷四百七十七）

这种调笑式的小品在晚明比较流行，作者写来虽有沉痛，但亦有自嘲调笑之意，读者看来只不过觉得好玩，多则涉于轻浅矣，可备文之一品。

沈自征(1591—1641)《祭甥女琼章文》是一篇感人至深的祭文，痛自心中，字字悲慨，句句伤情，结构上回环往复，沉浸在对往事的回忆、内心的愧悔、天命的怀疑、生死的伤痛之中，自责、自慰、伤人、伤己、怨天。作者回忆了沈琼章初至舅家时可爱、聪慧的形象，又写与成人后的沈琼章第一次也是最后一次见面，而沈琼章竟在出嫁前五日死去，令他伤痛不已。再写六月二十日作者梦中见到甥女，意感不祥，而沈琼章在十一日就已去世，此盖离魂远告，令人不禁指天发问，然一切成空，无端得此大恸，只有回归宗教情感才能抚慰内心，以得暂时超脱：

> 夫我辈情根缠绵,飘没爱海,吾佛慈悲,正于人情最奇最艳、甚深甚恋之处,猛下一剪,如锋刀冷体,使人痛极方省,恨极始淡,见此风花泡影,明明如是,阎罗老子正是老婆心切。假使汝关雎宜家,相夫荣贵,玉台香筍,品月评花,不过如李易安、杨夫人以文明一代,垂声来禩巳耳。汝元从蕊珠碧落而来,示现一十七年,将嫁不嫁,完汝莲花不染之身,不惜以身说法,蝉蜕而逝,度有情眷属,则汝之来,岂偶然者邪?(《明文海》卷四百七十八)

张岱(1597—1689)散文独成一格,折中公安、竟陵两派,涉笔成趣,既非公安的轻灵倩丽,也非竟陵的幽独艰涩,而自有一番空灵晶映之美。他的祭文代表作是《祭秦一生文》,开篇简单交待后,就是一大段凭空起议:

> 世间有绝无益于世界,绝无益于人身,而卒为世界人身所断不可少者,在天为月,在人为眉,在飞植则为草木花卉,为燕鹏蜂蝶之属。若月之无关于天之生杀之数,眉之无关于人之视听之官,草花燕蝶无关于人之衣食之类,其无益于世界人身也明甚。而试思有花朝而无月夕,有美目而无灿眉,有蚕桑而无花鸟,犹之乎不成其为世界,不成其为面庞也。

然后写"闲散终其身,于世界实毫无所损益"的秦一生,"性好山水声伎,丝竹管弦,樗蒱博弈,盘铃剧戏,种种无益之事,顾好之",但"往往借他人歌舞之场插身入,故凡越中守土、有司及豪贵,肆筵设席,或于胜地名园,或于僻居深巷,一生无日不以微服往观。至夜静灯残,酒阑客散,其于槛础之间,两目烂烂如岩下电者,非他人,必一生也"。世人追逐富贵,实不知山水声伎为何物,只有秦一生尽享其美,不减王侯。文末更借寓言道:

> 古者有山村人,从闽海归,说其所见海错,奇形异味,里人争来共舐其眼。今一生在夜台,其中亦有富贵而死,如所谓山水声伎不知为何物者,一生绎言之,争来舐其眼者,应亦不少。吾以此言解一生之忧

愤,一生必辴然而笑,畅饮此觞矣。(《张岱诗文集·琅嬛文集》卷六)

一般文章往往是抽象地对死者在阴间活动的祝愿,张岱却一反常态,写法十分奇特,非常人所能到。文章最后点明这样写是为了"解一生之忧愤",这样一个闲散无用的人生背后寄寓着无限忧愤和无所用于世的悲哀,却出之以轻松戏笑之笔,寄寓着无限深情。这样的境界只有在晚明才会有。张岱是个胸怀旷达却又充满深情的作家,而这些又来自感性生活,其旷达之中不乏狡狯,故其深情往往出之以谐谑,这正构成张岱散文的独特魅力。

张岱的《祭祁文载文》也是一篇佳文,文曰:"昔人谓香在未烟,茶在无味。盖以名香佳茗,一落气味,则其气味反觉无余矣。人知如此,则可以悟道,可以参禅。"而祁文载一生无才子气,无纱帽气,无道学气,无和尚气,无聪明智慧气,张岱称之为"更无第二人"。文末更是笔法超拔:

> 文载心同止水,眦决层云,举世间之功名富贵,死别生离,恩爱冤仇,子女玉帛,皆不足以入其胸次。而吾辈尚以世俗靡文,生刍絮酒,《薤露》哀词,以志悲痛。文载以道眼观之,不足以当其一哂。(《张岱诗文集·琅嬛文集》卷六)

王惠《跋琅嬛文集》评张岱之文曰:"笔挟风霜,气吞庄列。"(《张岱诗文集》附录)正可移以评此文。《公祭张亦寓文》(《张岱诗文集·琅嬛文集》卷六)也如精金美玉,妙语佳言层出不穷,真正写出了胸中"一段不可磨灭之气"。

主要参考文献

贝琼. 清江贝先生文集. 四部丛刊初编. 影印明初刻本.

蔡清. 艾庵密箴. 四库全书存目丛书·子部. 第6册. 影印清乾隆七年(1742)蔡廷魁刻本.

蔡清. 蔡文庄公集. 四库全书存目丛书·集部. 第42～43册. 影印清乾隆七年(1742)逊敏斋刻本.

曹端. 月川语录. 四库全书存目丛书·子部. 第6册. 影印清道光十八年(1838)刻《月川先生遗书》本.

曹学佺. 石仓文稿. 续修四库全书·集部. 第1367册. 影印明万历刻本.

陈基. 夷白斋稿. 四部丛刊三编. 影印本.

陈继儒. 安得长者言. 宝颜堂祕笈·正集, 上海: 文明书局石印本. 1922.

陈继儒. 白石樵真稿. 四库禁毁书丛刊·集部. 第66册. 影印明崇祯间刻本.

陈继儒. 陈眉公集. 续修四库全书·集部. 第1380册. 影印明万历四十三年(1615)史兆斗刻本.

陈继儒. 书画史. 宝颜堂祕笈·正集, 上海: 文明书局石印本. 1922.

陈继儒. 晚香堂集. 四库禁毁书丛刊·集部. 第66册. 影印明崇祯间刻本.

陈继儒. 岩栖幽事. 宝颜堂祕笈·正集, 上海: 文明书局石印本. 1922.

陈继儒. 偃曝余谈. 宝颜堂祕笈·祕集, 上海: 文明书局石印本. 1922.

陈仁锡. 陈太史无梦园初集. 四库禁毁书丛刊·集部. 第59～60册.

影印明崇祯六年(1633)张一鸣刻本.

陈田辑.明诗纪事.上海:上海古籍出版社.1993.

陈献章.白沙先生至言.续修四库全书·子部.第936册.影印明嘉靖二十六年(1547)陈大伦刻本.

陈献章.陈白沙集.北京:中华书局.1987.

陈沂.拘虚晤言.四库全书存目丛书·子部.第84册.影印涵芬楼影印明刻《今献汇言》本.

陈子龙.安雅堂稿.沈阳:辽宁教育出版社.2003.

陈子龙等揖.明经世文编.北京:中华书局影印本.1987.

程嘉燧.松圆偈庵集.续修四库全书·集部.第1385册.影印明崇祯间刻本.

程敏政.篁墩文集.景印文渊阁四库全书.第1252～1253册.

戴名世.戴名世集.北京:中华书局.1986.

丁福保辑.历代诗话续编.北京:中华书局.1983.2001.

董传策.奇游漫纪.四库全书存目丛书·史部.第127册.影印明万历间云间董氏刻《董幼海先生全集》本.

董其昌.画禅室随笔.景印文渊阁四库全书.第867册.

董其昌.容台文集.四库全书存目丛书·集部.第171册.影印明崇祯三年(1630)董庭刻本.

董其昌辑.神庙留中奏疏汇要.续修四库全书·史部.第470～471册.影印清钞本.

杜联喆.明人自传文钞.台北:艺文印书馆.1977.

方苞.方望溪全集.北京:中国书店影印本.1991.

方鹏.矫亭存稿.四库全书存目丛书·集部.第61～62册.影印明嘉靖十四年(1535)刻十八年(1539)续刻本.

方孝孺.逊志斋集.宁波:宁波出版社.1996.

房玄龄等.晋书.北京:中华书局.1974.

费元禄.甲秀园集.四库禁毁书丛刊·集部.第62册.影印明万历间刻本.

冯梦祯. 快雪堂集. 四库全书存目丛书·集部. 第164~165册. 影印明万历四十四年(1616)黄汝亨、朱之蕃刻本.

冯琦. 冯用韫先生北海集.《明人文集丛刊》第1集, 台北: 文海出版社. 1970.

傅占衡. 湘帆堂集. 四库禁毁书丛刊·集部. 第165册. 影印清康熙六十一年(1722)活字印本.

高攀龙. 高子遗书. 景印文渊阁四库全书. 第1292册.

高启. 高太史凫藻集. 四部丛刊初编. 影印明正统九年(1444)周忱刻本.

顾璘. 顾华玉集. 景印文渊阁四库全书. 第1263册.

顾宪成. 泾皋藏稿. 景印文渊阁四库全书. 第1292册.

顾炎武. 陈垣校注. 日知录校注. 合肥: 安徽大学出版社. 2007.

归有光. 震川先生集. 上海: 上海古籍出版社. 1981.

郭维藩. 杏东先生文集. 明嘉靖四十一年(1562)蔡汝楠刻本.

韩邦奇. 苑洛集. 景印文渊阁四库全书. 第1269册.

何景明. 何大复集. 郑州: 中州古籍出版社. 1989.

何良俊. 四友斋丛说. 北京: 中华书局. 1959.

何乔新. 椒邱文集. 景印文渊阁四库全书. 第1249册.

何乔远. 皇明文征. 四库全书存目丛书·集部. 第328册. 影印明崇祯四年(1631)自刻本.

何镗辑. 古今游名山记. 四库全书存目丛书·史部. 第253册. 影印明嘉靖间刻本.

何瑭. 柏斋集. 景印文渊阁四库全书. 第1266册.

何文焕辑. 历代诗话. 北京: 中华书局. 1981. 2004.

胡广. 胡文穆公文集. 四库全书存目丛书·集部. 第28~29册. 影印清乾隆十五年(1750)刻本.

胡翰. 胡仲子集. 景印文渊阁四库全书. 第1229册.

黄道周. 黄石斋先生文集. 续修四库全书·集部. 第1384册. 影印清康熙五十三年(1714)郑玫刻本.

黄凤翔. 田亭草. 四库禁毁书丛刊·集部. 第44册. 影印明万历三十

九年(1611)甘雨刻本.

黄福.黄忠宣公文集.四库全书存目丛书·集部.第27册.影印明嘉靖间冯时雍刻本.

黄淮.黄文简公介庵集.四库全书存目丛书·集部.第26～27册.影印民国二十年(1931)永嘉黄氏排印敬乡楼丛书本.

黄奂.黄玄龙小品.清康熙间刻本.

黄汝亨.寓林集.四库禁毁书丛刊·集部.第42册.影印明天启四年(1624)吴敬等刻本.

黄省曾.五岳山人集.四库全书存目丛书·集部.第94册.影印明嘉靖间刻本.

黄体仁.四然斋藏稿.四库全书存目丛书·集部.第182册.影印明万历间刻本.

黄宗羲.明文海.北京:中华书局影印清钞本.1987.

黄宗羲.南雷诗文集.黄宗羲全集.第10册,杭州:浙江古籍出版社.1994.

黄佐.南雍志.台北:伟文图书出版社影印本.1976.

黄佐.泰泉集.明万历七年(1579)序刻本.

黄佐.六艺流别.四库全书存目丛书·集部.第300册.影印明嘉靖四十一年(1562)欧大任刻本.

江盈科.雪涛阁集.长沙:岳麓书社.1997.

焦竑.焦氏澹园集.续修四库全书·集部.第1364册.影印万历三十四年(1606)刻本.

焦竑.焦氏澹园续集.续修四库全书·集部.第1364册.影印万历三十九年(1611)朱汝鳌刻本.

焦竑.献征录.上海:上海书店出版社.1987.

焦竑.玉堂丛语.北京:中华书局.1981.

金幼孜.金文靖集.景印文渊阁四库全书.第1240册.

康海.康对山先生集.续修四库全书·集部.第1335册.影印明万历十年(1582)潘允哲刻本.

李东阳. 怀麓堂集. 景印文渊阁四库全书. 第 1250 册.

李开先. 中麓画品. 四库全书存目丛书·子部. 第 71 册. 影印明红格抄本.

李开先. 李开先全集. 北京:文化艺术出版社. 2004.

李流芳. 檀园集. 景印文渊阁四库全书. 第 1295 册.

李梦阳. 空同集. 景印文渊阁四库全书. 第 1262 册.

李攀龙. 沧溟先生集. 上海:上海古籍出版社. 1992.

李日华. 礼白岳记. 四库全书存目丛书·史部. 第 128 册. 影印明刻本.

李日华. 六研斋笔记. 景印文渊阁四库全书. 第 867 册.

李时勉. 古廉文集. 景印文渊阁四库全书. 第 1242 册.

李维桢. 大泌山房集. 四库全书存目丛书·集部. 第 151～153 册. 影印明万历三十九年(1611)刻本.

李贤. 古穰集. 景印文渊阁四库全书. 第 1244 册.

李应昇. 落落斋遗集. 明崇祯十七年(1644)刻本.

李贽. 焚书 续焚书. 北京:中华书局. 1975.

李贽. 李温陵集. 台北:文史哲出版社影印明万历间刻本. 1979.

李贽. 藏书 续藏书. 北京:中华书局. 1962.

梁潜. 泊庵集. 景印文渊阁四库全书. 第 1237 册.

梁章钜. 制义丛话. 上海:上海书店出版社. 2001.

林弼. 林登州集. 景印文渊阁四库全书. 第 1227 册.

林俊. 见素集. 景印文渊阁四库全书. 第 1257 册.

林纾. 春觉斋论文. 北京:人民文学出版社. 1998.

刘侗. 帝京景物略. 四库全书存目丛书·史部. 第 248 册. 影印明崇祯刻本.

刘基. 刘基集. 杭州:浙江古籍出版社. 1999.

刘璟. 易斋集. 景印文渊阁四库全书. 第 1236 册.

刘球. 两溪文集. 景印文渊阁四库全书. 第 1243 册.

刘三吾. 坦斋刘先生文集. 四库全书存目丛书·集部. 第 25 册. 影印明万历六年(1578)贾缘刻本.

刘士鏻. 明文霱. 四库禁毁书丛刊·集部. 第 93～94 册. 影印明崇祯七年(1634)刻本.

刘崧. 槎翁文集. 四库全书存目丛书·集部. 第 24 册. 影印明嘉靖元年(1522)徐冠刻本.

刘勰. 范文澜注. 文心雕龙注. 北京:人民文学出版社. 1958.

柳如是. 柳如是诗文集. 上海:上海古籍出版社. 2000.

陆奎章. 香奁四友传. 四库全书存目丛书·子部. 第 250 册. 影印明嘉靖间刻本.

陆深. 陆文裕公行远集. 四库全书存目丛书·集部. 第 59 册. 影印明陆起龙刻清康熙六十一年(1722)陆瀛龄补修本.

陆深. 俨山集. 景印文渊阁四库全书. 第 1268 册.

陆树声. 陆学士题跋. 四库全书存目丛书·子部. 第 163 册. 影印明万历间刻《陆学士杂著十种》本.

陆树声. 陆文定公集. 明万历四十四年(1616)华亭陆氏家刻本.

陆云龙等选评. 明人小品十六家. 杭州:浙江古籍出版社. 1996.

吕坤. 去伪斋集. 清道光七年(1827)开封府署刻本.

吕柟. 泾野先生文集. 四库全书存目丛书·集部. 第 60～61 册. 影印明嘉靖三十四年(1555)于德昌刻本.

罗洪先. 念庵文集. 景印文渊阁四库全书. 第 1275 册.

罗伦. 一峰文集. 景印文渊阁四库全书. 第 1251 册.

罗玘. 圭峰集. 景印文渊阁四库全书. 第 1259 册.

马中锡. 东田集. 四库全书存目丛书·集部. 第 41 册. 影印清康熙四十六年(1707)甘陵贾棠辑刻马东田孙沙溪两公遗集合编本.

茅坤. 白华楼藏稿. 四库全书存目丛书·集部. 第 105～106 册. 影印明嘉靖万历间递刻本.

茅元仪. 石民四十集. 四库禁毁书丛刊·集部. 第 109～110 册. 影印明崇祯间刻本.

闵景贤辑. 何伟然订. 快书. 明天启间快堂刻本.

莫是龙. 画说. 四库全书存目丛书·子部. 第 72 册. 影印明万历间绣

水沈氏刻《宝颜堂祕笈》本.

倪谦. 倪文僖集. 景印文渊阁四库全书. 第1245册.

倪岳. 青谿漫稿. 丛书集成续编. 第139册.

钱琦. 钱公良测语. 四库全书存目丛书·子部. 第84册. 影印涵芬楼影印明刻《盐邑志林》本.

钱谦益. 牧斋初学集. 上海：上海古籍出版社. 1985.

钱一本辑. 万历邸钞. 扬州：江苏广陵古籍刻印社据旧抄本影印. 1991.

丘濬. 大学衍义补. 景印文渊阁四库全书. 第704册.

丘濬. 重编琼台稿. 景印文渊阁四库全书. 第1248册.

阙名. 名山胜概记. 四库全书存目丛书·史部. 第252～254册. 影印明崇祯六年(1633)墨绘斋刻本.

桑悦. 思玄集. 四库全书存目丛书·集部. 第39册. 影印明万历二年(1574)桑大协活字印本.

邵宝. 容春堂集. 景印文渊阁四库全书. 第1258册.

邵长蘅. 邵青门全集. 清盛宣怀辑《常州先哲遗书》第1集，清光绪二十三年(1897)武进盛氏刊本.

邵经邦. 弘艺录. 四库全书存目丛书·集部. 第77册. 影印清康熙二十四年(1685)邵远平刻本.

申时行等修. 明会典(万历朝重修本). 北京：中华书局影印商务印书馆1936年排印本. 1989.

沈懋孝. 长水先生文钞. 四库禁毁书丛刊·集部. 第159～160册. 影印明万历间刻本.

沈一贯. 喙鸣文集. 四库禁毁书丛刊·集部. 第176册. 影印明刻本.

沈周. 石田稿. 续修四库全书·集部. 第1333册. 影印稿本.

沈周. 石田先生文钞. 四库全书存目丛书·集部. 第37册. 影印明崇祯十七年(1644)瞿式耜刻本.

慎蒙. 天下名山诸胜一览记. 四库全书存目丛书·史部. 第251册. 影印明万历四年(1576)自刻本.

史鉴. 西村集. 景印文渊阁四库全书. 第1259册.

宋濂. 宋文宪公全集. 四库备要. 影印清嘉庆十五年(1810)严荣编刻本.

宋濂. 宋学士文集. 四部丛刊初编. 影印本.

宋濂. 宋濂全集. 杭州:浙江古籍出版社. 1999.

宋懋澄. 九龠集. 北京:中国社会科学出版社. 1984.

宋讷. 西隐集. 景印文渊阁四库全书. 第1225册.

宋彦. 山行杂记. 四库全书存目丛书·史部. 第251册. 影印明万历间绣水沈氏刻《宝颜堂秘笈》本.

宋应星. 野议 论气 谈天 思怜诗. 上海:上海人民出版社. 1976.

苏伯衡. 苏平仲文集. 景印文渊阁四库全书. 第1228册.

孙承泽. 春明梦余录. 北京:北京古籍出版社. 1992.

台湾"中研院"历史语言研究所整理. 钞本明实录. 北京:线装书局影印本. 2005.

谭元春. 谭元春集. 上海:上海古籍出版社. 1998.

汤显祖. 汤显祖全集. 北京:北京古籍出版社. 1999.

唐时升. 三易集. 四库禁毁书丛刊·集部. 第178册. 影印明崇祯间谢三宾刻清康熙三十三年(1694)陆廷灿补修本.

唐顺之. 重刊荆川先生文集. 四部丛刊初编. 影印本.

唐寅. 唐伯虎全集. 北京:中国美术学院出版社. 2002.

陶安. 陶学士集. 景印文渊阁四库全书. 第1225册.

陶望龄. 陶文简公集. 四库禁毁书丛刊·集部. 第9册. 影印明天启七年(1627)陶履中刻本.

田艺蘅. 留青日札. 续修四库全书·子部. 第1129册. 影印明万历三十七年(1609)徐懋升重刻本.

田艺蘅. 煮泉小品. 四库全书存目丛书·子部. 第80册. 影印明万历四十一年(1613)刻《茶书二十种》本.

屠隆. 白榆集. 四库全书存目丛书·集部. 第180册. 影印明万历间龚尧惠刻本.

屠隆. 鸿苞. 四库全书存目丛书·子部. 第88～90册. 影印明万历三

十八年(1610)茅元仪刻本.

屠隆. 娑罗馆清言. 宝颜堂秘笈·正集, 上海:文明书局石印本. 1922.

屠隆. 由拳集. 四库全书存目丛书·集部. 第180册. 影印明万历八年(1580)冯梦桢刻本.

汪道昆. 太函集. 续修四库全书·集部. 第1346~1348册. 影印明万历间刻本.

王鏊. 震泽长语. 景印文渊阁四库全书. 第867册.

王鏊. 震泽集. 景印文渊阁四库全书. 第1256册.

王夫之. 戴鸿声笺注. 薑斋诗话笺注. 北京:人民文学出版社. 1981.

王艮. 重刻心斋王先生语录. 四库全书存目丛书·子部. 第10册. 影印明刻本.

王衡. 缑山先生集. 四库全书存目丛书·集部. 第178~179册. 影印明万历间刻本.

王祎. 王忠文集. 景印文渊阁四库全书. 第1226册.

王慎中. 玩芳堂摘稿. 四库全书存目丛书·集部. 第88册. 影印明嘉靖二十九年(1550)蔡克廉刻本.

王慎中. 遵岩集. 景印文渊阁四库全书. 第1274册.

王士性. 王太初先生五岳游草. 续修四库全书·史部. 第737册. 影印清康熙三十年(1691)冯甦刻本.

王士禛. 香祖笔记. 上海:上海古籍出版社. 1982.

王世懋. 王奉常集. 四库全书存目丛书·集部. 第133册. 影印明万历间刻本.

王世贞. 读书后. 景印文渊阁四库全书. 第1285册.

王世贞. 凤洲笔记. 四库全书存目丛书·集部. 第114册. 影印明黄美中刻本.

王世贞. 觚不觚录. 景印文渊阁四库全书. 第1041册.

王世贞. 弇州山人四部稿. 明代论著丛刊. 台北:伟文图书出版社影印本. 1976.

王世贞辑. 詹景凤补辑. 王氏画苑. 四库全书存目丛书·子部. 第71

册.影印明万历十八年(1590)王元贞刻本.

王世贞.罗仲鼎校注.艺苑卮言校注.济南:齐鲁书社.1992.

王守仁.王阳明全集.上海:上海古籍出版社.1992.

王水照编.历代文话.上海:复旦大学出版社.2007.

王思任.文饭小品.长沙:岳麓书社.1989.

王思任.王季重十种.杭州:浙江古籍出版社.1987.

王廷相.慎言.续修四库全书·子部.第938册.影印明嘉靖刻本.

王维桢.王氏存笥稿.四库全书存目丛书·集部.第103册.影印明嘉靖三十六年(1557)刻本.

王文禄.竹下寤言.四库全书存目丛书·子部.第84册.影印涵芬楼影印明隆庆《百陵学山》本.

王锡爵.王文肃公文集.四库全书存目丛书·集部.第135～136册.影印明万历间王时敏刻本.

王直.抑庵文集.景印文渊阁四库全书.第1241～1242册.

王稚登.屠先生评释谋野集.明万历间种慎堂刻本.

王宗沐.敬所王先生文集.四库全书存目丛书·集部.第111册.影印明万历元年(1573)刘良弼刻本.

魏禧.魏叔子文集.续修四库全书·集部.第1408～1409册.影印清易堂刻《宁都三魏全集》本.

文德翼.讼过录.四库全书存目丛书·集部.第193册.影印明末刻本.

文德翼.雅似堂文集.四库全书存目丛书·集部.第193册.影印明末刻本.

文翔凤.文太青先生文集.四库全书存目丛书·集部.第184册.影印抄本.

文征明.甫田集.景印文渊阁四库全书.第1273册.

吴宽.家藏集.景印文渊阁四库全书.第1255册.

吴亮辑.万历疏钞.四库禁毁书丛刊·史部.第58～60册.影印明万历三十七年(1609)刻本.

吴讷.文章辨体序说.北京:人民文学出版社.1982.1998.

吴秋士辑.天下名山记钞.四库全书存目丛书·史部.第254册.影印

清康熙三十四年(1695)汪立名刻本.

吴廷翰. 吴廷翰集. 北京:中华书局. 1984.

夏完淳. 白坚笺校. 夏完淳集笺校. 上海:上海古籍出版社. 1991.

谢铎. 桃溪净稿. 四库全书存目丛书·集部. 第38册. 影印明正德十六年(1521)台州知府顾璘刻本.

谢肃. 密庵集. 景印文渊阁四库全书. 第1228册.

解缙. 文毅集. 景印文渊阁四库全书. 第1236册.

徐芳. 悬榻编. 四库禁毁书丛刊·集部. 第86册. 影印清康熙刻本.

徐弘祖. 徐霞客游记. 上海:上海古籍出版社. 1982.

徐师曾. 文体明辨序说. 北京:人民文学出版社. 1962. 1998.

徐渭. 徐渭集. 北京:中华书局. 1983. 2003.

徐学聚. 国朝典汇. 北京:北京图书馆出版社. 1996.

徐有贞. 武功集. 景印文渊阁四库全书. 第1245册.

薛惠. 约言. 四库全书存目丛书·子部. 第84册. 影印明嘉靖间刻本.

薛熙. 明文在. 长春:吉林人民出版社. 1998.

薛瑄. 薛瑄全集. 太原:山西人民出版社. 1990.

杨继盛. 杨忠愍集. 景印文渊阁四库全书. 第1278册.

杨慎. 墨池琐录. 景印文渊阁四库全书. 第816册.

杨慎. 升庵集. 景印文渊阁四库全书. 第1270册.

杨士奇. 东里文集. 北京:中华书局. 1998.

杨守陈. 杨文懿公文集. 四库未收书辑刊·集部. 第5辑第17册. 影印明弘治十二年(1499)杨茂刻本.

杨守阯. 碧川文选. 四库全书存目丛书·集部. 第42册. 影印明嘉靖四年(1525)陆钶刻本.

杨维桢. 东维子文集. 四部丛刊初编. 影印鸣野山房钞本.

姚范. 援鹑堂笔记. 续修四库全书·子部. 第1148～1149册. 影印清道光间姚莹刻本.

姚鼐. 古文辞类纂. 四部备要本.

姚鼐. 惜抱轩诗文集. 上海:上海古籍出版社. 1992.

姚希孟.循沧集.四库全书存目丛书·史部.第251册.影印明崇祯张叔籁陶兰台刻《清閟全集》本.

叶盛.水东日记.北京:中华书局.1980.

于谦.忠肃集.景印文渊阁四库全书.第1244册.

俞汝楫等.礼部志稿.景印文渊阁四库全书.

俞允文.仲蔚先生集.四库全书存目丛书·集部.第140册.影印明万历十年(1582)程善定刻本.

虞淳熙.虞德园先生集.四库禁毁书丛刊·集部.第43册.影印明末刻本.

袁宏道.钱伯城笺校.袁宏道集笺校.上海:上海古籍出版社.1981.

袁中道.珂雪斋集.上海:上海古籍出版社.1989.

袁宗道.白苏斋类集.上海:上海古籍出版社.1989.

岳正.类博稿.景印文渊阁四库全书.第1246册.

曾巩.曾巩集.北京:中华书局.1984.

詹景凤辑.古今寓言.四库全书存目丛书·子部.第252册.影印明万历九年(1581)陈世宝刻本.

湛若水.湛甘泉先生文集.四库全书存目丛书·集部.第56～57册.影印清康熙二十年(1681)黄楷刻本.

张大复.梅花草堂笔谈.四库全书存目丛书·子部.第104册.影印明崇祯三年(1630)刻顺治十二年(1655)补修本.

张岱.张岱诗文集.上海:上海古籍出版社.1991.

张岱.陶庵梦忆 西湖梦寻.上海:上海古籍出版社.1982.

张煌言.张苍水集.上海:上海古籍出版社.1985.

张居正.新刻张太岳先生诗文集.四库全书存目丛书·集部.第113～114册明万历四十年(1612)唐国达刻本.

张鼐.宝日堂初集.四库禁毁书丛刊·集部.第76～77册.影印明崇祯二年(1629)刻本.

张宁.方洲集.景印文渊阁四库全书.第1247册.

张溥.历代史论.四库全书存目丛书·史部.第289册.影印明崇祯间

刻本.

张溥. 七录斋集. 四库禁毁书丛刊·集部. 第182册. 影印明崇祯间吴门童润吾刻本.

张谦宜. 絸斋论文. 续修四库全书·集部. 第1714册. 影印清乾隆二十三年(1758)法辉祖刻家学堂遗书二种本.

张廷玉等. 明史. 北京:中华书局. 1974.

张诩. 东所先生文集. 四库全书存目丛书·集部. 第43册. 影印明嘉靖三十年(1551)张希举刻本.

张以宁. 翠屏集. 景印文渊阁四库全书. 第1226册.

章敞. 明永乐甲申会魁礼部左侍郎会稽章公诗文集. 清钞本.

章懋. 枫山语录. 景印文渊阁四库全书. 第714册.

赵宧光. 寒山帚谈. 景印文渊阁四库全书. 第816册.

赵撝谦. 赵考古文集. 景印文渊阁四库全书. 第1229册.

赵南星. 赵忠毅公文集. 四库禁毁书丛刊·集部. 第68册. 影印明崇祯十一年(1638)范景文等刻本.

赵汸. 东山存稿. 景印文渊阁四库全书. 第1221册.

赵时春. 赵浚谷诗集文集. 四库全书存目丛书·集部. 第87册. 影印明万历八年(1580)周鉴刻本.

赵钺. 无闻堂稿. 四库全书存目丛书·集部. 第112册. 影印明隆庆间赵鸿赐玄对楼刻本.

赵翼. 陔余丛考. 石家庄:河北人民出版社. 1990. 2003.

赵翼. 廿二史札记. 北京:中华书局. 1984.

郑瑗. 井观琐言. 宝颜堂秘笈·续集, 上海:文明书局石印本. 1922.

钟惺. 隐秀轩集. 上海:上海古籍出版社. 1992.

钟惺. 史怀. 四库全书存目丛书·史部. 第287册. 影印明刻本.

周亮工辑. 尺牍新钞. 长沙:岳麓书社. 1986.

周思兼. 周叔夜先生集. 四库全书存目丛书·集部. 第114册. 影印明万历十年(1582)刻本.

朱鹤龄. 愚庵小集. 景印文渊阁四库全书. 第1319册.

朱同. 覆瓿集. 景印文渊阁四库全书. 第1227册.

朱熹. 四书章句集注. 北京:中华书局. 1983.

朱彝尊. 曝书亭集. 四部丛刊初编. 影印本.

祝允明. 怀星堂集. 景印文渊阁四库全书. 第1260册.

宗臣. 子相文选. 四库全书存目丛书·集部. 第126册. 影印明末刻本.

邹迪光. 石语斋集. 四库全书存目丛书·集部. 第159册. 影印明刻本.

邹迪光. 郁仪楼集. 四库全书存目丛书·集部. 第158册. 影印明万历间刻本.

邹元标. 南皋邹先生会语合编. 续修四库全书·子部. 第942册. 影印明万历四十七年(1619)龙遇奇刻本.